外国文学名著丛书

〔匈〕约卡伊·莫尔/著

金 人

柯 青/译

"外国文学名著丛书"编委会

人民文学出版社

Jokai Mor
AZ ARANY EMBER
根据德文译本 Ein Goldmensch
(Corvina Verlag，Budapest，1964)转译

图书在版编目(CIP)数据

金人／(匈)约卡伊·莫尔著；柯青译.—北京：人民文学出版社，2020(2021.3重印)
(外国文学名著丛书)
ISBN 978-7-02-015053-3

Ⅰ.①金… Ⅱ.①约…②柯… Ⅲ.①长篇小说—匈牙利—近代 Ⅳ.①I515.44

中国版本图书馆 CIP 数据核字(2019)第 031359 号

责任编辑　柏　英
装帧设计　刘　静
责任印制　王重艺

出版发行　人民文学出版社
社　　址　北京市朝内大街 166 号
邮政编码　100705
网　　址　http://www.rw-cn.com

印　　刷　三河市中晟雅豪印务有限公司
经　　销　全国新华书店等

字　　数　433 千字
开　　本　850 毫米×1168 毫米　1/32
印　　张　20.625　插页 3
印　　数　5001—8000
版　　次　1981 年 12 月北京第 1 版
印　　次　2021 年 3 月第 2 次印刷

书　　号　978-7-02-015053-3
定　　价　69.00 元

如有印装质量问题，请与本社图书销售中心调换。电话:010-65233595

约卡伊·莫尔

出版说明

人民文学出版社自一九五一年成立起,就承担起向中国读者介绍优秀外国文学作品的重任。一九五八年,中宣部指示中国科学院文学研究所筹组编委会,组织朱光潜、冯至、戈宝权、叶水夫等三十余位外国文学权威专家,编选三套丛书——"马克思主义文艺理论丛书""外国古典文艺理论丛书""外国古典文学名著丛书"。

人民文学出版社与中国科学院文学研究所,根据"一流的原著、一流的译本、一流的译者"的原则进行翻译和出版工作。一九六四年,中国社会科学院外国文学研究所成立,是中国外国文学的最高研究机构。一九七八年,"外国古典文学名著丛书"更名为"外国文学名著丛书",至二〇〇〇年完成。这是新中国第一套系统介绍外国文学作品的大型丛书,是外国文学名著翻译的奠基性工程,其作品之多、质量之精、跨度之大,至今仍是中国外国文学出版史上之最,体现了中国外国文学研究界、翻译界和出版界的最高水平。

历经半个多世纪,"外国文学名著丛书"在中国读者中依然以系统性、权威性与普及性著称,但由于时代久远,许多图书在市场上已难见踪影,甚至成为收藏对象,稀缺品种更是一书难求。在中国读者阅读力持续增强的二十一世纪,在世界文明交流互鉴空前频繁的新时代,为满足人民日益增长的美好生活的需要，人民文学出版社决定再度与中国社会科学院外国文学研究所合作，以"网罗经典，格高意远，本色传承"为出发点，优中选优，推陈出新，出版新版"外国文学名著丛书"。

值此新版"外国文学名著丛书"面世之际，人民文学出版社与中国社会科学院外国文学研究所谨向为本丛书做出卓越贡献的翻译家们和热爱外国文学名著的广大读者致以崇高敬意！

"外国文学名著丛书"编委会
二〇一九年三月

编委会名单

(以姓氏笔画为序)

1958—1966

卞之琳	戈宝权	叶水夫	包文棣	冯　至	田德望
朱光潜	孙家晋	孙绳武	陈占元	杨季康	杨周翰
杨宪益	李健吾	罗大冈	金克木	郑效洵	季羡林
闻家驷	钱学熙	钱锺书	楼适夷	蒯斯曛	蔡　仪

1978—2001

卞之琳	巴　金	戈宝权	叶水夫	包文棣	卢永福
冯　至	田德望	叶麟鎏	朱光潜	朱　虹	孙家晋
孙绳武	陈占元	张　羽	陈冰夷	杨季康	杨周翰
杨宪益	李健吾	陈　燊	罗大冈	金克木	郑效洵
季羡林	姚　见	骆兆添	闻家驷	赵家璧	秦顺新
钱锺书	绿　原	蒋　路	董衡巽	楼适夷	蒯斯曛
蔡　仪					

2019—

王焕生	刘文飞	任吉生	刘　建	许金龙	李永平
陈众议	肖丽媛	吴岳添	陆建德	赵白生	高　兴
秦顺新	聂震宁	臧永清			

目　次

译本序 ……………………………………… 李孝风 1

第一部　"圣芭尔芭拉"号

第 一 章　铁　门 ………………………………… 3
第 二 章　"圣芭尔芭拉"号和它的乘客 ………… 8
第 三 章　白　猫 ………………………………… 21
第 四 章　"猛犸"的殊死挣扎 …………………… 27
第 五 章　严格的盘查 …………………………… 38
第 六 章　无人岛 ………………………………… 47
第 七 章　阿尔米拉和娜西萨 …………………… 58
第 八 章　夜半语声 ……………………………… 72
第 九 章　岛民的历史 …………………………… 83
第 十 章　阿利·邱尔巴德希 …………………… 99
第十一章　活的石膏像 …………………………… 106
第十二章　水　葬 ………………………………… 109
第十三章　一个有趣的故事 ……………………… 115
第十四章　"圣芭尔芭拉"号的厄运 ……………… 120

第二部 蒂美娅

第 一 章 养 父 ……………………………… *131*
第 二 章 好主意 ……………………………… *146*
第 三 章 红月牙儿 …………………………… *153*
第 四 章 金 矿 ……………………………… *161*
第 五 章 小姐的玩笑 ………………………… *186*
第 六 章 这也是玩笑 ………………………… *206*
第 七 章 新婚礼服 …………………………… *215*
第 八 章 蒂美娅 ……………………………… *234*

第三部 无人岛

第 一 章 石膏像的婚礼 ……………………… *257*
第 二 章 守护魔 ……………………………… *268*
第 三 章 春天的田野 ………………………… *282*
第 四 章 玫瑰花下的蜘蛛 …………………… *303*
第 五 章 世 外 ……………………………… *321*
第 六 章 南回归线 …………………………… *330*
第 七 章 宝贵的归宿 ………………………… *354*
第 八 章 传家宝 ……………………………… *360*

第四部 诺埃米

第 一 章 一个新客人 ………………………… *379*

第 二 章	木雕师	403
第 三 章	诺埃米	412
第 四 章	忧郁病	431
第 五 章	特蕾莎	458

第五部　阿塔莉雅

第 一 章	半截军刀	475
第 二 章	第一次失败	500
第 三 章	冰	511
第 四 章	恐　怖	529
第 五 章	月亮在说什么？	
	——冰在说什么？	557
第 六 章	来的是谁？	564
第 七 章	死　尸	569
第 八 章	索菲雅太太	573
第 九 章	多迪的信	579
第 十 章	你这个笨东西	585
第十一章	阿塔莉雅	598
第十二章	最后一刀	617
第十三章	狱中的女人	624
第十四章	乌有先生	626

译 本 序

约卡伊·莫尔是十九世纪匈牙利著名小说家和匈牙利浪漫主义文学的杰出代表。他的作品近百年来在匈牙利流传很广,其外文译本达二百多种,为匈牙利文学赢得了世界声誉。早在二十世纪二十年代,他的部分作品就以文言译出,介绍给中国读者(当时他的姓名被译作育珂·摩尔)。从五十年代起,又开始译成语体文出版。

一

约卡伊于一八二五年一月十八日出生在匈牙利北部边境城镇科马罗姆一个贵族知识分子家庭,在充满爱国主义和加尔文教精神的环境中长大。父亲阿什瓦依·约卡伊·尤若夫是个律师,具有资产阶级自由主义思想,但生活态度十分谨严。科马罗姆位于多瑙河上游,随着谷物贸易、造船业和交通运输的发展,逐渐变成一座在文化生活上较为活跃的新兴资本主义城市。它在约卡伊心中留下了不可磨灭的印象。那里的中小贵族、渔人、船工、谷物商、作坊主和边防军将士等,都是约卡伊从小就熟悉的人物,后来成了他许多作品中的生动形象。除科马罗姆之外,帕波和凯其凯梅特等城市也对约卡伊的青少年时代起过重大影响。约卡伊于一八三五至一八三七年在波若尼(今布拉迪斯拉发)寄宿学校读书。一八四一至一八四二年在多瑙河以西的帕波书院期间与革命诗人裴多菲同学;一八四二年在凯其凯梅特学法律时,又与当巡回演员的裴多菲再次相遇,两人建立了更加深厚的友谊。

约卡伊在学生时代不仅显露出语言和写作方面的才华,而且擅长绘画,对历史和自然科学也有广泛的兴趣。他博览文学作品,推崇莎士比亚、拜伦、雨果和普希金,受到英国和法国进步浪漫主义的感染。他的创作道路是从凯其凯梅特开始的,最初所写的短篇小说属于两种不同的类型,一种辞藻华丽、充满幻想和异国情调,如《尼彼安岛》和《埃及玫瑰》;另一种比较朴实自然,带有民间现实主义色彩,如《松柯侬·盖尔盖伊》和《酒场主》等。这说明约卡伊在其创作早期还不能把西欧浪漫主义的影响和本国的现实主义传统协调地糅合起来。一八四三年发表的剧本《犹太青年》,也是一部模仿莎士比亚和法国浪漫主义的作品。

一八四五年约卡伊定居布达佩斯,成为与裴多菲一道活动的青年作家之一。他于次年获得法学学位后,并未从事律师的职业,而是在友人赞助之下,在布达佩斯出版了他从凯其凯梅特学生时代开始动笔写的第一部长篇小说《工作日》(1846)。书中描写一个以凯其凯梅特地区为背景的恐怖故事,充满着浪漫主义的夸张和不真实的情节,使人可以感觉出法国浪漫主义的影响。《工作日》发表之后,约卡伊最终选择了作家的道路。一八四七年他主编传播资产阶级进步思想的《生活景象》,这是有裴多菲和奥洛尼参加的文学团体"青年匈牙利"的刊物。一八四八年三月,约卡伊与裴多菲、沃什瓦里·帕尔等一起积极进行革命活动,在大学、剧院和印刷厂对群众发表演说,并参与起草从奥地利统治下争取民族解放的纲领《十二条》,后来又投身于一八四八至一八四九年反对奥地利侵略者的战争。约卡伊在这一时期撰写的许多政论文章具有重要的历史价值。

这次革命和民族解放战争失败后,约卡伊及其战友被奥地利法庭列入死刑黑名单。为了躲避当局的追捕,他逃到匈牙利东北部的毕克山区,在那里度过了军事恐怖统治的最初阶段血腥时日。后来,由于当演员的妻子拉波尔法尔维·罗莎和友人西格里盖蒂等多方奔走,约卡伊才从科马罗姆弄到通行证,回到布达佩斯,化名科瓦齐·杨诺什,隐居在布达地区的施瓦布山中,继续从事文学创作。

革命和解放战争是约卡伊发展道路上的重大转折点,它洗涤了他早期作品中的矫揉造作和浮华色彩,给他带来重要的社会政治题材,使他形成了自己的民族浪漫主义的独特风格。约卡伊自己深有感触地说:"我抛弃了病态幻想曲的魔影和相应的华而不实的倾向,而力求去寻找生活中的真正人物,并用人民的口语来进行写作。"约卡伊的两部短篇小说集《战斗情景》和《一个隐匿者的日记》就是这新的开端。这些小说最初用"绍约"的笔名于一八五〇年三月至十月在刊物上陆续发表,内容都是对解放战争的光辉年代的回忆。《战斗情景》歌颂了匈牙利国民自卫军将士浴血奋战,与人民并肩御敌的英雄事迹。《一个隐匿者的日记》是作者对沦亡的国土的凭吊,描写了他自己在革命失败后的逃亡途中所见的一片颓垣断壁、哀鸿遍野,但人民宁死不屈的情景。两部集子中的《一个舞会》《两个未婚妻》《钢铁姑娘》《一个什克勒女人》《科马罗姆》《逃亡者的旧窟》《草原上的村落》等，都是洋溢着革命激情、感人肺腑的篇章。

约卡伊于一八五二年获得维也纳当局赦免。由于奥地利专制统治者加强了报刊检查，直接反映一八四八至一八四九年事件的作品已无发表的可能，约卡伊这时只能写一些历史小说来借古讽今，鼓舞人心，如描写十七世纪土耳其统治时代的《特兰西瓦尼亚的黄金时代》（1852）、《匈牙利境内的土耳其世界》（1853）、《傀儡兵的末日》（1854），以及以十九世纪三十年代的资产阶级革新运动为题材的《一个匈牙利富豪》（1853）及其续篇《卡尔帕提·佐尔坦》（1854）等。此后几年的作品如《旧日的州官》（1856）、《万恶的家庭》（1858）等，水平都比较一般。

约卡伊于一八六一年当选反对党"决议派"的国会议员，一八六三年创办该党报纸《祖国》，在观点上开始接近政府。一八六二年发表的回忆革命斗争和逃亡岁月的小说《政治风尚》，由于书刊检查的干预，屡经修改才迟迟与读者见面。一八六三年发表的小说《新地主》反映了约卡伊政治观点的变化。书中描写一个镇压过一八四八年匈牙利革命的奥地利将军，怎样在数年之后变成了匈牙利爱国者和科苏特派代言人的故事，从而歪曲了奥地利统治年代的匈牙利社会的真实面貌。

一八六七年奥匈统治阶级签订协议，成立奥匈帝国，匈牙利从此在表面上取得了相对的"独立"。约卡伊作为"独立党"的代表参加国会，因主张匈牙利工业和财政独立、限制天主教会对文化政策的影响，颇得人心，一度成为最受拥戴的政论家之一。在创作上，约卡伊在奥匈帝国成立后的七八年间进入全盛时代。这一时期,他以惊人的速度,连续发表了一些描写匈牙利十九世纪三十年代的革新运动、一八四八年革命、民族工业发展的优秀小说,如《铁石心肠人的儿子们》(1869)、《黑钻石》(1870)、《地球还在转动》(1871)和《金人》(1872)等。

一八七五年,原反对党——"自由党"头目之一蒂萨·卡尔曼上台执政,力图巩固奥匈帝国成立后的现状,压制民族反抗情绪。约卡伊支持蒂萨的政治纲领,在国会中成了"自由党"的议员,幻想该党能代表中小贵族和资产阶级的利益。他甚至还与维也纳王室建立了个人关系。这一转折使他在一些重大的政治问题上发生动摇,降低了自己在群众中的威望。奥匈帝国成立后,匈牙利迅速走上资本主义道路。从前代表匈牙利民族反抗力量的中等贵族阶级也在演变,他们抛弃了革命和民族独立的思想,只热衷于发展资本主义,只有劳动者和财产较少的贵族还在坚持独立的信念。约卡伊在创作上的全盛时代,也随着社会的变化和他个人在政治上的转折而宣告结束。那全盛时代的最后一部作品是描写启蒙运动时期封建社会的腐朽黑暗的长篇小说《囚徒拉伯·拉比》(1879)。此后,约卡伊即便采用民族独立斗争的题材,也是只写一些冲淡了社会内容的浪漫主义冒险故事,如长篇小说《眼睛像海一样蓝的女人》(1890),或者把故事的背景推到遥远的历史时期,如描述十八世纪初拉科治·费伦茨领导的解放战争的小说《乐契的白女人》(1885)。有些作品因其情节在国外展开,失去了浓郁的匈牙利色彩。约卡伊一八七五年以后著作虽多,但在思想内容和艺术上并无多大进步。他原来对奥匈帝国成立后匈牙利的经济和文化发展抱有很大期望,但这些都成了泡影。幻灭的情绪使他从一个资本主义拥护者变成了它的仇视者。这一变化集中地反映在中篇小说《那里金钱不是上帝》(1902)中,其中的人物用悲观主义的眼光去看待人类的未来,他们也像《金人》里的提玛尔一样,在一个不与金钱发生关系的荒岛上找到了幸福。发表于一八八五年的小说《小皇帝们》,其题材和人物都与《一个匈牙利富豪》相仿,但作者并不像在《一个匈牙利富豪》中那样,把主人公理想化,而是着重嘲笑了他们的腐朽、愚昧、惧怕革命和维护等级特权。约卡伊晚年开始把创作重点转向普通农民和城市劳动者,如描写佩斯外城小人物生活的小说《富有的穷人》(1890)和反映霍尔多巴吉草原的普通牧民生活,艺术上颇有特色的中篇小说《黄蔷薇》(1892)等。

约卡伊从八十年代开始便不大在政治生活中露面,除创作外,他把相当多的时间用于旅游和自然科学研究,曾多次游历匈牙利、法国和意大利一些地方,他还对地质学和药物学发生浓厚兴趣。一八九四年一月八日,为表彰约卡伊在小说创作上的巨大成就,匈牙利举国庆祝他创作生涯五十周年,出版了他的百卷集。约卡伊晚年还孜孜不倦地工作和学习,一九〇四年病逝于布达佩斯。

二

《金人》是约卡伊的代表作。小说通过商船管事提玛尔出人意料地发财致富,后又弃家出逃的不平常经历,描写了十九世纪匈牙利资本主义发展的迅猛趋势及其不可避免的矛盾。

"圣芭尔芭拉"号商船满载小麦,从多瑙河下游往科马罗姆方向航行。平民出身的商船管事提玛尔·米哈利在掩护土耳其逃亡贵族阿利·邱尔巴德希父女的过程中获得了邱尔巴德希转移到船上的一大批金银珠宝,一跃成为富豪。但提玛尔向众人隐瞒了发财的真正经过,却制造种种假象,说他是用沉船上泡过水的次小麦做军用面包牟取了暴利。眼红的竞争者信以为真,告发了提玛尔,但这场官司反而抬高了他的地位。提玛尔还玩弄手腕,买通维也纳的部长,获得帝国政府的奖赏,甚至捞到一个贵族称号。他从此更加财运亨通,百事如意,不仅买下了船主布拉佐维奇破产后拍卖的房产,而且还以"救命恩人"的姿态娶了阿利·邱尔巴德希的遗孤蒂美娅,把她与她心爱的卡苏卡拆散。提玛尔到处买房置地,家产不断增长,成了点石成金的"金人"。在世人面前他是堂堂正正的商人,慷慨解囊的"慈善家"和家庭的模范丈夫,但他的内心世界却是另一个样子:他无时无刻不在经受剧烈的自我斗争,受到良心的谴责,还常常提心吊胆,唯恐事情的真相败露。家庭生活也给他带来无穷的烦恼。妻子蒂美娅对他毫无感情,她嫁给他,无异于自投罗网,纯粹是一种报恩式的"牺牲",虽然她对丈夫始终保持着忠贞与顺从。空虚孤独的提玛尔一次在"无人岛"上赢得了另一个年轻姑娘诺埃米的爱情,这越发加深了他的内心冲突,在虔诚的蒂美娅和天真的诺埃米面前,他都感到自己又做了一件亏心事而罪上加罪。此外,深知他底细的托多尔又以揭露真相来威胁他。这一切使提玛尔的伪君子面目暴露无遗,他面临着道德上的彻底破产,有意自杀。但一个意外的事件为他找到了出路,他决定抛弃万贯家财,脱离周围那个金钱万能的社会,让蒂美娅自己主宰命运,他本人则隐姓埋名,在诺埃米身边定居下来,终于在这个不与金钱打交道的荒岛上找到了真正的人间幸福。

提玛尔也像作者另一部小说《黑钻石》中的白伦德·依凡那样,属于民族资本家的类型。不过他缺乏白伦德那种为民族工业化而奋斗的雄心壮志,而是一个经受着严峻的内心冲突的灰心丧气的形象。《黑钻石》歌颂了匈牙利民族资本主义的发展,《金人》则着重描写资本主义发展中的矛盾和金钱的罪恶。但《金人》和《黑钻石》都体现了作者的以下思想:资产阶级所标榜的关于创造性劳动、以自由选择为基础的婚姻关系、社会的团结和法制等方面的种种理想都不可能在他所处的时代实现,而有待于未来。《黑钻石》和《未来世纪的小说》(1872)寄希望于欧文的"模范工人村"式的空想社会主义社会,《金人》则按照卢梭的乌托邦设想,让一小部分人根据"社会契约",去过简单原始的、以物易物的平等生活。作者对资本主义的幻灭情绪在《金人》的写作年代还只是暂时的,因为此书问世之后,他笔下还出现过一些在政治生活中起积极作用的人物。十多年后,到十九世纪末的沉闷年代,这种情绪才变成了约卡伊的一种经常性的创作冲动,如《黄蔷薇》《那里金钱不是上帝》等。

约卡伊在《金人》中是通过提玛尔与自己良心的斗争,通过他的精神世界,特别是爱情生活的冲突来描写资本主义的矛盾的。作者花费许多笔墨对主人公作了细致深入的心理刻画,出色地塑造了这个反映资产阶级的生活和道德的普遍特点的形象。提玛尔本来是个意志坚强、朝气蓬勃的人,他成为百万富翁以后,才不由自主地在资产阶级的道德泥坑中越陷越深。他以"偷窃"为自己谋得财产,以伪装树立社会威望,又必须以伪装来维持他既得的名与利。金钱招致的累赘使他感到窒息。他逐渐意识到,他所获得的财富、尊敬和爱情等,都是他昧良心的结果。他与蒂美娅和诺埃米的双重关系更使他处于进退维谷的境地。他既得不到蒂美娅的爱情,又毫无理由离弃她。他要和诺埃米结合,必须首先消除蒂美娅对他的好感和报恩思想,而主动去向她坦白:"我整个一生不过是一个大骗局",从而承认自己在道德上的彻底沦亡,提玛尔却又做不到。于是他宁愿在肉体上毁灭自己。约卡伊塑造这个人物时,并没有像对待自己其他作品中的主人公那样,把他过分理想化。作者虽然把他的"点石成金"的行动力量和飞黄腾达的道路作了浪漫主义的夸张,但深入的心理刻画,尤其是精心插入的"内心独白",却使提玛尔比较接近于生活真实。

  作者不仅通过主人公主观世界的激烈斗争来描绘资本主义的罪恶,而且还借老托多尔这个"局外人"的玩世不恭的直率口吻,道出了"谁的钱都是偷来的",大贼欺负小贼。提玛尔的发家致富是如此,蒂美娅后来的丈夫卡苏卡也是如此。卡苏卡是个工程兵军官,尽管有专业知识,却未能用到正道上,反而学会了投机倒把。他学着上级的样子,与贼为伍进行偷盗。他向提玛尔建议的一笔生意使提玛尔也对他的"本领"感到吃惊。他与阿塔莉雅的婚约完全建立在金钱关系上,对于婚事上遭到意外打击的未婚妻毫无怜悯之心。后来只因对蒂美娅的爱情,他才一下子变得"高尚"起来。例如他为了替提玛尔的名誉辩护,竟不惜与托多尔决斗,仿佛忘记了他的这位老朋友又是他的情敌。卡苏卡形象的这种发展带有浪漫主义的夸张,在描写上存在前后不太连贯的弱点。

  阿塔莉雅和托多尔是《金人》中的两个叛逆者形象,他们都因切身的利害关系走上了叛逆的道路。托多尔儿时被亲人抛弃,从小就与"犯罪"和"受罚"结下了不解之缘,他对社会上的种种罪恶现象深有体会。阿塔莉雅的形象曾出现在约卡伊的其他作品中,她的骄矜乖戾很像《铁石心肠人的儿子们》中的阿尔芬辛娜,但写得比阿尔芬辛娜更为真实,更有说服力。她从小受金钱和生意经的熏染,连她自己的婚姻也是由金钱来决定的,由于父亲布拉佐维奇未能及时提供十万福林的保证金,她在即将举行婚礼的一刹那失去了未婚夫。复仇心理使她成了蒂美娅的"守护魔",她以挑拨离间为乐,在阴暗心理的驱使下,带领提玛尔躲在暗处对蒂美娅和卡苏卡的会面进行监视。最后,为了泄愤,竟不惜采取暗杀手段来对命运表示反抗。作者对这两个叛逆人物的描写显得有些流于老一套。

商船的舵手发布拉·亚诺斯、阿塔莉雅之母索菲雅妈妈、船主布拉佐维奇和神甫山陀罗维奇等,是一群围着金钱跳舞的喜剧性人物,他们在《金人》中虽处于配角地位,没有主人公那样的思想深度,但被描写得惟妙惟肖,富于幽默感,比较接近生活真实。

"无人岛"上的特蕾莎是约卡伊心目中的理想人物。她的丈夫被不公平的资本主义法律迫害致死,为了反抗只为富人效劳的虚伪法制和教权的残酷压迫,才携带女儿诺埃米到荒岛上重建家园。她们用自己的双手把"无人岛"建设成一个既不隶属于任何国家和教会,又不知压迫、金钱、战争和买卖婚姻等为何物的"世外桃源",在那里才可以看出劳动、爱情和人与人之间的团结友爱的真正价值。特蕾莎与神甫山陀罗维奇之间的一场面对面的斗争,体现了作者的反资本主义思想。但特蕾莎对宗教和法律的挑战不免有点说教的味道。

约卡伊是匈牙利最富有诗意的散文作家，《金人》中的写景更是凝聚着他的诗人般的感情。小说一开头就以多瑙河下游两岸的磅礴气势吸引着读者。作者对千姿百态的悬崖峭壁作了拟人化的描写，仿佛它们一个个都自动地在向读者诉说这里各族人民古往今来的英勇斗争史。约卡伊擅长把人物的心理刻画和自然景色的描绘融合在一起，例如，对于使提玛尔思绪起伏的月夜景色就作了各种不同的描写：引诱他犯罪的月夜，使他备受良心谴责的月夜，勾起他自杀念头的月夜，等等。其他如"圣芭尔芭拉"号商船经过"铁门"险滩时的惊涛骇浪，巴拉顿湖畔深秋和初冬的沉寂，"无人岛"上生意盎然、四季如春的风光等，无不充满着诗情画意，有力地衬托出当时的环境气氛和人物思想感情的变化。只有对宇宙星空十分入迷，对花鸟虫鱼有特殊感情，常常陶醉在自然美景中的人，才能描绘出如此动人的画面。难怪作者本人对这本书特别满意。他曾说："应该承认，这是我最喜爱的一本小说。"

《金人》文笔优美动人，博得匈牙利后辈作家的赞赏。米克沙特·卡尔曼把这部田园诗一般的作品比作"黎明时的一场美梦"。《金人》自发表以来畅销匈牙利国内外，伦敦和纽约分别以《提玛尔的两个世界》和《现代大富豪》为书名首先翻译出版，后来又被译成其他多种文字。

李 孝 风
一九八一年五月

第 一 部

"圣芭尔芭拉"号

第一章 铁 门

连绵的群山从峰顶到山脚被截然切断,形成了一道四英里长的峡谷;一条古老的大河从中奔流而过,两边是一百到五百呎①高的悬崖峭壁。这条大河罗马人叫伊斯特尔河,现在我们叫多瑙河。

这个形同铁门的峡谷当初是汹涌的急流冲开的呢,还是地下的火焰造成山崩地裂形成的呢?这个奇迹是尼普顿②创造的,还是伏尔甘③创造的,或者是他们共同创造的呢?我们的时代是可以与天神比美的创造奇迹的时代,可是,就连我们这个时代那些具有钢臂铁手的人,也难以创造这样的奇迹啊。

今天,那些散布在弗鲁什卡山④群峰顶上变成了石头的贝壳,以及维特拉尼洞窟里的古代海生蜥蜴化石,仍可表明这铁门的存在是尼普顿神的意旨;而皮阿特拉迪托那塔山上的玄武岩,则显示了伏尔甘的神通。沿着河岸在岩壁中凿成的几条长长的栈道,一条上有岩石拱顶的公路,一座大石桥的残破桥墩和岩壁上的一块刻有浮雕的纪念碑,以及那条加深河

---

① 呎,德国和奥匈帝国的古长度单位,1呎约合1.828米。
② 尼普顿,罗马神话中的水神。
③ 伏尔甘,罗马神话中的火和锻冶之神。
④ 弗鲁什卡山,南斯拉夫北部的山脉,在多瑙河与萨瓦河之间。

床后能通行大船的一百英尺宽的航道，却显示了第三位神——具有钢臂铁手的人的本领。

铁门已有两千年的悠久历史，罗马、土耳其、罗马尼亚和匈牙利四个民族，都用各自的语言，给它命了名。

我们来到这里仿佛走近了一座巨人建造的大教堂，这里有巨岩构成的柱墩，支着高如钟楼的圆柱；那圆柱巍然耸立，看上去仿佛就是一尊尊巨大的神像。这座教堂足足有四英里进深，曲折蜿蜒，连绵伸展，每一座殿堂的墙壁组合都不一样，装饰更各具特色，令人吃惊。有的墙壁光滑平整，犹如磨光的花岗石，布满了恰似奥秘的天书文字的红色和白色纹理。有的岩壁呈锈褐色，好像生铁铸成似的。到处都见得到倾斜立着的花岗石岩壁，显示了巨人的大胆建筑方式。峰回路转，我们又来到了一座哥特式教堂门前，只见塔尖插天，细长的玄武岩柱一根紧挨一根地并排而立。在黑褐色的岩壁间，时而有一个金黄色的斑点闪闪发光，就像珍藏《圣经》的圣柜上的金饰，这是裸露在岩石外面的硫黄。岩壁上还有各种树木——阔叶树和针叶树——，像虔诚信徒献上的绿色花冠一般点缀在裂缝和壁缘间。秋天，在巨大的树身上更缠绕着红色和黄色藤萝，恰似挂上了花环一般好看。

两道高得令人头晕目眩的悬崖构成没有尽头的夹壁，只是偶尔被一个峡谷断开，让人窥见一片无人居住的幽秘的世外仙境。夹壁中间阴影朦胧，而谷内却是阳光普照，一片苍翠，野葡萄各色各样的小叶像绒毯似的裹着树木，鲜红透熟的浆果点缀林间。这幅瑰丽如画的景色，好像是对夹壁间大白天里的黑暗进行嘲弄。谷里见不到人家，一条如带的清澈小溪蜿蜒流过，成群的山鹿在溪边饮水，逍遥自在。小溪最后像一道银光从悬崖边倾泻而下。面对着此情此景,成千上万乘船从峡谷前面经过的旅人都会想:可谁能住在这里面呢?

峡谷一过去,一座新的教堂随即展现,比前面的几座更加宏伟、更加惊人。两岸峭壁挤拢在一起,宽不过一百四十呎,而高则在三千英尺以上,直耸云霄。峭壁顶端有块向前远远突出的岩石,名叫"圣彼得纪念碑"。它的左右两边各有一尊巨大的石像,可以看作是圣彼得的同道使徒。

多瑙河就从这两道峭壁之间的深谷中的岩石河床上流过。

这条巨大、庄严的古老河流,已习惯了在匈牙利辽阔平原一千多呎宽的河道中款款而流,同那些从岸边向它躬身施礼的垂柳撩逗,在那盛开着美丽花朵的原野上漫游,跟那些咕噜咕噜轻声作响的水磨絮语;可到了铁门这里,它却被挤进只有一百四十呎宽的石谷中。啊,它是怀着怎样的愤怒冲过这里呀!从上游乘船来到这里的人再也认不出它了。这条衰老的大河已经返老还童,变成了猛不可当的勇士,它那汹涌的巨浪冲裂河床,咆哮奔腾而过。途中偶尔有一块块兀立的礁石,如同可怕的祭坛,挡住它的去路;这儿是岩石之王——大巴巴盖;于是巨流就愤怒地向礁石冲击,在它周围喧腾咆哮,绕过它以后便形成深邃的旋涡,在岩石河床中钻出一个个无底的深洞。随后,巨流又冲过两道岩壁之间倾斜的岩坎,浪花翻滚,汹涌澎湃。

巨流一路冲垮阻挡它前进的障碍,穿过断岩,向前奔流。在另一些地方,它为曲折的岩壁阻挡,不能畅流,就用巨浪不知疲倦地冲击凸出的岩石,开出一条路来。接着,它又在那不可制胜的岩石后面淤积成一些岛屿,于是便出现了一些在任何一幅旧河图上都找不到的处女地。这些野草遍布、灌木丛生的岛屿不属于沿岸任何一个国家,既不属于匈牙利,也不属于土耳其或塞尔维亚。这些无主的岛屿,既无赋税,也无国王,它们远离尘世,连名称也没有。可是,同是这条河流,却在别的地方冲没了岛屿,把岛上的树木丛林和茅舍一齐裹走,从地图上把它抹掉。

这条在奥格拉丁纳和普拉维斯措维卡之间几乎以每小时十英里的速度奔腾咆哮而过的大河,被岩石和岛屿分成好几股,船员必须熟谙这些狭窄的支汊,因为具有钢臂铁手的人虽然铲除了河床中的暗礁,使大河的中央能行驶大船,但在河岸附近却只有轻便小舟能通过。

沿着这些小岛,在狭窄的河汊之间,人类以自己的工作打乱了大自然的宏伟创造。两排用粗树干做成的木桩,开口朝着水流的方向摆成V字形;人们在这里捕捉鳢鱼。这些海里的来客因为身上有寄生虫作痒,总喜欢逆流而上,让湍急的流水冲激自己的脑袋,这一来便陷入人们布下的罗网。鳢鱼不习惯向回游,只知道不停地拼命向前,先游进收紧的渔网,最后便进入再也出不来的"停尸间"。

这个庄严的地方也有非常悦耳的音乐,这是一种永远不停的单调的喧嚣声,它单调得近似沉寂,而又清晰得如同上帝的呼唤。大河翻过石滩,拍打着岩壁,滚滚流去;旋涡使河水变得湍急,一路上急流翻卷,形成永无穷尽的惊涛骇浪声,在岩壁之间引起持续不断的回响,从而升华为一种非尘世所有的庄严乐曲,只有大风琴声、钟声和滚滚远去的雷鸣才能合奏出这样的交响乐!人到了这里都变成了哑巴,仿佛怀着对神灵的敬畏,生怕在这片雄壮的乐声中听到自己的声音。由于迷信,船夫们相互只打暗号,都忌讳在这个地方说话。而一旦感到处境危险,每个人又会不由自主地祈祷起来。

确实,不管谁乘船经过这里,看到自己夹在这两道阴森的岩壁中间,都不禁会产生一种进入了坟墓似的幻觉,尤其在遇到刮船夫最害怕的布拉风①时更是如此。这种风暴往往能持续好几个星期,刮得铁门中间的多瑙河无法通航。

如果只是一道绝壁的话,也许会把布拉风挡住。然而这两道离得很近的悬崖峭壁所造成的气流,就像大城市街道中的旋风似的变化无常。狂风忽而从前面袭来,忽而从后面刮起;每遇到转弯,又突然从另一个方向吹来;有时像完全平息下去了,可不一会儿又像伏击似的从峡谷中的什么角落重新呼啸而起,攫住船只,扭转船舵,弄得人人手忙脚乱,同时把套着纤绳拉船的马匹拖进水去。接着,它突然一转方向,猛力地向前推那被它攫住的船身,船就像顺流而下似的快速冲去。这时波涛汹涌,浪花飞溅,仿佛公路上风中飞扬的尘埃。

此刻,那宛若从大教堂里传出来的轰鸣乐声,更一变而为宣布世界末日到来的响雷,淹没了那些行将灭顶者垂死的呼喊。

---

① 布拉风,亚得里亚海中一种猛烈的东北风。

第二章 "圣芭尔芭拉"号和它的乘客

在我们的故事发生的时刻,多瑙河上还没有轮船行驶。从下游的加拉茨①上溯到美因运河②,两岸经常有九千匹马迈着沉重的步伐,疲惫地拖着所有的船只逆流而上。多瑙河那边的土耳其人不仅用马拉纤,同时还利用船帆;而这边的匈牙利人则不然。此外,河上还有单凭强健双臂划动的走私船,成批地往来于两国之间,一趟又一趟地贩运私盐。同样一袋盐,在土耳其沿岸只卖一个半金币,在匈牙利却要卖六个半金币。因此,走私者从土耳其沿岸把盐贩回匈牙利来,按四个半金币出售,这对于国家、走私者和买主三方面都有好处。简直想不出有比这更为和谐的关系了。但是,有一方对自己获得的利润大不满意,这自然就是国家。为了保护自己的利益,它沿着长长的边境河岸设立了许多哨所,强令住在周围村子里的男人到这些哨所里担任警卫。每个村子都出边防哨兵,每个村子又都有自己的走私者。要想建立最理想的亲密关系,只需这样安排就行了:让年轻人到哨所去担任警卫,让老人划着船出去走私。不过,国家设置这种严密的边防警卫,还有另

---

① 加拉茨,罗马尼亚东部大城市,位于多瑙河下游。
② 美因运河,德国境内莱茵河的支流,在德国中南部,有运河与多瑙河相通。

一个更高的目的,就是防止可怕的东方黑死病蔓延入境。

当然,目前我们对于这种瘟疫的性质和可怕情形毫无所知。但是,我们每年都在报上读到,时而在叙利亚,时而在布鲁萨①,时而又在培拉②,仍有黑死病发生;所以我们不能不认为这种瘟疫实际上还存在,因而感激我们的政府,是它严防了这种瘟疫蔓延到我们这儿来。

同外国人打交道,每一次都可能传染上某种新的、过去不知道的传染病。我们从中国人身上感染过猩红热,从萨拉森人③身上感染过天花,从俄国人身上感染过流行性感冒,从南美人身上感染过黄热病,从印度人身上感染过霍乱——但是还没有从土耳其人那里传染过黑死病。

因此,沿河两岸,两国的居民必须遵守防疫规定,才能够互相往来;这个情况往往使他们的生活变得非常愉快,非常有趣。

预防措施是极其严格的。只要布鲁萨突然发现了黑死病,官方就立即宣布土耳其—塞尔维亚沿岸的一切东西,不论死的活的,都是传染物,谁要是接触了这些东西,就必定被当作"传染者"在检疫站扣留十天、二十天甚至四十天。如果左岸的纤绳和右岸的纤绳碰上了,全船的人就都成了"传染者",船于是必须在河心抛锚停泊十天。因为黑死病能够从接触过的绳索传染给对方的船只,然后蔓延到全船人的身上。

这一切都受到严格的监视。每只船上都有一名官员,即所谓"清洗官"。这是一个可怕的人物,他的职责是严密注意

---

① 布鲁萨,现名布尔萨,土耳其的大城市,位于马尔马拉海的东南方。
② 培拉,土耳其大城市伊斯坦布尔的一个区。
③ 萨拉森人,阿拉伯地区的游牧民族。

船上的一切活动,监视每个人接触了什么,同什么人打过交道。如果一位旅客在土耳其—塞尔维亚河岸上接触过一个外国人或者一件毛织品或是麻织物(这些东西都能传染黑死病),哪怕仅仅是他的大衣边儿稍稍挨了一下,这位官员立刻宣布他有黑死病嫌疑,一到奥尔肖瓦①,铁定使他和温暖的家庭分开,把他交给检疫站。因此,人们管这个官员叫清洗官。

清洗官如果隐瞒了这种情况,就要大倒其霉!稍一玩忽职守,也可能蹲十五年监狱。

但是,黑死病似乎不能危害走私者,因为尽管黑死病在布鲁萨十分猖獗,他们照样不分昼夜地往来于两岸之间,并没有清洗官伴随。顺便提一句,据说圣普罗科普②是他们的保护神。

只是布拉风常常妨碍他们的小买卖;因为在铁门之间的急流中,这种风往往把他们那些靠桨划动的小船抛到南岸去。

不消说,拖船上也走私;不过这已是大宗交易了,光靠亲戚关照不够,还必须有本钱,所以根本不是穷人干的。再说批发商的私货并不是盐,而是烟草和咖啡。

眼下,无情的布拉风把多瑙河上的船只清扫得一干二净,使社会道德风尚和奉公守法精神在三四天中大为提高,以致暂时没有谁再需要赦免罪行。不等起风,所有的船都急急忙忙地躲进了港湾,或者抛锚停在多瑙河心;所以只要布拉风嗖嗖响地从板缝中吹进哨所来,哨兵们就可以安心地睡大觉:这时候是不会有船航行的。

~~~~~~~~~~~~~~~~

① 奥尔肖瓦,罗马尼亚西南边境的大城市,在铁门附近,多瑙河流经那里。
② 圣普罗科普(约1380—1434),十五世纪胡斯战争中捷克的卓越统帅,一四二四年以后成为塔波儿派的领袖,阵亡于里旁战役。

可是,今天一清早,奥格拉丁纳边防站的下士在狂风和巨浪声中仿佛听到了船上特有的号角声;这种号声可以从两英里以外的船上传过来,连雷声也盖不住。它是从一支长长木管里吹出来的如泣如诉的声音。

是一只正向这里驶来的船发给岸上纤夫的信号呢,还是一只船在岩石间遇难了,船员发出呼救声?

前一种推测对了:这时出现了一只载重量一万到一万二千麦茨①的橡木船,两边涌起的波浪高过了船舷,可以想象是装得满满的。

这只大肚子船全身涂得漆黑,只有前边是银色的,船头包着亮闪闪的铁皮,高高翘起,在顶端卷曲成了蜗牛的形状。甲板形似一个长长的屋顶,两侧有通到上面的窄窄梯子,上边有一道平坦的栈桥分别通向两舵。紧靠船头那部分甲板被一个双间船舱隔开。双间船舱有两个小房间,左右都开了门,正面壁上可以看见两扇装着绿色百叶窗的小窗户;在这两扇窗户之间的外墙上,用金色打底,画着真人一般大小的殉道少女圣芭尔芭拉全身像,她身穿玫瑰色长袍,披着淡蓝色斗篷,系着红头巾,手里拿着一朵白色百合花。

在船头的几大捆纤绳和船舱之间,还空着一小块地方;那里摆着一个绿漆木箱,约两英尺宽、五英尺长光景,里面覆满黑土,密密地栽着美丽的丁香花和紫罗兰。一道三英尺高的铁栏杆围着这幅画像和这个小花坛,栏杆上挤挤挨挨地悬挂着野花环,栏杆中央有一个圆形红玻璃罩,里面点着一盏小油灯,灯旁插着迷迭香枝条和神圣的柔荑花。

---

① 麦茨,旧容积单位,1麦茨约合3.44公升。

船前部高高竖着一根桅杆,桅杆半中腰有一个铁钩,上面拴着一根三英寸粗的纤绳,岸上的七十二匹马就用这根纤绳吃力地拖着沉重的大船逆流而上。

平时,这些马有一半也足够了;要是在匈牙利境内的多瑙河上游,甚至只需十二匹马就绰绰有余。但是在这里,迎着大风,就是七十二匹马也还得不停鞭打才行。刚才那木号角的信号,就是对为首的赶马人发出的。

在这种时候,如果单凭人用嗓子,拼了命都没有用。即使喊声能从船上传到岸边,反复的回声也会弄得人无法听懂。

用船号呢,连马也能听懂。人和马能够从号声时而拉长、时而中止所表示的警告或者鼓励中,听出他们应该在什么时候加快或放慢脚步,应该在什么时候立刻停住。

因为在这条礁石累累的水路中,船只的命运变化莫测,它必须与侧面袭来的暴风和神秘的水流搏斗,必须拖带本身的载重和尽力避开礁石和旋涡。

船的命运掌握在两个人的手里,一个是把握着舵柄的舵手,一个是管事。管事在这咆哮喧嚣的环境中,用船号向纤夫发布命令。如果两人中有一个不能胜任自己的职务,那么船不是撞上暗礁,就是卷进旋涡,不是被激流打到对岸,就是冲上沙洲或整个沉没。

但是,这两人脸上此刻都没露出丝毫惶恐的神色。

舵手是一个身高力大、久经锻炼的水手。他的面孔通红,网络般布满隐约可见的青筋,眼白上满是血丝。他的嗓音永远是嘶哑的,并且只有两种变化,不是大声喊叫,就是低声嘟哝。大概正因为如此,他才不得不加倍爱惜他的嗓子,一个方法是预防性的,就是脖子上围着一条红色羊毛围巾,另一方法是补偿性的,就是大衣口袋里永远揣着瓶烧酒。

　　管事则完全相反:他年约三十,长着一头金黄色的头发和一双充满热情的蓝眼睛,在他那经常刮得精光的脸上,蓄着两撇长长的八字胡。他中等身材,乍看之下,体格似乎柔弱,嗓音也与这柔弱的体格相称,当他低声说话的时候,声音听起来差不多和女人一样。

　　舵手名叫发布拉·亚诺斯,管事的名字是提玛尔·米哈利。

　　清洗官坐在舵凳的边缘上,把粗毛风帽拉下来,只露出通红的鼻子和红胡髭。这个故事里没有记下他的名字。眼下他正嚼着烟草。

　　在这条沉重的橡木船旁系着一条副船;副船上配备有六个桨手,正有节奏地划着桨。每划一下,他们都要一跃离开座位,向前跑一两步,到一个高台上,然后把紧握着的桨插进水里,再将身子往后一倒,坐到自己的座位上,同时也就把桨划了过去。在河水特别湍急的地方,船除了靠马拉纤以外,还要用这种方法才能向前行驶。

　　副船旁边还吊着一只小舢板。

　　在双间船舱的门里站着一个男人,约莫五十岁,正叼着一根长烟袋抽土耳其烟。他生着东方人的脸形,却又不太像希腊人,而更近似土耳其人;他的打扮则完全表明他是个希腊人或者是塞尔维亚人:他穿着一件镶皮边的长袍,戴一顶红色土耳其帽。一个细心观察的人不难发现,他脸上刮过的部分跟其他正常的肤色不同,显得特别亮,就像那些刚把大胡子剃掉了的人似的。

　　这位先生在船册上填写的姓名是埃提姆·特里卡利斯,

同时注明是货主。而此船则属于科马罗姆①的商人阿塔纳茨·布拉佐维奇。

在船舱的一个窗口上,可以看见一位年轻姑娘的脸庞,正好在芭尔芭拉圣女像旁边,仿佛也成了一个圣女。

她的脸色不是苍白,而是像莹洁的大理石或水晶似的白得透明。正如阿比西尼亚女人的黑皮肤和马来亚女人的黄皮肤一样,这位姑娘这么白也是天生的。她的脸上没掺杂任何一点别的颜色,不论是风吹还是男人的注视,都不能使它泛起一丝红晕。

实际上这位姑娘还是一个孩子,才不过十三岁;然而却身材颀长。她大理石一般洁白的脸庞具有十足的古典特色,仿佛她母亲当初看见过米洛②的维纳斯,因而对胎儿发生了影响似的。

她那浓密的黑发如同黑天鹅的羽毛一样,闪着金属的光泽。两只眼睛深蓝深蓝的,眉毛描得又细又长,几乎连到了一起。这样清秀的纤眉更给她的面容增添了魅力,好像圣像头上闪现的黑色光环一样。这位姑娘名叫蒂美娅。

这些就是"圣芭尔芭拉"号上的乘客。

管事只要放下手中的号角,用铅垂测量过水深以后,就抽空转向圣像的铁栏杆去和这位姑娘闲谈。

蒂美娅只懂现代希腊语,这种语言管事也说得很流利。他向她介绍此地的风光,介绍这些阴暗而凄凉的景色。姑娘心情紧张地听着,洁白的面庞和深蓝色的眼睛却始终毫无

---

① 科马罗姆,原捷克斯洛伐克南部城市,在发格河入多瑙河处。
② 米洛(公元前五世纪),古希腊的大雕刻家。

表情。

管事觉得姑娘的眼睛好像不是看着他,而是盯住那在"圣芭尔芭拉"画像脚下散发着幽香的紫罗兰。他于是摘下一朵紫罗兰,递给小女孩,好让她听听花儿在说些什么。

舵座上的舵手把这一切都看在眼里,心中很不高兴。

他用像粗锉锉东西的嗓音责怪说:"别给小姑娘摘圣女前面的花,您在灯上点一支神圣的柔荑花,岂不更好吗?万一耶稣让我们向那块大石头撞去,恐怕基督也救不了我们哩。耶稣保佑!"

最后这两句,本来是发布拉·亚诺斯自顾自地唠叨的,偏巧却让这时正坐在他身旁的清洗官听到了,于是便引出了下面一段对话。

"各位为什么非得在风这样大的时候过铁门呢?"

"为什么?"发布拉·亚诺斯回答说,同时不忘自己的好习惯,先抓起裹着稻草的酒瓶灌了一大口烧酒,好把思想集中一下,"还不是因为必须尽快赶路。我们船上装着一万麦茨的纯净小麦。巴纳特①一粒小麦也没收,瓦拉几亚②却获得一个大丰收。现在我们要把这些小麦一直运到科马罗姆去。今天已经是米迦勒节③了,要是我们不赶快的话,就会在这里耽搁到十一月,被冻在半路什么地方了。"

"您为什么认为多瑙河十一月就会封冻呢?"

"不是我认为,而是我知道。是科马罗姆的历书上这样说的。历书就挂在我小房间的床上面,您最好去翻翻。"

---

① 巴纳特,匈牙利盛产名酒的地方,位于多瑙河和蒂萨河之间。
② 瓦拉几亚,罗马尼亚南部地区名,首都布加勒斯特就在这个区内。
③ 米迦勒节,九月二十九日,天主教追念米迦勒天使长的节日。

清洗官把脸又往风帽里缩了缩,同时把嘴里嚼着的几块烟草吐到河里。

"在这种时候您还是别往水里吐吧,多瑙河不喜欢这样。科马罗姆的历书上说得可非常灵验:正好是十年前的这个时候,它也预言十一月要封冻,当时我便急于带着船赶回家乡,那时我也在这条'圣芭尔芭拉'号上。别人都嘲笑我;后来到了十一月二十三日那天,寒流果真突然袭来,有一半的船被冻住了,有的在阿帕廷,有的在弗德伐尔。这下可轮到我嘲笑他们了。——耶稣保佑!使劲划呀!——喂——喂——喂……!"

风暴又在疯狂地袭击这条船。大颗的汗珠顺着舵手的两颊往下滚,他吃力地来回转动舵柄,可是不需要别人帮助。他喝了一大口烧酒来犒劳自己,酒入肚以后,他的眼睛显得更红了。

"啊,主耶稣千万保佑我们躲过这块礁石!"他紧张地操着舵,叹着气说,"小伙子们,使劲划呀,但愿我们能够平安地躲过这块石头!"

"前面还有第二块哩。"

"是啊,还有第三块,第十三块,每个钟头我们都有六次可能进棺材,所以嘴里必须老含着入殓钱。"

"听着,"清洗官把一团嚼烟从嘴里取出来,又开口说,"我相信你们船上装的不光是小麦。"

发布拉先生向缩在风帽里的清洗官瞟了一眼,耸了耸肩膀。

"这和我有什么相干?船上有私货,那我们至少不至于耽搁在检疫站,可以更快地前进。"

"怎么讲?"

舵手用拳头向后画了半个圆圈,清洗官便高声笑起来。难道他已经明白这个动作是什么意思?

"喂,您瞧一瞧那边,"发布拉·亚诺斯说,"从我上次乘船经过这里以后,这条大河又变样了。要是我现在不让船顺风走的话,我们就会陷进'情人岩'下面的旋涡里。这个凶恶的怪物总是和我们的船并着游,您看见了吗? 这是一条老鳣鱼,少说也有二百五十公斤。这个凶恶的畜生和我们的船这么比赛游泳,早晚要发生什么不幸的。耶稣保佑! 但愿这畜生更靠近些,我好用鱼枪插进它的脊背。耶稣保佑! 这位管事只顾滔滔不绝地跟那个希腊姑娘闲聊,把向拉纤队的马夫头吹号都忘啦。那姑娘也是个祸害,自从她登上我的船就一直刮北风。她绝不是个好东西。小姑娘白得像个妖精,两条眉毛连到一起,跟女妖的长相一样。——提玛尔先生! 您倒是吹号向马夫头发令啊! 喂——喂——喂!"

但是,提玛尔先生并没有去拿船号,他继续给白脸蛋儿的女郎讲关于岩石和瀑布的神话。从铁门到克利苏腊,两岸的每一段峭壁、每一个岩洞、每一块礁石或岛屿以及河中的每一个旋涡,都有一段故事可讲;在世界文学名著里,在民间歌手的歌曲和渔夫的口头传说里,以及在岩壁上雕凿的碑文中,都常提到这里的某个神话、民间传说或是某个强盗的冒险奇闻。这里真是一座石头图书馆,上面说的那些有名称的岩壁就是印书名的书脊,谁要是能打开这些书,谁就会从每一本中读到一篇精彩的长篇故事。

提玛尔·米哈利早已对这个图书馆非常熟悉了,他曾多次乘着这只委托给他的大船经过铁门,每一块礁石,每一个岛屿,他都了如指掌。

他讲这些故事和神话不单单是为了让人长一些知识,大概还另有目的,也许是出于好心吧。因为,当一个敏感的弱女子要经历一场甚至使饱经风霜的坚强汉子也会心惊胆战的巨大危险时,把还不熟悉这种危险的女子的注意力转移到奇妙的神话世界中去,可以说是久历艰险的人的义务呢。

他讲述当年英勇的米尔科如何带着他的情人——忠贞的米丽娃逃到多瑙河心的琉比加亚峭壁顶上,如何把守通向这个避难所的艰险道路,抵御阿斯安派来追赶他的整队兵丁,他俩又如何依靠栖息在岩壁上的黑雕供养生活了很长一段时间,以及他们如何同小雕分享老雕捕捉到并拖进窠中的小山羊。蒂美娅倾听着他的故事,丝毫没有注意到汹涌的河水拍打那越来越迫近的琉比加亚峭壁激起的狂涛声。在这条变窄的河床中,旋涡翻滚,波涛卷起白色浪花。船夫们管这种像白羊毛似的浪峰叫作"山羊",人们不等到它跟前,先已心惊胆战了。

"您要是聪明点,最好不往后看而向前看!"舵手嘟囔说。接着他扯开嗓子高声喊道:"喂,管事先生!迎面来的那是什么?"

管事回身转向船头,也看到了舵手让他注意的那个东西。

这时船正行驶在塔塔利亚峡口,在这里多瑙河只有二百噚宽,江水瞬息万丈,如同一条向下奔泻的湍急水流,只不过名字仍叫多瑙河。

同时,大河在这里还被一堆顶上长满苔藓和灌木的大礁石分成两半,而在西面的一半又分成两股;一股沿着塞尔维亚一方的峭壁奔腾,另一股则从一条约莫五十噚宽的航道中流去。这条航道是在岩石河床上挖凿的,顺水逆水都可走大船,但两只船相遇却不行,因为错船时非常危险。北边水下有成群暗礁,船碰上就要粉碎;南边由于两股河道在岩岛后面重新汇合,形成了巨大的旋涡,船一旦卷进去,就休想得救。

所以,舵手刚才喊道"迎面来的那是什么?"无异于通知大祸临头:在水位这样高、风势这样猛的情况下,在塔塔利亚峡口中有一个东西正迎面漂来!

提玛尔·米哈利方才把望远镜递给了蒂美娅,好让她把过去米尔科保护美丽的米丽娃的那个地方看得更清楚;这时又从她手中把望远镜要了过来。

在西面河湾的水面上,出现了一个黑乎乎的东西。

提玛尔·米哈利用望远镜仔细看了看,马上向后面的舵手喊道:"一座磨坊!"

"这么说,是耶稣惩罚我们啰!"

一座被飓风从岸上刮进河里的水磨坊,正顺着湍急的河水朝他们漂来,看上去像个游动的怪物,既没有舵手,又没有桨手,正漫无目标地顺流而下。沿途的水磨一个一个地被它撞毁,迎面驶来的货船,只要不能很快地改变航路,就会被它挤上沙洲。然而这里两边全是险恶的礁石,哪儿有路可躲呢。

提玛尔·米哈利二话没说,便又把望远镜递给蒂美娅,指点她怎样可以更清楚地望到雕巢。就是这些雕的祖先,当初曾供养过那对恋人。接着他急忙脱掉上衣,跳上副船,吩咐五个桨手带上小锚和细缆绳随他跳到舢板上,舢板马上划开了。

特里卡利斯和蒂美娅根本不明白提玛尔吩咐的是什么意思,因为他说的是匈牙利语,他们不懂。所以,他们也不明白管事又向舵手喊的两句话:"岸上的拉纤队继续前进,船不要向右偏也不要向左偏。"

但是,几分钟后,连特里卡利斯也估量出眼前的危险有多大了。这座被刮落水中的磨坊在奔腾喧嚣的河道中顺流直下,急速漂来,已经用肉眼就能看清它那横在水面上的翼轮。货船如果给它撞上,那么顷刻之间二者就会同归于尽。

舢板上的六个人使出全身力气,拼命逆流而上。四个人划桨,一个人掌舵,管事交叉着双臂站在船头。

他们能干什么呢?用一只舢板对付一座磨坊!难道血肉之躯能战胜急流和风暴?

就算他们个个都是参孙①,流体学的规律也终归要使他们所费的全部力气化为乌有。他们对磨坊的任何冲击,都会对舢板起反作用。即使他们能够抓住磨坊,那磨坊也会拖着他们一块儿向下冲来。这情形就像蜘蛛想用丝网缚住麋螂一样无望。

这时舢板离开河心向着岩岛的尖端移动。河水在那里掀起狂澜,五个人一会儿沉入波涛的深谷,一会儿又颠簸在怒涛的顶峰上,他们就这样被惊涛骇浪抛上抛下;而汹涌的河水沸腾似的在他们周围冒着泡沫。

---

① 参孙,《圣经·旧约》中的大力士。

第三章 白 猫

五个桨手在颠簸不定的舢板上商量着对策。

一个人建议泅水过去,用斧子砍破磨坊在水下的一道板壁,使它下沉。但这不是解救危难的办法,湍急的河水仍然会把磨坊冲到货船上。

另一个说,应该用搭钩拖住磨坊,然后利用舢板上的舵把它拖到旋涡里去。可这主意也不怎么高明,因为这样旋涡会连同舢板一起卷进去的。

提玛尔命令掌舵的水手对准彼利格拉塔岛的尖端驶去,尖端的最高处就是"情人岩"。

当他们接近急流的时候,提玛尔提起铁锚抛进水里。舢板在抛锚时丝毫没有摇摆,可见这个身体瘦长的人臂力相当大。

铁锚把一大盘缆绳一直向下拖去,说明水是很深的。接着,提玛尔命令掌舵的水手尽快驶向磨坊。现在大家已经猜出他的意图了:他打算利用铁锚来拦截磨坊。

"这办法不太妙啊!"水手们说,"回头磨坊会横在河汊上,挡住船的航路。再说缆绳又细又长,很容易给那大家伙绷断的。"

船上的埃提姆·特里卡利斯发觉提玛尔想做什么后,大吃一惊,立即扔掉手中的烟袋,一面沿着甲板奔跑,一面大声招呼舵手砍断船的曳索,好让船顺水往回漂。舵手不懂希腊话,可是从这个老人的手势猜出了他的意思。

舵手十分沉着地回答说:"千万别慌,提玛尔心里有数。"

特里卡利斯怀着惊恐激动的心情,从腰带上抽出一把匕首,要亲自动手割断曳索。这当儿舵手向后指了指,特里卡利斯回头一看,立刻改变了主意。

原来多瑙河下游也正好有一只船在溯流而上。有经验的人在几英里以外就能辨出这是一只单桅船,张着半帆,后甲板翘得老高,有二十四个桨手。无疑是一艘土耳其炮艇!

特里卡利斯一看见这艘炮艇,就把手里的匕首重新插进腰带,脸立刻红了,紧跟着又变得煞白。

他急忙奔向蒂美娅。

这当儿蒂美娅正用望远镜欣赏彼利格拉塔峭壁的顶峰。

"把望远镜给我!"埃提姆说,他惊慌得嗓音都嘶哑了。

"啊,多好看呀!"蒂美娅一面说,一面把望远镜递给父亲。

"什么?"

"那个峭壁上住着许多小土拨鼠,模样儿像小松鼠一样,正互相闹着玩哩。"

埃提姆用望远镜对准那艘正从下游开来的船,双眉皱得更紧了,脸色变得像死人一样苍白。

蒂美娅从他手中接过望远镜,又去寻找峭壁上的土拨鼠。埃提姆伸出右臂搂住女儿的腰。

"它们在蹦蹦跳跳地跳舞哩!一只追赶着一只。噢,多可爱啊!"

这时蒂美娅险些被搂住她的手臂提起来,从船栏上扔到白浪滔滔的河里去。

然而,埃提姆朝另一个方向一看,他那死人一般的脸色又恢复了生气。

提玛尔向磨坊靠拢到投一块石头的距离后,右手便抓起一卷长长的锚索,索头上有一个铁钩。

顺流而下的磨坊不停地漂动,越来越近,活像一个在太古的洪水中漂游的水怪。磨坊的翼轮在汹涌的波涛中飞快地旋转着,在上面的空谷箱与下面的面粉袋之间的磨石仍在转动,好像还有谷物可磨似的。

这个注定要毁灭的磨坊里一个人也没有,只有一只白猫坐在红色的薄板篷上,咪呜咪呜地发出绝望的叫声。

提玛尔一到磨坊旁边,便举起带铁钩的锚索向水磨的翼轮猛地扔去。

铁锚一搭上翼片,被河水驱动的轮子立即就卷绕起锚索来,磨坊于是被拖着慢慢掉了头,向着彼利格拉塔岛漂去。这样一来,磨坊就会葬送自己,撞碎在岩礁上了。

"我没说错吧,提玛尔心里有数!"发布拉·亚诺斯咕哝说。埃提姆则兴高采烈地喊道:"妙极了,我的孩子!"同时猛一握蒂美娅的手,把她吓了一跳,连土拨鼠也忘啰。

"啊,看啦!"

这时蒂美娅也观看起磨坊来。她不需要用望远镜,因为在这条只有五十哶宽的狭窄航道中,磨坊离船已经不到十哶了。船刚好可以安然无恙地从这个危险的定时炸弹旁边驶过。

蒂美娅既没感到危险,也不了解什么脱险不脱险的,她只看见了那只听天由命的白猫。

当这只可怜的动物注意到这条有人的船靠近时,便跳了起来,咪呜咪呜地哀叫着,在磨坊顶篷上来回乱跑,估量着磨坊和船之间的距离,踌躇不定,不知是否可以冒险跳过船去。

"哎呀,可怜的小猫!"蒂美娅惊恐地大声说,"要是磨坊靠近些,那小东西就可以跳到我们船上来啦。"

可是,船的保护神"圣芭尔芭拉"和那根锚索没有让它走这个"运"。被翼轮越卷越短的锚索拖着磨坊,使它离船越来越远,渐渐靠近了那个岩岛。

"可怜的美丽小白猫啊!"

"我的孩子,你用不着为它担心!"埃提姆安慰她说,"磨坊一靠岩岛,小猫就会逃到陆上去,那里有许多土拨鼠,它会生活得十分愉快的。"

可惜的是,小白猫只在磨坊顶上的这一边来回乱跑,好像对磨坊那边的岩岛看也不想看!

船平安地从可怕的磨坊旁边驶过以后,蒂美娅向小猫挥动着手帕,同时一会儿用希腊话,一会儿用所有的猫都能懂的话向小猫喊道:"快,转过身去!往岛上跳!咪咪!咪咪!快逃命吧!"但是,濒于绝望的小动物一点也听不懂她的意思。

就在磨坊漂过船尾的刹那间,它突然被急流冲得转动起来,缠绕在翼轮上的锚索绷断了,恢复了自由的磨坊便箭一般地冲进岸边的急流。

白猫吓得号叫着奔向顶篷的高处。

"哎呀!"

磨坊正奔向毁灭,因为岩石后面就是旋涡。

这是当初水怪弄成的一个极其稀奇古怪的旋涡。所有的航行图上都为它所在的地方标着两个交叉的箭头。只要船舶陷入其中一个箭头所指的方向,就凶多吉少!水流在巨大的"漏斗"周围像沸腾似的翻滚着泡沫,旋涡中央张开着一个一咩深的大嘴似的深渊。岩石河床被这旋涡钻了一个一百二十英尺深的洞穴,无论什么东西被卷进了这个神秘莫测的坟墓,便再也无法弄上来;人要被它攫住,就休想活命。

急流把无主的磨坊冲进了这个旋涡。一到里面,磨坊的底板就破了,因此歪向一边,翼轮连轴也向上翻起,小白猫一直逃到了翼轮的最高处,弓着背站在那里。旋涡攫住这个木板房子,使它转了个大圆圈。磨坊翻了四五个身,所有的板缝都嘎吱嘎吱地裂开,最后终于沉入水底,白猫也同归于尽了。蒂美娅浑身都在神经质地战栗,并用薄薄的披肩蒙住了脸。

但是,"圣芭尔芭拉"号得救了。埃提姆与回来的水手们一一握手,甚至拥抱了提玛尔。提玛尔心想,蒂美娅大概也会对他说句好听的话吧。

不料姑娘只问他道:"现在磨坊怎么样了?"

她神色惶惑地指了指旋涡。

"粉碎了!"

"那可怜的小猫呢?"

姑娘的嘴唇不住地哆嗦,眼睛里噙着泪水。

"也完啦。"

"可是,磨坊准是哪家穷人的呀!"蒂美娅说。

"还用说!可是我们必须救我们自己的船和性命,不然我们就要淹在水里,卷入旋涡,被抛到岸边去,粉身碎骨。"

蒂美娅泪眼汪汪地盯着说这话的人,透过泪珠看到了一个陌生的、不可理解的世界。她无论如何不能理解:为了拯救自己的船竟可以把一个穷人家的磨坊推进旋涡,为了自己不葬身鱼腹竟可以让一只猫淹死。从这个时刻起,她再也不听提玛尔那些奇异的神话故事了,她一见他就躲开。

第四章 "猛犸"*的殊死挣扎

再说提玛尔现在也没有心思去讲神话故事了。他刚才冒着生命危险紧张地搏斗了一场,几乎还没有喘口气,埃提姆就把望远镜递给了他,指着后面的一个地方要他看。

提玛尔看着那艘遥遥在望的舰艇,嘴里一个字一个字从容不迫地说:"炮艇……有二十四支桨……'萨罗尼加'号。"

他一直举着望远镜,直到彼利格拉塔岛的岩壁把眼前的那艘船完全遮住。这时他突然放下望远镜,把号角放到嘴上,先三下后六下,猛地吹出急促而有间歇的号声,于是岸上的人便加紧赶起马来。

多瑙河分成两股绕着彼利格拉塔岩岛流去。靠塞尔维亚岸边的那一股,货船可以逆流而上;走这条航道比较舒适、安全而且省钱,只用半数的马匹就可以拖着船前进。沿罗马尼亚这边的岩石河床虽然也开凿有一条窄窄的航道,但是只能用牛来拖船,而且往往要套上一百二十头才顶事。在彼利格拉塔岛的上游还横亘着一个小岛,名叫莱茨基伐尔岛(该岛从前是完整的,现在有一半已被炸掉),把可以通行货船的这

---

* 猛犸,古哺乳动物,形状和大小与现代象相似,全身长毛,门牙向上弯曲,生活在寒冷地带,是第四纪动物,已经绝种。也叫主象。

股支流弄得更窄了。两个岩岛形成一个峡口,巨流像箭一般从中穿过,一出了峡口,河面顿时开阔起来,在两道岩壁之间仿佛形成了一个大湖。只是这个湖很不平静,湖面上永远白浪滔天,甚至在严冬也不结冰。这里的河底布满了礁石,有些礁石完全隐没在水下;有些礁石像粗雕的石像一样突出水面好几呎高,奇形怪状,无怪乎都取了那么一些不祥的名字。

这边,古鲁巴克斯卡·玛丽和米卡互相凝视着,那栖居野鸭的岩洞仿佛就是它们的眼睛;那边,向前欠身站着的是威风凛凛的腊斯波伊尼克;霍尔恩·玛丽只露出脑袋,让波浪从他的双肩上涌过;彼阿特拉—克利莫伊尔则强使冲来的洪流转向别处。此外,还有一大批没有名字的礁石分散在各处,从拍打着它们而飞溅起的浪花中显露出来。

所有国家的船员都觉得这里是个极其险恶的地方。即使富有经验的英国、土耳其和意大利的航海家,尽管他们对海上的惊涛骇浪已经习以为常,到了这个岩石河床附近也不免战战兢兢。

的确,这里对于多数船只来说,都将是个险恶之地。当年克里米亚战争①期间,土耳其政府那艘华丽的铁甲战舰"锡利斯特腊"号,就在这里触礁搁了浅。那艘船本是派往贝尔格莱德去的,要不是莱茨基伐尔岛的一个礁石尖执行了英明的和平政策,狠狠地撞了它的肋骨一下,使它不得不停在这里,那么近东问题也许会有完全不同的变化。

然而,这儿尽管遍布礁岩,异常危险,不过仍有一条航路

---

① 克里米亚战争,指一八五三至一八五六年俄国军队与土、法、英联军的战争。

可通;只是能够辨识这条航路的船员不多,敢于经常利用它的就更少。这条航路的用途在于能把货船从塞尔维亚岸边转到罗马尼亚的航道上去。

一连串的礁石使这条航路和多瑙河的其余部分完全隔开,只能从斯维尼卡附近驶入,从斯克拉—格拉德卡附近出去。但是,有办法在多瑙河上游彼阿特拉—卡鲁格拉化险为夷的人,便能驾船从塞尔维亚岸边横渡多瑙河,插入罗马尼亚的航道。

这样的横渡就像猛犸在水上作殊死挣扎一般。

管事猛吹起号角来,先三下,后六下。马夫们明白这是什么意思。拉纤马队的头儿立刻从马上跳下——他这样做绝对是有理由的——,马夫们开始大声吆喝,并啪啪地抡起鞭子来催赶马匹。船迅速逆流前进。

号角又吹了九下。

马夫们拼命鞭打着马。可怜的畜生懂得这吆喝声,又加上挨到鞭子,就使出全身力气向前奔曳。它们在如此紧张的五分钟内所消耗的力气,比拉一整天纤还要多。

号角又先后响了十二下。人和马都拼出最后一点力气,紧张得无以复加。三英寸粗的曳索绷紧得如同拉满的弓弦,船头上缠绕着绳索的铁绞轮磨得灼热如炙。管事站在船头上,手里握着一柄利斧。

正当船向前奔驰得最快的时候,他一斧子砍断了船头上的曳索。

这根绷紧的绳索像拉断的弓弦一样,铿锵一声飞弹到空中,岸上的马群一下子跌成一堆,打头的马连脖子都折断了。骑在这匹马上的人聪明地预先下了鞍,就是防备这一着。摆脱了曳索的船突然改变方向,船头指向北岸,顺着原航向的对角线,逆流斜穿过去。

船员们管这种大胆的做法叫作"漂越"。

现在,没有任何东西驱动这只沉重的货船,既没有蒸汽,也没有船桨,而且还有急流迎头冲激着它;船只是依靠冲力向对岸驶去。

船员能够正确计算这种冲力,使它与所要通过的距离和所受的阻力恰好相当,即使是一个受过专门教育的机械师也会认为这是件了不起的事。普通船员的这种本领,则是从经验中学来的。

从提玛尔砍断曳索的那一瞬间起,全船人的生命就掌握在一个人的手中,这就是舵手。此刻发布拉·亚诺斯表现得完全能够胜任这一使命。他一面高声喊着"耶稣保佑!我主耶稣!",一面全神贯注尽着自己的职责。

船开始急遽地冲进多瑙河形成的湖中,现在必须两个人来掌舵;即使两个人驾驭这个急速滑行的怪物,也是难上加难的。

提玛尔一直站在船头上用铅垂测量水深,一只手拿着测线,另一只手高高举起,用手指告诉舵手测量的结果。

"耶稣保佑!"

舵手对他们所经过的岩石非常熟悉,甚至能够估计出河水在上星期涨了多少英尺。船舵掌握在他手中十分可靠。只要他弄错一拃长的距离,哪怕使船仅仅受一下冲撞,因而停顿上一分钟,那么整个船连同全体乘客就会像磨坊那样被卷进二十噚宽的彼利格拉塔旋涡中去,而那位美丽白皙的姑娘也将遭到与那只好看的小白猫同样的命运了。

他们正平安地通过莱茨基伐尔岛前面的无底深渊。这是最险恶的地方,河底布满了尖利的礁石,逆流抵消了船身的冲力,"圣芭尔芭拉"号的速度已经缓慢下来。

蒂美娅俯身在船栏上,注视着下面的河水。五光十色的岩块,透过清澈的波浪显得近在眼前,仿佛是一个个绿、黄、红各色石像镶嵌成的巨型雕塑。身上带红鳍、银光闪闪的鱼群往返穿游在这些石像之间,她因此感到非常快活!

这是一个十分沉寂的场面。人人都清楚现在正从自己的坟墓上面滑过,只有靠慈悲上帝的保佑,才不致像其他许多人那样在这下面竖立墓碑。唯有那位小姑娘一点也不感到害怕。

现在"圣芭尔芭拉"号驶进了一个海湾似的礁石区。船员们给这些礁石取名叫"猎枪岩",也许因为激荡的波涛拍打这些礁石的响声,很像噼噼啪啪的枪声吧。

多瑙河的主流在这里被阻住,形成一个深水湾。这里的礁石在很深的水下,所以没有危险。在墨绿色的河底上,可以看到一些懒洋洋的庞然大物,它们只是偶尔移动一下,这就是海里来的客人——大鳣鱼。还可以看到水中的恶狼——五十公斤重的大梭鱼,它一露面,其余各色各样的鱼就吓得四散逃走了。蒂美娅从高处欣赏着这些水族表演,恍如在一个罗马式剧场观剧一样,惊叹不已。

突然,她感到提玛尔抓住她的手臂,把她从船栏杆旁边拉开,推进船舱,猛地在她背后关上了舱门。

"留神!哎呀!"全船的人突然齐声喊道。

蒂美娅不知道这时发生了什么事,不知道提玛尔为什么这样粗暴地对待她。她于是跑向船舱的窗口,向外张望。

船已经平安地通过了猎枪岩湾,正驶入靠罗马尼亚岸边的航路,此外并没有发生什么别的事。唯有波涛顺着岩石河湾汹涌倾泻,特别是在风势猛烈的时候,简直和瀑布一样;这是这次冒险中生命攸关、千钧一发的时刻。

蒂美娅从小窗口往外窥望,只见提玛尔手里握着一根钩杆,站在船头。可是突然,一声可怕的、狂暴的轰响,一个巨浪飞迸着白沫扑上船头,翠绿晶莹的水珠一直飞溅到船舱的窗子上,因而有一瞬间蒂美娅什么也看不见了。过了一会儿,当她再向外看的时候,船头上已经没有了管事。

外面传来一阵喧哗。蒂美娅朝舱门冲去,直跑到父亲那里。

"我们会淹死吗?"她问父亲。

"不会。船脱险了,可是管事掉下水去啦。"

蒂美娅亲眼看到了这一切,是巨浪在她眼前把他从船头卷走的。

但是,听了这句话,她的心并没有跳得更厉害。奇怪!当她看到那只小白猫葬身波涛的时候,她感到那么绝望,甚至抑制不住自己的眼泪;而现在,她看到巨浪吞没了管事,竟连句"可怜!"都没说。

是的,因为那只猫曾非常凄惶地向每一个人哀叫;而此人呢,却把整个世界都不放在眼里!再说,小白猫是只娇小可爱的动物,管事却是个粗鲁讨厌的汉子。还有,小白猫软弱无力,管事则精明强干。他一定会自己摆脱灾难的,他是有这种本领的男子汉。

经过最后一次殊死挣扎,船得救了,在安全的航道上继续前进。船夫们带着长竿奔向舢板,要去寻找失踪的管事。埃提姆高举钱袋,表示这将作为他们的奖赏,如果他们能够把提玛尔救上来的话。"谁把他从水里活着救上来,谁就得一百金币!"

"留下您那一百金币吧,先生!"从船的另一边传来失踪者的声音,"我这不是自己上来了!"

他正抓住锚链从激流中爬上船尾。人们用不着为他担心,他不是那么轻易丧生的人!

接着,好像刚才什么事也没发生似的,他又开始到处指挥起来。

"抛锚!"

三百磅重的船锚抛入水中,于是船停在了航道中央;这时多瑙河的另一面完全被岩石遮住了。

"现在乘舢板上岸!"提玛尔命令三个桨手说。

"您倒是换换衣服啊!"埃提姆劝他道。

"没有必要,"提玛尔回答说,"说不定今天我还要经受几次洗礼。反正我身上湿了,不再怕水什么的,再说我们必须赶紧走。"

最后一句他是附在埃提姆耳边悄悄说的。

特里卡利斯眼里闪出赞同的光芒。

管事匆匆跳上舢板,并且亲自掌舵,好更快地赶到渡口,寻找纤夫。他在那里很快凑起了八十头拉纤的公牛,同时让人把新曳索拴牢在船上,随后再套上了牲口。过了不到一个半小时,"圣芭尔芭拉"号又继续通过铁门了,而且现在是沿着另一岸航行。

经过这一番劳顿奔波,提玛尔回到船上时身上的衣服已经干了。

船得救了,——也许是双重意义的得救:既救了全船货物,也救了埃提姆与蒂美娅父女。而救星就是提玛尔这个人。

这两位旅客到底跟他有什么关系?他为什么要如此劳神费力呢?他在这只船上只不过是一个管事,一个"管账的",拿的年薪也很微薄。这一船无论装的是粮食,还是走私的烟草或珍珠,可以说对他都无所谓,他反正挣那么多薪水。

清洗官心里大概也这么想吧。当船驶入罗马尼亚的航道以后,他又和舵手聊起天来;而在此之前他可没机会这样做啊。

"说实话,老乡,咱们还从来没经历过今天这样的危险,差点儿大家一起去见阎王。"

"真的,可不是吗!"发布拉·亚诺斯回答说。

"咱们到底为什么非得冒这个险,来试一试圣米迦勒节会不会淹死人呢?"

"哼!"发布拉·亚诺斯哼了一声,同时对着酒瓶喝了一大口烧酒,"请问您每天挣多少钱?"

"二十个铜币。"清洗官回答说。

"魔鬼干吗把您弄到这儿来,为二十个铜子儿冒生命危险呢?我没有请您到这儿来。我可是每天整整挣一个金币,伙食还不花钱。说起来我比您多挣四十个铜币,冒险也值得一些。请问还有什么见教?"

清洗官摇了摇头,同时为了听得更清楚些,把风帽往后推了推。

"我说,朋友,"清洗官道,"我认为跟在咱们后面的那艘土耳其炮艇是在追赶您这条船,而'圣芭尔芭拉'号也正在躲避它。"

"唔!"舵手猛然呛咳起来,嗓子突然嘶哑了,再也发不出一点声音。

"唉,这类事跟我一点关系也没有,"清洗官耸了耸肩膀说,"我是奥地利的边境官员,我和土耳其人没有关系,但有些事我是知道的。"

"现在或许有些事您想知道但还不知道吧!"发布拉·亚诺斯说,"不错,土耳其炮艇是在追赶咱们,咱们当然也是因为有炮艇才绕道走的。倒霉的是有人想把那位白净的小姑娘送进苏丹的后宫,可是姑娘的父亲不同意,他宁愿带着女儿逃出土耳其帝国。现在咱们的任务是尽快赶到匈牙利境内,到了那里苏丹就再也没法迫害他们了。好啦,现在您全都知道了,别再刨根问底了吧。请到光辉的圣芭尔芭拉画像前去一下。飞溅的浪花可能把圣像前面的小灯扑灭了;您要是个希腊派天主教徒,就请再把它点上,并请别忘了在圣像前面烧三朵神圣的柔黄花。"

清洗官笨手笨脚地站起来,摸出身上的火具,慢条斯理地对舵手咕哝说:

"咱当然是个希腊派天主教徒;可您呢,据说在船上是罗马教皇的信徒,而一上岸立即又变成了卡尔文派教徒啦;而且,在水上的时候您祈祷上帝,可是一到陆地上就又骂个不停。人们还说,您的名字叫发布拉·亚诺斯,而'发布拉'按照拉丁文的意思就是'谎话'。不过,您对我所说的一切,我还是相信的,请千万别介意。"

"您这样做很聪明。现在您还是走开吧,我没喊您,您别来。"

那艘土耳其炮艇从最初看见"圣芭尔芭拉"号的地方起,

二十四个桨手用了三个小时的工夫才赶到使多瑙河分成两股支流的彼利格拉塔岛。这岛的巨岩遮住了整个多瑙河湾，所以从炮艇上看不到岛后的情况。

炮艇在岛的下游遇到了让旋涡卷回水面上来的几块七零八落漂浮着的破木板，这是沉没了的磨坊留下来的。但炮艇上的人无法断定它们是磨坊的残骸，还是一只船的残骸。

炮艇驶过彼利格拉塔以后，多瑙河顿时豁然开朗，河面足足有一英里半宽。

不论河上还是岸边，连一只货船也看不见，只有一些小渔船和低矮的驳船在岸边随波漂荡。

炮艇继续航行了一段，横驶入多瑙河心，接着又转回岸边。一个土耳其海军少尉询问岸边的哨兵是否看见在炮艇前面驶过的一条货船，但哨兵们连这条船的踪影也没瞧见；它压根儿不曾开到这儿来。

炮艇继续逆水上驶，赶上了"圣芭尔芭拉"号拉纤的马夫。少尉同样询问了他们。

这是一群善良勇敢的塞尔维亚人，他们合情合理地向土耳其人说明了应该到哪儿去找"圣芭尔芭拉"号。

"彼利格拉塔旋涡把那只船连同所有粮食和船上的人给一口吞没啦。您瞧，不是连船索都拉断了吗！"

塞尔维亚马夫叫苦连天地说，现在该谁来发他们的工钱呢。炮艇上的人让他们继续往前去，说一定还会在奥尔肖瓦遇到那只船，他们可以继续给它拉纤。可穆斯林们自己却掉转船头，顺流驶回去了。

当炮艇返航到达彼利格拉塔岛时，桨手们看到一块木板在波涛上漂浮，并不往远处漂。桨手们把木板捞上来，发现上面牢牢钩住一个带绳索的铁锚,原来这正是沉没的水磨翼轮上的一块木板。

他们把绳索拉上来,发现在绳头拴着的铁锚横梁上,写着大写的"圣芭尔芭拉"号船名。

于是整个"惨剧"真相大白:"圣芭尔芭拉"号的曳索拉断了;它抛了锚,可铁锚承受不住那么大的重负,船就被卷进旋涡了。现在船上的人已经安息在水下的岩石墓穴中,只是船板漂到水面上来啦。

"伟大的真主!我们可不能上那儿去追赶他们哟。"

第五章 严格的盘查

"圣芭尔芭拉"号已经平安地逃过了两重危险:铁门的礁石和土耳其炮艇。但是,它还面临着布拉风和奥尔肖瓦检疫站两道难关。

在铁门河湾的上游,两岸的岩壁把大河挤在一个只有一百呎宽的峡谷里,河水在这里危险地拥塞起来,有的地方以二十八英尺的落差往下倾泻。山腰间呈露出一层层绿色、黄色、红色交替重叠的岩石,山顶则覆盖着一片杂树丛生的原始森林,仿佛一头浓密的绿色头发。

在高达三千英尺的峭壁顶上,几只黑雕在一线天际中威严而安详地盘旋翱翔,从幽深的峡谷抬头望去,一碧如洗的晴空好似一个玻璃穹顶。越往上去峭壁就越高。

那条没有手脚、没有鳍翅的无力的货船,酷似一颗负载过重的核桃壳,竟然在这狭窄的岩石河床中逆水顶风,漂游前行,而且船上有一小群人,他们以自己的才能、财富、力量和美丽自豪。此情此景,的确能使地狱里的鬼神愤怒不已啊。

这里有两道岩壁作屏障,就连布拉风也不能损害他们一根毫毛。现在,舵手也好,纤夫也好,工作都比较轻松了。

但是,布拉风并没有停息!

已经是下午了。舵手把舵交给助手,自己在船尾的炉子旁边坐下来。他扇着火,开始做"强盗烤肉"。所谓"强盗烤肉"的做法是这样的:用一根木棍穿上一块牛肉、一块猪油和一块猪肉,依次在火上炙烤,烤的时候木棍要在熊熊火焰上长时间不停地转动,直到能够吃了为止。

这当儿,头顶上几乎连在一起的两道峭壁间的一线蓝天忽然变黑了。

布拉风是不容嘲弄的。

它突然卷来一阵雷雨,转眼之间两道岩壁之间的一线蓝天便彤云密布,整个峡谷黑得像午夜似的。

头顶上除了聚拢的乌云和两边的黑色岩壁以外,什么也看不见。天空中不时掠过耀眼的闪电,跟着便是一声短促的霹雳,而幽深的峡谷中就发出阵阵可怕的共鸣和轰响。突然,一道闪电就在船头跟前从天空直插入多瑙河中,强烈的火光把整个岩石大教堂变成了一座烈火熊熊的地狱,隆隆的雷声接着穿过发出回声的巨大长廊,从这一头直滚到那一头,好像就要天塌地陷了一般。这时倾盆大雨也自天而降。

但是,船必须继续行进;为了在天黑以前赶到奥尔肖瓦,非继续前进不可。

除了打闪的时候,人们什么都看不见,也不敢再用号角发信号,因为在这里不光罗马尼亚一边岸上的人能够听到号声。然而聪明人有的是办法。

管事走上船头,取出火镰和火石,打起火来。

这种火花就连倾盆大雨也浇不灭,而且赶马人能够透过暴风雨看到。每当火镰发出一次光,他们根据这信号就知道自己该做什么。他们也从岸边用同样的方法发出自己的信号。这是铁门一带的船夫和走私者的密码电报,一水相隔的两岸居民把这种无声语言发展得非常完备。

蒂美娅似乎陶醉在这暴风雨的粗犷景色中了。她把土耳其大衣上的尖顶风帽拉到头上,从船舱窗口向外望着,问管事道:"我们是在一个山洞里航行吗?"

"不,"提玛尔回答说,"我们是在一座坟墓前面航行。瞧,那个在闪电中像火山一样放光的岩壁,就是圣彼得的陵墓;它旁边的那两尊石像,是古时候的两个妇人。"

"古时候的两个妇人是怎么回事?"

"据说,从前有一个匈牙利妇人和一个罗马尼亚妇人,两人为这圣彼得墓应归匈牙利还是罗马尼亚发生了争吵。吵来吵去,闹得彼得使徒在坟墓里也不得安息,一怒之下就把她俩变成了两块石头。"

蒂美娅听了这个民间流传的有趣神话并没发笑,她压根儿也没听出这故事有什么好笑的地方。

"那么,怎么知道这是使徒的坟墓呢?"姑娘问道。

"因为那里生长着许多药草,人们常常采来治疗百病,甚至还远销到了其他国家。"

"是因为这人在坟墓里还为人家做好事,大伙儿才管他叫使徒的吗?"蒂美娅问。

"蒂美娅!"从船舱里传来埃提姆命令似的呼唤声。

于是姑娘的头从窗口缩回去,关上了百叶窗。提玛尔再回过头来,看到的就只有那幅圣像了。

船顶着暴风雨继续向前航行。

它终于驶出了黑暗的岩石坟墓。

两面的岩壁一离开得远一些,黑暗的穹隆也就消失了。布拉风把夹着暴雨的乌云吹来得快,驱散得也快。旅客的眼前突然展现出豁朗优美的森纳谷。两岸的岗峦上上下下满是葡萄园和果园。暖洋洋的夕阳,照着点缀在绿色远方的白色房屋和挺立的红顶钟楼,彩虹透过薄薄的雨幕发出微光。

多瑙河的可怕景象消失了。它庄严地扩展开来,重新占有了相当宽的河床;在伸向西方碧蓝碧蓝的水面上,旅客们看到建在一个岛上的奥尔肖瓦。

……对于这只船来说,它是第四个、也是最大的一个恐怖!……

"圣芭尔芭拉"号还没有到达奥尔肖瓦,夕阳已经下山了。

"明天的风比今天还要厉害。"舵手抬头仰望着火红的天空,喃喃自语。

傍晚的天空红得像火和血一样,又如上下翻滚的火山岩浆。在这火红的云幕上,有一处裂缝;从裂缝露出像绿宝石一样碧绿的而不是蔚蓝的晴空。天空的火光倾泻在下面的山岭、峡谷、森林和村庄上,射出耀眼的反光,没有一点阴影。多瑙河像地狱中的火河一样奔流其间。河心有一个岛,岛上耸立着钟楼和高大而坚固的建筑物,全都发着红光,形似一个巨大的熔炉。任何一个来自有传染病的东方的人,想要越境前往纯洁的西方,就必须像经过炼狱一样通过这个熔炉。

然而,在这片预示着严冬的火光中,最令人神经紧张的东西却是一只黑黄色舢板,它正从斯克拉向这条船驶来。

所谓"斯克拉",指的是两道铁栅栏;从两岸到这里来打交道的邻国居民,可以隔着这两道栅栏进行交谈、议价和接洽生意。

"圣芭尔芭拉"号在岛的前面抛了锚,等待着驶来的舢板。舢板上坐着三个武装人员,其中两人带着火枪和刺刀;另外还有两个桨手和一个舵手。

埃提姆在船舱前面那一小块地方不安地走来走去。提玛尔凑到他跟前,低声报告说:

"检查哨来了。"

埃提姆从皮带上解下一个绸钱袋,从袋里拿出两包钱交给提玛尔。

每一包里有一百金币。

不一会,舢板靠拢了大船,三个武装人员跳上了大船的甲板。

头一个是税关检查官,也就是稽查,他的任务是检查船上的货物,看看有没有私货或者违禁的武器。另外两个是税务官,他们除了担任稽查的武装助手,同时监督稽查是否奉公守法。清洗官是半公开的密探,他又注意两个税务官是否对稽查进行必要的监督。反过来,前三个人又可以组成一个官方审判厅,如果船上的旅客与危险的黑死病有过什么接触而给清洗官放过了,就对清洗官进行审问。

这一切都安排得有条不紊:一个官员监督另一个官员,同时又相互监督。

按照规定,这种检查应收的手续费是:稽查一百个铜币,两个税务官各二十五个铜币,清洗官五十个铜币——一笔微不足道的费用而已。

稽查一走上甲板,清洗官就径直迎着他走来。稽查搔了搔耳朵,清洗官抓了抓鼻子。他们互相之间避免任何直接接触。

接着,两个税务官上好刺刀,稽查则转向管事走去。现在他们仍保持着三步远的距离！谁也无法知道这家伙是不是传染上了黑死病。

盘问开始了。

"打哪儿来？"——"加拉茨。"——"谁是船主？"——"阿塔纳茨·布拉佐维奇。"——"船上的货是谁的？"——"埃提姆·特里卡利斯。"——"护照呢？"

在交验护照的过程中，官员们更加小心翼翼。

他搬来一个炭火盆，往盆里撒了杜松子和苦艾。把呈验的证件举在烟上翻来覆去熏了几遍，然后才由一名官员用铁钳把它接过来，查验时也尽可能离得远远的，随后便还给管事。

检查人员对于船上的执照暂时没有说什么。

炭火盆撤走了，却又搬来一个水罐放在那里。这个大肚皮陶器，开了一个口，再大的拳头也伸得进去。它是用来代替人接受手续费的。

近东的黑死病最容易通过硬币传染，所以从那儿来的船员得把钱币放入一个装满水的罐里，等消毒后再由西方的卫生哨从罐里取出来。同样，税务稽查队的人也都必须从水罐里取出付给他的钱币。

提玛尔握着拳伸进水罐，然后把手张开抽回来。

接着稽查把手伸进水里，攥着拳头缩回去，然后伸进自己的衣袋。

啊，他不必在这火红的晚霞中查看是什么钱；他只用手一攥就知道了，从分量上也感觉得出来。连瞎子也认识金币嘛。他丝毫不露声色。

在他以后轮到了两位税务官。这两位也官气十足地从水底下捞去了他们的手续费。

这当儿清洗官蹒跚地走到水瓮前面,脸色严厉可怕。这条船连同全船旅客是否得停航检疫十天或二十天,就全凭他一句话。他同样泰然自若地把手伸进水罐,然后攥着拳头抽回去。这些家伙一个个全不讲情面,只关心着各自的职责。

稽查用极其严厉的口吻,吩咐打开舱口。船员们照办了。三位官员一起走进船舱,船上的人一律不得尾随。等到这三位忠于职守的官员单独在一起了,他们才你看着我,我看着你,喜笑颜开。清洗官留在外面,他只缩在风帽里一人偷偷地笑。

三位官员打开许多口袋中一个口袋,袋里的的确确装的是小麦。

"啊,小麦里瞿麦可不少!"稽查高声说。

可能其余那些口袋里也都掺有这么多的瞿麦吧。

检查的情况被记录了下来;一名武装人员带有笔墨,另一位带着记录本。一切情况都详细地写在本子上了。另外,稽查还在一张纸上记了些什么,随后折叠起来,粘上封条,并在封条上盖了官印。纸条上他没写姓名和地址。

接着,三位检查官十分仔细地把一切本来不会有任何可疑东西的房间和角落都搜查了一通,然后又回到明亮的室外。

实际上是回到了月光下,因为太阳已经落山,月亮正做着怪脸,透过残云洒下银辉。它好像在缓缓移动的云彩中间来回奔跑似的,一会儿大放光明,一会儿又隐匿不见。

稽查把管事叫来,打着十足的官腔通知他,船上没有发现什么违禁物品。然后,他用同样严厉的口吻,要求清洗官说明船上的卫生状况。

清洗官引用他的就职誓言,证明全船人员以及随带的全部物品都毫无问题。

于是检查官们便填发了一纸证件,证明行船执照合乎规定,同时开了几张手续费收据:稽查收到一百枚铜币,两名税务官各收二十五枚,清洗官收到五十枚,如数收讫。然后把这几张收据送交给货主(他在这整个过程中始终没出他的舱房,眼下正在吃晚饭),并向他要了一张收到上项收据的回执。

根据收据和回执,货主和那几位当官的都知道,管事确实把交给他的铜板如数转交了,一个子儿也没有中饱。

铜币! 好说,这可是金子铸的啊。

提玛尔也许转过这样的念头,譬如说把那个卑鄙的边防稽查应该从水瓮中捞取的五十枚金币(对于这样一个家伙来说,这是一笔为数可观的钱)只放进去四十枚,那又会怎样呢? 永远也不会有谁知道他揩了十枚金币的油。他甚至还可以放心大胆地把全部款项的一半据为己有。又有谁会看到这些钱呢? 预定拿到这笔钱的那几个人,有一半也就足够作为他们的报酬了。

然而,他心中也许又有过相反的想法:

"毫无疑问,你现在干的是贿赂勾当。可是,行贿的钱又不是你掏的腰包,而是特里卡利斯拿出来的,他为了切身利益必须这么干。你不过是把这笔钱过过手,对行贿的责任很小,就跟摆在那儿的那个水罐差不多。特里卡利斯为什么要向这些官员行贿呢? 这你不知道。是船上装满了私货? 要不他是一个政治逃犯,或者一个被缉捕的干了什么神秘冒险勾当的英雄,为了尽快脱险才挥金如土的吧? 这都用不着你操心。

可是,这些金币哪怕你仅仅中饱一枚,那么,你就要对这一切可能使另一个人受良心谴责的事情负连带责任。一枚金币也不能留!"

稽查通知船员,准许继续航行。准许航行的标志,是在船桅上挂起了一面红白两色旗,上面绘有一只黑鹰。

接着,在官方确认这只从近东开来的船完全没有传染病以后,稽查没等管事把手浸在水里消消毒就跟他握起手来,并且对他讲:

"您是科马罗姆人吧?那您也许认识军粮委员会主任卡苏卡先生啰?认识吗?请您回到家乡后,把这封信交给他!信上没写地址,因为没有必要。您也不至于忘记他的名字,因为他的名字跟一种西班牙舞蹈的名称同音。您一到家务请立刻把这封信送交给他!这不会使您吃亏啊。"

接着,他拍了拍管事的肩头,好像他这样做是给了管事极大的恩宠,管事因此应该感谢他一辈子似的。然后,四位官员就匆匆离开大船,乘着他们那只黑黄条纹的舢板,返回斯克拉去了。

现在,"圣芭尔芭拉"号可以继续航行了。即使从底舱到甲板堆放的口袋都装着食盐、咖啡或土耳其烟草,即使所有乘客浑身上下长满了黑脓疱或癞痢,也再不会有谁在多瑙河上拦阻它了。

喏,船上既无私货,也没有传染病;可是却有别的东西。

提玛尔把那封没有地址的信装进自己的信袋,并且猜想里面写的可能是什么。

信的内容是这样的:"老兄!我把这个带信的人介绍给你,望另眼看待,他是一位金人!"

第六章 无 人 岛

当天晚上,被甩在塞尔维亚岸上的那些马夫,带着他们的拉纤马匹乘摆渡船过了多瑙河,来到了匈牙利岸上。他们随身携带着船索,沿途到处散布说,这根船索是在危险的彼利格拉塔旋涡附近拉断的,所拉的船已经整个沉没了。

次日清晨,奥尔肖瓦早已没有"圣芭尔芭拉"号的踪迹。即使土耳其炮艇的艇长忽然心血来潮,下令顺着铁门中央的航道赶到奥尔肖瓦,在这里也不可能发现他所要寻找的对象了。至于过了奥尔肖瓦,从多瑙河逆流而上,直到贝尔格莱德,他的权力就只限于靠本国的一半河道;对于匈牙利那边,他就无权发号施令了。不过新奥尔肖瓦岛上的要塞,则仍旧属于土耳其。

"圣芭尔芭拉"号在半夜两点从奥尔肖瓦启航。大风照例要在后半夜停一阵,必须抓住这个有利的时机。船员们领到双倍的烧酒,以便精神十足地工作。过了奥尔肖瓦,在清晨的寂静中,船号又开始发出它那如泣如诉的声音。

船是悄悄启航的。从新奥尔肖瓦岛要塞的壁垒上,传来了土耳其哨兵拖长的口令声。直到阿利翁山的山尖消失在另外几座大山后面,船号才发出第一次信号。

蒂美娅在舱房里睡了几个小时。她听到号声,披上白羊毛外衣出了舱,走到船头去找父亲。埃提姆通宵没睡,甚至不曾跨进船舱一步。而最令人奇怪的是,他一夜连烟也没抽。原来,为了避免引起新奥尔肖瓦岛上哨兵的注意,夜间不许从船上露出任何火光。

蒂美娅也许觉得应该弥补一下自己的过错,便主动和提玛尔搭讪。她向他打听两岸有什么名胜古迹。童心的本能悄悄告诉她,她欠了这个人什么情。

黎明时分,船已经赶到了奥格拉丁纳地区。这时管事把蒂美娅的注意力引向一块古代纪念碑。这个刻在峭壁上的图拉真①石碑,已经有一千八百年的历史。石碑上面雕有两只抓住碑身的飞禽,四角围着一些海豚,碑文记述了这位神圣皇帝的德政。

提玛尔把望远镜递给蒂美娅,让她念一念雕刻在岩石上的文字。

"这些字我不认识!"蒂美娅回答说。

"这是拉丁文。"

塞尔维亚岸边的大斯特尔贝克山的山尖一消失,紧跟着又出现了一个新的岩石长廊,把多瑙河夹在一个五百一十呎宽的河床中。这个山峦构成的长廊名叫卡森,左右两边高耸着两千到三千英尺的陡峭岩壁,岩壁迂回曲折,隐隐约约地笼罩在白茫茫的雾霭中。一千英尺高处的岩洞中涌出一股瀑布,从悬崖上泻下,宛如一道银链,不等落到河面就飞散成了云雾。两道岩壁望不到尽头,只有一处岩石断开,露出一片如花似锦的高山峡谷美景,含笑迎人。远处可以看到一座挺秀

———————————

① 图拉真(53—117),九八至一一七年当政的古罗马帝国皇帝。

的白塔——杜布伐的尖塔,那里就是匈牙利了。

蒂美娅目不转睛地望着这幅奇妙的景色,直到岩壁又在这迷人的景色前面合拢来,把深谷完全遮住,再也看不见了。

蒂美娅说:"我觉得我们好像正走过一条长长的牢狱过道,进入另一个国度,再也回不来啦。"

对峙的岩壁越来越高,银带般从中奔腾而过的河水也越来越暗。在北面的山腰上,出现了一个洞穴,打破了这幅荒凉的景色;洞口围着一道胸墙,墙上有一些大炮的射击孔。

"这是韦特拉尼洞,"管事对蒂美娅说,"一百四十年前,三百个士兵曾在这里用五门大炮,抵抗了土耳其整整一个军,坚守了四十天之久。"

蒂美娅摇了摇头。

但是,关于这个洞穴的故事管事还知道很多。

"四十年前,我们匈牙利人抗击土耳其人,在一次血战中保卫了这个山洞。土耳其在岩壁下损失了两千多人。"

蒂美娅蹙起一双秀眉,目光冷冷地瞅着讲故事的人,使他把下面的颂词咽了回去。姑娘用外衣遮住嘴,转身离开提玛尔,走进船舱,直到晚上再也没有露面。

她只是从舱房的小窗口向外望着。沿岸坍毁的碉堡,孤零零的牢固的古代哨所,克利苏腊山谷遍布森林的岩壁,陆续从她身旁掠过;屹立在多瑙河心汹涌流水中的岩石巨人——造成激流的特雷茨科伐克岩石和三十嗬高且龟裂的巴巴加伊岩石,先后迎面出现。她连那座立在壁垒中的周围有三个小塔楼的八角堡的历史,也没有问一问。不过,她后来还是听说了关于美丽的克西莉·罗丝戈妮的命运,关于匈牙利国王日格蒙德所遭遇的危难和匈牙利战败的故事。因为那个废墟是加拉姆博克的城堡。

两边的整个岩石河岸,是两个民族的一部化石史书。这两个民族选择了要互相消灭的疯狂命运,每次开战都是先在这里发生冲突。这真是一个埋葬着万千英雄骸骨的老墓穴。

蒂美娅在这一天,甚至在第二天,也没再走出船舱去和提玛尔交谈。她在自己的写生本上画了几幅风景画。船平稳地滑行着,因此她可以十分安适地把这番景色描绘下来。

三天过去了,船到了摩拉瓦河①注入多瑙河的地方,斯岑德勒就在此地。这个要塞有三十六个炮塔,炮塔上一个时期飘扬着带圣母马利亚像的旗子,一个时期又飘扬着带月牙的旗子,要塞的褐色围墙上溅满了两个民族的鲜血。

在摩拉瓦河的另一个入口处,仅仅矗立着古时库利斯要塞的一些残垣断壁,一片凄凉景象;腊玛城堡的废墟,则屹立在奥茨特洛瓦岛对面的一个山顶上。这些全可以说是墓碑。

可是,现在人们无暇去赞赏这些景物,眼下人人都怀着极大的忧虑,谁也顾不上去追怀往昔这些伟大民族的光荣业绩。

当匈牙利平原展现在眼前的时候,北风猛烈地袭击着船,拉纤的马匹再也拖不动了。北风正把船抛向对岸。

船不能继续行驶了!

提玛尔和特里卡利斯悄悄商议了几句,随后就向舵手走去。

舵手发布拉用绳子牢牢拴住舵柄,然后离开了自己的岗位。

接着,他一面唤副船上的船员上大船,一面大声招呼岸上

---

① 摩拉瓦河,在南斯拉夫境内东部。

的纤夫,叫他们停下来。划桨也好,拉纤也好,在这里都是白费。

船在奥茨特洛瓦岛前面停下了。这个岛有一个又长又尖的地岬伸入多瑙河;地岬北面陡峭险峻,长满了老柳树。

眼前要做的是把"圣芭尔芭拉"号开到这个岛的南面去,然后就可以在一个背风的安全地带抛锚,同时也免得引起任何好奇者的注意。因为绕过这个岛向塞尔维亚流去的较宽的一股河道,是不能行船的,那里遍布着沙洲和浅滩。

现在需要解决的是如何绕到岛南面去的问题。

这里没法拉纤,因为岛上没有可供纤马行走的河岸。那种所谓"漂越"的方法在这里也用不上,由于风的关系,船不能逆流行驶。因此唯一的办法就是"卷索"。

船在多瑙河心抛锚了。人们把曳索从马身上解下,拖到船上来。

接着,把第二个锚拴在曳索头上。几个船员带上这个锚,乘舢板朝奥茨特洛瓦岛方向划去,直到曳索放完为止。随后,他们抛下锚,返回大船。

这时,又把第一个锚提起来,把在前面抛下去的第二个锚的绳头牢结在十字绞盘上,然后由四个人开始绞这根曳索。

绞盘慢慢转动,卷起绳索,船便开始朝扔进河床的第二个锚的方向移动。这真是一桩辛苦的工作!

船一到那个抛下的锚跟前,船员立刻又带上另一个锚乘舢板划到前头去,然后把锚抛入水里,继续绞曳索。他们就这样用尽一切力气,逆水迎风,一点点往前挪。这就叫作"卷索"。

费了老半天的劲儿,船员才完全靠人力把这只大货船从多瑙河心拖到大岛的尖端。

这样忙上一天,干活的人已疲惫不堪,而那些旁观者却感到百无聊赖。这时候货船上真个是寂寞透顶。

"圣芭尔芭拉"号离开了可以行船的那一股河道。在那股河道上,至少可以经过一些古迹,也可以遇到别的船,或者从咕噜咕噜作响的一连串的磨坊前面驶过。它现在航行在一条几乎不通航的支流中,正向一个河湾中驶去。河湾的右侧挡着一个长长的、平淡无奇的小岛,岛上似乎只长着白杨和垂柳,岸边连一间房屋也不见。左侧,多瑙河水流消失在一片黑压压的芦苇里;芦苇丛中只有一处长着树木——一片高耸的白杨,说明那里有一块干地。

"圣芭尔芭拉"号在这寂静的、渺无人烟的地方抛了锚。

这时又出现了另一件不幸的事:所有食物都吃完了。在加拉茨启航时,预计照通常习惯在奥尔肖瓦停泊较长时间,在那儿可以买到新鲜的食物。可这次到那儿是夜里,接着又匆匆忙忙起了碇。所以到了奥茨特洛瓦岛时,船上除了些咖啡和糖,以及蒂美娅个人所有的一盒土耳其蜜饯以外,再也没有别的吃食了;蒂美娅不想把她这盒蜜饯打开,因为她已决定把它送给什么人。

"这地方不错,"提玛尔说,"岸上一定有人住着。到处都有山羊或绵羊;在这儿有钱就什么都能买到。"

可是祸不单行:暴风掀起的波涛把拴在锚上的船打得来回摇荡,使蒂美娅真的晕起船来。她感到很不舒服,心里非常害怕。

说不定在这里什么地方可以找到一所茅屋,让蒂美娅父女安歇一夜。提玛尔锐利的眼睛看到耸立在芦苇丛中的白杨树梢上升起一缕轻烟。那里有人家。

"我去看看那儿住着什么人。"

船上有一只小舢板,是管事出去打猎用的;每当他们在什么地方抛锚,无所事事地等待启航的时候,他总喜欢到蓑衣草中间去打野鸭子。

提玛尔吩咐把舢板放入水中,带上猎枪、猎囊和一面渔网(因为他不知道可以弄到野味还是鱼),就独自一人出发了。他用一支桨划着舢板,直奔芦苇丛而去。

他是一个经验丰富的猎人和船员,很快就找到了一条路,钻进了芦苇丛中,并根据草木生长情况随时随地辨认着方向。在睡莲硕大的叶子和像郁金香一般盛开的淡绿色花朵在水面上发出微光的地方水很深,漂着许多乱糟糟的残枝败叶。另一个地方,沼泽植物在水面上形成一块绿色绒毯。在这块荡漾不定的天鹅绒上,有一种形似芜菁、颜色碧蓝的圆蓬蓬的水蘑菇,仿佛一位巫师在那儿蹲着,它所含的毒汁能毒死所有动物。每当提玛尔的桨打碎这样一个植物,它立刻就喷出一股蓝火苗似的有毒的芽孢粉;这种毒蘑菇扎根在臭气难闻、人和动物陷进去就会没顶的烂泥里。大自然给这种植物界的巫师安排了一个最好的藏身之处。还有一个地方,牵牛花顺着秆茎往上爬,水芹菜美丽的伞形花摇摆在葱绿的灯芯草之间,在这里已是石砾底,时而露出水面。最后,结满曼纳①果的蓼草形成一片草的海洋;当提玛尔从中穿过的时候,帽檐上挂满了小小的果实。这是穷人的食物,是荒野中的曼纳。这里的地势隆起,因此只有植物的根部还在水下。

---

① 曼纳,上帝为了拯救荒野中饥饿的以色列人,撒下一种白色的食物,名字就叫曼纳。见《圣经·出埃及记》。

要是驾着舢板的人不认识这些植物路标,他就会迷失在芦苇丛中,一整天也出不来。

一丛丛的肉色芦花构成一座迷宫,提玛尔驾着舢板从中穿过,眼前突然出现了一个小岛,这正是他要寻找的。

这个小岛显然最近才由河水冲积而成,就是在最新的地图上也找不到它。

自古以来在多瑙河右边这股支流中就有一块大岩石,沿着这块岩石缓缓流动的河水在它旁边淤积成一片沙洲。有一年冬天突然爆发凌汛,一直冲到了奥茨特洛瓦岛那儿,把岛的一角连土带石和一片树林都一股脑儿冲走了。后来,洪水冲来的冰块、岩石和树干统统被阻塞在紧靠大岩石的沙洲上,就形成了这块土地。以后几十年之久,洪水每年给它带来新的石砾沉积物。像新世界的一个自然创造物似的,从烂树干的腐殖质中迅速发芽长出了一个原始植物界,于是便在多瑙河这块地方出现了一个无名岛。这个岛不属于任何人,岛上没有地主,没有国王,没有官厅,也没有僧侣。它不属于任何国家、任何郡县和任何教区。在土耳其和塞尔维亚的边境上,有许多这样的乐园。这些地方没有人耕耘和收割,也没有人把它当作牧场。那里只是野生植物和野兽的家园;除此而外,谁知道岛上还有什么呢?

岛的北岸清楚地说明了它的产生情况。乱石围绕着它堆成一道完整的壁垒,石块有的像人头那么大,有的像大桶那么大,芦苇根和烂树枝夹杂其间。在岛的低凹处,布满了绿色和棕色的多瑙河贝壳;而在沿岸泥泞地段,却有很多盆形的洞穴,几百只乌龟一听到走近的脚步声,就急忙爬进这些洞里躲藏起来。

沿岸满覆着矮小的红柳丛；每当凌汛到来，红柳就会被浮冰齐根切断。

提玛尔在这里靠了岸，把舢板系牢在一棵柳树上。

他继续深入岛内，不得不穿过一座柳树和白杨的密林；在这座密林中，有不少地方的树木被狂风连根拔起，堆成了小丘。那里果实累累的黑莓藤蔓密密层层，刺多且利；而从腐朽的土壤中迅速长起来的缬草则馥郁芬芳，与白杨能治病的香气混合在一起。

在一块既没有大树也没有灌木的低洼地上，有一片覆盖着水草的泥沼，长着许多香叶芹和茂盛的伞形花植物以及散发肉桂气味的白豆蔻；而其中一人多高的黑藜芦却像孤芳自赏的植物贵族似的，卓尔不群地独自炫耀着它那火红色的花朵。青草中间，茂密地生长着勿忘草，以及那可以入药的花红而富有蜜汁的紫草，难怪腐朽的柳树窟窿里，居住着一群群的野蜂！这些花儿中间，还点缀着极美的绿色、褐色和红色小圆球。这些小圆球并非人人都认识，它们是春季开花的球茎植物成熟了的果实。

过了这块花圃，跟着又是一片树林。在柳树和白杨树中间，夹杂有野苹果树，树底下还繁生着山楂。现在岛的地势越来越高了。

提玛尔停下来，谛听了一会儿。一点动静也没有。

原来这个岛上没有哺乳动物，洪水使它们很难在这里生存。只有鸟类、飞虫和爬虫类动物栖居在岛上。

可是飞到这儿来的鸟类中没有云雀，也没有野鸽。它们在岛上活不下去；这两种鸟都需要在有人居住和播种谷物的地方生活。

然而,这个岛上还是有两种动物表明附近有人,那就是黄蜂和黄莺。它们都特别爱吃人工栽培的植物的花果。

在树上挂着大黄蜂窝的地方,在穿过密林传来呖呖莺声的地方,一定有果子。提玛尔循着黄莺的啼声走去。他费劲儿地穿过红茱萸丝和刺人的山楂丛,荆刺扎透了他的衣服。突然,他像着了魔似的怔住了。

这时在他面前,出现了一个乐园:

一座二百五十到三百亩大的果园,果树不是一行一行,而是按类分片栽培,甜滋滋的果实压得树枝都耷拉到了地上;各种各类的苹果树、梨树和李子树挂满了金黄和红光闪闪的果实,看上去煞是可爱,真好像玫瑰花和百合花的花束……果子多得有的都掉到了地上,躺在青草中无人过问,覆盆子、红醋栗和圆醋栗树在园中形成一大片密林;空隙中间种着克里特岛各种苹果树,果实累累的树枝都低垂着头。

在这座果树的迷宫中,没有一条小径,树下铺满了青草。

但是从果树间望过去,可以看到一个花园,里面开满普通花园中罕见的美丽野花,招引他向前走去。那里有成簇的深蓝色钟形花,有藤萝类绚丽的绒毛状蒴果,还有带斑点的百合花,血红色的浆果,以及蝴蝶一样的无名花——这一切都是精心培育的,证明附近有人。最后,那炊烟缭绕的房舍,也在证明这一点。

映入提玛尔眼帘的是一所奇特的、梦幻般的小住宅。住宅背后,耸立着一块大岩石,岩石上可以看到一个大坑。炉灶一定在那里;从那里下去还有一个洞穴,是仓房所在。岩石顶端有一个烟囱,正在冒烟。住宅靠着岩石,是用石头和土坯砌成的,有两个窗户和两间小房。两个窗户一大一小,两个房间一高一低,屋顶都是芦苇盖的。房前连接着一个敞厅,形似露天阳台,上面有各种富于想象的装饰,全由形形色色的木块镶嵌而成。

可是,无法分清房子哪里用的是石块,哪里用的是砖木,因为小屋南面爬满了葡萄藤,千万颗葡萄露出在带着一层白霜的簇叶中间,红红绿绿,笑意迎人。小屋北面则盖满了忽布花,成熟的球果像一层绿色金子,高高的岩顶也给遮住了。因此可以说,绿色覆盖着一切,笼罩着一切,甚至最贫瘠的地段也栽种了长生草。

这里住的是女人。

第七章 阿尔米拉和娜西萨

提玛尔向这所隐蔽的小屋走去。他依稀看出有一条小径穿过花园,通向住房。不过,这条路上依然是青草萋萋,踏上去连脚步声也听不到,因此提玛尔能够毫无声息地一直走到那小阳台跟前。

远近看不到一个人,只有一条大黑狗躺在阳台前面。这是一条名贵的纽芬兰狗,显得既通灵性而又威武,使人一见就很自然地不想对它称呼"你",而愿意比较尊敬地称呼"您"。

这只四脚动物而且是它同族中最漂亮的一个,高大强壮,伸开四肢在阳台前面一躺,就把两根柱子之间的空隙完全占据了。这个看门的老黑喜欢假装打盹,仿佛既没注意走进来的陌生人,也没注意另一只动物。那个狂妄大胆的动物正十分放肆地试探这条纽芬兰狗的高贵耐性。那是一只白猫。它非常调皮,横蹿竖跳,在狗背上翻筋斗,用小爪骚狗的鼻子,末了仰卧在大狗的面前,用四只脚爪抱住大狗的一只前爪,像猫玩洋娃娃似的戏弄着。当大狗感到这只前爪被骚得太痒时,就缩了回去,又换另一只伸给它,让它继续玩弄。

提玛尔在一旁根本没有想:"哎呀,要是这只大黑狗猛然一口咬住我的脖子,那可糟了!"——他在想:"要是蒂美娅看到这只小白猫,那她会多么高兴啊!"

狗完全挡住了道路,提玛尔不能走进屋里去。他咳嗽了一声,想引起人注意。于是大狗不慌不忙地抬起脑袋,用它那两只机警的栗色眼睛从上到下把这位不速之客打量一番;这两只眼睛看来和人的眼睛一样,会哭会笑,也会表示愤怒和恭维。接着大狗又把脑袋放到地上,好像说:"不过是个人罢了!咱们犯不着为他站起来。"

但是提玛尔心里嘀咕,既然烟囱冒烟,那就一定有人在厨房里烧火。因此他开始在外面反复用匈牙利、塞尔维亚和罗马尼亚三国语言,向屋子里那瞧不见的人打招呼。

这时从里面传来一个女人用匈牙利语回话的声音:

"您好!请进来!是谁呀?"

"我是想进来,可这狗挡着道哩。"

"您从它身上跨过来吧!"

"它不咬我吗?"

"它从来不咬好人。"

提玛尔鼓起勇气,准备从躺卧在道上的大狗身上跨过去。狗一动没动,只是翘了一下尾巴,好像表示欢迎的意思。

提玛尔踏上阳台以后,看到面前有两扇门,一扇通向石头盖的房间,一扇通向在岩石中凿成的洞穴。这个山洞是当厨房用的。他看见一个女人正站在炉灶跟前,手里端着一个筛子在火上摇晃。提玛尔知道这不是在变魔术,是在烤玉米花。这项活儿的确不能因为有客人来就停下。

这种用火爆的玉米花,在我们匈牙利是一种非常普遍的家常食物;我想关于它在我们中间大概不需要对谁作什么详细解释吧。可是几年前,在纽约的世界博览会上,那个为美国发明了玉米烹饪法的美国佬居然得了一枚金质奖章。这些美国佬真是把什么都看成发明！不过,玉米花倒的确是一种美味的好食物。它那样酥脆,你可以尽量吃也撑不着;因为还不等你把嘴里的嚼碎,先咽下去的已经消化了。

正在炉灶前进行这种了不起的烹饪的女人,身材颀长,体格健壮,皮肤黝黑。她紧抿着嘴,显得很是严厉;可两只眼睛却透露出温柔的神色,使人感到亲近。从她那晒黑了的脸庞来看,也就刚刚三十出头的样子。她的穿着跟这一带农妇的衣服不同,既不花哨,也不讲究。

"啊,请过来吧,先生,请坐!"女人用一种特有的粗嗓音说,然而态度却十分自然。接着,她把爆好的雪白玉米花倒进一只小笸箩里,放在桌子上要提玛尔尝一尝。随后,她从地上端起一个陶罐,一面递过来一面说:"酸樱桃酒! 新酿的!"

提玛尔在让给他的一张椅子上坐下来。这是一张独出心裁地用各种枝条编得很精巧的圈椅,平时难得看见的。就在这当儿,看门的大黑站起来,走到生客跟前,与他面对面地坐在了地上。

女人也给黑狗抓了一把玉米花,它于是十分熟练地嚼起来。小白猫也想学黑狗的样儿,可刚咬碎一颗玉米花就把它的小牙缝给塞住了,再也不吃啦,一个劲儿地摆动前爪,仿佛踩到碎石碴上了似的。接着,它跳上炉灶,望着一只在火旁煮开了的没有涂釉的砂锅,非常好奇地眨着眼睛,显然锅里煮着一种让它眼馋的食物。

"多好的狗啊!"提玛尔指着狗说,"我真感到奇怪,它居然这样老实,连叫都没向我叫一声。"

"这只狗从不找好人麻烦,先生,可老实极了。只要来客是个善良的人,它一眼就能看得出来,对客人一声也不叫唤。

可是来个贼试试看!一到对面岛边上它就嗅出来了。贼要是让它咬着,那就倒霉啦!那时候它就变成了一只可怕的猛兽!去年冬天有一只大青狼从冰上跑过来,想要吃我们的山羊——狼皮现在就铺在房间里——我们的黑子转眼之间就把这强盗给咬死了。可是好人就算骑在它身上,它也绝不会碰他一下。"

看到自己被当成这样一个可靠的好人,提玛尔深感欣慰。假如他不久前把托付给他的那些金币留几个在口袋里,这条大狗也许就会用完全不同的态度来接待他了吧!

"先生,您打哪儿来?找我有什么事儿吗?"

"亲爱的太太,首先我要请您原谅我这样冒昧地闯进您的花园。我的船被大风从对岸刮过来了,我不得不和船一起躲到奥茨特洛瓦岛跟前。"

"可不是吗,我听着那呼呼的风声,就猜到外面的风一定够大的。"

这个地方被原始河滩上的蒿草密密层层地包围着,风吹不到,只能听到风声。

"喏,现在我们不得不在这里抛锚,等风停了再走。可是我们的东西吃光了,我瞧见冒烟,知道附近有人家,只好前来拜访,恳求主人卖给我们一些船上的人需要的食物,我们将付给您适当的报酬。"

"可以,先生,我可以卖给您一些,也接受您的报酬;因为我就靠这个生活。我们有山羊羔、玉米面、奶酪和水果。您想要什么自己挑好了。我们种这些东西就是为了卖的。附近地区的商贩经常来买我们的产品,用船运走。我们是种果园的。"

(提玛尔除了这个女人以外,再没有看到其他的人;可是,她既然说"我们",那么这里一定不止她一个人了。)

提玛尔回答说:"首先,我为这一切十分感谢您;这些东西我们都要。回头我派船上的舵手带几个伙计来把东西弄到船上去。亲爱的太太,请问您,我应该付多少钱?我需要够七个人吃三天的食物。"

"您不用掏钱袋,先生,我们卖东西不收现钱。我在这个岛上要钱有什么用呢?有了钱,反会招惹强盗谋财害命。谁都知道这岛上总是连半个铜子儿也没有的,所以我们晚上可以安心睡觉。我这儿只用东西换东西;我用水果、蜂蜜、蜂蜡和药草,同人换粮食、盐、衣料、家什和铁器。"

"像在澳洲的那些岛上一样!"

"一点不错。"

"这样也好,亲爱的太太。我们船上既有粮食又有盐,您就把这件事交给我吧,我一定会把我们交换的东西折算得很合适,不会让您吃亏的。"

"这我完全相信,先生。"

"可是现在我还有一个请求。我的船上有一位客人带着个年轻女儿,这位小姐由于风浪太大,过不惯船上的生活,病倒了。您能不能给这两位客人安排个住处,等风停了就走?"

女主人毫不犹豫地答应了这个请求。

"我也可以想办法,先生。您瞧,我们这儿有两个小房间;我们自己可以在这一间里挤一下,把另外那个房间让出来。它虽然不太舒适,但是一个好人拿它避避风,图个安静还是可以的。这样一来,两个房间里就都住上和您没有关系的女人了,要是您也想在这里过夜的话,那就只有委屈您上阁楼去。好在那里有新铺的干草,再说,船员也不是娇生惯养的人。"

提玛尔摸不清这是怎样一个女人,说话竟然很有分寸,而且语气如此庄重。这个半天然的山洞小屋和四周的荒野孤岛,对此不能做任何说明。

"亲爱的太太,我非常感谢您的厚意,我马上赶回船上去,把我的客人领到这儿来。"

"那太好了。不过,现在您不要再从原路回小船上去了!回头要是领着一位高贵的小姐经过泥沼和荆棘丛到这儿来,恐怕不太妥当。这里沿着河岸有一条好走的小道;当然草也是很深的;走的人不多嘛,地上很快便长满了杂草。我愿意指给您回到小船的路。要是您回来时乘一只稍大点的船,就可以在近一点的地方上岸。我这就叫人给您带路。阿尔米拉!……"

提玛尔环顾四周,以为要领他走好走的小道的那位"阿尔米拉"会从屋里某个角落或花园的哪个树丛中走出来。没想到这时那条黑色大纽芬兰狗站起身,摇晃着尾巴,碰在门上就像擂大鼓似的咚咚作响。

"喂,阿尔米拉,"女主人对狗说,"领这位先生到河边去。"于是阿尔米拉讲话似的向提玛尔吠了几声,然后叼住他的大衣衣襟,拉着就走,好像说:"喂,走哇!"

"啊,原来要给我引路的这位阿尔米拉就在眼前呀!非常感谢你,阿尔米拉小姐!"提玛尔笑着说。然后拿起帽子和猎枪,辞别女主人,跟着狗走去。

阿尔米拉一直叼住客人的大衣襟,客客气气地领着他穿过果园。客人必须特别留心,才不致踩烂落在果园地上的许多李子。

小白猫也不落后,它想知道阿尔米拉要把这位生客领到哪儿去,便在柔软的青草中一会儿跑到前面,一会儿又在后面追赶。

他们来到果园边上时,从什么地方传来了一声清脆嘹亮、银铃般的呼唤:

"娜西萨!"

这是一位姑娘的声音,语气中好像含有几分责备的意味,但更多的却是宠爱和羞怯。这是一种无比亲切的声音。

提玛尔又环顾四周,想要弄清是谁在呼唤以及在呼唤谁。

他马上就发觉是在喊谁了:小白猫立刻跳到一旁,竖起身上的长毛,笔直地爬上了一棵枝丫繁密的梨树。提玛尔透过树叶,隐隐约约地仅仅看到一件白色的女人衣裙,把娜西萨叫过去的究竟是谁就无从知道了。因为这时阿尔米拉发出一种深沉的埋怨声,在四脚动物的语言中可能是表示:"您有必要向那儿瞅吗?"为了不让狗把自己的大衣撕去一块,提玛尔只好跟随他的向导继续前进。

阿尔米拉引导着提玛尔,沿着河岸长满青草的小径往前走,一直来到他停放小船的地方。

这时他们头上有两只大鹬嗖嗖地飞向岛上。

提玛尔立刻想到,两只大鹬可以给蒂美娅做一顿可口的晚餐,便想把它们打下来,于是从肩上摘下枪来打了两枪。

但转眼间他就摔倒了。

就在他开枪的那一刹那,阿尔米拉像闪电似的叮住他,把他摔倒在地上。他想要站起来;可是他马上看出自己是在和一个占优势的敌手打交道,这可开不得玩笑。虽然阿尔米拉没把他怎样，但却紧紧咬住他的衣领，不让他站起来。

提玛尔竭力想和这条狗和解。他叫它阿尔米拉小姐，说它是他最好的朋友，向它解释开枪是打猎，说他从没见过这样反而把猎人叼住不放的狗！它最好是到树丛里把那两只大鹬找出来。但是都白费，狗一句也不听。

直到岛上的女人听见枪声跑来，老远就喊着阿尔米拉，这位古怪的好朋友松开他的衣领以后，提玛尔才算摆脱这种岌岌可危的处境。

"哎呀，先生！"女人一面惋惜地说，一面不顾一切地赶到出事的地点，"我忘记告诉您了，绝对不能放枪，一放枪阿尔米拉就会咬住您。只要放一枪就会把它惹翻的！嗨，没把这点告诉您，我多糊涂！"

"不要紧的，太太，"提玛尔笑着说，"这条狗简直可以说是一个严厉的护林人。您瞧，我不过打了一对大鹬，因为我想这可以给我的客人做一顿可口的晚餐！"

"我一定把这两只大鹬找到，您还是赶紧上船吧。回来的时候，您可不要再带枪了。请您相信，阿尔米拉要是再瞧见您手里有枪，它会立刻扑过来的。跟狗可开不得玩笑。"

"好吧，这我已经领教过了！这条狗又机灵又有力气，我还没顾得自卫，就被它摔倒在地上了。幸亏没咬我的脖子！"

"噢，它从来不咬人，不过如果谁要想反抗它的话，它就会死死咬住他的胳膊不放，像用铁链把他捆住似的，直到我们赶来。好，再见吧，先生！"

不到一个小时，一只大舢板载着新来的客人在岛边靠岸了。

从离开"圣芭尔芭拉"号直到眼下靠岸，提玛尔一直跟蒂美娅讲阿尔米拉和娜西萨,为的是让她忘记身体不舒服,摆脱对波涛的恐惧。她一上岸,立刻就把这两点都忘到了九霄云外。

提玛尔走在前头领路,蒂美娅挽着特里卡利斯的胳膊跟在后边,再后面是两名水手和那位舵手抬着一个担子,上面放着几袋用于交换的货物。

他们老远就听到了阿尔米拉的吠叫,那是一种欢迎的声调。狗常常用这种声音报告主人有好朋友来了。与此同时,它已跑来迎接客人。

阿尔米拉向旅客们跑来,跑到中途才朝着大伙儿吠叫,接着又分别朝舵手、水手和提玛尔叫了几声,好像说话似的。它向蒂美娅摇着尾巴,想要舔她的手。可是它一来到特里卡利斯跟前,就不再叫唤,而是使劲儿地嗅着这个人,并且盯着他不肯离开。它一面不停地嗅,一面使劲摇晃脑袋,两只耳朵拍得噼啪直响,显然这个人引起了它的疑心。

岛上那户人家的女主人站在阳台上等候着来客。当从果树之间看到这群客人时,她大声叫道:"诺埃米!"

这时果园中有一个人应声走过来。两排又高又密的覆盆子树,树梢已篷在一起,形成一条绿色的夹道,从当中走出一位满脸稚气、身体正在发育时期的少女。她穿着白衬衣、白裙子,用裙子的下摆兜着刚刚摘下来的各种果实。

这位从绿树丛中走出来的姑娘,长得娇美可爱。当她庄重地注视什么的时候,那秀丽的容颜便像柔嫩的白玫瑰一样;而一旦脸庞泛起红晕,常常一直红到额头,又变得和红玫瑰似的。饱满洁白的额头上闪出真正善良的光辉,与微弯的秀眉和富于表情的蓝眼睛的无邪目光显得很和谐。她那薄薄的嘴唇流露着愉快和纯洁,浓密的头发天然地卷曲着,两条栗色辫子闪烁着格外美丽的金光,在梳向后面的那条辫子旁边露出一只极秀丽的耳朵。整个面容自然地露出一种不经意的温柔。一个个特征不见得全合雕塑家的心思,假如用大理石雕刻出来,或许我们并不认为它们很美;但是整个面貌与身段却光彩照人,使人一见倾心,并且越看越舍不得丢开。

女孩子的衬衫有一个肩头滑落了下来,但是并没有裸露出肌肤,那只小白猫正坐在她的肩上,用脑袋摩擦她的脸颊。

少女光着细嫩的纤足,可是却走在地毯上,走在华丽而高贵的天鹅绒地毯上。这片草坪仿佛是用蓝威灵仙和红天竺葵绣成的。

特里卡利斯、蒂美娅和提玛尔站在覆盆子树丛的另一头,等待着走过来的姑娘。

女孩子想对客人们表示最热诚的欢迎,就请大家吃裙子里兜着的水果。她首先把几个好看的、带红色条纹的大霄梨献给了提玛尔。

提玛尔从中挑出熟透的递给了蒂美娅。

这当儿两个少女都不高兴地耸了耸肩膀。蒂美娅不高兴的是:在这一刹那间,她看到对方肩上那只小白猫,感到嫉妒;而诺埃米不高兴的则是她的果子并非献给蒂美娅的。

"哎呀,你这个笨丫头,"小屋的女主人对诺埃米大声说道,"你不会把果子放在小笸箩里吗?你看见谁这样用裙子兜水果来着?你呀,真是个傻孩子!"

姑娘一听这话,脸红得像盛开的红玫瑰一样,三步两步便跑到母亲跟前。母亲在低声嗔怪着她,声音低得让别人听不到。随后,母亲吻了吻姑娘的额头,又高声对她说:"去吧,收下船员带来的东西,让他们把东西搬到仓库里去,然后给他们的口袋装上玉米面,罐子装上蜂蜜,筐子装上熟透的果子!另外再给他们挑两只山羊!"

"我不管挑山羊,"姑娘低声说,"叫他们自己去挑吧!"

"傻孩子!"母亲用温和的语气责备说,"这孩子就是恨不得把所有的羊都留着,一只也不让宰。好,那就让他们几位自己挑吧!不许惹哪位客人心里不痛快。趁这会儿我去预备晚饭。"

诺埃米招呼船员随她去,她给他们打开仓库和水果窖。实际上这分别是一个岩洞,又各用一扇门关着。构成这个岛最高部分的是块大岩石,地质学者通常叫作"漂块"或"漂砾",意大利人则叫作"浪石"或"漂石",是从远处山上冲来的岩块。它孤零零地兀立在这白云岩峡谷中,周围都是些小卵石。两个女人占据了这块岩石,巧妙地利用着上面的无数洞穴:在最大的洞里砌上烟囱当厨房,把最深的洞当地窖,最高的洞当鸽子窝,其他的洞当作夏天或冬天的仓库。她们像野鸟一样栖居在这块自天而降的岩石里,在里面布置起了自己的小窝。

女孩子机敏而又公平地和船员们办完了以物易物的交易,还为庆祝交易成功敬了每人一杯樱桃酒,并且照例邀请他们将来经过时再来这里做交易。然后,她就回厨房去了。

她不等吩咐就自动准备开晚饭。她在阳台的一张小桌上铺了一块精致的草席,摆上四只盘子连同四份刀、叉和锡羹匙。

喏,还有一个人怎么办呢?

她自己可以坐在小猫的餐桌——一张真正的猫餐桌上。

在阳台的台阶前面有一条矮板凳,板凳中央可以为诺埃米放一只陶土盘子和一些小餐具,板凳两头则放阿尔米拉和娜西萨吃的两只木盘。三位客人和女主人依次传递了菜盘以后,便把菜盘送到猫的餐桌上。诺埃米把食物公平地分给两个同伴,把比较容易吃的食物拨到娜西萨的盘子里,把那些比较难咬和不易嚼碎的东西拨给阿尔米拉。最后她才顾到自己。

岛上的女主人想在客人面前显示一番,尤其是竭力向提玛尔证明,这餐饭并不靠他的猎获物;不知道这是匈牙利的好习惯还是坏习惯。她已经用荞麦把那两只大鹬烹调好了;可是她预先就悄悄告诉过提玛尔,大鹬只是为那位小姐预备的,她给男人们准备了美味的辣椒烧乳猪肉。提玛尔可真爱吃这一道菜;特里卡利斯却连动也没动,他硬说自己已经吃饱了。蒂美娅突然离开了桌子,可是却显得泰然自若。她早就带着极好奇的神情,不住回头瞧在另外那张桌上吃饭的三个伙伴,因此现在忽然站起来,离开餐桌到诺埃米身旁的台阶上蹲下,就没有什么可奇怪的了,要知道两个正成熟的姑娘是很容易彼此亲近的。

虽然蒂美娅不懂匈牙利话,诺埃米也不懂希腊话;可在她们之间有娜西萨——它既懂匈牙利话,也懂希腊话。

蒂美娅一面伸出洁白的纤手抚摸小白猫的背,一面对它说:"美丽的小猫!①"小白猫表现出完全懂得她的意思。它离开诺埃米的怀抱,跑过来蜷卧在蒂美娅的怀里,把小白脑袋伸向蒂美娅的脸,温柔地蹭着她洁白的面颊,张开有尖锐牙齿的

---

① 原文是拉丁文。本书中楷体部分文字,除非另注,在原文中均是拉丁文。

好看的粉红小嘴,用两只明亮的眼睛注视着这位夸赞它的姑娘。接着又跳上她的肩头,围着她的脖颈绕来绕去,然后再回到诺埃米身上。可一会儿,它又从诺埃米身上跳到陌生的姑娘身上去了。

诺埃米感到很高兴,因为这位外国姑娘也如此喜欢她这个心爱的小东西。

可是,当诺埃米觉察到这位外国姑娘过分爱她这宝贝儿,已经把它完全据为己有,甚至还亲吻它的时候,她那高兴也便消失了。她眼睁睁看着娜西萨多么容易变心,如何迅速地习惯于外国人的爱抚,如何报答人家对它的夸赞,甚至她唤着"娜西萨"都被它置若罔闻,她因此越发地不高兴了。这时,诺埃米对于"美丽的小猫"的意思却理解得越来越清楚。

为了这些,诺埃米怨恨起娜西萨来。她抓住猫尾巴,想把它拖回来,没想到小猫用爪子反抗,竟然抓破了主人的纤手。

蒂美娅手腕上戴着一只涂有蓝色珐琅的蛇形镯子。当娜西萨抓伤了诺埃米的时候,蒂美娅把这只容易弯曲的镯子从手上摘下来,要给诺埃米戴上,大概是想以此来减轻她的巨大痛苦吧。

可是诺埃米误会了,以为外国姑娘想要用镯子买她的娜西萨。要知道无论多大代价,她也决不肯出卖小猫的啊。

"我不需要镯子!您甭想拿这个换娜西萨。留着您那镯子吧!娜西萨永远是我的!这儿来,娜西萨!"

小猫依然不理会她的招呼。诺埃米突然打了它一下,使它惊恐地跳过木凳,怒叫着爬上一棵胡桃树,在树上咪咪地向下发出责备声。

蒂美娅和诺埃米直勾勾地互相望着,谁都从对方的眼中看到一种如痴如梦的感觉,就像一个人刚闭上眼睛,在几秒钟里却觉着过了若干年似的,醒来后立刻又把梦境统统忘掉了,只记得自己做了很长很长的梦。

两个姑娘的目光相遇时,各人都觉得有朝一日自己将成为对方命运的不可思议的支配者,彼此不是引起欢乐就是造成痛苦。也许将正如那遗忘了的梦境一样,她们决不会意识到她们互相造下的这种情况!……

蒂美娅猛地从诺埃米身旁站起来,把摘下的镯子递给女主人,然后在父亲身旁坐下,把头靠在他的肩膀上。

提玛尔从旁解释说,这件礼物是小姐送给小姑娘的,是黄金的。

一听说镯子是金的,女主人猛然一惊,镯子也从手中滑落下来,仿佛这真是条蛇一样。她茫然地望着诺埃米,连理应吩咐女儿的道谢话也说不出来。

这时阿尔米拉忽然引起了大家的注意。

大狗突然跳起来,长吠了几下,接着仰起脑袋发出低沉的猎猎声,有些像狮子怒吼,激烈而又时断时续,是它快要发起攻击的表示。可它并没有奔上前去,而是仍留在阳台前面,并起两条前腿,用后爪刨着地。

女主人的脸色略微有些变白:有人正从树丛间的小路走来。

"这条狗通常只有一个人来才这样叫,"女主人说,"就是那边来的那个人。"

第八章　夜半语声

从河岸走来的是一个男人,年纪还很轻,穿着宽大的上衣和长裤,脖子上围着一条红羊毛围巾,头戴一顶红色土耳其帽。

他模样很俊;假如让一位画家给他画张像,任何人都会断言这是一位英雄的肖像。但是当他轻手轻脚地向人们走来时,你首先会想:这是个特务!他五官端正,一对又大又黑的眼睛,满头浓密的卷发,两片好看的嘴唇;但是眼睛周围的皱纹,嘴角上的褶子,那不断出汗的额头和不安地向周围瞟来瞟去的眼睛,都说明他是一个极端自私自利的小人。

阿尔米拉狂怒地对这来客吠着。只见他无精打采地走来,胳臂腿儿都带着一种特殊的懒洋洋的样子——像这样的人,他准知道别人会护卫他,用不着担心狗咬。诺埃米竭力要狗安静下来,可是狗不听,于是她一把揪住它的两只耳朵,把它拖回去。阿尔米拉虽然两只耳朵被揪得很难过,仍然猖猖不已,发出那种低沉的吼声。最后诺埃米踩着狗脑袋,把狗按到地上,它才终于驯服了。它异常气愤地伸开身子,甘心让女孩子的脚踏在它的大黑脑袋上,就像这是一种不可摆脱的重压似的。

来人却吹着口哨越走越近。

他没到跟前就开口道:

"嚄,你们还留着这条该死的大狗呢?你们还没把它赶走吗?到头来还是得我来收拾它!可恶的蠢东西!"

年轻人走到诺埃米身旁,狎昵地笑着把手伸向小姑娘的脸,像要拧她的脸蛋。诺埃米赶紧避开这种下流的戏弄。

"喂,我的小未婚妻,你还总这样害羞吗?啊,自从分别以来,你长得多高啦!"

诺埃米抬起头来望着说话的人,脸色突然变得非常难看!她紧皱双眉,傲慢地噘起嘴唇,用愤怒的目光狠狠地向上盯着他。甚至她的脸色也由玫瑰色突然变成了土灰色。只要她自己想做出难看的脸色,她真的就能变成另外一个样子啊。

来人却向她说:"啊,分别以来你出落得更漂亮啦!"

这时姑娘对狗说:"阿尔米拉,趴下!"

接着,年轻人像在自己家里似的,大模大样地走上阳台。他首先吻了女主人的手,然后带着纡尊降贵的傲慢神情跟提玛尔打了个招呼,最后向特里卡利斯和蒂美娅毕恭毕敬地鞠了一躬,随即滔滔不绝地讲起来:

"我亲爱的岳母,晚上好!管事先生,久违久违。各位先生和女士,我给大家请安。本人是骑士兼大尉托多尔·克里茨提安,这位夫人的未来门婿。我们的父亲是知心朋友,他们在世的时候就给我和诺埃米定了亲。

"我每年夏天都要来探望我过着田园生活的亲人,为的是看看我的未婚妻长得怎样了。在这里遇到各位,我感到非常高兴。先生,假如我没有记错的话,我曾经荣幸地跟您见过一面,您的名字是提玛尔。另外这位先生我觉得似乎是……"

"……他只懂希腊话。"提玛尔打断他的话说。提玛尔把两手深深插到衣袋里,似乎要极力避免这位因为曾经和他见过一面而高兴的客人同他握手。他是个经常出门的跑船管事,见到他的确不难!

托多尔·克里茨提安这时不再继续和他周旋,而去从实际方面领会生活。

"啊,这里应有尽有,好像大家正在等我似的。真是一顿考究的晚餐,而且……准备了四个座位,可是空着一个。辣椒烧乳猪肉!这是我最爱吃的菜。谢谢,谢谢,亲爱的妈妈,尊敬的先生和女士。我要为这顿晚餐表示无限敬意,万分感谢。"

在座的人谁也没有邀请他一同入座吃饭;但是他对大家这样道谢以后,就在蒂美娅的空位上坐下,大吃起辣椒烧乳猪肉来,同时再三让着特里卡利斯,并为世上居然有不爱吃辣椒烧乳猪的基督徒而惊讶不已!

提玛尔从桌旁站起来,对女主人说:

"这位旅客先生和小姐太疲乏了,他们急需休息;休息比吃饭还要紧,劳驾您给他们准备一下床铺行吗?"

"马上就准备好。"女主人回答说,"诺埃米,小姐换衣服的时候你给照料照料。"

诺埃米站起身来,跟随母亲和两位客人,向后面的小房间走去。提玛尔也离开了桌子,桌旁只剩下那位新来的客人,他贪婪地吃着剩下来所有能吃的东西。他一面吃,一面不断同身后的提玛尔拉话,并把啃过的骨头从肩膀上向后扔给阿尔米拉。

"先生,遇到这样大的风,您路上一定够呛吧!我真佩服您能闯过德米尔峡口,甚至闯过了塔赫塔林这样的险地。阿尔米拉,喏,这块!吃完可别再乱咬啦,你这混账东西!先生,我们以前在加拉茨见过面,您想起来了吧……喏,这块也是你的,你这黑畜生!"

他忽然一回头,发觉提玛尔和阿尔米拉都已经不在了。他们扔下他都走了,提玛尔上了顶楼,已经整理好了床铺——地板上铺着散发出香味的干草。阿尔米拉则钻到哪个岩洞里去了。

接着,新客人把椅子稍微往后挪了挪,喝干壶里和别人杯子里剩下的酒,从自己坐的椅子上撕下一根木签来剔着牙,就像唯有他一个人最有资格享受今天这顿晚餐似的。

天色已晚;几位旅客经过长时间的漂泊、奔波,已经非常疲倦,无需特别催眠就可以入睡了。

提玛尔在散发着浓重香味的干草上躺下,希望能酣睡这一夜。

可是他失望了。经过许多辛劳,经过各种各样的搏斗以后,要想入睡谈何容易。先后发生的各种情景,像幽灵似的一下子涌上脑海:追赶者,危险的岩礁,旋涡,城堡废墟,陌生的女人,黑狗,白猫,风暴的袭击,忧郁的号角声,噼啪作响的鞭子,狂吠的狗,叮叮当当的金币,欢笑,低语,以及狂呼乱叫的人群。

提玛尔徒然地闭着眼睛,他看到和听到的东西反而更多了。

突然,他下面的小房间里有人开始说话。

他从声音听出是女主人和最后来的那个客人在交谈。顶楼的木板很薄,提玛尔字字都能听清,就像人家在对他咬耳朵似的。下面的两个人用低沉的声音交谈着,只是男的偶尔提高嗓门。

"我说特蕾莎妈妈,你有不少钱吧?"男的开始说。

"你知道我没有一个钱,我卖出的东西全都是用实物换的,不收现钱。"

"你这种做法真蠢。我不喜欢你这样做。再说我也不相信。"

"我说的是真话。谁到我这儿来买水果,就顺便带来别的什么我需要的东西。我要钱有什么用?"

"我知道你有什么,你应该把它给我!但是你从来不想到我。可我娶诺埃米,你总不能用李子干来作陪嫁吧。你不是一个慈爱的母亲。难道你不关心自己女儿的幸福?你不肯帮助我发迹,使我弄到一个好差使。我现在被任命当公使馆的首席翻译官,可我连去那里的路费都没有;兜里的钱让贼偷去了,结果我又失去了这个官职。"

女人用冷静的口吻回答说:

"我不相信有人会任命你当什么官,也不相信你会丢掉它;我倒认为你正干着一个你永远丢不掉的差使。你说没有钱我相信,可那不是谁偷了你的。"

"这么说,你一句也不信我喽。我也不相信你没钱,你一定有些钱的,走私商人常到这儿来,他们出的价钱高着哩。"

"你只管大声嚷吧!走私商人也到这个岛上来,这话不假;可这些人不是不到我这小屋附近来,就是来了也只用盐和我换水果。盐你想要吗?"

"别跟我开玩笑吧!再说,还有像现在在这儿过夜的那些阔旅客……"

"我不知道他们阔不阔。"

"跟他们要钱！要钱！别跟我假正经啦！不管从哪儿也得给我弄到钱！别再给我来这套愚蠢的澳洲式的以物易物了吧！要是你不想跟我闹翻的话,那就给我弄点金币来！不然——你知道,必要的时候,我只消在那个地方说一句话,你就全完了！"

"小声点儿,你这个害人精！"

"瞧,是不是？你已经在求我小声点儿了。那就得想办法堵住我的嘴！好好对待我吧,特蕾莎！给我一点钱！"

"我家里没钱,别逼我啦！我一个铜板也没有。我也根本不希望有一个钱,只要是钱我都厌恶！你在这里翻箱倒柜找吧,找到钱你就拿去。"

她这样一说,那个男人似乎立即动手翻了起来,因为过了一会儿只听他大声道：

"哈哈！这是什么？一只金镯子！"

"不错。这是刚才那位外国小姐送给诺埃米的。你喜欢,就把它拿去吧！"

"它值十个金币！嗯,这总比什么也没有强。诺埃米,别担心！等你一跟我成亲,我就给你每只手上打一只值三十金币的镯子,当中还要镶上一颗蓝宝石。不,一颗纯绿宝石。你喜欢什么,是蓝宝石还是纯绿宝石？"

接着,年轻人便对自己这俏皮话笑开了。没有人搭理他。

"喂,亲爱的特蕾莎妈妈,现在去为你未来的小女婿,你的宝贝小托多尔准备个床铺吧,好让我做个美梦,梦见我亲爱的好诺埃米。"

"我没地方给你安排床铺了。隔壁房间和顶楼上都睡着我们的客人,你又不能跟我们睡在一个房间里,我不愿意这样,诺埃米已经不是孩子了。你就睡到外面阳台上吧!那儿有一张菩提木床,你可以睡在上面。"

"嘿,你这个残忍的、没有心肝的特蕾莎!竟把你未来的唯一亲近的女婿赶到硬邦邦的菩提木床上去。"

"诺埃米,把你的枕头给他!拿去!这是我自己的被子。祝你睡得好!"

"好吧。可是外面那条该死的大恶狗,这讨厌东西会把我吃了的。"

"你甭怕!我用链子把它锁上。可怜的狗,除了你在这岛上,它从来没有被锁过。"

特蕾莎太太几乎无法把阿尔米拉从洞里诱出来。可怜的畜生!它从一开始就知道在这种时候要给它套上带链子的项圈了。但是它已经听惯了话,所以老老实实地让女主人给它套上了项圈。

可这样一来,狗就越发恨那个使它被锁起来的罪魁祸首了。

当特蕾莎回到自己房间,外面阳台上只剩下托多尔一个人的时候,这只凶猛的大狗就向他怒吼起来,在链子所能达到的狭小范围内前后乱窜,使劲地拽链子,试着能不能拉断颈圈或者把拴链子的紫丁香树拔出来。

托多尔却加劲儿逗它。狗够不到他已经够上火的了,他反而拿它逗着玩。

他走到狗跟前,直到差一步远狗就可以够到他的地方,趴在那儿对狗做各种鬼脸。他嘲弄它,向它吐舌头,向它两眼中间吐唾沫,还学它叫。

"汪！汪！要是办得到的话，你大概很想咬咬我吧！汪汪，汪汪！喂，我的鼻子在这儿，你把它咬下来吧。办不到，对不对？哈哈，你是一只多么漂亮的小狗啊！你这个丑杂种。汪，汪汪！你倒是拉断锁链啊。喂，过来，咬掉我的手指头吧，瞧，它就在你嘴边上。请啊！"

阿尔米拉在暴怒到极点时突然停止了狂吠。狗采取了理智的态度，好像考虑到"智者不争一时短长"。它扬起脑袋，仿佛蔑视伏在地上的另一只狗似的。接着，它转过身去，用两只后爪使劲刨土，把沙土扬得另一只"狗"满嘴满眼，招来他一阵怒骂——这是"人的狂吠"。但大狗却拖着链子回到紫丁香树下自己的洞里，保持着冷静。只是它那可怕的呜呜声，很长一段时间还可以听到。

提玛尔也听到了这一切。他怎么也睡不着，于是把顶楼的门打开，让月光照进来。这是一个月色皎洁的夜晚，狗的吠声停住以后，周围笼罩着极度的寂静。这种寂静颇为特别，黑夜和荒野中零零落落的声响使它的忧郁情调更加显得迷惘。

这里听不到辚辚的车声、咕噜咕噜的水磨声和喧哗的人声；这里是沼泽、岛屿和沙滩的王国。偶尔有一声低沉的啼鸣划破夜的寂静，那是水鸟鹭鸶的叫声。夜鸟鼓翼飞过的声音送进人的耳鼓，像一种拖长而又逐渐消失的和声；风呼呼地从白杨的枝间拂过，树梢就变成了爱阿琴①。从芦苇丛中传来大鸨的啁啾，犹如婴儿急促的啼声。嘤嘤嗡嗡的麋螂在小屋的白墙上碰撞着，发出扑扑的声音。四周的荒野一片黑暗，只有低洼地里有一群群忽闪忽闪的鬼火在枯树下来回跳跃，互

---

① 爱阿琴，一种因风的作用而自然发音的弦琴。

相追逐,仿佛仙女们在那里跳火炬舞。然而花园却洒满了月亮的银辉,无数长着银色翅膀、蓝得跟孔雀似的夜蝶,簇拥在高大锦葵的蔷薇状的花朵周围,上下翻飞。

这是一个多么美妙的家园啊!失眠的提玛尔完全陶醉在这个优美、幸福的世外仙境里啦!

但愿不会有人声搅乱这天国的交响乐!

在下面的两个小房间里,同样躺着失眠的人,不知什么恶魔搅得他们不得安宁,他们的唉声叹气又增添了夜的声音。提玛尔从这一个房间听到一声悲叹,好像是"亲爱的耶稣!";从另一个房间又突然传出一声"啊,真主!"

人们在这里无法入眠。

到底下面发生了什么事,使他们睡不着呢?

提玛尔琢磨着这个问题,忽然产生一个想法,使他离开了床铺。他匆匆穿好上衣,走下靠在顶楼门前的梯子,来到楼下。

与此同时,下面一个房间里的另一个人也产生了同样的想法。

当提玛尔在屋角站住,低声呼唤阿尔米拉的当儿,从阳台敞开的门边也几乎同时传来一声轻轻的呼唤:"阿尔米拉。"好像是头一个喊声的不可思议的回音。

这两个人惊愕地互相走拢。

第二个人是特蕾莎。

"您怎么起来了?"女人问。

"我睡不着。"

"您叫阿尔米拉干什么?"

"老实说,我心里忽然产生一个想法:狗这样突然停止叫了,是不是那……那个人毒死了它?"

"您瞧,我也是这样想才起来的。——阿尔米拉!"

狗应声从洞里跑出来,摇着尾巴。

"不,它没事儿。"特蕾莎说,"那个人也走了,他根本没有睡在阳台的床上。来,阿尔米拉,让我给你解开链子!"

大狗紧靠在女主人的怀中,一动不动,好让她给它摘掉颈圈。接着它在她面前直立起来,舐她的两颊。随后它带着同样的高兴劲儿跑向提玛尔,抬起它那有力的前爪放在这位陌生人的手中,表示敬意。它知道谁是自己的朋友。接下去它抖了抖身上的毛,仰面倒下,向左右各打了两个滚儿,最后安安静静地卧在柔软的沙土上,不再叫了。

现在完全可以肯定,那个可恨的家伙已经离开了岛上。

特蕾莎走到提玛尔跟前,问道:

"您认识这人吗?"

"我跟他在加拉茨见过一面。当时他上了我的船,可是我从他的举止行动中弄不清他到底是个特务还是走私贩,结果便把他赶下船去了。这就是我和他的全部交情。"

"您怎么会想到这个人可能毒死阿尔米拉呢?"

"我愿意坦白地告诉您。我睡在顶楼上,你们在下面房间里的谈话,当然句句我都听得见,所以晓得你们中间发生的争吵。"

"您听到这个家伙用什么来威胁我吗?他说要是我不能满足他的要求,关于我的事他只消一句话,我们就全完蛋啦。这您也听到了吗?"

"这我听到了。"

"那么,您现在对我们怎么想?您大概会以为我们是犯了什么可耻的罪恶,才被放逐到这个世外荒岛上来的吧?再不就会认为我们在这里做着一种不敢声张、见不得人的买卖?或者会猜想我们是因为有什么坏名声,才逃到这里来躲避当局注意的?您到底对我们怎么想?"

"我确实什么也没有想,亲爱的太太,我没有在这上面费脑筋。您好客,允许我在您的小屋里借宿,我应该为此感谢您。风已经停了,明天我们就要继续登程,我永远不会再想我在这个岛上看到和听到的任何事情。"

"可我不愿意让您就这样离开。您无意中听到了一些事情,关于这些事情我不得不给您解释解释。讲不清楚为什么,打一跟您见面,看到您的眼睛我就对您怀有一种说不出来的尊敬。一想到让您对我们怀着猜疑和轻视的心情离开这里,我感到很痛苦。怀着这种猜疑,不论是您还是我都在这个屋子里睡不着。夜很静,我们正好谈谈我这悲苦生活的隐情。然后请您为我们考虑考虑!我要把全部事实告诉您,而且只限于事实。您听了这个荒岛和这个小屋的历史以后,您就不会再说明天继续登程后永远不再想到这里,而将在您每年因为职业关系经过这里时再到这儿来,在这安静的屋子里留宿一夜。这样吧,咱们一块儿坐在阳台的台阶上,让我给您讲我们这小屋的故事!"

第九章　岛民的历史

"十二年前,我们住在潘切沃①,我的丈夫是那里的市府官员。他名叫贝洛法吕,是个年轻、漂亮而又勇敢的好人,我们相亲相爱。当时我才二十二岁,他三十岁。我们生了一个小女孩,我们给她领洗,取名叫诺埃米。我们没有很多钱,不过还算富裕。我丈夫除了官职以外,还有一所漂亮的住宅、一座优美的果园和一些田产。我是个孤女,嫁他的时候,也就把我继承的财产带来了。我们原可以舒舒服服地生活。

"我丈夫有一个非常要好的朋友,名叫马克希姆·克里茨提安,刚才那人就是他的儿子。当时他才十三岁,是个漂亮、可爱、活泼而又聪明的男孩。在我的小女儿还在我怀抱的时候,两个男人就说:'咱们给这两个小东西订婚吧。'那个男孩抓住这个天真小姑娘的小拳头问:'你会跟我结婚吗?'小姑娘一听快活地笑起来。那时候我才真叫乐啊。

"马克希姆·克里茨提安是个商人,但不是会做买卖的真正商人,而只是个小地方的杂货商,单凭运气跟在大商人后边盲目地投机冒险。他得手了,就捞一大笔,一旦失败,就彻底完蛋。

---

① 潘切沃,南斯拉夫城市,在贝尔格莱德东北。

"可他的投机买卖却不断成功,因此就认为没有比这更简单的学问了。春天,他在附近地区调查播种情况,然后就和批发商签订秋收后交粮食的合同。

"他有一位老主顾,是科马罗姆的大商人阿塔纳茨·布拉佐维奇。布拉佐维奇照例在春天预付给他大批款项,到秋后收进粮食;而克里茨提安必须负责按议定的价格在秋天把粮食给他送到船上。这种交易使克里茨提安赚了很多钱。可这以后我常常想:既然卖出的是根本还不存在的东西,那就不叫买卖,而是赌博。布拉佐维奇常常预付给克里茨提安大批钱;但是这个投机商除了自己的住宅以外别无什么可以作抵押的不动产,所以必须另想办法提供保证。在他的请求下,我丈夫同意替他作保;因为我丈夫有田产,并且是克里茨提安的好朋友。

"克里茨提安过着十分轻浮的生活。我丈夫整天一刻不歇地趴在写字台上,他却从早到晚在咖啡馆里抽烟,跟同他一流的商人闲聊。没想到后来上帝惩罚我们,降给了我们可怕的一八一六年。那年春天,全国的庄稼都长得很好,人们指望粮食会便宜了。在巴纳特,商人们可以按四个盾的价钱订立小麦交货合同,都认为自己很走运。谁知来了个阴雨连绵的夏天,一天接着一天连续下了十六个星期。粮食烂在地里了,在号称第二迦南①的地区也发生了饥荒。到秋后,小麦的价钱涨到了二十盾,而且就出这个价钱也买不到手,因为农民都把麦子留作种子收藏起来啦。"

"我也还记得这件事,"提玛尔插嘴说,"当时我刚开始做

---

① 第二迦南,巴勒斯坦和叙利亚的沿海产粮地区。

商船管事。

"那一年,马克希姆·克里茨提安不能履行他跟阿塔纳茨·布拉佐维奇签订的合同了。他应该补偿的亏空,数字简直大得惊人。于是马克希姆·克里茨提安便把所有的放债收回来,甚至还向一些肯轻信他的人借了大批款子,然后带着所有的钱财在一天夜里离开潘切沃,逃了个无影无踪;可是却没有带走他的独生子。

"他这样做并不困难,因为他把自己的全部财产变成了现款,没有留下任何值得他留恋的东西。

"既然一个除了钱以外什么也不爱的人,能够为了钱造下这样的祸害,世界上究竟还要钱干什么呢?

"这一来,他欠的债,他应履行的义务,就统统落到替他作保的那些朋友头上了;其中也有我丈夫。

"阿塔纳茨·布拉佐维奇很快赶了来,要求保人履行合同。

"他曾把钱预付给卷逃的债务人,这是事实;而我们也答应归还他这笔钱。本来我们只要卖掉自己的一半财产,就可以还清这笔债款的。但是,布拉佐维奇毫无恻隐之心,他要求履行全部合同。他说,问题并不在于他过去付出过多少现款,而在于我们现在应当付给他多少钱。他要求按照五倍的利润赔偿他,而根据合同他有这样的权利。我们再三恳求,劝他多少赚点儿就算了;因为他根本谈不上有什么损失,问题只是多赚或少赚。可他坚持不肯让步,要求受骗的保人履行全部条件。

"我不禁要问,如果允许提出这种无理要求,那么宗教和信仰、所有基督教和犹太教的教义,还要来干什么呢?

"事情闹到了法院,法官判决把我们的住宅、田产和我们所有的财物统统没收,加封交付拍卖。

"假如允许一个人为了讨债而把另一个人剥光到只剩下身上的衬衣,而那被剥光的人本身却连这笔债款的一个小钱也不曾见到,完全是为一个逍遥法外、逃之夭夭的第三者遭受如此的不幸——假如容许这样的事情发生,那么法律和社会又有什么用呢?

"我们尽了一切努力避免彻底破产。我丈夫亲自跑到布达和维也纳去求见当局。我们听说这个盗取了我们财产的狡猾骗子躲在土耳其,便请求当局去逮捕他,把他抓回来,让他自己去满足他的债权人的要求。但是,我们到处都得到这样的回答:'我们没有这种权力。'

"如果皇帝、大臣和掌权者不能保护自己陷于困境的臣民,那么又究竟要他们干什么用呢?

"经过这次使我们沦为乞丐的可怕打击,一天夜里,我那可怜的丈夫用枪对准自己的胸口自杀了。

"他不愿看到自己家庭的悲惨景象,不愿看到妻子的眼泪和孩子饥饿苍白的脸色;他宁愿避开这一切逃到地下去。

"唉,他离开我们躲到冥府去了。

"如果一个男人在遭到极大不幸的时候,只会丢下自己的妻女不顾,除了自己开枪打穿自己的胸口就没有别的办法,那么世界上还要男人做什么呢?

"然而,可怕的事情并没有完。我已经变成一个无家可归的乞丐了,人们却还要把我逼成不信上帝的人。我这个自杀者的寡妇恳求教士为我那不幸的丈夫下葬,结果竟白费口舌。教长为人严厉,很重视信仰,是一个非常虔诚的人。他拒绝给我丈夫举行像样的安葬仪式,我不得不眼睁睁看着我那使我像神一样崇拜的丈夫,被城里收殓死猫烂狗的人用小车拉走,看着人们在墓地上把他扔进一个坑坟,然后用脚把坑踩平。

"如果教士看到这么惨痛的情况都不解救,那么世界上还要也有什么用呢?整个世界又有什么用呢?

"他们逼得我只有一条路可走,那就是自杀和杀死我的孩子。做一个自杀的女人,甚至做一个杀害孩子的凶手。我用头巾裹上我的孩子,紧紧地抱着她,出城来到多瑙河边。我孤零零的,没有一个人陪伴。我沿着河岸来回徘徊了两三趟,看哪里水最深。

"正在这时候,有人从后面抓住我的衣服往回拖我,我回头看是谁。

"原来就是这条狗,它是所有活物中我最后一个朋友。

"当时这件事发生在奥茨特洛瓦岛的岸边。在那个岛上,我们曾有一座优美的果园和一幢避暑的小别墅。果园所有的门那时全贴上了官厅的封条,我仅仅还能够在厨房里和树下走走。

"我于是坐在多瑙河岸上,开始考虑:'我是什么?一个人吗?一个女人吗?难道我还不如一头畜生?谁见过一条狗先溺死狗崽然后跳河自杀?不,我不能自杀,也不能弄死我的孩子!无论如何我要活下去,我要把孩子抚养大!可我又怎么生活呢?我将像狼那样生活,像既没吃的又没住处的吉卜赛女人那样生活。我将向土地、河水和果树索取我每日的吃食,但是绝不向人们乞求任何一点东西!'

"我那可怜的丈夫曾多次谈到过一个小岛。这个岛是多瑙河五十年前才在奥茨特洛瓦岛附近的芦苇丛中形成的。他秋天到那里去打过猎,后来不止一次谈到他在一块有洞穴的岩石里面躲避风雨的情况。他说这个岛没有主人。多瑙河造成这个岛不是专给谁的,还没有哪个政府知道岛的存在,任何国家也无权把它列为自己的领土。那里没有人播种和收获,土地、树木、青草都没有主人。我想,既然这些都没有主人,那么我为什么不能占有呢?我祈求上帝赐给我这个岛。我恳求多瑙河把它给我。上帝和多瑙河又为什么不能把它给我呢?为了吃饭,我要在岛上种庄稼。可是如何种?种什么作物?这些我还不知道。不过困难的处境一定会教会我的……

"他们总算还留给我一只小船,执行官没有发现它,所以没有把它扣留抵债。我们,诺埃米、我和阿尔米拉一起上了小船,向这个无主小岛划来。我从来没有划过船,可是困难的处境教会了我。

"我在这里一登岸,立即被一种奇怪的感觉抓住了。我仿佛突然忘记了外界所发生的与我有关的一切事情。这里迎接我的,是一片迷人的、令人十分安心的恬静。我在河滩、树林和草地上走了一遍以后,就知道我将来可以在这里干什么了。蜜蜂在河滩上嗡嗡飞舞,野豌豆在树林中盛开花朵,菱角在水面漂浮,乌龟在岸上晒太阳,蜗牛在树干周围爬动,沼泽树丛中有曼纳草的甜果就要成熟。我的上帝!我的造物主!这真是你摆好饭菜的餐桌!树丛里遍处是野生小果树,是黄莺从邻近岛上叼来的果核长成的。树上的野苹果也熟了,覆盆子丛中还有晚熟的果实。这时我的眼前已经出现了一个目标:我要把这个岛变成一座乐园。我,我自己,我一个人!我要完成独自一人而且是一个女人凭双手所能完成的工作。然后,我们要像乐园里的人类远祖那样在这里生活。

"我找到了那块岩石和它的天然洞穴。在最大的一个洞里铺放有一堆草。这是我那可怜的丈夫从前休憩的地方,也是我这寡妇所应继承的遗产。我在那里给孩子喂了奶,把她放在铺的草上,用我的围巾给她盖好。然后我对阿尔米拉说:'你待在这儿看着诺埃米,一直等到我回来。'接着我又划船到大岛去,回到我们的果园中。别墅的阳台装有亚麻布的凉篷,我把它取下来。它当帐篷很合适,说不定还可以做冬天的衣服。然后我把周围所剩下的一切东西,什么做饭的家什啦,种园子的工具啦,一股脑儿包在这块亚麻布里,打了一个我能背得动的大包袱。当初我是坐着四套马车很阔气地到我丈夫家来的。虽然我既没有挥霍浪费,也没有做过坏事,可是现在却落得背着个包袱走出去。也许这个包袱也应该算是贼赃哩。园子里的一切本来都是我的;可是现在我把它从这里扛走,也许就算是偷盗了吧。这一点我不清楚。是与非的概念,合法与不合法的概念,在我的脑子里完全乱了套啦。我带着包袱逃出了自己的家园。我走在穿过果园的小径上,从自家的每一种果树上折下几根枝条,带走一些无花果树和浆果树的嫩枝,又拾起落在地上的果核,塞进围裙里。然后,我吻了吻垂挂着的柳枝;以往我曾在这棵柳树下,做过多么甜蜜的梦啊!一切都已经成为过去,我永远不会再回到那个地方去了。我划着小船,最后一次渡过多瑙河。当我这样划回来时,有两件事我心里直嘀咕。一件是岛上住有讨厌的居民——蛇,岩洞里一定也有这种东西。我害怕它,并且为诺埃米担心。第二件是,即使我可以整年靠野蜂蜜、菱角和曼纳果来维持生活,用自己的奶哺育诺埃米,可我却不知道我该用什么东西来喂阿尔米拉啊。这条忠实的大狗,不能靠我用以糊口的东西生活。我确实离不了这条狗;没有它,荒野的恐怖会要我的命的。后来,当我带着包袱回到洞里的时候,我看到洞口前面有一条抽搐的蛇尾巴,再远一些有一个咬下来的蛇头,身子被阿尔米拉吃掉了。这条机灵的狗趴在孩子跟前,摇着尾巴,舔着嘴,好像说:'我已经吃过饭啦。'从那时起,它就一直捉蛇吃,蛇成了阿尔米拉的家常便饭。到了冬天,阿尔米拉就从蛇入蛰的地方把蛇刨出来。我的朋友——我喜欢这样叫这条狗——找到了自己生活所必需的东西,同时也打消了我的忧虑。

"喂,先生,我们在这里孤零零地度过头一夜的时候,除了上帝、孩子、一条狗和我以外,再也没有别的人,那种感觉真是无法形容。我不敢把这种感觉叫作痛苦,因为它和高度的快乐又极为相似。我们三个一起把带来的亚麻布盖在身上,直到林子里的小鸟开始啼鸣时才醒来。

"工作开始了。这是野人的工作,是困难的处境教会了我。曼纳草的种子叫'天露',正像它的名字所表明的,必须在黎明前采集。穷苦人家的女人去到那摇摇摆摆的、繁生着这种植物的芦苇丛中,撩起上衣,用两手揪住衣角,转来转去,熟了的果实便落进她们的衣兜里。这就是'曼纳',就是上帝赐给无主奴仆的面包。

"先生!我就靠这种面包活了两年,每天都跪在地上感谢那位养活野人的上帝。

"野果、野蜂蜜、山鹨豆、乌龟、野鸭蛋、为过冬贮存的菱角、螺蚌、干蘑菇,这些都是我们的家常便饭。赞美上帝,他为穷苦子民准备了这样丰盛的佳肴!

"与此同时,我日日夜夜为实现自己的计划奋斗。我给林子里的野果树嫁接上良种水果的枝条,把浆果枝、葡萄藤什么的插在开垦出来的土地上。我在岩石的南面种了一片棉花和马利筋,用收获的原料在一张柳条椅子上织成我们身上穿的粗布。我用灯芯草和蓑衣草编成蜂桶,收养了成群的野蜂,头一年就得到了用来交换东西的蜂蜜和蜂蜡。磨坊工人和私货贩子常常到岛上来,帮助我干一些重活儿;他们从没有谁会为难我。他们知道我没有钱;他们帮我做工,给我必需的工具,以此来跟我交换实物,他们也知道我决不会收钱。后来,我那些果树一下结起果子来了,嘿,这时节我可就富裕啦。岛上的地很肥,种什么树都长得特别茂盛。我有每年结两次果子的梨树,每棵小树都在圣斯蒂凡节①就开始发芽了。这些树每年收许多果子。我经常研究果树的秘密,琢磨出了管理的方法,既不让它们过分丰收,也不让歉年出现。这条狗懂得人语,我对它说话就像对人说话一样。我相信树木也有眼睛和耳朵,知道爱护它们的人,了解这个人的心愿,并且为它们自己能给他带来快乐而感到骄傲。啊,树木是非常聪明的生物,它们也有灵魂。要是谁砍了一棵贵重的树,我就把他看作一个凶手。

"这儿这些树都是我的朋友!

"我爱这些树,我生活在它们当中,也依靠它们生活。

"这些树每年送给我的东西,都是人们十分需要的。邻近的村庄和磨坊常常有人来到岛上,用我家务上必需之物来和我换这些东西。可给我钱,我就什么也不卖。该死的金钱

---

① 圣斯蒂凡节,在十二月二十六日。圣斯蒂凡是耶稣死后首先殉道的人。

逼得我离开了人世,要了我丈夫的命,我怕钱,一辈子也不想再看到钱。

"不过,我并没有因此就在交易上马马虎虎,而没估计到将来也可能遇上几个坏年成,使人的一切辛劳都变成泡影。严寒和冰雹常常会在最后毁掉全年的收成!因此我也要为困难的年月作些打算。我把自己生产的一切可以保存的东西,都贮藏在岩石的几个洞穴和通风的岩石缝里:成桶的酒,一蜂窝一蜂窝的黄蜡,成捆的羊毛和棉花,一切应有尽有,足够度过一两个荒年的。所以说我也有货仓,可钱却没有。我说自己富裕,但十二年来手头却不曾有过一个银毫子。

"先生,我已经在这个岛上居住了十二年。我们三个孤独地生活在这里;我把阿尔米拉始终也算作一个人。可是诺埃米却说我们是四个人,因为在她的心目中,娜西萨也算人。她还是一个不懂事的孩子!

"许多人知道我们住在这儿,可是在这一带没有人懂得告密。两国边境上保持着人为的封锁,使当地人养成了永远守口如瓶的习惯。没有谁探听别人的事情,各人也本能地隐藏着自身的秘密。不会有任何消息从这里传到维也纳、布达和伊斯坦布尔去。

"我不做对不起任何人的事情,也不妨害谁,他们为什么要告发我呢!我在一块没主的荒地上栽种果树,这块地是我主上帝和多瑙河女王赐给我的,我每天都在感谢他们。我的上帝啊,感谢你!我的女王啊,感谢你!

"我差不多不能说我有什么信仰;十二年来我既没进过教堂,也没见过教士。关于这些东西,诺埃米一点也不知道。我教她念书写字,就我所知道的给她讲述关于上帝、耶稣和摩西的故事:讲那位仁慈博爱,无限慈悲,宽恕罪恶和无所不在的上帝;讲那位谦卑中显得庄严,痛苦中发出光辉,以人的面目出现的神之子耶稣;讲那位拯救百姓的领袖摩西[①]——根据我所知道的摩西的故事,讲他饥渴交加地漂泊过荒漠,但却决不用自由换取报酬丰富的奴隶地位,讲他行善和博爱。——关于那个残忍的报复心重的上帝,关于那个向人要求贡献、住在华丽圣殿里、造成阶级差别的上帝,关于那个享有特权、要求人们一字一句信仰《圣经》的耶稣,关于那个要求纳税、迫害同胞的耶稣,关于在圣书中、在讲道台上以及钟声和赞美歌里都加以宣扬的那个从事重利盘剥、传布仇恨和自私自利的摩西,诺埃米一点都不知道!

"先生,我想现在您总该了解我们是什么人和我们在这里干些什么了。也许您还想知道,那个人凭什么来威胁我们吧?

"他就是我丈夫从前为他作保,为他自杀,我们也为他远离尘世和人类社会的那个人的儿子。

"在我们家破人亡的时候,他还是个十三岁的孩子,而且沉重的打击也落到了他身上,因为他父亲连他也抛弃啦。

"这孩子竟变成这样一个卑鄙的人,我实在毫不奇怪。

"他被父亲遗弃,被抛进恶劣的社会环境里,依靠别人的施舍过活;他被那个做儿女的本应以童心的尊敬看得很神圣的人所欺骗和偷窃,从小就打上了骗子的儿子的烙印,自然要变成现在这样一个人啰。这难道有什么奇怪吗?虽然我很了解他是怎样的人,却不十分清楚他到底在干什么。

[①] 摩西,《圣经》故事中犹太人的古代领袖。

"而许多到岛上来的外界人,倒知道他的一些底细。

"他在他父亲逃走后不久,也到土耳其去了。当时他说是出外寻父。如今既有人肯定说他当时找到了他的父亲,也有人说他在那里连他父亲的影子都没见着。甚至还有不少人讲,他同样偷了他父亲的钱逃跑了,并且很快就全部挥霍光。到底怎样,不得而知。没有人能从他嘴里了解到什么,因为他从来不说真话。他去过哪儿?干了些什么?关于这些问题他总是信口胡说,而且说得煞有介事,甚至亲眼看到事实完全不是这样的人也被弄得迷迷糊糊,不知道他说的到底是真是假。人们今天瞧见他在这里,明天又瞧见他在那里。他时常来往于土耳其、意大利、波兰和匈牙利,而且据他讲,这些国家的名人他没有一个是不认识的。他只要和谁见过一次面,就一定要骗谁;而且谁被他骗过一次,就可以指望他还会再来骗第二次。他会十种语言,他说他是哪国人,人们就会相信他是哪国人。他这一次来是商人,下一次来是军人,再来又成了船员啦。他今天是土耳其人,明天又是希腊人。有人还曾亲眼见到他是波兰的伯爵,是一位俄罗斯公主的未婚夫,是出售万灵药的德意志神医。他在世界上确实干了些什么,没法探听出来。不过有一点可以肯定:他是个被雇用的特务。哪一国特务?土耳其的,奥地利的,还是俄罗斯的?他同时是这三个国家的特务!真的,没准儿他还是另外一些国家的特务哩。他为所有的国家服务,同时也欺骗所有的国家。他每年到这个岛上来几次。他从土耳其那边岸上乘小船来到这里,再照样乘小船过河到匈牙利去。他到处干些什么,我无从知道。但千真万确的是,他到这儿来只是给我造成痛苦;而且他这么干纯粹是为了自己开开心。

"我也知道他是一个喜好吃喝玩乐的人。我这里有好吃的东西和一个如花似玉的年轻姑娘,他喜欢管她叫未婚妻,逗她生气。诺埃米非常恨他;可她并不知道自己的仇恨多么有理由。不过,我不相信托多尔·克里茨提安只是为了这些才到这个岛上来;这个岛上也许还隐藏着与我毫不相干的其他秘密。他是被雇用的特务,当特务的人是没有好心眼儿的。他从头顶到脚跟全坏透了。他什么坏事都干得出来。他知道我没有任何权利和我的女儿一起占有这个岛,在这一点上我不能找出任何人类的法律根据。他知道这个秘密,就借此勒索我们母女,气我们,找我们的麻烦。他威胁我们说,如果我们不买他的账,不满足他的一切要求,他就要向奥地利政府和土耳其政府告发我们。这两国政府一旦知道多瑙河心出现了一块新的土地,而且直到目前为止这块土地在所有和约中还没有提到过,它们立即就会发生争执,并且在争端没有解决之前,会像在阿利翁山和森纳河之间那块被宣布为无主的地区那样,把所有的居民从争议的地区赶走。他只要一句话,就足以把我在这个荒岛上十二年来历尽千辛万苦所创建的一切全部毁掉,就足以把我们感到这样幸福的乐园变为一片荒地,使我们重新沦为无家可归的人。还有,我们不仅害怕被皇帝雇用的爪牙发现,而且也生怕被教士们发现。因为如果那些大主教、主教、修道院长和教区牧师知道这个岛上有个女孩子从受洗到现在长大成人,一直没再进过教堂,那么他们就会用暴力把她从我身边夺走,不定塞进哪个修道院里去。先生,我为什么在夜间唉声叹气,扰得您睡不着觉,您现在该明白了吧?"

提玛尔抬头凝视着渐渐从白杨树梢间落下去的一轮

明月。

"为什么我现在不是一个有权有势的贵人?"他心里想。

"这个人随时都可以使我们倒霉,"特蕾莎继续说,"他只要在维也纳或伊斯坦布尔宣布,在多瑙河心出现了一块新的土地,我们就完了。在这一带不会有人告发我们,只有他能干出这种勾当。可是我已经做好了一切准备。这个岛之所以能够存在,完全在于岛顶上这块岩石,它抵挡着多瑙河的洪流。若干年前,在土耳其人跟塞尔维亚君王米洛什打仗的时候,塞尔维亚的走私贩子曾把三箱火药藏在岛上的金雀花丛里。后来再也没有人来找这几只箱子。也许藏箱子的人已经被抓到,处死了。我发现了这三只箱子,就把它们搬来,放在这块大岩石最深的洞里了。先生!要是谁想把我从这个现在不属于任何人的岛上赶走的话,那我就把引火线放到火药上,把岩石连同我们大家一起炸掉。这一来,在第二年春天凌汛过去以后,谁也不会再找到这个岛的一点点影子了。现在您明白我为什么扰得您在那儿睡不着了吧?"

提玛尔双手托住脑袋,凝视前方。

"我还想告诉您一件事,"特蕾莎太太说,同时更凑近些,好让提玛尔听清她那压低到耳语般的声音,"这个人偏偏在今天到岛上来,而且又突然溜走了,除了因为他在最后一家酒店里输得精光,想来我这里勒索几个钱以外,我认为还有别的原因。他这次光顾的目的不在您,就在另外那位先生身上。谁要是有能够让他发财的秘密,可要小心!"

月亮沉到白杨树后面了,东方开始显出鱼肚白,树丛中发出黄莺的啼鸣。天亮了。

从奥茨特洛瓦岛传来一声拖长的船号声,划破周围的沉寂,那是船员的起床号声。

这当儿,石砾路上响起了脚步声;一个船员从岸边跑来报告说,船已经做好了出发的准备。风已停息,可以启航。

两位客人,埃提姆·特里卡利斯和他的女儿——美丽白皙的蒂美娅,从小屋中走了出来。

诺埃米也已经准备好了。她在厨房里用鲜山羊奶做了一顿早点——用玉米花代替咖啡,用蜂蜜代替糖。蒂美娅没有喝,她把自己那份给了娜西萨,娜西萨也接受了外国姑娘的馈赠。这使得诺埃米心里很不痛快。

埃提姆·特里卡利斯问提玛尔,昨天晚上来的那位先生哪儿去了。提玛尔告诉他说,那个人在夜间就走了。

埃提姆·特里卡利斯一听这话,脸色马上变得更阴沉了。

接着大家一一向特蕾莎告辞。蒂美娅显得无精打采的样子,说她仍然感到不舒服。提玛尔最后一个和女主人握手。他交给她一条土耳其花绸围巾,说是送给诺埃米的。做妈妈的一面道谢,一面回答说,姑娘一定会把它围上。

"我不久还会再上这儿来的。"提玛尔告别说。

接着客人们离开小房,顺着草径向他们的船走去。特蕾莎和阿尔米拉一直送他们到河边。

诺埃米却登上岩石,坐在密密的猿猴草中间,周围是叶子肥大的佛甲草。她从那里用充满热情的蓝眼睛,沉思地目送驶去的小船。娜西萨悄悄溜到她跟前,爬到她的怀里,仰着脸儿贴在她的胸脯上。

"滚开!你这个变心的东西!原来你就这样爱我呀?难道你非要抛弃我,讨好另外那个姑娘不成吗?就因为人家长得漂亮,我不如她!现在你当然又来找我啰,因为那个姑娘走了,你现在又觉得我不错了,是不是?去!我再也不喜欢你了!"

随后她用双手把这个不懂事的小东西按在自己胸上,一面抚摸着白猫脑袋下面光滑的脖颈,一面目送着小船,眼睛里含着晶莹的泪花。

第十章　阿利·邱尔巴德希

第二天天气晴和,"圣芭尔芭拉"号逆流行驶在多瑙河靠匈牙利一边的航道上,直到晚上也没有发生什么值得注意的事情。

大家老早就睡了,因为昨天夜里都没有睡好。

但是,提玛尔这一夜仍旧注定不得安眠。船已抛锚,船上一片沉寂,只有拍打船舷的单调波浪声传来耳边。透过这片沉寂,提玛尔仿佛觉得邻舱里正进行着一件极为不祥的重大事情。两个舱房之间只有一板之隔,从隔壁传来种种杂乱的声音,好像有人在数钱,跟着又拔下一只瓶上的塞子,接着好像用羹匙在玻璃杯里搅动什么东西,一会儿拍手,一会儿洗手。不多时,又发出昨夜那种悲叹声:"啊,真主!"

末了,他听到轻轻敲打舱房隔板的声音。埃提姆·特里卡利斯在招呼他:"先生,请到我这儿来一趟行吗?"

提玛尔急忙穿上衣服,匆匆走进隔壁舱房。

船舱里有两张床,两床中间放着一张小桌子。一张床用幔帐遮着,特里卡利斯躺在另一张床上。小桌上放着一只匣子和两个小瓶。

"先生,您有什么吩咐?"提玛尔问。

"不是吩咐,是请求!"

"您有点儿不舒服吗？"

"我马上就再也感觉不到什么不舒服了！我就要死了。我自己愿意死，已经服毒了。别作声！坐到我跟前来，听我说完我的话。蒂美娅不会醒的，我给她喝了鸦片汁，为的是让她睡熟，因为不便让她在这个时候醒着。

"你别打断我！你要对我说的话，一小时后对我就再也没有什么用处啦。可我还有很多事必须对你交代，我的时间有限；这种毒药发作起来很快啊。什么也不用找！解毒药就在我手里；我要是后悔的话，我还可以使毒药失去效用。可是我不打算这样做。我认为我做得很对。你坐下，仔细听我说吧！

"我不叫埃提姆·特里卡利斯，真名是阿利·邱尔巴德希。我曾经当过克里特①的总督，最后在伊斯坦布尔当国库局局长。你知道现在土耳其正发生什么事吗？苏丹在进行改革，法学家、各省的高级文武官员和行政区长官纷纷发动叛乱。这年头儿人命不如草芥。这一个党派成千地杀害跟他们主张不同的人，另一个党派又放火烧掉上千幢当权者的房子。再高贵的人也休想在这样的君王和他那些爪牙手下得到安宁。不久前，伊斯坦布尔总督下令把六百名土耳其高官显宦绞死在伊斯坦布尔，而他本人却被自己的爪牙在索菲亚清真寺里暗杀了。甚至有一个德尔维施②萨特希在加拉塔③的桥上抓住了苏丹，威胁着要杀死他。每一种改革都要流血。第

---

① 克里特，现今希腊最大的岛屿，当时属于土耳其。
② 德尔维施，伊斯兰教中的禁欲派，这种人抛弃一切财产，成为乞丐，类似佛教中的托钵僧。
③ 加拉塔，伊斯坦布尔的郊区。

一艘英国轮船来到博斯普鲁斯海峡时,适逢两百个土耳其年轻船夫被枭首示众。苏丹驾幸爱德尔纳①的时候,当局逮捕了二十六位上流人物,将二十人斩首,对其余六人严刑拷问,逼得他们虚构出不利于某些国家要人的耸人听闻的供词,从而给这些人加上罪名。然后当局把他们也绞死,并且对受到诬陷的人进行迫害,其中有法学家、高级军官、地方长官和大臣。迫害是暗中进行的,涉嫌的知名人士纷纷失踪,从此音信杳然。

"苏丹的秘书瓦法特·阿凡迪在被派往叙利亚的途中,突然害鼻疽死了。爱德尔纳的总督召请行政长官彼特雷夫前去赴宴,在上黑咖啡的时候,总督告诉他说,奉苏丹之命,必须在杯内下毒药赐给他喝。彼特雷夫只请求允许他把自己随身带来的毒药掺在咖啡里,因为他这种毒药更有把握致人死命。说罢他祝福苏丹,沐浴,祈祷,随后便自尽了。现今土耳其每一个身居显位的人,都在图章戒指里带着毒药,准备一旦轮到自己头上时使用。

"我还算幸运,及时得知现在该轮到我了。我没有造反;可是我有两个非死不可的理由,一个是钱,另一个是我的女儿。

"国库需要我的钱,土耳其皇宫需要我的女儿。死并不难,我也愿意死;但是我不能把我的女儿送进宫廷,也不能让她沦为乞丐。

"于是我决心要战胜我的敌人,带着我的女儿和钱财远走高飞。

---

① 爱德尔纳,土耳其大城市之一,位于西北边境地区。

"我不能从海上逃走,因为新式轮船会追上我。我准备了去匈牙利的护照,打扮成一个希腊商人,剃掉我的大胡子,然后秘密地到了加拉茨。到那里后,再也不能从陆路继续潜逃了,我才雇了你的船,把钱买了粮食随身带着,这样就很难被偷盗了。我听你说出船主的名字,心里非常高兴,阿塔纳茨·布拉佐维奇跟我有亲戚关系。蒂美娅的母亲是希腊人,跟他是本家。我曾屡次给这个人帮大忙,现在要请他报答我了。伟大而又贤明的真主啊!谁也躲不过他自己的命运!虽然你并不知道我是个罪犯还是个受政治迫害的人,可是你早就猜到我是个逃犯。尽管这样,你还是尽管事的义务,帮助信任你的客人尽快逃走了。我们用巧妙的方法驶过了铁门的礁石和旋涡,我们不顾一切地甩掉了追踪的炮艇,我们轻而易举地滑过了奥尔肖瓦的检疫和盘查。可没想到,躲过了这些受特务威胁的最大危险以后,我竟然被横放在路上的一根草棍绊倒了。

"昨天我们在隐蔽的小岛上遇见的那个人,是土耳其政府的特务。我认识他,他一定也认识我,除了他没有人能追寻到我的踪迹。他赶到我们前面去了,眼下已经有人在潘切沃等候着我。别打断我的话。我知道你要说什么。不外乎这里已是匈牙利的领土啦,而两个邻国没有一个肯引渡对方的政治逃犯,等等。可是,人家不会把我当作政治逃犯,而要把我当作窃贼来追捕。这是不公道的!我随身带的无非是自己的财产,就算我对国家有拖欠,我在伊斯坦布尔还留有二十七所房子,可以用来作为抵偿啊。可他们仍然要在我背后大喊大叫,说我是贼,说我窃取了国库的财宝。而每当土耳其特务发现了潜逃的盗窃犯,奥地利照例会把他们交给土耳其的。那个人认出了我,我的末日也就到了。"

讲话人苍白的额头上滚下大颗大颗的汗珠,脸色变得蜡黄。

"给我一口水喝,我好继续说下去。我还有许多话要说啊!

"我再也无力自救了;不过我一死,至少可以保全我的女儿和她的财产。这是真主的意旨,谁能躲过自己的厄运呢?请你以你的信仰发誓,答应办到我托付给你的事情。

"首先,我死以后,不要把我葬在岸上。一个穆斯林,是不愿意用基督徒的方式埋葬他的尸体的,所以请用船员的方式来葬我:把我用帆布包上缝好,在头和脚上各系一块大石头,等船到了多瑙河最深的地方,就把我沉下去!请你务必照办,我的孩子!然后把船好好地开到科马罗姆!要关心蒂美娅!

"这个匣子里是我的现款,总共一千金币。其余的钱我都买了麦子。桌上有我留下的一封遗书,你把它带在身边!在遗书里我首先声明,自己是由于吃香瓜太多患痢疾死的;其次说明我的现款有一千金币,以免有人诬告你,说我是你害死的,或者说你吞没了我的钱。

"我不送给你本人什么东西。你是出于好心,自愿行善,你的上帝自然会给你善报。这样办对你来说是再好不过了。

"到科马罗姆后,你把蒂美娅送到阿塔纳茨·布拉佐维奇家里,请他把她当作女儿收养。他本人已经有一个女儿,蒂美娅就算作她的妹妹吧。把钱交给他,他会把这些钱用在这个孩子身上的!船上的货物也交给他,嘱咐他要亲自看着麦子卸船,免得别人掉换,因为我运的是上好的纯净小麦。你明白吗？……"

临死的人一面用发红的眼睛盯着提玛尔的眼睛,一面进行自我斗争。

"因为……"他刚开口又说不下去了。

"我讲了些什么来着？我还有点儿事要说,可是脑筋已经乱了。瞧这深更半夜里哪来的红光！瞧天上的月亮有多么红啊！是的,红月牙儿……"

就在这当儿,蒂美娅在床上轻轻哼了一声,吸引了他的注意,使他的思路转向了别处。他吃惊地从床上抬起身子,伸出手哆哆嗦嗦地在枕头底下摸索什么,发直的眼睛瞪得老大,眼珠都鼓了出来。

"哎呀,我差一点儿忘了！蒂美娅！我给她喝了安眠药,要是不及时弄醒她,她就要长眠不醒了。这个小瓶里是解药,我一咽气,你立刻就用这药在她的脑门、太阳穴和胸口上仔细揉搓,一直揉到她醒来。——唉！我差一点儿也把她一道带走了。我可不愿意这样,她应该活着。你要以你的信仰发誓,答应使她活过来,不会让她长眠不醒的,对吧？"

奄奄一息的人痉挛地抓住提玛尔双手,紧紧按在自己的胸口。他那歪扭的脸上露出了垂死的挣扎。

"我方才说什么来着？——我还想说什么呀？——我的最后一句话是什么？……对了,'红月牙儿'！"

此刻,那一天天亏下去的月牙儿钻出云雾,从敞开的窗口把红光照射进来。

垂死的人是说胡话扯到月亮的呢？还是他正好看到月亮又想起了什么呢？

"是的,'红月牙儿'！"他再一次低声说,同时使劲拉住提玛尔。接着死亡的僵硬使他永远闭上了双唇。经过短暂的挣扎后,他就与世长辞了。

第十一章　活的石膏像

提玛尔独自面对着一个死人,一个昏昏沉睡的姑娘,有一个深深隐藏着的秘密。寂静的黑夜笼罩着一切。深夜的幽灵却在对他耳语:"瞧!要是你现在不去做托付给你的事,不把死者扔进河里,不弄醒昏睡的姑娘,而让她在睡梦中到了彼岸,那又将会怎样呢?那个密探已经在潘切沃告发了逃犯邱尔巴德希。假如你先他一步,不在潘切沃而在贝尔格莱德上岸,在那里自己出面告发的话,那么按法律规定,逃亡者的财产三分之一就归你所有了。这些财产反正是没主儿的。父亲死了,而女儿呢,只要你不弄醒她,也会永世长眠。你会突然变得多么富有啊!而富人是受人尊敬的!穷人却永远被看作无赖汉!"

提玛尔却回答黑夜的幽灵说:"我宁愿永远做这样的无赖!"为了让低语的幽灵住口,他关上了船舱的窗户。当他注视那红月牙儿时,一种莫名的恐怖袭上他的心头。他觉得仿佛邪恶的低语是从月亮上传来的,仿佛月亮在对死者最后关于"红月牙儿"的话进行解释。

他拉开蒂美娅床前的幔帐,姑娘像一尊活的石膏像似的睡在那里。她的胸脯轻微地起伏着,半张着嘴,眼睛紧闭,面容上带着一种超凡脱俗的死人的庄严。她的一只手放在已经松开的浓密卷发旁,另一只手紧紧攥着胸前皱起的睡衣。

提马尔战战兢兢地把手伸过去,仿佛一个穷苦的俗人站在一位中了魔法的仙女面前,一碰她就感到致命的心痛。他开始用小瓶里的药水揉搓姑娘的太阳穴,同时仔细观察她的脸,心中想道:"我会任由你这个美人儿死去吗?即使船上装满了珍珠,你一死就全部归我,我也决不肯让你长眠不醒的。当你那两只明亮的眸子再睁开来,它们就会深深地吸引我;对我来说在世界上不存在比这更大的钻石啊。"

他给她额头和太阳穴上揉搓着药水,沉睡的姑娘脸上却没有什么变化。当这个陌生男人的手抚摸着那两道联到一起的秀眉时,这眉毛仍一蹙也不蹙。

邱尔巴德希曾告诉他说,还得用解药搓胸口。提马尔不得不抓住姑娘的手,把它从胸前挪开。这只手丝毫没有反抗,冰凉而又僵直。

全身也是冰凉冰凉的,如石膏像那般冷,那般美。

深夜的幽灵又悄悄地说:"瞧,多么迷人的躯体啊。嘴唇也再美不过了,要是你吻吻它,又有谁会知道呢?"

但是,被深夜的幽暗包围着的提马尔自言自语道:"不,你生平还从来没有偷窃过什么东西。这可是偷香窃玉的勾当哩。"想到这里,他拾起姑娘在睡梦中甩掉的波斯毯子来,把她的身子盖上,一直盖到肩膀,在毯子下面用药水在沉睡的姑娘的胸口揉搓。为了不受一切诱惑,他目不转睛地注视着姑娘的脸,好像瞧着祭坛上一尊令人肃然起敬的雕像。

黑睫毛的眼睑一下子睁开了,两只眼睛疲倦而又迷惘地望着前面。提马尔松了一口气,感觉到手底下的心脏跳动得有力了。

这时他急忙抽回手来,把小瓶里气味强烈的药水递过去给姑娘闻。

蒂美娅醒了。她把脸扭过去避开小瓶,同时皱起了双眉。提玛尔轻轻地唤她的名字。

突然,她从床上坐起来,叫了一声"爸爸!"她坐在床沿,神志不清地向前凝视。

毯子落到她的腿上,睡衣也从她的肩上滑了下来。她宛如一尊古代的大理石半身像。

"蒂美娅!"提玛尔呼唤着她,同时把她的纱衣又拉回裸露的肩膀上去。这一切姑娘全没有察觉。

"蒂美娅!您父亲已经去世了!"提玛尔说。可是听了这句话,姑娘的脸上仍毫无表情,身子也一动没动。至于身上的睡衣露出了胸部,她更不加理会。她什么感觉也没有。

提玛尔匆匆跑回自己的舱房,拿来一把咖啡壶,急急忙忙煮上一壶浓咖啡。咖啡煮好了,他走到姑娘跟前,把她的头按到自己身上,用手指强拨开她的嘴,使她的头向后仰起,往她嘴里灌咖啡。

直到这时,他所要克服的困难还单单是姑娘的麻木状态。可等到姑娘咽下又热又苦的咖啡以后,却突然用力推开提玛尔,连他手里的杯子都掉了。接着她一下子倒在床上,蒙上毯子,牙齿开始很响地磕碰起来。

"啊,谢天谢地!到底活转来了,瞧她在打寒战哩!"提玛尔叹道,"现在可该料理水葬的事了。"

第十二章 水 葬

谁要死了,就把他用帆布裹起来缝好,再在脚上系一个坠物,然后把他交给水神,这在海上是很自然的事。以后,死者的坟墓就会长满珊瑚。

但是,要从一条行驶在多瑙河的船上把一个死人扔到河里,就要负一定的责任。因为多瑙河河岸在望,岸上有村镇和城市,那里的教士有责任为死者主持葬礼,那里的钟就是为送死者进天国和追悼死者而存在的。谁也不得根据死者的愿望把他付诸流水。

然而,提玛尔心里非常清楚,还是非得把死者扔到水里不可,因此毫不犹豫。

在船还没有拔锚继续行驶以前,他就通知舵手,船上死了一个人,特里卡利斯故去了。

"我早就知道要死人,"发布拉·亚诺斯回答说,"鲟鱼总是跟着我们的船,这是死人的征兆。"

"我们在下游的村子上岸,请教士主持埋葬尸体吧!我们不能在船上带着它继续往前走,因为本来就有人说我们在散布病毒。"提玛尔说。

紧接着,发布拉先生大声咳嗽了一阵,然后说,无论如何要想办法这样做。

他们下了船!首先来到一个村镇。这是一个富庶的镇子,名叫普勒茨科伐克。镇上有一位教长和一座双钟楼的教堂。教长是一个仪表堂堂、身材魁梧的人,留着长长飘拂的黑胡子,长着两道手指般粗细的浓眉,说话嗓音异常洪亮。他认识提玛尔,因为提玛尔常上他这儿来买小麦;这位教长掌管的田产可以供应大量粮食。

"喂,我的孩子,你现在可来得不是时候,"教长在院子里看见提玛尔时向他嚷道,"今年的收成不好,而且收的粮食也早就卖出去了。"(虽然这时院子里和打谷场上还有人在打谷。)

"这回是我带来了货物——我们船上死了一个人……我们请求大人辛苦一趟,照通常的仪式把他埋葬了。"

"啊,我的孩子,这可不行!"教长回答说,"这个基督徒忏悔过吗?他领过最后的圣餐吗?你担保他不是一神教教徒吗?这样的死人,我不能为他主持葬礼。"

"这些仪式确实没有做,我们船上没有忏悔教士。这位正直的人没有得到一位教士的任何帮助就死了。在船上这也是常有的事情。既然大人不能按照习惯为他举行整个葬礼,那至少请您给我写个证明,我好向死者的亲属交代,为什么没有给他举行葬礼。然后,我们自己就在这岸上找块地方把他埋掉。"

教长于是写了一份拒绝主持葬礼的证明。但是打谷的农民一听就火了。

这可有得瞧!要把一个没经祝福的死人埋在他们的地界内!这样一来准会像十诫所说的那样,他们所有的田地都要遭到雹灾啦。倒也是哩,不论死人是哪儿来的,谁也别打算把它送给别的村子,没有人愿意收这种礼物的。首先,死人当年就会带来雹灾,而现在刚好是快到收葡萄的时候了,这是农民的最后希望;其次,第二年会从这样的死人坟墓里钻出一个旱魃来,把所有的雨露吸得精光。

他们甚至斩钉截铁地告诉提玛尔,如果他把死人从船上运下来的话,就要他的命。

为了防备提玛尔偷偷在岸上什么地方埋掉死尸,他们挑出四个身强力壮的小伙子跟着提玛尔到船上,要伴送尸体航行一天,直到出了他们的地界为止,然后就随便船上怎么处理。

提玛尔装出很生气的样子,最后还是允许这四个护送的人上了他的船。

这期间,留在船上的水手已经用木头钉了一口棺材,把死人装进去,只剩下棺盖还没有钉上。

提玛尔首先关心的是去看蒂美娅。她正在发高烧,脑门滚烫,但脸色这时仍然苍白。她烧得昏迷不醒,对于葬礼的一切准备毫无所知。

"她不知道也好。"提玛尔自言自语说。他拿起油漆罐,走到棺材前,用好看的西利尔[①]字体在棺材盖上写了"埃提姆·特里卡利斯"的名字和死期。四个塞尔维亚小伙子站在他背后,拼读着他所写的字母。

"喂,我要去办点事,你来替我写写吧。"说着,提玛尔硬把毛笔塞给了一个张着嘴、出神看着的塞尔维亚小伙子。这小伙子为了表示自己有学问,就拿起笔在木板上写了个塞尔

---

① 西利尔,斯拉夫民族古时所用字母,为现今俄文字母的起源。

维亚人一向读成"S"的"X"。

"瞧,你写得多漂亮。"提玛尔一面夸奖他,一面又叫另外一个小伙子写,"你一定也是个能干的小伙子。你叫什么?"

"约索·贝尔基奇。"

"你呢?"

"米尔科·亚克席奇。"

"啊,愿上帝保佑你长寿!咱们一块来喝杯李子酒吧!"

大家毫不迟疑地喝起酒来。

"我叫米哈利,姓提玛尔。这是一个很好的名字,我不管这是个匈牙利名字,或者是个土耳其名字,甚至是个希腊名字,反正我很喜欢这个名字。你们就叫我米哈利吧。"

"米哈利先生。"

喝过酒后,提玛尔·米哈利三番五次到蒂美娅的船舱去,看看她情况如何。她仍在发烧,而且神志不清,提玛尔却并未因此感到绝望。他认为航行在多瑙河上的人随身就带有一种万应药:冰凉的河水能治百病。他简单的治疗方法就是把冰冷的湿布给姑娘敷在脑门上,缠在腿肚上,布片一热了立刻就换,不厌其烦。早在普里斯尼茨①以前,船夫们就已经会这种疗法了。

此后一整天,"圣芭尔芭拉"号都平安无事地继续逆流而上。几个塞尔维亚小伙子很快就同船上的人混熟了,并且帮着划船。船员们呢,就在船上生火给新朋友做"强盗烤肉"。

死人停放在舱外甲板上,盖着一条新被单,这就是他的寿衾。

---

① 芬森茨·普里斯尼茨(1799—1851),近代水疗学的创始人。——原注

傍晚,提玛尔告诉自己的手下人,他要去睡了;他已经两夜没有合眼。他让他们继续航行,直到天完全黑了,然后抛锚停泊。

但是,这第三夜他仍然没有睡。他并未回自己的船舱,而是溜到蒂美娅那儿,把灯藏在一只空箱子里,使人从外面看不见舱内有灯光。他整夜坐在姑娘的床边,倾听她的呓语,同时用准备好的冷水给她那滚烫的肢体作冷敷。他一分钟也不曾合眼。

他十分清楚地听出,船上的人如何抛锚,波涛又如何一声声地开始拍打船舷。人们在甲板上还乱糟糟地闹了好一会儿,然后才陆续睡觉去了。

可是将近半夜,提玛尔仿佛听见有人在捶打什么,发出沉浊的响声。

"有人在钉钉子,而且在钉子头上垫着布!"提玛尔自言自语道。

随后听到扑通一声,像一个大东西落进水里的声音。接着一切又复归沉寂。

提玛尔一直没有合眼。直等到天亮了,船又启了航。船行一个小时后,他走出了船舱。姑娘安静地睡着,烧退了。

提玛尔走上甲板,头一句就问:"棺材哪儿去了?"

几个塞尔维亚小伙子满不在乎地走到他的跟前。

"我们用石头坠住棺材,把死人扔到水里去了。这样你们就不会再把它埋在我们的地界内,死人也不会再使谁倒霉了!"

"你们这是干的什么哟?你们这些无赖!县里要向我追究这件事的,要我对这个失踪的旅客负责。那时人家会说我谋害了他。现在你们得给我一个凭据,说明这件事是你们干的。你们当中谁会写字?"

当然,现在他们谁也不肯承认会写字了!

"哼,你,贝尔基奇,还有你,亚克席奇,难道你们没有帮助我在棺材盖上写过字吗?"

这两个人假称他们恰好就会写那个字,而且只会用毛笔在木板上写。

"好吧,那我就把你们一块儿带到潘切沃去。到了那儿,你们可以在警备司令面前亲口为我作证。放心好了,他一定会使你们老实招认的!"

这样一吓唬,不仅那两个人,连另外两个人也都会写字了。他们突然非常痛快地表示,只要不把他们带到潘切沃去,他们同意立一张凭证。

提玛尔拿来墨水、钢笔和纸,由他口授,让一个人趴在甲板上写下了四人一致承认的口供:他们由于害怕遭受雹灾,在夜里,等船员睡熟以后,在没有一个船上的人知道和帮助的情况下,把埃提姆·特里卡利斯的尸体扔进了多瑙河。

"签上你们的名字,写上住址,如果进行调查,警备司令部的军官好去找你们。"

第一个具结人写明自己是"伊克萨·卡腊卡萨洛维奇",住在"古内罗伐克";第二个是"努埃戈·斯提里奥皮察",住在"梅德费林克"。

办完这项手续之后,他们一本正经地分手了。提玛尔跟那四个小伙子都勉强憋住,才算没有互相当面笑出来。

提玛尔送他们上了岸。

……阿利·邱尔巴德希却已如愿以偿,安息在多瑙河底了。

第十三章　一个有趣的故事

蒂美娅早晨醒来,觉得病已痊愈。她的体质原是比较强健的。

她自己穿上衣服,走出船舱,在船头上一瞧见提玛尔便问:

"我爸爸在哪儿呢?"

"小姐!您父亲已经去世了!"

蒂美娅两只忧郁的大眼睛呆呆地凝视着他。她的脸色原本就很苍白,因此也看不出什么变化。

"那么你们把他安置在哪儿呢?"

"小姐!您的父亲就安息在这多瑙河的河底。"

这一说,蒂美娅便在船栏旁坐下来,默默盯住河水出神。她不说话,也不哭泣,只是目不转睛地凝视着河水。

提玛尔想,应该尽自己的力量安慰安慰她,也算是尽一分责任。

"就在您卧病昏迷不醒的时候,没想到上帝突然把您的父亲召唤去了。他临终时我在他身边。他跟我谈到了您,让我向您转达他最后的祝福。我要按照他的意愿,把您送到您父亲的一位老朋友那儿去。这个人是您母亲的亲戚。他会收您作养女,自己当作您父亲。他本人有一个年轻漂亮的女儿,比您稍为大一点。她可以做您的姐姐。在那里,他们会很好地待您。这只船上所装的东西,都是您父亲遗留给您的;您将会非常富裕。应该永远怀着感激的心情想念这位慈父,他为您考虑得非常周到啊。"

接着,提玛尔心中想:"这位父亲是为了拯救你,为了使你生活圆满才自杀的哩!"但喉咙却一下子紧住了,没有把话说出来。

然后,他惊讶地望着女孩子的脸,发现她在他讲话过程中始终毫无表情,甚至一滴眼泪也没有掉。提玛尔以为她是当着外人不好意思哭,便走开了。可剩下姑娘独自一人后,她仍然没有哭。

真是奇怪,她看到那只小白猫在水里淹死时,竟那样哀伤!而现在有人告诉她,她的父亲已安息在多瑙河底,她却没有流一滴眼泪。

有些人为了一点小事便哭哭啼啼,但在遭到深沉的痛苦时却只表现得默默无言和目光发痴,这或者可以用来解释姑娘目前的情形吧?也许她就是这样的人。不过,现在提玛尔无暇一味苦苦地思索这个心理学问题,他还有别的事情。潘切沃的尖塔开始出现在西北方,一只皇家小艇正对着"圣芭尔芭拉"号顺流驶来。艇上连同一位艇长和一名看守,共有八个武装边防人员。

这一伙人驶到"圣芭尔芭拉"号跟前,没等请就把搭钩搭上大船的船舷,登上了大船。

艇长急步向恭候在船舱门口的提玛尔走去。

"您是船上的管事吗?"

"您有什么吩咐?"

"这只船上有一个冒名埃提姆·特里卡利斯的旅客。此人是潜逃的土耳其国库局局长,并且随身携带着他所窃取的财宝。"

"官方在奥尔肖瓦已对这一切进行过检查。我的船舶证件也可以证明,这船上的旅客是一位名叫埃提姆·特里卡利斯的希腊粮商,根本没有携带什么窃取的财宝;他带的是纯净的小麦。这是第一份证件,请您亲自过目。我根本不知道什么土耳其大官的事。"

"那个旅客在哪儿?"

"倘若他是个希腊人,那他就在亚伯拉罕①身边;倘若他是个土耳其人,那他就在穆罕默德身边!"

"难道说他死啦?"

"一点不错,他已经离开了人世。这是第二份证件:他的遗书,上面写着他的遗言。他是害痢疾死的。"

艇长把证件看了一遍,同时斜睨了蒂美娅一眼。蒂美娅仍然坐在刚才听到父亲死讯的那个老地方。她不了解他们说的是什么,因为他们是用她听不懂的外国话在交涉。

"我的六名船员和舵手都可以证明这个人已经死了。"

"嗯,这怪他自己倒霉,与咱们没关系。人既然死去,一定把他埋掉了;那么请您告诉我,他埋在什么地方,我们要验尸。这里有人认识他,可以证明特里卡利斯就是阿利·邱尔巴德希。一经证明,至少我们就可以扣留下他盗窃的财宝。你们到底把他埋在什么地方啦?"

"在多瑙河底。"

---

① 亚伯拉罕:《圣经》故事中犹太人的祖先。

"嚄,这手可厉害!干吗把他葬到河底?"

"请别着急!这里有第三份文件,是普勒茨科伐克镇的教长开的证明;特里卡利斯就是在他的教区内死的。他不仅拒绝为死者举行正式葬礼,而且禁止把尸体运到岸上去。当地人说,我们应该把尸首扔到水里。"

艇长愤愤地拍了指挥刀柄一下。

"他妈的!该死的僧侣!什么事总免不了跟他们有关系。可尸首扔到哪一带水里了,您总该知道吧?"

"艇长先生,我们还是打头里讲起吧。普勒茨科伐克的人派了四个小伙子到船上来监视我,不让我把尸首运到岸上去。就是这几个家伙,在夜里趁我们大家全睡熟的时候,也未通知船上的人,竟私自把棺材坠上石头扔到多瑙河里去了。这里是肇事者自己具的结。请您收下这张凭证,寻找这些人,让他们自己招供,并给予他们应得的惩处吧。"

艇长连连跺脚,气得咳嗽起来。他看完那张证明,把它扔回给提玛尔,同时爆发出一阵恼怒的狂笑。

"他妈的,这事才叫妙哩!找到的逃犯死了,不能讯问他。神父不准把他埋在岸上,庄稼汉把尸首扔进了水里,然后具个结,签上两个从来没有人叫过的名字,填上两个在世界上从来没有过的地址。逃犯在多瑙河底失踪了——即使我现在豁出去,用耙子从潘切沃一直搂到斯岑德勒,搜遍整个多瑙河,或者是去找那两个无赖,把这个卡腊卡萨洛维奇和那个斯提里奥皮察惩治一通或者辱骂一顿,结果还是白搭。反正没有确实证据证明死者是逃犯本人,我就不能扣留船上的货物。喂,管事先生,您这手干得真漂亮!亏您想得出来!每件事您都拿得出一张证明!一张、两张、三张、四张。我敢打赌,如果我想要那位小姐的受洗证书,您也能拿得出来的!"

"要是您吩咐的话!"

当然提玛尔是拿不出受洗证书的;但他很会瞪着眼睛装傻样儿,使艇长无可奈何,只好使劲摇晃着脑袋,苦笑了一下,接着拍了拍提玛尔的肩膀,说:

"管事先生,您是位金人!您保住了这位小姐的财产,因为找不到她父亲我不能逮捕她,也不能没收她的财产。您可以继续赶您的路了。您真是位金人。"

说到这里他转身而去,同时狠狠给了那个没能很快跟着走而落在后边的边防人员一记耳光,打得这家伙险些儿掉进水里。他随后命令同来的人全部离船。

可是他下了小艇以后,仍然十分注意地回头瞅了一眼。管事依旧带着毫无表情的傻相目送着他。

"圣芭尔芭拉"号上的货物终于保住了。

第十四章 "圣芭尔芭拉"号的厄运

现在"圣芭尔芭拉"号毫无阻碍地继续逆流行驶在多瑙河上,提玛尔除了每天和纤夫发生些争执以外,再没有烦心的事了。

多瑙河在匈牙利盆地上变得非常单调乏味,这里既没有岩壁,也没有急流和古迹,两岸除了连绵不断的垂柳和白杨以外,就什么也看不到。

没有什么有趣的故事可以讲给蒂美娅听。

姑娘经常整天待在船舱里,不出一点声音。她孤单单地坐在房中,给她送进去的饭食往往原封未动又端出来。

夜渐渐地长了。已是十月末,晴朗的天气突然变得多雨起来。姑娘总是关在自己静悄悄的房间里,提玛尔只在夜间隔着薄薄的板壁听到她唉声叹气,却始终未听见她哭泣。

沉重的打击也许使她的心已永远结成了冰块。得有一颗发出多少温暖的心,才能融化这块冰呢?

可怜的朋友,你干吗去想这个?为什么你不论醒着还是闭上眼睛,都梦想着那张白皙的脸庞?即使这位姑娘并不怎么漂亮,但人家毕竟有钱,而你却是个穷鬼。像你这样一个穷光蛋,怎么能一心惦记着这样一位高贵的阔小姐呢?要是情形颠倒过来,你像她现在这样富有,她变成一个穷人,那就好了！蒂美娅究竟有多少钱呢？提玛尔想要算清楚好让自己死了心,不再存这种痴心妄想。

她父亲给她留下了一千金币的现款,加上这一船小麦,现时值一万金币,大概她还有珠宝首饰。因此,这位姑娘属于有十万盾①陪嫁的那一流人物;而在匈牙利的城市里,这样的人就算是有钱的配偶了。

想到这里,提玛尔遇到了一个无法解开的谜。保住了的阿利·邱尔巴德希的财产实际上值一万金币;而这笔款子重量不会超过六十六磅。比起所有金属来金子的体积最小,六十六磅金子可以包在一个行囊里,一个步行人也能把它背在肩上赶路。所以,这笔财富尽可以装在一个口袋里,随身带着翻山越岭,用不了两个星期就能平安到达匈牙利。那么,阿利·邱尔巴德希为什么非要把它换成小麦,装上整整一大橡木船,冒着风暴、旋涡、礁石和浅滩的危险,经受检疫站和检查哨的阻难,走上一个半月之久呢？对于这个问题,提玛尔找不出答案。

另外还有一个与这问题有关的谜,那就是如果阿利·邱尔巴德希的财宝——不管它的来路正当与否——总共只值一万一千到一万二千金币的话,那么土耳其政府为什么要这样兴师动众地进行追捕？为什么竟调动一艘二十四桨的炮艇顺着多瑙河追击,并派遣特务和急使来跟踪这个逃犯呢？一个穷管事认为是一笔可观的款项,对赫赫的土耳其君主说来,只不过是一点儿布施罢了。纵使扣住了这价值一万金币的财产,等到这笔钱经过那些告密者、执行官和其他贪官污吏的手

---

① 盾,荷兰货币单位。

重新流回去的时候,剩下的恐怕连苏丹的一袋烟钱都不够了吧。

为追缴这么一点点东西,就值得土耳其方面这样兴师动众吗?

莫非主要目标是蒂美娅?以提玛尔的精明,虽然深知这仅是一种揣测,但由于他非常爱作浪漫的幻想,所以也就认为这个想法是有道理的了。

一天傍晚,风赶走了天上的浮云,提玛尔从船舱的窗户中向外眺望,只见西方的地平线上现出一弯新月:"红月牙儿!"

镰刀般的红月牙儿把它的光辉洒在多瑙河如镜的水面上。

提玛尔觉得月亮仿佛是一个人脸的侧面,就像月份牌上画的那样,正咧开嘴在说什么。只是人们始终不能了解月亮的话——这是一种陌生的语言。

月下的梦游病患者或许能了解,因为他们熟悉这种话;可是一旦醒过来,他们也立刻忘记自己跟月亮说了些什么。

蓦地,提玛尔仿佛为自己的问题找到了答案。为哪些问题呢?为所有的问题。为他为什么心跳?还是为他为什么冥思苦想?两者全有。只是他还解释不清楚这些答案!

红月牙儿渐渐向多瑙河的水面下沉没,同时把它在水波上闪动的光芒反射到船头,好像在问:"你还是不明白我的意思吗?"

月亮把最后闪烁的一点点亮光也慢慢沉到了水下,似乎在说:"我明儿再来,那时你就会明白了!"

舵手主张趁日落后天还没有完全黑下来的时间,继续向前行驶。他们已经过了阿尔玛斯,来到科马罗姆附近。发布拉·亚诺斯对多瑙河这一带非常熟悉,他合着眼也能掌舵。从这里直到多瑙河的支流腊博河①,河道上再没有任何危险的障碍了。

真没想到!船行到费茨托附近,水下突然轰隆一声,声音不大,几乎听不见。舵手却因此大吃一惊,立即向岸上的纤夫吆喝:"停住!停住!"

提玛尔也唰的一下脸色煞白,惊愕地愣了片刻。他的脸上露出恐惧神色,这在整个旅程中还是第一次。

"我们撞到一棵树上了!"他向舵手喊道。

身体魁伟而结实的发布拉·亚诺斯神经错乱似的扔下船舵,沿着甲板像个孩子那样哭着奔向船舱。

撞到一棵树上了!

是的,真的撞到一棵树上了。每逢多瑙河发大水,总要冲破堤岸,把连根拔起的大树卷入河床,于是这些大树就被黏附在根上的泥团坠入水底。这样一棵树的树根便足以使逆水拖上来的货船遭殃,把船底撞个窟窿。

舵手遇到礁石和沙滩时倒能保护船只不受损伤;可遇到险恶地埋伏在水下的带根大树,知识、经验和机智就都无济于事了。多瑙河里沉没的船只,多数都是这种暗藏的死树造成的。

"我们这下子可完啦!"舵手和船员异口同声地喊叫着。各人都离开自己的岗位,急忙把包裹和箱子抢救到舢板上。

船在河心打了横,船头开始下沉。别指望再挽救它了。这完全不可能。船上的货物都是装得满满的口袋,不等把这

---

① 腊博河,多瑙河的支流,在匈牙利西北部,流经科马罗姆城。

些口袋挪开堵住窟窿,整个船早就沉没啦。

提玛尔急忙拉开蒂美娅的舱门。

"小姐!赶紧收拾您的衣服,带着桌上那个匣子!我们的船要沉了。咱们必须逃命!"

他亲自帮助受惊的姑娘穿上暖和的长袍,并告诉她如何下到舢板上去,到了那儿舵手一定会照管她的。

说完,他奔向自己的船舱,抢救装着船舶证件和船上现金的木箱去了。

可是发布拉·亚诺斯实在没有一点援救蒂美娅的意思。他一见姑娘,就气愤极了。

"我就说嘛,这个眉毛连到一起的白脸蛋妖精会使我们大家遭殃的。早该把她扔到水里去!"

蒂美娅听不懂舵手的话,可是非常害怕他那两只血红的眼睛,因而宁愿跑回船舱,躺在床上,看着河水涌进了舱门,慢慢地一直涨到床沿。她一边看着水涨一边想,如果河水现在把她冲走,那么就可以把她顺流一直带到父亲安息的河底;她希望那时候能跟父亲重新团聚。

提玛尔在自己舱中把所有必需的东西匆匆装进一只箱子,然后扛到肩上,奔向舢板。这时候河水已经没到他的膝盖了。

"蒂美娅在哪儿?"他发现姑娘没在舢板上,就大声问道。

"鬼才知道哩。"舵手不满地嘟囔说,"她要不在世上更好。"

提玛尔在齐腰深的水中奔回蒂美娅的船舱,把她连同所带的东西一起抱起来。

"那个匣子您带上了吗?"

"嗯。"姑娘低声应着。

他没有再问什么,抱着她冲到了外面甲板上。他两手托着她下了舢板,把她放在舢板当中的长凳上坐下。

"圣芭尔芭拉"号很快地完了。

船由船头向下沉没,几分钟后,水面上便只露着后甲板和桅杆以及松塌塌的曳索了。

"把小船划开!"提玛尔命令桨手道,于是舢板开始向河岸靠近。

"您那只匣子在哪儿?"舢板已划出相当远以后,提玛尔问姑娘。

"在这儿。"蒂美娅一面回答,一面取出带来的那个糖果盒给他看。

"糟糕!这是糖果盒,不是那个钱匣啊!"

蒂美娅确实只抢救出了那盒准备作为礼物送给另外那位姑娘,她的新姐姐的蜜饯糖果;而装着全部现款的钱匣呢,却给丢下了。钱匣仍留在已经沉没的舱房里。

"回大船!"提玛尔大声对舵手喊道。

"决不至于有谁发了神经病,要到水底下去找什么吧?"发右拉·亚诺斯嘟囔说。

"掉过船头!少废话!我命令回去!"

于是舢板又驶回沉没的大船旁边。

提玛尔没有派别人;他亲自跳上后甲板,顺着甲板上的扶梯设法向没在水下的船舱摸去。

当提玛尔没入波涛的时候,蒂美娅瞪着她那两只大黑眼睛紧紧盯着他,似乎想说:

"你也要这样丢下我到洪水里去吗?"

提玛尔必须特别小心,因为大船已经歪向一边,而且正好歪向蒂美娅的舱房那边。他必须紧紧抓住甲板,才不致滑下去。

这时他摸到了舱门。幸亏舱门由于水向里灌没有关上,否则他得费很大工夫去打开。

舱里黑魆魆的,水一直漫到了舱顶。他径直摸索到桌旁,在桌上没有找到钱匣。也许姑娘把它丢在床上了吧?床已经浮到舱顶上,提玛尔不得不把它拖下来。床上也没有。也许由于船身倾斜,钱匣滑到地上了吧?他两手在地上摸索了半天,也没有摸到。最后他用脚找到了。他的脚踢到了钱匣,原来真的掉在地板上了。他紧抱住钱匣,好不容易才走到对面的甲板上;到了这里他就再不需要抓住什么了。

其实,提玛尔只在水下待了整整一分钟,蒂美娅却觉得这段时间无限漫长。在这一分钟里,她也憋住气,好像要亲自体验一下,人到底一口气能够憋多长时间。

直到看见提玛尔的脑袋重新钻出水面,她才深深地舒了口气。

提玛尔把捞出的钱匣交给她,这当儿她的脸上掠过一丝笑容,但不是为了钱匣!

"哎,管事先生!"舵手一面扶提玛尔到舢板上来,一面对他大声说,"您为这个眉毛连到一起的姑娘已经钻到水里三次了!三次!"

蒂美娅低声请求提玛尔,让他把"三次"这个词给她译成希腊话。提玛尔用希腊话告诉了蒂美娅,姑娘便久久凝视着他,同时轻声地把"三次"这个词念了又念。

舢板朝着阿尔玛斯方向划向河岸。波涛汹涌的河水在夕阳中粼粼地闪烁着湛蓝色的光辉。水面上仅仅能看出一道黑色长线,好像表示痛苦的惊叹号或者引起对整个人生进行沉思的破折号,那就是沉船"圣芭尔芭拉"号的龙骨!

第二部
蒂美娅

第一章 养 父

傍晚六点钟左右,船员们离开沉没的"圣芭尔芭拉"号,七点半钟提玛尔和蒂美娅就到了科马罗姆。这时他们乘阿尔玛斯的驿站快马车,沿着莱岑大街直向市场奔去。车夫熟悉布拉佐维奇的住处,乘客又答应多给酒钱,他便用鞭子无情地抽打着他的四匹马,使它们跑得更快一些。

提玛尔扶姑娘下了驿站马车,告诉她已经到了。随后腋下夹着钱匣,领着姑娘登上台阶。

阿塔纳茨·布拉佐维奇的住宅是一幢两层楼房,当时这在科马罗姆是不多见的,因为当地人对上个世纪的地震破坏记忆犹新,所以都只盖平房。

房子的楼下开设着一个大咖啡馆,这是本城所有商人的聚会场所;楼上住的则完全是这个商人的一家。上下楼有两道不同的楼梯,楼后面还有一道楼梯通到厨房。

提玛尔非常清楚阿塔纳茨·布拉佐维奇这个时候通常都不在家里,因此领着蒂美娅直接走进右边的门,到女眷的房间去。

几个房间里摆满了讲究的时兴家具。一个用人正在前厅里打呵欠,提玛尔要他到咖啡馆去请老爷回来。

科马罗姆和伊斯坦布尔一样,也使用"老爷"的尊称。不过在博斯普鲁斯海峡旁边,这个称号唯有苏丹才有资格享用;而在多瑙河畔的这座城市,当时却成了商人和所有那些不配称"阁下"的名流们的流行称呼。

提玛尔把姑娘介绍给了女眷。

只要想一下提玛尔曾在水里和烂泥里钻进钻出,就可以知道当时他那身衣着是没有资格出入上流社会的;不过他在这个家庭中不是外人,他被人家完完全全当成了一个受雇佣者。对于这样的人来说,自然是用不着讲究什么礼仪的。

女主人有一种良好习惯,一听到外面的门响,就立刻探出头来,瞧是谁来了。这便省去了通报手续。

这个习惯还是索菲雅·布拉佐维奇在当使女的时候养成的——请原谅,我无意之中一笔带出了这个隐情。本来嘛,是布拉佐维奇先生把她从低贱的地位抬高起来的。这是一桩自由恋爱的结合,因此谁也不该说三道四的。

并不是诽谤她,只是说到她的性格时随便提一句:索菲雅太太虽然当了贵妇人,仍丢不掉从前的那些习惯。她浑身上下的衣服都像是主人穿过以后送给她的。她的头发总要在前面或后面耷拉下一绺来;就是最考究的衣服,也总给她弄得皱皱巴巴的;倘若没有其他东西来显示她的邋遢,她至少也要穿上一双破拖鞋来满足自己这种怪癖。好奇和饶舌是她社交方式的基本要素,其间还夹杂一些用得不恰当的外来语;所以每逢她在大宴会上一开口,客人,也就是说正好坐着的客人,就会笑得几乎从椅子上溜下去。她还有个毛病是不能小声说话,不管讲什么总是一个劲儿地哇啦哇啦叫,就像一只活鸭子被插在烤叉上喊人救命似的。

"哎呀,原来是您啊,米哈利!"太太刚从门缝探出脑袋来,就用刺耳的声音大喊道,"您从什么地方带来了这样一位漂亮小姐呀?您胳膊底下夹着的匣子是什么?我说,您请进来吧!来瞧啊,阿塔莉雅,瞧提玛尔带什么来啦!"

提玛尔让蒂美娅走在前头,自己跟在她身后,同时客客气气地向在场的人道晚安。蒂美娅用怯生生的目光环顾着四周。

房里除了这家的主妇以外,还有一位姑娘和一位先生。

这位姑娘体态丰盈,富有一种高傲的美,由于穿着束腰胸衣,显得格外窈窕;高跟鞋和头上的发饰使她那修长的身材特别引人注目。她手上戴着露指手套,指甲修得又长又尖。她的面容端庄,脸色好似玫瑰,爱好享受的绯红小嘴高高噘着,两排洁白的牙齿常常露了出来,脸蛋儿上有两个可爱的酒窝,秀丽的弯钩鼻子,漆黑的两道眉毛,一双明亮的大眼睛显得很突出,带着只有这种眼睛才有的炯炯光辉。她多会使自己美丽的身段摆出骄傲的姿态啊!你看她的头稍稍向后昂着,挺起丰满的胸脯!这就是阿塔莉雅·布拉佐维奇小姐。

那位男客是个刚满三十岁的年轻军官,面容开朗而坦率,两只黑黑的眼睛。按照当时军队的规矩,他的脸刮得精光,只留下两绺月牙儿似的颊须。他穿着一身紫蓝色军服,带有玫瑰色的绒领和袖章。这是工兵团的制服。

提玛尔也认识这个人,他是卡苏卡先生,要塞工程部的中尉,同时又在军粮部服务。他身兼两个要职,但也不过如此而已。

中尉正愉快地用彩色笔给坐在他面前的漂亮小姐画像。他已经在阳光下给她画过一张了,现在打算再在灯光下给她画一张。

蒂美娅的出现搅扰了艺术家的工作。一见这位亭亭玉立的少女的容貌和体态,他转瞬间就着了魔似的,仿佛看见了一个精灵,一个命运之神,一个梦中见过的人,正从冥冥中向他走来。

当卡苏卡先生向画板那边转过头来时,他手中的龙血画笔在画像的额头上横着画了很粗的一道,又不知要用多少软面包才擦得掉。随后,卡苏卡先生又身不由己地朝着蒂美娅站了起来。因为一见这位姑娘,大家都离了座,就连阿塔莉雅也不例外。

这个姑娘到底是谁呢?

提玛尔在蒂美娅耳边用希腊话低声说了句什么,姑娘马上非常热情地吻了吻索菲雅太太的手,这样一来索菲雅太太便把她的脸吻了个遍。

接着,提玛尔又向蒂美娅指点了几句,姑娘便带着羞怯的喜悦走近阿塔莉雅,用兴奋的目光定睛看着阿塔莉雅的脸。应该吻吻这张脸吗?或许应该拥抱新姐姐吧?而阿塔莉雅却好像更加骄傲地扬着脑袋。蒂美娅弯下身去吻了吻她那戴着无指手套的手。阿塔莉雅听任蒂美娅吻自己的手,炯炯有神的两眼瞧瞧蒂美娅的脸,又瞧瞧军官的脸,嘴唇抿得更紧了。卡苏卡先生却盯住蒂美娅,失魂落魄地站着。

可无论是军官的盯着发呆还是阿塔莉雅的瞪视,都没有使蒂美娅脸上有丝毫表情。她仍旧脸色苍白,跟一个精灵的面孔差不多。

提玛尔处境十分尴尬。——他应该怎样介绍这个姑娘呢?他应该如何对这位军官解释,自己是怎样成了姑娘的旅伴呢?

这当儿,布拉佐维奇先生迈着沉重的脚步走进屋来,给提玛尔解了围。刚巧就在这以前的不一会儿工夫,他在楼下的咖啡馆里,从《平民报》上看到一条消息。他一宣读这条消息,所有的老主顾都大吃一惊。报纸上说,土耳其要员国库局局长阿利·邱尔巴德希潜逃了,带着女儿藏匿在诈称粮船的"圣芭尔芭拉"号上,躲过了土耳其追捕者的搜寻,正逃往匈牙利。"圣芭尔芭拉"号是布拉佐维奇的船啊!而阿利·邱尔巴德希又是他的多年好友,在太太的关系方面还跟他是亲戚!这可真是一桩值得注意的大事!

当仆人下楼向他报告,说提玛尔先生陪着一位漂亮小姐并在腋下夹着一个钱匣子刚刚来到时,阿塔纳茨·布拉佐维奇先生一下就推开了屁股下面的椅子,这情形是可想而知的。

"这么说确有其事啰!"阿塔纳茨先生高声叫道,说完他就冲上楼去,一路上把玩纸牌的人连同椅子一起撞翻了好几个。

布拉佐维奇先生是一个脑满肠肥的胖子,去哪儿他那大肚子总是先他半步。他的脸平常红通通的,可一激动起来就变得铁青。他这脸早上刮得精光,可一到傍晚就又长满了胡子茬。他那乱糟糟的两撇八字胡老给烟草、鼻烟和各种酒弄得湿乎乎的。他那浓密的眉毛下面是一对充血的爆凸眼——阿塔莉雅年纪一大,那双美丽的眼睛说不定也会变得跟她父亲这两只金鱼眼睛一样,想到这儿真让人害怕!

只要听了布拉佐维奇先生说话,就会明白索菲雅太太为什么总要把嗓门提得那么高了;因为这位先生专会嚷嚷,只是声调沉浊得像河马吼罢了。索菲雅太太守着这样一个大喇叭嗓子,说话要引起别人注意,当然不得不把她的弦儿调高到尖叫的程度。这两个人谈起话来,那情形就像在比赛,看谁能先把对方喊得生瘸病或者中风似的。目前还胜负难分。但是布拉佐维奇先生经常用棉花塞着耳朵,而索菲雅太太则脖子上永远围着一条厚亚麻围巾。

布拉佐维奇先生气喘吁吁地冲进太太的房间;他那雷鸣般的吼叫声事先就宣告了他的到来。

"米哈利和那位小姐在这儿吗?小姐在哪儿?提玛尔在哪儿?"

提玛尔急忙迎上去,想要把他拦在门口。也许提玛尔本来可以截住布拉佐维奇先生;可是那个腆出的大肚子一经行动起来,就再也阻挡不住啦。

提玛尔只好向布拉佐维奇使了个眼色,暗示这里还有外人在场。

"哎,这没关系!"布拉佐维奇先生回答说,"当着他你有什么尽管说好了。我们全是一家人,中尉先生也算是我们家里的人。哈哈!阿塔莉雅,别生气!全世界都已经知道这件事啦。——提玛尔,你只管讲吧!报上已经登出来了!"

"登出来了什么?"阿塔莉雅激动地大声问。

"嗯,报上登的不是你,是我的朋友和亲戚,国库局局长阿利·邱尔巴德希大人,带着他的女儿和财宝坐我的船'圣芭尔芭拉'号逃到匈牙利来了。这就是他的女儿吧,啊?这个迷人的小妞儿!"

说到这里,布拉佐维奇闪电般地一下子搂住蒂美娅,在她那雪白的脸蛋儿上狠狠地吻了两下。这两下又响又湿又带有一股特殊气味的吻使姑娘惊愕不已。

"米哈利,这真是个勇敢的小伙子,竟能够把她平安送到这儿来。你们没给他倒杯酒吗?索菲雅,去拿杯酒来!"

索菲雅太太没有从命。布拉佐维奇先生一屁股坐到一张靠背椅上,把蒂美娅拉到自己的两膝中间,不断用胖胖的手掌亲热地抚摸她的头发。

"那么,我那位亲爱的朋友,勇敢的局长大人在哪儿呢?"

"他死在路上了。"提玛尔用压抑的声调回答说。

"什么?这可真是不幸!"布拉佐维奇先生说,一张圆脸使劲拉成了五角形,同时突然把手从姑娘的头上抽回去,"可是除此之外,他再没有遭遇到什么吧?"

问得多奇怪!不过提玛尔这时已经明白他这句话的意思了。

"他托我把他的财产连同他的女儿一块儿交给您。请您要像父亲一样抚养他的女儿,并请您掌管他的财产!"

布拉佐维奇先生听了这几句话又感动起来,双手捧住蒂美娅的头,把它紧紧按在自己胸口上。

"她就算是我自己的孩子了!我要把她当作亲生女儿看待。"

他又猛然吧嗒吧嗒地亲吻起这个无辜的受难者来。

"那只匣子里是什么?"

"这是托我转交给您的现款。"

"啊,米哈利,这太好了。里面有多少?"

"一千金币。"

"什么?"布拉佐维奇先生嚷道,同时把蒂美娅从膝上推开,"只有一千金币?米哈利,一定是你把其余的都私吞啦!"

提玛尔沉下脸来。

"这儿有死者亲手写的遗嘱,他自己写明了委托我转交一千金币。他的其余财产就是船上的货物,一万麦茨的纯净小麦。"

"啊,这就是另外一回事啦!一万麦茨小麦,按一麦茨十二盾三十克里泽①算,是十二万五千盾。过来,我的小女儿,好好地坐在我的腿上,你累了吧,是不是?我那位亲爱的、难忘的好朋友另外对我还有什么嘱咐?"

"他还嘱咐我告诉您,希望您能在卸货时亲自到场,免得有人掉换粮食,因为他运来的全是纯净小麦。"

"嗯,我要亲自到场的!我怎么能不去呢!那一船麦子在什么地方?"

"在阿尔玛斯下游的多瑙河河底。"

"什么?米哈利,你说什么?"

"船撞到一棵树,沉了。"

这时布拉佐维奇先生又推开蒂美娅,狂怒地从椅子上跳起来。

"我那只漂亮船连同一万麦茨纯净小麦都沉啦!哎,你们这群该死的恶棍!你们这伙无赖!一定是你们一起全都喝醉了!我把你们统统赶走!我要给舵手戴上手铐脚镣!我把你们的工资全都扣下!我没收你那一万盾保证金,就算你打官司,也休想再得到这笔保证金了!"

提玛尔心平气和地回答说:"您的船只值一万盾,而且在的里雅斯特②保险公司里办了保险的。您并没有受到损失。"

"这不用畜生操心!可是因为不能继续营利,我要你赔

---

① 克里泽,铜币名,60克里泽为1盾。
② 的里雅斯特,位于意大利东北的亚得里亚海高地的最北端。

偿损失!你知道不知道什么叫不能继续营利?哼,要是你明白这句话,你就该知道你那一万盾保证金连一个克里泽也拿不回去了。"

"要是这样的话,那就算我倒霉吧,"提玛尔平心静气地回答说,"这个问题我们以后再谈,反正有的是时间。我们应该先决定沉没的货物怎么办,因为麦子在水里泡得越久,损失就越大!"

"麦子怎么样关我屁事!"

"这么说您不打算接受这批货物啰?您不愿意亲自看着卸货吗?"

"我绝不去!鬼才要它!要这一万麦茨湿小麦干什么?我又不能把一万麦茨小麦都做成团粉或者糨糊。让它见鬼去吧,鬼才需要它!"

"恐怕鬼也用不着它。但是不管怎样我们还是可以把小麦拍卖掉。附近开磨坊的、开工厂的、饲养家畜的和农民们,他们总会出一定价钱来买这些小麦的。用不着多说,反正船上的麦子必须卸下来。卸下来至少总可以捞回一些钱!"

"钱"——这个字好像穿过棉花团钻进了商人的耳朵。"那好吧,明天一清早我给你委托书,你可以把这批小麦统统拍卖掉!"

"今天就得办;等到明天麦子泡得就更不值钱了。"

"去你妈的!说什么我晚上也不再写什么东西了!"

"我身上带着现成的委托书,我早就料到了这一点。您只要签个字就行了。墨水和钢笔我也带着的。"

听到这句话索菲雅太太尖叫着搭了腔。

"别让墨水弄脏我的房间!地板上铺着地毯呢!要是你

想写的话,到你自己屋里写去!别在我屋子里跟你的手下人吵嘴!我不许在这儿做下流的争吵!这是我的房间!"

"可这是我的家!"老爷对她大声喝道。

"可这是我的房间!"

"我是一家之主!"

"我是太太!"

提玛尔从这阵乱喊乱叫中得到的唯一好处,是布拉佐维奇先生勃然大怒,为了表示自己在家中能做主,便抓起钢笔在拍卖委托书上签了字。

但是,等提玛尔收起字据以后,这夫妇俩突然全都抱怨起提玛尔来,男的用沉浊的声音,女的用尖嗓门,对他劈头盖脑一阵辱骂,弄得他恨不得立刻回到多瑙河去洗清身上这污垢。

索菲雅太太当然是指桑骂槐。她假装对丈夫发火,怪他把委托书给了一个不中用的废物,一个酒鬼、流浪汉和乞丐。为什么不另找第二个或者第三个管事呢?这个管事收账以后会携款潜逃,喝酒、赌博,把钱挥霍光的!怎么能够信任这种人呢!

提玛尔在这阵狂风暴雨般的喧闹中神色异常沉着,就像当初在铁门附近顽强抵抗呼啸的狂风和咆哮的波涛时一样。

但他终于也开了口。

"先生愿意收下这笔属于这个孤儿的现款呢,还是要我把它交给本市监护局?"

布拉佐维奇先生听到这句话大吃一惊。

"好吧,"提玛尔继续说,"假如您愿意的话,那就请您和我到账房里去,我们到那儿去解决好些。因为我也不喜欢这种下流的争吵!"

这几句着实不客气的话,把老爷和太太全顶得哑口无言。对于这种吵吵嚷嚷的人来说,一句在恰当的时机说出的大实话,往往是十分有效的良药。两个人立刻安静下来。布拉佐维奇端起一盏灯,对提玛尔道:"那么好吧,你把钱给我拿来!"而索菲雅太太则装作打心眼里高兴的样子说:"米哈利呀,您不先喝杯酒了吗?"

蒂美娅自始至终惊讶地瞧着这场争吵。她一句话也不懂,对于吵架的人那种姿态和表情更是莫名其妙。

为什么她的养父先是那样热烈地吻她和拥抱她这个孤儿,过了几秒钟却又把她推开?为什么后来再一次把她揽到怀里,跟着又把她推开?她不理解,那两夫妻怎么可以一齐辱骂这个她亲眼见到在危险和风暴面前表现得那么镇定和无畏的人;而这个人又怎么只说了几句话,既没激动,也没发怒,马上就使那两个狂怒的人消了火气,一声不响放过了他,就像旋涡、礁石和武装士兵也对他无可奈何一样。

他们所谈的,她一点儿也不懂。但是,现在这个人将要永远和她分别了。他那么忠实地陪伴了她数月之久,曾经"三次"为她下水去,并且只有他能用她熟悉的语言跟她谈话。她肯定不能再听到他的声音了。

然而,她又一次听到了他的声音。

提玛尔刚要跨过门槛又转过身来,用希腊话对蒂美娅说:"蒂美娅小姐!这儿还有您想带来的东西。"

说完,他从大衣口袋里把那只装着土耳其糖果的盒子掏出来。

蒂美娅跑过去,接过糖盒,随后急忙走到阿塔莉雅面前,露出亲切的微笑,把这份从遥远的地方特意为这位姑娘捎来的礼物递给她。

阿塔莉雅打开糖盒,接着说:"哟!这就跟当丫头的礼拜天上教堂时在手绢上洒的那种玫瑰香水一个味儿。"

蒂美娅本来不懂这几句话;但是她一看阿塔莉雅撇嘴和皱鼻子的表情,就全明白了。这很使她伤心。随后,她请索菲雅太太吃糖。

没想到这位太太却说牙齿不好,一点儿甜东西也不能吃。在这种情况下蒂美娅万分心酸,最后拿着糖向中尉走去。啊,中尉倒认为这是名贵的食品,一口一块连吃了三块。蒂美娅感激地向他报以微笑。

正站在门口的提玛尔把蒂美娅的微笑看在了眼里。

姑娘突然想起也应该请提玛尔尝一尝土耳其糖,但是这时他已经不见了。

不一会儿,中尉告辞了。

他是一个又机灵又有礼貌的人,临去时也向蒂美娅鞠了一个躬,这使她心里很高兴。

接着,布拉佐维奇先生又走进来,房间里又是四个人了。

布拉佐维奇先生开始用某种方言跟索菲雅太太唠叨和争论,其中夹杂着一句半句的希腊话。蒂美娅偶尔能听懂一两个字,但是整个儿说来,她觉得比连一个字都不懂的那些外国话还要陌生。

这对高贵的夫妇跟女儿商量着,现在该如何安置这个成了他们累赘的姑娘。她继承的全部遗产总共只有一万二千盾,这还要算上从沉没的货物上或许能捞回的钱。要把这个女孩子抚养成像阿塔莉雅那样一位小姐,这笔钱是不够的。索菲雅太太认为必须让她完全习惯用人的工作:学习做饭、洒扫、洗濯和烫熨衣服，这对她是有好处的。本来嘛，她只有这么一点点钱，将来充其量无非嫁给一个当文书的或者是一个船上的管事。而对这些人说来，如果他们的妻子没有小姐架子而有干活的习惯，那会更好一些。

但是，布拉佐维奇先生不同意这样做。如果这样做，社会上会怎么议论呢？结果一致赞同采取折中办法，当然不把蒂美娅当作一般用人看待，因为她毕竟还有养女的身份啊。让她跟家里人同桌吃饭，可是她得帮着侍候开饭。不让她站在洗衣盆旁边，可是她必须负责洗她自己的衣裳和阿塔莉雅精致的白色绣花衣裙。她要做家里所需要的针线活儿，不过不是在用人房里，而是在客厅里。她应该照料阿塔莉雅梳妆打扮，这点子事她原可当作消遣就做了的。不让她睡在下房，让她跟阿塔莉雅睡在一个房间里，阿塔莉雅反正需要一个随意差遣的贴身女伴；她呢，可以因此得到阿塔莉雅穿剩下的所有衣服。

一个只有一万二千盾的女孩子能够碰到这样好的运气，她会感谢上帝的！

而蒂美娅也准备好了听天由命。

蒂美娅被一种不可思议的大灾难抛到异乡来，从此以后，她成了一个听人摆布的孤儿，在谁身边就忠实于谁。她十分勤谨而不存任何猜忌。土耳其姑娘生来如此。

她感到心满意足，为她居然能够在吃晚饭时跟阿塔莉雅并肩坐在一起。不用事先吩咐，她就会自动站起来去撤换菜盘，擦拭食具，而且小心愉快地做着这一切。她生怕露出阴郁的脸色惹得这个收养她的家庭不快，而事实上她完全有理由表现得郁郁寡欢。她一个劲儿地讨阿塔莉雅的喜欢。她的每一个目光都流露出真诚的羡慕。这是一个少女对于发育成熟的女性美所常常怀有的那种羡慕;她的目光是多么频繁地停留在阿塔莉雅的玫瑰色脸庞上,盯住她那双明亮的眼睛啊!

她那颗童心相信,凡是特别美丽的女人,待人接物也必定是纯洁善良的。

她还不懂阿塔莉雅的话,因为阿塔莉雅不会说希腊话;但是她竭力从手势和目光中猜出她的需要。

晚饭除了面包和水果外,蒂美娅几乎没有吃什么别的,因为她吃不惯油腻的食物。晚饭以后,大家到客厅去,阿塔莉雅在那里弹钢琴,蒂美娅则蜷坐在她身旁的脚凳上,带着极其虔敬的神情瞪目仰视她那灵活移动的手指。

阿塔莉雅弹完钢琴,把中尉画的那张像拿给她看。蒂美娅看了惊讶得不禁拍起手来。

"你还从来没有见过这类东西吧?"

布拉佐维奇先生回答了这句话:

"她哪里会见过这些!土耳其人的宗教是禁止他们给任何人画像的。就因为这个原因,现在他们那里正在闹事:苏丹让人为他画了像,并且要国会挂它。可怜的阿利·邱尔巴德希也就是因此被牵连到叛乱事件中,不得不逃跑的。唉,可怜的阿利·邱尔巴德希,你真是个大傻瓜啊!"

蒂美娅听见提到父亲的名字,感激地吻了吻布拉佐维奇先生的手。她还以为他是怀着虔敬的心情,在悼念死者哩。

随后阿塔莉雅就去睡觉,蒂美娅走在前面给她端着灯。这位千金小姐坐到自己的梳妆台前,对着镜子长长地叹了口气,同时显得愁眉不展。她疲倦、慵懒地靠在扶手椅里。蒂美娅很想知道,这张漂亮的脸蛋儿为什么这样忧郁哟!

蒂美娅把阿塔莉雅头发上的梳子取下,伶俐地为她松开发束,接着高高兴兴地把她那栗褐色的浓发编成一条辫子,好过夜。她再把阿塔莉雅耳朵上的耳环摘下来。这时她的脸跟阿塔莉雅的脸贴得那样近,阿塔莉雅不能不看到镜子里两张截然不同的脸。一张脸是那样神采奕奕,那样玫瑰般的鲜艳,那样迷人;而另一张脸则是那样白皙,那样温顺。阿塔莉雅一看就气得猛然站起来,用纤足蹬开了镜子,并且说:"我们睡吧!"原来是这张白皙的脸胜过了她的脸。蒂美娅小心地拾起阿塔莉雅脱下的衣服,把它们叠得整整齐齐的;她这样做是出于爱整洁的本能。

然后,她跪到阿塔莉雅跟前,要替她脱长袜。

阿塔莉雅也就让她替自己脱。

蒂美娅把那精致的丝袜脱下以后,抱着这只像完美雕塑般雪白的纤足,低下头去在脚上吻了一下。

……阿塔莉雅也任她这样做去。

第二章 好 主 意

卡苏卡中尉经过楼下的咖啡馆出去时,看到提玛尔正在那里喝咖啡。

"我全身都湿透,冻僵了,而且今天还得跑不少路。"提玛尔一面说,一面同这位亲切地向他走来的军官握了握手。

"那么到我那儿去喝杯混合酒吧。"

"谢谢,我实在没有时间,因为我必须快些赶到保险公司去,好让公司派人帮忙把船上的货物捞上来;船在水里泡的时间越长损失越大。到那里以后我还得去找高等法官,请他在明天早晨派人到阿尔玛斯去,以便进行拍卖。然后我还要跑去找养猪的和赶车的,让他们来参加拍卖。最后我还要连夜坐快驿车赶到塔塔镇去找做糨糊的商人;他们仍然可以很好地利用这些湿麦子。这样,我至少能帮可怜的姑娘从她的财产中救出最后的一点来。可是,我有一封信交给你,这是在奥尔肖瓦有人托我带给你的。"

卡苏卡先生看完信以后,对提玛尔说:

"好吧,老兄!现在进城办你的事情去吧。等你把事情全办完了,抽半个钟头工夫到我这儿来一趟。我住在'安格利亚'附近,门上画着一只大双头鹰。趁马车夫喂马的工夫,我们喝杯混合酒,谈点儿聪明事。你可千万来啊!"

提玛尔答应了这个约会就急忙走了。

晚上将近十一点钟时,在科马罗姆人称为"安格利亚"小公园附近,一道画有双头鹰的大门打开了。

卡苏卡先生正焦急地等候着提玛尔。勤务兵把客人直接引进主人的房间。

"我还以为我在外面各处航行的时候,你早已把阿塔莉雅小姐娶进门了哩。"提玛尔开口说。

"老兄,真是见鬼,事情进展得不怎么顺利。我们两个人中间有时这个要推迟,有时那个要推迟;我觉得我们两人好像没有一个情愿结婚似的。"

"哦,阿塔莉雅小姐是愿意结婚的,这一点你可以放心。"

"世界上什么事情都捉摸不定,尤其是女人的心。不过,我认为只是停留在订婚上,长久下去可不大妙;因为在此期间彼此不但没有亲近,反倒更疏远了。人们一订了婚,就会互相看出对方的一些小毛病的。要是结了婚以后才发现这些毛病,他们顶多也就说一句:'生米已经煮成熟饭了,认命吧!'老兄,我劝你,如果你有朝一日打算结婚,并且陷入了一个女人的情网,那你可别老琢磨个没完,因为你一考虑得多了,就永远不会感到满意。"

"可是我认为,既然对方是这样一位阔小姐,就是费点脑筋考虑考虑也划得来。"

"我的朋友,贫富只是看你怎么比较罢了。请你相信,是个女人就能耗尽她带给丈夫的陪嫁。况且我并不清楚布拉佐维奇先生有多少财产。他总是经营他完全不在行的营生,又还漫不经心的。大批的款项流入他的手里;但要让他在年终拿出一张正式的结算单来说明全部营业到底是盈是亏,他是办不到的。"

"我相信他经营得很顺利。再说,阿塔莉雅是一位非常漂亮而又有教养的姑娘。"

"好了,好了,你现在干吗要像兜售一匹马一样向我夸奖阿塔莉雅呢?我们还是谈谈你那些事吧。"

要是卡苏卡先生能够摸透提玛尔的心,那他就会明白这个话题和提玛尔也很有关系。提玛尔之所以提到阿塔莉雅,是因为有一个念头苦恼着他,那就是蒂美娅曾对这位军官笑了一下。因此他想:"蒂美娅不应该向你笑;你娶阿塔莉雅吧,阿塔莉雅才是你的!"

"我们还是谈些比较聪明的事吧。我的同事从奥尔肖瓦带信给我,要我照顾你。好,我愿意尽力而为。你现在的处境相当不妙,委托给你的船沉了。这虽然不是你的过错,可毕竟是你的不幸;因为现在谁都不敢再把船交付给你了。你的东家扣下了你的保证金,谁知道你要怎样打官司才能从他手里把这笔钱弄回来呢。你还想帮助那个可怜的孤女;我从你的眼神中看出,你为这位姑娘损失这么多财产十分痛心。那么,我们怎样才能一下子补救所有这些不幸呢?"

"我不知道。"

"可我知道。注意听我说吧!军队要在下个星期照例集中到科马罗姆城下;大约有两万人要进行为时三周的一年一度的作战演习。为此已经贴出布告,征求供应军用面包的投标。这笔生意数目相当大,一个精明人揽下这笔生意大有可赚。每一张申请都要经过我的手,所以我能够预先知道谁将得到这次供应面包的机会。让谁供应并不取决于写在申请书上的东西,而恰恰决定于没有写上的东西。到目前为止,布拉佐维奇的投标最有希望,他承包供应十四万盾的面包,答应给中间人两万盾。"

"见他的鬼吧!给中间人这么多?"

"这是十分自然的事。做这么大一笔买卖,承包人给设法使他得到这次机会的中间人一点孝敬,是理所应当的。自开天辟地以来就是这样。不然让我们靠什么过活?这一点你知道得很清楚。"

"知道是知道;但我不愿意为了自身的利益这样干。"

"简直是胡闹!你要明白,这样做是一举两得啊。虽然也冒点儿风险;可只要知道门路,就能除了对自己有好处外还给别人帮忙。赶快呈递一份申请书吧,申请承包供应十三万盾的面包,同时许给'中间人'三万盾的好处。"

"由于种种原因,我不能办这件事。首先我既没有一笔随同申请书递交的保证金,也没有买这么多粮食和面粉的本钱,更没有行贿的兴趣。再说我也不是个这么不会算账的人,竟会相信供应十三万盾面包就可以从中分给中间人三万盾的好处。"

卡苏卡先生听了这套道理,哈哈笑了起来。

"哎呀,米斯卡①,你可成不了一个精明的买卖人。在我们这儿办事非这样不可。在这里搞生意要是光想追逐小利,那未免太可怜了。那可只是小商小贩干的。主要得靠人帮忙,而你会有人帮忙的。这一点我可以向你担保。我们从上学就是好朋友,你尽管相信我好啦!你怎么没有保证金呢?你可以把放在布拉佐维奇手头那一万盾保证金的收据附在申

---

① 米斯卡,米哈利的昵称。

请书里,他们会认为它是可靠的。往下我要告诉你应该怎么办。你赶紧回阿尔玛斯去,在拍卖沉船的麦子时你自己也出价。你出一万,就准能留下这批值十万盾的小麦。这样你就有了一万麦茨的小麦啦。你可以用你被布拉佐维奇扣押的一万保证金作为麦款付给他。这样你毫不费事地就跟他清了账。然后你告诉阿尔玛斯、纳斯梅利、费茨托和伊萨等地的磨坊主,说你付给他们加倍的工钱,让他们尽快赶磨你的小麦。同时你便砌起烤炉来,把面粉立刻烤成军用面包。三个星期内所有的面包就都吃光了,就是其中有些个味道差点也没关系;掩盖这件事那是咱哥们儿义不容辞的事。三个星期后你至少可以从这笔买卖赚到七万盾的纯利。相信我吧,要是我把这些话告诉你的东家,他一定会伸出双手来抓这个机会的。我奇怪的是,他那么聪明怎么会没想到这点。"

提玛尔考虑着。这确实是一笔诱人的生意。

三个星期之内不费什么事儿就能稳稳当当地赚得六七万盾!第一个星期军用面包的味道也许比通常要稍甜些,第二个星期也许稍微有点发苦,第三个星期就难免多少有些霉味了。可是当兵的谁对这类事那么认真呢?他们已经吃惯了味道不对的面包。

提玛尔仍然顾虑重重。

"哎,伊姆雷!"他叫着卡苏卡先生的名字,并且抓着老同学的手说,"你从哪儿学来的这门学问啊?"

"从哪儿?"卡苏卡先生变得诚挚而郑重地回答说,"从人们教这门学问的地方。你是不是对我感到奇怪呀?我已经认为一切都是自然而然的。当我开始军人生涯的时候,我充满了狂热的幻想;可现在这些幻想连一点灰烬也不存在了。当初我认为,这是我心灵热衷的英雄事业,是充满豪侠气概的职业;后来我看出,社会纯粹是由投机构成的,任何国家大事都少不了私人利益作动力。我以辉煌而优异的成绩从工兵团毕了业。当我被调往科马罗姆的时候,我满怀骄傲,这里为施展我的军事才能打开了多么广阔的天地啊。不错,投机的广阔天地!专家们把我提出的有关修筑要塞的第一个计划称为杰作;可是它却被束之高阁。有人告诉我,我应该制订一个需要征用城里某些街道的计划。于是我就又制订了这样一个计划。你一定还记得那个现在已经变成一片空地的市区吧。这块地方对于国家说来真是寸土寸金,国家征购它竟花了五十万盾。你的东家在那儿也有一些破烂房子,他是作为高楼大厦卖给国家的。这就是所谓'修筑要塞'!我学习军事工程学就是为了这个!一个人慢慢就会清醒过来,并且习惯于他的处境。

"你大概也曾听说过那桩人人都在谈论的旧事吧:裴迪南王子殿下去年来我们这里视察的时候,对要塞司令说:'我相信,这个要塞是黑色的吧?'——'殿下,要塞怎么会是黑色的呢?'——'因为在修筑要塞的预算中,每年都要支出一万盾的墨水费用,所以我以为是用墨水涂刷要塞墙壁的。'大家都笑了。这就是这件事的结果。一件事没有露底,人人就都保持沉默;若是事情被发觉了,大家就付之一笑。我为什么不也笑一笑呢?——你同样也可以笑一笑!——也许你宁愿每天为了赚两个克里泽而卖火绒,坐在小杂货铺里咒骂社会吧?我已经从幻想的王国回过头来了。去吧,老兄,去阿尔玛斯买下沉没的小麦。直到明天晚上十点钟,都是你呈递承包申请书的时间。喂,马车的鞭子响了,准备动身吧,赶快!办完事儿马上回来!"

"我还要考虑考虑!"提玛尔深思地说。

"瞧,要是你能为那位可怜的姑娘把损失的私产捞回一万盾的话,也算是你替她做了一件好事喽。不然一扣掉卸货的费用,剩下的就连一千盾也不到了。"

这几句话深深印入了提玛尔的脑子,好像有一只手在推着他往前走。命运牵着不情愿的人走!是啊,命运在牵着这个不情愿的人往前走!

不一会儿,提玛尔又披上大衣,坐上套着四匹快马的驿站马车,从努耶尔格苏发鲁出发,顺着坑洼不平的石子马路疾驰而去。城中安分守己的人都已经安歇,只有市政府前面传来更夫的喊声:

> 今朝不能保明朝,
> 吉凶祸福难预料。

在秋雨中值前哨的士兵从碉堡上喊道:"站住,什么人?"——"巡逻哨!"——"过去!"

这些可怜虫今天吃的是什么味道的面包呢?

第三章 红月牙儿

第二天,提玛尔果然也跟着别的人——经纪人和磨坊主——一起在拍卖沉船的小麦时出了价。

那些人出价很低,每斗只出几格罗中①。提玛尔对这种零敲碎打不耐烦,便插进去喊道,全船麦子他出一万盾。一听这话,所有出价的人一下子全散了,再也无法把他们找拢来。于是拍卖人拍定卖给提玛尔,并宣布船上所载货物全部归他所有。

人人都说提玛尔简直是个傻瓜,他要这样一大批水泡过的粮食干吗呢?

但他却让人把两条平底船连在一起,用铁钩紧紧固定在沉船的甲板上,然后就安排卸货的事。

从昨天以来沉船的情况发生了很大变化,船尾更加下沉了,前甲板就翘出了水面。两个舱房有一个已经完全没有水了。

提玛尔走进船舱,吩咐动手卸货。

人们打开甲板,用起重机把口袋一袋袋吊上来,先顺着舱壁把口袋放下,以便沥掉一些水,然后把一批口袋运到第三只

---

① 格罗中,银辅币,20 格罗中合 1 盾。

平底船上,送往岸边。岸上铺放了芦席,把小麦摊在席上。这时候,提玛尔正在跟磨坊主们磋商把麦子赶快磨成面粉的事。

天气很好,有风,小麦干得非常快。只要小麦能尽快捞上来就成啦!

随后提玛尔心中暗自盘算起来。为了付给工人工钱,他所有的一点现款将花得一文不剩。万一这笔生意不成功,他真的要沦为乞丐了。

发布拉·亚诺斯甚至预言说,管事进行这种疯狂的冒险不会有好结果,末了无非是把最后一条口袋往头上一笼,跳进多瑙河了事。

种种乱七八糟的想法涌现在提玛尔的脑海中,千奇百怪,没头没尾,令他好生不安。

直到晚上,他始终照看着把一袋袋的麦子靠舱壁放好。每一个麻袋上,都有同样的标记:一个黑色的五辐轮子。

那位逃犯要是把他的财产换成金子随身携带着,岂不更好。人们那样紧紧追踪他,难道真的就是为了这点东西?为了这点东西就值得逃亡和服毒?

打捞工作一直继续到晚上;尽管如此,才捞起三千袋。

提玛尔提出,如果工人们留下继续打捞,他愿付加倍的工钱。因为再把小麦泡一夜,就无法做面包了。

工人们紧张而卖力地工作着。

风吹散了浮云,月牙儿又从天上俯瞰着大地。夜空和月亮都泛着红色。

"你干吗老盯着我?"提玛尔心中暗自说,同时转过身去背对着月亮,避开月亮的俯瞰。

就在他背对着空中的红月牙儿,数着打捞出来的袋数时,又一个红月牙儿出现在他的眼前。

这是画在一条口袋上的一个红月牙儿。

在其他口袋标着黑色五辐轮子的地方,这只口袋上用朱砂画了个红月牙儿。

提玛尔打了一个冷战。他感到他的灵魂、肉体和内心都冷透了。

就是这个!这就是死者最后那几句话所要说明的东西!

但是,或许由于对提玛尔不够信任,或许由于时间来不及,他没有把一切都说出来。

这个月牙儿下面可能隐藏着什么吧?

搬运夫走开以后,提玛尔搬起这只口袋,把它扛进自己的船舱去。

谁也没理会这件事。

提玛尔关好了舱门。

工人们又苦干了两个钟头,后来实在累极了,而且衣服湿淋淋,风一吹冻得人发僵。他们不再干了。剩下的只好留到明天。

筋疲力尽的工人们急忙跑到附近的酒馆去,那里又暖和,又有酒饭。提玛尔独自留在船上。他说他随后乘小舢板赶来,他还要算一算弄到岸上的有多少袋。

月牙儿眼看就挨到水面了。月光照进船舱。

提玛尔的手像发寒热病似的哆嗦着。

他打开折刀时,竟一下把自己的手割破了,鲜血滴在口袋上,给那个红月牙儿添加了几颗红星星。

他割断袋口上的绳子,然后把手伸进去,口袋里面是顶好的纯净小麦。他又割开下面的口袋角,淌出来的也是纯净的上好小麦。

然后,他竖着割开整个口袋,于是一个长方形的皮包随着撒落的小麦掉到了他的脚跟前。

他打开皮包上的锁,把包里的东西倒在床上,倒在他曾经看着那个活石膏像安睡在上面的那张床上。

月光下他看见了什么啊!

整串整串的戒指,上面镶着钻石、蓝宝石和绿宝石;镶满猫眼石和绿松石的手镯;一束束棒子般大小的珍珠串;一条完全用金刚钻缀成的项链。接着是一只小玛瑙盒;他打开这个小盒,就像画中那么多的金刚钻和红宝石闪烁在他眼前。再就是大批同样名贵的别针和项扣,上面所镶的珍宝,一定会使收藏家争先恐后出价购买。其中有像猫眼一样闪光的陨铁,海绿色玉髓,火蛋白石,微微闪着蓝光的东方水蓝宝石,红色璧玺玉,稀罕的玫瑰色红榴石,带珠母光泽的冰长石,颜色变幻多端的拉布拉多①宝石,深红色的尖晶石,还有红珊瑚、琥珀和埃及宝石做的古代艺术品。一堆了不起的珍藏!在一只水晶匣里放着一些罕见的白金纪念币,这是俄国沙皇在签订洪基亚尔·斯克雷希条约②时送到伊斯坦布尔的礼物。最后从包里倒出来四卷东西,提玛尔撕开一卷封皮,发现是五百法国金币。

这确实是一份财宝!价值足足一百万!

为这份财宝,当然值得派遣炮艇、特务和捕吏来追踪逃

---

① 拉布拉多,加拿大东部的半岛。
② 《洪基亚尔·斯克雷希条约》,一八三三年土、俄两国在土耳其博斯普鲁斯地区的洪基亚尔·斯克雷希签订的同盟条约,该条约保证俄国在黑海和地中海的优先通行权。

犯。邱尔巴德希也值得为此逃到多瑙河底,免得财宝落到追踪者手中。

原来"圣芭尔芭拉"号载着价值万金的宝藏;为此它在风暴中闯越铁门也是值得的。

这不是幻觉,也不是做梦,而是事实。阿利·邱尔巴德希的财宝就摆在蒂美娅先前盖过的那条湿毯子上。珠宝鉴赏家会承认,阿利·邱尔巴德希确实没有白当克里特总督和国库局长。

提玛尔痴呆呆地在床沿坐下,他的手拿着那个小玛瑙盒直哆嗦,盒子里的金刚钻在月光中晶莹闪烁。

他望着窗外的月亮发呆。

月牙儿仿佛也有眼有嘴,和日历上画的那个一样,好像想跟这个凡人攀谈似的。

"现在这一大宗财宝应该归谁呢?

"除了你还应该归谁呢?你把沉没的货物原封不动地连口袋带麦子统统买下来了。你冒了这一切会变成发霉的垃圾和腐烂粪土的风险。现在它变成了黄金和珠宝!你买了就是你的。你是出于好心买下了这些,你不可能知道船里还藏着什么,虽然死者临死时向你谈到了什么红月牙儿,而你也琢磨过是怎么回事。甚至你也曾觉得奇怪,难道这个被追踪的人就只有明摆着的那么一点财产吗?现在你明白你这些推测之间的关系了;可是当初你在买这船货的时候,你对这些还毫无所知。你买下这大批的湿小麦完全是另有用意。你想要用这些麦子给可怜的士兵烤发甜和发苦的面包,可是命运改变了这件事情。你看出来没有,这是命运的一种暗示?命运不允许你以牺牲两万士兵的利益来攫取卑鄙的利润,因此出现了另外的情况。瞧,命运制止坏事,那么毫无疑问现在发生的是好事。——这些财宝实际上应该属于谁呢?这些财宝一定是苏丹在一次又一次的远征中掠夺来的!它们显然又让国库局局长从苏丹那儿劫掠了来。最后多瑙河却劫掠了他们俩。现在这些财宝不属于'任何人'。它属于你。你该以同样的权利占有它,就像它一度曾是苏丹、国库局局长和多瑙河的所有物一样。

"那么蒂美娅呢?"

他刚想到这里,细细的一条乌云浮到月亮前面,好像把月亮切成了两半。

提玛尔久久思考着。

这工夫月亮又从云带后面钻了出来。

事情这样对你更好!——穷人多么悲惨,不是吗?一个穷人欠了人家钱的时候,要受人辱骂;遭遇到不幸的时候,人们会骂他是无赖;一旦他没法活下去的时候,人们会任凭他在树上吊死;当他心中痛苦的时候,也不会有美丽的姑娘来抚慰他。穷人就是坏人!——而富人是何等荣耀!人们是那样祝福他!那样期望结识他!那样向他求教!那样把国家的命运交付给他!女人们又是如何争夺他!你还没有听到过一个女人对你说声谢谢呢,是不是?如果你现在把这些财宝原封不动地带去,把它放到她的脚下,并且说"这是我刚从水里捞上来的,这是属于你的",那么将会怎样呢?

"首先她不懂这是什么。难道她会知道一只装满金刚钻的盒子比起一盒糖果来哪个更值钱吗?她毕竟还是个孩子!其次,这些财宝也根本到不了她手里,她的监护人会立刻把所有这些都夺过去,窃取和侵吞十分之九,绝没有人能够监督他；因为这是一宗只可暗中享用的财宝呀。最后,就算蒂美娅得到了这一切,结果又会怎样呢？她会变成一位阔小姐,高高在上,恐怕连瞧都不会瞧你一眼。而你却仍然是一个船上的穷账房,就是做梦梦到她,也只能说是癞蛤蟆想吃天鹅肉。可是现在事情竟然颠倒过来了,你将变成一位富翁,她却是个穷人。你向命运恳求的不正是这个吗？现在它实现了！难道是你把那棵惹祸的树横在水中,把船撞坏的吗？难道你对蒂美娅怀过恶意吗？没有,实在没有！你从没有打算把落到你手中的财宝据为己有。你只是想要利用它,使它增多,提高它的价值,等你拿它做本钱赚得二三百万之后,立即走到这位穷姑娘跟前,对她说:'这一切全都属于你……连我也是你的。'你想利用这宗财宝干坏事吗？你无非是想发财致富,能使她幸福。你怀着这样的好意是可以安心睡觉的。"

月亮已有一半沉入水中,多瑙河面上只剩下灯塔似的一角月亮。皎洁的月光在水波上一直伸展到船首;它每闪一闪,每波动一下,都像在对提玛尔说话。

月光和水波全都告诉他:"幸福就在你手心里,抓住它,握紧它吧。谁也不知道这件事;唯一知道这事的人如今已躺在多瑙河底了。"

提玛尔倾听着月亮和水波的话,同时却听到了那个神秘的内心声音——他的额头直冒冷汗。

月亮向水下沉去,射来最后一线光辉,同时似乎在对提玛尔说:

"你有钱！你是一位贵人啦！"

当四周一片漆黑以后,万籁无声的黑暗中有一个内心的声音凑近他耳朵说:

"你是一个贼!"

一小时后,一辆四套加快马车放开缰绳飞奔在斯措努的公路上,科马罗姆城里的圣安德烈教堂的钟楼正敲十一点,马车就在"安格利亚"附近画着双头鹰的大门前停下来了。提玛尔迅速跳下马车,匆匆走进门去。

有人正等着他。

第四章 金　矿

……我曾去过玛丽·捷塔特耶金矿,这个矿在西本彪根①山区,早经罗马人开采过了。

每当我回忆起那里的情景,想到我应当写出我所目睹的一切时,心里就十分难受!我想要生动地描绘我之所见,但却缺少想象力,一打算用文字说明真情实况,表达力就滞涩了。

因此,我必须借助一个比喻来说明。

我们不妨设想置身于一个巨大的深穴里,设想置身于月球表面一个荒凉的、不可住人的、黑暗的类似要塞的深穴里;我们用特大的望远镜,可以观察到月亮上有这么个黑洞洞且深邃的火山口。我们可以想象一下自己是在普卢塔赫山的谷底;人们认为它从前是一座火山!

玛丽·捷塔特耶"大要塞"的情形就和这差不多;它像一个巨大的火山口,像一座单单缺少穿顶的惊人的大教堂。形成"大要塞"四周墙垣的峭壁,由许多硕大的岩块互相支撑着,给人的印象好似一堆横七竖八坍塌在一起的钟楼。这个巨大的火山口,上至数百呎宽的边缘,下至方圆上千呎的谷底,却连一点生长茅草或树丛的空隙都没有。到处是岩石,到

---

① 西本彪根,指现今罗马尼亚中部特兰西瓦尼亚地区。

处是方尖柱形、金字塔形和方块形的巨大石块。到处全是一道道高得令人晕眩的峭壁。它们虽然已经待在那里好几个世纪,但是时刻都有崩塌的危险。一道大裂缝直上直下地贯通整个岩壁,消失在虚无缥缈的深处。这座巨大的岩石教堂的另一边可以看到一个倾斜的入口,这是一座巨人的宫殿的雄伟大门。通过这个门,可以看到下面伸展着的峡谷;峡谷中耸起一座尖尖的山峰,山上同样是寸草不生,唯有光秃秃的石头。可是这些岩石都已破碎了,其中夹着大块大块闪闪发光的紫水晶。

这是大捷塔特耶,也就是玛丽·捷塔特耶。

这个没有火焰的火山,这个使人想起月亮火山口的深穴,它不是大自然的杰作,而是人类的创造,是罗马人的创造!这座大山蕴藏着黄金。罗马侵略者把被征服的达西亚①奴隶赶到这里,命令他们把山开凿成这样一个火山口的形状。至今还能在岩壁的入口处看到爆破的痕迹;当时还没有火药,只好把岩石烧红,然后浇上醋使它炸开。

对面峡谷中耸起的那座尖顶山峰,完全是由炸碎的岩石堆积成的,为的是从这些岩石里找到金矿矿脉:这是一座由打成了粉末的岩石构成的山。

后来有一次,大捷塔特耶的山峰突然崩塌,把金矿埋了起来。这个矿现在借日光可以看清上半截,据说原来它有这两倍深。在被埋没的坑道中,今天还能发现罗马人的遗物,例如表明一个采金奴隶获释了的小陶土牌。小牌上,甚至还能发

---

① 达西亚,现今罗马尼亚蒂萨河与穆列什河之间的地区,古罗马时代被罗马人并吞为一个省。

现在两片蜡中间粘着编成六绺的奴隶恋人的头发哩。

周围的居民至今还在采掘金子,从石头中获得这种贵重金属。那是一种极其艰辛的工作!

国王的黄金是用可怕的奴役劳动换来的。一面峭壁只有几道岩层有矿脉,包藏着一些粉末状和亮晶晶的叶片状的金子,其余全是废石头。人们往往得长年在岩壁中挖掘,才能发现矿脉;而有时矿脉失踪了,中断了,工作就得重新开始。金子好像在捉弄人,把人诱入歧途;人们要想追踪它,就必须穿过岩层。

从矿脉中采掘出来的矿石,得经过选择和分类;把金量大的放进干捣碎机里,把含量少的放到湿捣碎机里。捣碎后,还要过筛。整个弗勒斯帕塔克小镇,无处不闻推动的捣矿机嘎啦嘎啦的响声。捣矿机把金子从矿石中分离出来。宝贵的金属沉淀在长长的水槽中。捣碎的石砾也运进坑去,即所谓的"床"或"灶"里。淤积在那儿的石砾浆再进一步受到处理,即装入大容器内掺上水银,直到把最后一小粒金子也分离出来。然后,又把这样取得的金汞溶剂装到大鹿皮囊中挤压,使水银从鹿皮的毛孔中渗出来,而粗金就成为没有光泽的黄色粉末留在囊里。每到星期六,采掘者就把这种粗金从玛丽·捷塔特耶周围一带运往吉乌拉费黑尔法尔,去进行交易。

因此,人们管这里叫作金矿!

可是,别相信这话!这不是金矿,而是一座饥饿的监狱。这些捣石采金的人穿得褴褛不堪,吃的是玉米面糕,住的是木头小房,而且一个个都年轻轻就死去。他们是世界上最可怜的人。

真正的金矿在别处。

军队在科马罗姆集中演习过以后,提玛尔突然发财了,居然在科马罗姆商人区的莱岑大街买了一所房子。

这谁也不感到稀奇。

我想,每一个承包商的日记本大概都记着先皇弗朗兹一世的金言:"牛既然拴在食槽上,它怎么不吃草呢?"陛下这话是对一个始终没发起财来的给养承包商说的。

提玛尔在这次承包给养的交易中赚了多少钱,没有人能知道。但是,他忽然变成了一位大老爷,这却是千真万确的事实。他拼命经营各种各样的买卖,并且总是有钱。

这在商人和企业家身上并不奇怪。事情就在于打基础。赚第一笔十万是不容易的;但只要这十万到了手,其余的就会源源而来,因为他有了信用。

不过,布拉佐维奇先生还有一个疑团解不开。

提玛尔从利润中分给"中间人"的好处比布拉佐维奇先生素常给的还多,所以承包下了这批有利可图的供应订货——布拉佐维奇先生通常就是靠这种订货大发其财的;——对于这点他没有什么不可理解的。可是提玛尔怎么能在这上面获得这样多的利润呢?

自从提玛尔飞黄腾达,独立自主以后,布拉佐维奇先生就跟自己从前的这位管事讲起交情来,并请他到家里来吃晚饭。提玛尔呢,也很乐意应邀,因为这样他有机会跟蒂美娅见面;现在蒂美娅已经学会几句日常说的匈牙利话了。

如今索菲雅太太也喜欢跟提玛尔先生见面了。真的,有一次她甚至半耳语半尖叫地对阿塔莉雅说,即使阿塔莉雅对提玛尔表示亲热,也确实没有什么坏处,因为他现在成了一位阔老爷,是个不讨厌的对象,甚至比三个军官还强呢,当军官的除了一身漂亮军服和一屁股债外,什么也没有。对此,阿塔莉雅小姐回答道:"那也不能就说我应该跟父亲的手下人结婚,虽然……"阿塔莉雅只说了一半,索菲雅太太便已把下半句补充上:"虽然我父亲娶了自己的丫头。"——索菲雅太太这是活该挨骂。她怎么敢以母亲的身份来勉强这样一位高贵小姐呢?

晚饭以后,布拉佐维奇先生跟提玛尔单独留下来,开怀畅饮。布拉佐维奇先生是位老酒坛子,这穷光蛋也一向要喝几多能喝几多。后来,两人喝得亲亲热热了,主人便兴高采烈地吐露了心事。

"哎呀,老弟,我说米斯卡!你现在说句良心话,你这次供应军用面包怎么会赚这么多钱。我也尝过这号买卖,能捞到多少我很清楚。我也曾在面粉里掺过麸子和糠。我知道怎样才能用坏粮食充纯净小麦磨面,也完全清楚黑面粉和白面粉有什么区别。但是我可从来没像你赚到这么多钱。你究竟搞了些什么鬼把戏?说老实话吧,反正钱早入了你的腰包啦!"

提玛尔像个醉汉,费很大劲儿才勉强抬起眼皮,眨了眨眼睛,然后结结巴巴开玩笑似的回答说:"喏,先生,您知道……"

"还是照我告诉你的那样,用'你'来称呼我吧!叫我受洗的名字好了!"

"那么,阿纳斯塔希①,你知道,这确实不是什么鬼把戏。

---

① 阿纳斯塔希,阿塔纳茨的昵称。

我用一盾一斗的便宜价钱买下了'圣芭尔芭拉'号的湿麦子,这你还记得吧?但是当时我并没有像你们所认为的那样,把湿麦子分售给开磨坊的、饲养家畜的和农民,赚他妈一星半点的利润;而是赶快把它磨成面,立刻烤成面包。这样一来,我下的本钱连最便宜最坏的麦子的一半价还不到呢。"

"好小子!这一手我这个老头子还得跟你当徒弟,米斯卡!可是当兵的没有觉得面包太不好吃吗?"

提玛尔哈哈大笑,几乎把含在嘴里的酒全给喷出来。

"当然像发霉的面包一样,难吃透了。"

"那么,他们没有向给养委员会提出控告吗?"

"控告管啥用?整个儿给养委员会都在我的口袋里呢!"

"可是要塞司令,军需官呢?"

"也都在我的口袋里,"说着,提玛尔得意扬扬地拍了拍自己的口袋,"许多大老爷都装在这个口袋里。"

布拉佐维奇先生的眼睛格外亮了,好像比平常更红一些。

"这么说,你用湿麦子烤成面包给当兵的吃喽?"

"是啊!吃下肚的面包是不吭声的!"

"好,米斯卡,好,不过可别再跟旁人提这件事!不论怎样,你跟我谈没什么关系,因为我对你没有坏心;可是万一让你的哪个对头知道了,可就够你受的。那时候连你在莱岑大街的房子也要保不住了。这件事绝对不要向第二个人说喽!"

这当儿,提玛尔像个醉汉突然被吓醒了酒一样,再三央求起布拉佐维奇先生来——是的,提玛尔甚至还吻了吻他的手——求他不要泄露这个秘密,免得使他遭殃。布拉佐维奇极力安慰他,让他尽管放心,他不会对任何人吐一个字,只要提玛尔不再把自己的秘密告诉第二个人就行了。

接着他叫来仆人,吩咐打着灯笼送提玛尔先生回去,并嘱咐当心别让提玛尔先生在路上发生什么意外,倘若提玛尔先生突然发晕,就扶住他的胳膊……

仆人回来后禀报说,他几乎没法把提玛尔先生送到家,因为这位先生见门就要闯,连自己家的大门都不认识了,甚至还在大街上唱起歌来。到家后,他亲自把他安置到床上,这位善良的先生一倒下就睡着了。

其实,布拉佐维奇的仆人一走,提玛尔就从床上起来,一直写信写到天明。他压根儿没有醉。

提玛尔就像知道月份牌上明天是几号一样,准知道布拉佐维奇先生立刻就会告发全部事件,而且也料到了他会向谁告。

在那年头儿——也许今天不再是这样——"盗窃和允许盗窃"是国家经济的基本原理,一项平和而稳妥的原则!

可是这种奥地利的好制度却有一个敌人,那就是法兰西的原则。法国人本来在各方面都是奥地利人的对头嘛。

法国人的口号是:"Ote-toi, pourgue je m'ymette!"意思是:"滚开,让我来盗窃!"

奥地利王朝政府各机关之间相互倾轧的情形,就像一群争夺奶牛的挤奶工一样,一个挤奶工总要想法子使出奶多的乳牛用犄角去戳别的挤奶工,好使乳牛能为自己多挤奶。

当时有三个宫内大臣办公厅,其次是财政部、贸易部,还有司法部和宫廷军事委员会,再加检察署和警察署,王室机要厅、宫廷机要处和内阁机要厅,最后是会计总署。

如今的问题是要抓住关键,也就是说,必须知道要转动哪个轮子才能开动这部复杂的机器,以使这位正直的公民打开门路,着手活动。必须弄清楚要发生什么事情,在哪里和在什么人身上发生,以及依靠什么的助力,根据什么理由,用什么方式和在什么时候。在那里谁是对方的朋友,谁是对方的敌人,他们各人又有什么欲望,以及谁是事事都可仰仗的人。这些都是基本学问。

因此,当提玛尔那天晚上在布拉佐维奇家里畅饮后几天被传到要塞去时,他丝毫也没惊讶。在那里一位自称"高级财政参赞"的先生告诉他,在严格的侦讯期间他必须暂时羁押在要塞,同时要交出他的钥匙,以便官方查封他的文件和账册。

这成了一个重大案件!

提玛尔的秘密已经有人向财政部告发了。该部和宫廷军事委员会之间经常处于剑拔弩张状态,现在出现了这样一个好机会,正可以借揭露发生在此机构中的骇人听闻的舞弊事件,剥夺它掌管军队给养的全部职权。攻击得到了三个宫内大臣办公厅的支持。唯独警察署袒护宫廷军事委员会。最后只好由内阁来解决这件事。内阁当即派出了一个委员会,发布了如下命令:对任何人不得姑息,整个给养委员会予以解散,传讯要塞司令官和陆军元帅,逮捕承包商,追究刑事责任,一定要把一切弄个水落石出。须知在告发中种种细节都陈述得一清二楚!

只要能够证实提玛尔供应了一片发霉的面包,那他就要永远身败名裂!

可是压根儿没能证实他有这种事。

委员会不分昼夜地忙了八天之久。他们提审证人,要每个人发誓,讯问他们,还邀请了县政府的官员陪审,结果没有一个人供出不利于提玛尔的话。

根据整个调查证实,提玛尔把全部湿麦子分售给了开磨坊的、饲养家畜的、开工厂的以及农民,而没有一勺掺进军用面包里去。委员会甚至审问了一些士兵,他们也一致供称,从来没有领到过比提玛尔供应那两个星期更好的面包。没有一个原告出面,没有一个证人能证明犯罪事实,更无法把受贿嫌疑加给军事机关。军事机关是公开招标的,它把这项生意交给了以最便宜的价格供应最好的面包的承包商。末了,军事机关大发雷霆,他们认为这场调查是对他们的侮辱,以致一时刀剑铿锵,大有动武之势。终于这个上了当的委员会被迫收回一切成命,恢复了当事人的名誉,匆匆忙忙从科马罗姆溜之大吉。当局再三道歉以后释放了提玛尔,背地说他:"真是一个大好人啊!"

他被释放的时候,卡苏卡先生第一个赶来迎接他,在大庭广众之下跟他热烈握手表示赞扬。

"我的朋友!你对此事现在可不该善罢甘休。你一定得要求堂堂正正地恢复名誉。你想想看,甚至有人怀疑我受了贿赂!上维也纳去,要求恢复名誉。非严惩告密的人不可。——从现在起……"——说到这里他压低了嗓门儿——"你可以放心,在咱们城里再也没有人能搞垮你。现在趁热打铁,放手干吧!"

提玛尔回答说,他是打算这么办的。

他见到布拉佐维奇先生的时候,也说起了这件事。

布拉佐维奇先生对人们加给他的朋友米斯卡的这种侮辱表示非常痛心,可是告密的那个卑鄙家伙究竟是谁呢?

"哼,不管这事是谁干的,"提玛尔气狠狠地说,"他反正要自找倒霉哩。我敢打赌,这个人就要在这场玩笑中把他在科马罗姆的一所房子丢掉。我后天亲自上维也纳去,要求财政部赔偿名誉损失。"

"去吧,去吧!"布拉佐维奇说,同时暗自想道,"我也要到那里去!"

而且他先提玛尔一天到维也纳去了。在那里,他依靠一些旧关系——这当然费了他好几个钱——给提玛尔安排下了这样一条路:只要他一闯进迷宫,就不用想再出来。人们会把他从宫内大臣办公厅打发到财政部,财政部会再把这件事情转交司法部,司法部又再麻烦警察署,警察署最后再把这件事移交给内阁机要厅。这个冒失的家伙难免渐渐发起火来,说出不假思索的话,甚至也许会把整个儿案件印成传单散发。那时节检察署就会揪住他的脖子,要他咋个他就得咋个,末了他只有恳求饶过他,从此就一辈子决不敢再伸手去摸哪一个政府机关的门把手。

好吧,倘若他是一个傻瓜,那就让他去要求他的权利吧!

可是提玛尔偏偏不是一个傻瓜,他早把卡苏卡和布拉佐维奇这两个人给他出的主意看透了。他在第一回合就施展了自己气质中狡猾的一面。

自从被迫迈出了那第一步以来,他变得狡猾了,从此知道了自己想要干什么必须守口如瓶。

这就跟女性的贞洁一样。当女人保持着节操的时候,她的心地是十分纯洁、天真和清白的;而一旦堕落,她那像水晶一样明澈的心境就会陷入一个迷乱的旋涡,此后无需任何指点,她自自然然便干出各种勾当来,甚至还能异想天开,琢磨出一些稀奇古怪的名堂。

提玛尔在潘切沃战胜官方的追踪时,已经显露出他具有何等的才能。不过,当时这种才能的发挥完全是为了另一个人的利益,对他自己没有任何好处。他那样做是受人之托,尽其职守,用机智战胜了追踪者。

现在他可是为自身的利益而行动了。他占有偶然发现的那些财宝,但必须取得一个合法的名义,才能以富翁的身份在社会上出人头地。他必须让人相信他是一个财运亨通的企业家,初次出马就赚了万贯家财。

倘使社会上认为他是走私发的财,那可以说是个小小的不幸。可以证明没有这回事,因为它不是事实。他在承包军用面包上下了那么大的本钱,而利润之少则不值一提。但是他能够买房子置船,并用金子付现款,人人还以为这是他做生意赚来的哩。如果他想要利用阿利·邱尔巴德希的财宝在社会上逐渐发迹的话,那么不能没有一种借口、一种名义和某种可信的解释。

那么他上维也纳去为了什么呢?

提玛尔想要求财政部为他恢复名誉;在这一点上,他估计可以得到宫廷军事委员会方面的支持。科马罗姆替他帮忙的人已经为他给最有权势的达官显宦写了介绍信。

但是他把这些信全都放在箱子底,而直接去求见财政大臣。

财政大臣因为这个人不钻门子爬窗户,而是光明正大地直接前来,感到很满意,于是接见了他。

这位大臣先生体格魁伟,脸刮得精光,有着威严的双下巴、严峻的眉毛和光秃的后脑勺。他胸前佩戴着许多勋章,常常把双手倒背在燕尾服的后摆底下。他在接见这个长着大胡子的可怜的平民时,也习惯地保持着这种姿势。提玛尔穿着朴实的黑色匈牙利服装。

大臣大人问提玛尔的第一句话是:

"先生既来求见,为何不带佩剑?"

"阁下,鄙人不是贵族。"

"哦,是这样?——您到我这儿来,是不是为了当时您受到拘留和检查而要求恢复名誉啊?"

"阁下,鄙人没有这个意思。"提玛尔回答说,"政府根据颇有理的控告,不仅对我,甚至对比我地位高的大官采取十分严格的措施,这是政府应尽的职责。我不是贵族,没有理由为了微不足道的一点损失而小题大做,提出申诉。我反而应该格外感激告密人和预审官,是预审官们公开对案件进行了严格的检查,从而证明我在办理委托给我的交易中是一清二白的。"

"啊,这么说您不打算要求告密者赔偿损失啰?"

"鄙人绝对认为这是有害的,因为这样会吓得其他热爱真理的人不敢再来告发真正违法乱纪的行为。我的名誉既已恢复了,报复可不是我想干的事,再说我也没有这个时间和兴趣。过去的事就算过去啦。"

说到这里,大臣大人把插在燕尾服后摆下面的一只手伸出来,拍了拍提玛尔的肩膀。

"好,您听着,您的这个看法很实际。您很干脆地说没有时间为这样一个弹劾诉讼奔走,您这见解非常明智。那么,您来见本人又到底为了什么呢?"

"为了呈递申请。"

"哦,呈递申请?"

"有件事我需要阁下的支持。"

大人把他的手重新插回燕尾服的后摆下面。

"皇上在伊利里亚①边区的雷韦廷有一块御产。"

"啊——嗯!"这位大官一下子集中了注意力,皱紧了眉头,"你想要怎么样?"

"我过去采购粮食曾多次到过这个地区,因此很熟悉当地的情况。这份地产有三万约赫②,维也纳的银行家席尔贝曼以每约赫四十克里泽的租价从政府手中租过去了。虽然租佃管理权掌握在宫廷财政部手中,可是租佃收入却归宫廷军事委员会处理。这块地产的租金每年总计有两万盾。席尔贝曼把这块地产分成三块转租出来,承租人每约赫付给他一盾。"

"是啊,他无论如何也得赚一点呗。"

"那当然。可是承租人又把地分成更小的块儿租给了附近的居民,租子折收实物。现在,经过连续两年歉收,特别是今年,巴纳特的土地旱得连种子都没收回来。农民一无收成,不能付给承租人什么东西,承租人也就什么也没有付给总佃户;而总佃户呢,他为了逃避契约义务,只好呈报破产,欠下了本年度的租金。"

一听这话大臣大人那两只插在燕尾服后摆下面的手又回到前面来了。他用两只手比比画画地解释说:

"是啊,都是因为他过着像王侯一样的奢侈生活,这个卑

---

① 伊利里亚,欧洲巴尔干半岛西北部一带地区的古代名称。
② 约赫,欧洲古代面积单位,1约赫约合50公亩。

鄙家伙！他养着几匹价值八千盾的马,用这些马来拉车。现在这些马要拍卖了。我是一个大臣,可是我都养不起价值八千盾的马。"

提玛尔装作仿佛什么也没有听到,仍然继续说:

"现在财政部收不到租金,因为没有任何东西可以让它下手。总佃户和承租人全结过婚,他们所有的财产都是老婆的陪嫁。可是宫廷军事委员会的金柜里却缺少拖欠的这两万盾。就我所知,宫廷军事委员会目前正打算要求财政部补上这笔亏欠。"

这时大臣打开自己的鼻烟壶,一面把两个手指头伸进去,一面紧紧盯着说话的人,好像要把此人看穿似的。

"因此我呈请,"提玛尔继续说,同时从衣袋里掏出一份折叠着的文件来,"承租雷韦廷地产十年,而且按照承租人付给总佃户的租价,即每约赫一盾。"

"嗯。这很好嘛。"

"新租户本来是落空了一年,因为现在已经是十一月末,全部田地都在休耕中。可是我答应,不仅把落空的一年算入租期,同时还负责补交上年没能缴纳的租金。"

大臣大人在金鼻烟壶的盖儿上轻轻地敲了两下,同时紧抿着嘴唇。

"嗯,"这位高贵的大人心里想,"原来这是一位金人！可别看他其貌不扬。此人看出了财政部从宫廷军事委员会手中取得军队给养掌管权的企图,知道在科马罗姆进行的调查目的就在于此。或许他还看出,这次调查大大失败了,现在宫廷军事委员会和它那些军刀铿锵的拥护者正想从财政部手中把边区租佃权夺过去。这可是一个好机会！而雷韦廷地产总佃户亏欠地租这件事又正可以用来作为很好的口实。现在这个曾受财政部查办、后来又被宣告无罪的人,竟不与财政部的对头勾搭,而反倒直接和财政部接头,要帮助它摆脱困境,重新巩固它的地位。真是一个金人!必须器重此人才是!"

"这很好,"大人说,"我看出您是一位敢作敢当的人。您虽然受过我们的委屈,却不计较所受的损失。您会体会到,这是一个明智的公民所应该采取的正确道路。为了向您表示国家知道如何奖励具有这样健康思想的公民,我向您保证,您的申请将被接受。您今天傍晚再到我这里的办公厅来一趟,我担保您如愿以偿。"

提玛尔把申请书交给大人,然后深深地鞠躬告退。

大人十分满意这个人。

第一,政府这次处理得极为失当——倘若事情继续下去,可能会引起极大的麻烦——而此人却全不计较,原谅了政府。第二,他向国家提出了一个有利的租约,使国家比过去多受益百分之五十。第三,他以宽宏大度的牺牲精神来帮助陷入窘境的财政部,使它能胜利地对抗宫廷军事委员会的攻击。真是个百分之三百的金人啊!

甚至是百分之四百!不过,大臣眼下还不可能了解到这点。他回到府邸进午餐的时候,马房吏向他禀报说,有一位匈牙利人自称受大人之托,替大人买下了席尔贝曼那几匹价值八千盾的骏马,并且已经把马送来;而关于马的价钱却必须面谈。到这时候他才恍然大悟。

一位百分之四百的金人!

傍晚,提玛尔去大臣的办公厅谒见大人,从几乎他所遇到的每一个人脸上都可以发现一种微笑。这是金子的反光。

大臣大人一直跑到门口欢迎他,然后把他让到写字台旁。写字台上端端正正放着一纸契约,签字、铃记和关防一应俱全。

"您把它从头到尾过过目,看是否合您的意。"

第一件使提玛尔感到惊讶的是,租契的定期不是十年,而是二十年。

"您满意这个期限吗?"

他怎么会不满意呢!

第二件使提玛尔感到惊讶的是他自己的名字,原来文件中它竟是:"提玛尔·米哈利·雷韦廷"。

"您满意这个称号吗?"

提玛尔·米哈利·雷韦廷!——这听起来确实够美的。

"授爵状随后就给您送去。"这位显贵脸上带着十分恩宠的神气说。

提玛尔在合同下面签了名,并加上了自己的新称号。

"且慢,"合同手续办完后,大人说,"我还有一件事要跟您谈谈。给予在履行自己对祖国的义务中有功绩的敢作敢当的公民以嘉奖,此乃政府的职责,但是在如此做时,首先应考虑那些在国民经济和商业方面受到普遍尊重的人。您能不能告诉我,譬如说某人可以由我向政府保荐、授予他铁王冠勋章呢?"

大臣大人满以为会得到这样的回答:"大人阁下,这里是我的钮扣眼儿!对勋章说来,您找不到比这更合适的地方了。只要嘉奖的应该是敢作敢当的人,那我本人就是。"

须知询问的整个意思就在于此。

所以提玛尔·米哈利·冯·雷韦廷略略考虑了一下后所

作出的回答,越发使这位显贵感到惊讶:

"是,是,大人阁下,我要斗胆提出这样一位敢作敢当的人。此人长期以来一直受到普遍的尊重,他是整个边区的不露声色的恩人。这个人就是普勒茨科伐克的教长西利尔·山陀罗维奇,他太应该受到这样的奖励了。"

大臣一惊,不由得向后倒退。他还从未遇见过这样一个人啊。当问到他"我们应该把这枚勋章奖给谁?"时,他不是转向镜子指着自己说:"应该奖给这儿这位有作为的人!"而是在地图的边缘,在遥远的乡村中,找出了一位教士;这个教士既非他的舅子,也非他的老表,甚至跟他还不是一个教派,然后说:"我认为这是一个比我更有作为的人。"

啊,这纯粹是一个金人,一个纯金铸成的人;像这样的金子不掺上银子是绝对无法加工的。

但是请求既已提出,那就必须认真对待。

"好吧,好吧,"大臣说,"不过在颁发勋章之前还得走一些形式。王冠勋章是万万不能遭到拒绝的,因此这个被推荐授予此种勋章的人必须预先亲自呈递一份正式的申请书。"

提玛尔回答说:"这位教长大人是个极为谦逊的人,只有政府方面鼓励他递申请书,他才会这样做。"

"是这样吗?我明白了。这我写几个字就行。这很好。既然您推荐他,我一定这么办。国家应该了解这种不为人所知的功勋。"

于是大人亲手写了几句话鼓励西利尔·山陀罗维奇教长先生,同时向他保证,如果他愿意的话,他的卓越功绩可以受到铁王冠勋章的表彰。

提玛尔恭而敬之地感谢大人这番恩典,大人也向他保证将经常给予大力支持。

财政部所有的衙门本来有上十种的麻烦手续等待着一个普通人的;现在全都立刻为提玛尔效起劳来了。别人在这些衙门的迷宫里奔走几个星期才能办妥的事,他没用一个小时就解决了。奥尔肖瓦那种消毒水罐的把戏这儿一样有,只不过用了看不见的形式罢了。

当提玛尔把解决得很满意的契约文件全部装进自己的皮包时,天还没有黑。

接着他匆忙离开,但并非去吃晚饭,也不是去睡觉,而是乘着马车赶到"金羔羊"饭店;那儿是努耶尔格苏发鲁的驿站马车停车处。他在饭店里买了小面包和熏腊肠,塞在衣袋里预备路上吃。

随后他喊来车夫。

"我们马上动身。你别心疼鞭子,也别心疼马。加快赶我给双倍车费,每英里路外加给你一盾酒钱。"

别的不说车夫也明白了。

两分钟后,马车就在噼里啪啦的鞭声中顺着维也纳的街道飞奔。警察们爱喊什么"维也纳不允许抽响鞭",就让他们拼命在后面去喊吧!

当时的快速交通是由驿站马车系统来维持的;这一系统从维也纳往下直到齐莫尼,一环扣一环地形成一条锁链。车夫白天黑夜都备好马,可以随时套车。只要村头一传来鞭子声,预定替换的车夫就把新备的四匹马牵出来。两分钟内马就套在了来车上,然后继续爬山下坡,一刻不停地在雨中和泥泞里奔驰赶路。如果两辆马车在半道上相遇了,就互换一下马;这样那些马只跑一半路就行了。跑慢跑快取决于报酬是少是多。

提玛尔在车中整整坐了两天两夜。他一直没有下车去吃东西,并且在车子行驶中照样可以睡觉,即使脑袋在车架和车壁上撞得再重也不醒来。这种生活他已经习惯了。

第二天晚上提玛尔就到了齐莫尼。从这里他可以当夜乘车赶到雷韦廷领地的第一个村庄。

虽然已是腊月初,天气却又晴朗又温和。

提玛尔让车子在村公所门前停下,并把村长找来。他告诉村长,他是领地的新佃户。他吩咐通知农民们,明年他们仍有一半田地好种。两年没有收成了,这等于休耕了两年,跟着明年必定会有一个丰收。节令还相宜,秋天拖得很长,只要大伙儿抓紧干,翻耕和播种还来得及。

这可实在不错,农民们对他说,大家一定能把地种好,可是主要的难处是缺少种子,即使出大价也没处买啊。就连富裕农民也只能凑合着把冬季作物下了种。穷家小户就只好吃玉米面糕过冬。

提玛尔安慰农户们说,他将设法给他们弄到种子。他就这样访问了所有其他住有半自耕农的村庄。听了他的许诺,农民们立刻把犁扛到田里,在广阔的土地上到处开始翻耕起来。这个地区原来决定要休耕一整年的,因此除了蒺藜以外现时什么也没有。

但是到哪儿去弄种子呢?要想从罗马尼亚用船运来种子,那就太晚了,而附近又连一粒种子也弄不到。

然而提玛尔知道总有什么地方可以弄到种子的。

十二月二日晚上,他来到了秋初人们曾想打死他的普勒茨科伐克。他拜访了当初把他赶出门外的教长西利尔·山陀罗维奇先生。

"唉,我的孩子,你又来啦?"教长大人就是用这种话迎接他的。这位大人是老百姓的一个了不起的朋友和恩人,他要不是过于谦逊而不肯自己提出的话,他早就戴上铁王冠勋章了,"你又想要干什么呀?想要买我的麦子吗?前两个来月我就告诉你了,我一粒麦子也没有,一粒也不卖。你想要说什么?不用撒谎,我一点也不相信你!你姓希腊人的姓,两撇胡子留得又这么长。还有,凭你这两只眼睛我就不相信你。"

提玛尔笑了笑。

"我说,这次我是专为说实话来的。"

"不可能,你们这些从上面来的生意人总是欺骗我们,哄我们说什么上面一带获得了丰收,好压低麦子的价钱。你们想要买我们的燕麦的时候,就哄我们说什么政府把官马统统卖掉了。你们这种人连灵魂都假透啦。"

"可是现在我说的是实话。我是奉政府的命令来的,而且以政府的名义请求教长给我们打开粮仓。政府听说这个地区的老百姓没有种子,因此打算以借贷的方式配给种子。如果有人能为这件事效力的话,那在政府眼里便是一种崇高的贡献,一种救济百姓的伟大善举,一桩不可磨灭的功勋。不是我要麦子,是农民自己要,他们要它去下种。"

"是啊,我的孩子,这全都是真的,我本人也可怜这些穷苦的老百姓,可是我一点麦子也没有。让我从哪里拿出麦子来呢?我的地里也是什么都没有长。你看,这不是三层的大粮仓,一层一层全是空的。"

"绝不会是空的,教长大人,我知道里面甚至还存有整整三年的收成呢。我至少能从这里弄到一千石麦子。"

"你能弄到一堆大粪！你别进我的粮仓。麦子五盾一斗我也不卖。要等到春天涨到七盾一斗的时候我才卖呢。你胡说八道,你不是政府派来的,是你自己想来找便宜,我一粒儿麦子也不卖给你。就算政府知道世界上有你或者我,我们两个人在政府的眼里也是无足轻重的！"

小炮火攻不下这座碉堡,于是提玛尔换用了二十四磅的重炮弹！他从衣袋里掏出了大臣的信。

教长大人看完这封信后,简直不知道是否应该相信自己的眼睛。但是信封上有双头鹰的封印,信里有财政部的关防,丝毫不容怀疑,这是千真万确的事实。能够在胸前佩戴上这样一枚光辉灿烂的十字章,这原是他梦寐以求的事！提玛尔很了解他这种欲望,因为他们多次在买卖成交后一起喝酒时,他听到教长发牢骚,说什么政府不公平,给卡尔洛卡的大主教胸前挂上了那么多勋章,真不了解这个人用那么多勋章干什么;而另外一个人呢,却一枚也没有。

挂上勋章是教长大人的最高愿望,有了勋章不仅会使农民敬重他,而且必定会使还没有这种勋章的柴基斯登少校妒羡他。教长马上对送来这个喜讯的人有了几分好感。

他对提玛尔的态度也顿时完全变了。

"亲爱的老弟,请坐！"——直到此刻他连个座位都没让提玛尔——"告诉我,你是怎么高攀上这样一位大官的？他是怎样把信交给你的？"

于是,提玛尔信口开河对他讲了一通,就像是从一本《圣经》里读神话似的,说什么他脱离了布拉佐维奇,在政府里当了官,在大臣左右很有些力量,建议给他的多年好友教长大人颁发这枚勋章的就是他。

"我从一见面就知道,你为人绝不会像你外表那样荒唐,所以我一向非常喜爱你。我说,我的孩子,就凭你这个听着像希腊人的姓和这副善良正直的相貌,我也得卖给你麦子。你需要多少?一千石,还是一千两百石?我把所有的全都拿出来。别以为我这是为了讨好大臣;这是冲着你的面子和为了替穷苦老百姓造福才卖的。我说什么来着?我说卖五盾一斗吗?不,我四盾十九格罗申一斗卖给你。可你是付现款呢,还是得要我上维也纳去取款?我可以附带为这件事跑一趟,因为我反正得为了勋章到首都去面谢大人的。你是不是也要和我一起去?你陪我一起去,到了那里你可以留在外厅。先告诉我:大臣先生是一位什么样的人物?是高个儿,还是矮个儿?待人和气呢,还是好发脾气?他马上把十字勋章发给我吗?他爱喝卡尔洛卡的苦艾酒吗?喂,你也应该马上尝尝这种酒。"

提玛尔再三推辞,说他必须连夜赶回雷韦廷去,交代租地管理人,让他赶紧打发承租人来取麦种。结果怎么说全白搭,好客的主人无论如何不放他走。主人为了非把客人留下过夜不可,宁愿派自己的伙计骑着马替提玛尔到四处去传话。

教长待客用的酒杯是圆的无脚玻璃杯,一端起来不把酒喝光是不能放下的。教长把这样一只酒杯递到提玛尔·米哈利手里,自己端起另一只酒杯,干杯痛饮,一直聊到天亮。但是到早晨还看不出提玛尔有喝过酒的样子。他早就精于此道。他在巴纳特和巴斯卡①一带来来往往得够多的啦。

第二天,农民就纷纷赶车来到教长的院子里。

---

① 巴斯卡,巴奇卡,潘诺尼亚平原的一个地区,盛产美酒。

他们一看三层粮仓的仓门果真打开了,便异口同声对提玛尔说,他们今后要把他看作创造奇迹的圣人。他们认为这个粮仓里的粮食,足够冬季播种用的,需要多少有多少。

直到严寒到来小麦不能再播种为止,提玛尔始终没有离开租地。对于今年来说播种的地也足够了,剩下的留作春播、休耕或者当牧场。这三万约赫的大庄园只有几百约赫的草地,其余全是肥沃平坦的上好麦田。如果来年老天保佑,这儿肯定会有一个丰收。目前播种正是时候。整个儿秋天直到十月底始终是干燥多风天气,谁在那时就播了种,来年的收成是好不了的,因为数十万头到处乱钻的土拨鼠不等种子发芽,就把麦种吃掉了。至于在十一月的湿地里播的种,又因为下雪过早,正在发芽的种子又全烂在雪下松软的土里。可是这场雪融化后,意外温和的天气一直保持到圣诞节,在这个期间播种的人算是赶上好时候了。土拨鼠已经敛迹。先下了一次小霜,然后又降了一场大雪,一层美丽的白毯子刚好庇护着托付给土地的财产,抵抗着任何带来毁灭的敌人,直到来年开春。

种庄稼恰是一场大赌博,要么赢上许多倍,要么一点儿捞不着。

提玛尔赢得了好几倍的利润。随之而来的是一个大丰收年,在巴纳特所有播种适时的土地上都获得了二十倍的收成。

雷韦廷的农民对这位挽救了今年收成的新总佃户称颂不已。他们自己的地里长的是坏的、不纯的、有黑穗病的庄稼,而在租地里却翻滚着美丽的麦浪。

这一年,提玛尔把干净漂亮的麦子满满装了三十大船,拖运到科马罗姆和格约尔;而这三十船麦子花了他还不到别人买三船的钱。

他是否要在这一年赚上五十万,或者再多赚十来万,这完全随他的便。没准儿他想把要赚的五十万减少十万吧?也许是为了让穷苦的老百姓吃到便宜面包?也许是想把尖刀插进那些跟他竞争的人喉管里?

他现在真可以像猫玩老鼠那样玩弄这些竞争者。他可以随意压低粮价。

粮商们聚集在布拉佐维奇咖啡馆里,每晚都要发生激烈的争论。那个今年忽然暴发起来的提玛尔竟然挤垮了所有商人!要想跟他在市场上同时并存,那是不可能的。他挥金如土,抛起货来就像脱手赃物似的。如果他敢来他们中间露面,他们真会要他命的;但是他从不到那儿去。

人们绝对看不到他为了拉拢交情跟什么人攀谈。他想着手干什么,对谁也不透露。他摸摸什么,什么就在他手里变成金子。他做着新生意,永远是新生意;这些生意别人本来也看得出来,对谁都是明摆着的,问题是要敢下手。但是所有这些买卖都只是在此人已经做起来以后,别人才注意了。而且他从来不休息,总是到处奔走,来往旅行。怪只怪在他还住在这个城里。他干吗不搬到维也纳去呢?这样一位富翁干吗把总商号设在科马罗姆呢?虽然科马罗姆在那年头儿是个重要商埠,人们仍不禁要这样问自己。

提玛尔知道是什么东西把他拴在了科马罗姆,他知道自己为什么还要住在这个城里。虽然这里的商人全是他的死对头,每当他坐车经过布拉佐维奇的咖啡馆,总有人在后面大声诅咒他:"愿他不得好死!"可他还是一定要把这所房子弄到手,而且连同它里面的全部家当!

已经成为百万富翁的他,就是让这件事紧紧地拖在了科马罗姆。他要留在这个人们仍然叫他提玛尔,而不习惯于用他的新贵族封号"冯·雷韦廷"称他的地方。

他也知道有贵族称号的人少不得高贵的行事。他为城市贫民创办了一所医院,为新教学校捐赠奖学金。甚至连圣餐杯也在他的手里变成了金的——他出钱把教堂的旧银杯换了一只金杯。他的大门随时为穷人敞开着。逢年过节,乞丐们沿街排队一直站到他的大门口,为的是不错过他的布施。他布施的是当时一般叫作"鞋匠泰勒"的世界上最大的铜钱。据说,死于水中的年轻船夫们留下了孤儿,他还负担这些遗孤的教育费,并且每年发给船夫的寡妻一笔抚恤金。他是一个金人!真是一个金人!

只有一个内心的声音不断对他说:"这是虚伪的!这一切都是虚伪的!"

第五章 小姐的玩笑

布拉佐维奇先生照例饭后在太太的房间里一面喝着浓咖啡,一面吞云吐雾地吸着拉塔基亚①烟。

卡苏卡先生跟阿塔莉雅在一张小桌旁边喁喁私语,索菲雅太太坐在这张桌子的一角,装作要缝什么东西似的。一年来这张小桌子上总是放着各式各样的刺绣和针线活儿,每个客人一看就知道她们在准备嫁妆。

卡苏卡先生现在差不多整天待在他们家里;他上午来,中午被强留下吃饭,直到很晚才回去。

科马罗姆的要塞工程似乎已经大功告成,所以这位工兵军官能够整天同阿塔莉雅在一起厮混。

然而卡苏卡先生自己的要塞却日益崩溃。结婚日期正逼近,他像茨林伊②防守要塞似的,层层设防,步步抵抗,尽量拖延婚期。他总是有某种借口来拖延迎娶他的未婚妻。不过,女方已经打出了最后一枚炮弹:布拉佐维奇家的房子已经由于负债押给了宫廷军事委员会,所以为新夫妇已经另找好了一处住宅。这时又来了最后的打击:卡苏卡先生晋升为大尉。

---

① 拉塔基亚,现今叙利亚境内西部沿地中海的一个大城市。
② 茨林伊(1508—1566),一五六六年抵抗土耳其人的斯齐格特瓦要塞的守卫者。

这就是结尾。卡苏卡的最后防守炮弹也射完了。他别无他策,为了生活只有投降,跟这个漂亮富有的小姐结婚了。

然而,布拉佐维奇先生在太太房间里喝咖啡的时候,表现得一天比一天火气大。这一切都怨提玛尔,他成了布拉佐维奇先生每天的迦太基①!

"不知这个人又想出了什么鬼点子!一到冬天,凡是正经粮食商人都会高兴自己可以休息一下了,提玛尔却干起别人从来没有听说过的事情来。他租了巴拉顿湖②,冬季在湖里的冰下捕鱼!最近他们在克纳塞附近一网就打了三万磅鱼。这可是地地道道的掠夺!他们这样掠夺巴拉顿湖一直到春天,就会把湖里的白条鱼、鲑鱼、鲈鱼、鲱鱼、鲤鱼和鲫鱼都给捞光,更不用说梭鱼了。提玛尔把这些鱼全都运到维也纳去卖,难道在巴拉顿湖繁殖梭鱼就是为了让奥地利人享用吗?该死的疯子!人们真该一齐出钱把他消灭掉。我早晚得要他的命,一定!他要是打桥上走的话,我就让两个船夫把他抓住,扔进多瑙河里。或者给一个哨兵一百盾,让他在提玛尔晚上经过要塞附近的时候,出其不意地一枪打死他。我要把一只疯狗放进他的院子里去,等他早晨一出来就咬他。他真比我国有名的强盗班迪·安吉阿尔和马尔基·策尔德还该上绞架,因为马尔基·策尔德只抢去了在我身上翻到的钱,而这个贼却非要一直把人弄到无家可归才算完。我还要放火烧他的房子,让他在里面活活烧死!他们现在竟提拔他成了贵族!县议会还任命他为陪审官。这个野小子居然跟我平起平坐;

---

① 迦太基,从公元前六世纪起与希腊西西里各城市苦斗不止,从公元前三世纪起又与罗马进行顽强斗争。这里的意思是说提玛尔成了死敌。
② 巴拉顿湖,匈牙利最大的湖,位于匈牙利中部偏西。

要知道咱祖祖辈辈就是匈牙利的贵族,这小子却是个地地道道的流浪汉!只要他到县议会食堂来,敢在那里露面的话,我就撺掇一帮乡绅非把他从窗户扔出去不可,让他当场出丑!只要哪天我在某个宴会上跟他同席,我就给他在汤里下上毒药,一定要他像条死鱼似的肚子朝天。眼下甚至听说他还去拜访太太和小姐们,这个无赖。这个提玛尔!这个穷账房,他充其量不过是个'跑船的'罢啦!哼,我多么希望看到他有朝一日到一家去,刚好在那里遇到一位有作为的勇敢军官,随后那位军官要求他决斗,把他像只癞蛤蟆似的戳死!"

说到这里布拉佐维奇先生满怀期望地瞅着卡苏卡先生,而卡苏卡先生却装作根本没有听见。他虽然很了解布拉佐维奇先生,但从他的谈话中却推测出,那位暴发的百万富翁显然已堵住了布拉佐维奇先生的生财之道;他不仅动摇了布拉佐维奇先生的地位,而且还从基础上动摇了他这幢两层楼房,提玛尔如此遭嫉恨的主要原因就在于此。这些想法诚然不会给等候婚礼来临的卡苏卡先生增加什么快乐喽。

"不过我决不能等到别人先下手收拾这个坏蛋!"布拉佐维奇先生最后说,同时从喝咖啡的椅子上站起来,把烟袋放到一边,从屋角取过了他的藤手杖,"自从这小子在本城耀武扬威以来,我就预备了一根手杖剑。我是专为他备办的。"为了使人相信他的话,他竟从手杖中拔出锋利的剑来,"看,这就是剑。哪一天我碰上他,而且只有我们两个人的时候,我就用这把杀人利器一下子扎进他的肚子,我要把他像只蝙蝠那样扎在墙壁上!我发誓一定要这样干!"说时他连连转动着两只血红的眼珠,以加重他这誓言的分量。

随后,他喝完剩下的咖啡渣子,穿上厚外套,说现在要去办点事情。——是啊,牌瘾又犯了。——他说他会回来得很早,这就是说明天早晨。

在座的人都巴不得他走。

布拉佐维奇先生由于身体笨重,不能像年轻人那样噔噔跑下楼梯,他正小心翼翼地从狭窄的盘旋楼梯上往下走,这时迎面走上一个人来。谁呢?——提玛尔……

这回提玛尔可落在他手里了!他们相距不远,正好用刀可以刺到,而且这里是一个狭窄、黑暗、不会有人看见的地方。所有的暗杀几乎都是在楼梯上干的。提玛尔手无寸铁,甚至连手杖也没有。布拉佐维奇先生却随身带着一柄两尺长的利剑。

然而当布拉佐维奇先生和提玛尔面对面的时候,他却把右手提着的手杖剑夹在左腋下,摘下帽子大声招呼道:"早晨好啊,雷韦廷大人!"

提玛尔回答说:"你好,阿塔纳茨!你难道现在就去办事吗?"

"嘿嘿嘿!"布拉佐维奇先生像一个正在淘气的孩子被捉住似的憨笑了笑,"喂,米斯卡,你怎么一次也不上我们那儿去呢?"

"我才不去哩。要是你们想让我输几百盾的话,我宁愿马上先拿出来;可要我整夜在那儿等运气,弄得浑身是汗,对我说来这就不是什么消遣了。"

"嘿嘿嘿!那么,你现在就上楼到女人们那儿去吧,他们在楼上哩。愿你快乐!看来我们今天不会再见面了。"

于是两人亲切地握手告别。

大家千万不要对阿塔纳茨·布拉佐维奇先生的威胁认

真,他让人可怕的只是他那嗓门和块头。说实在的也没有人怕他,就连他的太太也不怕他。是的,她才真叫不怕他哩。

布拉佐维奇先生非常清楚提玛尔常到他家来,而且总故意在这个时候躲开。索菲雅太太甚至告诉他说,提玛尔大概是冲着阿塔莉雅那双美丽的眼睛来的。那可就是卡苏卡先生的事了;如果他不把提玛尔像一只癞蛤蟆似的戳死,那只有怨他自己。这一点不是没有暗示过他,而且他也经常在阿塔莉雅身旁遇见提玛尔,但是他却无动于衷。所以,根本不用想让这位大尉向提玛尔提出决斗!他们仍然是像从前一样的好朋友。

交际场中还从来没有看见过像这家主人和客人那样亲密的。

布拉佐维奇先生猜想到,让提玛尔成为第一个暴发户的除卡苏卡大尉外不会是别人,他通过某些关系也证实了这一点。他也能想象到,卡苏卡为什么要这样做。那是因为卡苏卡希望摆脱他跟阿塔莉雅已有的关系。如果布拉佐维奇先生现在一赌气不准卡苏卡先生再登他的门,那该多称卡苏卡先生的心啊!——可是他偏不这样做!现在他才要像父亲喜爱自己宝贝儿子一样来喜爱大尉呢。这小子更是非得娶阿塔莉雅不可了,绝对无法再摆脱了。

卡苏卡大尉与阿塔莉雅小姐订婚已久,而且他每天亲眼见到,有一个情敌正在向她献殷勤,这是一个非常有钱的人。他也相当清楚地知道,这个人在宫廷军事委员会同财政部那次争权夺利时过河拆桥,把先前的靠山抛入窘境,单凭这一点就够可恨的了。然而大尉仍然那样喜欢自己的老同学,就是这家伙真的使他的未婚妻对他变了心,他也能原谅。

阿塔莉雅本人虽然对提玛尔态度很亲热，心里却依旧瞧不起父亲从前手下这个管账的。相反，她热恋着大尉，可是当着他的面却故意特别对提玛尔表示亲昵，为的是引起她爱人的嫉妒！

索菲雅太太固然憎恶提玛尔，但是也用处处讨好的态度来招待他，就仿佛希望自己有朝一日能成为他的岳母，并且跟他一起生活似的。

然而，提玛尔对他们所有的人都没有好感。他想要把老爷、太太、漂亮小姐和未婚夫统统从这幢房子里赶出去。不过他仍然到这儿来走动，吻太太小姐的手，与男人握手言欢，并且费尽心机要做一个讨人喜欢的客人。

他受到他们的热情接待。阿塔莉雅小姐为讨他喜欢弹钢琴；索菲雅太太再三留他用午茶，茶点中总是有咖啡和蜜饯。而提玛尔却一面喝咖啡，一面猜想里面说不定会有老鼠药。

往桌上摆茶点的时候，蒂美娅就出来当帮手。这时提玛尔就再也不听阿塔莉雅在说什么和她在弹什么歌曲，一味地只瞧着蒂美娅。

的确，她是值得好好瞧瞧的啊！

姑娘现在有十五岁了，已经发育成一位亭亭玉立的女郎。可是她那目光和天真无邪的憨直神态，说明她仍然是一个孩子。

她已经会说匈牙利话了，不过发音还不太准确，并且时常把字领会错或者用错；这在我国，就是在国会最严肃的讨论中，也会遭到无情的嘲笑。

阿塔莉雅把蒂美娅当成一个有趣的玩物，视这个可怜的女孩子为自己逗乐取笑的对象。

阿塔莉雅把自己四年前过了时的衣服拿给蒂美娅穿。在我们这些文明人当中,时装式样是变换得最快的,假如今天有人穿着一条肥大的灯笼裙(虽然这种衣服刚刚过时不久)在大街上抛头露面的话,那她会引起什么样的嘲笑和讥讽啊!

　　女人们曾经一度喜爱把有硬衬的裙子吊在肩上而不是系在腰间。当时连衣裙的袖子很肥,下身用鲸鱼骨撑开,像一只大桶似的,而上身则像垫子那样塞满羽毛,免得起褶。带褶襞的裙裾几乎拖到地面。当时女士头上都插一把向上拱起而又向后弯曲的梳子,头发则在梳子上盘成一个髻子,髻上再用一个大宽丝带结成的蝴蝶结作装饰。

　　这种发式在当年是很摩登的,但是倘若有人在时过境迁四年以后还如此打扮的话,那简直等于穿着小丑行头招摇过市了。而阿塔莉雅却喜欢把蒂美娅打扮成这样一个女丑角。

　　这个从未见过欧洲时装的可怜姑娘,在打扮上跟所有野蛮民族的女性一样,喜欢奇装异服。当阿塔莉雅给她穿上式样早已过时、颜色十分刺眼的丝绸衣裳时,她却打心眼里感到高兴。她把那柄大梳子插到头发上,并且在发髻上系了一个用彩带结成的蝴蝶结,这一来她就更加高兴啦!她认为自己这样美极了。谁见到她这样打扮都要发笑,她却把这当作了人家赞美的表示,于是乎急急忙忙跑过街道,免得人家老盯着她瞧。到处都有人叫她"土耳其疯丫头"。

　　事实上,人们可以随便怎样拿她开心,她也毫不介意。她还很幼稚,分辨不清哪些事情应该生气;她连最明显的嘲弄都听不出来。

　　阿塔莉雅特别喜欢嘲弄这个女孩子,尤其是当着男子面的时候。家中来了年轻的男客,她就怂恿他们去向蒂美娅献殷勤。他们也把蒂美娅当作小姐,请她参加跳舞晚会,并且邀她跳舞。她对待这种殷勤是那么认真,那么满意;恶作剧的花花公子们把特意挑选的、不配拿进社交场中去的花园鲜花扎的大花束献给她,她却乱客气一番,招得人们哄堂大笑,这时候阿塔莉雅更是开心得什么似的。听,阿塔莉雅银铃似的笑声在那片哄笑中显得多么响亮啊!

索菲雅太太对蒂美娅的态度更是苛刻,她老是呵斥她。

不管姑娘干什么还是不干什么,都免不了要受指责。拿正在发育的姑娘的特殊情况来说,她的动作本来就不够灵巧,人们越是过多地斥责她,她就越是笨手笨脚的。

"茶杯就这样放,这样挪吗?你这个笨丫头!你还不认得阿塔莉雅的调羹吗?谁偷吃了这糖糕?是不是你?你要是敢乱吃这些东西,你就当心点儿!你怎么又把衣服弄脏啦?你想每天换一件新的吗?哎哟,有像你这样擦刀子的吗?是谁把这个壶把打了?是你吧,嗯?你自己承认,无非是想不扣女仆的工钱,是不是?因为反正你没有工钱,我一个子儿也不能扣你的。"

在这种情况下,阿塔莉雅就插进来庇护蒂美娅。

"妈妈,别老跟小姑娘吵了!你对蒂美娅就像她是个下人似的;可是你知道,她不是使唤丫头,我不喜欢你这样骂她。"

于是蒂美娅便吻吻索菲雅太太的手,让她别再生自己的气;接着又吻吻阿塔莉雅,因为她维护了她;随后又吻她们母女俩,生怕她们为她争吵起来。一颗多么恭顺,多么知恩的心灵啊!

索菲雅太太等蒂美娅离开房间,立刻就把还留在嘴边的话说给女儿,连客人提玛尔和卡苏卡大尉也听见了。

"让她养成认为自己是个丫头的习惯,无论如何对她不会有坏处。你知道她倒了什么霉。提玛尔(她想说雷韦廷大人)为她抢救出来的那点钱放给了一个地主吃利钱,没想到那个地主破产了,这一来她的钱损失得一干二净。现在她除了身上的穿戴以外什么也没有啦。"

"啊!他们已经把她弄得一无所有了!"提玛尔想道,同时心里感到像个提前一年出师的学徒似的轻快。

"不过叫我生气的是,纵然她已落到这步田地,却还对一切麻木无知,"阿塔莉雅说,"不管你责骂也好,讥笑也好,她从来也不脸红。"

"这是希腊人的特性。"这当儿提玛尔开了腔。

"哼,才不是哩!"阿塔莉雅鼻子一皱,回答说,"相反,这是一种病态。我们在寄宿学校的时候,有许多姑娘只要一吃粉笔灰和煳咖啡豆,脸上就会显出这样一种不自然的苍白。"

阿塔莉雅虽然是在对提玛尔说话,眼睛却瞟着卡苏卡先生。

这时卡苏卡先生正目不转睛地盯着一面大壁镜,为的是观察蒂美娅什么时候再进来。阿塔莉雅注意到了这一点,提玛尔也发觉了。

蒂美娅又进来了,她端着一个托盘,里面放着玻璃杯。杯子叮叮当当响着,她全神贯注,生怕哪个杯子会突然倒下。这时索菲雅太太却对她尖叫起来:"留神,别打碎了!"这一叫吓得她整个托盘都滑落了,幸而玻璃杯掉在柔软的地毯上,只滚了滚,没有打碎。

索菲雅太太立刻变成了一只发狂的母老虎,幸亏阿塔莉雅把她拦住了:"都怨你!你干吗要朝她大喊大叫的呢?蒂美娅,待在我身边,午茶让使女侍候好了。"

索菲雅太太听完一肚子不高兴,就亲自下厨房去取来了一切。

但是,就在蒂美娅闯祸的那一瞬间,卡苏卡先生以军人的敏捷动作跳了过去,不到一分钟就把所有的杯子全都拾起来,重新放回蒂美娅哆哆嗦嗦端在手中的托盘里了。姑娘那对大黑眼睛里闪出感激的光辉,这情形阿塔莉雅和提玛尔都注意到了。

"哎,大尉先生,"阿塔莉雅对她的未婚夫悄声说,"您还是开个小玩笑,使这个小丫头晕头转向吧!您向她献献殷勤!那一定很有意思。"——"蒂美娅,你跟我们一块儿吃点心,过来坐在大尉身边。"

这是恶毒的玩笑或嘲弄呢,还是从嫉妒的虚荣心或敌意中产生的讥诮呢?——让我们看看结果如何吧。

女孩子怀着忐忑不安和隐藏不住的喜悦,面对着美丽动人的阿塔莉雅在桌子旁边坐下了。阿塔莉雅要她的未婚夫向蒂美娅献殷勤的时候,就像女王把一个金币丢给一个穷孩子似的。这个孩子将因此快活一天,而她却并不会感到有什么损失。

大尉把糖递给蒂美娅,但是银镊子在她手中却不听使唤。

"您只管用您那又白净又好看的小手直接拿吧。"大尉鼓励她说。

姑娘一时弄得很狼狈,竟没有把糖放进咖啡杯中,而扔进水杯里了。她有一双又白净又好看的小手——还从来没人这样夸过她呢!当然,可能大尉说这句话并没有谄媚的意思,而只是鼓励她用手来拿糖;用这样白净的女孩子的手拿糖,也委实没有什么煞风景的。不过,她却牢牢记住了这句话,并且不住地偷瞧自己的双手是不是真那样好看,那样白净。

阿塔莉雅简直忍不住笑出来。她觉得继续挑逗这姑娘是极大的快乐。

"蒂美娅,给大尉先生敬糖糕!"

姑娘从银托儿上拿起放着糖糕的玻璃盘子,递给卡苏卡先生。

"喂,就给大尉挑一块吧!"

女孩子碰巧挑了一块心形糖糕;她一定还不知道人们管这叫"心",更不知道实际上"心"代表什么。

"啊,这对我可太多啦,"大尉开玩笑地说,"美丽的蒂美娅,您肯和我分用这块糕点吗?"

说着他把这块心形糖糕分成两半,把半块递回给蒂美娅。

姑娘接过这半块心形点心放在自己碟子里,无论如何舍不得吃。她生怕失掉似的、两只眼睛盯着这半块点心,没等索菲雅太太或是使女进来撤换碟子,就赶快从桌上端起点心碟离开了房间。她一定是把这半个心藏起来了,要是有人在她那儿发现了它,那可就又有了笑料!

要想戏耍一个十五岁的姑娘,确实是再容易不过了。她什么都相信,也相信第一个对她说"您有一双又白净又好看的手"的人。

而卡苏卡先生刚好又是个在社交场合见到漂亮姑娘就从不放过机会说恭维话的人;他甚至还常常向上了年纪的女人献殷勤哩。现在更是变本加厉了!就是对给他端灯照亮下楼的丫头,他也少不得要讲几句客气话。他存在着这样的野心:

要让任何一个姑娘一瞧见他的紫蓝色军服就怦怦心跳。但阿塔莉雅仍然确信自己有支配他的力量。不过,同蒂美娅周旋并非完全徒劳。虽然她现在还是个孩子,可是十之八九她将来会出落得很漂亮。况且她是一个孤儿,又是一个连洗礼都没有受过的土耳其姑娘,而且有点儿呆头呆脑。对于这样一个姑娘,说些甜言蜜语,拿她开开玩笑,完全有理由不受良心的责备。

卡苏卡先生对于这类事决不错过任何机会,因而给他的未婚妻带来很大的快乐。

有一次,蒂美娅来睡觉的时候,阿塔莉雅对她说:"喂,蒂美娅,大尉已经向你求婚了,你愿意做他的妻子吗?"

女孩子带着惊愕的神情抬头看了看阿塔莉雅,立刻扑到床上,用被子蒙着头。她躲藏起来,不好意思见人。

听了这句话,女孩子失眠了,在床上辗转反侧,叹息了半宵;对此阿塔莉雅开心了很久。

这位小姐的玩笑达到目的了。

第二天,蒂美娅神情显得非常严肃。她的举止不再那样天真活泼,她变得心事重重,多愁善感,忽然之间缄默少言了。"春药"产生了应有的效用。

阿塔莉雅把这个玩笑告诉了全家人,要大伙儿今后对待蒂美娅就像对待一个未来的新娘,卡苏卡先生的未婚妻一样。下人、太太,他们全都跟她串通一气了。

然而没有人说这是一种邪恶的玩笑。不,它完全符合基督教精神。

阿塔莉雅告诉蒂美娅说:

"瞧!大尉连订婚戒指都给你送来了。不过你一天没受洗,就一天不能把这戒指戴在手上。你必须先成为基督徒。你愿意受洗吗?"

蒂美娅双手按在胸前,低下头去。

"所以要先给你施洗礼。但是要受洗你还得先学习信条、教理问答、《圣经》历史、赞美诗和祈祷文。你必须到神父和唱诗教师那儿去,他们会教给你这些。你愿意吗?"

蒂美娅只是点了点头。

从此,她每天像小学生那样胳膊下面夹着赞美诗集和祈祷书,到神父和唱诗教师那儿去。晚上,人们都睡下以后,她悄悄走进没有人的前厅,在那里彻夜彻夜地朗读埃及十大灾难,赞扬神的故事和关于参孙与大利拉的教化心灵的故事……以及约瑟和波提乏妻子的故事①。她学起来很困难,因为这些东西全是她所不熟悉的。要牢记教理问答上那些抽象的、难以理解的问答,是件很费力气的事。可是,为了迎接神圣的洗礼,她什么事办不到呢。

"哎,你们瞧!"逢到提玛尔也在座的时候,阿塔莉雅就说,"没有这种鼓励,是决不能说服她皈依基督教和为了受洗去学习什么的。她为了尽快达到目的,居然这样刻苦努力。"

照这种说法,拿她已经是未婚妻的谎话去愚弄这个女孩子,结果反倒成了一桩积德的事。

提玛尔无可奈何,只得眼睁睁看着人们这样无情地玩弄这个可怜的姑娘,丝毫无法向她挑明。难道他能悄悄告诉她什么吗?就是告诉她,她也不会理解的。

他每天同布拉佐维奇家往来恰恰起了有害的作用。因为

---

① 见《旧约·士师记》第十五、十六章。

在蒂美娅的心目中,不可避免地越发以为捏造的事情是真的。她听到人人都说,阿塔莉雅的美貌吸引着有钱的雷韦廷先生;甚至一向严肃的布拉佐维奇老爷有时也在话语里带出这件事。阔老爷追求阔小姐,姑娘认为这是理所当然的。大尉跟她也算门当户对。对这个匈牙利穷军官来说,难道还有比同样一无所有的土耳其军人之女更合适的配偶吗?她认为这也是十分自然的事。所以她白天黑夜加紧学习着。

教理问答、赞美诗和《圣经》她都学会以后,他们又跟她开起新的玩笑来。他们告诉她说,结婚的日子已经定了。可是在这以前,必须做一批嫁衣。这样多的白素料子,这样多的华丽衣服,要费不少事儿;所以喜日还得推迟一些。而其中最要紧的是新娘结婚那天穿的礼服!上百的花饰必须新娘自己亲手刺绣。蒂美娅懂得这点,因为土耳其人也有这种规矩。她能用丝绸、银线和金线绣出美妙绝伦的衣服,这是她当小姐的时候学的拿手活儿。

他们就用这种方法把阿塔莉雅的新婚礼服交给她,让她像在家乡学过的那样在衣服上刺绣精美的花饰。他们告诉她,这就是她自己的新婚礼服,于是她在衣裙和绸带上绘满了极好看的花样来刺绣。她的双手赶制着一件杰作。她从早忙到晚,随便在什么客人面前都活儿不离手。和人们说话的时候手也不闲着。而绣花需要低着头,这对她来说反而更好,因为可以不必正视别人的面孔。

因此她也不曾发现,别人在背后怎样嘲笑她。在客厅里,太太和先生们互使眼色:瞧,这个小姑娘现在这样急急忙忙地做活儿,这样勤勤恳恳地刺绣,就因为她以为是在给自己绣新婚礼服呢。这个小傻瓜!

这一切提玛尔都看在眼里。

啊,他有多少次怀着极痛苦的心情离开这幢房子,以致走到楼梯口上两根大理石柱子旁边时,不禁想起了抱住圆柱把非利士人的房子摇塌的参孙。①

他什么时候执行最后的裁判呢?

蒂美娅暗暗期待的那一天,的确是卡苏卡先生结婚的日子;只不过是跟阿塔莉雅小姐结婚。

可是对这一天的到来,却也还存在一些特殊的障碍;障碍并不在一对恋人的心中,因为两人还抱着必要程度的爱慕,而是在布拉佐维奇先生的经济情况上。

当初,卡苏卡先生在布拉佐维奇先生家中向阿塔莉雅求婚的时候,他就开门见山地说明了自己的境况:他是一个穷青年,收入刚够维持他这样一个单身军官应有的门面。可是要靠这养活一个妻子,那就不行了,更不必说是一个享受惯了种种舒适奢侈的清福的妻子。因此,他明明白白告诉这位做父亲的,只有新娘的陪嫁足够维持夫妇俩的生活,他才能迎娶。那时布拉佐维奇先生也毫无反对的表示,他答应在结婚的时候给女儿十万盾现款的陪嫁,听凭他们随意支配。

布拉佐维奇先生当初这样答应他的时候,本来是办得到的。自从这个提玛尔插进来后就不同了!这个家伙使用闻所未闻的各种各样的方式方法,使布拉佐维奇先生的投机落空,使他那满有把握的打算化为泡影,打垮了他在粮食市场上的势力,就这样把他从所有的竞争中排挤出去,把他拒之于从前

---

① 非利士人戏侮参孙,结果参孙两手各抱一柱倾覆神室,与敌偕亡。见《旧约·士师记》第十六章。

受他操纵的各个领域之外,以致布拉佐维奇先生目前无论如何拿不出十万盾的现款来。

也正像卡苏卡先生告诉提玛尔的,布拉佐维奇先生本人根本不清楚他的买卖情况如何。新旧买卖掺和到一起,资产和负债分不清,空头利润、要不上来的欠账和只有他自己知道的债务裹在一起,不可推诿的义务和诉讼的可疑的买卖混在一起,所以,布拉佐维奇先生是富翁还是穷光蛋,他是浮在水上还是沉在水下,谁也说不清,他自己更糊涂。谁要是想向他索取十万盾的话,今天弄到手就比明天强。

卡苏卡先生在这一点上十分聪明。阿塔纳茨·布拉佐维奇先生曾多次向他发动攻势,想稍稍接近这位军事工程师的"堡垒",促使他结婚。他向卡苏卡提出一些建议,而实际上这些建议对他本人更为有利。他说:十万盾现款在卡苏卡先生手里又能怎样呢?每年顶多不过拿六千盾的利息,结果他妻子会连本带利都挥霍掉的。如果把这笔本钱留在布拉佐维奇先生手里,而由他每年贴补新夫妇八千盾,那岂不更好?又说,如果他交给他们能收入七千盾租息的不动产,也岂不更好?可是军事工程师对攻陷他最后"堡垒"的企图进行了顽抗,他赶紧塞住护城壕的出水孔,并且威胁说,如果不在结婚之前拿出十万盾来,他就要炸毁这整个婚姻城堡。

这样一来,布拉佐维奇先生的处境就极为困难啦。如果说有谁看着在蒂美娅的纤指下渐渐绣成的新婚礼服比提玛尔更感痛苦的话,那么肯定只有布拉佐维奇先生。

说实在的,眼前还有这个提玛尔啊!布拉佐维奇先生的脑子里产生了一个救急的办法。不错,他十分恨提玛尔,巴不得看到他赶快一命呜呼;可是,假如提玛尔娶了他的女儿,那岂不是一桩好事？她本来也不是非嫁卡苏卡先生不行。要是大尉不愿意娶她，不妨让他滚开，修他的堡垒去。这是关系阿塔莉雅一生的婚姻大事啊。

换一换也不错。这个提玛尔虽然是个下贱的流氓，是个该上绞架的强盗，可是假如他娶了阿塔莉雅，夫随妻贵，这一切可就都不存在了。是的，那样一来他甚至可以变成一个体面人物。敌对和竞争都将告一段落，提玛尔会成为我布拉佐维奇的股东，一切又会率由旧章。

再说，这也并不是不可能的，提玛尔常上这儿来绝不是冲着使女！错就错在提玛尔过于拘谨了。毫无疑问，他没有勇气承认他竟然迷上了自己老东家的小姐。还有，由于这位军官的关系，他也不得不克制自己，怕让这位军官砍掉他的脑袋。好吧，我得助这个胆怯的人一臂之力……

一天下午，阿塔纳茨·布拉佐维奇先生在黑咖啡里加上双份茴香酒——因为这种酒可以壮胆——然后让人把咖啡端到他的房间去，同时告诉女人们，让提玛尔一来就到他那边去，他有话要和提玛尔谈。

他在自己房间里抽着土耳其烟斗，烟雾弥漫，在周围形成第五大元素①，使在其中走来走去的他完全不见啦。随后，他又像一只大乌贼伏伺着落进海里的食饵似的从烟雾中浮出来，两只发红的大眼睛更加突出，等着吸食饵的血。

不久果然来了食饵。

提玛尔一听索菲雅太太说阿塔纳茨先生要跟他谈话，就赶紧进去。

---

① 四大元素指火、水、风、土。

大乌贼从烟雾的海洋中向提玛尔游过来,两只龙睛鱼眼睛盯着他,并且按照海洋猛兽的方式飞快地向食饵冲击,直朝着这个人的脸大嚷大叫道:

"听我说,先生!先生到舍下来为的是什么呢?先生对小女有何企图?"

此乃迫使这种胆怯的小伙子自己承认一切的最有效办法。一句话就可问得他胆战心惊。他感觉天旋地转起来。还没来得及把事情弄清,他就要跌进——跌进哪里?跌进神圣的婚姻里!

必须回答这样的问题,真是可怕。

提玛尔根据阿塔纳茨先生的这几句话知道,他一定喝了很多茴香酒。他是酒壮了胆才逞起英雄来的。

"先生,"提玛尔用冷静的声调回答说,"我对令媛没抱任何企图,何况小姐已经订了婚,未婚夫又是我的好朋友,至于我为什么要到府上来,这我愿意奉告。要不是您问到,我是不会谈起的。既然您问到了,那也不妨让您知道。我到这儿来,是因为我对您那位遭遇不幸的朋友和亲戚有过诺言,答应要关照他的孤女。我到这儿来,是为了看看你们大家怎样对待这个托付给你们的女孩子!你们对待她的态度全都缺德,布拉佐维奇先生,我再说一遍,缺德!这话我是面对面,而且是在您府上对您说的!您狡诈地私吞了这个孤女的全部财产!不错!狡诈地私吞,这是对这种行为唯一合适的字眼。而且,你们全家用罪恶的方式嘲弄这个可怜的孩子。你们戕害她的心灵,戕害她一辈子。上帝要为此惩罚你们全家!我们两个人这是最后一次在这所房子里见面,布拉佐维奇先生;可我总有一天会再回到这儿来的。而您呢,还是希望那个时刻别到来的好!"

说罢,提玛尔一转身走出房间,把身后的门砰的一声关上了。乌贼沉没在自己吐出的烟雾里,又喝了一杯茴香酒,同时思量着,对这番话确实应该还上几句的。可是说什么呢?

提玛尔回到客厅里,这不光是为了取他的帽子,而且还有别的原因。

这时客厅里只有蒂美娅一个人,阿塔莉雅和她的未婚夫在套间里。

提玛尔脸涨得通红,蒂美娅发觉他变了样。这张脸往常总是带着温柔和悦的表情,现在却高傲而激愤,反倒突然显得英俊了。许多人一经激愤,面容就更加俊秀。

他径直走到蒂美娅跟前,她正在绣新婚礼服上的金色玫瑰花和银色的叶子。

"蒂美娅小姐,"他声音颤抖着对她说,"现在我向您告别。祝您幸福,愿您还能长久地如孩子一般!一旦您感到不幸的时候,希望您想到世上有一个人,他为您……"

他不能说下去了,他的嗓子不听使唤,内心感到压抑。

蒂美娅补充下半句话:"……三次!"

提玛尔握着姑娘的手,讷讷地低声说:"永别了!"

说罢,他鞠了一躬就走了,没有惊动套间里的人。

他没有说"上帝与您同在"这句祝福的话!哦,他在这片刻之间想到,上帝大概不会管这家人的。

蒂美娅放下拿着活计的两只手,眼睛凝视着前面,然后悲叹一声,又说了一句:"三次!"金线从针孔中滑落出来。

提玛尔下楼的时候,又从那两根支撑着楼梯间的大理石柱子旁边经过。

他满腔愤怒地在一根柱子上捶了一拳。

楼上的人是否感觉出了这一下打击？摇晃的楼房没有使他们想到屋顶就要塌下来了，最好赶快祈祷吗？没有，他们正在嘲笑那个女孩子，拿她寻开心。她呢，仍在急急忙忙地赶绣新婚礼服……

第六章　这也是玩笑

最近才提升为贵族的提玛尔·雷韦廷先生不仅在匈牙利,而且在维也纳也已经是大名鼎鼎的人物了。

人们管他叫作金人:他的手碰着什么,什么就变成了金子。金矿不在玛丽·捷塔特耶,不在塞耳梅克山下,也不在弗勒斯帕塔克,而是在他这双手活动的地方。

这位淘金者的主要诀窍就在于能比他那些商业上的对手"早一些"知道中央政府打算经营什么。提玛尔已经成了这方面的权威。

随便提玛尔伸手搞什么买卖,投机者就一窝蜂争先恐后地追随他。因为人人知道:那里有黄金,只需弯下腰去捡就行了。

但是,之所以管他叫作金人不单纯是因为这点,还有其他理由。那就是他从不欺骗,从不走私。

谁要是做大生意赚了很多钱还要进行欺骗的话,那他就是精神病,他会在金矿井里迷失方向,连找到的矿脉也要失去的。反之,谁要是满足于一盾赚一格罗申的利润,那他便是值得尊敬的有作为的人。因为一百万盾赚五万,不久就可以变成两百万啦。对待这个问题只能从实际出发。幸运女神本来就袒胸露颈地欢迎你,你不可再想把她的衣服完全剥掉,否则她就会嫌弃你。

在这方面提玛尔有先见之明。他经营的都是大买卖,所以赚得大笔利润。可是正像前面说的那样,他从不欺骗或者窃取,也决不冒险希图侥幸。对于中间人,如果介绍一桩生意成功了,他就从利润中拿出一笔优厚的佣金来酬谢他们。由于这一切,金矿的入口对他永远是敞开的。

他的计划往往把那些想使国库蒙受损失的竞争者打垮,给国家带来莫大好处。而对手的完蛋又使他赚得更多的钱。自然这些人不会管他叫作金人;但他在政府中却保持着这个称号,在穷人中间也是一样。

他突然开始收购起莫诺斯托尔山上的葡萄园来。

莫诺斯托尔是诺依齐尼附近的一座小山,德国的渔民都管它叫沙岗。这个名称就足以说明那里不会长出好葡萄来。仅仅是出产普通葡萄的葡萄园,收入还抵不上经营的费用,本来不值得贵绅去注意。提玛尔却偏偏收买了不下十约赫。这件事引起了商界的注意。他打算在那里干什么呢?那里莫非有金矿吗?

布拉佐维奇先生自认为看出了真门道,突然发疯似的跑到卡苏卡先生的寓所。

"我说,大尉先生,我的孩子,您现在表示一下您确实是我的忠实晚辈,承认政府要在莫诺斯托尔山上修筑要塞吧!您别忸怩啦!我当然知道,您要是泄露了这样的秘密,那就等于拿自己的地位开玩笑。我知道,这是名誉攸关的事,但是我用我尊严的名誉起誓,我决不会泄露半点。只要您如实地把这件事告诉我,就是有人用烧红的钳子往我嘴里捅,我也不会吐出它来的。您瞧,提玛尔这个无赖赶忙在那里收买起地皮来了,不知谁已经把这件事泄露给他。我们不能让他独吞这一块大肥肉!我说,莫诺斯托尔山上要修要塞,是不是?"

卡苏卡先生不得不承认了这一点。他解释说,宫廷军事委员会已经作出决定,要把科马罗姆的要塞工程扩展到那里。

嘿,这对阿塔纳茨·布拉佐维奇先生是多么可喜的消息!他在类似的情况下,不知有多少次弄到手了好几十万。每次他都是先把将被征用的穷人的小房买到手,然后当作高楼大厦转卖给政府。

他希望预先了解一下要塞工程计划的梗概,因此恳求他未来的女婿把这份计划让他看上一眼。

卡苏卡先生也勉强照办。

于是,政府打算征用多大面积,哪些地被划在了要塞范围之内,布拉佐维奇先生立刻都弄清楚了。提玛尔这个野小子果真选中了预定要修筑要塞的地方。

"那么,预定征用土地的价格是多少呢?"

这可是关键所在啊。

不消说,泄露这项秘密对于卡苏卡先生已经是一种犯罪行为;可是,他连这个问题居然也回答了布拉佐维奇先生。

征用价格预定为最后一批业主买到手的价格的两倍。

"够了!"布拉佐维奇先生大声说,同时吻了一下他未来的女婿,"够了!剩下的就是我自己的事了!十万盾,结婚那天准摆在你这桌子上。够了!"

说着他就急匆匆地离开,忙自己的事去了。

但是,他所知道的情况并不是"够了"。他本该再向卡苏卡先生打听一下;至于卡苏卡先生,既然已经告诉他那么多了,这一点也会告诉他的。可是布拉佐维奇先生偏偏没问到这一点,结果就只能像在玻璃窗上找出路的苍蝇一样瞎撞一气。而卡苏卡先生对这十万盾以及有关的那位小姐都已经完全死了心,他甚至觉得看不看得到她都无所谓了。

布拉佐维奇先生立刻跑到诺依齐尼,挨家走访那些葡萄园主,想了解一下谁准备出卖葡萄园。他们要多少钱他给多少钱。对于不肯卖掉自己产业的人,他甚至愿出三倍的价钱。他是最后买地的人之一,他出的价款越多,这笔生意对他越有利;因为决定他的纯利的征用价格是以此为依据的。

这种情况也引起了其他投机家的注意,一些竞争者争先恐后地跑来抢购葡萄园。像莫诺斯托尔的这种普通葡萄,怎么忽然一下子如此有名起来,以致人们不等收获就愿意预付定钱,真是令人难以理解的事。葡萄园的价格大涨特涨。在机密泄露之前,国家本来只用十万盾就可以买下这块地方,但现在从最后的业主手中买过来,却非得花五十万不可啦。布拉佐维奇先生虽然筹款颇为不易,他还是购买了十万盾的地产。为此,他低价甩出了囤积的粮食,卖掉了自己的商船,借了高利贷,并且挪用了别人信托给他的款项。不过,这一次他的赌注是有把握的,因为提玛尔也参加了。自然要属提玛尔最不走运,因为他所买的地,价格还很低,捞不到多大油水。可是,这项生意既有提玛尔插手,肯定是有赚无亏,而且投机家们在本年内就可以把钱捞到手。国家无非是把我们缴纳的钱付给我们,所以实际上我们不过是收回自己的钱罢了。

提玛尔在这件事上使出了他的全部诡诈和计谋,为的是给阿塔纳茨·布拉佐维奇当头一棒。

原来提玛尔连布拉佐维奇先生忘记向卡苏卡打听的事也知道。政府的的确确打算把科马罗姆的要塞工程大大扩大。

而且年内就要动工,这消息也千真万确。剩下的重要问题只是要塞扩建工程从什么地方开始。

整个工程是一个计划,预计要在三十年内完成!

提玛尔给他的竞争者们来了一个恶作剧,他们非咒骂他不可。

但是作为一个善良的商人,他经常考虑到在做一件可能引起许多人咒骂的事的同时,一定另外做出一点使更多人歌功颂德的事,并使二者平衡下来,歌颂多少有点盈余。

提玛尔把沉船"圣芭尔芭拉"号上的舵手发布拉·亚诺斯找了来。

"亚诺斯,"他对舵手说,"你已经老了,吃尽千辛万苦,身体也垮啦。想个什么办法养老不好吗?"

发布拉·亚诺斯的嗓子已经完全嘶哑,说话就像躲在舞台上的暗处轻声向演员提词儿似的。

"真的,老爷,我自己也考虑过应该脱离水上生活,在陆地上找点什么活儿干;因为我的眼力已经不行了。我最希望的是,老爷能够把我安置在身边当个管家或者管事什么的。"

"我替你作了更好的打算,亚诺斯。你不必再过下游莱岑人①那种生活了。而且你已经吃惯了科马罗姆的白面包。你去当个农场主吧!"

"这当然是我求之不得的,可是我一没有车,二没有农场。"

"车和农场都会有的。我正好有个主意:本市正在拍卖发格河和多瑙河之间的老牧场,你去把它整个儿买下来!"

---

① 莱岑人,信奉天主教的塞尔维亚人。

"哈哈,老爷!"发布拉·亚诺斯哑着嗓子笑起来,"要是我买下它来,可实在还从来没有像我这样一个两条腿的牲口进过那个牧场呢。那是片荒地,除了甘菊什么也不长,我可不愿意和药铺打交道。再说,那又是很大一片地,要值好几千盾哩。"

"我说,千万不要推辞,就照我所说的去办吧。去吧!你先把这两千盾拿去,等拍卖的时候作为定钱。到时候你就只管出价,非把这块地买到手不可。千万不要让这块地给别人买去!无论他们用什么条件拍定,你都要把这块地留下。而且不管是谁主动出来要跟你合伙,你也不要跟他分这块地!其余需要付的款项,我愿意借给你,等你什么时候有了钱再归还我。这笔钱我不要你利钱,也不要你写字据,完全以名誉担保。来,击掌为定!"

发布拉·亚诺斯使劲摇了摇头。

"不要利钱,不要字据;一大笔款子,买的是没有开垦过的不毛地!最后还不是迟早让我蹲监狱,弄得我连脚上的靴子也得剥下来!"

"亚诺斯,你不必有什么顾虑。你只要把这块地保留一年,想要赚的钱就能稳稳当当地拿到手。"

"可是让我用什么种,用什么耕呢?"

"你用不着耕,也用不着种。现在还是按照我说的去办吧!那里反正会有收获的。目前不要把这件事告诉任何人!"

发布拉·亚诺斯对于提玛尔的一举一动和一言一语起先总认为十分荒唐,这已经成了习惯。可是不管提玛尔昐咐什么,他到头来仍然愿意无条件地去执行,因为他事后总能使自己信服，所有这些闻所未闻的蠢事，结果证明都是最聪明的。因此，尽管这件事情看来也很荒唐，但既然提玛尔的所作所为受了一种不会错误的本能支配，亚诺斯还是言听计从。

现在让我们来解释一下这一奇怪的行动！

扩大科马罗姆要塞工事的整个计划是有事实根据的。

宫廷军事委员会已经决定把原有的要塞扩大成为一个广大的设防地区。为了这个目的，制订了在莫诺斯托尔山上构筑要塞群及其长长的堡垒线的详尽计划，这条堡垒线把多瑙河的两个支流——人们称为"多瑙河两臂"的发格河和腊博河——连接起来。这条线现在叫作普拉提纳耳防线。它的正面连同莫诺斯托尔山上的圆形堡垒及其大炮，形成围绕本城的防卫圈。

这项建筑计划预计要三十年到四十年完成，经费将达到三四千万。

国会已经通过实施这个方案。各方面尽可以据此制订自己的计划。

不过，还有一点特殊情况不可忽略，那就是一个老奸巨猾的家伙向财政部提出：要塞工程的各个部分不是同时动工，故而没有必要一下子全部征用计划范围之内的土地；目前只征购修筑普拉提纳耳防线所必需的多瑙河两条支流之间的土地就够了，而莫诺斯托尔的土地还可以足足推迟二十年再征用。

可是那些听到关于新要塞工程的谣传的投机家拼命抢购的恰恰正是莫诺斯托尔的沙岗，而没有人想到多瑙河两条支流之间的那块地方。因而在本市拍卖这块地方的时候，发布拉·亚诺斯只用两万盾就把它买到手了。

现在，既然莫诺斯托尔山暂停征用，那里的事情就要二十年后才可见分晓。在这期间,投机家们投在葡萄园上的资本暂时得不到任何好处却要付出利息,因此将会化为乌有。

提玛尔对他那些竞争者玩弄的恶作剧就在于此,其中受打击最重的莫过于阿塔纳茨·布拉佐维奇。他刚把莫诺斯托尔的土地买到手,提玛尔就开始在维也纳政府中进行活动,用尽一切手腕,使宫廷军事委员会不能马上在各处同时实施要塞工程计划。

这就是阿塔莉雅结婚前三天的情况。

喜日的前两天,发布拉·亚诺斯先生不折不扣地"飞进"了提玛尔家走廊。的确,他是在飞,他穿了一件大衣,飞起来能够用它当作翅膀。

"一万!两万!四万!委员会……付款……皇帝,国王……荒野、牧场……收获!"

亚诺斯只能从嘴里迸出这样一些互无关联的字眼儿,最后还是提玛尔把它们连贯起来了:

"好极了,亚诺斯。我知道你想要说什么。今天委员会在城外给划在新要塞范围内的土地估了价,他们用四万盾征购了你用两万盾买来的产业。现在多出来的钱就是你的赚头。这就是收获!我没说错吧,对不对?"

"您说得对,先生!的确是这样,现在我才看清这步棋。我凭空得到了两万盾,这我也见到了。我凭两只手干了一辈子活从来没有挣过这么多的钱。两万盾!这么多钱,弄得我都心慌意乱了。我简直晕头转向!这么大一笔钱现在都归我了!我去,我去买那座犹太教堂!"

这里还得提一下,最后这句话并不是老亚诺斯开的傻玩笑。当时科马罗姆的以色列人确实正被迫拍卖一所发布拉·亚诺斯特别中意的旧犹太教堂,准备在齐希伯爵的贵族领地上另建一座新教堂。

可是他在买这座教堂以前,当天又到提玛尔家里来了六趟。第一趟带着他的老婆,第二趟带着他即将出嫁的女儿,第三趟带着他已经出阁的女儿,第四趟带着他已经离开学校的儿子,第五趟带着他上小学的儿子。他老婆给提玛尔带来一个鼓得很好看、烤得焦黄的科马罗姆白面包。小女儿送来满满一盆上面撒有罂粟子的香甜糕饼。即将出嫁的女儿献给提玛尔一个用各种彩纸精巧糊成的"新娘盘",里面摆着蜜糕、红鸡蛋和染成金黄的核桃。大儿子是个捕鸟名手,因此带来了一只鸟笼,里面装着金丝雀和红嘴鸟。小学生则说了一番祝福的话。他们在提玛尔那里说了一整天的感激话,晚上一家六口又一起来到他的窗下,唱起"啊,为别人做好事的人多么幸福!"

……可是提玛尔的那些敌手,特别是布拉佐维奇先生,当他们发觉自己在买莫诺斯托尔山的地皮这件事情上上了多大当的时候,他们要送给他什么东西,为他唱什么歌呢?!

第七章　新婚礼服

三天后就要举行婚礼了。

星期天下午,阿塔莉雅小姐挨个儿看望了她那些年轻的女友。年轻小姐在临结婚前例外地享有特权,可以不用母亲伴随,独自去串门子。行将出嫁的姑娘总不免有些心腹话要同女友们谈谈啊!

因此,索菲雅太太留在家里。终于有机会安安静静地在家里待着,不用去赴宴,招待客人,监护女儿或者听那些她一句也不懂的德国话,她感到十分高兴。她可以在家里消磨时光,回忆当丫头的黄金时代。那时候,在这样闲暇的星期天下午,她就用围裙兜上一兜煮玉米棒子,坐到门口的板凳上,一面剥着玉米粒吃,一面高高兴兴地和要好的丫头们聊天,一直聊到天黑。

她今天同样没有事,手里也有煮玉米棒子,只是板凳上缺少同是侍候人的女伴。索菲雅太太甚至给家里的使女和厨娘都放了假,以便能独自待在厨房里。因为煮玉米爱掉皮儿,不好拿到房间里去吃。

可是索菲雅太太仍然有一个和自己身份相称的伙伴。蒂美娅就坐在她身旁,现在也没事儿可干,刺绣已经做完了,新婚礼服还在裁缝那儿,一定要到最后几分钟才能送来。

蒂美娅坐在索菲雅太太身边的板凳上很合适,因为作为布拉佐维奇夫人的索菲雅太太,在一家人中同样也是个可怜虫。她们两人之间唯一不同的地方是,蒂美娅认为自己是个小姐,而人人都知道她不过是丫头;相反地,人人都认为索菲雅太太是这家的主妇,而她却把自己看作不过是个丫头。

女仆和厨娘们常常没完没了地吵一个星期,可到了星期天就和和气气地坐在一起闲聊;眼下蒂美娅也这样靠坐在索菲雅太太身边的小板凳上。

离喜日只有三天了。

蒂美娅先惴惴不安地左右望了望,看看有没有人偷听,然后便悄悄地问索菲雅太太:"索菲雅妈妈,您告诉我,那个结婚到底是怎么回事儿?"

索菲雅太太把脑袋一缩,身子摇晃了起来,仿佛在偷偷发笑似的,接着不怀好意地向发问的女孩子眨了眨眼睛。她以一个老使女的狡猾,抓住这女孩子可笑的弱点任情地愚弄她。

"嗬,蒂美娅,"她像个讲童话的女人似的满脸神秘地开始说,"这件事可美透了。你马上就会看到的。"

"我曾经有过一次想在教堂门口偷听来着。"姑娘坦白地忏悔道,"当教堂里面举行婚礼的时候,我就偷偷地溜了进去,可等到新娘和新郎走到一个漂亮的金色柜橱前面以后,我就看不见了。"

"那是圣坛。"

"这时候一个淘气的孩子看见了我,就把我给轰出来了。他对我喊:'你这个土耳其丫头,快滚出去!'我就赶忙跑了。"

"嗨,你知道,"索菲雅太太开始解释说,同时把剥下来的玉米粒塞了一嘴,"结婚是这样的,我们的神父站在前面,他头戴一顶金冠,肩上披一件带脖扣的绣花锦袍,手里拿着一本带扣子的大书。他拿着这本书又是念又是唱,非常好听。新郎和新娘跪在圣坛前面的台阶上,接着神父问他们俩是不是彼此相爱。"

"这话必须回答吗?"

"那还用问。不光是要说'是的,我爱他',而且接着神父还要先在新郎面前、后在新娘面前宣誓,说今后两人要永远相爱,白头偕老,然后要他们对上帝、圣子、圣灵、圣母和古今的所有圣人这样发誓,发完誓以后说声'阿门!'整个儿合唱队随着他们唱一声'阿门'。"

蒂美娅感到脊背一阵发凉。

"跟着神父从一个银盘子里拿起两只结婚戒指,一只戴在新娘手上,另一只戴在新郎手上,并且把他们的手放在一起,缠上一条丝带。这时教堂合唱队的指挥便领着合唱队随着风琴唱起上帝保佑!上帝保佑!①"

啊,蒂美娅觉得这句话是那么神秘!"上帝保佑!②"这一定是什么祝福的咒语吧。

"然后,人们给新郎和新娘的头上蒙一件拖到脚跟的带花绸斗篷,同时神父为他们祝福,两个证婚人把两顶银冠举在他们的头顶上。"

"啊!"

索菲雅太太紧紧抓住这个孩子的兴趣,描绘了一番圣坛上烛火辉煌的情景,引起她的幻想。

"这时合唱队不停地唱着'上帝保佑!③'神父把一顶银

---

①②③ 原文是斯拉夫文。

冠拿到新郎面前,让他吻一吻,然后再端端正正地给他戴在头上,同时说:'上帝的仆人,我给你加冠,使你成为上帝的这个女仆的丈夫!'

"随后他拿起第二顶银冠让新娘吻。"

"他也给新娘戴上这顶银冠吗?"

"也给她戴。"

"那么,他对她说什么呢?"

"他对她说:'上帝的女仆,我给你加冠,使你成为上帝的这个仆人的妻子。'"

"啊,太好了!这可真好!"

"然后,副神父开始为新婚夫妇祷告。这时候神父拉住新婚夫妇的手,领着他们绕圣坛三圈。这项仪式完了以后,证婚人就把绸斗篷给他们拿下来。这时候教堂里成群看热闹的人就彼此咬耳朵说:'瞧,新娘多漂亮!嘿,多么好的一对!'"

蒂美娅怀着处女的向往心情点了点头,仿佛觉得这一切是那么隆重庄严。

索菲雅太太缓了一口气,继续说下去。

"跟着神父端来一盏金杯,里面盛满了酒。新郎和新娘要一先一后共同把杯子里的酒喝干。"

"杯子里是真酒吗?"蒂美娅吃惊地问。少女想起伊斯兰教禁止喝酒的教规,心里充满了畏惧。

"嗨,杯里当然是真酒呀。两个人必须把酒喝干。这时候男傧相和女傧相把用蜜煮过的麦粒洒在他们身上,蜜麦象征着幸福。嗬,你知道,那简直好看极了,好看极了!"

蒂美娅仿佛中了催眠术一样,两眼发出预言家那种炯炯的光辉。她把这个半属宗教神秘、半属内心哑谜的不可思议的场面从头到尾想象了一遍,浑身战栗起来。

索菲雅太太却暗自高兴地笑了。她拼命往嘴里塞玉米粒,免得笑出声来。只可惜这次非常有趣的谈话被打断了,厨房门口传来男人的脚步声。紧跟着,厨房门开了。

真把人吓一跳!来的是卡苏卡先生。

哎呀,索菲雅太太多惊慌就别提了!她脚上只穿着拖鞋,而且围裙里兜着一兜玉米。她先把什么藏起来好呢?

但蒂美娅更为吃惊,不过她没有什么可藏的。

"对不起!"卡苏卡先生用亲切的口吻道,好像一家人似的,"我一看前面的门全都锁着,就跑到厨房来了。"

"可不是嘛,"索菲雅太太尖着嗓门说,"小女出去看她的女朋友去了,用人我都让他们上了教堂,家里只剩下我们两个人。我们正坐在厨房这儿,等着下人回来呢。我们都穿着家常衣裳,大尉先生可别见怪啊。"

"没关系,索菲雅妈妈!"大尉亲切地说,"好吧,那么我也在厨房里待一会儿吧。"

"哟,哪儿的话,这我可不能答应。待在厨房这儿怎么成!在这儿我连个座位都没法给大尉先生。"

索菲雅太太也的确感到十分狼狈:要亲自领大尉到客厅去,自己浑身又是厨房里的打扮,太不像话;要打发蒂美娅和他一道到客厅去,自己去换衣服,又感到不合适。好在大尉是个精明的军人,能够随机应变。

"千万别客气,索菲雅妈妈,我就坐在这儿的水桶上吧,这个座位挺不错。"

于是他就坐在蒂美娅对面的水桶上了。

索菲雅太太现在仍然对手上的玉米感到为难,大尉也帮她解了围。

"索菲雅妈妈,您在吃玉米吗?您别不好意思,星期天下午吃点玉米消遣实在不错。您给我往军帽里抓一把,我就爱吃玉米。"

索菲雅太太看到大尉那么香甜地吃着这种普通老百姓才吃的零食,大把大把地往嘴里填,连一颗颗地去掉皮儿都等不及,就完全被他征服了。她心中立刻觉得大尉为人太可爱啦。

"我正在和蒂美娅聊天,"索菲雅太太开始说道,"她问我受洗的时候是怎样一种情形。"

假如索菲雅太太照实说了的话,蒂美娅已经准备好要跑开。索菲雅太太当着这位意外闯进来的客人,立刻把话全都改了,不然她也就算不得一个快要结婚的女儿的母亲。

"我正在给她讲洗礼是怎么个进行法。她对此感到非常吃惊。您没见她哆嗦的那个样子吗?我吓唬她说,带她去受洗的时候,我们要把她像个小娃娃似的整个包在襁褓里,而且她当场非哭不可。好啦,别害怕,不会有这种事儿的。我这不过是跟你说着玩儿罢了。她最担心在受洗时把她梳好的头给整个弄坏了。"

关于蒂美娅头发的样式,说上几句也许是适宜的。

她美丽的头发又密又长。阿塔莉雅为了寻开心,常让自己的梳头女人给蒂美娅把头发梳成稀奇古怪的样式。有时她让人把蒂美娅的头发从两鬓向上梳起,在头顶上拢成个尖;有时又让人梳成像蝙蝠的双翅似的,把头发分向两边;还有时让人把蒂美娅的头发在头的两侧统统围着耳朵卷起,盘成两只羊角的模样,而露出后脑勺来。这个女孩子把头梳成从来没有人梳过的样式,那么可笑、离奇和惹眼。为了把蒂美娅打扮成这种怪样,阿塔莉雅既不吝惜自己的火剪、木制和皮制的卷发器,也不吝惜刷子和发蜡。不过这一切绝不是出于真诚的姐妹之情;而小姑娘也想不到这一切使她变得多么难看。

卡苏卡先生提醒了她。

"哦,蒂美娅小姐,您不必过于爱惜这种发式。如果您把头发梳成很简单的样子,也许要好得多。您的头发本来很好看。把它用火剪烫弯,用发蜡弄鼓起来,这是对上帝的罪过。您别再让人这样梳了!这么漂亮的头发弄掉一根也是可惜的。这样乱弄只会把头发糟蹋了。它们会失去光泽,在尖上分岔,容易断,而且很快开始脱落的。您根本没有必要把头发这样高高拢起。您的头发这样浓密漂亮,只要简简单单地编成一条辫子,盘在头上,就再漂亮不过了。"

卡苏卡先生说这番话,也许仅仅是看到蒂美娅这头美发显然受到糟蹋而产生了同情心,只是希望蒂美娅不再被迫把漂亮的头发弄成这种怪样子,而并无其他目的。然而他这几句话所留下的印象,远远超出了他自己的想象。

蒂美娅从这一刻起立即觉得她的满头厚发好像会被梳子撕扯光似的,简直等不得卡苏卡先生离开,就想把头发拆掉。

大尉总算体恤索菲雅太太,并没有待很久。有他在座的这段时间内,索菲雅太太始终不知把她那双穿着破拖鞋的脚藏到什么地方才好。卡苏卡先生说好当天还要再来,便吻了吻索菲雅太太的手,向蒂美娅深鞠一躬,告辞走了。

大尉刚出厨房,蒂美娅就从头发上把大梳子拔下来,放下高高梳起的发辫,不到一秒钟就把整个头拆掉了。然后她站在水桶前面洗起头来,把满头发蜡都洗个精光。

"姑娘,你这是干什么?"索菲雅太太责备说,"你还不马上住手吗?赶快把头发梳成原来的样子!要是阿塔莉雅回来见到这情形,她不知要多么生气呢!"

"那就让她生气去吧!"女孩子倔强地说,同时把湿漉漉的头发拧干。随后,她坐在索菲雅太太身后的板凳上,开始把她那松散的厚发简单地编成一条三股的辫子。

她内心已经产生了反抗的情绪。她开始不再畏惧谁了。大尉这番话唤醒了她内心的力量。他的愿望,他的爱好,对她说来就是法律。她按照他的指点,把头发简单地梳成一条辫子,盘在头上,像一顶朴素的王冠。

索菲雅太太暗自好笑,这个幼稚的丫头简直疯了!

蒂美娅梳头的时候,索菲雅太太靠在她的身边,竭力博得她的好感。

"现在,我还要告诉你,婚礼最后是怎样一种情景。我们的话说到哪儿让这个可笑的卡苏卡给打断了?咳,他哪儿知道我们说什么来着!对了,我说到新娘和新郎喝同一杯酒,这时合唱队和副神父继续唱:'上帝保佑!'然后神父放下福音书,同时证婚人把银冠摘下来,举在新夫妇头顶上。跟着神父接过银冠,放回银盘里,并且对新郎说:'祝你像亚伯拉罕那样受赞扬,像以撒①那样幸福,像雅各②那样多儿多女。'最后他转向新娘说:'祝你像萨拉③那样长寿,像利百加④那样快乐,像拉结⑤那样多儿多女!'祝福完了以后,新娘和新郎要在

---

① 以撒,希伯来的始祖亚伯拉罕的儿子。
② 雅各,以撒的儿子。
③ 萨拉,亚伯拉罕的妻子。
④ 利百加,以撒的妻子。
⑤ 拉结,雅各的第二个妻子。

圣坛前面当着参加婚礼的客人接三个吻。"

蒂美娅低下头去,似乎不愿细看眼前所想象的这种场面。

阿塔莉雅回到家来,发现蒂美娅的头发放下来了,非常惊奇。

"谁准许你把头发打开的?梳子哪儿去啦?蝴蝶结呢?马上把蝴蝶结给我系好。"

蒂美娅紧抿着嘴,摇了摇头。

"你愿意不愿意马上照我说的办?"

"不!"

这种出乎意料的抗拒,使阿塔莉雅感到愕然。有人敢反抗她,这对她是从未有过的事。尤其现在反抗她的是这个一向服服帖帖、被收养在家里吃闲饭,甚至有一次吻过她的脚的丫头!

"不愿意?"阿塔莉雅一面问,一面向蒂美娅逼近。她那气得通红的面孔凑近蒂美娅的洁白脸庞,仿佛要把它烧毁似的。

索菲雅太太怀着幸灾乐祸的心情,袖手旁观。

"我没对你说过吗,阿塔莉雅回来你要挨打的!"

但是,蒂美娅直盯着阿塔莉雅那冒火的眼睛,重复说:"不……"

"为什么?"阿塔莉雅嚷叫道。这时她的嗓门变得跟母亲一样,眼睛则活像她父亲。

"因为我这样梳更好看!"蒂美娅回答说。

"谁跟你这样说来着?"

"他……"

阿塔莉雅两手的手指像鹰爪似的勾起,两片好看的嘴唇中间露出咬紧的牙齿,她现在恨不得把这个姑娘撕碎。

接着她放声大笑起来。她那控制不住的愤怒变成了恶毒的嘲笑。她丢下姑娘,自己上楼回房去了。

卡苏卡先生当天晚上又来了一趟。他被留下来吃晚饭,吃饭的时候阿塔莉雅对蒂美娅特别表示好感。

"大尉先生,蒂美娅把头梳成现在这样更漂亮多了,您没注意吗?"

"这话不假。"大尉承认说。

阿塔莉雅微笑着。这已经不是玩笑,而是对这个女孩子的一种惩罚。

离喜日只有两天了。

这两天内阿塔莉雅对蒂美娅表现得特别关切和亲热。她不让蒂美娅离开房间到用人那里去,并且嘱咐用人每次到房里来同样也吻吻蒂美娅的手。

索菲雅太太不断地管她叫小新娘子。

裁缝终于连新婚礼服也送来了。

"来吧,试试你的结婚礼服。"阿塔莉雅带着残忍的微笑说。

姑娘听任人们给自己穿上她亲手刺绣的华丽的新婚礼服。她没有穿胸衣。她虽然年纪还不大,可是身材发育丰满,所以穿上这身衣服很合适。

她怀着那样害羞和满意的心情对着大立镜从各方面端详着自己!啊,她穿上新婚礼服显得多么漂亮!也许她已经想到别人会爱她吧。大概她的心已经跳起来,甚至心里燃起了交集着快乐和苦恼的激情吧?

然而拿她取笑的那些人并没有想到这些。

给她穿衣服的使女咬紧嘴唇,免得笑出来。阿塔莉雅则冷酷地,装模作样地为这个女孩子打扮。女孩子无法掩饰自己的快乐,从她那平时非常呆板的面孔上,可以看出她心里充满了新奇的感觉。

阿塔莉雅还拿出用桃金娘和白迎春装饰得十分好看的新娘花冠,给蒂美娅试戴。

"啊,后天你可真漂亮呀!"

随后又让蒂美娅脱掉了新婚礼服。

"现在我也来试一下,看我穿上怎样,"阿塔莉雅说,"不知道我穿上好看不好看。"

她在里面套上了胸衣。她那窈窕而又高傲的体态,穿上新婚礼服显得更加婀娜多姿了。她也戴上新娘花冠,然后对着大立镜左顾右盼地端详自己。

蒂美娅长舒了口气,满怀真诚羡慕地对阿塔莉雅说:"啊,您真漂亮!您美极了!"

到现在也许应该结束这场玩笑了吧?

不!她这样不自量,得让她把这杯苦酒喝干。她应该受到惩罚,谁让她这样不懂事呢。

大家一整天都在嘲弄她,欺骗她。一会儿暗示她这样,一会儿暗示她那样,把这个女孩子都弄得晕头转向了。她在门旁注意听着,听到卡苏卡先生来了,就赶快躲起来。有人在她面前提到他的名字她就一惊,问她什么,她也回答得颠三倒四。人人都在拿她寻开心。

卡苏卡先生对这一切有所觉察吗?

谁能知道呢?

他为此过意不去吗？大概不会。

不过他也许连这些笑逐颜开的人所梦想不到的事情都猜想到了，并且非常冷静地等待那个决定命运的日子。

阿塔莉雅在婚期的前一天对蒂美娅说："今天你可不能吃东西，因为明天是你大喜的日子，要领你到圣坛前面去给你施洗，然后好举行婚礼。为了干干净净地到圣坛前面去，你头一天一定别吃东西。"

蒂美娅遵照指示，整天一口东西也没吃。这么年轻的姑娘本来食欲是很好的！这是自然的需要。对这样一个孩子来说，吃饭是她已经懂得如何去满足的唯一欲望。但是蒂美娅克制住这种欲望，吃中饭和吃晚饭的时候仅仅在一旁看着，什么也没吃；而人们还故意把她特别爱吃的饭菜摆到桌上。使女和厨娘在外屋竭力劝她偷偷地吃一点她们为她另外准备的东西，告诉她并不一定非严守不吃东西的规矩不可，反正又不会有谁知道！她不听劝说，宁愿挨饿。她还帮着准备明天喜宴上的奶油蛋糕和肉冻。类似这些刺激和勾起食欲的美味大量摆在她面前，她却一点儿都不尝。阿塔莉雅也帮助准备喜宴，她一边帮忙一边随便吃喝；蒂美娅看着仍然什么也不吃。晚上她很早就上床了。她说感到身上发冷。这是真的，她盖上被子还在发抖，而且睡不着。

阿塔莉雅上床睡觉的时候，听到蒂美娅寒战打得那样厉害，可是竟冷酷无情地仍然俯在蒂美娅的耳边说："你知道明天这会儿你在什么地方吗？"

可怜的孩子！她那在这般年龄通常还酣眠在心灵深处的一切情感被提前唤醒了，她又怎么能睡得着呢？

蒂美娅在自己床上辗转反侧有好几个钟头之久；类似快

乐的疑惧,戴着神秘可怕的面具的种种欲望,纷纷像幽灵似的在她眼前旋舞。她想祈祷,但是绝望的心情使她无法从许多圣书中找出合适的祈祷文来。没有人给她解释过她面临的事情,当然啰,本来这一切只是开开玩笑嘛!她开始背诵埃及十大灾难。那可怕的诗句开头就说水变成了血,最后又说所有的长子以及所有的头生牲畜都必死。①

阿塔莉雅是如此没有心肝,她不仅不纠正蒂美娅选错了祈祷文,还暗自笑这个孩子。她本该告诉蒂美娅:"这段祈祷文不对,另外一段开头是'我们的在天之父'的才对。来,我们一块儿祈祷!"说实在的,她真应该这样跟这个姑娘一同祈祷:"把我们从罪恶中拯救出来吧!"这是她的新婚前夕;不论新娘多么漂亮,多么富有,在这时候她都应该祈祷。

蒂美娅一直发烧到清晨,睡魔并不怜悯她。天快亮的时候,她却酣睡起来。她精神疲乏极了,睡得像个死人一样,连大清早房子里的嘈杂忙乱声都没吵醒她。

这可是喜日的早晨啊!

阿塔莉雅吩咐用人不要叫醒蒂美娅,让她睡下去,并且把窗帘放下来,让房间里暗一些。一定要等阿塔莉雅按照新娘的装束打扮好以后,才能叫醒蒂美娅。

新娘打扮起来需要很长时间。阿塔莉雅打算今天把她的美貌充分显示出来。今天远远近近的许多亲戚和商界朋友都要齐聚一堂,祝贺富有的布拉佐维奇先生的千金,七个县中首屈一指的美丽姑娘的婚礼。

礼堂里已经宾客云集。新娘的母亲索菲雅太太勉强穿了

---

① 见《旧约·出埃及记》。

一身新衣服,尤其是还穿了一双新鞋,更感到别扭,因此越发盼望今天赶快过去!

新郎也已经露面。他像往常一样快活殷勤;但他这开朗的面孔并不能说明什么,他的礼貌周全也只不过是表面应付。

他带来了给新娘的花束。在当时,人们还不知道有山茶花,所以花束是用各种颜色的玫瑰搭配成的。卡苏卡先生说,他给玫瑰花带来了玫瑰。对此,满面春风的新娘向他报以高傲的微微一笑。

只差蒂美娅和布拉佐维奇先生两个人未到场了。大家等候布拉佐维奇先生已经等得不耐烦了。

有人说,他一清早就坐着马车到要塞见司令官去了;这时人们焦急不安地等候着他。连新娘也不止一次走到窗前,看看父亲坐的单套马车是否终于到来。

只有新郎显得很沉着。

布拉佐维奇先生会在哪儿耽搁了呢?

昨天晚上,他的情绪非常好,曾跟朋友们在一块儿聚会消遣,并且邀请所有的熟人来参加婚礼。很晚的时候,他还敲了敲卡苏卡先生的窗户,却没有道晚安,只向里面嚷了一声:"明天十万盾一准啦!"

他的情绪好不是没有理由的。要塞司令已经通知他,内阁会议批准了全部要塞工程计划,也下达了征用土地的指示。是的,征购沙洲岛上那些地皮的款子都已经拨付了,其余的款项也已经填了拨款单,而且一定会在当夜由大臣签署以后发回的。这就等于钱已经入了腰包。

布拉佐维奇先生这天早晨简直等不到规定的会客时间,老早就赶到司令官那里去了。他提前等候在前厅里,免得被别人占去司令官的时间。

司令官没让他久等,立即接见了他。

司令官迎面就对布拉佐维奇先生高声说:"发生了一点小小的不幸。"

"哦,但愿问题不大!"

"您过去听没听说过枢密院的情况?"

"没有,压根儿没听说过!"

"我自己也没听说过。十五年来我没听任何人提到过它。话虽如此,可是这个枢密院毕竟还是存在的,而且偏偏在这个时候起了作用。正像我说过的那样,全部要塞工程连同征用土地,内阁会议已经决定同时进行;就在这个时候,政府接到一封来历不明的告发信,揭发这个计划中不利国家之处。人们可不能太为难内阁会议,所以就把这个十五年来除去它的成员按时领年俸和办公费以外,没有人再知道它干了些什么的枢密院又召集起来,将这桩棘手的事情转交给它办理。而它又把这件事情处理得很明智,即原则上同意政府的决定,但计划却要分期执行。沙洲岛上的地皮可以立即征归要塞工程使用;可是莫诺斯托尔山上的那些地皮,却要等要塞工程第一阶段完工后才征用,而这也就可能要等十八年到二十年啦。因此,后一部分土地的业主,必须等到那个时候才能拿到钱。请便吧,布拉佐维奇先生!"

布拉佐维奇先生一句话也回答不出来。各位大臣都同意了这件事,世界上又偏偏有个枢密院;让国家拿出点钱来大家都可以沾到光,可是偏偏有人不顾自己的利益出来告发,这谁会想得到呢?

事情再也无法可想了。十拿九稳的十万盾好处化为乌有；另外还搭上投在没有用的、无人问津和不能耕种的、眼下已变得一文不值的葡萄园上的十万盾。这个希望一变成泡影，布拉佐维奇先生看出他的一切如意算盘都落空了。两层楼的漂亮贵族住宅，行驶在多瑙河上的货船，挤满在灯火辉煌的教堂中的衣着讲究的婚礼贺客，所有这一切一切都不过是海市蜃楼，只等一阵风来，就随同莫诺斯托尔要塞的朦胧景象一道，被吹得无影无踪。

布拉佐维奇先生从要塞司令房里走出来时，觉得那个站岗的士兵仿佛头戴两顶军帽，肩扛两支枪；楼阁的窗户好像在跳动；大河竖立起来，变成了一座陡峭的山峰；四周的墙壁一齐向他倒下来……

"啊，蒂美娅来啦！"

蒂美娅在遮着厚窗帘的昏暗房间里终于睡醒了。她像仍沉湎在热病患者深深的梦境里似的茫然地迅速穿上衣服。她看到左近的房间里没有一个人，就摇摇晃晃地走出来，进了阿塔莉雅修饰打扮的房间。她走进这个充满节日光辉、到处摆着花盆和新婚礼物的房间以后，才猛然省悟过来，想起今天是自己结婚的日子。

她一看到卡苏卡先生手里拿着新娘花束，蓦地想起他就是新郎。

接着，她又看到阿塔莉雅，认出这个姑娘身上穿的是她的新婚礼服，不由得一阵心酸。

她顿时惊愕住了，睁大眼睛，张开嘴，又像要笑又像要哭的样子。

用人、客人、索菲雅太太，全都按捺不住自己的高兴。阿塔莉雅却带着仙女般的优越姿态，走到年轻姑娘面前，伸出戴

着白手套的右手,捏住她那柔软的下颌,微笑着说:

"喏,亲爱的小家伙,今天到圣坛前面去结婚的大概是我。你还得上学;假如有人愿娶你的话,就再等五年再结婚吧!"

女人们听了这几句话,再也憋不住一肚子高兴,不分老少都放开嗓子笑起这个让人如此愚弄和欺骗的傻孩子来。

蒂美娅变成了一个石人似的垂着两手站在那里。她的脸既没有红,也没有白。她连自己现在是在什么样的情感支配下都说不上来。

阿塔莉雅觉得这种残忍的玩笑似乎并不能为自己增添几分美,因此打算稍为缓和一下。

"过来,蒂美娅,"她对女孩子说,"你看,我正着急地等着你呢。来,给我把面纱戴好!"

戴新娘面纱!

蒂美娅走到阿塔莉雅跟前,用发僵的双手拿起面纱,要用一根金钗给她别在头发上。

金钗这玩意儿本来就不是什么好摆弄的,蒂美娅的手哆哆嗦嗦,怎么也不能把它插到发髻里去。阿塔莉雅急躁地扭动了一下身子,蒂美娅不留神用并不锋利的金钗划了漂亮的新娘后脑勺一下。

"哎呀,你这个笨东西!"阿塔莉雅恼火地嚷道,同时啪地打了蒂美娅的手一下。

蒂美娅锁起两道秀眉。偏偏在今天,而且当着这个男人的面挨了骂,挨了打!噙在眼睛里的两颗大泪珠,慢慢地顺着雪白的脸蛋儿滚落下来。

这两颗泪珠要是落在正义之神手里那个衡量祸福的天平

上,一定能起左右轻重的作用。

阿塔莉雅想把自己的粗暴说成一时烦躁的结果。因为新娘在临出嫁时难免神经过敏,容易激动。这当儿证婚人、伴郎和伴娘全都到齐了,差就只差新娘的父亲。

人人都已经不安起来,唯独新郎有充分的自制力。

教堂已经派人来通知,说神父正等着一对新人;并且已经像素常给有声望的市民增光那样,开始敲钟了。阿塔莉雅由于父亲还没有回来,焦急得呼吸都困难了。于是接二连三地打发人跑到要塞去找布拉佐维奇先生。

客人们终于望见窗子外面那辆有玻璃窗的单套马车辚辚而来。他到底回来了。

新娘再一次站到镜子前面,看看纱头巾是否绺得恰到好处,又把手镯和玉颈——同朱诺①的脖颈相似——上的珍珠项链戴戴端正。就在这个节骨眼儿上,楼梯口传来一阵奇怪的骚乱,仿佛许多人一同咚咚咚地跑了上来。前厅传来令人恐惧的声音,其中夹杂着一些不等发出来就压下去了的惊叫,人们争先恐后地向外面挤去。

伴娘连同新娘的女友们也一齐跑出房间,想看看究竟出了什么事。奇怪,谁也没有回来报告消息。

阿塔莉雅听到了索菲雅太太的尖叫。不过她平常小声说话也总是和尖叫一样的。

"您去看看出了什么事!"阿塔莉雅对新郎说。

大尉也出去了,房间里只剩下新娘和蒂美娅。外面那种神秘的、勉强抑制的惊叹声愈来愈多,于是阿塔莉雅也不安

---

① 朱诺,古罗马神话中的天后,司婚姻及生产的女神。

起来。

　　这时候新郎回来了,站在房门口对他的未婚妻说:"布拉佐维奇先生死了……"

　　新娘惊慌失措,两只手空抓了抓就仰面昏倒了。幸亏蒂美娅及时抱住了她,不然她的脑袋一定会碰碎在大理石桌上。

　　高傲美丽的新娘现在脸色变得比蒂美娅还要苍白。

　　蒂美娅双手抱着阿塔莉雅的头,心里在想:"你看,这件新婚礼服滚在地上了……"

　　新郎站在门口,久久地注视着蒂美娅的面庞。随后他转身走去,在混乱中离开了这幢房子。他甚至没有把未婚妻从地板上扶起来!

第八章　蒂美娅

新娘礼服滚在地上了!

喜筵变成了丧筵。

现在需要的是一身丧服来代替新婚礼服。

阿塔莉雅和蒂美娅换上了一模一样的黑色丧服;黑颜色使人平等,不分穷富。

如果悲痛的内容只限于穿黑色丧服,那就好了!

可是随着阿塔纳茨·布拉佐维奇的暴卒,就有一大群不祥的乌鸦飞到了这幢房子上,正像在冬季的大风暴前夕,整个屋顶落满了海燕一样。

第一声乌鸦叫是新郎退回了订婚戒指。是的,出殡那天,新娘昏昏沉沉地跟在棺材后面到墓地去,卡苏卡先生甚至也没来搀扶着她参加送葬。按照这个小城市的习俗,送葬的人不论是主人还是仆人,必须脱掉帽子毕恭毕敬地步行,把死者送到墓地去。

也有些人指摘卡苏卡先生,说他因为布拉佐维奇先生没有履行在婚前拿出十万盾的条件,就认为可以解除自己在法律上的义务,这个简单的理由是不能让人谅解的。这些人心胸都非常狭窄,因此认为这种退婚是怎么也说不过去的。

可是乌鸦在布拉佐维奇的屋顶上越聚越多。债权人纷纷前来讨债。

这一来,纸板的房子整个倒塌了。

头一个债权人在法院一起诉,布拉佐维奇家就完全破了产。雪崩一开了头,就把一切都卷入了山谷。新郎在退婚时所猜想的事情现在证实了。布拉佐维奇先生经营的买卖看起来有利可图,实际上却是亏本的。他那些生意有的失了算,有的负着暗债,有的利润是空想的,结果一塌糊涂。因此在清点财产时,不仅证明全部家当不够满足债权人的要求,而且暴露出死者把一些十分信任他的人委托给他的款项也挪用一空了。这种款项包括孤儿的生活费、慈善事业的基金、医院的经费以及他手下那些买办的保证金和一些教区的世袭产业。暴风掀起的狂澜还波及这家以外。而且这股洪水充满了泥污,也就是耻辱。

蒂美娅的全部财产也损失了。布拉佐维奇并没有用这个孤女委托给他的资财去购置不动产。

从这以后,天天有律师、推事和执行吏到这家来。房子里的每个箱笼橱柜、每件家具器皿都贴上了封条。这些人也不征得这几个羞怯女人的许可,随时都跑来,一来就横冲直撞,登堂入室,并且在服孝的女眷面前辱骂死者,根本不管这里是否可以高声说话!他们把在房子里见到的任何东西都拿起来估价,这一件值多少钱,那一件值多少钱,连带框的和不带框的画像以及再也没有新娘穿的新婚礼服也不例外。

后来他们规定了拍卖日期,还在大门口贴了一张布告,宣布什么时候依法拍卖所有的东西。的确是拍卖所有的东西,连那件漂亮的绣花新婚礼服也包括在内!不过首先拍卖的是房子本身,房子一经卖出,一家人便无家可归了。

以后阿塔莉雅在哪儿安身呢？一个破了产的骗子的孤女，人们夺去了她的一切，甚至她的名誉，世界上再也不会有一个人对她怀有好感，连她本人也不再喜爱自己！

从她所说的她的宝物中，仅仅还保留了两件东西，这是她在财产被扣押前抢救出来的：一件是个玉髓小罐，一件是卡苏卡退回来的订婚戒指。

她把小罐藏在身上的口袋里，在夜间只有她一个人的时候，就拿出来仔细看着里面装的东西。

小罐里装着各种毒药。这些收藏是她以前有一次到意大利旅行时出于一种特殊心情买的。她有了这个宝贝以后，就骄纵起来。她曾经想，她可以随时用痛苦最小的方法自杀。由于这种狂妄的想法，她变成了自己父母和未婚夫的暴君；只要他们不完全顺从她的意思，她就抓起这个小罐：她只消吞下致命最快的毒药，马上就可以离开人世。

啊，现在这个小罐对她多么有诱惑力啊！她面临完全绝望的生活，万分悲凄，毫无慰藉。父亲把自己的女儿弄成了乞丐，情人又遗弃了未婚妻。

阿塔莉雅从床上坐起来，打量着小罐里的东西，开始在各种毒药中挑选。

这时她意识到自己是怕死的，心中没有自杀的决心。她沉思地对着镜子端详自己，她多么美啊！她没有勇气毁掉这个如此出众的美人！

于是她盖好小罐，重新把它收起来。她哪一种毒药也不能服。

她拿起第二件宝物，那个订婚戒指。这个东西也有毒，这是一种更要命的戕害心灵的毒药。可是她竟敢尽情吮吸这种毒药！她爱那个男人，她曾把这个戒指给了他，她不仅爱他，而且整个心灵都寄托在他的身上。

她在毒药瓶上打的主意不高明，这回从戒指上想出的办法更糟。

阿塔莉雅开始穿衣服；现在再没有人侍候她了，所有的女用人都离开了这个家。索菲雅太太和蒂美娅睡在用人的房间里，主人的房间让法院在门上贴了封条。阿塔莉雅没有惊动她们俩，自己穿好了衣服。

夜过去了多久呢？她不知道。自从宣布那一对讲究的大立钟也要拍卖以后，再没有人给钟上弦。一个钟的针指在上午八点，另一个指在下午三点。

针指着几点反正都一样。阿塔莉雅找到钥匙，开开大门，独自悄悄地溜了出去，并且听凭所有的门敞开着。贼还能偷谁呢？

她孤独地走在昏暗的街上。那个时候科马罗姆的大街夜间是很黑的，只是在三神柱像前面点着盏光亮微弱的小灯，在市政府前面有一盏半明不暗的灯和在警备司令部门前有一盏灯，此外就再没有了。

阿塔莉雅匆匆地向"安格利亚"走去。"安格利亚"是在要塞和城市之间的一个黑暗的小公园，这个地方是有名的下流去处，一到夜间就徘徊着一些无家可归的下流女人，她们脸上涂脂抹粉，头发乱蓬蓬的，是被人从"小市场"旁边的酒馆里赶出来的。阿塔莉雅从这里走，必然要遇到这些下流女人。现在她并不害怕，那个金戒指给她的毒害使她已经失去了恐惧心理，不再怕遇见这些肮脏女人。人们害怕污泥，只是在没有踩上脚之前。

在"安格利亚"的拐角上有一个哨兵。一定不能让他看到,免得他喝问:"干什么的?"

街角的房子在朝市场那面有一个柱廊,这是白天那些卖面包的女人待的地方。阿塔莉雅借这个柱廊作掩护匆匆走过去,不留神踩到了什么东西,原来是一个衣衫褴褛的女人醉醺醺地横卧在路上。被踩着的那个野妓把阿塔莉雅臭骂了一顿。阿塔莉雅却迈过这个倒在地上的人继续向前走去。

她转进漆黑的广场,走到树荫中看不见警备司令部前面那盏灯以后,才算松了一口气。前面一个窗户射出的灯光,隔着紫丁香花隐约可见。阿塔莉雅朝灯光走去,那就是大尉的寓所。

绘着双头鹰的大门上有一个小便门,小门旁边是一对狮头门环,阿塔莉雅抓起门环,未曾敲门手先哆嗦起来,好容易勉强轻轻地拍了两下。

军官的勤务兵听见敲门声跑来开门。

"大尉在家吗?"阿塔莉雅问道。

勤务兵脸上露着微笑,表示大尉在里面。他见过阿塔莉雅许多次了。他常常奉主人之命把花束和刚下来的水果送给这位小姐,每次那只美丽的小手都要给他二十个芬尼的赏钱。

大尉还没有睡,正在工作。

他住的是一个摆着几件简单家具的房间,没有一点奢华的陈设。四壁挂着地图,桌上放着一些书和绘图用具。一进来首先令人感到异样的是朴素简单的军人气氛,其次是烟草气味;烟味已经渗入家具、书籍,甚至地板里面,因此就是不抽烟的时候也闻得出来。

阿塔莉雅还从来没到大尉的住处来过。新郎原定在结婚那天迎娶她去的住宅,肯定和这完全不同;可是根据债权人的申请,就在那一天把新婚住宅连同家具也全部抵押了。她过去只是有时下午由母亲陪着在有音乐演奏的广场上散步的时候,才偶尔打窗外向这个单身汉的房间里望一眼。

卡苏卡先生正在工作。他违反军人规矩解开了紫色军服上面的三个钮扣,甚至还摘掉了领带。这位女客的意外来访使他大吃一惊。

阿塔莉雅站在房门口,垂着手,低着头。

大尉赶忙起身迎她。

"天啦,小姐!您有什么事?您怎么到这儿来了?"

阿塔莉雅一句话也说不出,扑在他的怀里痛哭起来。

大尉没有搂抱她。

"您请坐,小姐。"他说着,把她领到朴素的皮沙发上。接着,他关心的首先是把摘下的领带重新系上,把解开的军服扣子全都扣好。然后,他把一把椅子移到沙发前面,在阿塔莉雅对面坐下了。

"您有什么事儿,小姐?"

阿塔莉雅拭去眼泪,用晶莹的眼睛久久地注视着大尉的脸,仿佛极力要使他能从她的眼睛里看出她的来意,而不必等她开口似的。他会了解吗?

不,他不了解。

后来,她不得不开口了。可她颤抖得非常厉害,使大尉难以从她的声音中分辨出哪是呻吟,哪是说话。

"我的先生!先前,我享福的时候,您对我是那么亲热。现在您还保留着一点这种情感吗?"

"那还用说,我的小姐,"卡苏卡冷淡而有礼貌地回答说,

"我永远爱慕您,永远是您的朋友。您所遭遇到的不幸,也就是我的不幸;因为,我们共同失去了一切。我在这件事上同样感到绝望,我想不出任何挽救办法来重新实现我那化为灰烬的希望。我的整个前途是由我的职业来决定的;而我的职业为我规定的条件非常严格,使我简直无法实现。我们军人没有钱是不能结婚的。"

"这我知道,我也不打算提醒您这一点。"阿塔莉雅说,"现在我们虽然一贫如洗,可是我们的命运还会转好的。在我父亲的亲属当中,我还有一位有钱的叔叔在贝尔格莱德。我们将来可以继承他的遗产,那时候我们就又有钱了。我等您到那个时候,您也等着我吧。请您把订婚戒指收回去,把我带到您母亲那儿,让我作为您的未婚妻和她住在一起。您什么时候来,我等到什么时候,您没来以前,我就做您母亲的孝顺女儿。"

卡苏卡先生长吁了一口气,差点把灯吹灭。接着,他把放在桌上的圆规又拿在手里。

"唉,小姐,这是办不到的。您不了解我母亲。她自命不凡,脾气跟谁都很难处得来,她自己依靠一点微薄的养老金生活,不喜欢任何人。您完全想不到我为了恋爱的事情跟她争吵过多少次。我母亲是男爵小姐出身,根本不同意我这桩婚事。我们结婚那天她连来都不来嘛。所以,我不能送您到她那儿去。为了您,我已经伤了我和母亲之间的感情。"

阿塔莉雅急促地呼吸着,脸涨得通红。她两手抓住这个负心的未婚夫没戴订婚戒指的左手,好像避免让四壁"听见"和让书籍"传出去"似的悄声对他说:"如果说您为了我伤了您和母亲之间的感情,那么我呢?为了您我拒绝了天下人!"

卡苏卡先生并不看这位美貌姑娘那对传情的眼睛,他只是用手上的圆规在桌子上画着几何图形,仿佛要从几何题中求证出疯狂和爱之间的区别。

姑娘继续轻声讲下去。

"我的身份已经降低到这种地步,任何耻辱也不能再压低我了。我在世界上再没有什么可丧失的,唯一有的就是您,假如没有您的话,我早就自杀了。我已经不属于自己,而是属于您。您吩咐吧,要我为您做什么都成!我已经失去了理智,我什么也不在乎了。如果您高兴的话,那就杀我吧,我连一声也不会出的。"

卡苏卡先生听着这一番激动的言辞,心里已经知道该如何回答。

"阿塔莉雅小姐,我要告诉您一句真心话。您知道,我是一个正直的人。"

阿塔莉雅并不想和他谈这个。

"一个正直侠义的人不能趁一个女人之危来满足自己的卑下欲望。作为您的好朋友和诚实的爱慕者,我愿意给您出个好主意。您不是说您在贝尔格莱德有个叔叔吗,您就到他那儿去吧!他是您的近亲,他一定会好好待您的。我向您作骑士的保证,我永不结婚;我要跟您再相会,我的心将对您永远怀着像现在和多年来的同样感情。"

卡苏卡先生发这个誓时并不是撒谎。

但是,阿塔莉雅却在这一瞬间从他的脸上看出了他没有道出的东西,那就是大尉现在和几年来始终不曾爱过她,他的心另有所属。而且,如果那个女人也是沦为乞丐般的穷姑娘,那么,大尉才有充分的理由向她发出骑士的誓言,说他永不结婚。

这就是阿塔莉雅从她过去的未婚夫的冷淡目光中看出的东西。

突然间,她的脑子里闪过一个念头。她的两眼也因之射出光芒。她问这个男人说:

"您可不可以明天上我那儿,送我去贝尔格莱德我叔叔家?"

卡苏卡先生急忙回答说:

"好的。那么,现在您还是回去吧!有人陪您到这儿来的吗?"

"我一个人来的。"

"太冒失了!让谁送您回去呢?"

"您可不能送我,"阿塔莉雅难过地回答说,"这是为您着想;万一有人在这个时候看到我们在一起,那多给您丢脸啊!我没有什么可担心的,反正我再也没有什么别人可抢的东西啦!"

"可以让我的勤务兵送您回去。"

"他也不能送我。这个可怜虫会让巡逻队抓去的;他是当兵的,熄灯号响过以后不准再到街上去。我自己认识路。明天见吧!"

"明天早晨八点钟我到您那儿去!"

阿塔莉雅披上黑大衣,没容卡苏卡先生给她开门,就自行匆匆地走了。

她不声不响地走出房间以后,觉得听见大尉好像在急忙佩带军刀,也许他是要远远地跟在后面送她一程吧。她在"安格利亚"的拐角附近停下来,等了一会儿,并没有人跟着她。

她在黑暗中急忙朝家走去。

一路上她心里想好了一个计划。只要大尉跟她一起上了火车,只要他跟她一块儿到了贝尔格莱德,他就会知道,他再也无法摆脱她了。

她走近街角的柱廊时,不留神又踩到了横卧在石板地上的那个下流女人身上。这回那个可怜虫根本没有再醒来,也没再乱骂。她睡得多么香甜啊!

阿塔莉雅到了家门口的时候,一个想法又使她那火热的心一下子凉下来。

倘若大尉这样匆匆答应陪送她到贝尔格莱德去只是为了能暂时摆脱她,那怎么办?如果明天不论是八点还是八点以后他都不来,又怎么办?

当她摸着黑走上楼梯,在漆黑的过道里辨路的时候,这些想法像蝙蝠似的围绕着她的头乱转。如果他不来,怎么办?嫉妒的痛苦使她的神经兴奋起来。

她走进前厅以后,在黑暗中摸索放在桌上的蜡烛和火柴。她没摸到这些,却摸到了一把刀。这是一把牛角柄的锋利菜刀,在黑夜中闪着寒光。她拿起这把刀,穿过黑魆魆的前厅。她的牙齿不停地打战。

她心里寻思,假如她现在走进自己房间,用这把刀扎进那个白脸姑娘的胸膛,她们两个人就会同归于尽。官厅会把女凶手处死,她也就找到了离开这个世界的出路。嗯,白脸姑娘睡在白褥垫上,只用刀子向那里一扎就行了。

可是她忘记了那个姑娘已经不睡在那儿了。

阿塔莉雅走进自己房间,摸近蒂美娅从前睡觉的地方,这时候她猛然想起,蒂美娅跟索菲雅太太一起睡在外面用人的房间里哩。她这才恢复了理智。

这时她撒手丢了刀子,不禁打了一个寒战。

她现在才感觉到她是多么孤独,周围多么黑暗;她的心里也同样这么黑暗。

她没有脱衣服就扑倒在床上,想要祈祷。

可是她想不起祈祷文来,却想起了埃及灾难的词句。蒂美娅在喜日前夕就曾由于害怕而背诵过这些词句,她当时还戏弄和嘲笑过她。这些词句依稀在她的耳中响着:血、蛙、蝗虫、冰雹、瘟疫、疮疖!

"突然之间天昏地暗!"

"所有的长子以及所有的头生牲畜都必死……"

她闭上眼睛,种种景象纷至沓来。当她迷迷糊糊将要睡着和被梦魇缠住的时候,眼前仍不断出现:蛙、蝗虫、冰雹、瘟疫、疮疖、漫漫的无边黑暗、杀戮长子以及所有的头生牲畜……

阿塔莉雅被一阵鼓声从困倦的沉睡中惊醒了。她正梦见一个杀死自己情敌的年轻女人被押往断头台去。女人跪在断头台上,刀已经出鞘,法官正在宣读判决书。刚读到"愿上帝赦免你!",这时响起急骤的鼓声。

她便吓醒了。

这是拍卖的鼓声;法院主持的拍卖开始了。

啊,这比听到行刑的信号还令人难过。

可以听到人们怎样在大街上一件件地报着要拍卖的东西;而这是些熟悉的、用惯了的、已变得那么亲切的东西,它们昨天还都是属于她的。"一——二——,还有人加价吗?"随即是:"三!"鼓声响了,拍卖已经成交。

随后又接着喊:"一——二——,还有人加价吗?"

阿塔莉雅匆忙穿上丧服(这是人们留给她的唯一一身衣服!)想出去找谁。在整个房子里,如今她还只能在厨房里找到母亲和蒂美娅。

她们已经起来穿好衣服了。

索菲雅太太浑身看上去粗得活像一口缸。她知道身上穿的衣服不没收,因此大概足足穿了有十几件衣服,口袋里还装了一些餐巾和银调羹,弄得简直走都走不动了。蒂美娅穿着平素的衣服,仍然是那简单寒碜的一身。她已经热好了牛奶,这时正在火炉上为全家人煮咖啡。

索菲雅太太一看见阿塔莉雅,立刻大喊大叫起来,一把搂抱住她。

"哎呀,我甜蜜的、亲爱的、美丽的女儿! 我们变成这副模样了;谁知还会出什么事呢? 我们可从来没有过过这种日子! 你是给这讨厌的鼓声吵醒的吧?"

"还不到八点吗?"阿塔莉雅问道。厨房里的钟还没有停。

"哪儿的话,怎么会不到八点! 拍卖是九点开始的,你难道没听见吗?"

"没有人来吗?"

"怎么会有,怎么会有呢? 谁还会在这个时候来找咱们?"

随后阿塔莉雅在厨房的板凳上坐下。这正是索菲雅太太坐在上面给蒂美娅讲有趣的婚礼的那张小板凳。

蒂美娅在准备早点。她在火上烤小面包片,并为两位女主人摆好了厨房的饭桌。

索菲雅太太疼爱地让阿塔莉雅吃早点,可她根本没有听见母亲的话。

"喝吧,我唯一的、漂亮的亲爱女儿!谁知道明天谁还给咱们咖啡喝呢!人人都变成了咱们的对头,所有的熟人都在责怪咱们,咒骂咱们。要把咱们弄成什么样子,究竟要把咱们弄成什么样子呢?"

虽然这样说,老太婆还是舒舒服服地喝她那杯咖啡。

阿塔莉雅却一直惦记着去贝尔格莱德的事,只等着陪送她的人来。

索菲雅太太在琢磨怎样死最容易。她想到了一些稀奇古怪的自杀办法。

"只要在这咖啡里放上一根别针,它就一定会扎在我的嗓子上,把我卡死!"

接着,她又说希望从烫熨架下边经过的时候熨斗会从架上掉下来砸在她的脑袋上。她真情愿现在城里发生一场可怕的地震,弄得房倒屋塌,把屋里所有的人都砸死。

可是所有这些死法眼下都实现不了,加上怎么都不能叫阿塔莉雅开口说话,她便不由得把满腔怒火发泄在了蒂美娅身上。

"她就没有把眼前这情形当回事儿!这个忘恩负义的丫头!她连哭都不哭。当然喽,她反正觉得无所谓,她可以去当用人混饭吃。也许她更情愿离开这里自己去混饭吃。那样她可以高高兴兴地爱怎么过就怎么过。好,走着瞧吧!将来你一定还会想起我们的!你会后悔的。将来反正有你后悔的那一天。"

虽然蒂美娅还没有做过任何必须后悔的事情,但是索菲雅太太却已经预见到这一切;只是因为她光为阿塔莉雅发愁,也就顾不上再操这份心。

"我甜蜜的、美丽的、最亲爱的女儿,你会落到什么地步呀?谁还会娶你?你这双白净好看的手会变成什么样呢?"

"走开吧,别烦我了!"阿塔莉雅说着把叫苦不迭的母亲从身边推开,"你最好还是站在窗户前面看看是不是有人来找咱们。"

"没有,没有!谁还会找咱们哟?"

时间一点点地过去。外面一会儿是鼓声,一会儿是叫喊声。厨房里的钟每打一次点,阿塔莉雅就一惊。这时她依旧手托着头,茫然地呆视前方。她那俊俏的脸庞由粉红变成苍白,嘴唇变得铁青;一股幽怨愠怒之色使她的美貌失去了原有的光彩。呆板的眼睛带着黑圈,嘴唇噘起,弯曲的眉毛仿佛一道蛇形的深沟横贯在苍白的脑门上,把这位理想的美人变成了个吓人的丑女。她坐在那里,活像一名从天上放逐到荒野的落难天使。

时间已经快中午了,她焦急等候着的人还没有露面。

喊价的喊声听着叫人那么伤心,而且一阵紧似一阵地传入耳鼓。拍卖是一个个房间依次进行的,从邻街的屋子开始,逐渐迫近里面的房间,最后轮到厨房。

索菲雅太太在如此绝望的处境中还能有精神注意到拍卖进行得多么快。只听刚喊出一个价钱鼓就响了,表示没有人再肯加价。来买东西的人三五成群地站在周围,议论纷纷。她清楚地听到有人说:"我们在这里真是什么也甭想买,那家伙简直发了疯!"

人们说发了疯的那人是谁呢?

这时只剩下厨房里的东西了,但是没人走进来。前厅响起了鼓声。"没有人加价了!"不知哪个疯子连看也没看就买下了厨房里的东西。

索菲雅太太还感到纳闷儿的是:在其他拍卖场上,通常总是有人买到一张床立刻就要拆了搬走;而这次的买主却不忙着从房间搬走买到的东西。房里甚至没有一件东西挪动一下地方。

现在轮到主要拍卖项目了。人们一齐来到院子里,等候拍卖房子。所有的商人都向拍卖人的桌子跟前挤去。拍卖价格已经宣布。有人低声出了一个价钱,紧跟着人群中爆发了一阵喧哗,一片惊讶、嘲笑和咒骂之声。人们一面匆匆散去,一面大声说:"真的,这家伙简直是个疯子!"接着又是:"一——二——!没有人加价了吗?三!"最后一次鼓声响起,房子也有了买主啦。

"我说,我甜蜜、亲爱的女儿,现在咱们就要离开这儿了。让咱们最后一次再站在自己房子的窗前往外看看吧!咱们再也不能从这个窗户向外看了。唉,但愿圣约翰教堂的钟楼马上倒塌,趁我们现在还在这儿把我们一起砸死吧!"

然而,阿塔莉雅依然坐在板凳上等候着,呆呆地望着挂钟。时针已经指到十二点了。

唯一的一线希望还在无际的黑暗中飘忽不定:也许大尉害怕从拍卖的人群中挤过,要等这个凄惨的场面完了,院子里的人群都散去以后再来吧。

"有人来了,你听见没有?"

"我什么也没听见,我漂亮的宝贝女儿。"

"确实有人！在外面走廊上。有人踮着脚尖轻轻地走来,我听见了!"

实际上的确可以听到小心翼翼的脚步声,而且有人敲起厨房的门来,敲得就像一位客人似的很有礼貌,好像非等到里面的人高声喊"请进!"才肯进来似的。

门随即轻轻开了,一个男人摘了帽子走进来,然后毕恭毕敬地鞠了一躬;原来却是提玛尔·米哈利·雷韦廷。

提玛尔·米哈利在彬彬有礼地向几个女人鞠过躬以后仍站在门前。

阿塔莉雅带着失望和憎恨的凶恶目光站起来,索菲雅太太拧着双手,满怀疑惧和希望地注视着提玛尔。只有蒂美娅安详而温柔地望着他的眼睛。

"我,"提玛尔开口说,他像罗马教皇下谕旨那样开头先说了一个"我"字,"我在法院拍卖的时候,买下了这幢房子和房子里所有出卖的东西。我买下这些不是我自己要它,而是要送给一个人。只有她在这幢房子里是不可以卖的,但她对我来说又是世界上的唯一珍宝。蒂美娅小姐,从今天起您就是这幢房子的主人了。一切全都原封不动地归您所有。柜橱里的衣服首饰,马棚里的车马,保险箱里的有价证券,都照法院没收的时候那样原封不动地归您所有了。一切都过户到您的名下。另外,布拉佐维奇家的一切债权人也都偿付满意了。从今天起,您就是这幢房子的主人。您从我手里把住宅接过去⋯⋯如果这幢房子里有一席之地可以容下像我这样一个安分守己的人,一个对您怀着钦慕与尊敬的人的话,那么就请把它赏给我吧。如果您的心里也有收容我的地方,不拒绝我的话,那我将感到无限幸福;而我也保证要使您幸福,就像您带给我的幸福那样。我把这作为我终身的唯一目的！"

在谛听这番话的时候，蒂美娅脸上发出了纯洁的光彩。

难言的苦衷，少女的羞涩，纯真的感激，愿作神圣牺牲的决心，这种种情感在她的脸上融成了美丽无比的光辉。

"三次……三次！"她期期艾艾地说，却没有说出声来。她对自己说的话只在内心发出回响。这个人救过她那么多次，对她始终那样亲切。他从来没有拿她开过玩笑，也从来没有向她献过殷勤，现在却把她心里渴望的一切都给了她。

她给他什么呢？一切吗？唉！只有这颗心不行！这颗心早就不在了，它已经属于另外一个人了。

提玛尔把话说完以后，安静地等待回答。蒂美娅好半天一声没出。

"蒂美娅小姐，您不必忙着回答，"提玛尔说，"我可以等您慢慢地作出决定。我明天或者一个星期以后——随您指定哪一天——再来听您的回信。总而言之，我把这一切都给了您。我在这上面不附带任何条件，一切已经过户到您的名下。您是自由的，将来也不受任何人的约束。如果您今后不愿意我再到这幢房子里来的话，您只要说一句话就可以了。您打算什么时候答复我，一个星期以后，一个月以后，还是一年以后，您自己考虑吧。"

蒂美娅原被那两个女人挤到炉子后面站着，这时她带着坚决的神情走到提玛尔面前。她的目光流露出十足的真挚，使她的脸上充满女性的尊严。自从那个不幸的喜日以后，她已经不是小孩子了。她沉静地望着提玛尔的眼睛，说：

"我已经考虑好了！"

索菲雅太太不怀好意和幸灾乐祸地等着蒂美娅回答，哼，但愿她对提玛尔说:"我用不着你,你走吧!"被人们用另外一个漂亮男人搞昏过头的疯姑娘是可能说出这种话来的。那时提玛尔会说:"好吧,那就让你只剩下光杆儿一个,我也不向你求婚了,房子也不给你了;我把爱情和房子统统献给阿塔莉雅小姐。"于是他娶阿塔莉雅做妻子!一个傲慢的姑娘拒绝一个正派的求婚者;求婚者出于报复心理立刻向家庭女教师或者使女求婚,跟她结为夫妻,这种事以往不知有过多少次啊。

但是,索菲雅太太的这个希望没能实现。

蒂美娅把手伸给提玛尔,同时轻轻地、但语气坚决地说:

"我愿跟随您,做您的妻子!"

提玛尔怀着男性的敬意而不是年轻情人的热情,握住蒂美娅伸给他的手,久久地凝望着姑娘那双非凡美丽的眼睛。她听凭他这样看入自己的内心。接着她重复说:

"我愿跟随您,做您的妻子。我愿做您顺从忠实的妻子。我只求您一件事,噢,您别拒绝我!"

提玛尔太幸福啦,竟忘记了商人是不能在空白字据上签字的啊。

"您说吧!凡是您想要的就准保办到!"

"如果您娶我做妻子的话,那么这儿就是您自己的家,我就是您家里的主妇。"蒂美娅说,"所以我要请您答应,让一直抚养我这个孤儿的养母以及与我并肩成长的姐姐都留在我们家里。您要把她们看成我的生母和亲姐姐,您要好好对待她们……"

听着听着,提玛尔不禁眼泪盈眶。

这些眼泪暴露了提玛尔内心的惊讶与矛盾,蒂美娅发觉后便双手拉住提玛尔的手,一个劲儿地继续恳求。

"您答应按照我的请求办,对吗?您把原来属于阿塔莉雅的东西都还给她吗?把她那些漂亮衣服和首饰还给她吗?她将跟我们住在一起,您会像对待我亲姐姐一样待她,是不是?您也会像我这样称呼索菲雅妈妈,是不是?"

索菲雅太太听了这番话尖叫一声,跪在蒂美娅面前,一面含糊不清地叨念着,一面把她的衣裳、膝盖,甚至连脚全都吻了个遍,拦也拦不住。

提玛尔拭去眼泪。不一会儿,他就又完全恢复了冷静。他那谨慎稳重和具有远见的眼光也恢复了;这种眼光每到危急关头都指点着他,使他能战胜他的对手。这时敏捷的头脑又来帮助他,悄悄地告诉他为了避免将来的纠葛必须怎样做。

他两手握住蒂美娅的双手。

"您真宽宏大量,蒂美娅。请允许我今后简单地称呼您的名字,好吗?我愿意和您一样以好心肠待人。索菲雅妈妈,您站起来,不要哭了!您告诉阿塔莉雅,她不妨走近一些!我愿意超出蒂美娅所希望的,使您母女俩更为幸福。我不但愿意看到阿塔莉雅有个归宿,而且要帮助她建立一个幸福的家庭。我可以付给新郎那笔结婚保证金。阿塔莉雅小姐,凡是您去世的父亲答应过的陪嫁,全都由我拿出来。祝您和卡苏卡先生幸福!"

提玛尔具有可靠的眼光与先见之明。他想,只要使这两个女人离开他的家,离开蒂美娅,任何牺牲对他说来都不算过分,而且他认为,那个敢作敢为的大尉还是会娶美丽的阿塔莉雅的。

现在可轮到他受罪了:索菲雅太太感恩不尽地又把他从

头到脚乱吻了一遍。

"哎呀,雷韦廷先生!哎呀,尊贵的、亲爱的、宽宏大量的雷韦廷先生,让我吻吻您的手、您的脚和您这样有见识的头脑!"她也真的说到做到,甚至连提玛尔的肩膀、衣领和脊背都吻遍了。最后她把提玛尔和蒂美娅搂抱在一起,给予他们最最热烈的祝福:"愿你们两口子未来幸福啊!"

看到这个可怜女人的那副高兴劲儿,谁都憋不住要笑。

可是,阿塔莉雅破坏了大伙儿的愉快情绪。

她如同一个被召去悔罪的天使,带着宁愿永堕地狱也不肯伤害自尊的骄傲,转过身去背对着提玛尔,用激动得颤抖的声音说:

"我谢谢您,先生。我不论是今生还是来世,都不再需要卡苏卡先生。我不做他的妻子,我要留在这里,留在蒂美娅身边作使女。"

第三部
无 人 岛

第一章　石膏像的婚礼

能够和蒂美娅订婚,提玛尔感到幸福极了。

姑娘像天仙一般美丽,从他们第一次见面,他的心就完全被她俘虏了。他倾慕她。这一点是他后来才发觉的。她的温柔敦厚赢得了他的尊重。布拉佐维奇一家人那样嘲弄蒂美娅的心,激起他对她的侠义同情;风姿翩翩的大尉轻佻地向她献殷勤也引起了他的嫉妒。这一切都使提玛尔对她的爱情更热烈了。现在他终于如愿以偿,这个漂亮姑娘属于他了,就要成为他的妻子。

同时他的良心也如释重负,不再感到内疚。原来自从他在沉船上发现了阿利·邱尔巴德希的宝物那天起,他的内心就失去了平静。他的买卖每次取得辉煌成就以后,他的内心就有一个声音谴责说:"这一切都不是你的产业。这是一个孤儿的,你违法地霸占了她的财产。你是一个幸福的人吗?不!你是穷人的恩人吗?不!你是个金人吗?不!你是个贼!"

但是,现在这件诉讼在他心中结束了,并且对他作了无罪的判决。被盗窃的孤儿重新得到了她的财产,而且还利上滚利。丈夫的财产也就是她的财产,她永远不会知道这份庞大财产的基础从前就属于她,她仅仅知道这些财产从现在起是她的。提玛尔就这样听天由命了。

但是,是否真的满意这种天命呢?

提玛尔没有想到自己推断错了;他以为归还财宝,还把自己也附带搭上,便可以要求姑娘的心作为交换的代价。他没有认识到这是欺骗,这是强迫!

提玛尔希望尽快结婚。在他这方面没有什么可耽误的,他用不着四处采办各种结婚用品,一切他都在维也纳购备齐全了。蒂美娅的新婚礼服是由巴黎第一流时装艺术家设计的,不像那件新婚礼服,要新娘事先亲手绣上六个星期!阿塔莉雅那件双重不幸的新婚礼服,现在挂在一个没有人动的壁橱里,永远不会再有人把它拿出来!

不过另外有些宗教上的障碍。

蒂美娅一直还没有受洗。

提玛尔当然希望蒂美娅由信伊斯兰教改信基督教,她应该成为跟自己丈夫一样的新教徒,好一起上教堂去。

可是这时新教的教士出来说,改教要求新受洗的人必须完全熟悉她所希望皈依的这个宗教的教义。新教的情形跟希腊教不一样,希腊教只需看看和听听就够了,而新教却要求人懂得看到和听到的东西,因为它的教义是以理解和推理作基础。所以这位少女必须学习一个时期,以便熟悉教义,从而确信她今后所要遵守的教义比她过去迷信的教义要明智得多、有根据得多,也合理得多。

非常不幸的是,伊斯兰教对于妇女没有什么教义可言,回教的妇女根本不进清真寺,她们连与男人一起参加礼拜都不准许。向麦加①的礼拜对于妇女没有任何意义。她们没有进

---

① 麦加,阿拉伯的城市,穆罕默德出生的地方。

行净洗的义务,无论是阿卜代思台①,勿思里②,还是图来特的清洗都是一样。热麦丹月的斋斯和白拉台节都与她们不相干,她们不到麦加去朝拜克尔白③,不去吻赦罪石④,也不喝渗渗泉的水。阿訇不给她们主持婚礼,也没有给她们讲道和行坚信礼,或者接受她们忏悔什么的。是的,甚至认为她们没有灵魂。对于她们不存在"彼岸";在临终时天使阿斯列不会来接她们,把她们的灵魂和肉体分开;死后她们不会受天使蒙卡和纳基审讯,要她们说出在人世间的善行和恶行。不会让她们在伊斯玛依井沐浴,不会推她们下莫尔呼特坑,天使以斯拉菲尔也不会吹号角把她们从死尸堆中唤醒。她们的额头不会写上"穆民"(教徒)这两个字;她们不过阿里-赛拉特桥,因此也不会掉进七重地狱里去。在这七重地狱中,格亨纳狱的温度对于人来说最好受,接下去是拉打纳狱、霍塔玛狱、赛尔狱、萨卡狱、雅希姆狱、阿里-哈维雅特狱,温度便一重比一重高了。对于下地狱,妇女们用不着怕;但反过来她们也甭希望升天堂,获得那棵巨大禁果树的荫蔽。因为在天堂里男人已不需要她们。在那儿每个男人都有七十七名永葆青春的仙女侍奉。回教的妇女无非是一朵开而复谢的花,她们的灵魂就是花香,随风飘散以后就不复存在。

因此,教长先生尽力使蒂美娅理解这个合理的宗教时,所担负的任务是极端困难的。

---

① 阿卜代思台,原文为波斯语,即大净,漱口、擤鼻和洗周身。
② 勿思里,原文为波斯语,即小净,洗手、洗脸、摸头和洗脚等。
③ 克尔白,伊斯兰教在麦加的灵庙。
④ 赦罪石,克尔白西北角上的一块黑石,据说是亚伯拉罕和他的儿子从米那山抬来的陨石,吻它可以赎罪。

他曾经使犹太教徒和天主教徒皈依新教,可是还不曾对一个土耳其姑娘试验过他的教诲力量。

头一天,这位高贵的先生给蒂美娅讲了天堂的美好,并且告诉她,所有在人间彼此相爱而结合的人将来到了天上还会遇到,重新成为夫妇。这时候姑娘对他提出了一个问题:

"在天上遇到的是她所爱的人呢,还是教士为她主婚嫁的人呢?"

这是一个危险的问题。可是教长采取了严正的态度,恰如其分地回答说:"因为她既不可能爱教士为她主婚所嫁的人以外的男人,也不可能不爱教士为她主婚所嫁的男人,所以誓约的教导完全正确。"

不过,教长并没把她提出这个问题的事告诉提玛尔。

第二天上课的时候,蒂美娅问教长,她父亲阿利·邱尔巴德希是不是也会去到她将来所要去的地方。

教长对这个难题实在不能作出任何满意的答复。

"我在那里还要做雷韦廷先生的夫人吗?"蒂美娅急切而又好奇地问。

对这个问题,教长先生怀着虔诚而满意的心情回答说,这是千真万确的。

"那我要请求雷韦廷先生,让他等我们在天国聚首的时候,也给我那可怜的父亲一个容身之处,让他跟我们生活在一起。他不会不答应我的请求吧?"

教长先生被这个问题难住了,他搔了搔耳朵回答说,他将把这件伤脑筋的事提到全体教务会议上去研究。

三天以后教长告诉提玛尔说,总算可以给这位小姐施洗和主婚了。至于还没有讲过的教义,可以由她的丈夫以后慢慢给她讲解。

下一个星期日就举行了神圣的仪式。蒂美娅当时还是第一次进新教教堂。

这教堂是一座简单的建筑物,四面白壁,讲坛上什么装饰也没有。给她的印象和她当初好奇地跑去看热闹而被一个淘气孩子赶出来的那个教堂大不相同。那个教堂里有一个金碧辉煌的圣坛,银制的枝形灯架上点着一支支大蜡烛,墙上绘满了精美的画,四处弥漫着圣香的馨香,可以听到神秘的歌唱,铃声一响全体教徒一齐跪下——那情景和声音都引人遐想!而在这里却是男男女女分别坐在长板凳上,各自把唱诗本捧在面前,合唱队的指挥一开始唱诗,全体教友就都跟着唱起来,一直把一首赞美诗唱完。

接着大家一齐住口。教士登上高高的圣坛,没有任何仪式就开始布道,他既不唱,也不喝什么,也不拿什么让人看,只是不停地说下去。蒂美娅对这一切毫不理解;她只感到奇怪:这个教堂里有三处坐满了妇女,她们坐在摆成一个方块的四条长凳上,在足足两个钟头的过程中,不说话,不开口,连转身对坐在旁边的人咬咬耳朵都没有。真是一种可怕的仪式!三堆妇女一声不响达两小时之久!至少也该准许她们在祈祷完毕以后大声说句"阿门"呀!

蒂美娅坐在讲坛前面的第一排座位上,旁边是董事长夫人,她的教母,这位夫人陪同她到洗礼盘前面去。她的教父是董事长先生。

依旧是引不起任何幻想的仪式!教长在洗礼盘前面说了一些很有学问的话,可是也结束得很突然。新受洗的人把头伸到盘上,教士以三位一体的上帝之名给她施洗,她的洗名叫苏珊娜,是她的教父母给她选择的。

接着,教长先生对教父教母讲了一番话,把他们的责任一一说明,然后由教母把新受洗的姑娘领回座位上。这时大家一齐起立默祷,只有教士一个人高声念着祈祷文。蒂美娅却暗自在想,为什么一施洗就要给她命名叫苏珊娜呢?她觉得自己原来的名字很好。

祈祷完毕,大家都坐下,合唱队的指挥唱起赞美诗集第五百三十三首:"噢!以色列的上帝!"蒂美娅不禁有些怀疑,她这一受洗,大概变成以色列女人了吧。

这时另外一个外貌令人肃然起敬的牧师登上讲坛,总算打消了她的一切不安。这个牧师比较年轻,他先作了一篇非常动人的演讲,然后从赞美诗集里取出一张文书来宣读道:"我们瑞士基督教派的教友,高贵的米哈利·雷韦廷先生宣布和已故的高贵的阿利·邱尔巴德希先生未婚的女儿,我们瑞士基督教派的教友、高贵的苏珊娜小姐,即蒂美娅·邱尔巴德希订婚,选择她为妻。"

那三堆妇女听了依然一声不响。

面对着眼前进行的一切,蒂美娅的心情平静了下来。

宣布订婚以后还要过两星期才能结婚。在这个期间,提玛尔天天厮守在蒂美娅身边。姑娘接待他的态度总是真挚亲切,提玛尔已经预先感觉到未来的幸福。

他每次来看她都遇到她跟阿塔莉雅在一起。这时阿塔莉雅总是找个借口离开房间,换索菲雅太太来代替她。

索菲雅妈妈在跟提玛尔谈话的时候,专挑他爱听的说。譬如什么他的未婚妻是个非常可爱的姑娘呀;什么蒂美娅不止一次地提到亲爱的尊贵的米哈利在"圣芭尔芭拉"号上对她照顾得殷勤周到呀;什么她听蒂美娅说过不少次,多亏他的抢救,她才在沉船的时候没有遭难,才没有让土耳其人捉去呀;什么蒂美娅说他曾为她钻进水里,从沉船里把她抱出来,又回到水里去捞她忘记了的财物呀;什么听蒂美娅说他们路过危险地方的时候,他就给姑娘讲仙女的故事,他还为她在一个荒岛上找了一个避难的地方呀,等等。接着又提到蒂美娅说当她在船上昏迷不醒的时候,他如何始终没有离开她的床边;没有他,她一定早就死啦。

索菲雅妈妈连一些极细微的情节都知道,而这除了蒂美娅本人是没有人知道的。想到蒂美娅竟然还没有忘记这一切,提玛尔满心喜悦。他认为姑娘能够把这些事情讲给索菲雅太太听,就表明了她对他的爱。

"哎呀,亲爱的雷韦廷,您知道蒂美娅是多么牵挂您啊!"

蒂美娅听了这些话并没有感到不好意思,她没有忸怩作态地反驳,可是脸上也不曾泛起羞涩的红晕,以证实这些话。她对待提玛尔只有谦恭、真诚和顺从。她听任他紧紧握着她的手,听任他一个劲儿地盯着她的眼睛,而且每逢他前来和离去的时候,她都跟他握手,对他微笑。

此外,索菲雅太太每天都要对提玛尔报告一些蒂美娅新谈到的关于他的事。

提玛尔确信自己是一个幸福的丈夫,妻子会很爱他。

婚期到了。

从远方赶来大批客人,马车排成长长的行列,整条街都占满了。盛况不亚于那个不幸的喜日,可是这次没有发生任何不幸。

新郎挽着他的未婚妻,从现在属于她的、过去属于布拉佐维奇的家去到教堂。喜筵则摆在提玛尔家里。索菲雅太太非要在准备喜宴的时候担负监厨不可。阿塔莉雅没有到教堂去,她独自留在自己从前的家里。组成一个长长的车队的马车,一辆接着一辆把男傧相、女傧相、证婚人、新娘和新郎相继载走。这时她躲在窗帘后面望着人们;就是在这儿,她在那个不幸的日子伫望过她的未婚夫。

　　阿塔莉雅在那里一直等到马车又回来,再打从布拉佐维奇的房子前面经过。新郎和新娘坐在一辆马车里,她目送着他们。所有的来宾都曾为新夫妇祈祷;要真是如此,那她也为他们祈祷几句吧!

　　蒂美娅并没有感到结婚像索菲雅妈妈从前给她描绘的那么美好,教士没有头戴金盔身披锦袍,他也没有把银冠举在新婚夫妇的头上,给他们加冠成为夫妇,而且也没听到歌声。

　　新郎穿着带饰物和镶天鹅毛边的贵族丝绒衣服,身段很好,只不过老是低着头。他不善于在身着贵族豪华衣饰的时候保持应有的那种高傲气派。

　　并没有举行富有佳趣的仪式:用一个绸斗篷把新娘新郎蒙起来,让他们在神秘的黑影中第一次单独相会。然后教士拉住他们的手,领着他们围绕圣坛走三圈。连喝交杯酒以及在圣坛前的神圣接吻也都取消了。

　　甚至可以说压根儿就没有圣坛。有的仅仅是一个穿着黑袍的教士,他很会说话。不过,要是说上一声"上帝保佑",那听起来就会更动人喽。而且他们只是站着发了结婚誓言,没有并肩跪下。这很不隆重的新教结婚仪式,使近东姑娘原来被激起的幻想无从实现。本来嘛,除了仪式以外,蒂美娅还根本不明白结婚是怎么一回事哩。

或许随着光阴的流逝,她会慢慢理解这一切吧?

盛大的喜宴结束了,客人纷纷散去,新娘留在新郎的家里。

最后只剩下米哈利和蒂美娅两个人。这时他坐在她身旁,攥住她的手。他觉得自己心跳得厉害,使他的全身都感到震颤。他那么渴望占有的这个无价之宝,现在属于他了。他只要张开胳膊,就可以把她搂抱在怀里;可是他不敢这样做!一种神秘的魔力控制着他。

她既是他的爱人,又是他的妻子,但她却没有感到他的亲近,没有发抖,也没有脸红。

提玛尔抚摸着她的肩膀。这时只要她害怕地低一下头,只要她那洁白的脸庞浮起一层羞涩的红晕,那妨碍两个人亲昵的魔力就会失去作用。但是蒂美娅依旧像个梦游人似的那样冷漠、安详和无动于衷。

他在那个不幸的夜间把她救活过来以后,她当时躺在他身旁的床沿上,仿佛祭坛上的一尊雕像凛然不可侵犯;眼前的蒂美娅在米哈利的心目中就跟那天夜里一样。那一夜睡衣从她的肩头滑落下来,她的脸上没有任何表情;告诉她说她父亲死了,脸上还是没有任何表情,现在这张脸又出现在提玛尔眼前……

甚至现在他在她耳边悄悄说了一声"亲爱的!"这张脸也仍然纹丝不动。

这个梦中人是一尊石膏像,又是一尊会鞠躬、会服从、会贴近你,但是没有生命的塑像。她两眼望着你,但是那目光既不鼓励你什么,也不拒绝你什么。你可以爱对她怎样就对她怎样,她对一切都听之任之。他尽可解开她那光亮美丽的头发,让它披散在肩上。他尽可把嘴唇凑近她那洁白的面庞,试图引起她的热情,但她却不爱热情的感染。

提玛尔相信,只要他一把搂住这个冷若冰霜的人儿,那妨碍他俩亲昵的魔力就会失去作用。可是他的心跳得更厉害了。他觉得自己仿佛正要犯什么罪;他的本性,他的守护神和他的每根神经,都在反对他这样做。

"蒂美娅……"他用讨好的声调轻声对她说,"你知道你是我的妻子了吗?"

蒂美娅直勾勾地望着他的眼睛,平静地说:

"知道。"

"你爱我吗?"

这时她带着惊讶的神情睁大了那双深蓝色的大眼睛,提玛尔从她的目光中一下子看出那么多的东西,犹如幸运地从布满星斗的天空中窥见了一切的奥秘。接着她那像丝绒般长长的睫毛一眨,闭上了眼睛。

"你觉得对我没有爱情吗?"丈夫满怀希望地恳求说,同时叹了一口气。

面庞白皙的女人重又睁开眼来,还是同样的目光!她然后问道:

"爱情是什么?"

爱情是什么?爱情是什么?世界上所有的聪明人,都无法向感受不到爱情的人说明它是什么!

爱情是什么?爱情是什么?它对于感受到爱情的人,又不需要任何一个字来说明。

"唉,你这个孩子!"提玛尔从妻子身旁站起来,叹息说。

蒂美娅也站起来。

"不,老爷!我不是个孩子。我知道我的身份,我是您的妻子。我对您这样发过誓,也对神发过誓,我将做您忠实顺从的妻子。这是命里注定的。您对我有过那么多的好处,我终身也无法报答。您是我的主人,您希望怎样,您有什么吩咐,我永远听从。"

提玛尔转过身去,捂住自己的脸。

她那掩藏了一切痛苦的无所欲求的目光,使得他的满腔热情都凉了。谁有勇气拥抱一个女殉道者呢?谁有勇气拥抱一个手拿棕榈枝头戴荆冠的圣像呢?谁会在一个活死人似的新娘面前热血沸腾呢?

"您吩咐吧,一切我都服从!"

米哈利现在才理解到,他获得的是一场多么虚幻的胜利。他娶了一个妻子,她如花似玉,但却是一尊石膏像。

第二章 守护魔

一个男人为了赢得妻子的感情不知会采取多少错误的办法！不知有多少丈夫把境况的改变寄托在时间上！对于冬天除了等候春天到来又能有什么办法呢？

在信仰伊斯兰教的家庭中，父母是这样把女儿教养大的：结婚以前连她的面都不能让丈夫见到。在他们的国家里，通常不会有谁问一个女人："你爱他吗？"或者问："你不爱我吗？"无论是父母还是教士或丈夫，都没有这样问的。妻子的义务是服从。丈夫会尊重妻子；但如果丈夫发觉妻子不贞，他就要杀死她。最重要的是她有没有一个漂亮的脸蛋，有没有一双灵活的眼睛、一头浓密的头发和香馥的呼吸；而她感情如何，则无人过问。

然而，这姑娘在她养父的家里得到了另一种体会：那就是基督徒允许有幻想，甚至以某种方式鼓励幻想；可是谁要真的耽于幻想，却又不把他当成一个病人给予医治，而是像一个罪人似的给予惩罚。蒂美娅因此就必须吃苦头。

蒂美娅是提玛尔极为忠贞的妻子，除了为妻的职责以外，她别无思虑。她那隐秘的愿望虽也一度复萌，心中千百次起过去找大尉的念头，就像在黑夜里曾两次不留神踩到横卧在大街上的妓女的阿塔莉雅那样，但结果都没有这样做。她本身的失策给自己的心灵带来了死亡。蒂美娅埋葬了自己的感情,使感情冻结了。她嫁给了一个她所尊敬的、有恩于她的男人,她想做他的忠贞伴侣。

这是一件极平常的事情。有这种遭遇的人,总是用春天一到会给心灵带来温暖安慰自己。

婚后提玛尔带着年轻的妻子去作蜜月旅行,游历了瑞士和意大利。

他们离家时怎样,回来时还是怎样。瑞士引人入胜的山谷也好,意大利馥郁芳香的原野也好,都没有给提玛尔带来安慰。

什么化妆品呀,首饰呀,凡是丈夫通常送给妻子的东西,他都买给她了。他使她领略了大都市中的各种享乐。这一切结果还是白费。

月光在火镜下也不会发热的。

妻子小心顺从,感恩知报,温柔可爱;可就是不论在家里还是在旅途中,不论在欢乐还是在悲哀的时候,提玛尔都琢磨不透她的心。她的心已经死了。

提玛尔娶了个死女人做妻子,他怀着这样的感觉从蜜月旅行中归来。

有一个时期,他考虑离开科马罗姆,搬到维也纳去住,也许在那里可以开始一种新的生活。

但是,后来他又有了另外的打算。

他决定仍然留在科马罗姆,把布拉佐维奇的房子布置成住宅。他打算跟妻子一起搬进这所房子,而把他原来的家改作企业经理处,以免人们因为商业上的事情出入他的家庭。这样他就是整天不在家,把妻子一个人丢在家里也不会有人注意。

不过,在社会上他们总是双双出现,妻子伴同丈夫一起参加社交活动。到了该回家的时候,她就亲切地提醒他,并且挽着丈夫的胳臂,跟他一块儿离开。人人称道这位丈夫命好,称道他多么有福气、有这样一位漂亮可爱的太太!

但愿她不完全这样忠实,这样善良,那样他至少还可以恨恨她!

可是任何诽谤也落不到她身上,而且春天也没能使她心里的冰块融化。冰山一天天地增大。

提玛尔咒骂自己的命运。

即使以全部家财为代价,他也没有可能换得妻子的爱情。他觉得自己有钱反而不能称心。豪华的生活和万贯的家财只有加深两人之间的隔阂,而穷人的狭小天地却使夫妻俩更加亲爱地生活在一起。打短工的和摇船的,他们的家当可以说只有一间房子、一张床和一张桌子,可是他们都生活得称心如意。伐木工人拉大锯的时候,妻子就面对面帮忙拉锯,也生活得那么幸福。一天的活儿干完了,夫妻俩坐在地上吃着同一个罐子里的豆汤,工作完成了以后彼此还要吻一吻。

噢,要能做这样一个穷人有多好!

提玛尔开始憎恶钱财,并且想方设法要花光他的钱财。他是这样想的:如果他遭到什么不幸,整个财产全没了,那么他的妻子也许就会和他亲近了。

他要耗尽钱财,可是办不到,命运女神总是向不把她放在眼里的人大献殷勤。不论什么买卖,别人经营一定倒霉,而他经营就总是一本万利。不可能的事情在他的手里会变成可能,而且得到实现。他想用赌博来挥霍,可是骰子一掷就是六点,反而一赢到底。他往哪儿一站,金钱就滚滚流向哪儿。他如果逃走,躲避起来,金钱就仿佛在追他似的,跟随着他寸步不离。

所有这一切他都愿意用来换取妻子的甜蜜一吻啊。

难道金钱不是万能的吗?

人们可以用金钱换取到多少爱情哟,诸如虚假的欢乐,勉强作出的笑脸,偷偷摸摸的罪恶情欲等;可就是换取不到他唯一从心里真挚热爱的那个女人的爱情。

提玛尔开始希望能够憎恨自己的妻子,希望能够使自己的心相信她爱另一个人,相信她不贞,破坏了夫妇间的义务。

可是,他找不到任何理由去恨她。这位妻子走到哪儿总是挽着自己丈夫的胳膊,她在社交场中保持极庄重的态度,使任何轻薄大胆的家伙也自然而然地不敢接近她。她在娱乐的时候不跳舞。她甚至公开说出自己不跳舞的原因:过去没有人教过她,而婚后她也不想再学了。她只是接近一些年纪较大的女人。如果丈夫出门一个星期,她就在这一整个星期中不出家门一步。

好,那么她在家里怎么样呢?在社会上的情形自然是一目了然;而在家里,隔着墙壁可不容易看透!

啊,在这个问题上提玛尔得到的答复再重要不过了。蒂美娅跟阿塔莉雅一起住在那幢房子里。阿塔莉雅对于夫人的名誉不是一个守护神,而是一个守护魔。

阿塔莉雅严密注视着这个年轻妻子的一举一动、言谈思想、叹息和眼泪,甚至梦里的呓语。她憎恨这个新婚女人不亚于憎恨她的丈夫,只要她能够在这个家里窥出半点儿罪孽的影子,她一定会立即设法使这两个人变得不幸。

当初蒂美娅请求提玛尔允许阿塔莉雅和索菲雅也住在这座房子里时,一方面是出于她那富于情感的善良心肠,另一方面恐怕也出于某种考虑,那就是把自己永远不便再见面的那个人的未婚妻留在身旁守护自己,是再妥当不过了。

阿塔莉雅一双怀着憎恨的冷酷眼睛随时随地都在注意着蒂美娅。

只要守护魔不说什么,连上帝也无法判定蒂美娅有什么罪恶。

事实上,蒂美娅家中的真正守护魔阿塔莉雅也确实没有说什么。阿塔莉雅不分大小事情,件件都要注意。

再细微的事情也瞒不过她。只要稍稍有一点能跟蒂美娅作对的机会,她也决不放过。

她认为蒂美娅现在大大方方地把这幢房子从前的小姐留在自己家里,当作姐姐和小姐看待,无非是一种骄傲的表现。单单为了这一点,她就故意要在所有的人面前表现自己只不过是个使唤丫头。

因此,她每天前来打扫房间的时候,蒂美娅只好从她手里把笤帚强夺过来。但是蒂美娅一转身,就又会发现她正在给女主人刷衣服。特别是在有客人到家里来吃午饭的时候,这个伪装的使女更是无论如何也不肯离开厨房。

阿塔莉雅过去那些化妆品和衣服,蒂美娅都已经归还给她了。她有满满好几橱的西藏羔皮衣、羊毛织品和那不勒斯的上等衣料服装。但是她偏偏从中挑出从前只是当晨衣在梳妆时穿的那套最旧最脏的衣服来,而且老是只穿这套。要是碰巧再在厨房把衣服烧个窟窿,或者是在收拾灯的时候洒上几滴油,那她心里就更痛快。她知道蒂美娅不高兴她这样做。

蒂美娅把价值上千盾的首饰也都归还了她,但是她收起来不戴,偏要用十个克里泽买一枚玻璃别针戴上。

后来蒂美娅想了个办法,偷偷让人把这个别针的玻璃换掉,镶了一块贵重的白璧。有一天,蒂美娅把阿塔莉雅那些又脏又旧的衣服统统扔进水里,然后拿出自己做衣服的料子让人给她的女伴做新衣服。的确,阿塔莉雅可以让蒂美娅苦恼,但是不能使她发火。

就是在宴会上,阿塔莉雅也竭力对女主人表现出使人难堪的恭顺来引人注意,她知道这样会使蒂美娅感到不快。蒂美娅一让她干点什么,她就像个黑奴挨了鞭打不敢怠慢似的,跑着赶快去做。甚至一和蒂美娅讲话,她连声音也变了。她从不用本来的声调,而是憋出一种又细又高、好似阉鸡叫的声音,表现得奴颜婢膝和竭力讨好的样子,从而使她所嫉恨的人感到苦恼。她在和她的仇敌交谈时,总是用故作亲热的柔声,并且爱发咬舌音,譬如说"美腻(美丽)的蒂美娅!""蒂美娅,我的宝别儿(宝贝儿)!"

无论怎么说她也不肯和蒂美娅你我相称。

她所采用的最狡狯的讥刺方法,是不断地竭力夸赞这对新夫妇,对丈夫夸妻子,对妻子又夸丈夫。

跟蒂美娅单独在一起的时候,她就大声长叹说:"唉,您多么幸福啊,蒂美娅,您的丈夫多么正派,他多么爱您呀!"当提玛尔从外面回来的时候,她就做出天真的样子嗔怪他说:"非出去这么长时间不可吗?让蒂美娅那么失望。哎呀,您知道她多么想念您盼您回来啊!您悄悄到她屋里去,吓她一跳!您用手蒙住她的眼睛,看她能不能猜到是谁。"

这种嘲讽在恭顺、虚伪和亲热的假面具下,伤害着这对夫妇的心,他们只好忍受。他们实际上并不幸福,这一点阿塔莉雅知道得再清楚不过了。满脸谄媚神色的阿塔莉雅本身就像一种尖刻的讽刺。他们在自己家里无处不看到她作出讨厌的阿谀神气,装出气人的奴才嘴脸,表现出曲意逢迎的模样,使他们就算在内心深处也没有藏身之地。而这一切,他们都不得不忍受。

独自一人的时候,阿塔莉雅就丢掉她那使自己苦恼也使别人苦恼的假面具。她知道怎样发泄自己压抑的怒火!

她一个人在自己屋里把蒂美娅始终不能夺过去的笤帚倒过来,用笤帚把儿往靠椅和床铺上乱抽一通。虽然她说是在敲打床垫和椅垫,而实际上是在撒气。

有时她在出入一道门时被门把手挂住了裙子或者衣裳,她就咬牙切齿地猛力一拉,不是把衣服撕烂,就是把门把手拉断。这样她心里才感到痛快。她烦恼的时刻虽没有人看到;但那一堆堆破烂家什、碎玻璃杯和损坏了的家具却是证明。

但是另外还有一个默不作声忍耐着的人,阿塔莉雅常把自己一点一滴积累起来的怨愤一下子发泄在她身上。这个人默默地忍受并非是她不善于说话,而是因为她是阿塔莉雅的生身母亲。可怜的索菲雅妈妈总是躲避着自己女儿,害怕跟她单独在一起。她是这家里唯一可以听到阿塔莉雅真正声音的人,女儿只有对母亲才敢表现出她那似海的仇恨心情。索菲雅太太跟女儿睡在一个房间里总是提心吊胆的;她在跟敦厚老实的厨娘说知心话时便捋起袖子让厨娘看:那青一块紫一块的胳臂,这是美丽的阿塔莉雅两手留下的痕迹。内心燃烧着怒火的姑娘晚上遇见自己母亲时,就狠狠地拧她,同时对着她耳朵悄声说:"你为什么把我生到世上来?"

嘿,有时能够踢上女主人最心爱的狗一脚,她才叫感到快活啊。她可以告诉蒂美娅用人们如何可恶,今天又弄坏了什么东西,又在胡乱传说什么闲话,等等。这也给她自己带来莫大的快乐。因此蒂美娅免不了天天都要听到这类事。

阿塔莉雅表面上假装殷勤而暗怀愤恨,她这样好不容易地熬过一天以后才算躺下休息。她不需要谁帮助她脱衣服。她把衣服一甩,扯断身上的丝带。连散开的辫子也要跟着倒霉,她用梳子猛力梳头,并且用手使劲儿揪自己的头发,就好像这头发是别人的,或者这头发连累了她,带给她绝望似的。然后她用两脚乱踏丢在地板上的衣服,接着扑在床上,用牙把枕头咬得稀烂,同时想象着地狱中的种种痛苦。她在静静的夜里躺着,直到听见有一扇房门落了锁,说明她那敌人的丈夫已走进自己孤寂的房间去歇息了,她才能安下心来,称心如意地睡去。

她想方设法要证实这对新夫妇并不幸福。她怀着幸灾乐祸的心情,盼望这家厄运临头。

但是,新夫妇双方谁也没有泄露自己的隐衷。

他们之间既没有发生过激烈争论,也没有发生过口角,甚至连一声不愉快的叹息都没有。

蒂美娅的性格始终那样,唯有丈夫的心情开始变得一天比一天抑郁。他常常几个钟头几个钟头地坐在妻子身边,当然也握着她的手,只是不正视她的眼睛。随后他站起来走开,连一句话也没有。男人毕竟不如女人那样会掩藏自己的隐情。

过了一些时候以后,提玛尔已经养成时常出门旅行的习惯。有一次他告诉家里几时回来,可是事后却提前回来了。

另一次,他又出乎妻子意外地在不到该回来的时刻就突然回到了家里。每逢这种时候,他就装作像是偶然有事回来的样子。他不愿说出自己究竟为什么提前回来;然而看得出这是出于疑心,是出于嫉妒。

有一天,提玛尔说他要到雷韦廷去,一个月以后才能回来。一切都按照要出远门的样子安排。当夫妇俩以冷淡的、显然是例行公事的态度接吻告别时,阿塔莉雅也在场。

阿塔莉雅冷冷地笑了笑。

换一个人也许不会发觉这种冷笑。换一个人也许不会感觉出那种恰恰刺中了提玛尔的心的嘲讽。这是幸灾乐祸的嘲讽,是对一个像他这样无可奈何的丈夫的轻视。这一笑仿佛在说:"你只管走吧!"

提玛尔就在这种幸灾乐祸的讥笑的刺激下上路了。他一面想着这种刺激,一面向雷韦廷方面赶路。但走到傍晚时分,他忽然吩咐把车子掉转头,在快到半夜的时候又返回了科马罗姆家中。

住宅有一个便门直接通到他的房间,钥匙他经常随身带在口袋里,他可以不惊动任何人就走进去。他从自己的房间经过一个穿堂,走向蒂美娅的卧室。

他的太太一向不锁卧房门;因为她有一个习惯,晚上要在床上看很长时间的书,所以女仆不得不到时候进去看看太太是不是把灯熄了。

蒂美娅的卧室后面就是阿塔莉雅和索菲雅太太的卧室。

提玛尔悄没声地走到门前,小心翼翼地推开了房门。房间里静悄悄的,蒂美娅正睡得熟,带乳白色灯罩的台灯在屋里发出惨淡的光亮。

提玛尔撩开帐子,睡在他面前的依然是他当初在船舱里心怦怦跳着救活过来的那尊神圣不可侵犯的塑像。看起来她现在好似仍然在沉睡中。妻子没有感觉到提玛尔来到她身旁,也没有隔着紧闭着的眼帘看见他——虽说女人就是在睡梦中也会看见自己心爱的人。

提玛尔弯下身去,贴近她的胸脯数了数她的心跳,她的心均匀平静地跳动着!没有任何不忠实的迹象……寻找猎物的饥饿怪物又扑了一个空。

他在床前站了半晌,端详着这个睡美人。后来突然发觉阿塔莉雅站在自己面前,他吓了一跳。阿塔莉雅浑身上下穿得整整齐齐,手里端着蜡烛,脸上再次带着那种刺人的冷笑!

"您什么东西忘在家里了吗?"她悄悄地向提玛尔问道。他颤抖着,像一个突然被当场捉住的窃贼。

他指着睡觉的人向阿塔莉雅做了一个手势,要她别作声,同时赶快离开床边,低声说:"我把一些文件忘下了。"

"我叫醒蒂美娅,让她把文件给您找出来好吗?"

提玛尔生平第一次耍花招被人捉住,心里老大不痛快。文件不在蒂美娅身边,在他自己房间里。

"不要叫醒她,要找的文件在我那里,我只是以为钥匙掉在这儿了。"

"那么您找到钥匙了吗?"阿塔莉雅带着嘲讽的神情问道,重新点燃手中的蜡烛,殷勤地为提玛尔照着亮一直来到他的房间。到了这里她把蜡烛放在桌子上,并不离开。

提玛尔漫无目的地把一些文件乱翻了一阵,什么也没找到,他本来就不知道要找什么。最后他什么东西也没拿出来,就把写字台的抽屉锁上了。

阿塔莉雅又向他露出不时浮现在她唇边的那种讥刺的冷笑。

"您有什么吩咐吗?"她问道,因为提玛尔盯着她好像要问什么似的。

提玛尔什么也没有回答。

"您允许我讲一下吗?"

提玛尔听见这句话,觉得周围一切都旋转起来。他一句话也说不出来了。

"您允许我说说蒂美娅的情形吗?"阿塔莉雅低声问道,并且把脸凑近他,用她那对美丽而阴险的眼睛的魔力迫使这个发呆的人就范。

"您知道什么呢?"提玛尔不安地问道。

"我什么都知道。您希望我说说吗?"

提玛尔同自己斗争着。

"不过我要预先对您把话说明,您听了我所知道的事情以后,您会感到非常不幸的。"

"您说吧!"

"好,那您就听我说吧!蒂美娅不爱您,这点我知道得跟您一样清楚;蒂美娅爱的是谁,这您也知道得跟我一样清楚。可是有一点您还不清楚,而只有我一个人知道,那就是蒂美娅对您像天使一样忠贞。"

提玛尔听到这几句话,浑身颤抖起来。

"您希望从我嘴里听到一些别的事情,是不是?您非常想从我嘴里听说您的太太有什么可耻的行为,因而您可以和她离婚,是不是?情况不是这样,我的先生。您娶了一个石膏像做妻子;她不爱您,可是也不曾欺骗您。这一点只有我一个人知道,而且知道得十分确切。噢,您做丈夫的尊严得到了很好的维护。您就是雇用神话里的千眼金刚当守卫,也不会比我对于您的尊严维护得更好了。这个女人的举止行为,言谈思想,我全都了然;她心里有半点隐私也瞒不住我。自从您把我留在家里那天起,您就把您的尊严交给了得力的人。虽然您恨我,但是您决不会把我赶走;因为您非常清楚地知道,只要有我在这里,您所担心的那个人就不会接近您的宝贝儿。我是您家的一把金刚钻做的锁。我不妨全都告诉您:从您离开城里,一直到您回来,您的家就是一个修道院。这里不接待任何客人,不论男人还是女人。给太太来的信,您可以看到,都原封未动摆在您的写字台上。您可以随便拆看这些信,或者把它们扔进火里。

"您的妻子在您出外期间从不到街上去闲逛,她一出门就坐车,而且还要有我陪伴。她唯一散步的地方是那个岛,就是在那里也经常有我在她身边。我看出她很痛苦,可是我听不到她有什么怨言。她又怎么会向我诉苦呢?我忍受着跟她同样的痛苦,像在地狱一样,而且我的痛苦是她造成的。

"自从她那妖精似的脸庞出现在这所房子里,就给我带来了不幸。在那以前我本来是很幸福的,那时有人爱着我。您不用担心,我不会哭的!我不再有爱,而只有恨,只有无限的恨。您不妨把家交给我,您把我留在家里,可以放心地周游世界去。等您回来的时候,只要看到您的太太还活着,您就可以确信她对您仍然忠贞。先生,因为只要她什么时候跟那个人说上一句亲密的话,哪怕只是回答他一个亲切的微笑或是拆看他的一封信,我不等您回来就会亲手把她杀死,您回来只能祭奠一番。现在您该明白您留在家里的是什么了吧?您留在家里的是一个怀着妒火的女人,她紧握着一把利剑对准了尊夫人的心口。在这把剑的维护下,您可以永远高枕无忧;尤其是当您在我面前发抖,无可奈何地依靠我以后,这把剑更会发挥作用。"

提玛尔听到这番激昂狠毒的话,觉得自己失去了一切精神力量。

"凡是我所知道的关于蒂美娅、关于您和我自己的情况,我全都告诉您了。我还要对您重复一遍,您选中了一个爱上另外一个男人的姑娘做妻子,而另外这个男人是属于我的。您夺去了我这所房子。我的父亲,我的财产都是您一手毁灭的,然后您又使蒂美娅成了这所房子的主人。哼,现在您可以看出,您干的是什么事了吧!您的太太不是妻子,而是一个女殉道者。您要知道,您为了占有蒂美娅花费了那么多的心机,结果呢,光是您自己痛苦还不算,又造成了她的不幸。只要您在世一天,她就一天不会幸福。雷韦廷先生,您带着这个刺激离开家吧。走遍天下您也找不到医治这种痛苦的灵丹妙药;而我对此却感到高兴,打心眼儿里感到高兴。"

提玛尔瘫软地坐在扶手椅里。姑娘脸涨得通红,两眼炯炯有光,咬牙切齿地探着身子站在他面前。她攥着拳头,仿佛正将一把看不见的匕首插到他的心上。

"现在……只要您能够办到,就请您把我从家里赶走吧!"

阿塔莉雅的脸色失去了女性的一切妩媚,不再是平时那副伪装的顺从样子,而是充满了出于无限激愤的挑衅性的傲气。

"只要您能够办到,就请您把我从家里赶走吧!"

阿塔莉雅像个大获全胜的妖精那样,神气十足地离开了提玛尔的房间。她端走了桌上的蜡烛,把这个被打垮的男人丢在黑暗的房间里。她告诉他了,她不是唯命是听的使女,而是这所房子的守护魔。

提玛尔看着姑娘端着蜡烛走近蒂美娅的卧房门口时,他仿佛听见耳边有人对他低语:冲过去,抓住她的胳臂,拦住她的去路,对她说:"这样吧,我遵守诺言,让您住在这所倒霉的房子里,但仅仅是您自己,不包括我们。"然后像沉船的那个不幸的夜晚一样冲到蒂美娅跟前,把她从床上拉起来,同时惊呼说:"房子塌了!我们逃命吧!"并带着她离开这幢房子,逃往一个没有人监视她的地方……

这个想法在他的脑子里盘旋着……他必须这样办……

阿塔莉雅推开蒂美娅的房门,回过头来又看了他一眼,然后走进卧房,从里面把门锁上了。提玛尔仍然待在黑暗中。

啊,周围多么黑啊!他还听到钥匙在锁孔里转了两下。他的命运已经注定了。

他站起来,在黑暗中把自己出门应用的东西摸索着收拾到一起。为了不惊动家里任何人,他没有点灯,也没有出一点声音。不能让人知道他曾经回来过。他摸着黑把一切收拾好以后,就像一个贼,像一个逃犯似的悄悄溜出门外,用钥匙把门锁好,然后偷偷离开了家。那个姑娘反而把他从家里赶出来了。

街上迎面刮来四月天夹着雨雪的大风。这对于所有不愿意被人看见的人说来,倒是个合适的天气!风呼啸着扫过大街,雨雪吹进他的眼睛里,他就在连狗都赶不出屋子的天气里坐着他的敞篷马车上路了。

第三章　春天的田野

这位旅人在残冬砭骨的余寒中一直赶到博约①。田野处处覆盖着新雪,森林依旧光秃秃的。提玛尔的思绪也好似这狂风乱舞的寒冷天气一样。

这个冷酷无情的姑娘说得对,不仅他自己没有幸福,妻子也是一样。只是他加倍地苦恼,因为他们两个人的不幸是他一手造成的。这是那第一个过错招致的惩罚。

他在发现阿利·邱尔巴德希的财宝,把那些东西据为己有的时候,其目的就是要在将来利用这些东西把蒂美娅弄到手。现在他已经如愿以偿,可是命运却要惩罚他。

穷人卑贱,但是可能是幸福的;富人荣耀,但是没有幸福。

他到底为什么一定不能有幸福呢?

难道他没有一点可爱的地方吗?难道他没有那种作为人的高贵品质,够不上让妻子热爱吗?他的五官端正,他的两眼富于表情,他的身体健壮完美,他的血液纯洁,他的心懂得爱……即使他穷得像个乞丐,难道一个妻子就不能因为他本身而爱他吗?

可是蒂美娅竟然不爱他。说来说去总是这个答案。

---

① 博约,又译"包姚",匈牙利南部的一个城市,在多瑙河畔。

如果一个丈夫不得不对自己说:"妻子不可能爱我!"这是最痛苦的自我谴责,真比自认有罪还令人难堪。

活着到底为了什么呢?在未来的漫长岁月中有什么目的呢?

是不断地种地、经商和积累钱财吗?或者是给人们做些好事呢?啊,这是一种无可奈何的逃避,在家里得不到爱,就去追求大街上穷人的感激之情。

在家里得不到爱,他就要种果树,做一个园艺家,这是第一阶段。第二阶段是饲养良种鸡和其他良种家禽。最后阶段是参加一些博爱和慈善事业。这样做又有什么收获呢?对别人行善值得吗?

提玛尔被这样一些痛苦的、恼人的思绪烦扰着,直到博约。最后他在这里停下来休息。

博约也有他的办事处,他在匈牙利低地旅行的时候,就以这里作为通讯处。这里已经有大批的信件等候着他。

他怀着极度厌倦的心情拆看这些信件;油菜是否冻了,英国边境的关税是否增加了,金属价格是否上涨了,他哪里还有心思想这些!

但是在收到的信中毕竟发现了两封使他愉快的信,一封是他在维也纳的代理人来的,另一封是他在伊斯坦布尔的代理人来的。

这两封信的内容使他感到很高兴。他把两封信塞在衣袋里,原来那种冷漠心情开始消失了。

他用往常那种敏捷、果断的精神,对他的那些商业负责人作了指示,把他们的报告仔细地记录下来。他办完这一切以后,就又匆匆地继续上路了。

他的旅行已经有了目的,虽然这目的不大,可总算是个目的。他要给几个穷人带来一种快乐,一种真正的快乐。

天气骤变,像在匈牙利常见的那样,突然出现了晴朗的天空和温暖的太阳,冬天立刻变成了夏天。一过博约,各地的情形也马上不同了。

提玛尔坐着换了快马的马车奔向南方,大自然的变化一天之中好似过了好几个星期。在莫哈奇①附近迎接他的是葱绿的森林,桑博尔②四周的草原好像已经覆盖上了绿色的天鹅绒,乌伊维德克附近已经有了五颜六色的春天花朵,潘切沃附近的菜田中金黄色的油菜在微笑;丘陵上仿佛蒙着一层粉红的积雪,原来是一片盛开的桃花和杏花。

两天来的旅程仿佛梦境一样,前天在科马罗姆还是遍野白皑皑的雪,今天到了多瑙河下游却已看到葱绿的森林!

晚上提玛尔在雷韦廷的别墅下了车,一到那里立刻向管家作了一些指示。翌日天一亮他就起来了,坐着车去视察他那些停泊在多瑙河岸边装了货的船只。

他看到一切都有条不紊。发布拉先生是所有船只的总管,事事都办得很顺当。

"老爷,您可以去打打野鸭子!"

雷韦廷先生真的按着发布拉先生的建议去打野鸭子了。他准备好舢板,带上一个星期的干粮,拿上一支双筒猎枪,预备了充足的弹药。这个时候芦苇丛中到处是野鸟,即使他钻进去待一星期不出来,也不会有谁感到奇怪。野鸭一群群地

---

① 莫哈奇,匈牙利南部城市,多瑙河上的一个码头。
② 桑博尔,原南斯拉夫北部城市。

飞来飞去。此外这里还有鹬、红山鹬和苍鹭,后一种野禽人们猎取它是因为它的羽毛特别美丽。在这里甚至还可以遇到鹈鹕,也能打到埃及鹦。说不定还能碰到火鹤!好打猎的人只要来到这里,就会流连忘返;而提玛尔恰恰特别喜欢打猎,打猎对于一个船员来说是真正的消遣!

但是这次提玛尔的猎枪连子弹也没装;他静静地坐在舢板上,听任它顺流而下,一直来到奥茨特洛瓦岛的顶端。他在这里掌住舵,横渡多瑙河。

他划着船绕过岛的末端,然后很快地辨明了方向。他从向南伸展的芦苇丛中立刻发现了那些熟悉的参天白杨,便直奔这个方向划去。

芦苇丛中开有一条通路,曲曲折折的,可是熟悉的人一眼就可以看清。啥地方提玛尔只要到过一次,即使摸黑也不会走失。

……阿尔米拉和娜西萨这时在干什么呢?

它们在大好的春光里可能在干什么呢?它们两位这时一般都在打猎。

不过在岛上打猎也有限制!

捕鼠要在夜间,可是阿尔米拉不能参加。严格禁止娜西萨捕鸟,也不许可阿尔米拉追捕三年前越过结冰的多瑙河迁移到这儿来的土拨鼠。

对,这里还有水栖动物,猎取水栖动物也是一件有趣的活动。

阿尔米拉蹚水走到几堆小卵石中间的清澈水洼里,小心翼翼地把一只爪子伸进一个洞去,洞里有个什么黑魆魆的东西。阿尔米拉突然一跳,把爪子抽回来,一只大黑螃蟹用钳子夹住了它的爪子不放。狗瘸着一条腿从水里走出来,拼命地嚎叫,最后在岸上好不容易才把这个可怕的怪物甩掉了。然后它和娜西萨一起琢磨,用什么办法能把肉从壳里弄出来。这个横行的怪物当然不听这一套,竭力想逃回水里。两位"猎人"便用爪子一前一后抓住它,这当儿大黑螃蟹突然一翻身背朝下倒在地上,于是阿尔米拉、娜西萨和螃蟹三个便僵在那里,谁也不知道下一步该怎么办。

突然阿尔米拉的注意力转向了另一方面,它听到一种声音,并且嗅到了人的气味。一个熟人正从水上向岸边靠近。

它没有对来人汪汪狂叫,只是低声哼哼着,这是它高兴、愉快的表示。它已经认出了划船的人。提玛尔跳上岸,把舢板系在一根大木桩上,然后一面抚摸着阿尔米拉的头,一面问它:"喂,你们家里现在都好吗?一切都顺当吗?"

狗对他一一作了回答,当然是用纽芬兰的犬语。从声调上听来回答是使人满意的。

一声可怕的哀嚎突然打破了这情谊绵绵的重逢场面,可以预想到的祸事发生了。娜西萨过于凑近那个肚皮朝天、向四面伸着腿的怪物,被它用钳子夹住了耳朵,并且用六条长腿抓住了脸。

提玛尔立刻赶到出事的现场,他以惯有的沉着,估量着这个带壳怪物的大小,一下抓住它的钳子够不到的地方,同时用手指使劲捏螃蟹的前部,迫使它把猫放开。然后他把这怪物使劲往地上一摔,它立刻伸直了腿,不幸的灵魂便进了地狱。

娜西萨满怀感激地蹦到这位侠义的解救者的肩头上,从那里还向已死在地上的敌人发出怒吼。

在完成这一壮举以后,我相信任何长篇小说都会一样地写提玛尔动手从小船上把自己的东西搬上岸来。东西都装在一个旅行袋里,往肩上一扛就成;但是还有猎枪呢。猎枪!阿尔米拉不喜欢看到他手里拿着猎枪的。要把猎枪留在船上也不妥当,因为万一有什么人经过这里,就会顺手牵羊地把枪拿走。可提玛尔做得再好不过了。他把枪交给阿尔米拉,让它用嘴叼着。阿尔米拉把枪当作战利品似的叼在狮子般的大嘴里,好像一个仆人在主人散步时给主人拿着手杖一样。

娜西萨仍然待在自己的救星肩上,在他耳边咪咪地叫。

提玛尔跟随着阿尔米拉走去。

他走在岛上绿草如茵的小路上,觉得自己好像刚出生在世上一般!这里充满梦一般的幽静,引人沉思的孤寂。

乐园的果树正在开花。已经可以看到一些白色和粉红色花朵堆成的金字塔,其中还有垂到地面的野蔷薇构成的一个个凉亭。翠绿的草坪上处处点缀着紫罗兰和金色的毛茛。日光引诱着花儿互相接吻、吐露芬芳,醉人的馨香弥漫在远近的空气里,使人每吸一口都会在内心充满造物主的光辉慈爱的嘘息。花海中不断发出低沉的嘤嘤声;上帝就是用这种神秘的嘤嘤声在说话,用这些花的苞蕾在观看……

这里是一座教堂……

为了使这座教堂充满旋律,夜莺正唱着圣大卫诗篇里面的哀诉诗,云雀正唱着赞美歌,不过比这位希伯来王唱得更好听一些罢了!

紫丁香树顶上开满茂密的淡紫色小花,从树隙间可以看到岛上的小屋。提玛尔像中了魔似的,不知不觉站住了。

小屋坐落在玫瑰花的火焰中,玫瑰花一直覆盖到屋顶。

在四周围两约赫的土地上,举目所见无处不是玫瑰花。

成千的小树、一丈多高的土丘、金字塔、篱墙、亭台——统统是玫瑰花。他看到一些树丛像是繁茂的玫瑰花构成的迷宫,绚烂美丽,简直使人眼花缭乱。老远就散发出一种沁人心肺的馨香,仿佛是天国的气息。

提玛尔刚刚踏上玫瑰丛中蜿蜒的小路,就有人高兴地大声喊他的名字:

"啊,提玛尔先生!"

招呼他的人迎面跑来,提玛尔从声音就听出是诺埃米,是他已经三年多不见的小诺埃米。她已经长大了,身子发育得很丰满。姑娘的脸上闪着健康的红光,眼睛深处隐藏着温柔的热情。她穿着朴素而精心整饬过的家居衣服,浓密的金发上插着一朵要开未开的玫瑰花蕾。

"啊,提玛尔先生!"诺埃米一面迎着客人跑来,一面招呼他。她老远就伸出手,与他握手,然后真挚热情地表示欢迎。

米哈利回答了她的问候,两眼盯着姑娘的脸看了好一会儿。因为他的到来,姑娘是满脸喜气。

"您很久没来我们这儿了啊!"姑娘道。

"我走以后您长得漂亮多啦。"提玛尔也说。他的话里既含着温柔,也表现了直率。

姑娘在过去的几年中确实有了很大的变化。有些本来极漂亮的女孩子,经过处女发育阶段,面部特征会变得更突出、更明显,因此表情也就更粗犷;而有些脸庞并不特别娇媚的女孩子,在这一时期内却会发育得意想不到的完美,变成典型的美人——这就是少女的容貌所特有的生理发育规律。对这个问题也许可以有一种合乎自然的解释。也许发展着的情感会影响容貌,例如经常是忧愁或是快乐,是烦躁或是安宁,都会改变一个人的长相,就像海蜗牛的壳也随它的情绪而改变形状似的。

诺埃米的脸上闪着亲切的光辉。

"这么说,您还记得我啰?"提玛尔问道,手里握着伸给他的小手。

"我们常常谈到您。"

"特蕾莎妈妈身体好吗?"

"瞧,那不是她来迎接我们了。"

阿尔米拉已经把特蕾莎太太从小屋里招引出来。狗叼着交给它的猎枪跑进屋去,特蕾莎一看就知道是有贵客临门,便赶紧跑了出来。

她一看见提玛尔,立刻三步并作两步地迎上来,老远就认出了这位从前的买办。他向她的小屋走来,仍然穿着一件灰上衣、扛着旅行袋,跟上次完全一样。

"衷心欢迎您!我们老早就盼着您来啦!"特蕾莎太太大声对客人说,"您到底还没忘记我们!"说到这里,她不拘礼节地拥抱提玛尔,这时她才注意到那个装得满满的旅行袋。

"阿尔米拉,"她叫跟在她后面的狗说,"叼着背包,把它送到屋里去。"

"里面有点儿烤肉。"提玛尔说。

"是吗?阿尔米拉,那可要注意,别让娜西萨靠近它。"

诺埃米听了这句话有些不高兴。

"说实在的,娜西萨可不是那么不懂规矩。"

特蕾莎太太吻了吻女儿,想缓和一下她的情绪,当即见了效。

"我们到屋里去吧,"特蕾莎说,亲热地挽住提玛尔的胳膊,"你也来吧,诺埃米!"

"我这就来,我把筐搬进去,已经装满了。"

路当中摆着一只船形的白色大柳条筐,上面蒙着白麻布,诺埃米抓住两个把手要把它端起来。

提玛尔两步赶过去。

"我来帮忙,这一筐准不轻哩。"

诺埃米放开嗓子笑起来。这是一种愉快、天真而又响亮的笑声。接着她撩开筐子上面的白布,原来是满满一筐玫瑰花瓣。

提玛尔还是抓住一只把手,和诺埃米一起提着装得满满的大筐,沿着两边栽着薰衣草的小径向前走去。

"您没准儿要做玫瑰香水吧?"提玛尔问道。特蕾莎看了诺埃米一眼,说:

"你看,他什么都能猜着。"

"在我们科马罗姆那里,也常有人制造玫瑰香水。许多穷家妇女就靠它维持生活。"

"瞧,是不是?这么说玫瑰花在别的地方也是上天的恩赐啰?这种珍贵而又美丽的花,本身就足以使人们热爱世界!再说它不光是给人带来快乐,而且还给人带来面包。您知道,去年收成不好,晚霜夺去了我们的水果和葡萄什么的;夏季雨水又多,天气又凉,毁了我们养的蜜蜂,鸡鸭和其他牲畜也都死了。要不是玫瑰花为我们救急,恐怕我们一定要动用储备的东西了。玫瑰花倒是年年盛开,它对我们永远是忠实的。我们去年就靠玫瑰花吃饭。我们做了三百公升玫瑰香水。人家把它带到塞尔维亚去卖了,付给了我们小麦。噢,你们这些为人造福的美丽玫瑰,我救命的香花!"

提玛尔上次离开这里以后,小屋已经扩大了。增修了一个烘炉和一个专做玫瑰香水的房间。在这个房间里的炉子上安有一口铜锅,新熬出的花露一滴一滴慢慢地从铜锅中流出来,捣烂的渣滓则盛在炉边的一个大桶里。房中有一条宽案子,上面放着新鲜的玫瑰花瓣,花儿在这里开始渐渐枯萎。

提玛尔帮助诺埃米把筐里的玫瑰花倒在案子上。一股扑鼻的芳香令人怡然欲醉。

诺埃米把头枕在蓬松的玫瑰花堆上,说:

"能睡在这样一张玫瑰床上,该多么美啊!"

"你这个傻孩子,"特蕾莎责备女儿说,"你会让玫瑰花香熏死的,永远也醒不来。"

"啊,那可是一个好死法哩。"

特蕾莎为这句话责备起她来。

"这么说你想死啰?你这个坏丫头,想撇下我一个人吗?"

诺埃米于是拥抱住母亲,一面吻她,一面央求说:"不,不,我亲爱的妈妈,我的亲人,我永远不会撇下你,我唯一的亲人!"

"那么你为什么跟我说这种笑话呢?提玛尔先生,一个年纪轻轻的姑娘根本不应该对自己母亲说这种话,您说是不是?一个昨天还玩洋娃娃的小女孩,可不应该这样。"

提玛尔赞成特蕾莎的意见:如果一个年纪轻轻的姑娘就想到各种死法,而且对母亲说出来,这的确是无论如何不可原谅的。

"诺埃米,你待在这儿看着锅。好好留神,别把汁熬干了。我上厨房去给咱们的客人准备一顿可口的饭。您今天要在我们这儿待一整天,是吧?"

"要是您能让我帮忙干点什么活儿,我就可以不但今天留在这儿,而且明天也要留在这儿。您给我多久的活儿,我就在这儿待多久。"

"噢,那您可以在这儿待上一个星期,"诺埃米说,"我可以给您一个星期的活儿。"

"你这个傻孩子,你能有什么活儿给提玛尔先生呢?"特蕾莎太太笑着说。

"喏,用木杵捣碎玫瑰花瓣。"

"嗨,这种活儿恐怕他根本就不晓得怎么做。"

"我怎么不会做呢?"提玛尔说,"这种活儿我跟母亲在一起的时候做得够多的了。"

"您母亲也是一位善良的太太吗?"诺埃米问。

"非常善良。"

"您爱她吗?"

"非常爱!"

"她还在吗?"

"已经去世多年啦。"

"那么您现在家里再没有别的人了吗?"

提玛尔陷入沉思,难过地低下头去,说:

"没有……"

……他说的是实话……

提玛尔说这话的时候,诺埃米满怀同情地望着他的眼睛。"再没有别的人了"这是一句多么不幸的话啊!

提玛尔发觉特蕾莎太太在门口站住了。他看到她踌躇着,不愿离开,于是突然产生一个想法。

"特蕾莎妈妈,听我说,您别到厨房去为我准备晚饭了。我的旅行袋里什么都有,现在只要摆上桌子,我们大家就可以饱餐一顿。"

"那么是谁这样为您操心,替您准备了旅行的干粮呢?"诺埃米问。

"是发布拉·亚诺斯先生。"

"啊,就是那个勇敢的舵手。他也来了吗?"

"他在对岸照管船只装货呢。"

特蕾莎太太明白提玛尔的心思;但是她心肠好,不仅不愿意像他那样想,反而向他证明,她并非因为他在而不放心诺埃米。

"那我们就别这么办。我可以一边在厨房里做饭,一边照看铜锅。诺埃米,我做饭这工夫你领提玛尔先生到岛上转转去,让他看看上次走后这里有了些什么变化。"

诺埃米是个孝顺女儿,从不违背母亲的意思,总是按照母亲的吩咐去做。她高高兴兴地把土耳其花绸围巾系在头上,只露着脸庞。提玛尔认出这条围巾正是他从前送给她的。

"待会儿见!"母女俩互相说,并且接了吻。每逢谁要离开屋子,她们就像出远门似的彼此告别。哪怕一小时后就再见,也像分别几载后似的重新拥抱和接吻。这两个穷女子真正是相依为命。

诺埃米还用询问的目光瞅了母亲一下,特蕾莎向她点点头,意思说:"去吧!"

于是诺埃米和提玛尔一起出发游岛去了。

小路很窄,他们不得不紧靠在一起走。可是阿尔米拉很懂事,它把大脑袋伸在两人中间,形成一道天然的隔墙。

岛上的植物种类在提玛尔离开后大大增多了。靠双手开垦的土地一直伸展到了岛的末端。

她们已经在最浓密的树丛中修出几条人行路,铲掉了树木间的荆棘,白杨已经粗得两个人也抱不住了。野生植物全都经过了修整。灵巧的手把小树栽成了一道围墙。几道荆棘把不同的果园隔开。此外,放牧绵羊和山羊的草地也用栅栏圈了起来。一只小白羔羊脖子上系着一根红带子,它一定是诺埃米心爱的小东西。

放牧的牲畜一看到姑娘便纷纷向她跑来,咩咩叫着向她表示欢迎,仿佛她能懂得似的,然后一直跟随她到对面的牧场边缘。那里另有一道小树形成的围墙。

隔着这道围墙可以瞧见一个美妙的小树林,其中都是枝叶繁茂、树皮像丝绸般光滑的核桃树。

"您瞧,"诺埃米说,"这些核桃树是我母亲的最大骄傲。它们才栽种了十五年,比我小一岁。"她这话说得那么自然!

核桃树的右面是一片沼泽地。提玛尔想起初次耽搁在岛上的时候,曾不得不艰难地从那里穿过。如今,这片洼地上生长着黄百合和类似铃兰花的大白野花等沼泽植物,其中栖息着两只鹳鸟,正孤寂地沉湎在对大自然的观赏中。

提玛尔推开通向外面的围墙门。眼前一片半荒芜的土地,引起了他一些珍贵的回忆。他突然发觉自己的女伴在这地方流露出一点恐惧的神情。

"您们在这个岛上仍然很寂寞吗?"提玛尔问。

"我们仍然只有两个人。只在夏天做买卖的时节,偶尔有人为了交换什么东西才来找我们。伐木工人要在冬天才来帮助我们开地;他们把砍下来的木材带走作为报酬。其他工作我们自己干起来并不吃力。"

"可栽种果树是非常辛苦的,特别在出了虫害的时候。"

"噢,这个活儿我们并不感到太累;在那边树上唱歌的那些朋友,它们减轻了我们的劳动。您看到树丛中那许多鸟窝了吗?那里面住的全是我们的帮工。这儿没有人打扰它们,它们对我们的报酬相当丰富。您听见它们怎样歌唱了吗?"

草地上真的又传来了乐园音乐会的歌声。傍晚时分所有的鸟都飞回自己窝中。回窝以后鸟儿是最好喋喋不休的,杜鹃在树林里不知疲倦地啼鸣,画眉则唱出了希腊的音律。

诺埃米突然大叫一声,惊慌失措地按着自己的心口。她脸色苍白,踉跄后退,提玛尔怕她跌倒,抓住了她的手;他觉得这是自己分内应做的事。

"怎么回事?"

诺埃米捂着脸,像个孩子那样似哭非笑地用憎恶和叫苦的声调说:"您看,它从那边来啦!"

"什么来啦?"

"那边,您看呀!"

原来是一只大癞蛤蟆在草里不慌不忙地爬着,斜起一只眼睛观察着向前走近的人,似乎准备在危急关头一下子跳到近旁的水沟里躲起来。

诺埃米见了这癞蛤蟆怕得不得了,连腿都软了。

"您害怕蛤蟆?"提玛尔问她。

"我怕这些东西。要是有只蛤蟆跳到我身上,那会吓死我的。"

"姑娘们就是这样。她们都喜爱小猫,因为猫最会表示亲热。她们害怕蛤蟆,因为蛤蟆非常难看。不过,您要知道,蛤蟆跟鸟类一样,也是我们的好朋友。这种被轻视的丑陋动物,是种园人最好的盟友。您知道飞蛾、甲虫和毛毛虫吧,这些东西都是只在夜间出来活动的。

"夜间所有的鸟都歇息了,不来保护我们;而丑陋的蛤蟆这时却从地里爬出来,在黑暗中同我们的敌人战斗。它们消灭毛毛虫、飞蛾、蚯蚓、金龟子的幼虫和杀害果树的蜗牛。要能看见蛤蟆怎样捕食甲虫,那才叫有趣哩。别作声,您瞧!这个难看的青蛙在那边的草里爬动不是为了吓唬您,它决没这个意思。这是温和、善良而又老实的动物,它不拿您当敌人。您瞧,那里有只蓝色甲虫,翅膀嗡嗡作响。它是只蛀木虫,是树林中最危险的虫子,它的一个幼虫就足以毁坏一棵小树。咱们那个满身疙瘩的朋友,它的目标就是这只虫子。咱们别打扰它!您看,它怎样蜷缩起身子,准备扑过去。您注意瞧!它现在扑过去了。它飞快地伸出长舌头,把蛀木虫吞了下去,只有翅膀还露在嘴外边。喏,您看是不是?虽然我们的好朋友的'袈裟'看来有些褪色了,可它并不是那么可恶啊。"

诺埃米高兴地拍起手来,她对蛤蟆不像从前那样感到特别厌恶了。

她听凭提玛尔拉着她的手,把她领到河边,对她解释这些蛤蟆是多么懂事,多么招人笑,具有多少不平凡的特性。他对她谈起苏里纳姆河①的天蓝色蛙;据说,从前普鲁士国王曾经用四千五百金元买了一只。接着又谈到发光的蛙;这种蛙夜间向周围发出亮光,爱在傍晚溜进屋子,藏在斜梁中间,毫无顾忌地发出鼓噪声。在巴西,只要成群的光蛙唱起它们独特

---

① 苏里纳姆河,南美圭亚那的河流。

的曲调,往往便会压过歌剧院里歌手们的整个合唱。

诺埃米已经为这个可怕的敌人发笑了。一个人在破颜而笑的时候,便已处于从恨转变为爱的过程中。

"蛙要是不这样难听地咯咯叫就好了!"

"您要知道,蛙这样叫,是在向它们的异性献殷勤。只有公蛙会叫,母蛙是哑巴。公蛙整夜地对异性表示好感:'你多漂亮,你多么动人。'人们能够想出世界上有比蛙更多情的动物吗?"

诺埃米这时开始怀着深情来领会这个问题。

"其次蛙还是一种有学问的动物。您知道,雨蛙能够觉察天气的变化。快要下雨的时候它预先就能知道,于是叫唤起来,并且离开水里。当它感到要干旱的时候,就又溜回水里去。"

诺埃米越来越好奇了。

"我马上去捉一只来,"提玛尔自告奋勇地说,"我听见棒子丛里有一只青蛙在咯咯叫呢。"

他很快就回来了,两只手捧着一只青蛙。

诺埃米心里又是害怕,又是高兴,脸上红一阵白一阵的。

"现在您看这儿,"提玛尔对她说,同时半张开手掌,"难道人们能够想出有比这更可爱的动物吗?浑身碧绿,和青草一样,它的小爪子跟小小的人手差不多。它的心跳动得多厉害呀!这个小动物正用围着一道金圈且机灵好看的小黑眼睛望着我们哩。它并不怕我们。"

诺埃米又好奇又害怕,她犹豫地伸出手去,但是马上又缩了回来。

"您只管拿住它,摸摸它吧!这是世界上最理智的动物。

您张开手!"

诺埃米怀着惧怕的心情微笑着张开手伸过去,可是她不瞅青蛙,而是望着提玛尔的眼睛,当她的手接触到那冰冷的动物时,浑身一阵颤抖。接着,她突然十分愉快地笑起来,就像一个孩子长期害怕到水里去,等到终于下了水却感到非常快活那样。

"您瞧,这只青蛙在您手里一动不动,它觉得在这里很好。我们把它拿回家去,用个大玻璃杯装上水并且做个小梯子放在里面,然后把青蛙放在杯子里。等它感到要下雨的时候,它就会顺着梯子爬上来。您把它给我,让我来拿着。"

"不,不,"诺埃米说,"就让它在我手里吧,我把它拿回家去。"

"那么您轻轻地攥着它,可要把手合严,别让它跑了。现在我们回家吧,草上已经开始有露水了。"

说到这里他们就转身往回走。诺埃米跑在前面,老远就招呼着母亲:

"妈妈!妈妈!瞧,我们捉到一只多好看的鸟啊。"

特蕾莎妈妈郑重其事地责备女儿说:

"你知道这儿是不允许捉鸟的。"

"不过这是一只特别好看的鸟。是提玛尔先生捉到的,他把它给了我。你看这儿,看我的手里。"

特蕾莎太太一看到诺埃米拿着的是一只碧绿的雨蛙,马上惊讶得拍起手来。

"瞧,它那两只好看的眼睛一眨一眨的!"诺埃米说,她的脸上发出愉快的光辉,"我们把它装在一只玻璃杯里,给它捉苍蝇吃,以后它可以给我们预报天气!啊,你这个可爱的青蛙！啊，我亲爱的小宝贝儿！"

她温柔地抚摸着小青蛙的脑袋。

特蕾莎带着惊愕的神情转向提玛尔说：

"我的先生，您真是个魔术家。昨天用这样一个动物还能把这个姑娘吓死……"

现在诺埃米对青蛙十分感兴趣了。她一面在阳台上摆桌子准备开晚饭，一面把她从提玛尔那儿听来的关于青蛙的常识讲给母亲听：什么青蛙是多么有益的动物，它多么聪明有趣；人们诽谤它，说什么它会喷毒气，会爬进睡觉人的嘴里，会吸干奶牛的乳房，还有什么弄个蜘蛛举在它头上，就会把它气破肚皮，等等，所有这些说法多荒谬啊！这一切全是粗暴的污蔑。"青蛙是我们最忠实的朋友，它们夜间在我们周围担任警戒。房子周围平坦沙地上那些密密麻麻的小爪印就表明它们的行踪，表明它们夜间所进行的远征。害怕它们是忘恩负义。"

这时提玛尔用柳木为这位绿脊背的气象学家做了一个小梯子，安排它住在一个盛着半杯水的玻璃杯里，杯口很大，上面盖着一个纸盖，纸盖上戳了一些气孔，可以从这些气孔把苍蝇供给被幽禁的预言家吃。预言家自然伏在水底下，既不要求苍蝇，也不要求别的东西。

看样子仍然是好天气，因此诺埃米心里很高兴。

"亲爱的先生，"特蕾莎太太说，这时她端出晚饭摆在小桌上，三个人一起围着小桌坐下了，"您不仅在诺埃米身上显示了一项了不起的奇迹，也为她做了件好事。如果她见到青蛙不再那么怕得不得了的话，那么我们的岛就成了她的乐园了；因为她一看见这些东西，马上就吓得脸色煞白，浑身打冷战。世界上简直没有一种力量能够使她走出围墙到湿地去，因为那里遍地是咯咯的蛙叫。您现在把她变成另一个人,使她真正习惯自己的家园了。"

"一个可爱的家园!"提玛尔说。

特蕾莎却深深叹了口气。

"你干吗这样叹气呢?"诺埃米问母亲。

"这不问你也知道。"

连提玛尔也知道这声叹息是对谁而发的。

诺埃米想把谈话再拉回到有趣的话题上来。

"自从有个坏蛋当着我的面把一只颜色跟面包皮一样的大蛙打死以后,我就这样怕蛙。他说那是只牛蛙,用一根野芝麻秆敲它的脊背,它就会像牛似的哞哞叫。当时这小子就用一根野芝麻秆敲打那个可怜的动物,那只牛蛙便非常凄惨地叫唤起来,使我永远也忘不了。那声音就像在呼唤它的所有同类来对我们进行报复,而且它的身上满是黏沫。从此我就想象蛙爬到我们跟前来无非是要来对我们喷毒气。当那只牛蛙发出鬼怪似的哀叫的时候,那个坏蛋却在一旁哈哈大笑。"

"这个坏蛋是谁呀?"提玛尔问。

诺埃米没开口,带着轻蔑的神情做了一个手势。提玛尔望着特蕾莎太太,猜着说出这个人的名字,她点点头表示对了。他们能够互相猜到心里想的事情。

"这阵子他没到这儿来吗?"提玛尔问。

"哎呀!他每年都来,不断纠缠我。现在他已经想好办法抢劫我了。他来的时候带着一条船,我没有钱可以给他,他就拿走蜂蜜、蜂蜡、羊毛,然后把这一切卖掉。我什么都给他,只为了免遭他的毒手。"

"今年他还没到这儿来。"诺埃米说。

"唉,这个人死不了的,我每天都在担心他会到这儿来。"

"最好他能现在来!"诺埃米说。

"为什么?你这个小傻瓜!"

诺埃米的脸上感到一阵发热。

"是的,我愿意他现在来。"

提玛尔这时不由得暗自在想,他只消一句话,就能使这两个人多么快乐啊。可是这句话他还舍不得说,就像一个小孩子得到一块心爱的点心,最初只是吃一些碎屑。

有一种什么力量在促使他要彻底了解生活在岛上的这母女俩的快乐和苦恼。

晚饭后,夕阳西下,一个美妙、恬静而又温暖的春天的黄昏降临了。整个儿天空像一口透明的金钟。树上的树叶纹丝不动。

母女俩和她们的客人从一个木梯子登上一块漂石。在那里,一幅辽阔的景色展现在他们面前:可以从树顶上面看见芦苇丛,再远一些可以看到多瑙河。

岛好像一片绝美的大海从他们脚下伸展开去,海波有着各种各样的颜色:粉红色的是苹果花,鲜红色的是桃花,白色的是梨花,金黄色的是白杨树梢,铜绿色的是荡漾着的李子树叶。蒙着一层红玫瑰花的岩石像个火光熊熊的圆顶矗立在这一切中间,岩石尖端的薰衣草细枝更是密密丛丛。

"美极了!"提玛尔说,他被这引人遐想的景色迷住了。

"等到夏天,黄色的金莲花便代替了玫瑰,在这里爬满整个儿岩石,好像给岩石包上了一层金子,"诺埃米兴高采烈地说,"那时候您应该再来看一看。那时候岩石上这些薰衣草开了花,像一个蓝色花冠似的。"

"我是要来看一看的。"提玛尔说。

"真的吗?"姑娘说着高兴地握住提玛尔的手。提玛尔感到他的手还从来没有被女人这样热烈地握过。

接着诺埃米扑在特蕾莎的怀里,紧紧搂着母亲的脖子。

大自然一片寂静。没有一丝人声打破这静穆,只有千百万只青蛙守望着慢慢沉落的夜幕,一个劲儿地唱着单调的歌声。东方有两股分别射出的光辉把天空分成了两半,一半是蓝色的,一半是乳白色的。连蔚蓝色的天空也能一分为二啊。

"你听见青蛙在唱什么吗?"诺埃米悄悄地问特蕾莎,"你知道青蛙这时候在说什么吗?它们在大声说:'啊,你多么可爱!啊,你多么甜蜜!'它们整夜都说着这几句话,'啊,亲爱的!啊,你多甜蜜!'"她一面说一面吻着母亲。

提玛尔把自己连同整个世界都忘到九霄云外了。他交叉着双臂站在岩石上面,新月已从颤动着的白杨叶簇中照射过来,月色宛如纯银一般皎洁。

一种新奇的感情涌上他的心头。不知是憧憬呢,还是恐惧?是可怕的回忆呢,还是诱人的希望?是正在降临的快乐呢,还是正在消失的痛苦?是一种近乎神的情感呢,还是一种接近人或者动物的情感呢?这是恋爱呢,还是梦想?是月夜彷徨症呢,还是那种连草木、冷血动物和热血动物都会突然发作的春情冲动?

那次月亮把它的反光投射在沉船上的时候,提玛尔也曾这样向天空凝视着月亮。那时他内心的声音曾与这具有魔力的灵光谈过话;如今这灵光又对他说:

"你还是不明白我的意思吗?我明天再来吧,那时你就会明白的!"

第四章 玫瑰花下的蜘蛛

依靠双手劳动生活的人,是没有许多闲工夫站在岩石顶上凝视月光和欣赏大自然美景的。放牧归来的羊群在焦急地等候着主妇去挤奶。挤奶是特蕾莎太太的事,诺埃米负责给羊群割草。提玛尔这时靠着圈门,点上烟斗,接着在岩石上提起的话头说下去,那样子就像一个乡下小伙子向一个乡下姑娘求爱似的。

末了又倒满一锅轧出来的玫瑰水准备夜间熬,然后大家才去安睡。

提玛尔要求睡在养蜂的房子里,特蕾莎太太用新干草为他铺了一个地铺,诺埃米给他准备好枕头。他用不着谁给他唱催眠曲,头一挨枕头立刻就睡着了。他做了一夜的梦,梦见自己被雇用当了种园子的伙计,熬出大量的玫瑰香水。

他醒来时已经日上三竿。他一定睡得很熟,忙碌的蜜蜂已经在他周围嘤嘤嗡嗡着。他背包里装的梳洗用具都早已在他床边摆好了,看来早晨一定有人进来过。

母女俩一直等他收拾好出来才一起吃早点。早点有鲜奶和黄油。吃过早点以后,一天的工作——做玫瑰香水便开始了。提玛尔照他希望的那样负责轧榨花汁,诺埃米从采来的玫瑰上摘花瓣,特蕾莎太太看锅。

提玛尔和诺埃米谈起玫瑰来。

他并没有对她说这些玫瑰如何酷似她那红润的脸庞，因为那样她一定会笑话他。他给她讲旅行中一切有关玫瑰花的见闻。诺埃米对这些很能使她长见识的事情特别感兴趣，听了他的讲述越发觉得他了不起。博学而聪明的男人特别容易占据一个纯洁少女的心。

"土耳其人甚至在饮食里都要放上一些玫瑰水。那儿的人有大片大片的玫瑰花园。他们把玫瑰花瓣压成圆球，用来做祈祷花冠，所以人们管祈祷花冠也叫玫瑰花冠。东方有一种特别好看的玫瑰，可以用来做玫瑰油。那是香脂玫瑰，人们把它培植到一丈多高，雪白的花朵把枝子压得挨着地。这种玫瑰的香味超过其他所有的玫瑰。把它的花瓣放在水里，摆在太阳底下，不一会儿水面上就由于花瓣散出的油脂而闪着霓虹的色彩。常青玫瑰也是这样，冬天也不凋谢。锡兰岛的玫瑰可以把头发和胡子染黄，而且能保持几年不褪色。所以东方贩卖干玫瑰花的人非常多。莫果尔玫瑰却可以使人醉倒，人闻了它的香味就像喝醉了酒一样。还有一种玫瑰上面藏着一种甲虫，甲虫一刺它，它就不再开花，而生长拳头大的'瘤子'。据说把这种玫瑰瘤放在夜间爱哭的孩子的枕头底下，可以使他安安静静地入睡。"

"您到过出产这些玫瑰的地方吗？"诺埃米问。

"那还用说，我游历过许多远方国家。我到过维也纳、巴黎、伊斯坦布尔……"

"那些地方离这儿远吗？"

"从这里步行到维也纳要三十天，到君士坦丁堡要四十天。"

"那么您是坐船到这些地方去的喽?"

"坐船走的日子更多,因为我们沿途还得装货。"

"替谁装呢?"

"替我的东家,是他派我去的。"

"您的东家现在还是布拉佐维奇先生吗?"

"这是谁告诉您的?"

"是您头一次到这儿来的时候,舵手说的。"

"东家已经不是他了,他死啦。"

这时特蕾莎太太大声插嘴问道:"他死啦? 原来他死啦? 那么他的妻子和女儿呢?"

"他一死,这母女俩也跟着失去了全部财产。"

"啊,公正的上帝! 你总算给他们报应了。"

"妈妈! 好妈妈!"诺埃米用温柔的央求口吻叫道。

"先生! 关于我曾经跟您说过的那段事情,现在我再跟您说点儿:我们遭到那次可怕的灾难以后,我恳求布拉佐维奇别真的弄得我们非沿门乞讨不可;可是白费唇舌。当时我想:'他也有妻子和女儿;我要是去求求他的妻子,她会体谅和同情我的。'我抱着孩子在大热的天气跑到科马罗姆去。在那里我找到他们那所漂亮的两层楼房,在过道里等着,可是底下人不让我见她。后来女主人带着她的五岁小女儿出来了,我伏在她的脚下,求她看在上帝的分上,发发慈悲,替我在她丈夫面前讲讲情。没想到这个女人揪起我的胳臂把我推下了楼梯。我用两只胳膊保护着我的孩子,怕把她摔坏了;可是我自己的头却碰到楼梯间的柱子上,受了伤,直到现在我的脑门上还有个疤痕。那个五岁的小姑娘看着我们一瘸一拐地走开,听到我的孩子啼哭的时候,竟然在我们背后大声笑起来。因此我现在要说:'上帝啊! 赐福给那个把这家人推落到跟我们同样地位的人吧。'"

"啊,妈妈,别讲这种话!"

"这么说他们也倒了霉啰? 落魄了啰? 这些讲排场、摆架子的人! 他们现在也要穿得破破烂烂地到处流浪,也要徒然跑到自己的老朋友门前讨饭去了,是不是?"

"不,亲爱的太太!"提玛尔回答说,"有个人收养了她们。"

"这个人准是个疯子!"特蕾莎非常激动地叫嚷道,"他想要反抗命运吗? 他不怕把被诅咒的人接进家去,给自己招来灾祸吗?"

诺埃米走到母亲跟前,双手捂住母亲的嘴。接着她扑在母亲怀里,用连连的亲吻堵住母亲的嘴。

"不,不,亲爱的妈妈! 不要说这种话! 不要诅咒任何人! 我不喜欢听你说这种话,收回你的诅咒吧! 我要吻去你嘴上这些难听的话。"

特蕾莎由于诺埃米的亲吻又恢复了镇静。

"别担心,你这个小傻瓜!"她抚摸着女儿的头说,"诅咒不过是空话,那无非是我们老太婆的一套老迷信恶习罢了。上帝不会留心把一个可怜虫的诅咒记下来,一直保持到报应的日子。我的诅咒不会落在谁身上的。"

"可是它已经落在我身上了,"提玛尔心里想,"因为我就是把那母女俩收留在自己家里的疯子啊。"

诺埃米想再把谈话引到玫瑰花上去。

"您告诉我,怎么能得到那种会使人醉倒的莫果尔玫瑰花呢?"

"如果您想要的话,我亲自给您送来。"

"这种花生长在什么地方?"

"生长在巴西。"

"巴西离这儿远吗?"

"在地球的另一面。"

"到那里去一定得乘船过海吧?"

"要在海上整整走六个月。"

"那么您干吗一定要到那儿去呢?"

"为了做生意,也为了给您去取莫果尔玫瑰花。"

"那我宁可不让您去给我取莫果尔玫瑰花了。"

诺埃米说完离开厨房,提玛尔发觉姑娘的眼睛里噙着眼泪。

她直到把筐装满玫瑰花瓣以后,才又回到做香水的厨房里。她回来后把筐向席子上一倒,玫瑰花瓣就在席子上堆成了一座小山。

中午,玫瑰汁熬好了。

吃过午饭特蕾莎太太对客人说,今天再没有什么活可干了,因此有工夫在岛上巡视一下。一个到过许多远方国家的旅行家,也许能给生活在岛上的人出出主意,告诉她们在这个小小的乐园里种点什么植物可以赚钱。

"阿尔米拉,"特蕾莎太太命令说,"你留在家里看门,在阳台前面趴着,不要离开。"

阿尔米拉听懂了,服从了。

提玛尔和母女俩一起去到岛子的河滩上。他们刚一离开,阿尔米拉就不安地竖起耳朵,气冲冲地向前面哼哧起来。它嗅到了什么,不高兴地直摇脑袋。它站起来,接着又趴下去。

这时可以听见一个男人的嗓音唱起德语歌曲来,其中的叠句是"假如我没看错,她穿着一件黑褂子"。

这个人从河岸走来,他唱歌无疑只是为了让房主人注意到他来了。他很怕这条大狗,但是狗连叫都没叫。

这时来人走到那些把阴影投在路径上的玫瑰亭子中间,原来是托多尔·克里茨提安。这一次他的衣着很时髦,一身钉着黄纽扣的蓝色礼服,大衣搭在胳膊上。

他走到附近,阿尔米拉连动也没动。

这条狗领悟了一些哲理:"每逢我一猛烈攻击这个人的时候,结果总是给我套上锁链,而不是给他。看来我还是保留对他的意见,坚持武装中立,只监视他的行动好些。"

托多尔悠闲自在地吹着口哨,走近这个大黑对头。

"你好,阿尔米拉,亲爱的阿尔米拉。过来,过来,我亲爱的小狗。喂,你家的女人在哪儿呢?我求你给叫几声吧。亲爱的特蕾莎妈妈在哪儿呢?"

阿尔米拉不听他的怂恿,根本不理他。

"漂亮的小阿尔米拉,你看,我给你带来了什么,一块烤肉。喏,叼去吧!喂,你不想要吗?你大概以为有毒吧?咳,你这个傻瓜,赶快吃吧,漂亮的阿尔米拉。"阿尔米拉对扔在它爪前的肉不屑一顾,后来娜西萨溜了过来(猫可没有这样坚强的性格),这一下阿尔米拉就生气啦。它在地上刨了个大坑,就像有心眼儿的狗把吃剩的食物保存起来留到困难时吃那样,把烤肉埋了起来。

"唉,这个畜生多么爱疑心呀。"托多尔自己嘟哝说。

"喂,进屋里去行吗?"

这可不行。阿尔米拉并没用言语回答他,只是稍微咧了咧嘴,让托多尔看看它有多么漂亮的白牙。

"嗨,你这个蠢东西,可千万别咬我!她们到底在哪儿呢?大概在蒸馏房吧?"托多尔走进去,向里面张望了一阵,没有看到任何人。

他用蒸馏出来的玫瑰香水洗了脸和手,毁掉了别人一整天的劳动成果,心里感到特别痛快。

但是当他打算再从做香水的房间出来的时候,他发觉路被挡住了。阿尔米拉横卧在门前,龇着牙。

"喂,你不放我出去吗?唉,你真没有礼貌。好,好,我就在这儿等到她们回来,反正我也没事,可以在这儿休息休息。"

说着他就躺在诺埃米用玫瑰花瓣堆成的小山上。

"这下子我可找到一张舒服的床啦,简直就是国王的御榻!哈哈哈!"

母女俩和提玛尔一起从小岛的深处回来了。

特蕾莎发现阿尔米拉不再卧在阳台前面,而是守在蒸馏房的门口,吃了一惊。

"出什么事了,阿尔米拉?"

托多尔听到特蕾莎的声音,立刻想出一个有趣的玩笑。他把自己完全埋在玫瑰花堆中,使人一点儿也看不出来。等诺埃米一面问"屋里有什么,阿尔米拉?"一面向屋里张望时,他立即满脸赔笑地从玫瑰花堆里站了起来。

"你唯一亲爱的未婚夫在这儿呢,美丽的诺埃米。"

诺埃米尖叫着倒退了几步。

"喂,怎么回事?"母亲急忙跑过去问。

"玫瑰花里面……"诺埃米结结巴巴地说。

"玫瑰花里面有什么?蜘蛛吗?"

"是的,一只蜘蛛……"

托多尔从他的玫瑰窝中跳了出来。这时他就像一个人成功地开了个玩笑把大家都逗乐了,使自己的亲人意外高兴似的,大声笑着拥抱住特蕾莎妈妈,既不顾特蕾莎的愤怒目光,也不顾诺埃米的害怕脸色,一个劲儿地吻特蕾莎。

"哈哈!我使你们感到意外吧!亲爱的特蕾莎妈妈,你这个甜蜜可爱的宝贝妈妈,你的小女婿来了!哈哈哈!我像个神仙似的从玫瑰花海里钻了出来。哈哈哈!"接着他转向诺埃米,可是诺埃米避开了他的拥抱。到这会儿托多尔·克里茨提安才发觉还有第三者在场,而且是提玛尔·米哈利。

一看见提玛尔,多少打消了他那种完全是装痴卖傻做作出来的好情绪。这个人勾起了他一些非常不愉快的回忆,因此这次重逢令他加倍不愉快。

"啊,您好,我的账房先生!"他向提玛尔打招呼道,"我们又在这里碰上啦?总不会又有一位土耳其大官在您的船上吧?嘿嘿嘿,您不必害怕,我的账房先生!"

提玛尔耸了耸肩膀,什么也没回答。接着托多尔又转向诺埃米,装作亲密的样子搂住她的腰;她却一把推开他,扭过脸去。

"喂,别跟姑娘纠缠!"特蕾莎太太用不客气的冷冰冰的语调对他说,"你又干什么来了?"

"别着急,沉住气!先不要忙着轰我走,我压根儿还没有住下哩。诺埃米是我唯一的小未婚妻,可却好像根本不许我拥抱她似的！好像我看她一眼，就会看掉她什么来着。你们居然这么怕我啊！"

"我们完全有理由怕你。"特蕾莎生气地说。

"喂，你先别发火，特蕾莎妈妈。我这次来，不是向你要什么，相反的，我给你带来了一大笔钱，嘿嘿！非常多。用这笔钱你可以买回你从前的漂亮住宅和你那些田产，以及你在奥茨特洛瓦岛上的果园。凡是你失去的东西，用这笔钱都可以买回来。你也知道，补偿我那可怜的父亲对你所犯下的过错，是我做儿子的本分。"

托多尔·克里茨提安忽然变成了一个多愁善感的人，说着说着就要落泪了似的。但是，在场的人对这一套全都毫不动心，他哭也好，笑也好，他们全都不相信。

"喂，咱们到屋里去吧，我想要告诉你们的事情不便当众说。"

"咳，你这蠢东西，"特蕾莎太太回答说，"在这个荒岛上哪还有什么外人？你当着提玛尔先生什么话都可以讲，他是我们多年的好朋友。那就进来呗！我知道你是饿了，说了半天，你的最终目的无非是要吃饭。"

"哈哈哈，你这个亲爱的贤惠的妈妈，你都摸透你的小托多尔的毛病了。我的胃口总是特别好，这你也是很了解的。你烙的饼多么好吃啊！谁见到你的烙饼，都巴不得要马上饱餐一顿！你这样的主妇真是举世无双！我参加过土耳其苏丹的宴会，可是他也没有像你这么好手艺的厨师！"

自然特蕾莎太太还像以往那样喜欢别人称赞她好客，她对任何客人都不吝惜吃喝。甚至就是她的死对头，她也不会让他空着肚子离开。

托多尔·克里茨提安头上戴着一顶当时流行的费加罗①式帽子,故意装出大模大样,在走进小屋子时让门楣把头上的帽子碰掉了,为的是能够说:

"嗨,这个该死的摩登帽子!一个人走惯了高门大户,该这样碰一下!我的新住宅里一律装的是双扇门,而且可以看到绝美的海上风景!"

"难道你真的在什么地方有所住宅吗?"特蕾莎问道,同时在起居室里摆小桌子开饭。

"我的住宅可以说是的里雅斯特最漂亮的大厦。我是最有权威的造船家的代表……"

"在的里雅斯特?"提玛尔插嘴问道,"这位造船家叫什么名字?"

"他造海船……"托多尔傲慢地回答说,同时皱了皱鼻子,"他不造驳船和舢板什么的……他的名字嘛,是席格诺尔·斯卡马雷利。"

提玛尔没有再往下说什么。他认为没有必要透露斯卡马雷利先生正在给他造一条海船。

"是啊,我现在是在钱里打滚!"托多尔吹嘘说,"几百万几百万的钱经过我手。我如果不是个讲原则的人,就会弄它个几千。我也把许给我亲爱的小诺埃米的东西给她带来了。怎么样?我许下的是什么来着?一只戒指。戒指上应该镶什么宝石呢?红宝石?还是翠玉?镶的是一颗钻石,一颗三克拉半的钻石。这就是我的小诺埃米的订婚戒指。喏,戒指在

---

① 费加罗,法国戏剧家博马舍(1732—1799)的名剧《费加罗的婚礼》的主人公。

这儿哪。"

托多尔伸手到裤袋里,乱掏了半天,最后摆出一副惊恐的面孔,瞪大眼睛。"不见了!"他故作吃惊地叹息说。接着他把衣袋翻过来,让人看到那个可恨的窟窿。镶着"三克拉半的钻石"的订婚戒指就是从这个窟窿掉出去的。

诺埃米突然爽朗地大声笑起来。她的笑声听起来那么愉快、悦耳,只是她不常笑出声。

"喂,戒指并没有丢。"托多尔大声说,"我漂亮的小未婚妻,你先别笑!"

说着他就动手脱靴子;果然,他拿起靴子摇晃了几下,那只找不到的戒指就从靴筒里掉到桌上了。

"戒指在这儿呢!真正的贵重东西是丢不了的!我不会把我的诺埃米的订婚戒指弄丢了。戒指在这儿!特蕾莎妈妈,开开眼吧!这是你未过门的女婿给他的未婚妻带来的。喏,你对这有什么说的?还有您,账房先生,有什么话说吗?如果您内行的话,您就估估这颗钻石值多少钱?"

提玛尔看了看这个"宝物",然后说:"人造钻石,少说也得值五格罗申。"

"住口!你不过是个管账的!你懂得什么钻石?你只懂得玉米和燕麦,哪儿会见过钻石!"

诺埃米不要他这个没人稀罕的戒指,于是他就把它戴在自己的手指上,而且在吃饭时总是故意把戴着闪闪发光戒指的手指抬得高高的。

这个年轻人胃口可真是不错。他一五一十地讲那家造船厂的情况,说它是个多么庞大的企业,每年用去的木材就有好几百万立方米!由于附近的森林再没有适合造船用的木材可采,迟早必须从美洲进口木料。只有在斯洛文尼亚①还可以找到这种木材。

他好不容易才算吃饱了,终于谈到了正题。

"亲爱的、甜蜜的特蕾莎妈妈,现在我可要说说我到底干什么来啦。"

特蕾莎疑虑不安地望着他。

"我要尽量使你幸福,同时也使诺埃米和我幸福。而且我今后要在斯卡马雷利先生身边担任重要职位。注意听我说吧!最近斯卡马雷利先生对我说:'你听着,我的朋友克里茨提安,你得到巴西去……'"

"这可求之不得。"特蕾莎太太叹了口气说。

托多尔明白这话的意思,微微笑了笑。

"'……你知道,'斯卡马雷利先生接着说,'因为在那里可以买到造船用的木材,也就是造龙骨用的马卡胡巴木和穆腊亚木,做厚木板用的帕塔孚木,在水里永远泡不烂的曼格罗伏木,老鼠害怕它的气味的避鼠木,此外还有造舵用的铁树和苏枋、曼齐内伦木、德腊策能木和番麻黄木,以及魔树、麻栗树、檀香木和做船上陈设家具用的红木,最后还有卡斯卡里拉木,塔卡马哈卡木和凿船虫不能蛀食的蘗木。'"

"还是请你少说点这些乱七八糟的疯话吧,"特蕾莎太太打断他说,"你以为背一大篇植物名单就能把我弄迷糊,我就会只见树木不见森林了吗?既然巴西有的是好木材,那你干吗不快去呢?"

"不错,这正是我有远见的地方。所以我对斯卡马雷利

---

① 斯洛文尼亚,位于中欧南部,在德拉瓦河、萨瓦河和多瑙河之间。

先生说：'什么？去巴西？在我们附近就可以找到比巴西好得多的木材，干吗要到巴西去呢？我知道多瑙河河心的一个岛上有一片原始森林，那里的木材再好不过了，决不次于南美的木材。'"

"我就猜到是这么回事。"特蕾莎太太嘟哝说。

"白杨木完全可以代替帕塔孚木，核桃木比红木还要硬。这些树木在我们岛上多得很。"

"你算计上我那些核桃树啦？"

"苹果木比卡斯卡里拉木还好得多。"

"这么说你也惦记着那些苹果树喽？"

"李树比最好的麻栗树差不了什么。"

"你打算把这些树统统砍掉，卖给斯卡马雷利先生吗？"特蕾莎太太平心静气地问道。

"这样做我们可以赚到数不完的钱，每棵树至少值十盾。斯卡马雷利先生把全权交给我，不加任何限制，我可以随便怎样跟你订合同。写好了的合同就装在我口袋里，你只要在上面签个字，就算给咱们创造了幸福。等将来这许多没有用的树砍完了，我们就离开这儿，到的里雅斯特去。我们把这个岛种上樱桃；你知道，这种木头可以做香喷喷的著名的土耳其樱桃木烟袋杆。这种树根本不用照管。我们只需要在这里安置个管事的，每年由他把截好的樱桃木烟袋杆卖给瓦尔纳①的商人，这下子每约赫土地就能得到五百金元，十约赫就是五千金元。"

提玛尔忍不住笑了出来，一种如此大胆的投机他想也没

---

① 瓦尔纳，罗马尼亚城市名，在特兰西瓦尼亚东南部。

有想过。

"喂,先生,你笑什么?"托多尔质问道,"我可不是外行。"

可是特蕾莎回答他说:

"我也不是傻瓜。倒霉的命运把你打发到这儿来,每次来我都觉得你像一只夜猫子。你对我不定怀着什么鬼胎,这我都明白。你知道我手里没有钱,也永远不会有钱。好啊!过去你带一只舢板来,把我们母女俩在这儿积攒的东西全都弄走卖掉。我把那些东西给你,但愿上帝保佑,让你少来麻烦我。你像过去的土耳其大官那样,残酷地榨取了水果什一税还嫌不够,现在又打算不顾我的死活把树全都卖掉。这些树是我的心血,是我亲手种植和培养起来的,我靠这些树活着,我在这些树底下休息。——去你的吧,不要脸的东西!竟对我撒这种弥天大谎,说什么有人要用这些树造海船,你可以借此机会发财!其实,你砍掉这些树,无非是想非常便宜地把它卖给附近的石灰窑。这就是你的鬼主意。你想用这一套来骗谁呀?骗我吗?少开这种愚蠢的玩笑吧,滚你的吧,不然我就要让你领教领教土耳其樱桃木烟袋杆干什么用最好。"

"喂,特蕾莎妈妈,我不开玩笑。我不是平白无故到这儿来的,这一点你应该想到。你只要想想今天是什么日子。今天是我的命名日!我那亲爱的小诺埃米就是这一天生的。你知道,我们那已经去世的可怜父亲,他们从小就让我们订了婚,并且商定,等诺埃米一满十六岁,就让我们成婚!到了这一天,我就是远在天涯海角也要赶到你们这儿来。瞧我这不是怀着满腔热情来了吗。不过,人除了爱情也还需要别的东西。我在斯卡马雷利那里的确挣了不少钱,可是为了买考究的家具我全都花光了。你反正得给诺埃米一些陪嫁,让她能够体体面面地到社会上去。她非有一份陪嫁不可。这是她可以依法向你要求的。她是你的独生女,她可以要求你给她陪嫁。"

诺埃米生气地背转脸坐在屋角,额头靠着墙。

"是啊!你一定得给诺埃米拿出点什么来,你千万不要这样自私!好吧,你随便留一半树,可是得把另一半交给我,然后我自然会考虑把这些树卖给谁,和怎样卖法。把那些核桃树作为诺埃米的陪嫁给我吧,我已经郑重其事地给这些核桃树找好了一个可靠的买主。"

特蕾莎实在忍耐不下去了。

"告诉你,托多尔,我不知道今天是不是你的命名日;可是我知道诺埃米不是今天生的。而且我更清楚地知道,即使你是世界上唯一的男人,诺埃米也不会挑你做丈夫。"

"哈哈哈!这你就不用操心啦!这是我的事!"

"就算这是你的事!现在我干脆跟你说明白,就算有人想用我那些美丽可爱的核桃树造诺亚方舟①,我也不能把它们给你。我只给你一棵树,而且你可以用得上它,因为你总有一天需要一棵树的。今天是你的命名日,正是个最好的机会。"

托多尔·克里茨提安听了这番话站起来,但并未就离开这间屋子,却转过椅子跨坐在上面。他把两只胳膊放在椅背上,以挑衅的目光粗野地盯着特蕾莎的眼睛。

---

① 诺亚方舟,传说地上洪水泛滥时,希伯来人的族长诺亚按照神的指示,率妻子和若干动物进入方舟,得免于难。见《旧约·创世记》第七章。

"你对我可真亲热,特蕾莎妈妈!你就不想想我只消说一句话……"

"那就说吧!你可以当着这位先生说,他已经什么都知道了。"

"……这个岛不是你的……"

"这话不假!"

"……在维也纳或者伊斯坦布尔,我只要打个报告……"

"……就能使我们变成讨饭的,让我们无家可归。"

"不错,这我办得到!"托多尔·克里茨提安说,此时他已原形毕露。他一面用闪着贪婪光芒的眼睛盯着特蕾莎的脸,一面从衣袋里掏出一张纸来,在纸的正面可以看到一份合同的开头部分。他指着已经填好年月日的背面说:"如果你不马上在上面签个字,我就这样做。我能够这样做,我也将这样做。"

特蕾莎浑身颤抖起来。

这时提玛尔·米哈利轻轻拍了拍托多尔的肩头。

"这您办不到,我的先生。"

"什么?"托多尔猛一仰头,问道。

"您要报告这个岛在哪儿,并且说已经有人私自把它占据了,这是办不到的。"

"我为什么办不到?"

"因为另外一个人已经全都报告过了。"

"谁报告的?"

"我。"

"你!"托多尔向提玛尔攥起双拳嚷道。

"您?"特蕾莎合起双手痛苦地举到头上大声说。

"不错,我在维也纳和伊斯坦布尔都已报告过,说在这奥茨特洛瓦岛附近有一个无名岛,是五十年前才出现的。"提玛尔把话讲得既肯定又坚决。他不慌不忙地继续说:"我同时还向维也纳政府和伊斯坦布尔政府提出了申请,请求允许我享有这个岛的权益九十年。每年向匈牙利政府缴纳一口袋核桃,向伊斯坦布尔的土耳其政府缴纳一小箱果脯作为租金。我刚刚从两处收到了批准书和证件。"

随后提玛尔从衣袋里掏出两封信来,这就是他在博约办事处收到的,使他感到非常高兴的那两封信。

自从提玛尔在社会上有了声名地位以后,他就考虑要保障一个受命运迫害的家庭的安宁。当然,为了达到每年仅缴纳一口袋核桃和一小箱果脯地租的目的,他付出了很高的代价。

"不过我立刻把我经最高当局批准的对这个岛的权利,转让给了原来住在岛上的人。这就是官厅发给的转让契约。"

特蕾莎一句话没说便扑倒在提玛尔脚前。她唯有一面呜咽,一面吻这个人的双手。是他把她从万劫不复的境地解救了出来,赶走了黑天白夜始终纠缠她的魔鬼。诺埃米双手摁着胸口,仿佛她怕嘴不出声的时候心会说出话来似的。

"托多尔·克里茨提安先生,"提玛尔说,"您现在大概可以明白,在九十年之内您对这个岛不用打什么主意了。"

托多尔·克里茨提安气得脸色煞白,口沫四溅地叫嚷说:"你算干什么的?谁给你权利干预这个家庭的事?"

"我!因为我爱他!"诺埃米热情奔放地大声说,同时扑在提玛尔胸上,搂住他的脖子。

托多尔不再开口,他憋着一肚子火,举起双拳威胁提玛尔,接着便冲出了房间。但是从他的目光中,却迸射出要用武器或者毒药来报复的欲火。

第五章 世 外

　　姑娘仍然偎依在提玛尔怀中,让提玛尔保护着她,虽然她所害怕的托多尔已经离开了。
　　她为什么扑到他的胸上?她为什么说"我爱他"?
　　是为了永远赶走那个她一见就打哆嗦的人吗?是想打消他仍然想要她做妻子的念头吗?
　　这个在自由天地中教养大的女孩子,她压根儿不知道什么是社会风俗、道德、羞怯吗?她对国家和教会用来极严厉地束缚两性关系的社会法律,竟一无所知吗?
　　提玛尔给她和她的母亲解除了永久的忧惧,为她终生取得了这个小小的乐园。无疑他为这件事曾不辞一切辛苦,并且在交涉过程中常常想到她。或许是姑娘在心里把爱情和对他的感激交织在一起了吧?
　　她看到纠缠她的人要伸手拿武器时,满怀恐惧,那么她的行动是受恐惧的支配吗?她不自觉地扑到恩人的胸上,是要保护他不受攻击吗?
　　或许是她想起了提玛尔曾经说过自己孤独的身世,他的母亲也跟她的母亲同样可怜。也许她在想:她能不能帮助他?他到这个寂静的岛上来是不是为了她?他已经爱上她了,她是否应该也爱他呢?

不，不，在这个问题上没有任何解释，没有任何诡辩，也没有任何借口。在这里起作用的只是爱的力量。

她不知道自己的行动是出于什么原因。她只是在爱。

她不知道自己的行动是不是允许的，上帝和人会不会同意，也不知道这么做会不会给她带来快乐或痛苦。她只是在爱。

她无意去向社会和法官为自己的行动辩护，也不想鞠躬折腰地去求谅解，去求男人保护，去求人们的恩典和上帝的慈悲。她只是在爱。

可怜的诺埃米！她为这点还得忍受多少痛苦啊！

……提玛尔生平第一次听到有人说爱他。

诺埃米爱的是他，以为他是一个穷人，一个替别人效劳的管事。她无私地爱着他，不是为了要特别得到什么，完全是为了他本人而爱他。

他全身感到温暖，这是起死回生的创造奇迹的温暖。

他忐忑而犹豫地把手搭在姑娘的肩上，紧紧搂住她，并附在她耳边悄声问："这是真的吗？"

姑娘把靠在他胸上的头点了点。

提玛尔瞅了瞅特蕾莎。特蕾莎走到两人跟前，把手放在诺埃米头上，仿佛是说："爱他吧！"

长时间的沉默。这期间每个人都可以听到另一个人的心跳。最后特蕾莎打破沉默，替女儿说：

"唉，您哪儿知道，这个姑娘为您流过多少眼泪啊！您真该看到她怎样每天晚上爬上岩石，几个钟头几个钟头地呆望着您离去的那个寂静的地方！您真该听到她怎样在睡梦中轻轻叫着您的名字！"

诺埃米伸出手来不让母亲再说下去,仿佛请母亲别再泄露她的秘密。

提玛尔突然意识到自己把姑娘搂得愈来愈紧。现在,在这个广大的世界上,终于有一个人爱他了。这个人爱"金人"不是为了金,而只是为了人。这时他感觉到自己好像一个过去一直徘徊歧途、漫无目的地东跑西奔的人,现在忽然发现头上有了新天,面前有了新地,而且在这新天地间还有一种新的生活。

他俯身去吻姑娘的额头,同时感到她的心在他的胸口跳动。现在在他周围的世界只剩下盛开的花卉、芬芳的树丛、嗡嗡的蜜蜂、啁啾的鸟儿;这一切都启示说:"你必须爱!"

喜悦使人陶醉。它把一对情人引向野外;而他们也依从本能的驱使,仍然久久地拥抱着不放开。他们互相望着对方的眼睛,心里都在想:"你的眼睛跟我的眼睛颜色一样。"

此刻光辉灿烂的天空和馥郁馨香的大地仿佛都在对他们施展魔力,那爆发出来的激情便完成了奇迹。一个从来还没有爱过什么人的姑娘和一个从来没有被人爱过的男子相遇,结果会是怎样呢?

夕阳西下,一对恋人仍难舍难分。

夜幕降临,月亮升起。诺埃米把提玛尔领上漂石,她就曾在这儿噙着泪水目送别离的人。

岩石上长满了鼠麴草,提玛尔在散发着芳香的薰衣草中间坐下来。诺埃米坐在他身旁,把满头金发的脑袋依偎在他的胳膊上,仰起她那闪耀着幸福光辉的脸庞。

特蕾莎站在离他们不远的地方,微笑地看着他们。银色的月亮从有一层金色阴影的天空中洒下光辉。

那诱惑人的天上精灵在说:"瞧,你面前这个宝贝完全属于你了,你终于找到了她。她自愿委身给你。你过去已经得到了一切,只是没有爱情;现在你连爱情也得到了。这是无限的幸福,你接受它,享受它吧。这位姑娘是为你而生的……你将成为一个新人……一个为女人所爱的半神……你是幸福的……有人爱着你。"

……然而有一个声音在内心悄悄对他说:"你是一个贼!"

初吻使提玛尔进入了一个新的世界。它在提玛尔心里唤醒了他青年时代的一切美梦,唤醒了那种趋于浪漫奇遇的热衷。他在到各处的寂寞的长途商务旅行时也总怀着这种热情;只是后来在追逐金钱和财产的过程中,它才逐渐被枯燥无味的盘算谋划和日常琐事挤跑了。后来他实现了自己的欲望,找到了向往的乐园。可是他却突然发觉,乐园的树上没有盛开的花朵,而是覆盖着一层严霜;他内心深处的情感便凝固和麻木了,感到失去了生活的目的。眼前这桩偶然的事件使他像在沙漠中遇到了绿洲;在这个绿洲上,他得到了走遍天下而没有寻求到的东西,那就是一颗爱他的心。——他的内心发生着一种奇异的变化。

最初他的情感被一种神秘的恐惧支配着——一种对于幸福的神秘而难以言喻的畏惧。这一幸福他应该接受呢,还是避开?这是福还是祸?这意味着生还是死?随之而来的将是什么?结局会怎样?答复这个问题的神在哪里?花儿为神张开花萼,小虫舞动翅膀嗡嗡地飞,鸟儿正在营巢;它们问什么,神都回答。唯独提玛尔问"我听凭自己内心的支配,得到的将是无上幸福呢,还是永坠地狱?"的时候,神却不回答。

然而提玛尔还是接受自己内心的支配,为所欲为。

心对他说:"看看她的眼睛!"为明亮的眼睛而陶醉并不是罪孽。

不过这个令人陶醉的时间很久。谁要是这样面对面地相互望着,谁就把自己的心给了对方,而且这颗心将被"禁锢"在对方的眼睛里。

提玛尔望着那双眼睛,忘掉了整个世界。他在那双眼睛里,看到了另一个世界,一个充满喜悦、欢乐和幸福的世界。

这真令人陶醉销魂啊。

从幼年时代起,他就没有被人爱过。

他只有一次曾冒险去追求最大的幸福,并为此苦苦搏斗。可是等他达到目的以后,一种莫大的失望使他对于人生幸福的希冀完全化为了乌有。

没想到现在有人公然对他说,她爱他。落在他头上的花朵,舔他双手的猫狗,倾诉衷肠的朱唇,脸庞上的红晕和眼睛里的光辉——这两者比朱唇更易流露真情——一切的一切都在对他说:有人爱他。

是的,甚至连他们理应有所顾忌,不便向她表白心曲的那个人,即姑娘的母亲也泄露说:"她在爱,她爱得这样深沉,以至她愿为爱情而死。"

……她不能死。

提玛尔只在岛上待了一天,却好像已过了亿万年一样。这一天充满了无限的情感。这一天使人忘怀了自己,好像睁着眼睛在做梦;梦中,渴望的事情已经出现在他面前。

但是,在他逗留岛上的第三个夜晚,当一次尽情欢乐的幽会后,他借着迷人的月光回到昏暗中的住处时,他听到了点什么声音。那是永不停息的内心的声音,是一种永不缄默的控诉:

"你在这里搞的什么?你知道你现在在搞什么勾当吗?你在偷盗,你在抢劫,你在杀人。人们把一个可怜的女人赶出世界,夺去了她的一切,把她同她的小女儿放逐到一个荒岛上,逼得她的年轻丈夫自杀了,使她成了一个厌世和不信上帝的人。而你现在又溜到这儿来,抢夺她最后的、唯一的、最宝贵的东西。你把死亡、悲哀和毁灭,带到了这两个不幸者最后避难的地方。你比所有那些背着被残害者的诅咒正在社会上活动,正在遭到报应的人还坏。你在这里破坏这两个人的心灵安宁,你在骗取无辜者的心,却不把你的心给她们。你简直是丧心病狂,或者将要丧心病狂!快逃离这儿吧!"

警告的声音一刻不停。提玛尔彻夜不安,天一亮就去了树林里。他已经决定离开这里,然后长时间不再来,直到她们把他忘掉,直到他也忘掉自己曾在这个世界上还有过如此幸福的三天。

太阳升起来时,他已经围着岛绕了一圈。他散步回来,在小住宅前面看到特蕾莎母女,她们正在摆桌子,准备开早饭。

"今天我得走了。"提玛尔对特蕾莎说。

"这么快?"诺埃米低声说。

"他工作很忙。"特蕾莎太太对女儿道。

"我得回船上去。"提玛尔补充说。

这一切似乎都很自然。管事嘛,本来只是受人雇用的人,他必须勤勤恳恳地工作,不能拿了东家的工钱闲荡。

因此她们也不强留他。他最后总得走,这是理所当然的。他反正还是要回来,她们可以等着他,一年,两年,直到死,永远永远……

可是诺埃米一听说要分别,连鲜奶也喝不下去了。

提玛尔可是留不住啊。他有职责在身,不能不去完成。

特蕾莎亲自给他拿来猎枪,以及他上岛时她为他收起来的旅行袋。

"猎枪装上子弹了吗?"细心的妈妈问道。

"没有。"提玛尔回答说。

"您最好还是把枪装上子弹,而且要装大铅弹。因为对岸河滩不大安全,常有狼群出没,说不定还会碰上更凶的野兽。"

她亲自替他把火药倒在盘子上,一直督促他把枪装好子弹为止。

随后特蕾莎对诺埃米说:"你拿着猎枪,免得阿尔米拉来跟他捣乱。去吧,送他上舢板。"

她鼓励女儿陪伴提玛尔上船,自己却留下来,让他两人独自顺着玫瑰花间的小路走去。

提玛尔默默地走在诺埃米身旁,拉着姑娘的手。

姑娘半路上突然停下来。提玛尔也站住了,望着她的眼睛。

"你要和我说什么吗?"他问她道。

姑娘考虑了半晌,然后说:"不,没有什么。"

但是提玛尔从姑娘的眼睛里看出了一切,甚至猜到了她的心思。诺埃米想问他:"亲爱的,我的快乐,我的幸福,我的命运,你倒是告诉我呀,从前跟你一道上这儿来的那个名叫蒂美娅的白净姑娘,现在她怎样了?"

可是她什么也没有说,只是默默地走在提玛尔身旁,让他握着自己的手。

他不得不跟她分手时,心情异常沉重。

姑娘一面把猎枪递给他,一面轻声说:"您要多多保重,免得遇到意外。"

她跟他握手的时候,再一次用流露出全部衷情的、星星般的明眸,盯着他的眼睛,用恳求的语气对他说:

"您会再回来吗?"

这语调使他很感动。他又抱住姑娘,轻轻对她说:"你为什么不对我说:'你会再回来吗?'你为什么不对我称呼'你'呢?"

姑娘低下头去看着地上,温柔地摇了摇头,表示不能。

"你就对我称一次'你'吧。"提玛尔低声说。

姑娘把脸藏在他的怀里,没有出声。

"这么说你不能够对我称呼'你',也不愿意这样称呼我啰?这个词儿只有一个音节。你竟说不出口吗?你怕说这个字眼吗?"

姑娘双手捂住脸,还是不言语。

"诺埃米!我求你对我说出这个简单的词儿,你说了我会感到幸福的。别怕呀,你悄悄地说一声,别让我没听到它就走啊。"

姑娘一声不吭地摇了摇头,仍然没有开口。

"好吧,愿上帝与你同在,亲爱的诺埃米!"提玛尔轻声说,然后跳上了舢板。

芦苇丛很快遮住视线,他看不见小岛了。

可是只要他还能望到岛上的丛林,他就看见姑娘仍然倚着一棵槐树,手托着头,伤心地目送着他……她的嘴却没有发出呼唤,没有说"你"!……

第六章　南回归线

提玛尔到了对岸,把舢板交给一个渔民保管到他再回来为止。

但是他会再回来吗?……

他打算步行到发布拉先生正忙着装货的那个渡口办事处去。划着舢板逆流而上是非常吃力的,再说他眼下也没有心情去试试自己的力气。他现在必须经受自己内心的一场剧烈的斗争。

他要走过的地方,有很长一段是多瑙河最近几次泛滥造成的。这样的泛滥在多瑙河下游是常有的事。变幻莫测的大河不定在什么地方冲破一道堤,然后就从那里起改变它弯弯扭扭的河道。它逐年把这边河岸越来越多的土地冲走,同时不断在对岸淤积起新的土地,新土地上很快便长起新的树木。人们可以根据那些像台地一样连接在一起的一丛丛白杨树,辨别出每一年新堆积成的土地。

纵横交错的小路,穿过这片杂乱无章的荒野,是打柴的穷人和渔夫踩出来的。树丛中偶尔也可看到孤零零的小屋,草顶已被暴风掀掉,四壁爬满了野黑莓和葫芦藤。这种小屋有时是捕山鹬的猎人的临时住处,有时是逃亡的强盗的藏身之所,也有时是母狼下崽的地方。

提玛尔肩上背着猎枪,一面深思,一面慢步穿过一望无际的丛林。

"……你不应再回到这儿来,你不能再回到这儿来。你终身背着一个谎言已经够沉重啦!现在要再加上一个,背着两个互相矛盾的谎言,那还得了!恢复理智吧!你已经不是一个单凭热情行事的小孩子了。况且你所感受到的也许连热情都不是吧?是一时的欲望,或者比这更糟糕的'虚荣'。一个漂亮青年正向一个年轻姑娘求婚,而年轻姑娘却甩掉他投向你的怀抱,并且说:'我爱你!'这种情形自然可以满足你那男子汉的虚荣,因为姑娘认为那个漂亮青年是个无赖,所以不爱他而爱你,把你看作是个了不起的英雄。可是万一她知道你心里怀着鬼胎,明白你自己也是个骗子……只不过比另外那个骗子运气好些罢了!那时候她是否还会爱你呢?

"……假如她真的像爱自己的生命那样爱你又怎样?要是你接受了这种爱情,那么你的生活又会怎样,她的生活又会怎样呢?你将永远不能再离开她,你必须把自己的生命分成两部分,让每一部分都充满谎言。你愿意把自己的命运分别束缚在两个地方吗?你愿意不论到哪儿去都要引起嫉妒吗?你愿意在此处担心爱情,在彼处又担心荣誉吗?

"……你的妻子不爱你,可是她对你却像天使那样忠贞。如果说你痛苦,她又何尝不痛苦呢。如果说你们两个都痛苦,那并不怨她,而完全是你一个人造成的。你盗窃了她的财产和自由,你现在还想把你已经许给她的忠诚偷回来吗?

"……她永远不会知道这件事情,她永远不会为此感到痛苦。你本来每年就有一半时间离家在外。为了做买卖赚钱而走遍异国和世界各大洲,这是商人的命运。你可以在这里从春天逗留到秋天,不会引起任何人注意。要有人问,你这阵子跑到什么地方去了?你可以说,你做了一次商业旅行……可是这个姑娘又会落到什么地步呢?

"她可不是那种轻佻的女子:今天你可以牺牲她来满足自己的欲望,明天你厌倦她了,就大大方方地给她些钱,让她到别处找安慰。你可不能玩弄她的心啊,她的父亲就是自杀而死的。

"……情侣们所祈求的幸福,对你来说也许恰恰降临在了不是你所希望的地方!那时这个女人,这个家庭的结局将会怎样呢?至少按照人间的法律来说,你对这个家庭没有任何权利,这个家庭对你也没有任何权利。

"……这个姑娘不是普通女人,你不能随意玩弄她。她要求的是你的心,并且把她的心也给你。你怎样答复这一要求呢?你怎样解除你给她带来的不幸呢?

"……你愿意在梦里看见一个母亲杀害婴儿,或者一个女人自杀的可怕景象吗?

"……还有另外那个障碍——那个讨厌的未婚夫,你打算怎样处置他呢?他是个狡猾的冒险家,什么坏事都干得出来。他能够追随你到天涯海角。你在事业中力图上进的时候,他会成为你的绊脚石。他将刺探出你的隐私。他会刺激、纠缠和威胁你一辈子。无论你付出多么大代价,多么大牺牲,也摆脱不了他。他会证明,他忠实于自己要搞垮你的决心,超过了在教堂里宣誓爱你的那个女人的忠实!你打算怎样躲避他呢?不是你收拾掉他,就是他要了你的命。好一个美好的前景:不是你就是他将死在刑场上!可你呢,是'金人',人人尊敬你,称赞你,管你叫作积德、行善的使徒;而你却在为自己安排到法院去吃官司的命运。"

提玛尔擦了擦灼热的额头,摘下帽子。温和的春风吹干了他的痛苦的汗水,他那两个太阳穴才感到舒服些。

在内心的控诉面前,他竭力为自己辩护。

"难道我一辈子永远不许快乐吗?我起早睡晚,整天辛辛苦苦的差不多已有四十年了……为的是什么哟?就为了让别人上了床可以安睡,而只有我不该得到安宁吗?

"……为什么我在自己家里没有幸福呢?

"……我不配让一个妻子爱吗?我没有把热烈的爱情献给我娶为妻子的女人吗?我不热爱我的妻子吗?我不是由于她的冷淡才陷于绝望的吗?是她不爱我啊!

"……我夺取了她的财产吗?这不是事实。我在为她保全财产。假如在我发现那些财宝的时候,把它交给她的监护人,那这一切早就没有了,她会像个乞丐似的一无所有。原来属于她的东西现在统统归还她了,我除去身上的衣服以外什么也没留,我凭什么是个贼呢?

"……诺埃米爱我,这是再也无法改变的。她从头一次见到我,就爱上了我。

"……如果我不再到她那儿去,难道她还会有幸福吗?

"……如果我永远甩掉她,不正好是要了她的命吗?如果我不再回到她身边,不正好造成她自杀吗?

"……这个远离世界的岛屿上没有社会法律和教规的统治,天赋的真正的温暖感情,愚蠢的世界所不容的真正幸福,不是唯独这里才有吗?

"……至于那个在我们两个人之间作梗的无赖,他凭什么能使我不安呢?他需要的无非是钱,而我有的是钱。只要我给他钱,他就会滚开。我干吗怕他呢?"

春风吹拂过小白杨树的树梢。

蜿蜒的小路旁边有一所用木柴搭成的小屋,繁茂的黑莓遮盖着小屋的门。

提玛尔擦干额头,又戴上帽子。

他又听到了使他安心的声音。

"……事实是你目前在世界上没有一点快乐,你的生活凄凉而又空虚,但却平平静静。——你晚间躺在床上的时候,大概会想:'又闷闷不乐地过了一天。'可是,接着你又会想:这是太平无事的一天,我没有做任何对不起谁的事。你要用这种安宁来换取将使你无法安眠的快乐吗?"——

他内心中的守护神却反对说:

"……究竟谁说恋爱是罪过,而痛苦反而是德行呢?据说有一位天使坐在上帝右边,负责登记那些受痛苦的人和憔悴的人的名字;另一位天使则坐在上帝的左边,把所有那些恋爱和敢于接受幸福的人都记在黑色本子里。可是谁又看到过这两位天使呢?……"

突然身旁砰砰响了两枪,子弹呼啸着从提玛尔头上飞过,发出就像蜜蜂飞近耳旁的嘤嘤声,又像弹奏哀乐的竖琴。子弹打穿了提玛尔的帽子。帽子从提玛尔的头上飞进树丛里去了。

这两枪是从那个倒塌的小屋中射出来的。

最初的一刹那,提玛尔吓得手脚发麻。他觉得这两枪仿佛是针对他那些秘密的心思打的。他浑身战栗;但是不一会儿,勃发的怒火就代替了恐惧。他从肩上摘下猎枪,扳开机钮,疯了似的朝还向外冒着硝烟的小屋冲去。

一个人哆哆嗦嗦地站在他的枪口前面,原来是托多尔·克里茨提安。他手里还握着打光子弹的双响手枪。这时他把手枪举起来保护着脑袋,浑身都在发抖。

"原来是你?"提玛尔喝问道,"嗯?"

"饶了我吧!"托多尔结结巴巴地说。他丢掉了手枪,捧着双手哀求提玛尔,膝盖相互磕碰着,两条腿几乎站不住了。他的脸色死灰,两眼暗淡无光,活像一具尸体。

提玛尔恢复了常态,恐惧和愤怒都从心里消失了,他调开了枪口。

"过来!"他平心静气地对这个暗杀者说。

"我不敢。"托多尔结结巴巴道,同时趴在柴捆上,"您会要我命的。"

"你放心好了,我不会打死你的,"提玛尔说着,便对空中放枪,把子弹射出,"现在我也等于没有武器了,你用不着再害怕。"

托多尔踉踉跄跄走出小屋。

"你居然想暗杀我!"提玛尔说,"倒霉的家伙,我为你可惜。"

年轻的罪犯不敢抬头看他。

"托多尔·克里茨提安,你年纪轻轻就想做一个杀人凶手!这样不行。改邪归正吧!你不是生成的坏人,是别人把你毒化成这样的。我了解你的身世,我想挽救你。你有能力;不过你把能力全用在干坏事上了,成了一个流氓、一个骗子。你满意这种生活吗?这是不可能的。重新过另一种生活吧!我给你安置一个工作,让你能过正当生活,过一种像你这样有才能的人所应该过的生活。愿意吗?我的来往关系很多。这一点我可以办到。就击掌为定吧!"

托多尔跪在他刚才打算杀害的人面前,双手抓住伸给他的手,一面遍吻这双手,一面大声抽泣。

"唉,先生,您是头一个和我这样说话的人。您让我跪着吧! 人们从我小的时候就把我当条丧家狗似的从这家门口赶到那家门口。我的每一口饭都得用诈骗、偷窃或是谄媚来取得。除了比我还要坏的那些把我引上邪路的人以外,谁也不接近我。我过的是一种充满欺诈和出卖的可耻而令人作呕的生活,我见了每个熟人都要胆战心惊。我几天以来就埋伏着要杀害您,可是您却和我握手。您打算使我重新做人,那就请允许我跪着听候您的盼咐吧。"

"您站起来吧! 我不喜欢您哭哭啼啼的样子。男人的眼泪在我看来是靠不住的。"

"您说得对,特别是我的眼泪更靠不住,"托多尔·克里茨提安说,"我本来是一个出色的喜剧演员;可是假如有人对我说:'这儿有一格罗申,你哭一哭就给你!'那我也能照办。即使我不欺骗,也不会再有人相信我。我要忍住我的眼泪!"

"我无意向您做一番道德说教,主要是想和您谈一个非常枯燥无味的商业问题,您更没有必要流泪。您曾谈到您和斯卡马雷利银行有关系,并且要到巴西去。"

"我的先生,那些话没有一句是真的。"

"这我知道。您和那个银行没有任何关系。"

"原来倒有些,可是已经断了。"

"是您自己逃跑了,还是被人家撵走的?"

"我逃跑了。"

"携款潜逃吗?"

"带着三四百盾。"

"我们就算五百盾吧。您愿意把这笔款归还这个斯卡马雷利吗？我的确和他有些关系。"

"我不愿意待在这个人身边。"

"那么您的巴西之行呢？"

"根本没有这回事。谁也不从巴西运来木材造船。"

"特别是不运你所提到的那些木材。其中还有制药和染料的木材是不是。"

托多尔开颜笑了。

"说实话，我是打算把无人岛上的树卖给石灰窑，好得几个钱。特蕾莎猜到了我的心思。"

"这么说，您到岛上来不是为了诺埃米喽？"

"唉！其实我在每处都有个女人。"

"嗯！我知道有家新开办的企业需要一个会匈牙利文、德文、意大利文、英文、法文和西班牙文的人在巴西当代理人，这对您来说是一个非常好的职位。"

"所有这几种语言我都能说会写。"

"这我知道。您还会希腊文、土耳其文、波兰文和俄文。您是个有天才的人。我要给您安置个工作，使您的才能得到应有的酬报。我们现在说的这个代理人的工作，正式年薪是三千金元，此外有时还能从红利中提成，提成多少完全取决于您自己。"

托多尔·克里茨提安听到这番话不禁感到惊讶，但是他已经演惯了喜剧角色，以致在真的满怀感激心情时反倒不会表达了；再说他也担心人家会把他的表示看成是假的。

"我的先生，您说这番话不是开玩笑吧？"

"我没有任何理由现在在这里跟您开玩笑。您想杀害我,而我必须保护我的性命。可是我不能要您的命,因为我的良心不容许我这样做。我要把您引上正路,这就是我的自卫方法。您一旦变成好人,我在森林里走路也可以放心了。您现在大概明白我的意思了吧?但是我要证明,我是郑重其事地向您提出建议的。这是我的钱夹子,您拿去吧!里面的钱除去您到的里雅斯特的旅费以外,大概还够您偿还斯卡马雷利的。等您到了的里雅斯特,斯卡马雷利大概也就收到我的信了。他会告诉您下一步该怎么做。现在我们可以分手了。"

托多尔接过钱夹子时手直发抖。提玛尔戴上了他那顶被子弹打穿的帽子。

"现在怎样看待您对我开的这两枪随您的便。如果您认为那是一个暗杀凶手开的枪,那您就应该永远不再在一个有法律统治的地方跟我见面;如果您认为那是一个被侮辱的骑士开的枪,那您可要记住,下次见面可就轮到我开枪了……"

托多尔·克里茨提安非常激动地用两手把胸前的衣服扯开,大声说:"您就朝这儿开枪吧,如果我什么时候再到您面前来,您就把我像条疯狗似的打死好啦!"

说到这里,他从地上拾起空手枪,硬塞在提玛尔手里,说:"如果您再在什么地方碰到我,您就用我自己的手枪朝我的脑袋射击!您什么也不用问,什么也不用说,您只管打死我好了!"

他一再恳求,直到提玛尔收下手枪,把它塞在猎囊里。

"愿上帝与您同在!"提玛尔说。说着他便丢下托多尔转身走了。

托多尔在原地站了一会儿,目送着提玛尔,接着又追上去喊道:

"先生,我还有一句话!您把我变成了一个新人,请允许我什么时候给您写封信,开头用'我的父亲'称呼您!过去我一听见父亲这两个字,就感到恐惧和厌恶。从现在起,我听到这两个字就感到快乐和亲切!我的父亲!我的父亲!"

托多尔在提玛尔的两手上使劲儿吻了几下,随后就跑开了。等跑过头一个树丛,提玛尔再也看不到他的时候,他就伏在草丛中哭了起来。

这一次流的是真诚的眼泪。

可怜的小诺埃米在她和提玛尔分别的那株大槐树旁边站了很久。特蕾莎赶来找女儿,她在女儿身旁的草地上坐下,拿出针线来想做点活计。

诺埃米突然一惊。

"妈妈,你听见了吗?对岸响了两枪。"

她侧耳静听,闷热的空气异常寂静。

"现在又响了两枪,妈妈,这是怎么回事?"

特蕾莎安慰她说:

"是对岸打猎的枪声,我的孩子。"

诺埃米的脸色变得好像她头顶上的槐树花一样白,她不安地用手捂着胸口,轻声说:"不,不,噢,不,他永远不会再回来了!"

她心里涌起一阵痛楚,后悔自己没有对他说出那个简单的"你"字,而他曾那样地恳求她。

"发布拉先生!"提玛尔对他忠实的管事说,"这次我们的小麦既不往格约尔运,也不往科马罗姆运。"

"那么这些小麦怎么处理呢?"

"我们就地把小麦磨成面粉。我的农庄上有两台水磨,另外我们再在多瑙河畔租上三十台水磨,用这些水磨把小麦磨成面粉。"

"要把这些面粉全都卖出去,可得一个很大的商店啊。"

"这也自然有办法。我们把一袋一袋的面粉装在小船上,拖到上游卡罗吕瓦尔去,到那里再换牛车运往的里雅斯特。我的船已经停泊在的里雅斯特,准备把面粉成吨地运往巴西。"

"运往巴西!"发布拉惊异地大声说,"我可不能随船上那儿去。"

"我也根本没打算派您去那儿。另外有人去,您只负责把面粉运到的里雅斯特,负责照料磨面和运输就成了。我今天就给那些农庄管事和磨坊主下指示。在我不在的时候,您全权代表我处理一切。"

"我多谢您。"发布拉先生说,垂着头走出雷韦廷先生的办公处。

"现在又要干一桩天大的蠢事了,"他用别人可以听到的声音自言自语地说,"从匈牙利往巴西运面粉!无论如何巴西那儿的情形我是知道的,我也跟奥纳迪牧师学过几天地理。巴西的首都是里约热内卢,人们从巴西运出木棉、烟草、糖和咖啡。那里有最有名的金刚石矿。居民有印第安人、葡萄牙人、荷兰人和英国人,还有德国人。现在在这些狡猾的居民当中还要再掺上个匈牙利人,而且还是往那里运面粉!那个国家长着大片大片的树林,只消把树砍倒,树里满是面粉和粗麦粒,居然要把面粉运到那里去。在另外一些森林,树上挂着现成的面包,人们只要把熟了的果子摘下来烤一烤就可以吃,他居然想把面粉远渡重洋运到这样一个国家去!第一,所有的面粉不等运到那里就会发霉。第二,那里没有人买面粉。第三,他想从巴西赚的钱,会连一文也看不到!没有一个律师,一个副州长肯到那儿去!总而言之,这又是我那雷韦廷先生干的一桩从来没听说过的大蠢事。但是所有的人都将看到,这件事没准儿又像雷韦廷先生心血来潮时所干的每件荒唐事一样,捞得一笔意外之财。面粉船也许会装满砂金从巴西开回来哩。不过即使这样,这毕竟还是桩荒唐透顶的事儿!……"

发布拉先生想的完全对,提玛尔自己的看法也和这差不多,他在这一批决定运往巴西去的面粉上下了约十万盾的赌注。

这并不是他新想出来的主意。长期以来,他就反复地琢磨:匈牙利商人只知道出租船只、运销小麦、按最有利的条件争取得到内阁各重要部门的委托、在本国领土上营建国家投资的运河、以极低价格承租国有财产,再不就出于高贵的热心按五十分利息借钱给处于困境的权贵,他们就是这样像乞丐似的可怜地一百万一百万地攒集。为什么匈牙利商人不敢经营比这更大的企业呢?也许对于匈牙利商人有一个比这区区的小本经营更广大、更自由、更有气魄的活动范围吧?用一种我国工业有竞争能力的著名产品,也许能够在国际贸易的庞大市场上争得一席地位!

这种海外贸易是他多年的计划。他首先改良了他的磨坊,然后在的里雅斯特订造了一只商船;但是使他迅速作出决定的原因,仍然是诺埃米。他和托多尔·克里茨提安的会面,促使他立刻要把他的计划付诸实施。

面粉输出在目前不过是次要的,主要的还是让这个人远远地离开他。

提玛尔在几个星期内忙了些什么和进行得如何迅速,他如何从这个磨坊跑到那个磨坊,又从磨坊赶到船上;这些船装好货以后,他又如何设法使船尽快地启航并亲自监督每次装船——所有这些,谁看了也不能不承认他称得起是个模范商人。他是位多么有钱的老爷啊!他手下有经理、代理人、承销人、管事、检查员、管理员,可是他仍然像个极普通的企业家那样,亲自为这些事情到处奔忙。他的确善于经商!

人们要知道他经营的是什么就好了!

三个星期之后,停在的里雅斯特的第一条船已经装好匈牙利面粉,准备启碇。这条船的名字叫"潘诺尼亚"号。

这是一艘漂亮的三桅船。装货的时候发布拉先生在场,连他都认为这条船很不错。

但是提玛尔没有看见这条船。在这条船出港前他并没到的里雅斯特去看一看。

在这几个星期当中,提玛尔始终待在潘切沃或是雷韦廷。全部营业都是由斯卡马雷利公司负责进行。提玛尔不亲自出面是有原因的。

他只和受委托的斯卡马雷利公司书信来往。

一天,他收到托多尔·克里茨提安一封信,拆开时首先使他感到奇怪的是信里装着钱——一张一百盾的钞票。信上写道：

我的父亲：

您接到这封信的时候，我已经以斯卡马雷利公司代理人的身份乘着漂亮的"潘诺尼亚"号航行在大海上了。我对您的热心保荐表示衷心的感谢。银行预付了我两个月的薪水，我拿出一百盾寄给您，请您交给潘切沃"白船酒家"的老板。这笔钱是我在那里逗留期间欠下那位又可怜又可敬的老板的，现在我怀着感激的心情归还他。您待我这样仁至义尽，上天会赐福您的。

提玛尔轻松地舒了口气。这个人有了转变，因为他能够记起过去的旧账，并且从自己的积蓄中拿出钱来偿还。能够使一个已经堕落的人免于完全毁灭，是多么大的快乐啊！挽救了一个企图杀害自己的敌人，使他获得新生，进入社会，得到荣誉！把一个骗子变成一个正直的人，使一颗掉在粪土里的珍珠恢复了光泽！这是符合早期基督徒的道德的！你为人多么高尚啊！

可是他内心那个控诉的声音却反驳说：你是个凶手！你高兴的不是你挽救了一个人，而是你自己摆脱了这个人！假如你听说你的船在大洋上遇到了初夏的龙卷风，整个船连人带面粉已经埋葬在海底，那你才真正高兴哩！你现在心里想的不是面粉生意，不是赚钱和赔钱，而是巴拉那河①和亚马孙河②的沼泽地区每年夏季都要闹的一种非常凶险的灾祸——黄热病。这种病像老虎似的等候着每个初到这里的人！害这

---

① 巴拉那河，南美洲东南部的河流。
② 亚马孙河，南美洲最大的河流。

种病的人百分之六十要死掉,说不定他也会因此死掉!你是个凶手!

也许会发生这样的情况:他这个轻浮的好色之徒在那个恣情纵欲的国家,会成为赌窟和欧洲血统的漂亮女郎的牺牲品,以致盗用并挥霍掉委托给他的款项,因而犯了法不得不逃跑。这对于你和他所有的熟人来说,他也如同死了一样。你事先已为此感到欢欣鼓舞了吧。你是个杀人凶手!

一个人成功地除掉了自己的敌人便会感到愉快,提玛尔现在也正是如此。但这却是一种被内疚和其他忧虑搞得惴惴不安的轻松愉快……

从那些天起,提玛尔好像变了个人,大家简直都不认得他了。这个一向那么冷静的人,突然一举一动都表现得非常不安。他发出的指示互相矛盾,他吩咐过的事情一小时后自己就忘了。他要到什么地方去,走到半路就又转回来。是的,他甚至逃避自己的商业事务,有时连天大的事也无心过问。有时反过来却又非常急躁,谁工作上稍有疏失他就大发雷霆。

人们常常看到他在多瑙河畔低着头几个钟头几个钟头地徘徊,就像个快要发疯而坐立不安的人一样。有时他又整天把自己锁在屋里,不见任何人。来自国内各地的信,大批地堆在桌子上不看。

他一心思念着那个金发姑娘,回想他所看见的她站在小岛岸边,胳膊支着树干,头靠在胳膊上的情景。此外,这个聪明的人什么也不再想。

今天他决定要回到她那儿去,可是明天他又想永远忘记她。

他开始迷信起来,盼望着上天的启示和梦中的预兆,好决定怎么办。

唉,梦境带来的总是同一个状况:幸福而烦恼,痴情而失望——这一切只有使他更加接近疯狂。上天没有给他任何启示。

但是有一天,他决心要恢复自己本来面目,做个冷静的人。他想借处理事务和经营商业来恢复内心的安宁。他坐在成堆的信件前,开始一封封地阅读。

结果,他一封信还没看完,就把内容忘了。他急于想看到的无非是那对蓝眼睛里所"写"的东西。

他拿起一封信,这封信比其他所有的信都重。这时他的心突然跳得很厉害,他从信封上认出了是谁的笔迹。

那是蒂美娅的笔迹。一股寒流传遍他的全身,使他清醒过来。

这就是上天对他的启示。这封信将决定他内心斗争的结果。

这是纯洁、忠贞的妻子蒂美娅给他来的信。只要她一句温柔的话,就能对她丈夫的心情发生影响,好像把他从深沉的梦境中唤醒的喊声一样。她那熟悉的笔迹使他仿佛又看到了殉道者那容光焕发的脸庞,使他回心转意。

信里什么东西这么重?一定是一种意想不到的表示心意之物,一件纪念品。真的!明天不就是他的生日吗。啊,珍贵的信!它将成为宝贵的纪念物!

提玛尔去掉封漆,小心翼翼地拆开信封。他愣住了。他的写字台钥匙从信封里掉了出来。难怪这封信那么重。

信里写道：

我亲爱的丈夫！

您把钥匙忘在您写字台的抽屉上了，我把它给您寄去，免得您不放心。上帝保佑您！

蒂美娅

别的什么也没有。

那次提玛尔偷偷地在夜间返回家中，阿塔莉雅的话搅得他脑子里乱哄哄的，竟把钥匙插在写字台的抽屉上忘了取下来。

难道除了这把钥匙和这寥寥数语以外，就什么也没有了吗？

提玛尔把信放在面前，心中大为扫兴。

一个可怕的想法突然浮现在他的脑海。既然蒂美娅在他的写字台抽屉上发现了这把钥匙，那她就有可能翻看了抽屉里的匣子。女人们都好奇，喜欢干这类事！……她翻看匣子必然会发现一些她所熟悉的东西……提玛尔在把阿利·邱尔巴德希的财宝变成现钱时十分小心，连一个可能泄露秘密的艺术品都不曾拿到市场上去。他首先卖掉了那些没有托的钻石。但是在这些宝物当中有一个镶着钻石的小金盒，盒里嵌着一帧袖珍画像。这是一个年轻女人的肖像，模样酷似蒂美娅，显然是她的母亲，那个希腊女人。

如果蒂美娅在自己丈夫的抽屉里发现了这个金盒，那她就什么都知道啦。她会认出母亲的画像，会猜到这个装饰品是她父亲的，猜到父亲的财宝落到了提玛尔手中。然后她就会弄清楚全部真相：提玛尔是怎样变成了富人的，他怎样利用蒂美娅自己的财富把她弄到了手。

如果蒂美娅好奇,她就会洞悉一切,一定会再也看不起自己的丈夫。

她信里的这几句话不就表明了这一点吗?寄来钥匙不也正是说明这一点吗?这意思不是说"我看透你了"吗?

这个想法使得提玛尔对于他应该在不幸的道路上继续前进还是回头作出了决定。他觉得情况决不允许他回头。

回头也是一个样。他认为自己已在妻子面前露出了马脚。他在她面前再不能充作"金人",充作有气魄的人、慷慨的人和慈善家了!他认为自己在她面前已经原形毕露。

既然如此就在毁灭的道路上走下去吧。

于是他决定再去无人岛。

不过他不肯显出落荒而逃的样子,因此写信给蒂美娅,告诉她他要外出相当长的时期,在这期间她可以拆阅寄到科马罗姆家中所有的信件,如有必要,并通知律师或代理人。要是必须发什么指示,她就全权代表自己丈夫去办。她可以随意拨汇款项,收款、付款。他同时把写字台的钥匙寄回给她,以便在需要文件和契约的时候随时取出。

这是上策!他觉得在她将要发现他的秘密时,他毫不犹豫地亲自把秘密指引给她,或许秘密反而不致被发现。怀疑的眼睛就像猫头鹰的眼睛一样,要在黑暗中才能看见,光明反而可以使它失去视力。

于是他给他的代理人发出指示。他告诉所有的人他要长期外出,但却没讲到哪儿去。凡是与他有关的信一律请寄科马罗姆交给他的妻子。

大后晌,他乘坐一辆出租驿车离开了雷韦廷。为了隐瞒自己的行踪，他没有乘自己的马车。

几天以前，他还那样迷信，盼望上天通过几大元素①神秘地给他启示，使他回头。现在他不再注意这些了。尽管上天急忙通过元素来严厉警告他，吓唬他，要他放弃自己的打算，甚至强行制止他，他仍决定要过河到岛上去。

傍晚时分，多瑙河沿岸的白杨树林已经遥遥在望了，这时天上突然出现一片淡红的云雾，迅速地搅成一团，飘了过来。赶车的是个塞尔维亚人。起初他还又是祷告，又是长吁短叹；可是当这团云雾似的东西越来越飘近他们的时候，他却一变原来的虔诚态度，突然咒骂起来。

"加拉姆博克岩洞的蚊子飞过来了！"

这千百万个住在加拉姆博克岩洞里的鬼东西，突然飞起，仿佛浓密的云雾向平原袭来。这一来凡是在野外遇到它们的牲畜就遭殃了。

提玛尔必然从这团飘浮在平原上的由蚊虫聚成的云雾中经过。这些叮咬牲口的小小鬼东西，这时已向拉着提玛尔的两匹马发起攻击，钻进了马的耳朵、眼睛、鼻孔。马惊得再也驾驭不住，猛然转回头去，拖着车子拼命向西北奔驰。提玛尔不顾危险从车上跳了下来。他动作敏捷，而且总算走运，胳膊腿都没摔坏。但是两匹马却拖着车子和赶车的跑得远远的了。

假如他注意到这种预兆，那么它一定足以使其改变主意，返回原地。

但是这时他已经决定坚持下去，走一条不再需要神来帮助的道路。他现在愿意走这条路；诺埃米在吸引他，蒂美娅把

---

① 见本书第 202 页注。

他往那里推。激情和热望弄得他焦灼不安,驱赶着他向前奔去。

他跳下车以后,就走向多瑙河边的白杨树丛。他的猎枪和其他东西全部丢在车上了,只是空着两手跳了下来。他在树丛中削了一根粗柳木棒,用以防身自卫。接着他开始在树丛中寻找小路。可是他走错了,天也黑了起来。他由于迷失了方向,越来越难以走出丛林。最后,他碰到一间小木屋,决定在里边过夜。他用周围的木柴生了一堆火。幸而他从车上下来时肩上挎着猎囊,猎囊里有面包和肥猪肉。这时他取出肉来,在火上烘烤。他还在猎囊里摸出了另一件东西,就是托多尔用来从小屋向他射击的那支双响手枪。这间小屋莫非就是那同一间小屋。真的,也有可能。

不过,这支手枪他用不上;弹药匣丢在车上了。然而手枪增强了他对命运的信念:一个人家开枪都没打伤的人,他在世界上必然还会有点作为。——他迫切需要这种安慰,因为一到黑夜,森林就成了恐怖的世界。

几只狼在附近号叫。提玛尔透过浓密的树丛,看到绿光闪闪的狼眼睛。不时地有一只狼溜到小屋背后,发出令人不寒而栗的号叫声。

提玛尔整夜不敢让火熄灭。唯有靠火,才吓退了这些野兽。

他进到小屋里,一种咝咝的怪声吓了他一跳。这是蛇一见到人就爱发出的可怕声音。同时还有一堆什么东西在他脚下慢慢蠕动:他大概踩在几只乌龟身上了。

提玛尔彻夜不曾熄火,还用一根一头燃烧着的树枝在空中画幻想的图画。这或许是他用火来表达自己思想的象形文字吧。

一个多么凄凉的夜晚啊！他有安静的家和舒适的床,他有名义上属于他的年轻漂亮的妻子,而现在他却蹲在一个遍地是蘑菇、散发着霉味的小屋里,孤孤单单地过夜！狼在他的周围号叫,一条蛇懒洋洋地从他头顶上面的木梁上爬过。

今天是他的生日,本应该是一个快乐的家庭节日啊!

可是他甘愿处在这种境地。

他本是一个特别虔诚的人,从小就习惯每天晚上为自己祈祷,从来没有中断过。他在充满斗争的生活中当然要经历种种危险;在一切危难和痛苦中,祈祷都给了他安慰。他信仰上帝,因此做什么都走运。但是在这个可怕的夜晚,他没有祈祷。他不再希望跟上帝交谈。

从他这个生日起,他永远不再祈祷。他在反抗命运。

东方发白,夜间那些野兽便回到荒野去了。提玛尔离开过夜的小屋,旋即找到一条直接通往多瑙河岸的小路。

另一个灾祸正在这里等待着他:多瑙河水猛涨了。

时值春季,山上的积雪正在融化。巨流的黄浊波涛里,尽是芦苇根和冲断的柳树干。提玛尔所要寻找的那个渔人的小屋,平时是在高高的土岗上;眼下洪水已经爬到了小屋的门槛边,他寄存的舢板就系在小屋旁的一棵老柳树上。他在小屋里找不到人。闹这么大的洪水,是无法捕鱼的。渔夫在逃命时,把东西都搬走了。

假如说他需要上天指引,需要上帝启示的话,那么现在这些就是。溢出河床的洪水,用全部巨大的威力阻挡他的去路。

在这种时候,谁也不在河上行船。

这是神奇的征兆,告诉他必须回头。

"回头来不及啦。既然来了,就只好过去。"提玛尔说。

小屋的门锁着。他从门缝中看到里面有桨和篙,于是便撬开门进去。

然后他上了舢板,把两只脚绑在舵轴上,解开舢板的缆绳,猛一推,舢板就进入了浪涛中。

急流顿时卷走了舢板。

此刻的多瑙河,好像一个可怕的凶汉。它能把整座森林连根拔起;一个人坐舢板来到河上,不过像根浮草上的小虫罢了。可是这小虫现在居然敢和洪流对抗。

提玛尔划着双桨,同时兼当舵手。

奔腾的河水,使舢板像个核桃壳似的在浪头上颠簸;逆风又把它吹回原来的河岸。然而无论是风还是浪,都不能使提玛尔屈服。

他的帽子被风吹落脚下,他那被汗水湿透的头发在风中不停地飘动;从船头横梁上打过来的浪头,把冰冷的泡沫溅了他一脸。但这些都扑不灭他内心的烈火。他忧心如焚:诺埃米这时在小岛上也许正处在危险中吧。他一想到这里,两臂也不再知道疲劳了。

多瑙河和狂风是两股巨大的力量,然而人的热情和意志的力量更大。提玛尔重新看出自己内心的意志多么坚决,两臂多么顽强!他为了到达奥茨特洛瓦岛的尖端与巨流进行的搏斗,简直是超人的。

他到了那里,就可以省些力了。

岛完全被洪流淹没,水从岛上的树木中间流去。在这里用篙使舢板在树干中间穿行较容易些。提玛尔必然划向上游远处,然后才能使舢板随着河水漂到无人岛。

他把舢板划出必要的距离，越过了岛上的幼树林，这时又发现一个新的可怕景象。

平时有一大片芦苇丛遮蔽着无人岛，只有一些树梢高出芦苇丛之上，如今芦苇丛无影无踪，整个岛裸露在多瑙河支流的河心。洪水漫过了芦苇丛，岛上的树木都立在波涛中，只有那块漂石和它的周围仍绿意盎然。

提玛尔急躁不安地坐在随波逐流的舢板上，每划动一下就使舢板向岩石接近一点。岩石顶端由于盛开的薰衣草而呈现天蓝色，四壁则由于攀附在上面的缬草而闪着金光。

离岩石越近，他心里就越焦急。

他已经可以看清果园了。果树也都被水淹没。玫瑰花园却还是一片干地，羊群就在那儿避难。这时他听到了阿尔米拉的愉快吠声。大黑狗已经嗅出了他，敏捷地跑到河边，又跑回去，接着又跑来，跳进水里迎着来人游去，然后又随着他游回河岸。

在盛开的茉莉花丛附近，有个面容像玫瑰的人儿正向滚滚的河水走近，提玛尔看见她了吗？

提玛尔又划一桨，船就靠岸了。他跳出舢板，让波浪把这条再也用不着的小船冲走了。谁也没想到应该把它拉到岸上来。

两个人只是目不转睛地互相望着。

周围是原始的乐园、繁茂的树林、驯顺的动物，这一切都被一道波浪构成的篱墙包围着——当中是亚当和夏娃。

姑娘站在那儿望着来人，哆哆嗦嗦，脸色苍白。他呢，却急忙奔向她身边。她看见他到了自己面前，全部热情就突然迸发出来，扑到他怀里，欣喜若狂，连声叫道：

"你又回来了！你！你！你！"

在这以后，她的嘴唇仍然无声地翕动，好像还在说："你！你！你！"

周围是原始乐园。茉莉花丛在他们头顶上开满银色的花朵，黄鸟和夜莺的合唱队正在歌唱："上帝保佑！"……

第七章 宝贵的归宿

　　波浪冲走了舢板。母女二人初来岛上时乘坐的小船早已朽烂,她们没有再造新船。在第一批购买水果的人到来以前,提玛尔是无法离开岛上的;而距离那个时候还有许多星期,还有好几个月哩。

　　这是一些幸福的星期和幸福的月份!这是无数美满欢乐的日子!

　　无人岛变成了提玛尔的家。他在这里有了活儿干,也得到了安宁。

　　洪水退落以后,为了排除岛上坑坑洼洼的积水,必须进行艰巨的工作。提玛尔整天挖土,以便修一条渠道。他两只手掌磨满了厚茧,活像个短工。可是黄昏以后,他扛着铲子和铁锹回到小屋时,家里人已经在等着他,亲切地迎候他。

　　他每天的工作很吃力,母女俩最初也打算帮助他。可是他委婉地回绝了,说她们最好还是照料家务,挖土是男人干的活儿。

　　他挖好排水沟以后,怀着骄傲的心情望着自己的劳动成果,仿佛这是他毕生唯一的成就,他可以借此在内心的法官面前为自己辩护。挖好渠道的那天成了小岛上的节日。他们不过任何教会节日,他们不根据礼拜日计算日子。上帝在哪一天赐给他们快乐,那一天就是他们的节日。

居住在岛上的这几个人都不大说话,圣大卫要用一百五十首诗篇说明的事,他们用一声感叹就能表明;诗人要用几首诗来表示的爱,他们互相看一眼就表达出来了。他们学会了彼此从脸上看出对方的心思,他们学会了循着对方的思路思考。

对于诺埃米的性格,提玛尔日益感到惊异。这个姑娘心地忠厚,知恩善报,脾气温顺,无所希冀,既不知什么叫苦闷,也不为未来担忧。她是幸福的,并且向四周散布着幸福。她从不问他:"要是你离开的话,我怎么办呢?你把我留在这里呢,还是带着我走呢?我爱你会使我得到幸福吗?为你祝福的教士属于哪个教派?你会成为我的吗?没有别的女人和你有关系吗?你在外面社会上干什么?你所生活的社会是怎样一个社会?"他从来没有从她的脸上、眼睛里看到一次怀疑的神情;只看出唯一的、永远的垂询:"你爱我吗?"

特蕾莎太太有几天对提玛尔提到,他大概耽误了不少事情吧。可是提玛尔再三宽慰她说,发布拉先生会把一切事务都处理妥帖的。特蕾莎无时不看到诺埃米那温柔的眼神随着提玛尔的脸转,仿佛向日葵总朝向太阳似的。于是她不由得感叹道:"她多么爱他啊!"

提玛尔整天要挖渠道,栽木桩,用树枝编家什。沉重的体力劳动在与更沉重的内心活动斗争。

在这期间社会上发生了什么事情呢?

提玛尔有三十只船往来航行在多瑙河上,一条大木船航行在海上;他的全部财富,几百万的家当,全都掌握在一个女人手里。

万一现在这个女人犯了轻率的毛病,过起放荡的生活,把这全部家当挥霍净尽,毁了她的丈夫和他的家,那么做丈夫的能责备谁呢?这种情况不是必然要发生的吗?

他在这里感到幸福,但是也急于要知道那里的情形。他心悬两地,两边都要分心,那里有他的财产、荣誉和社会地位,而这里有他的爱情。

他本来是可以走的,多瑙河并不是大洋大海,他是个游泳能手,可以游到对岸;何况也没有谁会阻止他,哪怕说一个"不"字。她们知道他在外面社会上的职责需要他回去。可是他一见到诺埃米,便又把周围的一切,乃至整个世界都忘掉了。他只知道爱,只感到幸福,忘我地陶醉在幸福中了。

"哎呀,别爱我爱得这么厉害呀!"姑娘悄悄地对他说。

日子就这样一天一天地过去了。

不知不觉到了摘果子的季节。甜蜜的累累果实把岛上果树的枝子压得垂到地上。一天天看着果子怎样成熟,真是富有乐趣。每天都能看到不同的景象:梨和苹果逐渐变成它们特有的颜色,有的由绿色变成褐黄,有的添上了黄道或红道;原来是褐色的在朝太阳的一面变成了紫红色,金黄色的洒上了一些深红斑点,深红色中又掺上了一些小绿点。每个果实都像一个快乐的孩子似的笑脸迎人。

提玛尔帮着母女俩摘水果,把上帝宝贵的恩赐装满许许多多大筐。他一个一个数着成百上千装到筐里的果子,这是什么样的宝物啊!简直是真正的金子!

一天下午,他正帮着诺埃米把水果筐搬往小屋去的时候,看到她面前站着几个陌生人;原来是水果贩子们到了。

几个月以来这是第一批带来外面消息的人。

他们正跟特蕾莎太太商量水果价钱,进行的仍然是往常那种以物易物的交易。

特蕾莎太太按照自己的习惯要求用水果换小麦,但是贩子们今年出的小麦比以往要少得多。他们都说小麦价格猛涨,因为科马罗姆的商人纷纷大批抢购小麦,把价格抬高了。商人们把小麦在科马罗姆磨成面粉,然后运到海外去。

特蕾莎太太当然不肯相信这些话,认为这无非是些无稽之谈。

提玛尔却非常注意地听着。往海外运面粉,这正是他的主意。在这整个期间,他的事究竟怎样了呢?

现在,他开始惦记他的商业和财产情况,再也安不下心来了。这个消息对他说来好像一个无事可干的军人听到了号声,渴望回到战场上去,甚至不惜离开情人的怀抱。

提玛尔终于准备要离开岛上了。母女俩认为这是十分自然的,他的职责需要他回去,反正来年春天他还会再来的。诺埃米仅仅要求他在离开以后,不要扔掉她亲手织、亲手缝的那套提玛尔在岛上穿的衣服。

"我要把它保存起来,作为纪念。"

"还要常常想到可怜的诺埃米啊!"

他对这点是无法用言语来回答的。

他跟水果贩子们说妥了,他们同意在岛上再耽搁一天。

这一天他什么也没干,只是和诺埃米挎着胳膊,在岛上所有幸福的所在,也就是各个隐秘的角落游逛。它们,这些地方,曾是他那不可思议的欢乐的见证。他在这儿拾起一片树叶,在那儿摘下一朵鲜花,准备留作纪念。这些树叶和花朵上,全都书写着只有他俩能看懂的迷人故事。

"如果分离的时间久了,你还会爱我吗?"

最后一天过得竟这么快!如果凉快的话,船夫们打算晚间就开船。提玛尔不得不告别了。

诺埃米很懂事,她没有哭哭啼啼,她知道提玛尔反正还会回来的。相反,她却在考虑给他弄点路上必需的东西,给他装在猎囊里。

"你到对岸的时候,天已晚了,"她带着担心的神情,温存体贴地对提玛尔说,"你没有枪吗?"

"没有!不会有人伤害我。"

"怎么没有,你袋子里就有支手枪。"诺埃米说着好奇地把手枪掏出来。

她一看到手枪,脸倏地白了。

她认出这是托多尔·克里茨提安的手枪。托多尔在这儿的时候,曾不止一次拿着这支手枪在她们面前得意扬扬地威胁说,他要用枪打死阿尔米拉这条狗。

"是他的手枪!"

一看诺埃米的面色,提玛尔就不知所措了。

"你上次从这里走的时候,"姑娘激动地大声说,"他一定是埋伏在对岸等着你,向你开了枪。"

"你怎么会想到啊?"

"我听到了那两声枪响,后来又听到了你的枪声!事情就是这样!这支手枪是你从他手里夺过来的!"

提玛尔十分惊讶,彼此相爱的人怎么连看不见的事情也能知道呢!他无法否认上次发生的事情。

"你把他打死了吗?"姑娘问道。

"没有!"

"那么他怎样了?"

"你用不着再担心！他到巴西去了。他和我们之间隔着整个儿地球。"

"我觉得要是他和我们隔着三尺土,那就更好了!"诺埃米恨得咬牙切齿地大声说,激动地抓住提玛尔的手。

提玛尔惊愕地望着姑娘的脸。

"你？你？你居然有这么厉害的想法？你连只小鸡都不敢杀,连个蜘蛛都不敢踩死,连只蝴蝶都不敢用针扎,居然会这样想?"

"可是谁要想把你从我手里夺走,我就敢杀死他,不管他是人还是鬼,或者是妖精！……"

说完,她热烈地拥抱他,紧紧地搂着他。

他却站在那里浑身战栗,被她的热情征服了……

第八章 传家宝

到得对岸,提玛尔又去找那所渔夫的小屋。

他脑子里不断反复地出现两种景象。一种是在暮色苍茫中逐渐在他眼前消失的景象:苗条的姑娘站在多瑙河河心树木环绕的岩石顶上,频频向他挥手,一直到他看不见了为止;另一个是他幻想的景象:科马罗姆家里可能出现的情况。从多瑙河下游回家去路途很远,反正还有充分的时间去细心想象。

老渔夫一见提玛尔,马上发起牢骚来:

"先生!您看,发大水的时候有贼从这里把您的舢板给偷走了,还打开屋门,连船桨也拿了去。唉,世界上怎么这么多贼啊!"

提玛尔终于听到有人当面说他是贼,因而感到满意。他说出了事情的真相!事实正是如此。要是他偷的仅仅就是这条舢板,那又该多好啊!

"丢了就丢了呗,用不着骂他了。"他回答渔夫说,"谁知道他遇到多大的困难,因此多么迫切需要这只舢板啊。我可以再买一只。可现在,老爷子,我们还是坐你的船,看看能不能连夜赶到码头去。"

因为他肯多给钱,渔夫决计划船送提玛尔一趟。他们在拂晓时到达了船只平时装货的码头。时辰还很早,提玛尔不愿让任何人知道他是从哪里和走哪条路来的。船员们都在码头上的酒馆里。他雇了一辆马车到雷韦廷去。他打算向雷韦廷的管事了解一下在这五个月内——他在岛上待了这么久——所发生的事。他把情况摸清以后,回到科马罗姆就不会对什么事情感到新奇和意外了。

他在雷韦廷有一所两层楼的庄子,老管事夫妇住着一半,另一半则是为他自己准备的。提玛尔这一半有一道楼梯通向从前的园子,上了楼梯就可以到提玛尔当作办公室的房间。

提玛尔为了把复杂的谎话诌得合理可信,对每个细节都很费琢磨。

他外出五个月之久,必须说是做了一次长途旅行。然而他没有行李;他的猎囊里只有诺埃米给他做的那套带条纹的麻布衣服。他到岛上去时穿的那些衣服和那些为寒冷季节预备的衣服,都已经磨得破破烂烂了,靴子也打了补丁。要想使他的外表不致引起任何怀疑,可实在不容易。

他可以穿过园子,从专用楼梯直接进他的办公室去;钥匙他是随身带着的。他必须在那里赶紧换身衣服,拿出他的旅行箱子,把外表整理好,做出一次长途旅行刚刚回来的模样,然后才可以把管事叫上去。

他的计划成功了。他上了楼梯,来到自己办公室的门口,始终没有人发觉。

但当他刚要用钥匙开门的一刹那,他万分惊讶地发现,锁孔里已经从里面插有另外一把钥匙。屋里一定有人!

然而办公室里存放着他的文件,他的营业账簿,这里是不许任何人进来的啊!这个大胆妄为的家伙可能是谁呢?

他猛地拉开门,冲了进去。

这回他吃惊的更是非同小可。有个人坐在他的写字台前,他万万也没猜想到此人会在这儿。她就是蒂美娅。

即使目睹一位天神下界,也没有比看到这个面庞白皙、目光安详的温柔女人更使他吃惊了。当他进屋的时候,她停下笔,从桌旁站了起来。

她的面前摊着他那本巨大的商业决算簿,正在计算账目。提玛尔所碰到的一切使他内心充满极其矛盾的感觉,又是恐惧,又是高兴,又是惊讶。恐惧的是他在秘密道路的终点偏偏首先遇到了自己的妻子;高兴的是他发现只有她一个人在房内;惊讶的是这个女人正在那儿工作。

蒂美娅看到提玛尔进来,最初感到意外,接着便赶紧迎上去,一声不响地把手伸给他。

这张洁白的脸庞,对提玛尔而言仍然是难以捉摸的。他冲着这张脸细细端详了半响,结果毫无所获。这个女人大概已经全知道了吧?她猜到了一些秘密还是仍旧毫无所知呢?在这副冷淡的神情背后究竟藏着什么?是无言的轻视?还是被牺牲和埋葬了的爱?或者仅仅是一种体质衰弱的女子的冷漠呢?

他对蒂美娅也不知说什么好。

妻子装作根本没有发现提玛尔衣衫褴褛的样子。女人们都善于不望着对方而能把一切都看到眼里。

"您到底回来了,我真感到高兴,"蒂美娅轻声说,"我天天都在盼望着您。您的衣服在隔壁房间,请您换好衣服再过来,到时候我的工作也就完了。"

说到这里,她把笔横叼在嘴上。

提玛尔吻了吻蒂美娅的手,笔叼在她的嘴上,使他无法吻她的嘴。他到隔壁房间去了,那里是他的更衣室。

他在更衣室发现脸盆里盛着新打的水,摆着一件干净衬衫,还有他的几件衣服和擦好的靴子,情形就像平时在家里一样。他不能设想蒂美娅会知道他回来的日子,因此只能认为妻子每天都是这样等待着他——谁知道她是从什么时候等起的呢?

然而她究竟为什么到雷韦廷来了呢?她在这里干什么呢?

他匆匆换好衣服,设法把换下的衣服藏在柜子底下。可能有人会问他,这件上衣的胳膊肘是干什么磨破的?何况还有这几件绣着各色花饰的麻布衣服呢!一个女人不会根据这判断出一些情况来吗?女人们都善于辨识刺绣活计的象形文字。他必须把它们藏起来。

为了把手洗干净,他用了许多肥皂。两只手都晒黑了,而且磨出了老茧,难道她不会问他这两只手究竟干了什么吗?

他收拾好了,又回到办公室。蒂美娅已经在门口等候他。她用手挎着他的胳膊,对他说:

"我们去吃早点吧!"

从办公室到饭厅去必须经过更衣室。一进饭厅也有一件使提玛尔感到意外的事。桌子已经摆好了:三份餐具。还请了什么人来吃饭呢?蒂美娅按了按铃,随后女仆从一扇门进来,从另一扇门却走进了阿塔莉雅。

第三份餐具原来是为阿塔莉雅准备的。

阿塔莉雅一见提玛尔,脸上立刻燃起压不住的怒火。

"好啊,雷韦廷老爷,您到底还有回家来的一天呀?您可真想了个好主意,跟太太说一声:'喏,这是我的钥匙和账本,夫人,替我经管买卖吧!'然后在什么地方一待就是五个月,连个信儿都不给。"

"别说了,阿塔莉雅!"蒂美娅劝阻她道。

"我并不是因为雷韦廷老爷外出这么久而和他争吵。他确实是位殷勤的好丈夫。别人也都这么做嘛。你上卡尔斯巴德①,他上埃姆斯②,互不相扰,各自寻欢作乐去。对他们寻欢作乐我们却该感激。从春天到秋天,一直待在雷韦廷这个地方,除了庄稼汉和蚊子连个鬼都看不见,整天跟磨坊主和船老大打交道,争短长;成天憋在办公室里,把几大本账簿填满数目字;向各大洲发信;为了能跟英国和西班牙的代理人联系,三更半夜地钻研英文和西班牙文文法——这一切,我的老爷,对于一个年轻女人可不是什么乐趣呀!"

"阿塔莉雅!"蒂美娅严厉地大声制止她。

提玛尔默默地坐在桌旁。桌上摆的都是他用惯了的刀叉和他平时喝酒用的玻璃杯。她们天天在这里等着他,桌子上天天为他摆好了餐具。

他心里烦透了,几乎无法挨到吃完早点。阿塔莉雅没有再说什么,只是不时地用明显的责难眼神瞪他。但是在提玛尔看来,这仍然是一种令人鼓舞的先兆。

饭桌收拾掉之后,蒂美娅请丈夫陪她到办公室去。

提玛尔心里在琢磨,万一问起他到什么地方旅行去了,他该编一些怎样的谎话呢。随便编一套像托多尔·克里茨提安

---

① 卡尔斯巴德,现名卡罗维瓦里,捷克共和国西部城市,在奥尔热河畔,是著名的矿泉疗养地。
② 埃姆斯,德国西南部城市,在朗河畔,以温泉闻名。

常常说的那种谎话吧。谁知蒂美娅对于一切却只字未提。

她把两把椅子拉到写字台跟前,自己坐在丈夫身旁,把手放在打开的账簿上。

"这儿,我的丈夫,从您托付我主持您的商务那天起,所有的营业决算账目都在这儿。"

"这些账是您亲自记的吗?"

"我猜想您要我这么做。我根据您的信推测,您在经营一项大规模的新买卖,就是向外国销售匈牙利面粉。我认为这项买卖不仅是把您的财产,而且把您在商业上的信用和您的荣誉都押上了。此外,一个重要的工业部门的发展也取决于这项买卖的顺利成功。我对经商一窍不通,但是我考虑在这里认真监督比任何知识都重要。我不能把这项工作交给别人。我接到信以后,立刻就到雷韦廷来了。您既然把经管营业交给我了,我就要亲自担起经营的领导职责来。我学会了商业簿记,熟悉了会计业务。我相信您会看出全都办得很妥当。这些账目和现金完全相符。"

提玛尔怀着敬佩的心情打量着这个女人。她经手几百万款项,竟能处理得这么利落。她收进、付出,还懂得采取紧急措施,抢救有问题的债款。是啊,她懂得的还远不止于这些!

"我们今年很走运,"蒂美娅继续说,"凡是遇到我缺乏必要知识的事,运气都帮了忙。五个月所赚的纯利共计五十万盾。这笔款并没有让它闲起来,我已经根据您交给我的全权,用它进行了投资。"

可是一个女人知道应该投资搞什么呢?

"您往巴西运面粉的初次尝试完全成功了,匈牙利面粉突然在南美洲市场上成了最受欢迎的商品。这是您的代理人从里约热内卢来信说的；人人都夸奖您的总代理人托多尔·克里茨提安既能干，又正派。"

提玛尔暗自想道："不管我做什么坏事，结果总会变成好事，即使我想出的是一个最愚蠢的事，结果也总显出是明智的事。这种情况哪一天才到头呢？"

"根据他的报告，我想您也会照我这样做的。我们必须抓住机会，全力供应这些新开辟的市场。我赶紧租了许多磨坊，添购了新船，装上了货。现在从这里运往南美洲的面粉价值五十万，因此可以一下子挤掉所有的竞争者。"

提玛尔感到非常惊异，这个女人居然比一个男人还有魄力。换个女人，一定会把赚到手的钱锁在保险柜里，好好保存起来。但是她却敢于把丈夫开创的事业继续经营下去，并且扩大十倍。

"我确信您也会这样经营的。"蒂美娅说。

"那一定，一定！"提玛尔悄悄地说。

"我们刚一开始积极经营这项事业，立刻就有大批的竞争者效法起我们来，这也证明我那些指示是正确的。现在人们都忙着磨面粉、装船，全都学我们的样儿把面粉运往巴西。但对这一点您丝毫不用担心！我们会彻底打垮他们的。匈牙利面粉的优点在哪儿，他们谁都不知道其中的奥秘。"

"怎么回事？"

"他们只要一问自己的妻子，她就会告诉他的。我也发现了匈牙利面粉的优点。在美洲粮食市场的价目表上绝没有像匈牙利这样分量的小麦。为了夺取优势，我们必须在这里用分量最重的小麦磨粉。我磨面粉用的都是最重的小麦，可是跟我们竞争的人都是用最轻的小麦，所以他们将事与愿违，而我们仍然会占上风。"

提玛尔惊讶不止。他在伊甸园中等候禁果成熟的整整五个月中,这个软弱的女子却不分昼夜忘我地经营这宗大规模的商务。她一心一意埋头在枯燥单调的工作中,给自己的丈夫赢得新的声誉、光荣和威望,增加了他的财富,自己却放弃一切享受。

她把自己的青春和美貌埋在这孤寂的环境中,耐心地忍受一切,吃尽辛苦,还要学习。她学习外国语,通信,经商,监督各地的工作,她所做的还不止于此。女人本来只应当追求生活的享乐,她却埋头钻研商业的秘密,而且对归来的丈夫并没有问一声:"这期间你干什么去了?"

提玛尔满怀崇敬的心情吻了吻蒂美娅的手,这只手似乎已经属于另一种元素——土,对吻已经毫无感觉。

他在岛上那些销魂的、忘掉一切的日子里想到蒂美娅时,曾以为她会用其他方法来消遣。她会去旅行,也许到一个温泉去,反正手里有的是钱,可以为所欲为。现在他不得不正视,蒂美娅的娱乐究竟是什么:记账,蹲办公室,通信,自学两种外国语,这一切都说明她是诚诚恳恳地遵循着丈夫的指示。

妻子陆续把这个经营范围广阔的企业的一切分支机构的情形,全都向提玛尔交代清楚。讲到了交易所的投机,讲到了农业,讲到了运输,讲到了制造,讲到了贴现。她把一切有关这些分支机构发展情况的正式和详细的账目一一放在丈夫面前。什么公债牌价呀,金属物呀,租佃呀,转租呀,对分制租呀,经营权利呀;什么赋役呀,什一税呀,重商品呀,轻商品呀,行市好的小麦呀;什么运费呀,重量损耗呀,损失呀,皮重呀,船只重量呀,吨位呀,国外的度量衡和货币呀,等等等等。在这样一个错综复杂的迷宫中,她行事却如此稳健自如,仿佛自幼就学过似的。她还常常不得不打官司,或者订立很费脑筋的重大契约;然而这一切都处理得恰如其分。提玛尔考虑了这些工作,他不得不承认,就是他本人,在五个月中也必须天天从早到晚一刻不停才能完成。对于一个事事需要从头学起的年轻女人说来,这个担子必定是非常非常沉重的啊!她简直连喘口气的工夫也不会有的。

"您替我担当的工作,实在太辛苦了,蒂美娅。"

"可不是嘛,起初真难着了;不过慢慢地我也就摸到了头绪,以后就感觉不到什么困难了,工作反而使我感到快活。"

这是多么可悲的谴责啊!工作成了一个年轻女人的安慰。

提玛尔拉过蒂美娅的手来,他的脸罩上了一层哀愁的阴影,心情十分沉重。他要是能猜到蒂美娅现在想的是什么就好了!

那把写字台钥匙一再引起提玛尔的不安。要是蒂美娅已经发现了他的秘密,那么她现在对丈夫的态度,就无异于一个可怕的宣判;这宣判已使原告和被告之间的区别昭然若揭。

"这么说您直到现在还没回过科马罗姆?"提玛尔问。

"只回去过一次,因为我必须从您的写字台里找出您和斯卡马雷利签订的合同。"

提玛尔感到浑身的血都凝滞了,蒂美娅的脸上却什么也没有显露。

"现在我们回科马罗姆去吧。"提玛尔说,"面粉买卖正按照预定计划进行,关于海上那批货的命运我们也必须先等候消息,而在入冬以前消息是不会来的。"

"好的。"

"您最好是到瑞士或意大利去旅行一次,现在是最好的旅行季节。"

"不,米哈利,我俩离开的时间够长了,现在让我们团聚团聚吧!"

但是并没有和他握握手表明为什么要团聚。

米哈利没有勇气对她说一句讨好的话,何况他也不善于撒谎。

可是他对她必须撒多少谎啊!从早到晚他都得撒谎。甚至连他跟蒂美娅面对面站着时的那种缄默本身都是撒谎。

直到午饭前他一直在翻阅商业文件。

午饭请了两位客人,即管事和可敬的教长大人。

教长先生早就再三恳求,等雷韦廷老爷一回来马上就允许他来致意。他听说雷韦廷老爷回来的消息以后,立刻就跑到别墅来了。他胸前闪耀着勋章,一进门就郑重其事地演讲起来。他在演讲中颂赞提玛尔是整个地方的恩人,他把提玛尔比作建造方舟的诺亚,比作打开粮仓救济庶民使其免于饿毙的约瑟①,比作祈祷上天降下曼纳的摩西。他说,提玛尔所经营的投资如此巨大的面粉生意,在欧洲是空前的首屈一指的事业。"想出这个主意的伟大的天才万岁!"

提玛尔不得不答谢这番赞颂。可他说话时完全心不在焉,因而前言不搭后语。内心有一种东西刺激他,使他要放声大笑,并且回答向他祝颂的教长先生:"哈哈哈,我想出这个

---

① 约瑟,传说他曾打开粮仓,把粮食分给埃及人。见《旧约·创世记》第四十二章。

主意,并不是为了要使你们生活幸福,而是为了使一个浪荡青年离开一个年轻漂亮的姑娘。如果说这一愚蠢行为变成了一桩非常正当的事情,那应该归功于我身边这位女人。这是件可笑的事喽!"

接着在吃饭的过程中,大家的情绪也很好。教长和管事都喜爱名酒。教长先生是位还了俗的教士,如今当了鳏夫,但却喜欢漂亮女人,不住口地对蒂美娅和阿塔莉雅说奉承话,因此被那位机智的管事当作了取笑的对象。这两位情绪极好的老先生彼此寻开心,说了许多有趣的话,连提玛尔也给逗笑了。不过提玛尔的目光一接触到蒂美娅那冰冷的面孔,就立刻止住了笑声。

他的好情绪已经不受自己支配了。

这顿午饭吃完的时候已近黄昏。

这时两位互相嘲弄的老先生开玩笑说该走了,老爷长期出门刚回来,太太又年轻,夫妇俩该有好多话要说啊。

"说真的,他们要是走了的话,那就谢天谢地。"阿塔莉雅凑到提玛尔耳边说,"蒂美娅现在一到傍晚总是头疼得很厉害,往往半夜都睡不着觉。您看她脸色多么苍白呀。"

"蒂美娅,您病了吗?"提玛尔温存地问。

"我一点也没病。"蒂美娅回答说。

"您别听她的!自从我们来到雷韦廷,她就得了很厉害的头疼病。这是神经上的毛病,是由于精神过分劳累和这里的空气不好造成的。不久前我竟然在她的头上发现了几根白头发。但是她不倒下是不肯承认有病的;即使病倒了,她也不会当着人叫苦。"

提玛尔在精神上感到像个罪人被拷问似的难受;可是他

没有勇气对妻子说:"既然你不舒服,那就让我睡在你的房间里吧,好在你身旁照看你。"不行,不行,他害怕睡着了的时候,偶尔失声喊出"诺埃米"的名字,害怕让这个由于隐忍痛苦的烦恼而每夜失眠的女人听到。

他不得不避免与妻子同床。

翌日,他们乘坐驿车动身回科马罗姆。第一天,提玛尔在车里坐在两个女人的对面。旅途漫长而无聊,巴纳特的庄稼全都收割完了,只有玉米和大片单调的芦苇丛还带着微微的绿色。一路上,他们一句话都没有谈。三个人都强打精神,免得睡去。

到了下午,提玛尔再也忍受不住妻子呆滞的目光和她那神秘的、不露声色的面孔。他借口想吸烟,便坐到车外赶车的旁边,再没有回到车里来。

车子一停下,就听到阿塔莉雅喋喋不休的唠叨,不是说什么道路坏、天气闷热、苍蝇多、灰尘可怕和旅行中其他种种厌烦的事,就是说什么酒店糟糕,饭食不可口,床铺不舒适,酒像醋一样发酸,水不干净,人的面目可憎。她说自己在整个旅途中简直难受得要命,恶心,发烧,头疼得快要裂开了。又说什么蒂美娅本来就那样神经过敏,必定是更加难受吧!

一路上,提玛尔不得不忍受这些。可是从蒂美娅口中他没有听到一句牢骚话。

回到科马罗姆家中以后,索菲雅太太一见面就硬说她寂寞得简直都老了;可实际呢,她身上却毫无衰老的样子。相反,这一时期她却过得非常痛快,可以整天到熟人家去串门,随便聊天。

提玛尔一进家门,就感到惴惴不安。这个家不是地狱就是天堂。这回他很快就会知道,这副不露任何神色的大理石似的冰冷面孔,背后到底隐藏着什么!

他陪同蒂美娅到她房间去的时候,她把写字台的钥匙还给了他。

这张写字台是一件古老的艺术家具,上部有个帘式的罩盖,罩盖可以推上去。罩盖里是大大小小的抽屉,大抽屉里放的是契约,小抽屉里放的是有价证券和珠宝首饰。这张写字台是铁制的,油漆得像桃花心木一样。它有一个暗锁,是向左右旋转来锁上和开启的,要想打开必须知道在锁上的时候钥匙停在哪一点上。他曾把机关对蒂美娅讲过,因此她可以随意打开所有的抽屉,这对她并不是什么难事。

提玛尔的心扑通扑通地跳着,拉开装着那些宝物的抽屉;他出于慎重,不曾把这些宝物拿到市场上去过。珠宝自有鉴赏家,鉴赏珠宝是一门学问。专门有些传授和学习这门学问的人;这些人能立刻认出一颗宝石或者一枚宝石雕饰的来源和珍奇之处。要是提玛尔拿出去立刻就会碰上这样的问题:"所有这些东西你是怎么来的?"因此这类珍宝,最早也要到一位"获得者"的第三代后人才肯亮出来;不管他曾祖父是怎样弄来这些东西的,到那时对于他也已经毫无关系了。

如果蒂美娅受好奇心支配,拉开了这个抽屉,她就会看到这些珠宝,而且一见便肯定会认出其中的一件首饰:那个镶钻石的、里面嵌着一帧面容很像她的小肖像的金盒儿。如果她猜到了这是她母亲的画像,那她就必定会洞悉一切。

她就会知道她父亲的财宝落到了提玛尔手中。不论他是怎样获得这些东西的,反正不会有正当的来路。她会认为,他是用见不得人的,甚至也许是犯罪的手段取得这笔神话般的财富的；而靠着这笔财富，他又把蒂美娅弄到了手——可反过来却对这个被夺去一切的女子，装成大恩人的样子。

说不定她会把事情看得更糟。她父亲神秘的暴卒，谜一样的埋葬，都容易引起她的怀疑：也许是提玛尔搞的鬼吧。

如果蒂美娅心里怀着这种想法，这种怀疑，那么她的克己与牺牲、忠贞与勤勉，对自己丈夫的名声和荣誉的关怀，又表明什么呢？表明一个高贵女人对一个卑鄙男人的极端轻视！她已经宣誓嫁给他，随了他的姓氏；她的自尊心要求她信守这个誓言，尊重这个姓氏。

对于提玛尔来说这是天大的难堪！他必须把这个问题弄清楚。为此他只好再扯个谎。

他从抽屉里取出那个嵌着画像的钻石小金盒，带着它来到蒂美娅房间。

"亲爱的蒂美娅！"提玛尔在妻子身旁坐下说，"我在土耳其待了很久。我在那里干了些什么，等以后再告诉您。我到过斯库塔里①，那儿有一个亚美尼亚珠宝商非要卖给我一个嵌着画像的钻石金盒儿不可！里面的画像非常像您，于是我就买下它，给您带来了。"

这时真是孤注一掷。

他想，蒂美娅在观看这件首饰的时候，如果脸上仍然保持着那种惯有的冷漠神情，接着两只黑眼睛离开这件首饰，冷冷地看着自己的丈夫，那么他便会从这对眼睛中看出这样的话："这件宝物不是你在斯库塔里买的，它早就在你的抽屉里放

---

① 斯库塔里，现在土耳其的乌斯库达尔，是伊斯坦布尔的市区，在博斯普鲁斯海峡的小亚细亚岸上。

着。谁知道你从什么地方弄到了它,谁知道你这一阵子逗留在哪里,谁知道你背着什么罪孽。"——要真这样,提玛尔他就完了。

然而这种情况并未发生。

蒂美娅一见那张画像,脸上立即起了变化。往常那张对任何事物都无动于衷的面庞,明显地露出十分激动的神情。这样的激动神情,既不是她能够做作出来的,也不是她能够隐瞒得住的。她双手捧住那张画像,热烈地吻着,同时两只眼睛里噙满了泪水。这是一种真情的流露。年轻女人的脸上开始有了生气!

提玛尔得救了。

蒂美娅长期压抑在心中的情感一下子迸发出来。她失声痛哭了。

阿塔莉雅听到哭声从隔壁房中走了进来。她感到很惊讶:她还从来没有听见蒂美娅这样哭过。

蒂美娅一看到阿塔莉雅,便像个小孩子似的忘乎所以地朝阿塔莉雅跑去,用又哭又笑的声音对她喊:

"瞧!瞧!我妈妈!这是我妈妈……是他替我买来的!"

说着她又跑回提玛尔跟前,拥抱住他,热情地低语着:"我感谢您!……噢,我非常感谢您!"

提玛尔感觉似乎到了可以吻这个喃喃说着感激话的女人的时候了,到了一次接一次吻她的时候了。然而他那怦怦跳着的心却对他说:"不许偷窃!"而今,在无人岛上的事情发生以后,吻这个嘴唇就算是偷窃行为!

他另有了打算。

他返回自己房间,把抽屉里所有的首饰全都拿了出来。

他不禁暗暗想道："一个多么值得尊敬的女人啊！她拿着这把可以为她打开一切秘密的钥匙，可除了必要的文件以外，却什么也没有翻看！"接着，他把所有的珠宝都装在他回雷韦廷时背的那个猎囊里，拿着它又回到妻子身边。

"我的话还没有说完，"他对蒂美娅说，"我在买这个画像的地方还发现了这些珠宝，我全给您买来了。您就全收下吧！"

于是他便一件件地点交这些光彩夺目的珍宝，使它们在蒂美娅怀中堆成了一座灿烂的小山，盖住了她的绣花裙子。这是《一千零一夜》里面送给仙女的一份礼物！

阿塔莉雅满怀嫉妒地站在一边，面色煞白，拳头攥得紧紧的。因为这一切，也许本来应该归她所有。——蒂美娅的脸色却又阴沉下来，重新变得像大理石一样冷冰冰的。她漠然地望着堆在膝间的珠宝。金刚钻和红宝石的火光没有燃起她的热情！

第四部
诺 埃 米

第一章　一个新客人

在漫长的冬季里，商业上的事务又繁忙起来了。至少腰缠万贯的企业家彼此间是这么说的。

雷韦廷先生对自己的处境开始习惯，可以在满满的钱柜旁边安心睡觉了。他常常逗留在维也纳，同金融巨头们在一起娱乐消遣，其中有不少值得他效法的人。那些百万富翁在珠宝商那里选购新年礼物的时候，每件至少都得选购两份，因为他们必须同时博取两个女人的欢心：一个是在主人举行晚宴时接待宾客的正室；另一个不是舞女就是歌女，她们必须有华丽的住宅、高车驷马和最贵重的饰物。提玛尔也享受着出席商界朋友、金融大亨们在家里举行的夜宴的幸福；席间那些贵妇人都向他献茶，并打听他留在故乡的家里人的情况。但是他也常常被邀请参加另外一种夜宴，那里有一伙儿畅饮着香槟、放纵无羁的贵妇人；席间人人都嘲弄老实的提玛尔，问他在歌剧院是否也有了个相好。

提玛尔面红耳赤地忍受这些嘲弄，惹得大家哄堂大笑。"噢，不可想象！雷韦廷先生可是位模范丈夫呀！"一位百万富翁一本正经地说。"这也是理所当然喽。"另一位阔佬说，"他的夫人漂亮非凡，聪明伶俐，全维也纳也没有比得上她的女人，他自然不难做个忠实的丈夫！"可第三个人却在他背后说:"得了吧,他是个吝啬鬼。他一算跟一个浪费绸缎珠宝的女人相好得花去他那么多钱,脊背就发凉啦。"

接下去众人便窃窃私语,传播一个秘密,说提玛尔属于那种铁石心肠的不幸男人。谁若不信,就不妨试探试探他。

那些像精通一门学问一样善于迷惑人的聪明美人,少不得要对提玛尔显显身手。然而她们的魅力在他身上不起作用;任你怎样卖弄风情,他始终无动于衷。

"标准的忠实丈夫!"称赞他的人都这么说。但是指摘他的人则嘀咕道:"一个不懂得生活的人!"

他却一言不发,心里只是想着诺埃米。离开她已经六个月了,这是多么漫长的日子啊!他的心思天天离不开她。可是他所有的隐衷,哪怕仅仅是一个字,也不能对谁吐露。

他不止一次地突然发觉,他差点泄露了自己的秘密。在家里吃午饭的时候,有好几次他几乎脱口说出:"看呀,这苹果跟诺埃米岛上长的那种完全一样。"当蒂美娅的眼神流露出她又在头疼的时候,他就不禁想说:"你瞧,我把手一放在诺埃米的脑门儿上,她的头疼马上就好了。"还有,提玛尔一看到妻子心爱的小白猫,就恨不得要问它:"哎呀,娜西萨,你什么时候离开你的主人的?"

必须时刻十分警惕,因为家里有一个人,她不仅严密地监视着蒂美娅的一举一动,而且也注视着他。

提玛尔这次归来以后,不再像从前那样闷闷不乐了,这一点阿塔莉雅并不是没有发现。他神采奕奕,引起了每个人的注意。这必定有个秘密的原因。而阿塔莉雅一看到这所房子里有谁感到幸福就难以忍受。他到底从哪儿偷来了幸福?为什么他不像她所希望的那样痛苦呢?

生意兴隆,新年后的头一个月从海外接二连三地传来了好消息。运出去的面粉已经平安地到达预定地点,结果非常圆满。匈牙利面粉很快便在南美洲驰名了,连当地的面粉也只好以低于这等货色的价格出售。奥地利驻巴西总领事立即把这一重大胜利报告了本国政府,因为通过它给国家的对外贸易又增加了一项重要出口商品。结果提玛尔又算为贸易和国民经济立了大功,因而同时荣获了皇家顾问的头衔和圣斯蒂凡十字勋章。

当政府代表把勋章给他戴在胸前,并且用"阁下"称呼他的时候,藏在他内心的那个恶魔却在嘲笑他,悄悄地对他说:"这件事你应该感谢诺埃米和蒂美娅这两个女人哩!"

其实这也没啥好大惊小怪的!紫颜料不也是这样发现的吗?一个牧羊人的情妇的小狗吞食了紫螺,把嘴巴染紫了,于是便发现了紫颜料——如今这种颜料已成为世界著名的商品。

现在科马罗姆的人也都尊敬雷韦廷先生了。虽说财富还不够,不过一个人既然当了皇家顾问,人们就不能不向他献殷勤。官吏、行会、市政当局、长老会、高级僧侣,人人都争先恐后地向他祝贺。他接待这些人的时候,对他们都很谦虚和蔼。

发布拉·亚诺斯先生也代表船员公会来向他祝贺。发布拉先生衣着豪华,很适合他的身份。他穿着一件深蓝色的绸料短外套,上面缀着蜗牛状大银钮扣。从一边肩头到另一边肩头挂着一条巴掌宽的银链子,银链子中间有一枚纪念章,上面是科马罗姆的银匠雕的裘力斯·恺撒的肖像。代表团的其他成员也都类似打扮。那年头科马罗姆的船夫都穿戴得银晃晃的。主人按照习俗,请代表们留下来吃午饭。发布拉·亚诺斯也分享了这种崇高的荣耀。

发布拉先生是个心直口快、爱多嘴的人。几杯酒下肚,他忍不住就唠叨开了,对东家太太说,他初次看见她时她还是个小女孩,实在没想到她会出落成这样一位精明能干的女人,尤其想不到竟会成了雷韦廷先生的夫人。最初他简直可以说是害怕她。但是上帝安排得多么巧妙,而人的智慧真是有限啊。瞧现在一切都转变得多么好!这个家庭是多么幸福!然而也还有点美中不足。许多人为此表示惋惜,纷纷替善行无穷的雷韦廷先生祈求那最大的幸福———一位小天使般的新客人出世。但愿上帝终于能够听见他们的祈祷。

提玛尔吃惊地用手掌捂住了自己的酒杯。假如是这种酒把发布拉灌得什么话都抖出来了的话,那他就一滴也不应该再喝了!突然,有个念头像闪电似的掠过他的心头,悄悄对他说:"这样的祈祷也可能会产生意外的效果哩!"

但发布拉先生觉得自己的祝词还不够完美,情不自禁地又补充一些实际的建议。

"的确,老爷实在太辛苦了,这可不应该。人嘛,一辈子只能活一次。再说,活着为什么呢?说实在的,要是我的话可决不肯长期丢下这样一位天仙似的温柔夫人。可到底是谁使老爷这么奔波不停呢?他总是绞尽脑汁考虑新的业务,而且事事都要亲自主持。也正是因为这样,他所进行的一切才大大成功。从匈牙利往巴西运面粉,这究竟是谁出的主意呢?有几句话我非说不可,请恕我冒昧。我十分坦白地承认,当我听说这个主意的时候,我心里想:'喏,我们东家竟想往那半球运面粉,真是疯了。运到那里以后,会完全变成糨糊,且不说那里成片成片的大树上都长着天然的小面包!'可是现在你看啊！发展成了一桩多么了不起的事业啊！不过,既然是东家亲自在干,当然也就会这样了！"

这番话在提玛尔听来简直是非常刺耳的讥讽,无法再一声不响地听下去。

"亲爱的亚诺斯,这一切称赞都应该归于我的太太,因为主持整个营业的是她！"

"太太了不起的才能我是敬佩的。"发布拉·亚诺斯说,"不过,老爷,请容许我说一句,情况我也是了解的。我知道,整个夏天,我们在这里看不见老爷的期间,老爷到哪里去了。"

提玛尔猛地大吃一惊,不知所措。难道此人真知道他逗留在哪儿吗？这太可怕了。

发布拉·亚诺斯狡狯地眯缝起眼睛,从端起的酒杯上边望着他。

"喏,要我把老爷在哪儿过的夏天告诉太太吗？要我把秘密说出来吗？"

提玛尔浑身无力,几乎要瘫倒了。然而此刻阿塔莉雅的两只眼睛死盯着他的脸,使他对兴高采烈的多嘴客人的话丝毫不敢流露出自己已经心慌意乱的神态。

"喂,亚诺斯,您说吧,我在什么地方来着。"他装出毫不在意的样子回答说。

"那我可就要说了,我要在太太面前告您一状。"发布拉·亚诺斯大声说,同时放下酒杯,"老爷从我们这儿开了小差。他事先谁也没有告诉,就偷偷上了一条船,横渡过……往巴西去了！是的,不错！他亲自到美洲去了,在那里主持一切。所以现在事情才进行得如此顺利嘛！"

提玛尔松了一口气。

"您是个大傻瓜,我的朋友亚诺斯。阿塔莉雅,请给发布拉先生一杯黑咖啡。"

"千真万确,事情就是像我所说的这样!"发布拉保证说,"情况我是知道的。尽管策划得很秘密,我还是调查出来了。老爷去巴西旅行了一次,在海上航行了三千里。他得经过多少风波,和多少吃人生番搏斗啊!这只有上帝能说上来!可是我们大伙儿也都知道得很清楚。我并不后悔。我向太太出卖了老爷,现在太太可以惩罚这个开小差的逃兵,不准他下次再这样远渡大西洋了。"

提玛尔注意观察两个女人的脸色。蒂美娅的表情显出真正的害怕和惊愕,阿塔莉雅却显出一脸不快的神情。发布拉先生十分相信自己讲的故事,愿意用脑袋担保它是事实;两个女人同样信以为真。

对于这个故事,提玛尔也不得不露出神秘的表情,莞尔一笑。

现在撒谎的正是他,而不是发布拉·亚诺斯了。

金人必须撒谎,他非经常撒谎不可。

发布拉·亚诺斯这个故事对提玛尔大为有利。匈牙利北部人都崇拜本地的大人物。当他们似乎感到崇拜的理由还不够充分的时候,便会再编造一些神话来添枝加叶。对于这类神话,连它们的编造者也深信不疑;而由于大家都相信,到头来神话就变成近乎于事实了。

从这以后,提玛尔对于他那谜一般的不知去向算是有托辞了。即使问到他上哪儿去了,后来又证明他的回答是假话,世人也会认为他为了体贴妻子有理由保密,因为他不愿意承认自己曾冒可怕的危险,使蒂美娅担忧。在当时,轮船刚刚发明,到美洲去旅行的确是很危险的。

如今提玛尔已能把假话描绘得活灵活现,连阿塔莉雅也不得不信以为真。

而受提玛尔欺骗的首先是阿塔莉雅。

这个姑娘了解女人的心思。蒂美娅有什么感触,内心有什么斗争她都一清二楚。她经常观察蒂美娅内心斗争的发展。蒂美娅曾怀着痛苦,躲开引起这种痛苦的那个人,隐居到一个既没有任何东西可以使她感到快乐,也没有任何东西能再引起她烦恼的地方,躲到了匈牙利洼地的一处草原上。她在那里把自己的心灵埋葬在死板的账本里,用枯燥无味的商业事务来戕害自己的感官,从事着一种能够麻痹一切强烈情感的工作——赚钱。这个女人做这件事,就是为了使自己忘却她那不幸的爱情。

妻子能够这样,丈夫何尝就不能有类似的举动呢?提玛尔也必定是满怀痛苦地逃遁到另一个人迹稀少的所在,即海洋上,用毫无心肝的赚钱活动扼杀一切使他心里产生热情的东西,这岂不是更理所当然吗?

阿塔莉雅怎么能贸然想到,正是这个丈夫已经为自己的心找到了起死回生的仙丹,离家在外的时候是那么幸福呢。

要是阿塔莉雅能知道这个秘密,她宁肯付出怎样的代价啊!然而环绕"无人岛"的芦苇丛不像迈达斯王的理发师的芦笛①那样会说话。阿塔莉雅在对这个难解的谜冥思苦想的

---

① 希腊神话中迈达斯王是弗利基阿的王,因得罪阿波罗而头上长驴耳朵,他的理发师不敢泄露这一秘密,便在地上掘一坑,暗自诉说"国王头上长有驴耳朵",以后用从这里长出的芦苇制成笛子,一吹会发出同样的人声。

时候,嫉妒的心情使她无比痛苦。

提玛尔和蒂美娅无论在家里还是在世人面前都是一对标准的幸福夫妻。提玛尔给妻子买了价值连城的大批首饰;而蒂美娅在参加社交活动的时候,也总戴上这些首饰。她想以此惹人注意。因为什么东西能比妻子身上的钻石更明显地说明丈夫的爱情呢?

阿塔莉雅整天为这事陷入沉思。有些人的爱情就在于互相赠送钻石和接受馈赠。难道提玛尔和蒂美娅真的也属于这类人吗?要不就是世上还有些人,他们没有爱情也能够感到幸福吧?使阿塔莉雅一直大感不解的仍然是蒂美娅,而不是提玛尔。

提玛尔焦急地盼着春天到来。自然春天一到磨坊又可以开工,因为商人想的永远是实际的事情。

面粉生意必须在头一年成功的基础上扩大规模,继续做下去。

但是今年提玛尔已经说服自己妻子,不要再因为操持生意而损害健康。他要把这项工作委托给他的代理人,蒂美娅应该利用夏季到哪个海滨浴场去疗养她的神经疼。

至于在这期间他打算到哪儿去,并没有人问他。

说不定他又要渡海到"南美洲"去,然后再撒个没有恶意的谎:他到埃及或是俄国去了一趟。

实际上他匆匆赶到多瑙河下游去了。

白杨花刚开始抽芽,他在家里就待不住了。他的梦中充满迷人的情景,一切思想都被这情景吸引了去。他在雷韦廷连停都没有停,只向他的代理人和管事做了一些极为一般的原则指示,让他们自行处理一切。

晚上,他沿河而下,来到他那位佩戴勋章的教长住家的戈洛法克;他决定在教长家过夜。

他很晚才到达教长家中。他穿过厨房走向里屋。厨房里有一个俏丽的女人正在熊熊的火炉前面做饭。

他进了房间,看到只有教长一个人,可是桌子上却摆着两份餐具。道貌岸然的教长十分亲切地接待这位贵客,首先赶紧祝贺他荣获了圣斯蒂凡十字勋章。接着,教长请求允许让他到厨房去交代一下,好给这位功勋累累的客人预备晚饭。

"因为我们平时生活是很俭朴的。"

"我们?"提玛尔开玩笑地问道。

"哎呀呀,哎呀呀!"教长举起手指头威胁他的客人说,"您可别这么装痴装傻哟!"

主人出去交代了一下又回来了。

他取来了上等斯策雷梅酒,请客人在晚饭没端来之前先干上几杯。

每干一杯他都举起手指头来威胁一次客人,仿佛他从客人脸上看出了一种想法而责怪他似的。

"唉,唉,世人多么坏啊!不论什么事情立刻都要多嘴多舌的。人嘛,本来不是木头,不是石头,也不是门柱。"

提玛尔分辩说,他的话也并没有相反的意思。可是主人连连摇头,酒喝得越多——在晚饭当中他喝得相当多——话也越多。

迷人的年轻女人亲自端来了非常味美可口的晚饭,提玛尔每看她一眼,主人就举起手指威胁他说世上人真坏。

"可有谁能根据《圣经》向我证明,世上人的坏是有道理的?"

提玛尔说哪怕让他当大主教,他也愿承担向教长提供这种证据的义务。

"亚伯拉罕不是世界上最善良、最值得尊敬的总教祖吗?他不是他的萨拉的忠实丈夫吗?啊?我们不是也了解夏甲①的历史吗?亚伯拉罕无论如何肯定是圣人吧?"

提玛尔承认亚伯拉罕当然是圣人。

"再不然我们拿教祖雅各来说吧!他先娶了利亚,后来又爱上了拉结,并且把她也娶为妻子了。可当时有谁曾想起要告他重婚呢?再接着往下说吧!咱们看看圣王大卫②!他有多少妻子?有六个。而且六个他还不满足。他把米甲和帕提拆散,又娶了米甲。后来他又爱上了有夫之妇拔示巴。他杀了她的丈夫乌利亚,娶了拔示巴;后来大家还是全都跟随着他。他可是唱了整整一百五十首赞美诗呀,一位多么了不起的圣人。又再说智王所罗门③吧!他干脆蓄养四百个嫔妃。谁能够要求一个人比智王所罗门更智慧,比圣王大卫更神圣呢?"

这位善良的教士没有想到,他这番话等于给了自己的客人一张横渡多瑙河所迫切需要的旅行护照。

提玛尔现在离诺埃米仅仅还有半天的路程。

他已经跟她分别半年之久了,他一心想着重逢的情景。无论醒时梦时,火热的相思一刻不离开他。

他焦急地盼着天明。天刚蒙蒙亮,他就爬起床,背上猎枪和猎囊,没等好客的主人醒来,就不辞而别,离开教长的住宅,

---

① 夏甲,亚伯拉罕的妾。
② 大卫,公元前十世纪的犹太国王。
③ 所罗门,公元前九七二至前九三二年当政的以色列国王。

急忙赶往多瑙河畔的丛林。

多瑙河办了一件功德事,它使那片幼林逐年扩展,把旧日的河岸越来越远地留在了后面。这一来,二十五年前在那里修筑的边境警戒哨所,也就被留在荒凉的岸边了。

对于一个没有护照而要横渡多瑙河的人来说,那片幼林成了一块有利的中间地带。

提玛尔事先就已经派人把他的一只新船送到那所熟悉的渔夫小屋去了。他总是徒步走到那儿。他在那里找到了船,按照老习惯独自一个人向芦苇丛划去。

小船仿佛一条鲟鱼似的滑过水面,小船行得这么快和船本身并没有关系。

这时是四月份,已经到春天了。奥茨特洛瓦岛上树木葱茏,枝叶繁茂。可岛那面的景象却引起提玛尔的极大疑惑。"无人岛"不是一片新绿,看来却像火烧过了似的。

他离得越近,"无人岛"上的一切也就看得越清晰。岛的北面每棵树都呈锈褐色。

小船迅速穿过芦苇丛靠了岸,提玛尔十分清楚地看出一行行的核桃树全都枯死了。这一棵棵枯死的树木,恰恰是特蕾莎太太心爱的东西。眼前的景象引起提玛尔的不安。去年此时他首先看到的是繁茂的树林和遍布玫瑰的河滩,而今却剩下一片枯木。这是个不祥之兆。

他一面向岛的深处走去,一面留神听着阿尔米拉欢迎的吠声。结果任何声音也没有听见。

他忧心忡忡地继续往前走。几条小路都已荒芜,仍旧铺满秋天的枯叶。他甚至觉得岛上似乎连鸟啼的声音也没有了。

他来到小屋附近的时候,真是揪心极了。住在这里的人遭到了什么事呢?难道是死神夺去了她们的生命?甚至也许她们还倒在床上没有掩埋吧?由于忙着做买卖,处理法律上的事情,敷衍他的美貌妻子和聚敛钱财,他不得不离开这里达半年之久。他离开以后,岛上的母女俩就全靠老天保佑了,如果老天愿意保佑的话。

在他走到小屋门前的当儿,门开了,特蕾莎太太走了出来。她最初的目光是严肃的。提玛尔看出了她的惊讶。但接着,她的脸上露出了一丝苦笑。

"啊,您来啦?"她对提玛尔说,同时三步并作两步迎上前来和他握手。然后和蔼地问他,为什么来到这里这样满面愁容。

"没有发生什么不幸的事情吗?"提玛尔赶忙问道。

"没有,没有。"特蕾莎太太温和地笑着说。

"我一看到那些核桃树都枯死了,非常担心。"提玛尔解释自己忧虑的原因。

"那是去年发大水淹死的,"特蕾莎回答说,"一棵也没有剩下。"

"那么你们母女俩都平安吧?"提玛尔惴惴不安地问道。

特蕾莎用温和的口吻回答说:"我们平安……三个人都平安。"

"怎么?"

特蕾莎笑了笑,叹了一口气,接着又露出微笑。然后她把手放在提玛尔的肩膀上,对他说:

"一个穷私贩子的老婆在我们这儿生了一个孩子。女人死了,把孩子留了下来。所以我们变成三个人了。"

提玛尔三步并作两步冲进屋去。

房间最里边放着一个用树枝编的摇篮,摇篮一边蹲着阿尔米拉,一边坐着诺埃米。诺埃米摇晃着摇篮,等候着提玛尔向她走来。

摇篮里睡着一个婴儿,红扑扑的脸蛋儿和嘴唇好像樱桃似的。婴儿正睡着,可是只半闭着眼睛,把两个小拳头举在脸蛋儿旁边。

提玛尔像着了魔似的呆呆站在摇篮前面。他望着诺埃米,她脸上的表情向他解开了这个谜。姑娘的脸上带着一种娇羞和爱情交织成的甜蜜幸福表情,一种无上的快乐。她微笑着,低下头去。

提玛尔以为自己要神经错乱了。

特蕾莎抓住他的胳膊,问道:

"怎么,我们收养了这个穷私贩子的女人的孤儿,您不高兴吗?这是上帝赐给我们的。"

他怎能不高兴啊?他扑到摇篮前面,跪在地上,双臂搂起摇篮和孩子,紧紧地抱着,如同一个男人在尽情宣泄痛苦那样突然放声痛哭起来。

他吻着婴儿的小手、小脚和两个红扑扑的脸蛋儿,凡是可以亲吻到的地方,他都吻遍了。孩子的脸上充满天真无邪的神情,亲吻并没有把他惊醒。但后来他突然睁开那对蓝色的眼睛,凝视了这个男人有一秒钟的工夫,仿佛要说:"你要我做什么?"接着他用啼哭的形式大笑起来,意思可能是说:"这个人老是瞧着我干什么呀?"最后他又闭上眼睛,继续睡去,对于在自己两颊上的狂吻则满不在乎。

特蕾莎笑着说:

"可怜的私贩子的孤儿!他大概不相信会有人这样疼他吧。"

她说完转过身去擦拭眼泪。

"喂,不见得什么也没留给我吧?"诺埃米说,嗔怪的话语中掺杂着幸福感。

提玛尔跪在她身旁,一句话没讲,只是把她的双手摁在自己嘴上,把自己的头靠在她怀里,静默无语。

孩子睡了多久,他就这样静默了多久。

孩子醒来以后,便开始用自己的方式表示意见。人们当然管这叫作哭,但幸而也有些人懂得这种语言。

孩子饿了。

于是诺埃米一定要让提玛尔出去,因为不便让他知道是用什么哺育这个穷私贩子的孤儿的。

提玛尔走出去站到屋子前面,他整个心都陶醉了。他感到仿佛是在一颗星星上;从这颗星星上看去,面前那个他已离开的世界只是一个陌生的地球。

把他同那个地球联系起来的一切东西都离开他了;他再也感觉不到吸引他回那里去的那些琐事。

啊!过去他所生存和活动的圈子整个粉碎了。他的生活现在围绕着一个新的中心转动。

一个新的目标,一种新的生活摆在他的面前——只有一点他不知道,那就是他应该怎样脱离从前的那个世界。

还没有脱离旧的世界——一个现存的世界!——就已来到了另一个世界,住在两个不同的行星上,从地球进入天国,从天国下到地球;在天上和天使一起游玩,在地球上数点金钱——啊,任何人心都会受不了的哟。这样下去一定会使他发疯的。

人们不是平白无故地管孩子叫"小天使"的,要知道"angelos"在希腊文中就是"使者"的意思。孩子是来自另一个世界的使者。那个世界的人所不知的气氛,通过孩子的脸和眼睛投射在父母身上。孩子的眼睛里常常带有一种蓝色的光辉;这光辉有一种魔力,而且会说话。当孩子学会说话以后,眼睛也就失去了这神采。这样一种奇异的蓝色霓虹,只有在乳婴的眼睛里可以看到。

提玛尔几小时几小时地欣赏着婴儿的眼睛。他把孩子放在铺在草上的羊皮上,自己就蹲在旁边逗孩子玩。他给孩子摘了一朵花。孩子伸手要花的时候,他就一面递给他一面说:"看,花!"然后又费好大劲才把花要回来,因为婴儿凡是喜欢的东西都要往嘴里放。他反复推敲婴儿嘴里吐出的那些咿咿呀呀的声音,猜测大概是什么意思。他让孩子扯他的小胡子,还给孩子唱催眠曲,哄他入睡。

对于诺埃米,他的感情与刚来时也不同了。

这种新的感情完全是由幸福构成的,不存在任何欲望。烈火般的激情换成了甜蜜的、使人清醒的宁静,犹如发过高烧以后复原的舒适愉快心情一样。

自从他们分别以后,诺埃米本身也完全变了。她脸上的温柔与恋慕表情也跟过去不同。她的心坎里蕴藏着一种人们既学不来也否认不了的脉脉温情,一种与羞涩的矜持结合着的尊严,它使女性的头上生出一轮圣洁的光辉,令人肃然起敬。

提玛尔感到无限快乐,过了好几天他才相信这不是在做梦。这所一半用木头一半用泥土盖的小屋,以及小屋里这个怀抱着咿呀学语的孩子的满面笑容的女人,都是千真万确的现实。

于是他开始思考未来的命运。

"你能够给这个孩子些什么呢?给很多钱吗?这儿的人不认识钱。给他大片地产和贵族庄园吗?你没法在这个岛上添置任何产业。你可以把孩子带走,把他培养成一个显赫的绅士,一个闻名的人物。但是这母女俩不会把孩子放手的!连她们一块儿带走吗?即使她们肯一块儿走,你也不能这样做;那样一来,她们就会知道你是什么人了,就再也看不起你了。她们只有在这里才能是幸福的。这里没有谁打听孩子的姓氏;只有在这儿孩子才能够抬起头来走路。她们母女俩给他起了个名字,叫阿多达特,也就是神赐儿。其他名字他没有;你又能给他起个什么名字呢?"

一天,他一面这样紧张地思索着,一面信步在岛上闲走。在穿过树丛和野花寻路的时候,他突然来到一个脚下树枝咯吱咯吱作响的地方。他环顾四周,原来是到了那些凄凉的枯核桃林中。这些珍贵的树木全都死掉了,春天没有使枝条长出一片叶子来,地上盖满了干树枝。提玛尔在这片死树的墓地中,忽然产生了一个念头。他匆匆跑回小屋,问道:

"特蕾莎,您造房子时用的那些木匠家具还在吗?"

"在仓房里放着呢。"

"您把它给我拿来吧!我想好了一件事,我要砍倒那些死核桃树,给小多迪造一所房子。"

特蕾莎惊讶地拍了一下手。诺埃米却吻遍了小多迪的脸作为回答,仿佛她对孩子说:"你听见这话了吗?"

提玛尔把特蕾莎的惊讶神情看成了无声的怀疑。

"是的,是的!"他强调说,"我不用任何人帮助,我要自己造这所房子,就跟什克勒人①和罗马尼亚人用好看的栎木造的那种房子一样,像珠宝匣子那么绚丽。我们这所房子应该成为一座核桃木小宫殿。连钉子我都要亲自动手做。等小多迪长大了,这就是他的家。"

特蕾莎只是微笑着。

"好啊,米哈利,好极了。我自己就这样尝试过,像燕子似的给自己搭一个小窝。这几堵墙就是我亲手用黏土夯成的,芦苇房顶也是我铺的。不过木匠活可不是一个人干得了的,您知道,大锯有两个把儿,您一个人拉不了。"

"连我不是两个人吗?"诺埃米充满热情地大声说,"难道我不能帮助他吗?你们以为我的胳膊没有力气吗?"

说到这里她把袖子一直挽到肩膀上,为的是显示一下自己的胳膊;她的胳膊浑圆、强健,又白又好看。提玛尔把这只胳膊从上到下连指甲都吻遍了,然后说:"一定行。"

"噢,我们要一起干活儿了。"诺埃米说,提玛尔的理想突然激起了她生动的幻想。他那想法立刻在诺埃米的心里扎了根,"我们一块儿到外面去,随便找几根树枝给小多迪拴个吊床。我们要从早干到晚。妈妈,你给我们送饭,我们坐在砍倒的树干上,一同吃着一个罐子里的饭,那样吃饭会多么香呀!"

事情就决定这样办。

提玛尔赶忙拿起斧子,匆匆跑到核桃树林中,动手工作起来。他砍倒一棵树,剃净树枝,这时他的手掌上已满是血泡

---

① 什克勒人,居住在特兰西瓦尼亚东部山区的匈牙利人。

了。诺埃米安慰他说,女人的手掌是不会起泡的。

等到砍倒了三棵树,要把一棵树干放到另外两棵树干上面去的时候,提玛尔就需要诺埃米帮忙了。

诺埃米并没有把自己的诺言当作玩笑,她帮助他干起重活来。她那窈窕的身子蕴藏着无穷的力气和持久的劲儿。她拉起大锯来非常灵巧,就好像很有经验似的。

这期间,提玛尔体验着伐木工人和妻子的生活。他们一大早就一同锯木头,太阳升到高空的时候,母亲用罐子给他们送来简单的饭食。然后他们并肩坐在一根树干上,用羹匙把可口的豌豆汤吃得一干二净,也共同喝着一个壶里的清水,然后享受个把钟头的休息。伐木工人的妻子躺在一堆松软的锯末上,丈夫则往地面上一躺,妻子用自己的围裙给他盖上脸,免得苍蝇打扰他睡觉。他睡着的时候,她把孩子抱在怀里,拿着各式各样好玩的东西哄他,免得他在丈夫酣睡的时候啼哭……

到了晚上,伐木工人扛着工具,妻子抱着孩子,一块儿回家。家里早已生着了火炉,老远就闻到了黄油炸糕的香味。妻子先把孩子哄睡着了,然后给丈夫取出烟斗,并从厨房给他点着火。等到把热气腾腾的盘子端上来之后,他们就坐在桌旁,吃个精光,认为这样第二天便会有好天气。饭后他们谈论孩子今天一整天都干了些什么。

他们彼此用不着证明他们相爱。

提玛尔慢慢地对于用核桃木做梁木的活儿愈来愈熟练,斧子使得愈来愈出色了。

诺埃米感到非常惊奇。

"我说米哈利,"有一天她问道,"告诉我,你从前学过木匠吗?"

"那还用说……而且我还是个造船木匠呢。"

"那么告诉我,你到底是怎样变成了这样一个大老板的,竟可以整个夏天放下自己的工作不管?你现在肯定是自己当家做主,不再受人支使了吧?"

"这些等有机会我会告诉你的。"提玛尔回答说;但是他决不肯告诉她,他怎样变成了一个大老板,因而现在可以在这里几个星期几个星期地拉大锯。

他同诺埃米讲述他在世界各地旅行的见闻,但是永远扯不到他本身的情况。

她出于好奇想追根问底;他的逃避方法就是拼命地干活儿,干完活儿躺下的时候,她也就无法再追问什么了。许多女人都爱在你躲不开她们的时候才问长问短。

幸而他早就预料到了这一点,因此他在这里能够避开追问;他一躺下马上就睡着了,谁还能向一个睡着了的人追问什么呢?

提玛尔在无名岛上逗留的时间一长就逐渐看出,这个岛并不特别隐蔽,不可能使任何人都不知道它。

有一个阶层的人知道这个岛的存在,只是他们不对社会上的人说罢了。他们全是一些被文明社会摒弃的"野蛮人"。这是特殊情况!

这是一种特殊情况!这里是个国外之国;在它的国境内,法律也好,教规也好,都束缚不了谁!

这一阶层的人住在匈牙利和塞尔维亚交界的地区。一条未疏浚的原始河流造成了这个得天独厚之地。河中有一些布满丛林的小岛。河两岸相距很远,岸边长着原始森林。正式的公路和渡口离这儿很远,村庄稀稀落落,附近一个大城市也没有。从表面上看,这里在军事统治之下,实际上却享受着原始的自由。这里有一些木头营房,至于它们有什么用处,那倒令人苦想不透。修建这些营房是为了监视边境,这理由几百年来已经不存在了!对付谁呢?过去的敌人——土耳其人早已离开了这个地方,现在的武装力量只是为关税服务的;因此走私在这里便成了一种真正的平民职业。这里是个国外之国,它有自己的制度、自己的学校和自己的秘密政府。

提玛尔常常发现一只无人看守的小船或平底船系在岸边,借助岛上的柳树丛掩蔽着。这使他感到很惊诧。过了半天他再回到那里的时候,船已经不知去向。有时他也碰到几只满载着货物的小船停在金雀花中间,当他再顺着小路去到那里时,就看不见了。所有这些选中这个岛作为休息地点的神秘人物,似乎都有意地避开小屋周围。他们来来去去,却并没有在草地中踏出一条小路来。

但是在某些情况下,这些神秘人物也到小屋来。他们总是直接来找特蕾莎。

只要阿尔米拉见到生人吠叫起来,提玛尔就立即放下工作,跑回小屋,躲到里边房间去。不能让外人看见他。虽然他为了改变面貌,已经留起胡子;可是来人中难免会有谁在另外那个世界里见过他。

这些被文明摒弃的野人一遇到什么困难,就来找特蕾莎太太。

这些人在他们经常往来的地方有可能受到严重的枪伤。他们受伤以后不能去找正式医生,否则会吃官司。岛上的这位太太却善于用各种药物治伤。她会接骨,会给绽开的伤口涂抹有效的药膏。在这一带,特别是土耳其岸边,常常流行一些恶性毒疮和疔毒,特蕾莎也会用简单而非常有效的草药医治这些病。因此常有病人来找她;他们为她保守秘密,因为他们知道医生和药商常要迫害没有执照的医生。

这些被社会摒弃的人彼此常常发生争执,需要有人从中调停;但是他们不敢到法院去。因为他们准知道,到了法院原被告一齐都要被押起来。所以他们就来找岛上这位贤明的太太,对她说明原委。她说怎么办,他们就怎么办,她的意见对于他们来说就等于是判决。他们之间的争端大多数是血仇。特蕾莎善于对狂怒的双方进行劝解。在这位女恩人主持之下所发的和解誓言,他们始终信守不渝。

偶尔也有这样一个人来到小屋,他形容枯槁,带着愤怒的、不愿看任何人的目光。这是个罪人。由于受到良心的谴责,他心神不定,但又不敢去求教士来安慰他的灵魂,因为他像害怕监狱一样害怕地狱。岛上的女主人对这类事也有主意,她能给他的心灵敷上一贴使人神清气爽的香膏。她知道如何使他想通自己的问题。

有时也有被追逐的人,又饥又渴、疲惫不堪地闯进她的门槛。她对他的来处和去向都不问就招待他。等他吃饱喝足,喘过气来以后,便带着刚刚装满的行囊又上路了。

很多人认识她。他们的信条就是守口如瓶。没有任何一个秘密团体的师徒关系能比这些人和岛上这位太太的关系更密切了。

谁都知道在她这儿弄不到钱,连利欲熏心之徒也没有理由跟她作对。

提玛尔深信他来到的是这样一个地方:必须先在它周围

进行几百年培育新理想的工作,然后才可能把这个地方和生活在这里的人的历史纳入混乱的现时社会。

他可以继续进行他那些工程,而不必担心什么时候外面会有谁知道提玛尔·米哈利·雷韦廷先生——这位王室顾问、大地主、巨商和百万富翁——在一个不知名的岛上笨手笨脚地干木匠活儿,知道他如何在消除了极度疲劳之后便拿起小刀削柳树枝,要给一个孩子,一个没爹没妈甚至连正式姓名都没有的孤儿,盖一间遮风避雨的小棚。

他在这儿感到多么快乐啊!他是那样注意地听着这个孩子学会说的头一个词儿!他做了多大的努力啊,为了使这个小人儿的笨嘴笨舌变得灵敏,好喊出一个简单的词儿:"爸爸!"

孩子首先当然要学这个词儿。不言而喻,俯身朝孩子微笑着的大人也不会先教他学别的。这个小东西哪儿会知道他是一个穷私贩子的儿子,爹妈已经死了呢!

接着孩子也认识了生活痛苦的一面,难免要害些小儿病。他长牙的时候,他们为他发过多少愁,度过了多少不眠之夜啊!诺埃米留在家里守着他,提玛尔几乎过一小时就要把斧子砍进树干,跑回家来看看小多迪。他回到家里就从诺埃米手上接过孩子,抱着他几个钟头几个钟头地来回溜着,给他唱催眠曲:

> 宝宝的小屋,
> 我觉得比王宫还可爱……

等孩子被哄睡着了,或是病好了的时候,那是多么大的胜利啊!

终于,提玛尔的计划进行到已经把所有的核桃树干都粗略地削光了。原来的活计他倒还都能对付,但是从现在起不行了。因为木匠活也是一种艺术;他那次回答诺埃米说他完全精通这种手艺并非实话。

他不知道以后应该怎么办。

秋天临近了,米哈利必须在这时候离开这里。特蕾莎和诺埃米认为这是十分自然的事。照她们的想象,他也要操心营业问题。他做的大概是夏季就自行结束或停止的生意,但一到冬季却要全力以赴地进行经营。谁都知道有些商人就是这样的。另一个地方对提玛尔经营的生意也是这么想的。

蒂美娅也认为他为了做买卖不得不在夏季到外面奔走,用全副力量从事工业、农业和商业。

他从秋天到春天欺骗的是蒂美娅,从春天到秋天欺骗的是诺埃米。他绝对不能颠倒次序。

今年他离开岛上的时间比去年要早。他匆匆地赶回了科马罗姆。

在他出外期间,他的各项生意所取得的成果又超出了一切希望,甚至连他买的一张国家彩票也中了头奖。这张彩票不定放在哪个抽屉的底上,早已被忘记了;中奖之后过了三个月,他才像一个根本没把这区区十万之数放在心上的人一样,拿着奖券去提取这笔天外飞来的款项。这少不得又引起了世人的惊异。这家伙实在不再需要钱了,他的钱已经太多啦。

他拿这笔钱干什么好呢?

他从特兰西瓦尼亚境内的什克勒人地区和察兰德附近请了几位有名的木雕师。这些人会用硬木建造非常华美的住宅,建造能耐久几百年的真正木头宫殿。什克勒人和罗马尼亚的贵族地主居住的就是这种木头宫殿。住宅内部还布满精美的雕刻。房屋、墙壁、椅子和箱子,一般都是同一个雕刻师的杰作。用的全是栎木、核桃木和千金榆木,不用一点杂料;甚至也找不出一根铁钉。

第二章 木雕师

提玛尔回到家里的时候,他发现蒂美娅有点不舒服。

于是他便从维也纳请来几位名医,为妻子会诊。

医生们诊断的结果,一致认为病人需要换一换气候,建议让蒂美娅到梅拉诺①去过冬。

提玛尔亲自伴送妻子和阿塔莉雅去到梅拉诺。

他在提罗尔一个暖和避风的山谷里,为蒂美娅找了一所漂亮的小房子作住宅。那是一所带花园的瑞士式别墅。他知道蒂美娅喜欢这种房子。

冬天他常常去看她,去的时候多半都跟着一位上年纪的人。他发觉,蒂美娅住在这所花园别墅里确实很满意。

提玛尔回来以后,就在当年冬天让人在科马罗姆也修建了一所模仿梅拉诺那种样式的房子。跟他到梅拉诺去的那位什克勒老师傅,是这方面的一位艺术大师。他已经把梅拉诺那所木头房子连里带外直到最细微的部分都绘了图。这时在莱岑大街雷韦廷先生的公馆里设了一间大作坊,开始动起工来。提玛尔不准任何人泄露这件事,要使蒂美娅喜出望外。不过木雕师也需要个伙计做助手,可是要找个能保守秘密的

---

① 梅拉诺,意大利北部疗养胜地。

伙计却很难。有什么别的办法呢?

提玛尔自告奋勇地当了木雕师的助手,从早到晚和师傅比着干钻、雕、刨、镞和加楔等活计。

可是,即使用所罗门王的封印封住这位老师傅的嘴,每到周末茶余酒后,他也憋不住要向至亲好友透露雷韦廷先生正在为妻子准备的意外事:这所木建筑的各部分都是一件件先雕刻成,然后再拼合起来的,一旦竣工,全部要安放在敏斯特山麓优雅的花园里去。像他这样的阔人,居然肯像个木匠徒弟一样整天亲自干活儿,而且无论什么工具用起来都得心应手,简直马上可以顶一个老伙计。他现在不去过问自己的买卖,完全把它交给代理人去经营,自己整天在作坊里,又是刨,又是锯,又是雕,这一切全是为了使他妻子高兴高兴。此事可不要再对别人说了啊,好让那位漂亮太太回来的时候真正感到意外。

这一来便轰动了全城,连索菲雅太太也听说了。她马上写信告诉了阿塔莉雅,阿塔莉雅又告诉了蒂美娅。因此蒂美娅事先就已经知道,米哈利将在她回到科马罗姆以后,在第一个晴朗的日子和她一起出城到敏斯特山麓他们的优美花园里去,在那座面临多瑙河的小山上重又看到一所仿造得逼真的、她所喜欢的梅拉诺小别墅;连在窗前铺有绣花台布的小桌子、放着她那些心爱书籍的白色书架和阳台下面用白桦树枝编成的靠手椅,一样也不少。而且她对这一切要装出感到意外的样子,强颜作笑,仿佛为此真的非常高兴似的。然后在她称赞木雕师,说这一切都多么精美、多么出人意料的时候,她会听到木雕师说:"太太,可别夸奖我,应该夸奖我的伙计。这所房子最漂亮的雕刻都是他亲手做的。那个飞檐,那根横梁,那些柱头,除了我的伙计还有谁能雕得这么好呢!我的伙计是谁呢?就是雷韦廷先生本人。太太,这里的绝大部分工作都应该归功于他。"然后蒂美娅又必须微笑着,搜索枯肠,说几句表示感谢的话。

仅仅是几句话而已!因为这一切全都是枉费心机。提玛尔不论是用珍宝把妻子堆起来,还是当短工挣面包来养活她,都换不到她的爱情。

后来事实也确实是这样。

蒂美娅在春天回到科马罗姆家里来了。敏斯特山上的意外场面完全是照预定步骤安排的。为此举行了一次盛宴,贺客盈门,蒂美娅脸上带着忧郁的微笑,提玛尔的态度既谦恭又大方,宾客们在祝贺之余心中暗暗怀着嫉妒。

女客都纷纷说,任何女人也不配嫁给像提玛尔这样一位男人,他真称得起是标准丈夫。男客们却硬讲,一个做丈夫的要凭送礼物和献殷勤来博得妻子的欢心,未必是什么好征兆。再说男子汉干木匠活儿也并不是好现象。

只有阿塔莉雅一言不发,她在找寻秘密的阿莉阿德妮线①,但却找不到。

她对蒂美娅了解得非常清楚。

蒂美娅经常有病,越来越憔悴了。有一种毒药不是在她身体里,而是在她心灵上慢慢地戕害她,把她杀死。它的药效很慢,但却一定能致死。

可是提玛尔发生了什么事呢?他的脸上流露着幸福感,

---

① 阿莉阿德妮线,希腊神话中克里特王迈诺斯的女儿阿莉阿德妮救情人西修斯逃出迷宫的引路线。

这种幸福他是从哪儿偷来的呢?他讨好蒂美娅,随时随地博得她的欢心,他用这一套在掩盖什么呢?他在人前表现为一个最多情、最幸福的丈夫,他这样做企图达到什么目的呢?他在社交场中谈笑风生、心情愉快;她对阿塔莉雅表现得毫无戒心,善意相待,仿佛他把那次从她嘴里听到的,使他极为伤心的事情全都抛到九霄云外去了,就像阿塔莉雅的冷笑再也不能使他痛苦似的。他甚至还和阿塔莉雅跳冠提龙①呢。

他现在是真的感到幸福呢,还是仅仅装出幸福的样子?他是完全麻木不仁了?还是强要实现不可能的事——赢得蒂美娅的心?这他可一辈子也办不到啊。阿塔莉雅从她本身体会到了这一点。虽然也有求婚的人追求过她,而且都是完全能够养活妻子的正派小市民,但是她哪个也没有答应过啊。她对其他任何男人都不发生兴趣,她只能爱她所恨的那个人。唯有阿塔莉雅能够了解蒂美娅的心情。

她是了解蒂美娅的,可却摸不透提玛尔是怎么回事。这个面带微笑、常说奉承话、表现得一片好心的男人,对她仍然是个谜。这是一个身上找不出一点锈斑的金人。

提玛尔也不时觉察到这种窥探的目光,此刻他内心里就暗暗发笑。

"你不妨长期侦察吧!不论你或是其他任何人,决不会知道我在这儿整整干了一冬天活儿,只不过是为了要学会木雕技术,好在地球上一个无人知晓的隐秘地方,给一个没有名姓的人建造一所同样的小屋。我在那里有一个人,为了他我的两手磨满了茧子,你倒是猜猜这个人叫什么呀,你这个看

---

① 冠提龙,一种交际舞,夹杂有诙谐动作,并且附赠小礼品。

家魔!"

提玛尔再次邀请了一些医学界权威为蒂美娅的病会诊。这次医生们建议让她到比亚里茨①的浴场去。提玛尔又把妻子送到那里,为她的住处安排了一切舒适设备。他尽力要让她的豪华服饰和高车驷马可以跟英国贵妇人和俄罗斯公主们媲美。他给她留下大批的钱,让她随便花用。他对阿塔莉雅也非常大方,在旅客登记簿上注明她是他的姨姐,要她也像蒂美娅那样一天换三次衣裳。

还能有比他更忠实尽责的家长吗?

然后,他匆匆离开了比亚里茨,但不是回科马罗姆,而是到维也纳去了。他在维也纳买了一整套木匠作坊的工具,让人装好箱,顺水运往潘切沃。

但是现在必须想出一条妙计,把这些箱子运上无人岛去。

他不得不格外谨慎。多瑙河左岸的渔民已经屡次看到他划着小船驶往奥茨特洛瓦岛,几个月以后,才又从那里回来。他们可能早已纷纷议论这个人到底是谁?他为什么常常到那里去?

工具箱运到潘切沃以后,他吩咐让人装车运到多瑙河岸的白杨树林里,然后卸了车。接着他召集来一些渔民,对他们说这些箱子装的是武器,要他们用船运到那个荒岛上去。

这样一说,秘密就被永远沉进了海底。

从此他可以在白天或月下不断往来,再不会有谁悄悄议论他什么。人人都知道他是塞尔维亚独立运动英雄的代表,

---

① 比亚里茨,法国西南部临比斯开湾的国际海水浴场,靠近西班牙边境,是冬季疗养地。

今后遭到怎样拷问也不能泄露他的行踪。从此他在所有人的心目中变成了一位神圣人物。

他为了在自己周围散布一种秘密气氛,跟任何人交谈——哪怕只说上一句话——都要故布疑云。

渔夫们在提玛尔的亲自照看下,连夜运送那几只箱子。上岛以后,他们仿佛习于此道似的,在岸边找了一个芦苇最稠密的陡峭坡地,把箱子卸了下来。提玛尔想给他们运费,他们却分文不取,只是跟他握握手,并说了声:"上帝保佑你!"

他留在岛上,渔夫们回去了。

那是个月光皎洁的夜晚,夜莺正在巢里歌唱。

提玛尔沿着岸边走去,想找出通向屋子的小路。他来到他在秋天只把活干了一半就撂下的工地,发现屋梁为了不受冬天潮气的损害,用几捆芦苇细心地盖上了。

路从这里通到布满玫瑰花的河滩。玫瑰花已经凋谢。花开时节提玛尔正和蒂美娅一起逗留在敏斯特山上他的花园别墅里,后来又把时光消磨在海滨,所以他这次把采玫瑰的时节错过了。当时她一定忐忑不安地等待过他。可是,他为了使自己不露马脚,又的确需要有所准备。

他踮起脚尖走近小屋。没有听到任何声响。他认为这是好现象。阿尔米拉没有吠叫,他认为它是睡在厨房里——这又说明她们非常注意,避免夜间狗叫吵醒熟睡的孩子。可见房子里的人全都平平安安地生活着。

啊,他多少次梦到这小屋,他多少次整天怀念这小屋啊!他多少次想象自己又站在这小屋前面啊!

他旋即又产生这样的幻想:这所房子被烧掉了,烧焦了的房梁落到门槛上,墙上长满了绿色杂草。谁也不知道屋子里的人到哪里去了。

接着,他又看到一群手持武器的野人在他走进门去的时候袭击他,抓住他的脖子嚷道:"我们等的就是你!"然后把他捆起来,塞住嘴,扔在地窖里。接着他又产生可怕的幻觉:他一进小屋就看到他心爱的人的血淋淋尸体,诺埃米那长长的金发散在地上,脑袋被打碎的孩子靠在她的怀里。啊!他爱他们,又不得不这么长久地丢下他们,这使他担负多么大的痛苦啊。也许是在梦中,也许醒着,他有时相信会遇到这样的情形:刚一走到诺埃米面前,看到的不是温柔的笑脸,而是冷冰冰的石膏脸,并且问他:"雷韦廷先生,您这么久待在哪儿呢?"

现在,当他站在这所小屋前面的时候,一切可怕的景象全都消失了。现在这里的一切全都一如既往,住在这里的还是爱他的人!他该怎样使她们知道他来了呢?他该怎样使她们感到意外高兴呢?覆盖一切的玫瑰花把低矮的小窗户遮住了一半,他站在窗前,开始唱起常唱的歌曲:

> 宝宝的小屋,
> 我觉得比王宫还可爱……

他没猜错,小窗户很快开开了,露出诺埃米的脸,脸上由于高兴和幸福而神采焕发。

"我的米哈利!"可怜的女人期期艾艾地说。

"你的亲人!"提玛尔双手抱住爱人探出窗外的头,悄悄说,"多迪呢?"这是他的第二句话。

"睡觉哩。"

"小声!咱们别吵醒他!"

然后他们轻声细语地交谈着。

"你倒进来呀!"

"咱们会吵醒他,他要哭的。"

"咳,他不再是哭哭啼啼的婴儿了!他已经一岁多啦。"

"已经一周岁了吗?这么说他已经是个男子汉啰。"

"他已经会叫你的名字了。"

"什么?已经会说话啦?"

"他已经在学走路了。"

"什么,会跑啦?"

"他什么都能吃了。"

"这不可能!太早了吧?"

"在这方面你懂什么呀?你就看看他吧!"

"把窗帘拉开,让月亮照着他,好让我能看到他!"

"不行,月亮不吉利,它照着睡觉的孩子,孩子就要生病。"

"你这个小傻瓜。"

"许多迷信是跟孩子分不开的。你不能不信。女人是什么都信的,所以要把孩子交给女人照管。进来,在这儿看看他吧!"

"他没睡醒以前我不进去,进去会吵醒他的。还是你出来到我这儿来吧!"

"这不行。我一离开屋子他马上就会醒,再说我妈妈正睡得很熟。"

"好吧,那你就回到他身边去吧,我先在这儿待一会儿。"

"你不想睡一会儿吗?"

"快天亮了。你自管回到孩子那儿去吧,可是别关窗户。"

然后他就站在敞开的窗口前面,往里窥探的月亮在小屋里的石地上画出银色的小方块,他一面往小屋里瞧着,一面听着从安静的小屋传出的声音:快要醒来的孩子发出断断续续的轻轻的哼唧声,心上人小声哼唱的催眠曲——"宝宝的小屋"——接着是一声亲吻,这是可爱的孩子随着催眠曲又安安静静睡下去了所得到的奖赏。眼前的情景犹如梦境一般。

提玛尔靠在敞开窗户的窗台上,他的心在私语而没有发出一点声音,直守到朝霞终于照亮了小屋。

天一亮首先活跃起来的就是孩子。他发出响亮的笑声宣告他睡醒了,于是谁也不能再睡。孩子吵吵嚷嚷,咿咿呀呀不停地说着。说的是什么呢?这只有孩子自己和诺埃米两个人懂得!

随后提玛尔抱起孩子,对孩子说:

"从现在起,我在这儿待到把房子盖好为止。小多迪,你说怎么样?"

孩子咿呀地回答了些什么;根据诺埃米的翻译,据说是:"那太好了。"

第三章 诺 埃 米

提玛尔欢度着他那双重生活中最幸福的日子。

但是,对他说来还有着另外一种生活,他不得不一次又一次地回到那种生活中去。想到这里,他在幸福之中就感到一种缺憾。要是他能有什么办法摆脱那第二种生活,生活在这儿该多么幸福啊!

最简单的办法莫过于干脆不再回去。那样,人们会到处寻找他一整年,哀悼他两年,第三年里偶尔还会提到他,然后世界就会把他忘掉,同样他也忘掉世界。那时他身旁只有诺埃米,诺埃米是无价之宝!

作为一个女性而言,诺埃米身上集中了所有可爱之处;而损伤感情的东西她却点滴都没有。她的美不是那种浅薄的美,不是那种依靠卖弄风情而转瞬即逝的美。每一点点心情变化都会给她的美增加新的魔力。娇嫩、温柔和热情,在她的性格中融成一体。她具备处子、仙女和妻子等三种情调。她的爱丝毫不含有自私的成分,她已经完全忘掉了自己,而与她所爱的人融为一体。除去心上人的忧愁和快乐以外,她再不知道还有什么忧愁和快乐。在家里,她以不知疲倦的热情设法使他快活;在劳动的时候,她是他永远不知劳累的帮手。她永远愉快、活泼,有时她也闹闹病,但是只要他在她的额头上吻一下,她的头疼就会霍然痊愈。她知道他爱她,她对他异常恭顺。每当她抱着孩子,逗弄孩子玩耍的时候,那个人就不免担心自己会失去理智,因为是他已把她变成了他的,而她却仍不属于他。

提玛尔并不只沉湎于幻想之中,他还在跟命运讨价还价。代价很高啊!高得甚至比得上这件宝贝:一个怀抱着微笑的孩子的年轻女人!

他得用整个世界作为代价来换取这个宝贝!他必须抛掉几百万家产,显赫的社会地位,达官显贵朋友,以及将会决定本国几个工业部门前途的正在蒸蒸日上的大企业。此外还有蒂美娅!

他也许能够想通,不要他在世界上的这些财富了。这些财富原就是取自水底,不妨再让它们回到水底去!但是他的虚荣心使他不能接受这样一个想法:他在婚后用热情暖化不了的那个白皙女人,在今生还会由于另外一个人而享到幸福。也许他自己也不知道自己心里隐藏着什么魔鬼,他要眼看着那个他不能去爱的女人憔悴下去。

但是他自己却在可以享受爱的地方过着幸福日子。

就在这些幸福的日子里,这位业已出师的木雕师用灵巧的双手盖的房子越来越高。用刨平的核桃木造的几面墙已经竖立起来,而且拼合得严丝合缝,哪里也不透风。房顶也盖好了,按照什克勒人的方式铺上了截成鱼鳞状的木片瓦。大木匠活儿已经完工,剩下的都是细木工活了。这些活儿米哈利一个人就可以干。工地上一天到晚只有刨声和锯声,其中还夹杂着他的歌声。

他和最勤勉的工匠一样,非到黄昏才肯收工。收工后回到小屋,小屋里已经给他准备好可口的晚饭。饭后坐在小屋前面的小凳上,抽起烟斗。这时诺埃米坐在他身旁,把小多迪放在膝上,竭力逗弄孩子表演在这一天新学会的东西:一句话!

这短短的一句话难道不超过这个世界上的全部智慧吗?

"用什么代价你才肯换多迪呢?"诺埃米用玩笑的挑逗口吻问他,"这整个镶满钻石的地球行吗?"

"就是那个住满天使的天堂也不行!"

恰巧小多迪这会儿情绪特别好,他顽皮地伸出两只手去抓提玛尔叼着的烟斗,把它往自己怀里拽,直到夺到手里。接着他很快把烟斗向前一扔;烟斗是陶土做的,立刻摔碎了。

提玛尔惩罚得太心急了,他轻轻地拍了这只淘气的小手一下,孩子便带着又惊诧又害怕的神情瞅了瞅他,然后伏在诺埃米的胸前哇地哭了起来。

"你瞧!"诺埃米不高兴地说,"为了个烟斗你就打他,烟斗不过是陶土做的!"

这时提玛尔很后悔,他竭力用好听的话来安慰小多迪,并亲吻挨了打的那只小手。可是孩子却把脸藏在诺埃米的怀里一个劲儿地抽泣。

这一整夜孩子很不安宁。他不睡觉,总是哭。提玛尔生气了,说这孩子脾气不好,太倔,必须及时管教。诺埃米听了这话用极温柔的责备目光看了提玛尔一眼。

第二天,提玛尔起来得分外早,起来就到工地上去了。但是没有听到他的歌声,而且他下午很早就收了工。他一进小屋,立刻从诺埃米的表情看出他的样子使她十分惊讶。提玛尔的神色完全变了。

"我有点不舒服,"他对诺埃米说,"感到头很沉,两条腿简直站都站不住了。我觉得浑身关节疼痛,我得躺一躺。"

诺埃米赶紧在里面房间给他把床铺好,帮助他脱掉衣服。她忧心忡忡地发觉他的手冰凉,出气很热。特蕾莎太太也跑来摸摸他的额头和两手,嘱咐他要盖好,因为他会打寒战的。

但是米哈利却感到自己要害更大的病。当时那一带闹伤寒病闹得很凶,多瑙河在夏季的洪水大大传播了这种疾病。他躺下以后,神志还很清醒,仍能考虑如果他在这里害起热病来,结果会怎样。附近没有医生可以给他进行必要的治疗,他可能死在这里,人们就永远不知道他到哪里去了。蒂美娅会怎样呢?诺埃米又会怎样呢?

谁关心孤苦伶仃的诺埃米呢?她还没有正式结婚就成了寡妇。谁来教养小多迪呢?假如多迪长大了的时候,提玛尔早已长眠地下,那他将会遭遇什么样的命运呢?蒂美娅应该什么时候穿孝,什么时候脱孝,谁会告诉她呢?难道要她一直等他到死吗?由于他,两个女人这一辈子会多么不幸啊!

接着他还想到,在他害伤寒期间,这母女俩会不分昼夜地守在床边看护他,而他在失去神志的时候,便很可能吐露什么秘密。如果他说出他有那么多的财富,那么多的用人,有一些豪华的房子和那个面容白皙的妻子,她们一定会多么吃惊啊!他会在昏迷中看到蒂美娅在眼前因而呼叫她的名字,谈一些夫妻之间的话;而诺埃米是知道这个名字的。

提玛尔在还完全清醒的时候想到,他很快就要病到这种地步:违反他自己的本愿泄露出内心深处的一切秘密,他的嘴不再听自己支配,会在发高烧的时候说出自己的真正身份。这对他说来是非常可怕的。

除了身体的痛苦之外,还有一件事在精神上折磨着他,那就是他想到为什么头一天打了多迪一下。这件小事此刻却像一桩重罪似的压在他的心上。

他刚躺下,就想让人把孩子抱来吻吻。

"诺埃米!"他喷着热气断断续续地叫道。

"你要什么?"诺埃米轻声问道。可是这时他已经忘记他要什么了。

提玛尔躺到床上以后,立刻发起高烧来,而且烧得异常厉害。他身强力壮;而这正是死神的使者最欢喜光顾,也最容易光顾的对象。从这时起他不断发呓语;当然他的每一句话每一个字诺埃米都会听到。病人本身却全无所知。

借他的嘴说话的是另外一个人,是个没有任何秘密的真正的人,他知道什么就说什么。

伤寒病人的幻想有些地方和疯子的妄想相似。它总是围绕一个固定的观念打转:尽管幻觉千变万化,中心形象却反复出现在所有的想象中。

在提玛尔发高烧的梦幻中,也有这样一个中心形象:一个女人。这个女人不是蒂美娅,而是诺埃米。他不断叫着诺埃米,却从没提过蒂美娅的名字;在他的内心里,没有蒂美娅的位置。诺埃米听到这些发烧的谵语,真是惊喜交加。她突然听到提玛尔说出一些非常奇异的事物,被他引进了一个非常陌生的世界。她以为是伤寒病使他看见这些不可思议的事物,不禁吓得浑身战栗。可是听到这些话,也使她格外高兴;要知道他经常提到的,总是她一个人啊。

他有一次在一位大人的府邸,同这位大人物谈话:

"阁下打算把这枚勋章颁发给谁呢?我在无人岛上认识

一个姑娘,只有她才配接受这勋章。您把勋章颁发给这个姑娘吧!她叫诺埃米。"——"她姓什么来着?"——"难道女王也总有姓吗?诺埃米一世,无名岛和玫瑰滩的奉天承运的女王。"

接着他又谈到自己的高楼大厦。

"诺埃米,你喜欢这些大厅吗?那镀金的飞檐怎么样?你喜爱金色天花板上画的那些跳舞的孩子吗?他们简直跟小多迪一模一样!你说是不是?可惜把他们安排得太高了。你在这些大厅里觉得冷吗?我也是。在那所小屋里的炉子旁边要舒服得多,是不是?走,我们到那儿去!我不喜欢这些高楼大厦。这座城要遭到地震,我担心我们头上的拱顶会坍下来。小门那儿有人在偷听我们说话,那儿有个心怀嫉妒的女人。别往那里看,诺埃米!她在狠狠地瞪你呢。这幢房子从前是她的,现在她做了鬼,到这儿来了。看,她拿着一把刀子,要杀你。我们逃走吧!"

然而遇到了障碍,逃不出去;障碍就是大量的金钱。

"我站不起来,这一大堆金子压着我呢;全压在我胸口上。把它给我拿下去!唉,我被埋在金子里了。天花板破啦,金子像下雨似的全从顶楼落到了我身上,我快要给憋死啦。诺埃米,伸手拉我一把!把我从这一大堆金子里拉出去吧!"

这时诺埃米攥着他的手;她战战兢兢地想到,一定是一种非常大的力量使这个可怜的船员在受着黄金梦的折磨。

接着他又对诺埃米说开了。

"诺埃米,你不爱这些钻石吗?你这个小傻瓜!你以为钻石里面的火会烧你吗?不要怕!哎哟!你想得对,那个火真的烧人。原先我还不知道哩,这是地狱之火,两个名字听起来也差不多：Diamant（钻石），Diabolus（魔鬼）！我们把它扔到水里去好不好？你摘掉这些钻石吧！我知道这些东西是从哪儿来的，我要把它送回原处。别怕，我在水底下待不了多久工夫，你憋起一口气祷告吧！你这口气能憋多久，我在水下就待多久。我只是到沉船的那个舱房里去一下。嗨，谁躺在这张床上呢？……"

说到这里，他突然异常恐惧地跳起来，想要跑出去。诺埃米好不容易才又把他按到床上。

"有人躺在那张床上！可千万不许说出她的名字来。看哪，红月牙儿从窗户照进来啦！给我挡住月光！我不愿意让月光照着我的眼睛。月光怎么老是追着我呀！把窗帘拉上！"

窗户上本来挂着窗帘，而且外面的夜色是漆黑的。

病人烧退了以后，对诺埃米说："噢，你不带钻石多漂亮啊，诺埃米！"

可是不久另一些乱七八糟的思想又纠缠着他。

"那儿那个人，他跟我们脚心对脚心地站在地球的另一面。如果地球是玻璃的，他就正好看见我们这儿。而且正像我看见他一样，他也在看着我哩。他在那儿干什么呢？他在搜罗响尾蛇。他找响尾蛇干什么来着？他打算回来后把蛇放在这个岛上。别让他到这儿来！别让他回来！阿尔米拉！阿尔米拉！别睡啦！撕烂他！啊！现在他碰到了一条大蛇，蛇缠着他，在吞他啦。嗨，他那副脸相多难看呀！他别这样盯着我就好了！现在他只有脑袋还露在外面，可是还一个劲儿盯着我。诺埃米呀，捂上我的脸，别让我看见他！"

他的幻象又变了。

"海上航行着一大队船。这些船装的是什么呢？装的是面粉。这会儿刮起了龙卷风。龙卷风卷住货船,把它们抛上云霄,打成碎片。所有的面粉统统飞散了,把全世界统统染成了白色。海洋是白的,天空是白的,风也是白的。月亮从云彩里钻出来了,看哪,风突然给月亮的红脸蛋儿上敷了一层白粉。看哪,月亮像个酒糟鼻子的老女妖在脸上擦了粉一样。诺埃米,笑啊!"

但诺埃米却扭绞着双手在颤抖。

唉,这个可怜的女人,她昼夜不离米哈利的床边。白天她坐在他身旁的一张椅子上,夜间就把菩提木床挪到他的床前,紧靠着他睡。她根本不去想伤寒病会传染人。她甚至常常把头放在米哈利的枕头上,用脸颊摩挲他火热的额头,要不就吻他那烧干的嘴唇,来止住病人发烧时的呻吟。

特蕾莎太太竭力用有益无害的家传秘方给病人退烧。她打开窗户,让小房间的空气流通。这是治疗伤寒的最好方法!

她告诉诺埃米,根据经验,伤寒病在第十三天是生死关头,以后不是死就是活。

啊,在那些天,在那些漫长的夜晚,诺埃米跪在病床前,向光临她家的上帝祈祷,求上帝怜悯她那可怜的灵魂!求上帝放过米哈利这条命;如果坟墓里非要个牺牲者不可,她愿意替他死。

可命运有时就喜欢这么嘲弄人。

诺埃米祈求用整个世界连同她自己来换取米哈利的生命。她以为自己是在和一个可以讲价钱的人打交道。

谁料可怕的天使居然真的答应了这笔交易!

到了第十三天,米哈利不再做那些噩梦了,额头也不烧了。他不再处于神经兴奋的状态,而是变得疲乏无力。这是病情好转的征兆,说明病人在细心的看护下起死回生了。但是还需要好好地看护和安慰;因为这时病人特别神经过敏,所以不能让他发愁和心情激动。必须让他保持心静才能复原,稍有一点刺激就会葬送他的性命。

到第十三天的夜里,诺埃米在提玛尔床旁整整守护了一夜,一次也没有去看小多迪。这一阵子小多迪是跟着特蕾莎太太睡的。

第十四天早晨,米哈利已经睡熟了,这当儿特蕾莎俯在诺埃米耳旁低声说:"小多迪病得很厉害!"

现在孩子又病了!可怜的诺埃米啊!

小多迪害的是白喉,这是最危险的小儿病,医药很难治疗。特蕾莎把这情形告诉诺埃米的时候,提玛尔正睡得很熟。

诺埃米惶恐不安地向孩子那里跑去。这个纯洁的小人儿,模样儿完全变了。他没有哭。这种病人不会发出难受的呻吟,然而特别痛苦。啊,孩子不能诉苦,大人又对他爱莫能助,这实在太可怕了!

诺埃米两眼带着恐惧的神情望着母亲,仿佛想说:"难道你没办法给他治治吗?"

特蕾莎看着这种目光,简直难以忍受。

"你救治过那么多不幸的人,病人,甚至快要断气的人;难道只有这个孩子你不能拯救吗?"

她无能为力。

诺埃米俯身在孩子的小床上,吻着孩子的嘴,低声说:

"我亲爱的小宝宝,我的小天使,你哪儿不舒服啊?用你那漂亮的眼睛看看妈妈吧!"

孩子似乎无意听从这句话。后来,他经不住那么多的亲吻和恳求,终于睁开了眼帘,这时孩子的眼睛里含有一种可怕的东西———一种已经有了死的恐怖的孩子的目光。

"噢,别这样看我,别这样看我哟!"

孩子不哭,只是嘶哑地轻咳着。啊,里屋的那个病人可千万别听到这咳嗽啊!诺埃米战战兢兢地抱住孩子,注意倾听睡在另外那个房间里的病人是不是醒了。

她一听到米哈利说话的声音,立刻放下孩子,回到他身边。

提玛尔发过严重的高烧之后,身心十分衰弱,而且神经过敏,爱发脾气。

"你上哪儿去了?"他责备诺埃米说,"把我一个人丢在这儿,我需要什么的时候,你总是不在。"

"噢,别怪我,"诺埃米央求说,"我去给你打清水去了。"

"为什么特蕾莎不去呢?她本来什么事儿也没有。这儿窗户大敞大开的,我睡着了的时候会有老鼠钻进来的。你不是曾经在哪儿看见过一只老鼠吗?"

害怕老鼠是伤寒病人一种一时不能消除的恐惧。

"我最亲爱的,老鼠进不来,窗户外面有纱窗。"

"真的吗?那么清水在哪儿?"

诺埃米把水递给他,这一来又惹他发起火来。

"这水已经有味儿了,哪儿是什么清水。你难道想让我渴死吗?"

诺埃米温顺地忍受着这些斥责。

等米哈利睡着了以后,她又偷偷地离开他到多迪那里去。

母女俩就这样换班:米哈利睡着的时候,特蕾莎守在床旁;一见他要醒,就把诺埃米喊来,诺埃米便离开有病的孩子回到他身边。他什么时候一睁眼,她都坐在他的床旁。

漫漫的长夜就是这样度过的。诺埃米在两个病床之间不断被呼来唤去。

为了不让提玛尔知道她实际到哪儿去过,她必须撒谎。要知道病人是非常多疑的啊!他们确信周围的人都在合谋欺骗自己,撒一个闻所未闻的弥天大谎。病人的神经越衰弱,就越容易受刺激。而一次激动、一次恐惧、一次发怒,就足以置病人于死地。跟这种病人打交道,必须有做一个殉道者的决心。

诺埃米正是这样。

孩子的病情不断恶化,特蕾莎束手无策,诺埃米却哭泣也不能。

为了不让米哈利看到她的眼睛有泪痕而追根问底,她不能哭。

第二天早晨,提玛尔觉得轻松了,想要喝肉汤。诺埃米早就给他做好了,赶紧给他端来。病人一面喝汤,一面说味道很可口。诺埃米听到这句话是多么高兴啊!

喝完肉汤,提玛尔就向她问起:"小多迪呢,他在干什么?"诺埃米不由得一惊,生怕提玛尔会觉察出她听到这句问话时心跳得有多厉害。

"他睡觉啦。"诺埃米回答说。

"睡觉?为什么偏偏这个时候睡觉呢?是不是他也病了呀?"

"没有的事!他身体好极了!"

"那么,他醒着的时候,你为什么不把他抱到我这儿来呢?"

"因为那时候你在睡觉。"

"说得对。等我们两个都醒着的时候,你可要把他抱来让我看看啊。"

"好,米哈利!"

然而孩子的病越来越厉害。

提玛尔不断问起多迪;诺埃米不得不煞费苦心,经常对他编造种种关于孩子的情况,来隐瞒多迪的病。

"多迪玩那个小木头人儿呢?"

"噢,他常玩!"……诺埃米心里却嘀咕着:"他大概是玩那个可怕的骷髅人吧!"

"他叫我吗?"

"他时常叫你!"……诺埃米又不禁想道:"恐怕不久他就在天上和上帝在一起啦!"

"把这个吻带给他!"

于是诺埃米便把父亲永别的吻带给了孩子。

一天又过去了。病人早晨醒来又发现房间里只有自己一个人。诺埃米在这最末一夜是守在孩子身旁度过的。她一面看着孩子在垂死挣扎,一面把眼泪咽回肚里。她的心居然还没有碎,真是奇迹!

她又微笑着来到提玛尔身旁。

"你在小多迪那儿吗?"病人问道。

"是啊。"

"他现在还睡着吗?"

"可不,还睡着呢。"

"嗯,我不信。"

"的的确确,他是睡了……"

……诺埃米刚把长眠的孩子的眼睛给合上。但她仍然不能显出自己的痛苦!她在病人面前必须装出笑脸。

每到下午提玛尔更爱发脾气。只要太阳一偏西,他神经上的病便又发作起来。他大声呼唤正在别的房间里的诺埃米。

诺埃米赶紧跑来,亲切地望着他。然而病人心情很坏,而且很多疑。他看到诺埃米胸前别着一根穿着一条丝线的针,就说:

"嘿,你缝东西啦?你现在还有工夫打扮吗?你缝的是什么?"

诺埃米一面看着他,一面心里想:"是给小多迪做殓衣。"但是她却提高嗓门说:

"我给自己做一个衬衣前襟!"

提玛尔用厌烦的尖刻口吻说:

"女人就爱浮华!"

诺埃米笑着做了个鬼脸,回答道:

"你说得对。"

又是一天早晨,天刚刚亮。提玛尔饱尝了一夜的失眠痛苦,怎么也无法强使自己闭上眼睛睡觉。"小多迪可能在干什么呢?"这个念头始终纠缠着他,他三番五次地打发诺埃米去看看孩子是不是不舒服。

诺埃米每次从屋子里出来,都要吻吻灵床上的死孩子。为了骗过能听到她说话的提玛尔,就对孩子说几句亲热、甜蜜、好听的话:"我的小多迪,我亲爱的多迪!你还睡着吗?你还爱我吗?"

然后她回到屋里来,对米哈利说小多迪一点也没有什么不舒服。

"这孩子睡了老半天了!"病人说,"你怎么不叫醒他呢?"

"我就去叫醒他。"诺埃米温柔地回答说。

这时提玛尔暂时睡着了。但他只闭了一下眼睛,就又突然惊醒过来。他根本不知道自己睡着了。

"喂,诺埃米,"他说,"小多迪在唱歌呢!我听见了他唱歌。他唱得多么好听啊!"

诺埃米双手紧按着心口,以超人的毅力抑制着心中的悲痛,不使它流露出来。他已经在天上唱歌了!在天使的合唱队里,在上百万六翼天使当中唱歌。米哈利听见他在那里唱歌了!

傍晚,提玛尔打发诺埃米出去。

"去哄多迪睡觉吧!也替我吻吻他!"

诺埃米真的这样做了。

"小多迪说什么来着?"诺埃米回来的时候他问道。

诺埃米无法回答,她只是扑到他的身上,使劲地吻了他的嘴一下。

"他这样说吗?"米哈利问,"亲爱的孩子!"——这一吻使他睡着了,孩子把自己的睡眠分给了他一部分。

第二天早晨,他又不断地提起孩子。

"把小多迪抱到露天里去!总待在屋子里对他不好。把他抱到花园里去吧!"

她们正在做这样的准备。

特蕾莎当天夜里就在一棵柳树下把坟坑挖好了。

"你也跟他一起到外边去,守在他身旁!"米哈利劝诺埃米说,"现在我想睡觉。我已经觉得自己很健康了。"

诺埃米走出病人的房间,回身把门锁上。然后母女俩把孩子抬出去,交给他的永恒的母亲——大地。

诺埃米不愿意堆一个坟头。以后如果米哈利看到坟头,就会总在那儿徘徊,哀悼死去的小多迪,因而损害他的健康。她在柳树下筑了一个花坛代替坟冢,在花坛中央栽了一棵由米哈利亲手嫁接的玫瑰;这棵玫瑰开着纯白的花朵,一点杂色也没有。

然后她又回到病人的屋里。

提玛尔见到她头一句就问:"你把多迪放在哪儿了?"

"在外面花园里。"

"他穿的什么?"

"穿的他那件镶蓝边儿的白色小上衣。"

"穿这件衣服很合适。给他盖好了吗?"

"盖得很好。"

盖上了三尺黄土。

"等你再出去的时候,把他抱到这儿来!"

诺埃米听了这句话,在房间里再也待不住了。她走到院子里,扑到特蕾莎怀中,紧紧搂住母亲。但是她仍然没有哭。她不能哭。

接着她慢慢往前走,来到柳树前面,从玫瑰丛上摘下一朵半开的花蕾,回到米哈利身旁。母亲特蕾莎跟在她后面。

"喂,多迪到底在哪儿呢?"提玛尔焦躁地问道。

诺埃米跪在床前,亲切地微笑着把这朵玫瑰递给病人。米哈利接过它,嗅了嗅。

"多奇怪!"他说,"这朵玫瑰一点也不香,仿佛是从一个死人的坟墓上长出来的!"

诺埃米站起来走到外面去了。

"怎么回事?"提玛尔转而问特蕾莎道。

"您可别怪她。"特蕾莎太太用平稳、镇静的口吻回答说,"您病得几乎丧了命,多亏上帝保佑您,总算脱离了危险。可是您的病是会传染的,尤其是在病渐渐好起来的时候特别容易传染,所以我嘱咐诺埃米,在您没有全好以前,不要把孩子抱到您这儿来。也许我做得不对,不过这是出于好意。"

米哈利紧紧握住特蕾莎的手。

"这件事您做得非常对。您看我多糊涂,竟没有想到。您这考虑确实很明智。孩子也许根本不在隔壁房间里了吧?"

"不在,我们在花园里给他安排了一个小小的住处。"

可怜的女人没有撒谎。

"您太好了,特蕾莎!您还是出去照看孩子,让诺埃米回到我这儿来吧!我不会再要求她把小多迪给我抱来。可怜的诺埃米。我一旦能够下地,能够出去,你们可要立刻领我去看孩子啊?"

"一定,米哈利!"

提玛尔受了这番诚心诚意的欺骗,直到完全战胜病魔,终于能够下床为止,都很安静。不过这时他仍然非常虚弱,简直连走路的力气都没有。

诺埃米帮他穿上衣服,他扶着她的肩膀走出房间。诺埃米把他领到房前,扶他坐在小板凳上,自己坐在他身边,然后挽着他的胳膊,把头靠在他的肩上。

那是初夏的一个风和日丽的下午。提玛尔觉得,仿佛每片树叶都在窃窃私语,在他身边悄悄诉说什么;仿佛嗡嗡的蜜蜂给他带来了消息;仿佛甚至脚边的青草也在发出低低的乐音。他感到心神不宁。

但是有一个念头却一直在脑子里萦回。

他一看到诺埃米的脸,心里就产生一种悲痛的预感。诺埃米脸上那种难于理解的神情是什么呢?他很想知道。

"诺埃米!"

"有什么事吗,我的米哈利?"

"亲爱的诺埃米,你看着我!"

诺埃米慢慢地抬起头来望着他。

"小多迪在哪儿?"

这个不幸的姑娘一听到这句话,再也忍不住自己的痛苦。她仰起充满悲伤的脸望着天空,两手向上指着,期期艾艾地说:

"他在那儿……他在那儿!"

"他死了?!"米哈利低声说。

诺埃米听见这句话立刻扑到他怀里,再也控制不住自己的眼泪。她伤心地啜泣起来。

提玛尔亲切地拥抱着她,让她尽情地哭。哪怕是抑止一滴这样的眼泪,也是对上帝的亵渎。

他自己没有哭——的确没有,他受到了深深的感动和万分震惊。

他震惊的是这个孤独的、极端不幸的姑娘所表现的那种他远远比不上的崇高伟大精神;他感动的是这个姑娘为了她所爱的人,竟然能隐瞒住如此巨大的痛苦。她的爱情该是多么伟大啊!

她尽情地哭了一阵,然后抬起头来微笑地望着提玛尔。

"你怎么能对我瞒住这件事呢?"

"我不敢让你知道。"

"你为了不让我看见泪痕,也不敢哭,是吧?"

"我忍耐着,直到可以哭的时候。"

"你不在我身边的时候原来是在看护多迪,可是我却还为此责怪你。"

"你并没有说过什么难听的话,米哈利。"

"你把我的吻带给他的时候,你知道那是我跟他永别的吻。你说给自己做衣裳的时候,原来是在给他做殓衣。你微笑地看着我的时候,圣母的七把剑正扎在你的心上。诺埃米呀,我多么敬重你啊!"

但这个可怜的姑娘希望于他的只不过是他爱她!

提玛尔把她搂在怀里。

蜜蜂嗡嗡声不再不可理解,它们在他耳畔的絮语也不再陌生——他开始明白自己为什么心里那么不平静了。

经过久久深沉的缄默之后,他又开口说:

"你们把他埋在哪儿了?领我到他那儿去吧!"

"今天还不能去,"诺埃米说,"你不能走这么远,明天再说吧。"

第二天、第三天也没有去。诺埃米无论如何不肯领提玛尔到小多迪的坟前去。

"你要是知道了他的坟地,你就会时刻不离开那儿,使病复发的。所以我既没有给他垒坟头,也没有立十字架,免得你到那儿去难过。"

尽管这样,提玛尔还是悲痛不堪。

提玛尔等体力恢复到可以在岛上散步以后,就一心一意地寻找她们不肯告诉他的那个地方。

后来有一天,他兴冲冲地回到小屋来,手上擎着一朵半开的玫瑰花蕾——那丛没有香味的白玫瑰上的花蕾。

"就是这些白玫瑰花儿,对吧?"他问诺埃米。

诺埃米点了点头。这件事没能瞒过他,白玫瑰花给他指出了地方,他发现它们是新栽的。

于是他安定下来,就像一个人已经达到了生平预定的一切目标似的。

他整天坐在门前的小板凳上,一面用手杖拨弄光滑的石子,一面自言自语地低声说:

"用镶满钻石的整个地球,用住满天使的整个天堂,你都不肯换他。可是为了一个破陶烟斗你竟打了他的手!"

那所漂亮的、已经完成一半的核桃木小屋,现在静静地立在那儿,繁茂的大缬草从四面把它包围了起来。提玛尔连它的边也不再挨。

他精力衰竭,心情沮丧,只有诺埃米能够防止他趋向毁灭!

第四章 忧 郁 病

白玫瑰的蓓蕾陆续开放了。提玛尔整天什么也不干,把心整个放在这些花蕾上,看着它渐渐开放。每当一个花蕾完全开了,他就摘下来放在怀中的钱夹里,用自己的胸膛把它暖干。

这是一种消磨时光的悲哀办法。

诺埃米倾泻给米哈利的一切温情,都不能医治他的悲痛。她那讨他欢心的亲切言语和行动,反而成了他的负担。

诺埃米本来只消一句话,就能鼓起他的情绪;可是她却羞于说出口。提玛尔呢,也想不到去问她。

一味回顾过去,可以说是感伤病患者的特征;他们也总是想着过去。

一天,诺埃米对提玛尔说:

"米哈利,你离开这儿也许会好些。"

"到哪儿去呢?"

"到外面世界去。你在这儿触景生情,看见什么都要难过。离开这儿,可以把身体养好。我今天就给你收拾行李,明天搭水果贩子的船过河。"

提玛尔什么也没回答,只是点了点头表示同意。

病熬过去了,可是他的神经却受了很大损伤。这有他自己所造成的境遇,他所遭受的打击,都对他的神经系统非常有害。他自己也感到,如果继续在这儿待下去,恐怕不是发疯,就得自杀。

自杀?对摆脱痛苦的处境来说,这大概是最容易不过的办法。灾难、忧惧、绝望、内心斗争、被迫害、不平、欺骗、希望幻灭、苦恼、疾病、精神恐怖、对遭受的损失和死去的亲人的记忆,这一切都无非是一场噩梦而已。一扳手枪马上就结束了。谁要留在世上,谁就得继续做梦!……

临走的头一天晚上,米哈利、诺埃米和特蕾莎三个人吃过饭以后,坐到了房前的小板凳上;这时提玛尔又不禁想起:他们曾经是四个人坐在这儿呀!

圆圆的月亮正躲进银色的云层里。

诺埃米握住提玛尔的双手,放在自己的腿上。

"月亮到底是什么呢?"诺埃米问道。

提玛尔那给诺埃米握着的手紧张地攥成了拳头。他自言自语道:"月亮是我的煞星。我要是压根儿不曾看见那个红月牙儿就好了!"

特蕾莎回答女儿说:

"是一颗火已经熄灭的、冷下来了的星辰,那上面既没有动物和花草树木,也没有空气、水、声音和颜色。"

"什么都没有?"诺埃米又问,"这么说,这颗大星星完全是孤独的啰?没有人住在上面吗?"

"这可谁也没法子知道。"特蕾莎回答说,"在我做姑娘的时候,我们在寄宿学校常常用望远镜观察它。那上面尽是坑坑洼洼的,据说原来是些火山,现在已经熄灭了。现在还没有可以看清那个星辰上的生物的大望远镜。可是科学家们已经确切地知道,那里既没有水也没有空气。而任何生物离了水和空气都无法生活,所以人类也不能在那儿生存。"

"万一有人住在那儿呢?"诺埃米说。

"哎呀,瞧你在想什么哟?"

"我要说说我想的是什么。从前,当我单独一个人的时候,特别是坐在河边望着下面的流水的时候,就常常不知不觉地产生一个阴郁的念头。仿佛有人大声告诉我,水底下确实很好,在那儿可以宁静地安息。——喏,别怕,米哈利!这是很久以前的事了,还在那以前。——可是我却向自己提出一个问题:'对,肉体可以在多瑙河底安息,可是你的灵魂到哪儿去呢?它总得有个归宿呀!'这时我就想,那情愿以如此不自然的方法离开躯壳的灵魂,除了月亮以外找不到别的归宿吧。现在我越发相信这个想法了。那里没有树木和花草,没有空气和水,没有声音和颜色,那么这地方就一定是为那些不满意有个肉体凡胎的灵魂准备的。他们所去的是这样一个世界:那里什么也没有,既没有什么可伤害他们,也没有什么可使他们高兴。"

特蕾莎和提玛尔不约而同十分激动地从诺埃米身旁站了起来;诺埃米却不明白自己的话为什么使两人这样激动。原来她不知道自己的父亲是自杀的,也不知道她握着手的那个人也差点儿屈服于自杀的诱惑。

提玛尔说夜凉了,应该回屋去了。

他对于月亮本来就有着某种恐怖的想象,现在又增添了一种:前者是关系着蒂美娅的,后者则关系着诺埃米。

如果一个人必须常常看见天上的一个亮晶晶的标记,每次看见都使他记起自己的头一桩罪过,记起使他的一生从此一错到底的头一个后果严重的过错,那么这就是一种可怕的惩罚!

第二天,提玛尔离开了小岛。

他经过盖了一半的核桃木小屋时,连看也没有看一眼。

"春天回来吧!"诺埃米情意绵绵地附在他耳边悄悄地说。

可怜的姑娘!她竟把米哈利有半年不属于她看成非常自然的事。她从来没有问过他:"这半年你究竟是属于谁的呢?"……

提玛尔回到科马罗姆的时候,由于长途跋涉身体更加疲惫、虚弱了。蒂美娅见了大吃一惊。她简直认不出他来了。甚至连阿塔莉雅也吓了一跳。她的害怕是有原因的。

"您害病了吗?"蒂美娅伏在丈夫胸前问道。

"我闹了一场大病。"

"在路上什么地方吗?"

"是的。"提玛尔回答说。他觉得人家是有意盘问他,因此回答每句话都必须留神。

"您躺了很久吗?"

"躺了好几个星期。"

"我的天哪!离家在外,有人看护您吗?"

提玛尔险些儿脱口喊出:"啊!有一位天使!"

但是他马上控制住自己,只说:

"有钱什么都好办!"

蒂美娅即使遇到什么事感到难过,她也不能表示出来;她从来不让提玛尔在这张永远冷漠的脸上看得出半点变化。情

形一向就是这样啊！重逢时的冷淡接吻,没能使他们比过去有所接近。阿塔莉雅却悄悄对提玛尔耳语说:

"先生,看在上帝分上,您可要多保重身体!"

提玛尔懂得她这假惺惺的关怀的意思。在她看来,提玛尔必须活着,好使蒂美娅痛苦。一旦蒂美娅成了寡妇,就再也没有什么可以阻碍她得到幸福了。对于阿塔莉雅说来,这同下地狱差不多!

这个随时注视着他们夫妇的魔鬼,居然在为他的健康祈祷:要让他活下去,为的是延长两个人的痛苦!——想到这里,提玛尔过去对这种可憎的共同生活的一些看法越发坚定了。

人人都注意到了提玛尔从春天到秋天所发生的巨大变化。从前那个精力充沛、神采焕发、心情愉快的人,现在只剩下一个颓丧而沉默的影子。

他回来以后的第一天,是躲在办公室里度过的。秘书下午发现放在他写字台上的总账簿,仍然是上午掀开的那一页。他连瞅也不曾瞅一眼。

代理人听说他回来了,纷纷带着积存的大批报告跑来见他。不管什么他都只说个"好"字,人们呈给他签字的文件,有的签错了地方,有的签重复了。

最后他把自己锁在房间里,说想要睡觉。可是,后来谁都听到他不停地在房间里来回踱了好几个钟头。

他跟家里人一起吃午饭时,眼神非常阴郁,以致谁也不敢跟他搭话。就这样一声不响地吃完了一顿饭。菜他几乎没动,而酒更是一点没喝。

饭后才过一个钟头,他却又催问用人,为什么还不开午饭。他忘记这时已经是下午,厨房里都洗完碗了。

晚上,他觉得身体非常疲乏,什么事情也不想干。他坐着坐着就睡着了;可是等脱掉衣服上了床,却突然睡意全消。

"唉,这张床真是冰冷啊!"

家里一切都是这样冷冰冰的!每件家具,墙上的每张画像,甚至天花板上的浮雕都在对他说:"你到这儿来干吗?这儿不是你的家。你这个陌生人!"

"唉,这床真是冰冷啊!"

仆人被打发来请主人去吃晚饭的时候,看见他已经躺在床上了。蒂美娅听了回报,就来到他的房间,问他哪儿不舒服。

"没有什么,没有什么!"提玛尔回答说,"我不过是路上累了。"

"我派人去请个大夫来好不好?"

"不用,别请大夫。我没有病。"

于是蒂美娅跟他道了声晚安,连他的额头也没有摸一摸就走了。

提玛尔躺下以后,睡魔就离开了他。家里任何动静他都能听见。他听到人们经过他门前的时候,都是压低声音说话,踮着脚尖走路,唯恐吵醒他。

可是他却在思索,一个人到哪儿去才能逃避开自己。到睡梦之国去吗?人如果能像走进死神之国那样容易地进入梦乡就好了。然而睡梦的世界是不能强行进入的。

鸦片吗?这可是一种好药!自然就可以睡着了。

接下去他便观察房间里怎样慢慢黑下来,夜的影子怎样遮没一切。夜色愈来愈浓,最后周围成了一片漆黑,就像处于浓雾中、地底下和失明状态那样,什么也看不见。这样的黑暗只有在梦中才能感觉到。提玛尔知道自己已在睡梦中,知道遮盖住他眼睛的黑暗是梦中的失明状态。他甚至清清楚楚地意识到自己现在是在什么地方做梦:他睡在科马罗姆家中的床上,身旁是床头柜,柜上摆着中国的古铜灯台,配有景泰蓝的灯罩;床上方的墙上挂着一只大八音钟;绸帐子垂到地板上;他睡的是一张笨重的、古色古香的大床,带有艺术雕饰和活动床屉,拉出床屉可以睡得下一家人。

他也清楚知道自己没有锁上房门,谁想进来都可以进来。

要是现在有人进来刺杀他怎么办?不过,睡觉或者死去,对他说来究竟有什么区别呢?

这一点正是他在梦中想知道的。

后来,他突然梦见有谁轻轻打开房门走了进来。是一个女人的脚步声。接着帐子窸窸窣窣地响动,那人向他俯下了身。

出现了一个女人的脸庞。

"诺埃米,是你吗?"提玛尔吃了一惊,在梦中自言自语说,"你怎么到这儿来啦?要是让谁看见你怎么办!"……

屋里很黑,他什么也看不清;但是他听到有人坐在床沿上,注意听着他的呼吸。

在那所小屋里,诺埃米就曾在许多漫漫的长夜中这样谛听着他。

"你为了看护我也跟我到这儿来了吗?你太好了,诺埃米。不过天一亮你可就得回去。白天你不能待在这儿……"

大钟打起点来,低沉的钟声报告时间已是午夜。坐在床沿上的人站起身来,要使钟摆停住,免得钟声吵醒睡眠的人。但是那人要够到钟摆必须从床上探过身去,提玛尔在接触到她的时候听见了她的心跳。

"你的心现在跳得多么轻啊!"他在梦中说。

接着他仿佛觉得有一只手在床头柜上摸索铂绒。

"你总不会要点灯吧?这可未免太大意了。人家经过走廊会发现窗户上的灯光,并且看见你的。"

铂绒燃着了,然后那人用一片取灯把灯点上。一个女人站在他的身旁。

提玛尔看不见她的脸,可是他知道这是诺埃米。除了她还有谁能在他身边呢?

这个人小心翼翼地把灯罩转过来,免得灯光晃着他的眼睛。

"唉,诺埃米,你又打算一夜不睡吗?你到底什么时候才睡觉呢?"

这个女人没有回答,只是跪在床前,拉出下面的床屉。

"你想睡在我的床边吗?噢,我多么爱你啊!噢,我多么担心哪!"

然后女人在拉出的床屉上铺好被褥,躺下了。

欢乐和恐惧继续在梦呓者的心中斗争着。

他恨不得探过身去拥抱她,吻她。他想大声告诉她:"离开这儿吧,会有人看见你的!"可是他的手脚和舌头都像铅似的沉重。

后来女人也睡着了。

提玛尔睡得更熟。

他梦见过去和未来,梦见虚无缥缈的国度,然而最后总是回到这个睡在身旁的女人身上。

他有时梦见自己醒了,可是梦中的幻象却一直萦绕着他不肯离去……

天突然亮了,太阳从窗口射进来。还从来没见过像这样美好的阳光啊。

"你醒醒啊!你醒醒啊!"提玛尔在梦中轻轻叫道,"快回去吧!天亮了以后你不能待在这儿!无论如何离开我吧!……"

他和梦搏斗着。

"原来你根本不在这儿!这只不过是个梦啊!"

这一来他神经不再紧张,梦断魂归,他真的醒来了。的确已是早晨,晨曦隔着窗帘透进屋里。灯还在彩色灯罩下发出微光。一个女人头枕胳膊睡在他身旁拉出的床屉上。

"诺埃米!"提玛尔大叫了一声。

女人被叫声惊醒,抬起头来瞪着他。

原来是蒂美娅……

"您要什么?"女人连忙爬起来问道。她只是被叫声惊醒,并没有听清叫的是谁。

提玛尔还像在梦中一样,惊讶地看着这个奇怪的变化:诺埃米变成了蒂美娅。

"蒂美娅!"他睡眼惺忪,讷讷地说。

"是我。"她手扶在床沿上答道。

"你怎么会在这儿?"米哈利大声说,同时吃惊地把被盖一下子拉到下颏上,好像十分害怕出现在他面前的这张脸似的。

蒂美娅却沉着而肯定地回答说:

"我很不放心您,怕您夜间出什么意外,所以想守在您跟前。"

蒂美娅的声音和目光,都说明她的关切非常真诚可信,绝不是做作出来的。忠实是这个女人的天性。

米哈利清醒过来。他首先是感觉恐惧,接着是感觉内疚。

睡在他床边的这个可怜女人是个丈夫还活着的寡妇!她从没有和自己丈夫享受过团聚的乐趣。现在他病了,她却来分担他的痛苦!

他又不得不没完没了地撒谎了。他不能接受这种关切。他必须婉言谢绝。

米哈利勉强镇静下来。

"对不起,蒂美娅,您别再这么做了!您别再到我床前来了!我害的是传染病,我在路上得了近东的鼠疫。我怕传染上您,请您别接近我!不论是白天还是黑夜,我都愿意独自一个人待着。我已经没有什么不舒服,可我还认为有必要避免跟亲人接近。所以我请您千万别再这么做了!"

蒂美娅深深叹了口气,低下头去。接着她从床边站起来,离开了房间。她连衣服也没有脱,是和衣睡在丈夫脚下的。

她走出房间以后,米哈利便也起来穿好衣服。他内心深处很痛苦。他在这种双重生活中陷得越深,就越由于种种矛盾而感到双重责任的烦扰。他应该对两个高贵的牺牲者的命运负责。他造成了她们两人的不幸,同时也把自己弄成了夹在她俩之间最不幸的人。他逃避到哪儿去好呢?

假如这两个女人中有一个的灵魂是平凡的,那么他也许能憎恨她、轻视她,用金钱来使她满足!可是偏偏她们的灵魂一个比一个高尚,于是两人的命运对造成这种命运的人来说就成了一种强烈的控诉,他连辩护的余地都没有。

他该怎样对蒂美娅说明这个诺埃米是什么人,又怎样对诺埃米说明这个蒂美娅是什么人呢?

把全部财富平分给两人吗?还是把全部财富给这个,而把心给那个呢?

但如果这两种办法都行不通怎么办?!

为什么她俩竟没有一个是不忠贞和可卑的,使他能够抛弃她呢?怎么会两人都这么高贵,灵魂都毫无瑕疵呢?

在家里,米哈利觉得更加难受。

他整天不出自己房间,跟谁都不说话,什么也不干,在哪儿一坐就坐到天黑。他不让人给他检查有什么病。别人问他为什么这样忧郁,他就回答说,是因为害鼠疫刚好的缘故。

蒂美娅终于请来一位医生。医生诊断的结果,认为米哈利需要换换空气,必须到哪个海滨浴场去疗养,让海涛把他在陆地上失去的东西还给他。

米哈利听了医生的建议回答说,他不愿意见到任何人。

于是医生劝他不妨随便选择一个已经过了季节、客人全都离开了的冷水浴场,例如塔特腊菲里德、埃吕帕塔克,或者是巴拉顿菲尔德①。那里环境十分幽静,特别是有清凉的湖水。

这时他突然想起,他在巴拉顿湖滨的一个山谷里有所小避暑别墅,是他几年前在那里承租渔场时买下的,迄今他总共去过两三次。他同意到那里去度过秋末。

---

① 巴拉顿菲尔德,巴拉顿湖(在匈牙利西部,为中欧最大的内陆湖)畔的著名浴场。

医生们都赞成他选择的这个地方。

巴拉顿湖的维斯普雷姆州①和佐洛州②那面的湖岸很像坦佩谷③。在方圆十四英里内,富庶的村庄一个挨着一个,仿佛一连串的花园,其间散布着一些领主庄园。辽阔的巴拉顿湖景色秀丽,微波荡漾,引人入胜。至于这里的气候,人们都说像意大利。居民善良温和。湖滨的泉水都具有充分的疗效。对于患忧郁症的人来说,秋高气爽的季节在这里住上几个月肯定是再好不过了。在这个时期,这儿只住着几个患结核病的教授和害胃炎的神父,因此不会有任何客人打扰心情忧郁者所向往的隐遁生活。而且这里的自然景色非常优美。巴拉顿湖滨的秋天宛如第二个春天。

于是米哈利便被送到巴拉顿湖滨。

然而有个情况医生们不知道。他们没有听说今年夏末巴拉顿湖左近全被雹灾毁坏了。

现在这个遭了雹灾的地方无比的凄凉。

葡萄园往年这时正是收获季节,果农的愉快喧哗声不绝于耳;现在这些葡萄园却无人经管。幼期葡萄蔓和淡红色的五爪龙纠缠在一起,在关了门的酿酒厂周围构成一片恶臭的丛薮。果树第二次长出的叶子有的呈铜绿色,有的呈锈红色;非到来年春天是长不出好叶来的。田地里,在冰雹打倒的庄稼下面杂草横生。遍地不是金黄的谷穗,而是没有人割的蓟、

---

① 维斯普雷姆州,匈牙利在巴拉顿湖以北的州,包括巴空尼林山的大部分,首府同名。
② 佐洛州,匈牙利西部的州,由注入巴拉顿湖的佐洛河得名,包括巴空尼林山的西南部,首府为佐洛格瑟格。
③ 坦佩谷,希腊中部佩欧斯河流域的峡谷。

牛蒡和铁线莲。一切都显得凄凉和死气沉沉。道路上没有车辆来往,长满了马齿苋。

米哈利就在这种景况下来到了巴拉顿湖畔的别墅。

这所别墅是一幢旧式建筑。不定是哪位显贵老爷喜欢这里的景色,又有钱可以实现自己的愿望,才在这里修盖了这幢别墅,以便寻欢作乐。别墅是不高的平房,墙壁坚固,站在阳台上可以眺望湖上的景色。台阶旁栽着一些无花果树和黑桑树,两边还有很多圣徒的塑像。

房主的后人非常便宜地把这所幽僻的别墅卖掉了,因为只有起了偏偏要住在这里的怪念头的人才肯花钱买它。周围一刻钟的路程内没有房屋,稍远的地方有房屋但没人住。

酿酒厂和酒库由于今年没有收获葡萄都没有开门。菲尔德的那些高楼大厦全都放下了百叶窗,连最后一名疗养客人也已离去。甚至轮船都停航了。碳酸泉的酒吧间也无人再问津。林荫道上的法国梧桐枯叶在行人脚下沙沙作响,再没有人来清扫。

看不见一个人,看不见一只鹳,只有庄严的巴拉顿湖在掀起波浪的时候,才发出神秘的喧嚣。谁也不知道它为什么发脾气。

一块大岩石在湖心突起,上面矗立着一座双钟楼的修道院,里面住着七个修道士。修道院里和岩石下边都有保存古代君侯骸骨的墓窟。

提玛尔就到这样的地方休养来了。

他只带了一个仆人到巴拉顿湖畔的别墅来,几天之后把这个仆人也打发了回去,说是这里有一个看房子的果农伺候他就够了。可是这个果农已经上了年纪,而且是个聋子。

当然,菲尔德唯一一座出租的大楼房表明附近还有人,因为里面住着大楼的老板和他的一家以及几个农庄管事。

礼拜天每天早晨打钟做弥撒。

一天晚上,大楼老板为了给自己的女儿庆贺命名日,举行盛大的宴会,厨房里又是烤炙又是煎炸。没想到在这当中失了火,火势转眼蔓延到整个大楼、浴室、农场管事们的住宅和礼拜堂,把这些烧得精光。所有的人都逃出了这个烟雾腾腾的瓦砾场,大楼在春季以前是修不起来了。

从此以后在山谷的住宅周围再也听不到人声,再也听不到钟响,只有这个大湖的神秘喧嚣。

提玛尔整天坐在湖畔,静静地听着浪涛拍击湖岸的神秘音乐。湖面往往在极平静的时候突然咆哮起来。湖水在一眼望不到边的远处变得翠绿。在这波浪起伏、引人沉思的翠绿湖面上,不论帆船、轮船或小船一只也没有,这湖仿佛是个死海。

巴拉顿湖具有奇异的双重力量,它能把人的体格锻炼强健,也能使人变得心情忧郁。一个人在这里自由舒畅地呼吸,会感到食欲顿增,但心灵却会浸染上一种把人带回神话世界的忧郁而痛苦的感情。

岸上景色如画的山脉,顶上还残留有过去不久的英雄时代的堡垒废墟。在斯奇格里格特和苏尔班克的府邸花园里,从前住在这里的女人们栽种的紫苏和薰衣草依然长得碧绿;墙壁却一年比一年倾圮得厉害,只是偶尔有一面陡峭的塔墙岿然屹立在那里,抵御着风吹雨打。即使有活人居住的地方,也在不断变化啊。

甚至提哈尼半岛那块巨大的岩石,东面也在不断剥蚀。

老年人还记得,早先可以赶着货车从东面绕过修道院;后来修道院墙外只剩下一条人行道了。现在修道院就直接立在峭岩的边缘上。十三世纪的安德利王让人修建的坚固房舍,下面不断有大小石块碎裂,落入深深的水里。岩石顶上从前有两个小湖,是两个"海眼",现在早已干涸了。一座孤零零的教堂荒废在道旁,村庄变成了牧场。巴拉顿湖并不白白收下那些石砾,它把变成化石的一些太古时代的蜗牛壳和羊蹄形的石英抛到岸上作为酬报。这个湖里的一切生物都很奇特,同其他江湖里的"居民"大不相同,仿佛这个湖真的是从前占据这儿大海的弃儿,仍然记得并且十分怀念远离的母亲——大海。巴拉顿湖里的鱼、蜗牛、蛇,甚至虾蟹,几乎一律是白色的;这种颜色的同类水生物在其他江湖里根本看不到。湖里的淤泥中充满针状的水晶,碰着使你感到灼痛,却有医疗作用。湖里的海绵可以吸去皮肤上的水泡,而湖水却又清甜可口。我知道曾有许多人迷上了巴拉顿湖。

提玛尔也是这样。

他一连几小时在轻轻动荡着的波浪上游泳,半天半天地在湖滨来回散步,晚上很晚了还流连忘返。

提玛尔不寻求任何消遣,他既不打猎,也不钓鱼。有一次他带上猎枪,后来竟然挂在一棵树上忘记了。还有一次,让一条上了钩的梭鱼把鱼钩连鱼竿一起拖跑了。他对自己周围的事物全然不感兴趣,他的心神奔向了远方,他的眼睛也经常眺望着远处。

秋天快要过去了。漫长的夜晚使湖水变得很凉,因此一天中只有短短一段时间能在湖里洗澡。但是,在漫长的夜晚另有一种忧郁的情趣,那就是眺望布满星斗的天空、流星和月亮。

提玛尔弄来一架大折射望远镜,整夜观察苍穹的奇景:那些由卫星和光环围绕着的行星,那上面冬季可以看到白点,夏季蒙着红光。还有天上那个大谜,即总是周而复始的月亮,在望远镜里看上去好像一块发光的熔岩,上面有辐射状散布开去的山脉,深深的火山口,明亮的山谷和昏暗的阴影,那是一个没有生命的世界。

只有那些为了摆脱一切而强使自己脱离躯体的人的灵魂,才会到这个虚无缥缈的地方去。

那些灵魂在那里是自由的。他们毫无感觉,什么也不做,没有什么可以使他们痛苦,也没有什么可以使他们快乐,他们不存在得和失的问题。那里没有声音,没有空气,没有水,没有风,也没有雷雨,连一棵植物一个动物也没有。那里既没有斗争,也没有恋爱或心悸。人们在那里不知道诞生也不知道死亡。那里有的只是虚无——除此也许还有记忆。

作为没有躯体的灵魂生活在月亮上,生活在虚无缥缈的世界里,却回忆着有青的草和红的血、雷电和接吻、生与死的地球,这也许比下地狱还可怕吧。

诺埃米怎么说来着?……

可是悠然间又有什么东西对他耳语:不管怎样你还是必须到那个虚无缥缈的世界上去,同那里的居民在一起;除此以外,你的不幸生活别无出路。

他这是罪有应得啊。

一种充满矛盾的双重生活;同时属于两个妻子,哪个他也不能离弃,哪个他也难舍难分。

现在,当他同样远远地离开了两个妻子,只有孤身一人的时候，他才感到自己的窘境十分可怕。

他敬佩蒂美娅，而他整个的心却属于诺埃米。

他跟蒂美娅在一起痛苦，跟诺埃米在一起快乐，那个是真正的圣徒，这个是真正的妻子。

他回想着自己过去的生活。他是在什么时候把事情做错了呢？是他把蒂美娅的财宝据为己有的时候，还是他娶蒂美娅的时候呢？或者是他因为绝望而离开蒂美娅，在心情混乱的情况下遇见了诺埃米，要从诺埃米身上找到幸福的时候呢？

对于头一项谴责他并不感到内疚。蒂美娅已经又是提玛尔从多瑙河底抢救出来的全部财宝的主人，那些东西重又回到她的手中了。

对于第二项谴责他也觉得自己情有可原。他娶蒂美娅是因为爱她，而她也心甘情愿嫁给提玛尔，她是用热情的握手接受他的求婚的。提玛尔是像一个有资格讨老婆的男子那样去到她面前的。他不可能知道她爱上了另外一个人，更不可能知道她爱得那样深沉，以致准备不再享受任何爱情。

对于第三项谴责他就无法为自己辩护了。当他发觉在他和妻子的两颗心之间有着一个第三者，因而妻子不爱他时，他不该怯懦地逃避，而应该直接去找那个第三者，向对方说："我的朋友，我从小的好朋友，现在我们两人有一个在世界上是多余的。我爱你，我拥抱你，不过现在请你跟我到一个无人的荒岛上去用手枪决斗，或是我打死你，或是你打死我。"

这本来是他的职责。这样妻子才能看出他是个男子汉。

那个人是以男子汉的姿态出现在这个女人面前的，因此他成了她心目中的理想。他为什么不同样也表现出男子汉的气概呢？如果他手里握着一把利剑，也许要比他的全部黄金和钻石更能有效地赢得她。女人的爱,通常不是靠乞求得来的,而是靠夺取。

他本来应该努力赢得这一爱情,争取这一爱情,必要的话强取这一爱情。假如他变成一个家庭的暴君,变成自己妻子的苏丹,把她当奴隶一样买来,天天鞭笞她,直到她乖乖顺从为止,那么他现在总还是她的丈夫,总还是占有她,她也还是他的。但是像现在这样,她却变成了他的牺牲品,变成了他天天躲避不开的幽灵;可以说,这个幽灵以活人的容貌走出坟墓来,就是为了控诉他。

而且他不能离开她!

他但愿自己起码有这样的勇气,现在走到她面前,对她说:"蒂美娅,我是您的恶魔,我们解除婚约吧!"

可是他感到某种疑惧。他怕蒂美娅会回答说:

"我不跟您离婚。我并不痛苦。我向您发过誓,我要永远忠实于您。我不能收回自己的誓言。"

秋天的夜晚一天比一天长,白昼则越来越短,湖水也随之更加冷了。提玛尔却偏偏越发喜欢在湖里洗澡,游起泳来是不感觉冷的。他的身体完全恢复了过去锻炼有素时的抵抗力,再也没有一点疾病的迹象。他的神经和肌肉像钢铁一样坚强。然而这时他的病却到了十分厉害的程度。

本来忧郁病患者的精神沮丧也可以治疗;肉体的疾病一消失,精神也就复原了。但是,如果一个身强力壮的健康人的心灵被忧郁攫住了,那就是不治之症。

一个害疑心病的人可以穿上很厚的大衣,浑身上下包得严严实实,把窗户糊得一丝风不透,严格遵从医生的饮食规定,经常不离大夫,此外还偷偷请教走方郎中,阅读医学书籍,房间里生火,根据温度表来调节温度,拿着表数脉搏——即使这样,他还总是担心自己会死去。相反地,一个害忧郁病的人却敞开胸膛,摘掉帽子,迎着暴风雨走去;他开着窗户睡觉,竭力想终止生命。

秋天的夜晚经常是爽朗的,天空中星斗密布。提玛尔彻夜开着窗户,坐在窗口,把望远镜依次对着无限空间的那些光点观望。月亮一落下去,他就坐在望远镜前。

他已经开始憎恶月亮,就像憎恶某个他已经熟悉到厌烦程度的地方,因为住在那里的每个人都惹他生气;或者像一个国会议员候选人憎恶某个选区那样,明知自己在那个选区有无数理由要落选,可是又非得在那儿继续住下去不可。

观察天象给他带来极大的快乐。他亲眼看到了天文学家要在年鉴里记录下来难得一见的景象:一颗按规律出现的彗星,再次划空而过。

提玛尔自言自语说:"那是我的本命星。它跟我的灵魂一样,是个没有归宿的星辰。它正像我一样,来去没有目的。它正像我一样,整个本体无非是个假象,而不是现实。"

接着他彻夜观察彗星,那由奇妙的光辉标示出的轨迹。

木星和它的卫星与这颗彗星在同一个方向运行,它们的轨道势必互相交叉。

当彗星接近这颗大星辰的时候,它那发光的尾巴就分成两部分;这是木星的吸力在对它发生作用。这颗行星胆敢掠夺自己主人——太阳的燃烧的星辰。

这一切都在地球居民的眼前进行着。

第二夜,彗星的尾巴已经完全分开,并且指向两个方向。

这时位置离木星最远而最大的卫星,正迅速地接近彗星。

"我的本命星会变成怎样呢?"提玛尔问自己。

第三夜,形成彗星核心的发光点开始发暗和分裂。这时候木星的卫星离彗星已极近了。

第四夜,彗星完全分成了两个光雾形成的尾巴和两个发光的头部,恰像两个天上的幽灵似的,在相互成锐角的方向上各划出一条抛物线,便踏上自己漫无目的的旅程,飞向茫茫无际之中。——原来天上也有类似的事啊!

提玛尔用望远镜久久地观察着这幕奇剧,直到它消失在深不可测的空间为止。这幕奇剧对他的心灵起了极大的影响。

他的命运似乎已经注定了。

他有上百条自杀的理由,其中最执拗、最难驳倒的一条就是由深刻观察宇宙得来的。对那些并非科学家却又在观察天空和窥探大自然奥秘的人可要留神啊!对这种人,夜间要防止他们接近利刃和手枪!而且要搜查他的衣服,因为难保他们身上不藏着毒药。

是的!提玛尔下定决心要自杀。在一个性格坚强的人身上,这样的念头绝不是心血来潮,而必然是经过深思熟虑的决定。像这种人几年前就已经知道要干什么了,他们只是非常狡猾地在考虑着干的方式。

提玛尔现在正处于决定性的时刻。

他有步骤地安排着这件事。

当巴拉顿湖一带已是寒秋的时候,他返回了科马罗姆。凡是见到他的人都问候他,并且用肯定的语气说,他已经完全复原了,他的脸色是多么健康啊。

提玛尔在这种场合表现得心情很好。

只有蒂美娅察觉了他怀着某种神秘的、深藏着的决心,只有她忧心忡忡地问他:"我的丈夫,您怎么啦?"

自从他害过那场大病以后,妻子对他表现出充满自我牺牲的爱。可是,这种温情只有促使提玛尔更快地踏上自杀的道路。

任何自杀都是一种疯狂的想法,而任何疯狂的想法都会自行泄露出来。很多人已经知道自己精神失常,自杀者也知道这一点。他想隐瞒自己的秘密,不让人发觉;而这样又反倒泄露了秘密。他企图说些聪明话,使谁也不知道他疯了。可是这些聪明话说得不是地方,不是时候,反而引起了疑心。要自杀的人往往表现得高高兴兴,好说笑话,心绪特别好。可是他的高兴很不正常,令人害怕,谁看到都不免要吃惊地说:"这个人一定是觉得自己活不长啦。"

提玛尔决定不在家里实现他的打算。

他写好了遗嘱。

他把自己的全部财产都留给蒂美娅和捐赠给穷人。而且他表现得非常敏感、细心和有预见性,竟拨出一笔款子作为基金,规定如果蒂美娅在他死后再婚而有了后代,而她的后代又万一落魄的话,那他们每年都可以从此基金中获得一千盾。

现在他做好了如下的计划:

一俟季节到了,他就出门去,假称去埃及,实际上却上无人岛。

他打算死在无人岛上。

要是他能劝说诺埃米跟他一块儿死,那就双双一起自尽。唉,诺埃米一定会同意的!在失去心爱的人以后,她活着还有什么意义呢?

整个世界像现在这样又有什么价值呢?所以他们俩要一起离开世界,去跟小多迪在一起。

整个冬天提玛尔是在科马罗姆、杰尔①和维也纳度过的。不论在哪儿,他都觉得世界是令人苦恼的。

忧郁病患者的最大不幸是,他确信从每个人脸上的神情都看出人家心里在说:"看,这小子是个害忧郁病的!"他从每个熟人的脸上和言谈中,都感觉到人们猜出了他内心变化。不论到哪儿,他都听到人们在他背后嘀嘀咕咕,看到人们彼此打着神秘的手势。他发觉女人们看到他就发抖,男人们看到他则故作镇静。后来还常常发生这种情况:他不经意做出的事和说出的话非常可笑,更加证明他的精神混乱。人家对这些事表面上总装作不在意的样子,这使他感到十分不快。——原来别人已经不敢再笑他了啊。

其实他们用不着怕他。他还没有发展到这种程度,会猛地从椅子上跳起来,把胡椒粉撒到坐在对面的人的眼睛里;尽管实际上他心里曾有过这类欲望。当法布拉先生像吞了根笤帚杆似的笔直站在他面前,当教堂里的副牧师在一本正经地布道之际,提玛尔一下子就手痒痒的,真忍不住要按住他们的肩头,从他们的脑袋上跳过去!他眼神里有一种使人看了就脊背发凉的东西。

阿塔莉雅也遇到了这种眼神。

他们在家里面对面坐在一起吃饭的时候,提玛尔便常常用贪婪的目光盯着阿塔莉雅的面孔和身上。感伤病患者的目光中往往流露出对女性魅力的这种渴慕。阿塔莉雅本来长得

---

① 杰尔,匈牙利西北部城市。

很美,她的脖子和胸部如同阿莉阿德妮①一样。提玛尔的眼睛总盯着她那好看洁白的脖子。他对她的美所奉献的这种无言的殷勤,使她感到极为不安。

是的!提玛尔想:"但愿有一天我能占有你这漂亮洁白的脖子,占有你那天鹅绒般光滑、诱人的乳房。我要用我的铁掌抓住你,叫你灵魂出窍!"

每当他欣赏着阿塔莉雅的苗条身材时,便突然产生这种欲望。

只有蒂美娅对他没有畏惧。蒂美娅从不害怕,因为她没有任何理由害怕他。

提玛尔终于再也无法继续耐心等待姗姗来迟的春天了。一个想要长眠于地下的人,有什么必要非得等候到百花盛开呢?

他在临动身的那天,举行了一次盛大宴会。凡是他曾经听说过名字的人,管他姓甚名谁,统统邀请来了。整个住宅里真是宾朋满座。

酒宴开始之前,他对发布拉·亚诺斯说:

"我亲爱的朋友,您别离开我身边;要是我在快天亮的时候醉得完全神志不清的话,就请您把我背到车子里,放在座位上,然后让人套好车把我拉走!"

他想要在迷迷糊糊的烂醉中离开自己的家,离开自己诞生的城市。

可是,到天快亮的时候,客人全都喝得摇摇晃晃了,发布拉·亚诺斯也在扶手椅上仰着脑袋均匀地发出鼾声,只有提

---

① 见本书第405页注。

玛尔一个人还清醒着。就好像毒药毒不死密特里达特斯王①一样,酒也无法使精神病患者醉倒。

因此他不得不自己去找车子,准备动身。

他头脑昏昏沉沉,不知道自己究竟是在梦中,还是醒着;幻想、醉意、回忆和错觉搅在了一起。

他觉得自己仿佛站在一个安睡着的、脸庞洁白的女人床前,并且吻了一下这个白塑像的嘴唇,而她并没有被惊醒。

也许这一切无非是醉意或者幻想。

接着,他又看到另一种情况。他觉得仿佛有一个漂亮的姑娘在一条昏暗的过道里从门后面留神盯着他,她有一头迷人的卷发,明眸、皓齿、朱唇。这个女人高举着一支蜡烛,向摇摇晃晃走过来的人说:"先生,您要上哪儿去?"

于是他悄悄对这个漂亮的幻象耳语说:

"我要离开这儿,好使蒂美娅成为一个幸福的女人……"

一听这句话,那神秘的脸庞突然歪扭成墨杜萨的头②,发卷都变成许多条蛇。

说不定这也无非是一种幻觉。

快到中午,当驿站马夫给车子换套新马的时候,提玛尔才在车子里醒来。这时他已经远远离开了科马罗姆。他的决心丝毫没有改变。

他到达多瑙河下游的时候,天色已经很晚,预先定妥的私贩子的小船已经在渔夫小屋前面等候着他。他当夜就过河往

---

① 密特里达特斯王(前123—前63),古代小亚细亚的本都国王,他攻占了小亚细亚大部分,后为罗马人所败,自杀而死。
② 墨杜萨的头,在希腊神话中墨杜萨是蛇发人面的三女怪之一,被其目光触及者立即化为石头。

无人岛去了。

突然,他产生一个想法。这个想法对他很有诱惑力。

万一诺埃米在这期间死了呢!这种事怎么不可能发生呢?那样一来他可以说算是摆脱了一桩可怕的负担,不用再做可怕的劝说工作了。

当一个希望成为固定观念的时候,人就指望命运帮助他实现这件事,以为事情一定会像他所想象的那样发生。

提玛尔暗暗希望着,从他离开无人岛以后,在那丛白玫瑰旁边已经又添了一丛红玫瑰,诺埃米就安息在那里!还有第三丛将出现在那两丛旁边;它开出金黄色的玫瑰,它们是金人的花朵。

他怀着这种幻想上了岸。

他到达的时候,正是夜间。皓月当空,那所半完工的小屋像坟墓似的立在杂草丛生的地方;因为怕雨雪打进去,门窗都用席子堵上了。

提玛尔三步并作两步地向小屋奔去。阿尔米拉跑来迎接他,舔他的手,但是没有吠叫,只是叼着他的大衣角,把他领到窗前。

月光照进小屋,提玛尔从窗户看到房间里很明亮。

他看清屋里只有一张床,另一张不见了。床上睡的是特蕾莎。他的幻想变成了事实,诺埃米已经长眠在那棵玫瑰花下了。这样也好。

他敲了敲窗户。

"是我呀,特蕾莎!"

特蕾莎听到喊声,立刻从屋里走到阳台上。

"您一个人在睡觉吗,特蕾莎?"提玛尔问。

"一个人。"

"诺埃米到天上找多迪去了吗?"

"不,是多迪下来找诺埃米啦!"

提玛尔惊讶地注视着特雷莎的脸。

这个女人于是拉着他的手,狡狯地装作一本正经的样子,把他领到房后另一间屋子的窗前。这间屋里也点着一盏灯,亮堂堂的。

提玛尔从窗户往里看去,只见诺埃米正睡在洁白的床上,胳膊搂着一个金黄头发的小天使,小天使的头贴在她的怀里。

"这是谁?"提玛尔压低嗓子问。

特蕾莎微微笑了笑。

"您没看见他吗?小多迪很想回到我们这儿来,说这儿比天堂好。他对上帝说:'你反正有的是小天使,让我回到那几个人那儿去吧,他们只有一个小天使。'所以上帝就让他回来了。"

"怎么?"

"嗨,还是老故事,又有一个穷苦私贩子的妻子死了,丢下一个孤儿,我们把他收留下来啦。您不同意吗?"

提玛尔如同得了极严重的热病似的,浑身战栗。

"天亮以前您别吵醒他们,"特蕾莎说,"惊了孩子的梦对孩子不好,孩子的生活有许多秘密。您会耐心等着的,对吗?"

哦,是的,他愿意耐心等着!提玛尔一句话没说,他摘下帽子,脱掉大衣和上衣,只穿着衬衫,又挽起了袖子。特蕾莎以为他失去理智了。然而事情完完全全不是这样!提玛尔急忙跑到核桃小木屋那里,把门窗上的席子取下来,拿出他的木匠工具,把做了一半的门夹在台钳上,拿着刨子干起活儿来。

这时天刚刚发亮。

诺埃米梦见有人在半完工的小屋里干木匠活儿。她听到刨子刨木头的响声和心情愉快的劳动者休息时的歌声:

> 宝宝的小屋
> 我觉得比王宫还可爱……

她醒来以后,仍然听到刨子声和歌声。

第五章　特蕾莎

提玛尔已经偷窃了整个世界。

他偷窃了蒂美娅,首先偷窃了她父亲的几百万财宝,接着偷窃了她心里那种对丈夫的理想,最后偷窃了她对婚姻的忠贞。

他偷窃了诺埃米,偷窃了她心里的爱情、女性的温柔和她本身。

他偷窃了特蕾莎,偷窃了她的信赖,偷窃了这位蔑视世界的女人对一个真正的人的彻底信赖。他夺取了她的无人岛,然后又把无人岛还给她,为的是像获得战利品那样获得她的感激。

他夺取了托多尔·克里茨提安的整个世界,用阴谋诡计把这个人放逐到西半球去了。

他夺取了阿塔莉雅的父亲、母亲、房子和未婚夫,以及尘世和天上的一切幸福。

他夺取了卡苏卡得到蒂美娅和未来幸福的希望。

他偷窃的东西包括世人对他的尊敬、穷人的眼泪、孤儿的感激和国王的勋章。他偷窃了私贩子,他们忠实地为他保守秘密;而这忠实他是用欺骗换来的。他甚至从天上偷走了上帝的一个小天使。

甚至连他自己的灵魂也不再属于他,他已经把灵魂押给了月亮。可是他也欺骗月亮,没有把抵押品给它。

他已经准备好了把自己送到虚无缥缈的星辰上去的毒药,所有的魔鬼为此都那么高兴,那么欢喜若狂!他们已向这个沉沦的人伸出欢迎的魔爪!但是他也愚弄了这些魔鬼:他已经不再想死了。他欺骗了魔鬼。

他夺取了世界上的一个乐园,并且趁守护的天使长转身的时候,偷摘了这个乐园的禁果。他还在这个隐秘的乐园里摆脱了一切人间的法律,不受教士、国王、法官、元帅、税吏和警察等的束缚。他靠抢掠他们大家生活。

他一切如愿以偿。

但是,这种成功能保持多久呢?

他能够欺骗所有的人,但只有一个人他欺骗不了,那就是他自己。他的满脸笑容是内心悲哀的假面具。他非常了解人们将怎样称呼他。他真愿意恢复本来的面目,然而却不可能。

巨大的财富、普遍的尊敬、幸福的爱情——这些哪怕只有一件的确是他应该得到的也好啊!在内心深处,根据他的整个人生观,提玛尔都赞成正直、高尚、博爱、俭朴和自我牺牲;可是,一些不可抗拒的诱惑却把他拖向正好相反的方向。因此他处在这样一种境地:人人喜爱他,尊敬他,重视他;唯有他自己却轻视自己,谴责自己。

加之自从他最近得了那场病以后,命运又赐给他什么也损害不了的健康;他不但没有衰老,反而更年轻了。

他在这个夏天,特别干了许多手艺活儿。他起先干的完全是细木工活儿,接着又干起镟工和木雕师的活儿来,为去年造的小房子制备了各种家具。欣赏着这幢小木屋——这件在自己的凿子下逐渐完成的艺术品,真是一件乐事。提玛尔是一个天生的艺术家。

小屋前檐的几根柱子,形状各不相同。一根是由两条缠在一起的蛇构成的,蛇头即是柱头;另一根像一棵缠绕着常春藤的椰子树干;第三根是交织在一起的葡萄藤,可以看见隐藏在其间的蜥蜴和松鼠;第四根是一丛挺立的芦苇,苇叶栩栩如生。

屋里的壁板也是由优美雕刻和彩色镶嵌构成的。桌椅的制作样式在艺术上很和谐,饶有风趣地利用了雪白的鹅耳枥和纹理分明的红木;柜橱和钟罩的材料选择也很得当。所有这些,把这个褐色的核桃木小屋装点得更加可爱、更加光彩夺目。华丽的天花板体现了创造性的美感。门窗的安排同样富于想象力。它们都是深嵌在墙里,有的向旁边开,有的向上开。门的木把手也装置得颇具匠心。

从一开始,提玛尔就决定不在这幢房子上使用一根不是他自己做的钉子,因此整个建筑物连一小块铁片也没有。他决心要完全靠自己的力量和用这个岛上的产物盖成这幢小房。

只在制作窗户时遇到了一些麻烦;用什么材料代替玻璃呢?起初他在窗框上绷上窗纱;可是这样的房子只能在夏天住,而且不关窗板,雨也会打进来。接着,他试图像爱斯基摩人那样,用公牛尿泡代替玻璃;可是这又和整个建筑的华丽装饰不相称。他找了很久,终于在岩石的一边发现了猫银层(又名云母)。他小心翼翼地把它挖出来,然后把这种精致、透明的矿物分成薄片。他用细木棍做成了窗格,把这种神赐的玻璃安在窗格上。简直只有囚徒才干得了这样的活儿!可是这位有钱有势的老爷却耐着性子,累着筋疲力尽。

房子完工后,他把自己的亲人领进来,说:"你们看,这一切都是我双手创造的!即使是国王也不会送给王后这样的礼物。"这时提玛尔真是快乐极啦。

"多迪之家"完工那一年,多迪——死去的多迪的替身——已经四岁了!

从这时起,提玛尔就又有了新的任务:教孩子念书。

多迪是个活泼、健康、懂事和快乐的男孩子。提玛尔说,他要亲自教导孩子一切最必要的东西:读书、写字、游泳和体操以及园艺。以后少不得还有使用刨子和凿子等,因为一位艺术雕刻家走遍天下都会有饭吃。多迪应该完全掌握这些技艺。

提玛尔已经相信一切都会这样下去,风平浪静、有条不紊,直至老死。

没想到命运突然要他停止这种生活。

其实要他停止这种生活的并非命运,而是特蕾莎。

从提玛尔第一次登上这个小岛到现在,时间已经过去八年了。那时候诺埃米和蒂美娅还都很年轻;可转眼之间诺埃米已经二十二岁,蒂美娅已经二十一岁了。现在阿塔莉雅是二十四岁,特蕾莎四十五岁。提玛尔本人四十二岁,小多迪还不满五周岁。

现在这几个人中有一个必须离开尘世了。她在漫长的一生中的确是饱经忧患。这个人就是特蕾莎。

夏天的一个下午,诺埃米正在外面照看孩子。这时特蕾莎对提玛尔说:

"米哈利,我想跟你谈点事情。我熬不过秋天了,我知道我要死啦。我已经害了二十年的心脏病,它会要我命的。我不是随便说说,这的确是致命的病。我始终隐瞒着,从没叫过苦。我自己用忍耐来医治它;看到你们相爱和快乐,也减轻了我的病痛。要不是这样,也许我早就长眠在地下了。但是现在我再也支持不下去了。我失眠已经有整整一年,没有一夜能合眼。我刚躺下又得起来。我想,不久我就要长睡不醒,获得我理应得到的安息了。我整天听见自己的心跳。它很快地连续跳三四次,接着是短促的一下,然后就停下来,仿佛已经死了。随后它又慢慢地跳一两下,接着便开始很快地跳动,可是待会儿又停止很长时间。

"活到时候了。我常常感到头昏眼花,只是靠坚强的意志支持着才没有倒下。过了这个夏天,我就再也坚持不下去了。我觉得这样也好,我很满足。没有什么使我不放心的。现在有人代替我爱诺埃米了。米哈利,我不问你什么,也不要求你应许什么。说出口的话是毫无用处的,感觉到的话才是真实的。你能感觉到你在诺埃米心目中占着什么地位,和诺埃米在你心目中占着什么地位,我还有什么不放心的呢?用不着做祈祷去麻烦贤明的上帝,我可以死了。因为凡是我向他祈求的,他都已经赐给了我。米哈利,我说得对,是不是?"

提玛尔低下了头。前阵子一直使他梦寐不安的原因就在这里,他早就看出特蕾莎的健康状况日益恶化。他从她的脸上看出,她如何暗自在与一种可怕的疾病作斗争。这种病正在侵袭一个人身体最接近灵魂的地方,也就是心脏。想到特蕾莎有一天会死去,他不禁战栗起来!那时诺埃米会怎样呢?

他还能像以往那样,在整个漫长的冬天把这个柔弱的姑娘和孩子单独丢在这个荒岛上吗?在这种环境中,谁来保护她,谁来鼓起她的勇气,谁来帮助她呢?

他一向就怕考虑这个问题,现在却直接面对这个问题,再也无法回避。

特蕾莎说的是实话。当天下午,一个熟识的女水果贩子来到岛上,特蕾莎刚给她数满一筐桃子,突然就昏厥了。

大家赶紧救护,总算又使她苏醒过来。第三天,那个女贩子又来了。特蕾莎强打起精神,做必须做的事,结果再一次昏了过去。女贩子一下子大哭大嚷起来。

过了几天,这个女贩子第三次来买水果,提玛尔和诺埃米就再也不让特蕾莎出去了。他们自己把水果交给了她。

女贩子说可怜的女人的病很重了,最好准备忏悔忏悔吧。

特蕾莎的那番话使提玛尔很受感动。

他不单纯想到这个女人是诺埃米的母亲,是他每次离开时她的唯一依靠,同时也想到这个女人是个命途多舛的人,好像先知约伯一样经历了种种痛苦的考验,但尽管苦难重重却仍然没有倒下去。特蕾莎不是自暴自弃,没有向命运屈服,而是忍耐、缄默和劳动。

她的生活和她即将来临的死亡,都证明她做过什么和经历过什么痛苦。

后来,提玛尔忽然产生这样一个想法:命运使他与这个女人相遇,也许是为了一方面使她通过他而对自己的巨大痛苦得到报偿,一方面也使他对自己在广大世界中用漂亮谎话构成的金字塔掩盖着的一切严重过失、巨大痛苦和罪孽,在这个小岛上进行补赎吧;因为他生平所有合乎道德的、真诚的、不朽的行为,都是在这个小小的岛上做出的。

特蕾莎默默地忍受着病痛,走起路来摇摇晃晃。提玛尔一见这情形,她那番忠言就在他的心灵中引起更加强烈的反响。这个女人一死,他将承受一份巨大的遗产——这个女人所担负的责任,以及她一向用来担负这种责任的精神力量。

诺埃米不知道母亲害的是致命的病。提玛尔对她说,特蕾莎晕倒是天气太热的缘故;特蕾莎也告诉女儿,这是每个妇女在更年期常有的毛病。

提玛尔在这段时间内对特蕾莎分外体贴和亲切。他不许她再干活儿。孩子吵嚷,他就立刻制止,随时注意不打扰她。然而特蕾莎还是睡不着觉。

夏天就这样过去了。天气凉爽后,病情似乎减轻了些。但这只不过是假相;刚一入秋,特蕾莎又屡次昏厥。那个女水果贩三番五次地说,可实在到了该准备忏悔和领受最后圣餐的时候啦。

一天,一家四口正坐在外屋吃午饭,阿尔米拉忽然吠叫起来,说明有生人来了。

特蕾莎从窗口向外一望,立刻吃惊地对提玛尔说:

"赶快到后面房间去,不能让这个人看见你在这儿。"

提玛尔听了,从窗口向外面瞅了瞅,也认为不跟来人见面为好,因为那是佩戴着勋章的教长山陀罗维奇先生。他一看见提玛尔,立刻会认出是雷韦廷老爷,结果便可能出现十分不愉快的情况。

"赶快把桌子挪到一边去,让我一个人留在这儿!"特蕾莎一面对诺埃米说,一面把多迪也叫醒。她好像突然恢复了全身力量似的,帮忙收拾起桌子来。等到教长敲门的时候,房间里已经只剩下特蕾莎一个人了。她把床拖到了通往里屋的门前,然后往床沿上一坐,把门口堵住了。

这几年里,健壮的教士那部络腮胡子长得更长了,而且已经灰白了许多。可是他的两颊依然红通通的,身材魁梧得跟参孙差不多。

随同他一起来的教堂仆役和圣器看守人没有进屋,他俩留在外面阳台上,在跟大狗友好地寒暄。教长先生独自走进屋来,进屋时向前伸出手,好像要赐给谁吻他的手的恩典似的。但是特蕾莎不领受这种恩典,使来人大为不快。

"喂,有罪的女人,你大概不认识我了吧?"

"我太认识你了,先生。至于说我有罪,这我也知道。是什么风把你吹到这儿来啦?"

"你这个不敬上帝的饶舌老婆子,什么风把我吹到这儿来啦?你还问什么风把我吹到这儿来啦?你这个被上帝遗弃的异教女人,你难道不认识我吗?"

"我已经说过了,我认识你,你就是从前拒绝给我死去的丈夫举行安葬仪式的那位教士。"

"不错,因为他不是善终的,他没有忏悔,没有追悔自己的罪孽,所以他命里注定要在死后被人像条狗似的埋掉。如果你不想让人也把你像条狗似的埋掉,你就趁时间还来得及,赶快改邪归正,追悔你的罪恶,忏悔吧!你快要死了。有几个好心肠的女人告诉我,说你在躺着等死哩,恳求我到这儿来为你解除罪恶。你应该感激那几个女人。"

"声音轻一点,先生,我女儿就在隔壁房间里,别让她听见伤心。"

"对,你的女儿!而且还有一个男人和一个孩子吧?"

"不错。"

"这个人是你女儿的丈夫吗?"

"是的。"

"谁给他们主的婚?"

"给亚当和夏娃主婚的人是上帝。"

"你这个疯老婆子!这样的事天地间只有过一次,那时候还没有教士和祭坛。现在办这种事,可就不能这样随便了。结婚要按照法律。"

"这我知道。就是这种法律把我赶到这个荒岛上来的。可这种法律在这儿不起作用。"

"难道你是个异教徒吗?"

"我活着心安,死后也心安。"

"你就是用这一套来教育你的独生女儿,让她过可耻的生活吗?"

"什么叫可耻?"

"什么叫可耻?可耻就是受到一切正派人的蔑视。"

"这跟我毫不相干。"

"麻木不仁的下贱女人!难道只有肉体上的痛苦,才能给你带来苦恼吗?你就一点儿不想拯救你的灵魂吗?难道我想指给你进天国的道路,你却心甘情愿下地狱吗?你到底信不信天国?你信不信再生?"

"我不信这一套。我也不需要再生。我不想再活一次。我愿意安息在树叶底下,我要变成泥土,让树根吸收我;我将变成一片树叶继续生存下去。我不希望别的生活。我愿意循环在我亲手栽植的翠绿树木的维管束中。我不愿信奉这样一个残忍的上帝,他在自己所创造的人死后还给人痛苦。我的上帝是一位仁慈的主,他给草木和人以死后的安息。"

"可是上帝不把安息赐给像你这样一个顽固的罪人,你得掉进地狱的火里,掉进魔鬼的大嘴里。"

"让我看看《圣经》上什么地方提到上帝创造了地狱和魔鬼,然后我才肯信你的话。"

"嘿,你这个亵渎上帝的女人!让烈火烧你的舌头!你居然想否认魔鬼?"

"我当然否认魔鬼,上帝从来没有创造过魔鬼。魔鬼是你们造出来吓唬人的。可是你们造出来的魔鬼的样子并不怎么高明,它有两只犄角和两只羊蹄子;这样的动物只能靠吃草活着,是不吃人的。"

"我的主啊,不要对我进行诱惑!但愿我们脚下的地马上裂开,把这个亵渎上帝的人像大坍和亚比兰①一样吞掉。你也用这样的信仰教导那个小孩子吗?"

"孩子的信仰自有把他当儿子抚养的那个人去教。"

"谁?"

"孩子管他叫爸爸的那个人。"

"他叫什么?"

"米哈利。"

"他姓什么?"

"这个我没有问过他。"

"你连他姓什么都没有问过?那么你了解他什么吗?"

"我了解他是个正派人,而且爱诺埃米!"

"他到底是干什么的?是位贵族?是个农民?是个工匠?还是个船夫或者走私贩子?"

---

① 大坍和亚比兰,他们因为亵渎上帝,脚下的地裂开,把他们和他们的家属都吞没了。见《旧约·民数记》第十七章。

"他是跟我们一样的人,一个穷人。"

"还有呢?我一切都需要知道,这是我职权之内的事情。这个人的信仰呢?是天主教徒,卡尔文信徒,路德信徒,还是叟塞那信徒?是一神教徒,还是多神教徒,或者是犹太教徒?"

"我没有操心这些。"

"你守过斋吗?"

"我曾经有两年之久没有吃荤,因为我得不到肉。"

"那么谁给孩子施的洗呢?"

"上帝……在一天下过大雨,孩子坐在彩虹下面的时候。"

"哎呀,你们这些异教徒!"

"异教徒?"特蕾莎厉声反问道,"为什么是异教徒?我们既不崇拜偶像,又不否认神的存在。你在这个岛上,连人们在世界别的地方所崇拜的铸在钱上的像都找不到。只要把双头鹰铸在银子或金子上,连你也要崇拜它,是吧?人人不都是把钱叫作他的基督吗?钱一离开他,他就失去了基督。"

"你这个不敬上帝的妖妇,你还敢拿这样神圣的事情取笑?"

"我说得非常认真。我受过上帝最沉重的打击,我从最大的幸福突然跌入最深的痛苦中,我在一天之内变成了寡妇和乞丐。我并不否认上帝,我没有抛弃他所给我的东西,也就是生命。我来到这个没有人烟的地方,在这儿寻找上帝,结果找到了他。我的上帝所要求的不是装模作样的祈祷、赞美歌、供献和有钟的教堂,他所要求的只是一颗遵从他的诫命的心。我用以赎罪的办法不是成天念经,而是劳动。我是这样在世界上活下来的:人们一点儿东西也没给我留下,可是我没有自杀,而是把无人岛创造成一个富饶的田园。人人都欺骗我,掠夺我,嘲笑我。好朋友欺骗我,官厅掠夺我,教士嘲笑我,可是我并不为这些而憎恨人类。我生活在这里,交往的是流落他乡和无家可归的人,凡是有谁来求我帮助,我都照料他们,给他们治病和供他们吃喝。我不分冬夏都敞着门睡觉,因为我不怕坏人。哦,先生,我不是异教徒!"

"嗨,你这个贫嘴老婆子,听你胡扯些什么没用的东西。我根本没问你这个;我问你的是,住在这个小屋里的那个男人是谁?他是正教徒,还是异教徒?还有,那个孩子为什么没有领洗?你不可能连那个人姓什么都不知道的!"

"的确不知道。这又怎么样呢?我不愿意撒谎。我只知道他叫什么,别的什么也不知道。就是他的名字我也不告诉任何人。他的生活也许像我的生活一样,有些不愿意让人知道的事情。我自己的秘密已经告诉他了,他的我不想追问;大概是因为有重要原因,他才不肯说吧。但是,我认为他是个善良的正派人,我对他没有什么怀疑。夺去我一切的都是有名有姓的人,而且都是好朋友。他们有的是贵族,有的是绅士。他们只给我留下了我的女儿;我教养她,她是我唯一的宝贝、我的心肝、我生活中的明灯。因此我要让她选择这样一个男人,除了他爱她和她也爱他以外,我对他什么也不需要了解。难道说我还信仰上帝不深吗?"

"别再老是跟我胡扯你那信仰了!要是在早先,就得把有这种信仰的妖妇拖到柴堆上,当着所有的基督徒活活烧死。"

"幸好我根据土耳其苏丹的文书占有着这个小岛。"

"根据土耳其苏丹的文书?"教士惊愕得叫了起来,"是谁给你弄来这份文书的?"

"就是你不知道他姓名的那个人。"

"可是我要马上知道他是谁,而且用最直截了当的办法。我叫管圣器的和教堂仆役进来,让他们连你带床一起挪开,我要进去看看。门上连把锁也没有啊。"

这番谈话提玛尔在里屋全都听见了。他想,如果这位教士闯到他面前,一定会惊讶地叫出:"哎呀,原来是您,米哈利·雷韦廷阁下。是您呀,王室顾问大人!"想到这里,他的血液便遽然涌上了头。

教长一面打开通向院子的屋门,一面招呼那两个身强力壮的仆人进来。

在这万分紧急的时刻,特蕾莎把那床当作被子盖的土耳其棉毯拉到了胸前。

"先生,"她用恳求的口吻对教长说,"请再让我说一句话,仅仅一句,好让你确信我对上帝有着多么深的信仰,确信我决不是异教徒。你看,这条棉毯是布尔萨出产的,不久前一个过路人把它送给了我。你看,我对上帝有着多么深的信仰,我夜间就用它当被子盖;而谁都知道,布尔萨最近四个礼拜以来鼠疫闹得非常厉害。你们谁能有这样深的信仰?谁敢来碰碰我的床?"

没有人敢回答这两句话;因为一听说这条毯子是从闹鼠疫的布尔萨带来的,那三个虔诚的基督徒立刻慌慌张张地跑出门去,把整个荒岛和岛上不可救药的人全丢给地狱和魔鬼了。这个地方本来名声就很坏,从此就更坏了,所有珍惜自己性命的人都再也不肯光临。

特蕾莎现在可以让躲藏在里屋的亲人出来了。

提玛尔一面吻她的手,一面喊着:"妈妈!"

特蕾莎轻轻喊了他一声:"我的儿子!"同时深情地望着他的眼睛,那目光似乎对他说:"你可要记住你刚才听见的话啊!"

"现在按照我们的方式为我准备后事吧。"

特蕾莎说到自己快要死了的时候,就好像说到要出门旅行似的。

"我将在美丽的十月,也就是在人们所谓的小阳春中,离开你们。那时候小虫要进入冬眠,树叶也要落了。"

她亲自给自己找出寿衣和用来代替棺材包裹她的殓布。她不要棺材,想把身体直接埋在大地母亲的怀抱里。她让提玛尔和诺埃米把她搀到那块优美的草坪上,预先选好了埋葬自己的地方。

"这儿,就在这块平坦的草地当中!"她一边对提玛尔说,一边接过他手里的铲子,亲自划出了四四方方的一块地方。

"你已经把多迪的房子盖好了,现在准备我的吧!我的坟上既不要垒土丘,也不要立石碑。不要种一棵树,也不要栽一棵灌木!你们要用青草好好盖上这块地方,让它跟别的草地一模一样!我希望如此。我不愿意有任何心绪好的人在我的坟头上绊一跤,变得不高兴。"

于是提玛尔动手给特蕾莎准备最后安息之所。

可是,特蕾莎却始终没有问他:"我说,你到底是什么人啊?几天之内我就要离开这个世界了,可一直还不知道我把诺埃米托付给了一个怎样的人。"

后来的一天夜晚,特蕾莎便永远安眠了。

他们按照她希望的那样埋葬了她。

他们把她用白麻布包裹起来,在坟坑里撒上清香的核桃树叶,把她安放在这张树叶铺成的床上。

坟坑填上土以后又种上青草,使这块地方和原来一样。

等到第二天提玛尔和诺埃米领着小多迪又来到草地上的时候,就再也找不出哪里是坟墓了。草地上布满了秋天的蛛网,好像银色殓布似的;秋天的朝露在阳光中像亿万颗钻石一样,闪烁在这银色的殓布上。

最后他们还是在银光闪闪的绿草地中央找到了那块地方。

跑在前面的阿尔米拉,突然向地面低下头去。这就是那块土地。

提玛尔在想,这世界是否会连这样一块坟地也拒绝给他。他是否现在也该动身了呢?要么"到这儿来",要么"到那儿去"!

第五部

阿塔莉雅

第一章　　半截军刀

提玛尔在岛上一直待到翠绿的草地覆盖上秋霜,树叶凋零,夜莺和鸫鸟离巢迁往他方的时候。这时他决定回到外面世界去,回到真正的世界去。他把诺埃米孤零零地留在无人岛上,只留下她和孩子。"不出冬天我就会回来。"他跟她告别时说。

诺埃米根本不知道在米哈利居住的地方冬天是怎么回事,而多瑙河在这个岛的周围却很少封冻。这里的冬季像南方一样温暖,最冷不过二度,室外的月桂和常春藤整个冬天都是葱茏翠绿的。

旅途并不顺利,往北不远已经下了雪;提玛尔顺着积雪的公路走到科马罗姆整整用了一星期。多瑙河的冰块移动得很猛,渡河是根本别想的,因此他不得不在科马罗姆对岸的诺依齐尼等候了一天。

不错,他曾经独自冒险驾小船横渡多瑙河,可是那时候在对岸等着他的是诺埃米,而现在等着他的不过是蒂美娅。

他决定只要等河面冻结实,就头一个过河。

他想赶快回到家中,为的是跟蒂美娅离婚。

现在大局已定,他们非分离不可了。不能再让诺埃米单独待在无人岛上,这个女人的爱和忠贞应该得到酬报。他在占有她的身心之后却把她孤零零地丢在荒岛上,实在该死。

蒂美娅离了婚,也会得到幸福。

这个想法折磨着他。

他要是能够恨蒂美娅就好了!他要是能够像对一个可以轻视、可以忘却的人那样,对她提出任何一种指责,把她打发走就好了!

多瑙河上的冰层还不能行车,因此他只好把自己的车子留在诺依齐尼,徒步走回家来。

他一进家门,发觉蒂美娅见到他似乎吃了一惊。她伸给他的手似乎在哆嗦,她回答他的问候时声音也在发颤,而且没有把她那洁白的脸庞凑过来让他吻!提玛尔匆匆回到自己房间,换去了旅行的服装。

啊!但愿这种意外的惊诧是有原因的!

还有点别的东西引起了提玛尔的注意!那就是阿塔莉雅的模样。这个姑娘的眼睛里闪出一种魔鬼般的胜利光芒,一种鬼火般忽隐忽现的幸灾乐祸的神气。难道阿塔莉雅知道什么了吗?

中午他跟两个女人一起吃饭。三个人坐在餐桌旁都一言不发,眼睛互相盯着,企图从对方的眼里窥探出隐私来。

饭后蒂美娅只简单地对提玛尔说:

"您这回离开的日子可不少。"

提玛尔不想回答她,只在心里想道:"很快我就要永远离开你啦!"

他拿定主意,要去和他的律师商量应该怎样起诉;因为他自己对妻子实在提不出任何离婚的理由。

除非硬以"无法克服的嫌恶"作为借口,而这又必须双方同意,不论是谁嫌恶谁都一样。

但是妻子会同意吗? 一切全取决于她了。

提玛尔这样烦恼地想了一下午。他吩咐仆人不要让任何人知道他已经回来了,他今天不想会客。

没想到傍晚时分还是有人推开了他的房门。他一面生气地抬起头来,一面伸手去抓门把手,想不论来打扰他的是谁都要给他吃闭门羹。可等他一看清来人,却目瞪口呆地让开了路。站在他面前的阿塔莉雅,仍像他刚进家门时那样眼睛里闪着幸灾乐祸的目光,嘴角挂着胜利的嘲弄的笑意。

提玛尔一见这种目光,惊愕得退后了两步。

"您有什么事,阿塔莉雅?"他心慌意乱地问她。

"哼……雷韦廷先生,您想我会有什么事呢?"

"这我怎么能知道。"

"可是我知道您希望的是什么。"

"我?"

"您不希望从我这儿知道点事情吗?"

"什么?"提玛尔激动地低声说,一面关上门,瞪大眼睛望着阿塔莉雅的脸。

"雷韦廷先生,您希望从我这儿知道些什么呢?"这个漂亮女人继续微笑着问道,"这当然不容易猜到。我在您家里已经多少年了?"

"在我家里?"

"是呀。自从这幢房子归您所有以后,已经六年了。年年我都发现您脸上的神情有所不同。第一年是嫉妒苦恼,接着是轻率乐天,然后又是假装宁静,有一个时期您甚至表现得庸庸碌碌。这一切我都琢磨过。一年前我就认为这场悲剧快要结束了,这种情形使我担惊害怕。您当时的目光是那样忧郁茫然,就像老在瞅着自己的墓穴似的。您总该知道,在这广大的世界上再没有谁会像我这样诚心诚意地祈祷您长寿。"

提玛尔听见这几句话立刻皱起眉头,阿塔莉雅大概从这些皱纹上看出了些什么。

"再没有谁!"她十分激动地重复说,"虽然世界上有人爱您,可是他不会像我这样诚心诚意地希望您活着。现在我又在您脸上看到了像头一年一样的神情。这样的神情才是真实的。您希望从我这儿知道一些关于蒂美娅的情形,是不是?"

"您知道什么吗?"提玛尔急忙问,同时背靠门站着,仿佛不让她逃走似的。阿塔莉雅嘲弄地微笑着。实际上是提玛尔做了她的俘虏。

"知道的事多极了,什么都知道!"她回答说。

"什么都知道?"

"不错,我所知道的事足以把我们三个人——我、蒂美娅还有您——都毁掉!"

提玛尔血管里的血液沸腾起来。

"您能全都告诉我吗?"

"嗯,我就是为这个才来的。但是您必须安安静静地一直听完……而我呢,也要平心静气地讲述这些事。一想起这些事,即使不马上要人的命,也会使人发疯的。"

"我请求您说出来。不过我要先问一句……是蒂美娅不忠实吗?"

"是的,她不忠实。"

"啊!"

"这话我再对您说一遍:她不忠实。而且您可以亲自把这件事弄个水落石出。"

此刻提玛尔心中涌起一种高贵的感情,不允许他存这种怀疑。

"小姐,您可要仔细考虑一下您将说些什么话。"

"我要说的只是事实,如果您不信还可以亲眼去看看。那时候就随便您跟自己的眼睛耳朵争论去,弄明白为什么圣像遭到亵渎这个问题。"

"我愿意听您说下去,可是我不相信。"

"尽管这样我还是要说。而且还得从一个闹得满城风雨的谣传说起:卡苏卡少校为了圣像奋不顾身地跟一个外来的军官决斗,狠狠地把那个人砍伤了。甚至他的军刀都断在了对方的头上。圣像听说了这个谣传。是索菲雅太太亲自告诉她的。她听到以后立刻泪眼汪汪的,终于从像框中走下地来啦。不过您本来是个异教徒,不相信圣像会哭的……不过事实终究是事实,而且索菲雅太太第二天又把这件事告诉了那位英俊的少校。索菲雅太太喜欢散布谣言、阿谀奉承和玩弄诡计。为偷偷相爱的人拉皮条,挑拨和睦的夫妻闹矛盾,为了这个人的欢乐而促使那个人痛苦,这对她说来是一种愉快的消遣。她拼命钻进别人的秘密中,然后又以心腹的身份去纠缠人家。而这位太太正是我的母亲!"

阿塔莉雅说完"母亲"二字抹了一下嘴唇,好像要擦掉什么苦东西似的。

"索菲雅太太把圣像流泪的秘密告诉少校以后,对方给圣像带来了一个盒子和一封信。"

"盒子里装的是什么?"

"这对您说来倒不像信的内容那么关系重大。盒子里放着一把带柄的半截刀,是少校决斗用过的。也就是一件纪念品。"

"好,"提玛尔故作镇静地回答说,"这没有什么可指摘的。"

"对,可是还有信呢!"

"您看过那封信了吗?"

"没有,可是我知道信里面写的是什么。"

"那您是怎么知道的呢?"

"因为圣像写了回信,回信也是由索菲雅太太带去的。"

"这封回信也可能是对少校表示拒绝呀。"

"不过它不是表示拒绝,索菲雅太太把一切都告诉我了。她知道她把这件事告诉我,会使我感到极大痛苦。再说,她也不是我的女用人,她毕竟是我的母亲。她的职责是服侍圣像……可是她却把我当作跟她同事的女用人一样,向我谈了自己女主人干的好事。在下房里是没有什么母女之分的,那里只有用人,而用人们都一肚子坏心眼,喜欢互相泄露自己女主人的隐私。先生,您跟我这么一块儿嘀嘀咕咕,不觉得丢脸吗?"

"您说下去吧!"

"好,我说下去!因为这个故事还没有完。带去的回信既不是香喷喷的,也不是玫瑰色的。它是在您的写字台上写好了,用您的印鉴封缄的,内容理当是拒绝少校,叫他再不敢来纠缠。然而实际上完全不是这么回事。"

"这谁能知道呢?"

"索菲雅太太和我知道。您马上也可以成为第三个知道的人。在您今天这么意外地回来的时候……唉,您怎么偏在这么不便回来的时候回来呢?四周围的多瑙河支流无不塞满了冰块!冰上堆着冰,没有一个活人敢冒险过河。谁都认为在这种日子里这座城市是严密地封锁起来了。就连一个离家很久而不放心的丈夫,也无法闯进城来。您却怎么能在今天过了河呢?"

"您别折磨我了,阿塔莉雅!"

"您突然回到家来的当儿,没有看出圣像脸上那种惊慌失措的神情吗?您握着她的手的时候,没觉得她的手在哆嗦吗?您今天回来可真是太不受欢迎了。索菲雅太太已经又跑去见那位勇敢的少校,给他带去了一个简单的口信,告诉他'今天不行了'。"

提玛尔听到这几句话又气愤又惊讶,面孔立刻变得很难看。

他随后颓然坐在扶手椅里,说:"我不相信您这些话。"

"我也不要求您相信。"阿塔莉雅耸了耸肩膀说,"可是我要给您出个主意,一定使您相信您自己的眼睛。说'今天不行了',是因为您回家来啦。然而,今天不行的事,只要您一走,明天就又行了。您不是每年在巴拉顿湖封了冻开始在冰下捕鱼的时候,照例要到那儿去一趟吗?看冰下捕鱼可真是一桩赏心乐事。您明天可以说:'趁天气还要冷下去,我要到菲尔德去看看梭鱼的情况怎么样。'然后您躲在莱岑大街的住宅里,等到有人敲窗户告诉您说'现在是时候了',您就可以再回到这儿来。"

"要我做这等事?"提玛尔生气地嚷起来。

阿塔莉雅用轻视的神气从头到脚打量了他一番。

"我原来还当您是个男子汉大丈夫哪!我以为只要有人

对您说:'瞧吧,今天有另外一个男人要来,您的妻子正是因为爱着这个人才对您冷淡,才看不起您!'您就会顺手操起一把刀,不问他是谁,即使是亲兄弟也得要他的命。没想到我看错了人,您一听说这话竟害起怕来了。如果我这番话说得不恰当,请您多原谅;我也决不会再这样做了。请您别把我的话泄露给您的太太,我今后决不再在您面前说她半句坏话,而要永远只说她如何如何好。刚才我也只是胡扯,并没有那回事,她对您没有什么不忠实。"

阿塔莉雅突然用这种恭顺的态度和恳求的口吻对待提玛尔,使他怀疑起刚才听说的那件事是真的,以为只不过是开玩笑罢了。可是,他惊愕的脸上刚一露出轻信的神情,阿塔莉雅就盯着他的眼睛冷笑了笑,然而冲他嚷了一句:

"您这个懦夫!"

说完她转身就走。提玛尔急忙赶上去,抓住她的胳膊。

"您别走。我听从您的主意,您怎样说就怎样办。"

"那您就注意听我讲……"阿塔莉雅说着向提玛尔探过身去,乳房挨到他的身子,嘴唇贴近他的脸,提玛尔甚至感觉到了她呼出的热气。要是有人从远处偷看,一定以为是一对情人在这里窃窃私语。

阿塔莉雅咬着提玛尔的耳朵说了下面一段话:

"这幢房子是我父亲布拉佐维奇先生盖的。眼下蒂美娅住的那个房间从前是客房。常到布拉佐维奇先生家里做客的都是些什么人呢?无非是合伙经商的股东,营业上的伙伴,议价的商人和工场主。客房里有个夹壁墙,墙里有个螺旋梯,墙外面却隆起来,里面形成了一个犄角。从走廊可以进入这间密室,入口是在一个装着各种破烂儿的、难得打开的壁橱背后。可就算这壁橱整天开着吧,也不会有谁想到去摆弄它那些抽屉下边的螺丝。第三个抽屉底上的中间一颗螺丝很容易拔出来。要是一个不知内情的人这样做,那他充其量拿到一颗螺丝钉。然而谁要掌握着一把特制钥匙,就能把它插进螺丝孔中,然后只需轻轻一按一拧,整个壁橱便不声不响地退到了边上,人于是可以进入密室中。密室从一个直通房顶的烟囱取得空气和光线,隔壁便是蒂美娅的卧室,也就是从前布拉佐维奇先生留宿客人的房间。通进这房间去有一道小门,在房里由一张画像遮着。那是一幅圣乔治刺杀毒龙的镶嵌画,看上去好像是镶在墙里的一张还愿像似的。我们已经不止一次想把它挪开,可是蒂美娅不肯,所以至今还留在那里。这幅镶嵌画有一小块可以推到一边去,从推开的口子便能听到和看到房间里的一切情形。"

"令尊要这个密室干什么用呢?"

"我想是为了生意上的方便。他和商界同业、竞争者和官方代表来往频繁。他常常准备一些上等酒饭招待这些客人,等他们酒酣耳热以后,他就丢下客人,不声不响地钻到密室去,在那里偷听他们彼此谈些什么。他用这种办法可以十分简单而又绝对可靠地探听到制造厂商互相商妥的最后价钱,竞争者决定的最高投标额,以及政府的给养委员会和城市要塞工程当局所计划的内容。爱喝酒的人舌头把不牢,再说也想不到有个一心想知道他们秘密的人会在这样近的地方把一切都偷听去。布拉佐维奇先生就这样掌握并且利用了许多对他的生意非常必要的消息。一次,他自己也喝得烂醉如泥,便打发我去偷听,我这才知道了这个秘密。那个密室的钥匙现在还在我手里。您看,这不是!在人们依法扣押了布拉佐维奇先生的财产,查封了他的房子以后,我要是愿意的话,真可以通过这个密室从房间里弄出许多东西来。可是我不屑于干这种偷偷摸摸的勾当!"

"这么说,也可以从这个密室进到屋里去了?"

"圣乔治像上有枢轴,可以像门似的打开。"

"那么您随时都可以用这种办法进到蒂美娅的卧室里去,是吗?"提玛尔问道,不禁打了一个冷战。

阿塔莉雅高傲地笑了笑。

"我没有从密室到她屋里去的必要,蒂美娅睡觉从来都不锁门。您知道得很清楚,我可以穿过她的房间,而她仍然睡得很熟。"

"您把挪开壁橱的那把秘密钥匙给我吧!"

阿塔莉雅从衣袋里掏出钥匙。钥匙末端像个螺丝钉,从上面一按,钥匙头就蹦了出来。她告诉了提玛尔应该怎样使用这把钥匙。这时好像有个保护神悄悄对提玛尔说:把钥匙扔到院子那口井里去。

可是他没有这样做,一心只听着阿塔莉雅附耳告诉他的话。

"您明天离开家,等一听到暗号就回来,然后钻进这个密室去,那您就可以知道您想知道的一切了。您来吗?"

"我来。"

"您平时随身带着武器吗?手枪,还是匕首?因为您实在难以预料会发生什么事情。只要一推右边的一个圆把手,圣乔治像就可以打开。然后画像就把蒂美娅的床挡上了。明白吗?"

姑娘紧紧握着提玛尔的手,同时带着可诅咒的兴奋神情盯着他。随后她又对他说了些什么,可是听不清。只见她嘴唇嚅动,咬牙切齿,眼珠转来转去。她是在说话,可是没有声音。她究竟说了些什么呢?

提玛尔像个梦游者似的,迷迷糊糊地凝视着前方。然后他突然抬起头来,还要问阿塔莉雅什么……

可是这时只剩下他一个人了,面前不再有人,只有塞在他手里的那把神秘的钥匙证明他刚才不是做梦。

提玛尔在第二天傍晚来到以前这一段漫长的时间里所感受到的痛苦,是他过去从来没有经受过的。

他按照阿塔莉雅的主意,在家里待到中午。吃过午饭以后,他说要到巴拉顿湖去一趟,看一看捕鱼的情形。他说自己是从封冻的多瑙河上徒步走过来的,没带行李,所以可以照样返回去。他把车子留在对岸了,因为必须等冰上修好车路,才允许车子过河。

提玛尔没有接见他那些代理人,也不答复什么问题,连营业账簿也没有过目。他随便从钱柜里拿出一卷钞票塞在钱夹里,就匆匆离开了家。

他下楼的时候,还遇到信差拦着他,递给他一封必须他亲笔在回执上签字的信。他并没有返回房间;他衣袋里经常装着一支精制的自来水笔,于是便把信放在信差的脊背上,在回执上签了字。

他一看寄信人的姓名,知道这是他在里约热内卢的代理人从海外寄来的。但是他没有拆看,就把信原封塞进了口袋里。现在全世界的面粉生意又有什么意义呢!

他在莱岑大街那幢房子里经常为自己准备着一个房间,一到冬天这间屋里就生上了火。这间屋子和营业室及办公室之间隔着许多空房间,单单有一个入口穿过一条隔开的过道直通到这间屋子。

提玛尔神不知鬼不觉地进到这间临街的房间里,坐在窗前焦急地等待着。

凛冽的寒风在外面呼啸,窗户上冻了一层奇形怪状的冰花,从窗外看不清屋里,从屋里也看不清窗外。

他就这样等候着他所寻求的东西:证明蒂美娅不忠实的证据。他早就盼望能抓到这样的证据,以便能够安慰自己说:"现在我们两个都做了对不起对方的事,今后再也谈不到谁辜负谁了!"这一来他便有理由轻视、憎恶和怨恨那个一向使他不得不像农奴给领主缴纳贡赋似的缴纳"尊敬"的女人。他便可以把她从一个女人一生只能坐一次的宝座上赶下来。如果他能以这样一些站得住脚的理由和蒂美娅离婚,他就可以抬高诺埃米的身份,使她得到应有的社会地位,使她幸福,使她成为他名副其实的妻子。

可是这些想法仍然使他感到无限痛苦。

他想象着蒂美娅和那个男人初次幽会的情景便怒火冲天,内心失去了主宰。

耻辱、报复心和难以忍受的嫉妒啃噬着他的心。虽然权衡利弊他应该忍受这侮辱和欺骗,然而实际上还是难以忍受。他现在开始感到蒂美娅对他说来是多么宝贵!他本来愿意自动放弃这个宝贝,大大方方地随她去。但是这难道等于听任她被别人偷窃吗?提玛尔怒不可遏。他该怎么办呢?他翻来覆去地考虑着这个问题。

如果阿塔莉雅的毒素已经渗入他的心里,那么他一定会坚决打定这样的主意:手握匕首躲到圣像后边,趁不忠实的妻子在和情夫狂吻的刹那间,把她杀死在那个人的怀抱里。因为阿塔莉雅渴望的就是蒂美娅的鲜血。

可是,这个受害的丈夫的报复心却在向另一面发展。他需要男人的鲜血——不是暗杀的鲜血,而是面对面流的鲜血。两个人各自手握一把匕首,拼个你死我活!

后来,冷静的思考在这个明智而善于盘算的人心里占了上风,他想道:"干什么要为这件事流血呢?你需要的不是流血报复,而是让对方出丑。你冲出密室,把仆人都叫来,然后把奸夫淫妇一起赶出门去。聪明人要这样办。你不是一个丘八,受到侮辱就要用刀子来报仇。现在有法官,有法律。"

尽管这样想,他还是不由得不把阿塔莉雅劝他带上的匕首和手枪摆在面前的桌子上。谁知道事情会怎样发展呢!是当个报复心切的暗杀者和高傲的丈夫,还是当个有头脑的商人,这个问题要在愤激的刹那间才能决定。一个有头脑的商人如果能在"贷方"记上相应的利润,他就会冷静地把伤风败俗的耻辱记到"借方"上。

夜不知不觉降临了。

昏暗的大街上灯火越来越多。雷韦廷先生自己担负着这一整条大街的路灯费。过路人的模糊黑影映在冻冰的窗户上。

突然,一个黑影在窗前停住,同时玻璃上响起轻轻的敲击声。

冰花由于敲击而颤动着,提玛尔觉得它们仿佛是一座魔林中会歌唱的树木,正在大声告诉他:"别去!"

他考虑着。窗户上又响起敲击声。"我就来!"他说,同时抓起手枪和匕首,悄悄出了这幢房子。

从这里到那所珍藏着辉煌财富的住宅只有几步路,那个美丽白皙的女人就住在其中。他一路上没有遇见任何人,大街已经空荡荡的了。可是他觉得似乎有个黑影在他前面匆匆移动,在朦胧的夜色中时隐时现,终于拐过了街角。他紧紧地跟随着这个黑影。

他发现家里所有的门都虚掩着。有一个帮忙的人已把房门、楼梯间的门,甚至连壁橱的门都给他开开了。他毫无声息地走到了壁橱前。

他完全按照阿塔莉雅告诉他的那样,用秘密钥匙使壁橱移到一边。他进去以后,壁橱又自动退回了原位。提玛尔走进密室,在自己家里当起密探来。

是的,他竟然也变成了"密探"。还有什么丢人的事他没有干过呢?一切都无非因为"穷人是卑贱的,而富人却是异常尊贵的"!而眼下他提玛尔就更高贵到极点啦。所幸这里是一片漆黑。

他顺着墙壁向前摸索,最后来到一个有一线灯光射进来的地方。圣乔治像就在这里,灯光是从屋子里通过这个镶嵌画钻进来的。

他找到像的活门,推开以后,那块地方就只剩下一小片薄玻璃。他凑近玻璃向房间里窥视。

桌子上放着罩有乳白灯伞的台灯。蒂美娅正在房间里来回踱步。她穿着一件白色绣花衣服。

通向过道的门开了,索菲雅太太走进来。她凑到蒂美娅耳畔说了些什么。

提玛尔甚至听清了耳语的内容,屋角的这个小孔仿佛是迪奥尼修斯[①]那只灵敏的耳朵,任何一点声音都能听见。

---

① 迪奥尼修斯(前403—前367),西西里岛上叙拉古的君主。

"让他现在就进来吗?"索菲雅太太问。

"我正等着他呢。"蒂美娅说。

接着索菲雅太太就离开了。蒂美娅却拉开写字台的一个抽屉,取出一个盒子来。

她拿着这个盒子走到灯前。这时她正站在提玛尔的对面,他可以看清她那被灯光照亮的脸上的每一个表情。

蒂美娅打开了盒子。盒子里放的是什么呢?一把带柄的半截军刀!刚一看到军刀她便打了个寒噤。随后眉毛也皱得更紧了,流露出害怕的神情。可是一会儿她脸上的激动便逐渐消敛;两道连在一起的黑色秀眉又使她看来好像额头上有一道黑色灵光的圣像一样了。

她那忧郁的面容上立刻洋溢着柔情。她捧起盒子,把军刀举得离嘴唇很近,致使提玛尔由于怕她会吻它而发起抖来。这把军刀也成了他的情敌。

蒂美娅久久地观看着这把军刀,她的眸子也随之越来越明亮。最后她竟十分勇敢地握住刀柄,从盒子里抽出这半截军刀,嗖嗖地在空中舞了两下……

她哪里知道近在咫尺就有人看着这种情景而痛苦得要命啊!

这时有人在敲门。

蒂美娅惊慌失措地把半截军刀放回盒子里,然后迟迟疑疑地说了声:"请进来。"

他——卡苏卡大尉走进来了。这真是个仪表堂堂、英俊魁梧的美男子。

蒂美娅没有上前迎接他。她仍然站在灯前。提玛尔观察着她。

天哪！他不得不看的是怎样一幅情景啊？大尉走进房来的时候，蒂美娅的脸上泛起了红晕。

是的，石膏像能够在旭日照射下发出霞光。圣像的面孔变活了，苍白透出了玫瑰红来。一见到此人，那张白脸便容光焕发……难道还需要其他的证据，还用得着听其他的言语吗？

提玛尔几乎要把面前的镶嵌画推翻，像那条正在反抗的毒龙把圣乔治推倒在地上那样，然后就扑到两个人身上去，不等蒂美娅说出她那模样已经泄露的话来……

然而不能这样做。也许你所看到的只是梦吧。再往下看一看。蒂美娅的面色又回复了平时的白皙。她冷静而庄重地摆了一下手，请大尉坐下。她坐在离他很远的沙发上，目光严肃，使人起敬。

大尉一手拿着他的镶金线的军帽，一手按着他那带金穗的军刀，直挺挺地坐在那里，好像是在自己的将军面前似的。他们一声不响地彼此望了好半晌，双方都需要竭力克制自己的惴惴不安的心情。

蒂美娅首先开了口。

"先生，您给我送来一封神秘的信，还带着一份莫名其妙的礼物，一把半截军刀。"

说到这里，蒂美娅便掀开盒盖，把信拿出来。

"您信上说：'夫人，我今天和一个人决斗，只是由于我的军刀断了，才没有杀死他。这场决斗是由一些谜一般的情况引起的，这些情况关系到您，或者说实际上关系到您的丈夫。请允许我与您会晤几分钟，把您必须知道的事情全部告诉您。'信里在'您的丈夫'这几个字下面还画了两道线。因此我给您机会让您说明您的意思。您请说吧！您的决斗和雷韦廷先生个人有什么关系?只要您谈到的是雷韦廷先生,无论谈多久我都听下去;但如果您一扯到别的话题上,我可要立刻失陪。"

大尉神情庄重地鞠了一躬。

"那么我就开始说了,夫人。近些天来,有个陌生人逗留在本城,他穿着一身海军制服,因此凡是军官出入的地方他都能去。他好像是个见过大世面的人和谈吐风雅的交际家。可他到底是何许人,我也说不清;因为我不惯于当包打听。夫人,这个人没有引起您的注意吗?您可能在剧院里不止一次地看到过他。他穿着一身带红线和金袖章的绿色军服。"

"不错,我看见过此人。"

"您不记得以前在什么地方见过他吗?"

"我没留心他的面貌。"

"对,因为您从来不瞅陌生男人的脸。"

"往下说吧,先生。关于我没有什么可谈的。"

"这个人几个星期以来常常和我们交谈,好像很有几个钱似的,而且逢人便说,他之所以逗留在这儿,是要等候雷韦廷先生。他自称负有一项使命,是一件必须和您丈夫亲自交涉而又非常紧急的事情。这家伙逐渐使我们开始感到厌烦了。他每天都打听雷韦廷先生的消息,还做出一副非常神秘的样子。最后大家终于想到这个人一定是个冒险家。有一天晚上,我们打定主意不放过他,一定要弄清楚这个在我们圈子中活动的家伙究竟要干什么。我决定要问他个清清楚楚。他又淡起大家听腻了的那一套来,说什么有些事情要和雷韦廷先生解决。问他为什么不与雷韦廷先生的商业负责人接洽,他回答这是些非常棘手的事儿,只能跟本人解决。我听了这回答,决定不顾一切地对他采取行动。我对他说:'告诉您吧,我不信这些话;我们在场的人全都有充分理由,怀疑您和雷韦廷先生会有什么棘手的私人问题。我们不知道您是何许人;但雷韦廷先生是个光明磊落的正人君子,他的财产、他的声名、他那聪明的头脑和社会地位都受到普遍尊重,这却是千真万确的。此外,他作为一家之长,生活上也是无可指摘的,而且还是个忠心耿耿的爱国者啊。所以,他没有任何理由会和您这样一个人有什么神秘的瓜葛。'"

蒂美娅听到这里,慢慢站起来,走到大尉跟前把手伸给他,说:"我谢谢您。"

提玛尔这时又看到她那洁白的两颊上泛起了不常见的红晕。她从内心爱慕的这个人,维护了夹在他们两人中间的、成了她丈夫的另一个人的声誉——想到这里,她的脸不禁发起烧来。

大尉继续说下去。为了不老盯着蒂美娅的脸使她感到难为情,他在房间里找了一个注视的目标,就像人们听一个惊心动魄的故事入了迷时,目不转睛地盯着一个地方一样。少校所找的这个目标恰恰是圣乔治像上的那个龙头,而提玛尔的"侦察孔"恰恰又在龙头的眼睛上。因此这个偷听的人不能不感觉到大尉的话仿佛完全是直接对他说的。

不过他所待的地方漆黑,没有人能够看到里面。

大尉继续说:"那个人听到我这番话立刻变了脸色,就像一条卧着的狗被人无意中踩着了尾巴似的。'什么?'他大嚷着,使在场的人全部听到了,'这么说,您以为雷韦廷是个很有名望、值得敬佩的有头脑的富翁,而且是个幸福的家长和忠实的臣民啰?好吧,我要向您证明,雷韦廷这个人只要见到我,不出三天他就得丢下他的家和漂亮妻子,远走高飞,离开这个国家,甚至逃出欧洲,永远不敢再让人听到他的消息。'"

蒂美娅的手不由自主地伸向了那把军刀的刀柄。

"我什么也没回答,就给了他一记耳光。"

提玛尔赶紧把头挪离侦察孔,他觉得好像这记耳光打在了他的脸上似的。

"我立刻看出这个人对自己所说的话有些后悔了。他挨了耳光后本来想赶紧逃走。可是我挡着他的去路,不放开他。'您是军人,'我说,'身边佩带军刀。您知道遇到这种事该怎么办。上面饭店里有一个大舞厅,我们去点上几支蜡烛,然后您从在场的人当中挑选两位决斗的证人,我自己另外找两位,来解决我们两个人的问题。'我们一分钟也不容许他拖延。决斗开始了。这家伙交起手来像个海盗似的,有好几次竟企图用左手夺取我的军刀,于是我火了,一刀砍在他的脑门儿上,他栽倒了。算他走运,我是用刀背打在他的脑袋上的,因此刀断了。我听我们的医生说,第二天他就离开了本城,可见伤势大概不太厉害。"

蒂美娅又拿起那把半截军刀,仔细看了看刀刃,然后把刀放在桌子上,默默地把手伸给大尉。

卡苏卡两手轻轻地抓住她的手,把这只手捧到嘴上,几乎看不出地吻了一下。蒂美娅并没有抽回自己的手。

"我谢谢您。"大尉低低地说。

躲在暗处的提玛尔也许根本没有听到这句话,可是大尉那含泪的眼睛同样表明了:"我谢谢您。"

随后是一阵长时间的沉默。蒂美娅回到沙发上坐下,用手托着头。

大尉又对她说起来。

"夫人,我请求和您见面,并不是要在这儿吹嘘我的英勇行为。它也许使您感到不愉快,而对我说来也无非是尽了朋友的义务。我到这儿来也不是想要求您友好地和我握握手,作为对我的一种酬谢。当然,您的握手对我是一种崇高的报酬!我用赠送半截军刀这种近乎荒唐的、少见的方式要求跟您谈谈,并不是为了这一点,而是为了一个非常重要的问题。夫人!那个人说的话也许有几分是真的吧?"

蒂美娅听到这句话,像听到一声霹雳似的倏地站起来。提玛尔在夹壁墙中也感到了这一声霹雳,因为他一听这话整个神经都抽搐起来了。

"先生!您在想些什么?"蒂美娅激动地问道。

"这我已经说出来了,想请您给我一个答复,夫人。"大尉从座位上站起来说,"这个人说的如果有一句谎话,那么他说的就句句都是谎话。可是如果他的话有一句可能是真实的,那么他的话就句句都可能是真实的。因此我到您这儿来是想诚恳地、直截了当地当面问您一句:所有这些诽谤中会不会也许有一句是真的呢?这个人所说的关于雷韦廷先生的话,我并没有全都说出来;他的话里还夹杂着一些侮辱一个男子汉的言辞。莫非他的话有几分可靠?提玛尔的生活已经发生了可怕的改变,正在步这所倒霉房子的旧主人的后尘吗?夫人,假如有这种可能,那么任何顾虑也不能阻止我本着上帝的同情心请求您逃离这所正在倒塌的房子!我不能容许别人毁灭您,我不能无动于衷地眼看着别人把您拖进深渊。"

这番热情洋溢的话,也深深感动了蒂美娅的心。

提玛尔迫不及待地倾听着这场灵魂搏斗的结局。结果还

是蒂美娅胜利了。她集聚了自己的精神力量,平静地回答说:

"您放心好了,先生,不管那个人到底是干什么的,也不管他来自何方,我可以向您保证,他的话完全是胡诌,那些诽谤没有任何根据。我彻底了解雷韦廷先生的经济情况,因为我在他外出期间亲自掌管营业,对全部情况一清二楚。他的财产很稳固,即使他由于运气不佳,把现在压上的钱统统输掉了,那也动摇不了他这房子的一根柱子。我还可以完全心安理得地对您说,在雷韦廷先生的财产当中没有一文钱来路不明。他从来不曾夺取任何人的家财,从来不曾使任何人破过产。因此,他没有必要由于害怕谁的谴责而发抖,没有必要对上帝或人隐瞒自己任何财产的来源。雷韦廷先生是一个不必为自己的财富脸红的人……"

啊!躲在漆黑夹壁里的提玛尔脸上真感到火辣辣的!

大尉深深叹了一口气。

"您的话完全令我信服,夫人。我原来也是这么认为的。那个陌生人把提玛尔当作商人进行责难的每一句话都是诽谤。可是,他还吐露了另外一些话,使您的丈夫作为一位家长的行为受到了怀疑。请您允许我只问您一句:您幸福吗?"

蒂美娅怀着说不出的痛苦望着他,目光中含着回答:"你既然看穿了我,却干吗偏偏要问啊?"

大尉用大胆的语调继续说:"舒适、体面、财富,这些在您周围应有尽有。我以荣誉向您担保,关于这一点我从来没有问过谁,而是别人主动告诉我的。我当时回答说'你胡扯!'并且教训了那个诽谤的人。可是,万一这一点是真的,也就是说您真的感到痛苦,不幸福,那么这种情况就要求作为一个男子汉的我鼓起勇气对您说:'夫人,世界上还有一个人,他像您一样痛苦,一样不幸福。您抛弃这不幸的财富,结束两个人的痛苦吧。忍受这种痛苦的人即使到了彼岸,他们也要向上帝控诉造成这种痛苦的罪魁! 您离婚吧!'"

蒂美娅把手按在胸上,像一个即将被处死的女殉道者似的,充满痛苦地抬起头来仰望着天空。在这一刹那间,一切痛苦都涌上了她的心头。

提玛尔看到这种情形,绝望地用拳头捶了一下前额,把脸挪离了窥视孔。

有好几分钟的时间他什么也没看,什么也没听。

后来,难以忍耐的好奇心又驱使他回到向黑暗中射进微光的那个地方,再次向房间里探视;这时候,他面前已不再是那个女殉道者了,蒂美娅的脸又恢复了镇静。

"先生!"她用温和的声调对大尉说,"我一直听完您的话,这表明我非常尊重您。请您让我保留对您的这种情感吧,永远不要再向我提起您今天问我的这个问题。我可以让全世界的人作证,谁也不能说出我曾经讲过一句抱怨的话,或者是流过一滴不满的眼泪。我抱怨谁呢? 抱怨我的丈夫吗? 他是世界上最善良、最高尚的人。在我还很年轻、跟他还不熟识的时候,他就搭救过我的性命。他为了抢救我,曾经三次冒着生命危险钻到深深的水里去。在我当初还是个不懂事的、任人玩弄的孩子的时候,他保护过我。他为了我,天天来拜访他的死对头,关心我,照顾我。当我变得一贫如洗、无家可归的时候,他又把他的财产送给了我,向当使女的我求婚,使我成了他家的女主人。而且,他向我求婚的时候十分诚恳,并不是戏弄我。"

蒂美娅说到这里,三步两步走到壁橱前,打开壁橱。

"先生,您看看这儿!"她对大尉说,同时把壁橱里挂着的一件绣花长裙在他面前展开,"您还认得这件衣服吗?这就是我绣的那件裙子。您曾经有好几个星期看到我坐在那里绣裙子。对我说来,它的每一针都含着一个破灭的幻想,一段悲哀的回忆。当初,他们使我相信这是我的新婚礼服。等我把它绣好以后,他们又对我说:'拿过来吧,这是给另一个新娘子做的。'噢,先生,这一刀真是扎在了我的心坎上。我带着这种不治的精神创伤已经痛苦了许多年。当时那位高贵的、伟大的人不谄媚我,不诱惑我;而是等着,等到另一个人践踏我、抛弃我的时候,他却抬举我,拥抱我,并从此以后用超人的、天使般可敬的耐性,竭力要治愈我的致命伤,分担我的痛苦。现在要我跟这个人离婚吗?除了我再没有人爱他,对他说来我就是整个世界,是唯一把他拴在世上的人;唯有看到我,他那忧郁的脸上才会露出笑容。人人都尊敬他;难道要我一个人说,我恨他不成?我的一切都是他赐给的;而我带给他的陪嫁,仅仅是一颗没有爱的、受了创伤的心。现在要我跟他离婚吗?"

大尉听到这番激昂悲愤的话,立刻用双手捂住了脸。

圣乔治像后面藏着的那个人呢?他简直感到自己的处境跟大嘴里戳进了长矛的毒龙一样难受。可是这还不够,长矛又带着倒钩从他的嘴里拔了出来。

"先生,"蒂美娅继续说,纯洁的脸上显出具有女性尊严的那种不可抗拒的魅力,"即使事实与世人对提玛尔的看法完全相反,即使他破了产,沦为乞丐,我也不会抛弃他。而且正因为如此才更不会这样做。就是有什么丑事玷污了他的姓氏,我照旧要姓这个姓。我要分担他的耻辱,正如我分享了他的荣誉一样。即使全世界都看不起他,我也有义务永远尊重他。即使他变得无家可归,我也要和他相依为命。如果他当了强盗,我就跟他住到森林里去;万一他死了,我就跟他一同离开人间……"

(那是什么——是那儿画上的毒龙在掉泪了吗?)

蒂美娅往下说道:"是的,先生,即便任何女人都受了最严重和最痛苦的损害,那时我也会说:'是我破坏了他的幸福,愿上帝赐福那个使他得到幸福的女人。'我决不同他离婚。就是他自己想要脱离我,我也不会离开他。我永远不会和他离婚,因为我知道应当怎样遵守自己的誓言,知道我对我的灵魂负有什么责任。"

大尉哽咽起来。蒂美娅为了恢复镇静,缄默了一会儿,接着又压低了嗓子温和地说:

"现在您永远离开我吧。几年前您扎在我心上的那一刀,已经被这次决斗所砍的这一刀抵消了。因此我保留这半截刀作为纪念。什么时候我一看到这把刀,就会想到您是个高尚的人,从而也使我得到安宁。您从前来跟我交谈,接近过我,后来您又有好几年避开我,这些都一笔勾销了。"

圣乔治像后面发出一个人匆匆离开的脚步声。

提玛尔从密室经过壁橱门冲进过道里,这时一个黑魆魆的人影挡住了他的去路。这是黑暗中的影子呢,还是妖怪或者歹徒?

"您听到了什么,看到了什么?"

这是阿塔莉雅。

提玛尔把这个黑魆魆的人影推到一边,抓住她的肩膀,把她按在墙上,冲她的耳朵低声说:

"你这个该死的!让这所房子和盖这所房子的人的骨灰都见鬼去吧!"

他说完,像一个疯子似的冲下楼去了。

蒂美娅的房门开了,从房里射出灯光来。灯光中显现了正在告别的大尉的身影。蒂美娅按了按铃,索菲雅太太嚷嚷着走来。她是在咒骂谁把楼梯间的灯关了。随后,她端着蜡烛把大尉送到楼下。阿塔莉雅退到秘密的壁龛门后。直到一个人也没有了,四周又恢复了一片漆黑,她还久久地在那儿叨咕着,然而听不出声音,只见嘴唇在嚅动,还有就是牙齿咬得紧紧的,眼珠子滴溜溜转着,并且挥了挥攥得紧紧的拳头。

第二章 第一次失败

溜走吗?可是溜到哪儿去呢?这是眼前的问题。

城里的钟正打十点。在横跨多瑙河支流的桥头上,拦路木已经放下来了。这座桥通到一个小岛,从那个岛可以从冰上越过多瑙河的主河道。在这般时候,要想不引起桥上所有税吏和岸上一些哨兵的注意而到达那里是不可能的。城防司令官曾经严格命令下属,从晚上八点到早上七点,即使罗马教皇陛下来了也不准从冰上通过。

然而,只要雷韦廷先生从钱夹里掏出几张带红字的钞票,就可以办到连教皇的谕旨也办不到的事情,这当然是可想而知的。不过这样一来,第二天准会闹得满城风雨,说金人深更半夜独自一人匆匆越过危险的冰层离城逃走了。这对于引起决斗的那些闲话,将是非常有力的证据。那时人人都会说:"他已经逃到美洲去了。"蒂美娅也会听到这种谣传。

蒂美娅!啊,想要避开这个名字多么难啊!随时随地都有什么使他想起这个名字。

他只好返回莱岑大街的住宅,在那里等到黎明。这将是何等苦恼的一夜啊。

他像个贼似的小心翼翼地打开通往自己房间的门;住在这幢房子里的人早已睡了。虽然在黑暗中更容易被幽灵攫住,但是他进房以后并没有点灯,便一屁股坐在沙发上。

那张石膏脸泛起了多美的红晕啊!可见冰层下面原是有着生命的,只是没有照射它的阳光罢了。他们的婚姻对蒂美娅来说是漫长的冬天,是无休无止的北极严冬。

他无法逃出这个不幸的冰雪之国。妻子是忠贞的。连情敌也是个忠实的朋友,他的军刀就是由于有人诽谤他所爱慕的女人的丈夫而砍断在这个诽谤者的头上。提玛尔在他面前不能不自惭形秽。他甚至自卑到这种地步,竟把这个他所一度憎恨的情敌,这个他所轻视的倒霉穷光蛋和在供应军队给养上卑鄙地揩油的家伙,视为比自己高尚的伟人。这个人并没有自我抬高,却已驾凌于他之上!

蒂美娅爱着这个人,他们两个都没有幸福。

造成这两人不幸的唯一原因,就是提玛尔乃是个金人。一个金人,即使不爱他的人也要竭力推崇他,没有人想欺骗、偷窃和侮辱他,也没有人想损坏他的荣誉。

不仅如此,甚至当有人想揭去他的假面具时,人们还像维护一件圣徒遗物似的维护他的荣誉!

他的妻子是那么热情地称赞他!

"他把我从一个使女抬举为家里的女主人!"

这不是事实!她是主人,而我才是用人。我利用她的财富充做主人,并且以这样的身份出现在她面前。

"除了我他再也没有什么人。唯有看到我,他那忧郁的脸上才会露出笑容!"

这也不是事实!我在世界上的一个秘密角落找到了爱情和幸福,我在那里做欺骗她的勾当,我在那里违背自己的誓言,玩弄她的忠贞。

"要我抛弃人人都尊重的人?"

但是,为什么人人尊重我呢?那是因为大家不了解我!

假如这个女人了解我,发现了我内心包藏着什么,那时她还会说"我要分担他的耻辱,正如我分享了他的荣誉一样"吗?

蒂美娅仍然会这样说的,而且她永远不会同他离婚。

"既然你造成了我的不幸,那就跟我一同痛苦吧!"她会以这种天使的残忍说。

万一有人对她揭发了无人岛和诺埃米的事情呢?那她会回答说:"是我破坏了他的幸福,愿上帝赐福那个使他得到幸福的女人。"

蒂美娅方面就是这样!

那么诺埃米呢?

诺埃米因为蒂美娅的这种宽宏大量而不能离开荒凉的无人岛。那时她将在岛上干什么呢?这会儿她大概正抱着幼小的孩子独自站在寂静的冬天的河滩上吧?她现在在想什么呢?干什么呢?没有一个可以对她说句安慰话的人;她在荒凉孤独的环境中想到歹徒、天灾和野兽会怎样发抖啊!她思念远方的爱人,极力想象他现在大概逗留在什么地方,这时她的心会多么沉重啊!

唉,要是她知道一切就好了!但愿这两个女人都知道,造成她们这样痛苦的人是怎样满身罪恶!但愿有人把这些情形告诉她们!

那个陌生人呢?

那个已经提到过这些,因而被大尉打了个耳光并砍伤了脑袋的人到底是谁呢?一个从外地来的海军军官?这个对头可能是谁呢？既然那个人受伤后已经离开了本城,这些也就无法查究了。

内心的声音悄悄对他说:还是避开这个人好。逃走吧！是的,逃走是他一向的欲望。对他说来,老待在一个地方是最厌烦不过的了。自从离开无人岛以来,他待在哪儿都惶惶不安。就是在旅途中休息、喂马和在饭馆里吃饭的时候,他也抑制不住自己的急躁心情,总要独自先顺着公路徒步走上一段。有一种东西使他在哪儿也待不住。

他在考虑,是不是有可能把诺埃米和小多迪接来,然后登上一条海船远走高飞,带着他们到一个陌生的大陆去！

可是蒂美娅呢！他在这个名字上又"搁浅"了。在大洋中,有一股暖流从赤道流向北极,而同时,又有无数浮冰从北极漂向赤道——提玛尔感觉到,他企图把这样个大洋搂在怀里完全是发了疯。

睡神仍不光临。他的怀表报了十二点,到天亮还有漫长的七个小时！他还得胡思乱想这么久！

最后,他还是决定点上一支蜡烛。有一种比鸦片和毛地黄膏更有效地治心情激动的镇静剂,那就是平凡的工作。谁有许多工作要做,谁的心就无暇感到痛苦。

提玛尔拿起被一个龙形铜镇纸压在桌上的信件。他的总代理人通常就把信件堆放在这里。他根据信件来了解情况,或者亲自作出决定。其中有些信件曾经寄到博约、雷韦廷、维也纳和的里雅斯特去,在各处都没有找到主人,最后都退回到他的主要住所科马罗姆来了。这就证明提玛尔半年以来不曾到过上述那些地方。

假如他委托的不是一些绝对正派的人,那么他们随时随地都能用可耻的办法盗窃和欺骗他。

有的信上蒂美娅注明她对这件事情已经发出了指示。又是蒂美娅!

提玛尔把这些信件仔细看了一遍,所有的信都带来有利的消息。他突然想起了从来不会失败、最后由于总是走运而开始发抖的波利克腊特斯①。

他的财富不断增加,积累的金钱开始摆着而不需要再生利。慈善事业的捐款簿也消耗不尽他所获得的意外高额利润。他无论着手什么,都是无往而不利。只要他出头干什么事,黄金就会滚滚而来。只要盖上他的公司的印章,一张白纸马上就有了价值。

然而如此大走鸿运的基础是什么呢?这是一个秘密,只有他自己知道。

谁见过阿利·邱尔巴德希的珍宝摊开在昏黑的船舱里呢?只有他自己;除他以外还有一个好朋友,就是月亮。月亮看到的还不止这些!

如此说来,维持世界秩序的关键就在于犯下罪过而永远不被揭露啰?然后由此产生的一切,必然是光荣、伟大和道德。

这是不可能的!

提玛尔感觉到了这一点,因为他十分敏感。他感到一种来源不正的过分的幸福,最后必然会化为泡影,这是天经地义的事! 如果他的财富损失掉一半,他看了会感到高兴。是的,

---

① 波利克腊特斯,公元前六世纪塞莫斯(爱琴海中南斯波拉迪群岛的一个岛屿,现属希腊)的暴君。

只要他能换来这样一个信念：即不再亏负命运什么,他宁愿牺牲他的全部财产。而他那巨大的财富,他的权势,他的崇高声誉和他那表面上的家庭幸福,都无非是命运对他的一种残忍的嘲讽。他觉得,这就是他所受到的惩罚。他被命运赐给他的这些东西压倒了。他躺在这些东西下面,就像被埋在坟墓里一样,使他不能爬起来享受他唯一值得追求的生活;这个生活的中心,就是诺埃米和小多迪。在多迪——头一个叫这个名字的孩子——夭折的时候,他就意识到了孩子对他是多么宝贵;如今在第二个小多迪身上,他对这一点感觉得更明显了。可是,他还不能把小多迪和诺埃米接到自己家中。他被埋在金山底下,无法逃脱出来。现在他在清醒中,还感觉到他在岛上害伤寒病时所看到的情景:他活活躺在一个装满金子的坟墓里,头前立着块大理石石碑,上面记载着他那些宏伟的事业。但是在石碑顶上,却岿然耸立着一座石膏像,那是蒂美娅的像。一个女乞丐领着一个孩子走来,要摘坟旁的麝香草花,这是诺埃米。被活埋在坟墓中的人异常痛苦地竭力想要喊叫,可是怎么也喊不出这几句话来:"诺埃米,伸出手来!把我从这个金坟墓里拉出去吧!"

提玛尔继续看那些信件,其中有一封是他的巴西代理人寄来的。他的得意计划,也就是关于匈牙利面粉工业的计划,已经辉煌地实现了。这件事又提高了他的声誉,增加了他的财富。

这时他才又想起,邮差曾在楼梯上递给他一封海外寄来的信,当时他因为正在考虑别的事,就把这封信塞到口袋里了。现在他掏出这封信来;这是刚刚在信中报告了好消息的同一个商业代理人寄来的。

信的内容如下:

我的先生!

在我前一封信寄出之后,我们的企业遭到一次非常沉重的打击。受过您大恩的托多尔·克里茨提安卑鄙地欺骗和坑害了我们。这件事责任并不在我们,因为这个人几年来表现得那么忠实、聪明和勤恳,因此我们不能不给予他极大的信任。再说,他的薪水连同分红,不仅足够维持他的生活,而且还能有些积蓄。他自己的钱就存在我们这里生息哩。现在,证明这个人乃是世界上空前未有的大骗子。他一面在我们这里假装存着不多的几个钱,一面用狠毒的办法窃取我们公司的财产。他侵吞汇款,造假账,并且用公司的名义(因为他是您的代理人)伪造巨额支票。到目前为止,他所造成的损失已经证实的总计有一千万赖斯①。

提玛尔把信扔下。一千万赖斯!这就是十万盾银币,这等于波利克腊特斯扔进海里的那个戒指。

接着他又继续往下念这封信。

可是比这个损失更大的是他所搞的欺骗勾当。几年来,他把所有经您手发来的面粉全都掺上了大量路易斯安那②的较轻的面粉,以便增加收入。他通过这种美国佬式的诡计,把匈牙利面粉工业今后若干年的信誉也破坏了,以致我不知道应该如何恢复我们的信誉。

---

① 赖斯,当时通用于西班牙、葡萄牙、巴西和墨西哥等地的小银币名。
② 路易斯安那,美国南部的一个州。

"这可以说是第一个打击!"提玛尔暗想。这是对一个大商人最沉重的打击,而且恰恰击在他最引以为自豪的地方,击在他赖以自鸣得意并获得王室顾问头衔的事情上。

蒂美娅盖起的华丽大厦倒塌了。

又是蒂美娅!

提玛尔匆匆地继续看下去。

> 这个年轻人由于结识了一些放荡的女人,所以才走上了犯罪的道路。这种风流病在巴西非常流行;对于来到此地的外国人,这是最危险的病。我们马上逮捕了他,但是没从他身上找出一点赃款;他把钱一部分输在赌场上,一部分挥霍在女人身上了。这个坏蛋很可能还藏起了一部分,企图等到恢复自由以后再花。不过他得等待很久,因为法院已判处他在船上服苦役十五年。

提玛尔没能把这封信看完,便扔在桌子上了。他站起身来,开始不安地在房间里来回踱步。

十五年的苦役!被锁在船上,十五年里除了天和水以外什么也看不到!必须在烈日下度过绝望的、没有慰藉的漫长的十五年,诅咒波涛滚滚、无边无际的大海,痛骂残忍的人类。等到恢复自由以后,他已经是个老头子了!这一切为什么一定会发生呢?就是为了使提玛尔·米哈利·雷韦廷先生得以安然在无人岛上享受他那些不应有的快乐吗!就是为了不致有人把诺埃米的情形泄露给蒂美娅,把蒂美娅的情形告诉诺埃米吗!

他打发托多尔·克里茨提安上巴西去的时候,没想到会有这种结果吗?说实在的,他确实想过!他甚至预料到,这个机会将要使托多尔犯罪。他没有像一个真正的男子汉在跟情敌决斗时一枪打死对方那样,立刻打死托多尔·克里茨提安。他不但没有这样做,反而对托多尔·克里茨提安装作父亲般的仁慈,把他打发到三千英里之外去了。现在他会看到对方在漫长的十五年中慢慢死去。虽然相隔万水千山,他仍然像是看到了他!

夜间房里没有生火,很冷,窗上结了一层冰花;可提玛尔在窄小的房间里来回踱步时,仍然不断擦着脑门上的汗水。

原来他伸手帮助谁,谁就要倒霉。

他的手是该诅咒的。

从前他曾自鸣得意地欺骗自己,认为凡是受他帮助的人都会变得幸福,甚至罪人也会改邪归正。现在结果适得其反,凡是他的手触及的东西,都会遭到灾祸与不幸。

他所爱的那个女人,由于他而失去了幸福;他是用手腕把她从好朋友手中夺过来的,这个好朋友正在分担她的痛苦。他骗取了另一个女人的爱情,而他在这广大的世界上又没有地方可以安顿她,她也同样的不幸和痛苦。至于那个人,今后他要听自己的哗啦哗啦的镣铐声听十五年之久!

噢,这是一个多么可怕的夜啊!

难道天永远不会亮了吗?

在这间屋子里,他觉得自己仿佛置身在监狱和坟墓里一样。

不料那封可悲的信还有附言!提玛尔回到桌旁,把它一直看完。附言末尾注明的日期比原信迟一天,内容是:

> 我刚刚收到太子港的一封来信,信上通知说,克里茨

提安服劳役的那条军舰昨天晚上跑了三个犯人,并且带走了一只舢板。官厅正在追捕逃犯。我担心咱们那个人也在内。

提玛尔看完这个消息,突然产生一种无名的恐惧。刚才他还直出汗,现在却开始剧烈地颤抖,害起寒病来啦。

他胆战心惊地向四周张望。他怕的是什么呢?

他一个人在房间里害怕得像个孩子听人讲了强盗故事似的。他不能再在这儿待下去了。

他从皮上衣的口袋里把两支手枪掏出来,看看是否都装上了子弹。他又摸了摸身上的匕首,证实可以随时拔出鞘来。

离开这儿!

眼下还是深夜,外面的更夫才打了一点。可是要在这里等到天明,不是提玛尔所能忍耐得了的。

也有办法不经过桥上到达对岸,因为多瑙河在附近那个岛的上游已经封冻了。只要他对于漆黑的夜晚和巨大的冰桥不像对这里摇曳的烛光和这封信那样恐惧就行。

他把信举在烛火上烧掉,再把蜡烛吹灭,然后就深一脚浅一脚地走出了房间。

他刚要锁门,忽然又想到还没烧完的信可能引燃什么东西,于是又回到屋里。昏暗中,他看到在行将化为灰烬的信纸上,火焰像蛇似的扭来扭去,而他脑子里的可怕念头也在同样蠕动。他直等到火星全都灭了,房间里一片漆黑以后,才摸索着走了出来。他怀着无名的恐惧穿过前厅和过道,尽管迎面并没有人走来,后面也没有人盯着他,他却举起左手保护着头,右手攥紧拔出了鞘的匕首。

走上大街以后,他才感到松了口气。这时他那男子汉的气概总算又恢复了。

　　夜里刚下过一场雪,他沿着莱岑大街匆匆向多瑙河岸的磨坊码头走去,脚下发出咯嚓咯嚓的响声。

第三章 冰

从科马罗姆往上直到普雷斯堡①,多瑙河整个河面都封冻了,随便从什么地方都可以过到对岸去。由科马罗姆去诺依齐尼,要想不从桥上走,提玛尔就得翻过那个岛。夏季人们在岛上淘金,使那里出现了一些沙丘,因此一到冬季照例冻结成坚硬的冰块堆积起来,使人很难通过这些障碍。

提玛尔仔细地考虑怎样走好。他准备一看到敏斯特山和他在山顶上的别墅,就一直朝那个方向走去。

但是大雾使他这个计划落了空。提玛尔原来指望有个星光灿烂的夜晚,没想到走到多瑙河岸边,却起了雾。起初雾只是薄薄的,还可以看清前面;可等他到了冰上寻找道路的时候,就已是大雾弥漫,三步以外就什么也看不清了。

如果提玛尔还保持着正常的理智,那他就会立刻掉转身来,想办法找路回去。可是他一心想的只是怎样到达对岸。

漆黑的夜里本来就很难行走,加上多瑙河在岛的附近又最宽,因此从这里踏冰过河是再危险不过的了。堆积起来的大冰块构成一长列不规则的障碍,有的地方曲曲折折如同山

---

① 普雷斯堡,又译"普莱斯堡",一九一九年后改称"布拉迪斯拉发",现在是斯洛伐克共和国首都。

脉,许多一人来高的大冰块突兀地矗立其间。

提玛尔在绕过这些障碍物时,突然发觉自己在雾中陷入了迷津。他已经上路一个多钟头,他的怀表指着两点三刻,按说早就该到对岸了。毫无疑问,他走错了方向。

他侧耳细听,漆黑的夜里万籁俱寂。他肯定没有接近对岸的村子,而是离村子越来越远了。

连一声犬吠都听不到。

他也发觉自己不是在横过多瑙河,而是在沿着河床走,因此决定转九十度再朝前走去。因为多瑙河在哪里也不超过两千步宽,他这样总可以在什么地方到达对岸。不过在黑暗中他不知道是不是保持着固定的方向。每遇到一座冰山就不得不绕过去,这使人再怎么估量也难免离开直线走弯路,结果又回到老地方,重新陷入离奇的冰封迷宫。

五点过了,提玛尔已经不住脚地在多瑙河上来回乱转了四个钟头,感到筋疲力尽了。他不仅一夜没有睡觉,整天还什么东西也没有吃,而且又有许多忧心的事折磨着他,伤害他的神经。

他站住脚,想听一听动静,因为人们通常总在这个时候鸣钟做早弥撒,一定会从城里或者村子里传来钟声。

异教徒急于听到召唤正教徒的钟声,避开上帝逃跑的人竟然渴望听到教堂的声音,这真是命运的一种奇妙的讽刺!

他焦急盼望的声音终于传进他的耳朵;这是从他背后远处传来的科马罗姆的钟声。根据钟声判断,最好是向右前方斜着走,这样想必正对着诺依齐尼的河岸。

但是这一回钟声戏弄了他,把他更远地送向多瑙河上游去。他迷失在一片由互相重叠的、或倾斜或垂直地耸立着的冰板构成的冰原里。他必须在这些冰板中寻路,他跌跌撞撞地摸索着,不断地滑倒,有时只得爬着走,可是无论如何仍到不了河岸。

他不敢呼喊。他所能听到的,只是从他头顶上掠过却又看不见的乌鸦的啼声。

他最后只有希望等到天亮以后根据太阳来辨认东方。他是船员,能够根据多瑙河的水流判定方向。

假如他在什么地方发现冰上有个窟窿就好了,那他就不难决定该怎样走。可是冰层处处都很厚,只有用斧子才能凿穿。

天慢慢亮起来,但是雾很浓,看不见太阳。

他不得不继续往前走,要知道在冰上休息是危险的。已经九点钟了,他还没有找到河岸。

这当儿雾小了一些,日轮像一个暗淡无光的白脸庞出现在天空,仿佛仅仅是太阳的影子。天空似乎布满了无数亮晶晶的冰针,好像火花似的闪烁着,耀眼欲花。

这时他终于能够判定方向了。

然而太阳已经升得很高,不再能表示出东方。不过总算可以看到些别的东西了。

提玛尔透过半透明的雾幕向四外张望,觉得右前方的远处好像有个屋顶的轮廓在雾中发出微光。

有房子的地方就有陆地。于是他朝那里走去。

天空只明亮了几分钟,接着浓雾重又笼罩在冰上,提玛尔又什么也无法辨认了。可他现在很注意别再失去已经找到的方向,笔直地顺着这个方向走去,而这回他算是估计正确了。那个屋顶不久就影影绰绰出现在他面前的浓雾中,离他不到三十步。他终于找到了那所房子。

等他走到离房子只剩十步远的时候,他才看清这是座磨坊。

冰流不知在哪里把这座磨坊从"冬季收容所"里夺出来,连同锁在上面的铁链子都一下子冲到这里来了。锋利的冰凌划破了板壁,好像木匠锯断的一般。有几个轮子已经断裂;磨盘嵌在冰块中间,周围的冰块像一道胸墙那么高。

提玛尔惊愕地站在磨坊前面,仿佛见了幽灵似的,感到一阵昏眩。

他突然想起被彼利格拉塔岛的旋涡吞没了的那座磨坊。

这座磨坊不就是那座磨坊的鬼魂吗?它出现在他面前,莫非要在他最后快逃出去时恐吓他,甚至把他监禁起来吗?

一所将要毁灭的房子,一座被冰包围着的破磨坊!这是监禁他的地方?还是收容他的地方?

一种痛苦的感觉驱使提玛尔走近那座磨坊。磨坊门上的锁已经开了,大概是被冰流震开的吧。他走进了敞开着的磨坊门。里面的磨架还完整无损,仿佛在等待一个浑身白粉的磨坊徒工的鬼魂出现,把小麦倒进磨桶里去。

磨坊顶、大梁和各个小檐板上落满了乌鸦。这时有只乌鸦被来人惊起,另一只却很快落到它的位置上。其余的乌鸦根本没有理会他。

提玛尔累极了。他一刻没停地在冰上走了八个钟头,那些障碍更增加了他的疲劳。他肚子里空空的,脑子里紊乱如麻,四肢都冻僵了。

他疲倦地坐在磨坊里的一根梁木上,立刻合上了眼睛。

瞌睡虫刚一落到他的眼皮上,他就看到自己站在"圣芭尔芭拉"号的船头,手里拿着带钩竿,身旁是那个白脸庞的姑娘。"离开这儿,快走!"他对她大声说,因为船落入了一股激流里,浪头像山峰一样迎面压过来。"进舱里去!"可是姑娘一动不动。于是船连同所有的一切都沉没了。

提玛尔跌倒在地上,醒了过来。

这时他才开始明白他的处境多么危险;只要一睡着,他就非冻死不可。

不用说,冻死是最舒服的自杀办法;可是他在这个世界上还有责任,他的末日还没有到。如果人们在第二天发现提玛尔·米哈利·雷韦廷先生冻死在磨坊里了,他们会怎么议论呢?

他怎么会钻到磨坊里去的?这是一个多大的谜啊!

不,他不愿意用这种愚蠢的方法自杀!

他从磨坊里走出来。

雾仍然很浓,什么也分辨不出。一整天也没有放晴,白天始终像黑夜一样。浓密的乌云大概把哀告上天的声音也给湮没了。

他离开了所有的人,深陷在浓雾中。

难道这里就没有可以拯救他的任何活物吗!

有,有!磨坊被冰冲走的时候,里面原来有一些老鼠。这些老鼠等到多瑙河封冻以后,就溜出磨坊,找路跑回岸上去了,在一层薄雪上留下了长长的一串小爪印。

提玛尔发现了这些爪印。于是,一种最小的哺乳动物指引这个有头脑、有权势的人到达了岸上。

他在诺依齐尼以北半小时路程的地方又登上了陆地。

他从那里找到了公路,并且在附近找到了他留下车子的那家饭店。

周围浓雾弥漫,没有人看到他从哪儿来。

他在饭店里吃了一盘马车夫们吃的牛骨冻,喝了一大杯酒,然后吩咐套车。后来他躺在车子里,一直睡到天黑。他始终梦见自己是在冰上。当车子颠簸得很厉害时,他被惊醒了,就以为是冰裂开了,自己滚进了无底的深渊。

他从诺依齐尼动身时已经很迟,因此第二天晚上才到达他在巴拉顿湖畔菲尔德的别墅。大雾一直伴随他到这里,以致他连湖都看不见。

他连夜派人把他的渔夫叫来,据他们说,他们正准备在第二天早晨进行第一次冰下捕鱼。他吩咐侍候他的那个果农准备好足够数量的葡萄酒和葡萄渣酿的烧酒。

老渔夫头加拉姆博斯预言,这次捕鱼一定丰收。提玛尔问他根据什么征兆可以作这种有利的预言。

老渔夫头回答说,头一个吉兆是巴拉顿湖封冻早,所以会有大批的鱼群在产卵期以前集聚到湖湾里来。另一个更大的吉兆是雷韦廷先生亲自到这里来了,须知幸运总是跟着他的。

"幸运总是跟着我……"提玛尔自言自语地重复说,长叹了一口气。

"我敢打赌,"老加拉姆博斯说,"明天我们连梭鲈王都会捕到的。"

"什么梭鲈王?"

"是一条老梭鲈,巴拉顿湖湖边上每个打鱼的都知道它。它曾经落到好些人的网里,可是谁也没法把它拉出水来。鱼一发觉自己碰到了网,马上就用尾巴在湖底的沙子里刨个坑钻进去,于是就漏了网。这是个狡猾的坏蛋。我们已经悬赏收买它的脑袋,它所吃掉的鱼有三个渔夫打的合起来那么多。这家伙大极了,它游在湖面上的时候,人们会当它是一条大鲟鱼。我们明天就会捕到这条鱼王的。"

提玛尔也这样认为。接着他就把来人打发走,自己也躺下睡了。

这时他才感到疲倦得多么厉害,马上就酣睡起来,连梦都没有做。一觉醒来,他觉得体力完全恢复了,连精神上的愁闷也仿佛抛到了九霄云外。他觉得从前天到今天已经过了数不清的日子。

天还没亮,使他感到意外的却是月光已透过窗上的冰花照到了房里。原来天气已经放晴了。

他赶紧爬起来,照例用冰冷的水擦洗全身,然后穿好衣服,急急跑到外面去观赏湖景。

刚刚封冻的巴拉顿湖呈现一片迷人的景色。

这个大湖封冻的情形,通常跟河面上堆集着一块块冰块的河流不同。它是在不知不觉间冻上的,仿佛一块巨大的结晶体,一夜工夫整个湖面就成了一面平滑光亮的大镜子。月光下,它宛如一面银镜。冰上没有一丝裂缝,简直像是一整块冰似的。

只是在两岸邻近各村庄的小车来往交叉经过湖面上以后,才立刻在冰上出现一道道车辙,看上去就像划在大玻璃板上的几何线条一般。

提哈尼半岛耸立在湖心,半岛顶端是本笃会修道院的双钟楼教堂。教堂连同两个钟楼异常清晰地倒映在冰上,看上去跟真的没有两样。

面对这幅美景,提玛尔大可以消磨时间和静静幻想。可是这时,一些打鱼的向他走来,把他从幻想中惊醒。他们带着渔网、木棒和工具,准备开冰屋,说是必须一出太阳就开始捕鱼。

他们聚到一起以后,就站成一个圆圈。

老加拉姆博斯领头唱起圣诗来:"主啊,谁将住在你的小屋里?"其余的人都随着他唱。

提玛尔远远地离开他们,因为他不能向上帝有所恳求。他为什么要对无所不知、不是用歌唱所能欺骗的上帝唱歌呢?

歌声传到两里以外,两岸发出赞美诗的回声。

提玛尔在冰上不停地往前走。

这时东方开始发白,月亮消失了光辉,整个天空逐渐变成玫瑰色。于是巨大的冰镜也开始奇妙地变换着色彩,仿佛截然分成了两半,一半发出紫色和赤铜色的光辉,而另一半,也就是与玫瑰色天空接连在一起的东方的一半仍然是碧蓝的。

天越亮,景象也越加优美。一轮火红的太阳升起在紫褐色的雾霭中,向周围喷发出光焰,照射在下面闪光的冰原上。于是天空中的深红色和金黄色,都在明澈如镜的湖面上再现了出来。无论是大海还是波涛汹涌的河上,都不会出现这样一种迷人的景色。在这里,宛如有两个太阳同时升起在两个天空中。

太阳一钻出褐色的雾幕,就突然光芒四射。

老渔人加拉姆博斯从远处向提玛尔喊道:

"现在马上会听到一种响声,别害怕啊。"

"害怕?"提玛尔自言自语说,同时不以为然地耸了耸肩膀。世界上有什么能使他害怕的呢?不一会儿他就知道这是什么样的响声了。

太阳刚刚照射在封冻的巴拉顿湖上,冰里先发出了一种奇怪的声响,仿佛一张神奇的竖琴上成千上万根金属琴弦一下子都拨响起来,使人联想到发声的梅姆农①雕像。接着这个神秘的声响突然增高了,似乎水下的仙女们一齐用手指拨弄着竖琴。接着就不断发出噼噼啪啪的声音,最后竟震耳欲聋,就跟打炮一样。像镜子一般透明的冰面上,每噼啪一下,便轰隆一声裂开一道闪闪发光的大口子。末了整块大冰板都向四面八方纵横交错地裂了缝,好像由无数细小的正方形、五角形和各式各样三棱形拼成的一幅巨大镶嵌画。

初次听到这声音的人,一定会心惊肉跳。

仿佛整个冰板在说话,在鸣响。滚滚雷声和拨琴声同时传入耳鼓。无数爆炸的声音汇合成轰隆隆的雷鸣,几英里路以外都清晰可闻。

打鱼的人在发出雷声的冰层上从容地张开网;而远处,可以看到带围栏的货车套着四头牛不慌不忙地走在冰上。冰的崩裂声整天不断,直到日落;这里的人和牲口都已经听惯不惊。

提玛尔过去没有见过这种景象,深深受了感动。他一向就对大自然的威力有预感,一向喜爱这种威力。他多情善感,认为一切活动的东西都有意识。风、雷雨、闪电,甚至地球、月亮和星星在他想来也是有意识的。要是能有人懂得现在他脚下的冰板在说什么就好了!

这当儿,突然发出非常可怕的一声轰响,仿佛百门大炮齐

---

① 梅姆农,希腊神话中埃提奥皮尔的王,在埃及的提本附近有他的巨大雕像,传说这雕像在日出时能发出类似竖琴的声音。

发,或是地下火山爆发了似的,整个儿冰板都在震颤和摇动。这轰隆一声宣告一桩惊人的工作已经完成,从菲尔德的湖岸斜着直到提哈尼半岛长达三千步的冰板突然裂成了两半,中间张开一道一唪来宽的裂缝。

"裂开啦,裂开啦!"渔夫们纷纷喊道,同时放下网,向裂口跑去。

提玛尔站立的地方离冰缝不到两唪远,他亲眼看到口子是怎样裂开的。巨大的力量使冰层分成了两半,惊得他两膝发抖。他站在那里动弹不得,仿佛被强大的自然力量吓呆了。渔夫们向他跑来,才把他从沉寂的梦幻里惊醒。

他们向他解释说,老百姓管这样裂开的冰缝叫作"里阿纳斯",外地人是不懂这个词的。还告诉他,这种冰缝对于从湖上经过的人非常危险,因为冰缝中间的水不断动荡,不再封冻,而且从远处又发觉不了。所以好心人要做的第一件事,就是在所有经过冰缝的路口上都打上桩,插上草捆,及时警告来往行人。

老渔人对提玛尔说:"要是裂开的冰层忽然被风刮得又合拢起来,那就更危险。合拢的时候也是这样发出轰响。可是风力往往很大,能把裂开的冰层吹得斜搭在一起,这样翘起来的冰层下面就成了空洞。谁要是没看见这个地方,坐着车子从上面经过,车子底下离开水面的悬空的冰就会塌下去,他那可怜的灵魂就要去见上帝啦。"

人们开始捕鱼的时候,已经快到中午了。

巴拉顿湖上的冰下捕鱼是一桩非常奇妙的工作。

那时鱼往往大批聚集在小港湾里,人们先在港湾里相隔五十唪凿两个十二尺见方的冰窟窿,然后再凿两个二十四英寸见方的小窟窿，跟两个大窟窿构成一个四边形，使两个大窟窿成为两个对角的顶。

从这四个窟窿里凿出来的冰块要竖立在窟窿前面，这样，凡是从冰上走过的人看到它就不至于掉进冰窟窿里。等到太阳照射在这些分布在大冰面上竖立着的冰块上时，它们就仿佛上千颗大钻石似的闪闪发光，映照得很远很远。

渔夫们带着又长又结实的渔网，向那个朝着湖心方向的大窟窿走去，展开渔网，把两端系在两根各有两唡半长的竿子上。

一个打鱼的小伙子把一根竿子放入水里，连同系在上面的网一起向前推，另一个小伙子在小窟窿旁边等着，他一接到网竿的头，又把它送到第三个窟窿跟前，那里又站着另一个小伙子。在四边形的另外一边，网和网竿也按照同样方法往前推。两根网竿连同渔网的两端，就这样在靠岸边的那个大窟窿附近合拢。

网的下边坠着铅锤，沉到湖底，而浮在上面的部分则贴着冰板，这样就使所有落入这个方阵里的鱼一条也跑不掉。

通常这时候捕到的鱼都非常多。梭鲈、鲈鱼和其他鱼总爱从深处的泥窝浮到水面上来，在窟窿附近呼吸空气。这时候可以说是鱼儿合家团聚的机会，是这些冷血动物谈情说爱的绝妙时期。冰构成的坚硬穹窿把它们跟陆地隔开了，但是仍不能使它们逃出陆上居民即人类的手掌。

冰现在成了鱼类的灾难。

等到鱼最后发觉网在收拢的时候，已经没有出路了。它们无法跳出网去，因为冰挡着它们。落网的梭鱼也再没有机会施展其惯技，用有力的尾巴钻入泥里，从网下逃脱，因为它们已跟大批惊慌失措的遭到同样厄运的鱼裹在一起了。

二十个渔夫在冰上抓住网绳,慢慢地把网拖出来。

从那四十只胳膊紧张用力的样子来看,他们从冰下拖上来的东西非常重。估计总有好几吨吧。

大冰窟窿口里逐渐热闹起来,大批惶惶不安的鱼挤在一起,拼命地涌向这唯一的出口;岂知这是它们的死路。

从水里露出各种不同的鱼嘴和鱼头。透明的鳍和尾,闪着蓝色、绿色和银色鳞光的鱼背纷纷浮现出来。在麇集的鱼群中有时也出现巴拉顿湖的鲨鱼。上百磅重的鲇鱼张着大嘴,嘴边长着像老鼠尾巴似的触须,用脑袋拼命地往下钻,好像下边有避难所似的。

老渔夫头和三个小伙子一边用网兜捞捉挤满大网的群鱼,一边把鱼扔到冰上,于是大大小小的鱼纷纷跌落在一起,活蹦乱跳。可是这时那几个窟窿已经又用合适的四方冰块盖上了,断绝了一切退路。这才是一场真正的魔女舞。

张开大嘴的鲤鱼飞快地一连跳出几米远,梭子鱼像蛇似的在蠕动的鲈鱼和鲥鱼群里拼命乱钻。渔夫有时抓着鳃把一条大鲇鱼拖出来,扔在冰上;于是这个粗野的家伙便垂下它的光头,用有劲的尾巴把周围一起被捕获的鱼乱打一气。

四个窟窿之间的冰面上已经铺满了鱼。鲤鱼像地老鼠似的敏捷地来回滑动,没有人想抓住它,反正它跑不掉。比较懒惰的鱼在窟窿两边躺了几大堆。

"我不是说了吗,我们今天会打到很多鱼的,"老渔夫自言自语道,"老爷到了哪儿,那儿就必然走运。但愿我们能再把梭鲈王逮住!"

"我想它已经在网里了,"站得最靠近冰窟窿,首先把网从水里拉出来的小伙子说,"我这两只胳膊感觉到有一条大鱼在扯网。"

"梭鲈王在这儿哪!"另一个小伙子突然喊道,他刚用网兜捞起一网鱼,一条头特别大的鱼就露出水面来,好像一条银色的鳄鱼似的。这条鱼浑身银白,张着大嘴,像短吻鳄一样露出两排锋利的牙齿,另外还有四颗弯弯的、样子很可怕的虎牙。这样一条大鱼确实特别值得注意,理所当然地该被称作这湖中之王,因为所有其他的鱼,连它的同类算在内,都没有能敌过它的。

"它在那儿,在那儿!"三个渔夫异口同声地喊道。可是转眼之间大鱼又钻到下面去了,渔夫们这时才真正开始战斗。

网里发生了极大的骚乱,好像一个遭受袭击的君王突然在水下给他的残余卫队下了命令,要决一死战似的。成群的梭子鱼、鲤鱼和鲈鱼在抵抗,纷纷用头往拉紧的网上猛撞,渔夫们不得不抡起棍棒击打那些钻出头的大鱼来制服它们。

鱼群更气急败坏,一个个冷血动物都变得敢于英勇牺牲了。它们对狂妄的敌人的义愤,驱使它们进行着真正的战斗,结果当然是失败了。渔夫把打烂脑袋的鲈鱼扔到冰上。好看的白梭鲈挤在一起从网里涌出来。只有梭鲈王似乎还不肯露面。

"又给它跑啦!"老渔夫咕哝着。

"它还在网里,"拉着网绳的渔夫咬紧牙说,"我手上感觉得出来它还在网里乱撞,可别让它把网扯破了啊!"

堆在周围的鱼数量已经相当可观。人们几乎一抬脚就要滑倒。

"哎呀,网给扯破了,"一个小伙子叫嚷起来,"我觉得网破了!"

网只剩下当中一小块还在水里。

"往上拉!"老渔夫大吼了一声。几个小伙子立刻使出全身力气拉网。

于是,剩下的鱼群随着网一起露出来了。梭鲈王在当中,样子很好看,有四十多磅重,像这样大的鱼每隔二十年才能捕到一回哪。它的头力量很大,确实把网扯破了;只是因为它的几个尖鳍挂到了网眼上,才没能跑掉。当它被拖出来的时候,它用尾巴一下子就把一个小伙子打倒在冰上。不过这是大鱼最后的英勇行动,不一会儿它就直挺挺地死了。据说还从来没有谁手上抱过一条活梭鲈王,因为一出水,它的鳔就破啦。

打到了梭鲈王,渔夫们比对全部丰硕的收获还要高兴。他们捕捉这条鱼已经好多年了,这条凶恶的、残害同类的鱼是渔夫们的宿敌。它之所以出名,是因为它有吞吃同类的坏习惯。人们剖开它的肚子以后,还在里面发现了两条好看的小梭鲈,大概是刚刚吞下去的。这条梭鲈像头小野猪一样,有着厚实而好看的金黄色脂肪,肉却像细麻布一样白净。

"老爷,我们把这条鱼送给夫人吧!"老渔夫说,"我们把它装在箱子里,用冰围上。光是它就够装一辆车的。老爷写上一封信,说明这是梭鲈王,谁吃了就是吃了君王肉。"

提玛尔称赞这个主意很好,并且答应要像模像样地办一次酒宴酬谢他们。

渔夫们把梭鲈王弄走了。冬季天短,不觉已经是黄昏。但是冰上的作业还没有结束。

到了这会儿,冰上真正的生活才开始了。从邻近的西奥福克、斯粲托德、察马尔迪、菲尔德、阿腊克斯和克索帕克等村庄,赶来了许多老乡。他们坐着雪橇,带着筐子、背囊和小木桶来到冰上。小木桶里装的是酒,背囊里装的是烤乳猪肉,筐子则是准备运鱼用的。

还在渔夫们开始把打捞的鱼挑选分类以前,大伙儿已经跑来跑去,忙得不可开交。

日落以后,人们把芦苇堆在冰上,生起篝火,开起了鱼市。梭子鱼、鲤鱼、鲈鱼、鲋鱼是打发给穷人的。只有价格昂贵的梭鲈才运到维也纳和佩斯去,其余的就便宜地卖掉。就是这样渔夫们也还是赚了不少钱,因为这一次,他们捕到了大约一万五千公斤的鱼。

这位提玛尔的确是位幸运儿啊。

他们把暂时不弄走的鱼都装筐背进仓库,然后从那里用车子运到维斯普雷姆的市场上。

提玛尔打算准备一顿丰富的晚饭款待聚集在这里的老乡们。他吩咐把五百七十公升的一大桶酒搬到冰上,让大家尽情地喝个够,并要老渔夫头给大家做匈牙利鱼羹。这个菜只有渔夫头会做。

人们把选好的鱼(这些鱼既不能太肥,也不能多刺)切碎,倒进一口可装五十公升水的大锅里。另外再加上鱼血、一把红辣椒和一些葱花儿。搅拌可是一种手艺,只有学过的人才行,别人绝对做不好。

提玛尔对于美味的鱼羹也赞不绝口。

在美酒如流、鱼羹喷香的地方,能够没有茨冈人吗?

一群皮肤黝黑的小伙子,像从地下钻出来似的突然出现在人丛中。他们把打簧琴放在一个倒扣过来的筐上,弹唱起来:

啊,琴声多么嘹亮!

这儿的老爷有重赏。

既然有茨冈人、活泼的姑娘和热情的小伙子,怎么能不跳舞呢?

冰上的人突然愉快地跳起舞来,欢乐声一直传到附近的七个村子。一对对漂亮的男女活动在篝火四周,欢呼着跳圣大卫舞。一个俊俏的年轻女人出其不意地抓住提玛尔,拉他进了圈子,带着他也像大家一样旋转起来。

提玛尔跳啊,跳啊。

冰上的篝火在令人愉快的冬夜里向远处闪烁着光辉。

冰上的狂欢差不多一直延续到半夜。

这时打鱼的小伙子们才把打捞到的鱼在仓库里存放完毕。

兴致勃勃的人们现在纷纷归去了,临走时对慷慨大方的东道主高呼:"雷韦廷先生万岁!"

提玛尔直等到老加拉姆博斯把梭鲈王装到木箱里,塞上干草和碎冰块,然后把箱子钉好了,才去安歇。渔夫们把箱子抬到提玛尔乘来的那辆车子上,吩咐车夫赶紧准备返回科马罗姆;必须把这箱鱼尽快运到。

提玛尔给蒂美娅写了一封信。信写得很富感情,不少地方甚至十分亲切。米哈利称呼蒂美娅为他的亲爱的妻子,向她描绘了冰封的巴拉顿湖上的瑰丽景色,那种惊心动魄的冰裂,只是没有告诉她当时自己离着冰缝有多么近。他把今天捕鱼成功的情况详细地告诉了她,最后描述了晚间的渔民宴会。他把自己如何欢乐和事后如何疲倦,一一地全都告诉了她。是的,他甚至把一个漂亮的农妇拉他在冰上一起跳舞的事也写上了。

写这种充满愉快情绪的信,正是那些受着自杀念头折磨的人的一个特点。提玛尔写完信以后,走下楼把它交给了车夫。

老渔夫还站在车旁没走。

"加拉姆博斯,您怎么还不回家去呀?"提玛尔催促他说,"您一定很累了!"

"我还得把火烧旺一些,"老头一面回答,一面点上烟斗,"现在鱼腥味这么大,不仅四周森林里的狐狸会统统跑来,连讨厌的狼也会围住大冰窟窿自己捉鱼的。这些野兽会在旁边守候着,等鱼一蹦出来就把它捉住,这样就把别的鱼都给吓跑了。"

"您不用再辛苦照看火了,"提玛尔对他说,"我夜里醒着的时候多,一定能够注意。要是有狼的话,我就从外面阳台上用猎枪打它。子弹一定能够赶走我们那些四条腿的渔夫。"

老渔夫听到这话放了心,就辞别主人,慢慢地走回家去了。

现在,整个房子里除了提玛尔以外唯一的活物就是失去听觉的老果农,他早就睡了。且不说他耳朵聋,就凭他今天喝了那么多好酒,谁也别想在夜里惊醒他。

提玛尔回到自己房里,把壁炉的火拨旺。

他毫无睡意;他那被搅乱的灵魂不需要怠惰的休息。他寻找另外的休息方法。

一个人在寒冷的冬夜,敞开门,坐在露天的阳台上,倾听万籁俱寂的世界,这也是一种休息。

月亮还没有升起来,只有星星闪着光。光滑的冰面上反射着星光,犹如一块大钢板上摆列着许多红宝石,又像万灵节①公墓上的那些小灯。那是土星,那是天秤星座,那是天鹅

---

① 万灵节,天主教的一个节日,即每年的十一月二日,是超度亡魂的祭日。

星座,那是忠贞的蓓蕾妮斯①的头发变成的后发星座!

　　提玛尔呆呆坐着,一无思虑。他感觉不到寒冷和心跳,也看不见外界和内心。他只是茫然凝视前方。他就这样养精蓄锐,恢复体力……

---

① 蓓蕾妮斯,埃及王托雷莫伊斯三世的皇后,传说她为祈祷国王凯旋,曾把头发献在战神庙里,以后头发忽然失踪,据说在天上变成了一个星座。

第四章 恐 怖

天空繁星灿烂,把光辉投射在冰面上。没有一丝声音打破寂静。

突然,从背后传来一声问候:

"晚安,我的先生!"

这声音,这一声突如其来的招呼,把提玛尔从抑郁的沉思中惊醒过来。他从阳台回到屋里,屋里的火还燃着,灯也还很明亮。

在通向台阶的房门口,一个人在灯光和火光的交映中挺身立在他的面前。他一见此人,浑身的神经都麻木了。

他认不出站在面前的这个人是谁……那么他预感到这个人是谁了吗?……

他在寒冷的冬夜,穿过伸手不见五指的浓雾,越过冰冻的多瑙河,所要躲避的正是这个幽灵……

这是那个穿海军制服的人。风吹雨淋,军服已经变得不成样子。金线领章松落了,仿佛那不是根据堂堂政府的规定,而只是为了演戏缀上的。绿色军服两肩褪了色,并且缺少了几颗钮扣。右边的袖子扯了一个不小的口子,用白线缝了起来。系带的靴子也已破旧不堪,一只靴尖开了绽,露着脚趾,另一只脚用破毡片包缠着。

本人的样子和这身褴褛的衣服很相称,饱经风霜的脸庞呈紫铜色,不修边幅,满脸胡茬,半边脑袋用黑绸巾缠着,连一只眼睛也盖了起来。

这个人向提玛尔道了声晚安。

"你是谁?"提玛尔斥问道。

"哎呀呀,亲爱的父亲,您难道连我都不认识了吗?"陌生人用嘲弄的亲切口吻说。

"克里茨提安!"提玛尔低声道。

"不错!您的亲爱的小托多尔!勇敢的托多尔·克里茨提安!您的亲爱的义子!您总算还认出了我,太好了!"

"你想要干什么?"

"我首先想要把这支双筒猎枪拿到手里,"来人回答说,"免得您会想起我在我们上次见面告别的时候所说的话:'我什么时候再到您面前来,您就用枪打死我!'因为我已经改变了主意。"

说到这里,他伸手把提玛尔靠在屋角的猎枪拿过来,扳上两个机钮。然后他在壁炉前面的扶手椅上坐下,手勾着扳机把猎枪放在膝盖上。

"好吧!现在我们可以安安稳稳地谈谈了。我从很远的地方来,累极了。我的马车中途坏了,我不得不徒步走了一程。"

"您到这儿来想干什么?"提玛尔问。

"首先想弄一套合适的衣服,因为身上这套衣服风吹雨淋的,已经太不像样子了。"

提玛尔走到衣橱前面,把自己的一件镶俄国羔皮边的系带上衣拣出来,顺手还拿了几件配套的衣服,一起放在他们两个人之间的地板上,用手指了一下,什么也没说。

流浪汉一手拿着猎枪,手指始终不离扳机,一只手把衣服一件件地拾起来,像鉴别家似的端详着。

"好,好。不过这件上衣还缺少点东西,您说是不是?上衣口袋里常装着什么呢?钱夹!不是吗?"

提玛尔一句话没说,拉开抽屉拿出钱夹,扔给了他。

这个流浪汉用一只手接住钱夹,然后用牙叼开,数了数里面那许多一百一张和一千一张的钞票。

"嗯,倒还有几个钱。"说着他把钱夹塞进上衣口袋里,"我还想要几件衬衣,行吗?我身上的衬衣已经穿了两个星期,恐怕难登大雅之堂了。"

提玛尔又从衣橱里取了几件干净的衬衣给他。

"好,有了这些,现在我可以打扮一下了。"来人带着满不在乎的神情,放肆地说,"不过我得先对您作个小小的声明,好使阁下明白在我脱衣服的时候看到的东西——咳,他妈的,咱们本来是要好的老朋友,干吗用'阁下'称呼呢?咱们不妨你我相称吧。"

提玛尔一声不响地坐在桌旁。

"我说,亲爱的朋友,"逃犯开始说,同时把蒙在眼睛上面的绸巾挪正,"几年前你打发我到巴西去,这你还记得吧?哎,我那时候变得多么软弱啊!像一块搓澡海绵似的!我曾把你看作亲爱的父亲,答应你从此做个正派人。可是你打发我到巴西去,决不是为了让我在那里成为一个正派人,而是要我不在这个半球上碍你的事。你这一手可安排得真漂亮,一个堕落到那种地步,加上没有一丁点儿好心眼的人到了那里——到了人们把'花柳病'带到欧洲来,传染到我们白皮肤上的那个大洲,不消说是一定要毁掉的。他不是死了,就是变成强盗,要么淹死在大海里,要么被枪毙。不管怎么说,反正得完蛋。"

提玛尔畏惧地用手捂住脸,竟不敢正视这个幽灵的眼睛,不敢反驳他。

这个罪犯得意扬扬地用傲慢嘲弄的口吻继续说:

"你把大批的钱交给了我,对不对?可那在你身上又算得了什么呢?一根毫毛罢了!你的如意算盘是想让我从中盗取一些,然后就告发逮捕我,把我监禁起来,对吧?事情完全照你所希望的那样实现了。人在那里难以避免的那些病虽然也有几次险些要了我的小命,称了你的心愿,可是我几次都逃过了,为的是使你快乐!我突然下定决心,要为你效劳一番。我从你的现款中弄了一千万赖斯。哈哈哈!一千万赖斯!那几个贼一样的西班牙人用合半个克里泽的赖斯计算,这笔款子就显得更大了。其实总共连十万盾都不到。嘿,你要是知道那儿的女人的眼睛多么迷人,你就会认为这笔钱数目不算大。那些女人除了珍珠决不肯戴别的首饰。珍珠戴在她们脖子上也真合适!可是这一切都已经过去了。现在我又回到了故土,也就只好满足于这里所有的东西了。没有凤梨,土豆吃起来也可口的。"

这无赖继续假装伤感地说一些废话。

"但是你在那边的那个混蛋代理人,那个西班牙人,却从另外的观点来理解这一切,让人逮捕我。这家伙把我交给了法院,那些饭桶法官为这青年人的不幸失足竟判了我——你想一下吧!——十五年的苦役!你说,这是不是野蛮行为?"

提玛尔颤抖了一下。

"他们剥去我身上的漂亮绅士衣服,并且为了防止我跑掉,用烙铁在我的肩膀上烙上了囚印。"

说到这里,逃犯解开海军制服,袒露出一只肩膀,把脏衬衫向左边一扒。他这样一面把紫色的烙印给提玛尔看,一面幽默地苦笑了笑。

"你瞧,他们为了你给我烙上了印记,免得你丢了我,好像我是你的小马驹或者公牛似的。其实用不着担心,我决不会离开你的!"

提玛尔又是不安又是好奇地望着这个不幸者肩上的烙印,眼睛简直难以再移开。

"喏,这个手续办完以后,他们就把我带到苦役船上,给我戴上十磅重的铁镣,把我锁在推桡的长凳上。你看,铁镣也留下了痕迹。"

说着,他甩掉脚上的破烂靴子,让提玛尔看踝骨上的一道紫疤。

"我身上的这些疤痕也算是你给我的一种纪念。"逃犯嘲讽地说。

提玛尔的两眼被这伤痕累累的腿吸引住了。

"我亲爱的朋友,你想象一下,命运的安排多么好!天意注定的道路多么美妙!上天就是这样突然给可怜而不幸的受苦者带来意想不到的快乐!我被他们无限仁慈地锁在桡凳上。那里还锁着一位满脸胡子、罪有应得的老先生,他要跟我做伴十五年。一个人要是被这样长期地锁在自己未婚妻的身旁,看看她的眼睛,倒是挺不错的。我盯着这位白发老人,用西班牙话问他:'先生!我觉得我好像从前在什么地方见过阁下?'——'你会见过我?你大概是瞎了眼吧!'老头回答说。——于是我又用土耳其话问他：'老先生！你没有到土耳其各地来往过吗？'——'我倒是到过那儿,可是这跟你有什么相干？'——接着我又用匈牙利话问他：'你本姓是不是克里茨提安？'——老头两眼紧紧地盯着我,回答说：'不错！'——'这么说我就是你的儿子托多尔！我是你亲爱的小托多尔！你唯一的后代！'……哈哈哈！你想想看,我的朋友！我在天涯海角,在苦役船的桄凳上又遇到了我的父亲,遇到了我认为早已不在人间的父亲！老天使多年离散的骨肉这样不可思议地团圆了。父子重又拥抱在一起。哈哈哈！——请你倒杯酒来,弄点吃的,我现在是又饿又渴。我还有很多这样有趣的故事得讲给你听,保证使你十分开心。"

提玛尔满足了克里茨提安的愿望,在他面前摆上了火腿、面包和酒。

客人坐在桌旁,两腿夹着猎枪,吃喝起来。他像一条饿狗似的贪婪地吃着,大口大口地喝酒,每喝一口就咂一下嘴,很像个讲究吃喝的人,一口美酒入肚就特别快活时的那副神气。随后他含着一嘴食物说：

"我们尽情地享受了重逢的欢乐以后,亲爱的父亲用拳头轻轻地敲了我的头顶一下,问我：'你这个坏蛋,你到底是怎么到这儿来的？'当然,做儿子的孝道不容许我对自己的亲爹提出同样的问题。我告诉他说,我把一位提玛尔先生的钱挥霍了一千万赖斯。'那么他是从哪儿偷来这么多钱的呢？'我的老头子问。我对他说,这个人的钱不是偷来的,他是个非常能干的阔绅士,有好多买卖、田产和船只。但对这一点我的老人始终固执己见,说：'总归都是一样。谁有钱,谁就是偷来的；钱多的人,就是偷得多。不是他自己偷的,就是他爸爸或他爷爷偷来的。盗窃的方法整整有一百三十三种；其中只有二十三种，人们要是干了就得到这苦役船上来。'我看出，我扭转不了我的老头子的看法，因此我就不再和他讨论这个问题了。

"可是他接着问我：'你究竟是怎样让鬼把你跟那个提玛尔搞到一起的？'我把事情经过一五一十地告诉了他。我说：'我认识这位先生的时候，他还是个船上的穷管事，自己在船上厨房门口削土豆皮，做辣子红烧肉。有一次，土耳其警察署派我去侦查一个逃跑的土耳其大官，而这个大官正巧搭乘提玛尔的船逃往匈牙利。'

"我的老人听了这些，脑门上皱起上千道的皱纹。哈哈哈！他的头皮那样松软，谁看见他把头皮上下动弹的那种样子，也会忍不住发笑。他剪短的头发像猴毛似的朝天竖着。'这个土耳其大官叫什么？'老人闷声闷气地问我。'阿利·邱尔巴德希。'我回答说。'阿利·邱尔巴德希！'他叫嚷一声，同时猛地在我的膝盖上捶了一拳，弄得我以为他听见这几句话也许要跳海。可是脚上戴着铁镣，他办不到，哈哈哈。'你大概也认识他吧？'我问。老人一听这话，气愤地连连摇着脑袋，皱起眉头，说：'往下说，阿利·邱尔巴德希结果怎么样了？'我遵照他的吩咐接下去说：'我在奥格拉迪纳岛附近遇到了他，于是我就抄近路赶到船的前头去。我们准备在潘切沃逮捕他。可是等船开到以后，船上没有这个大官，他在路上突然死了。因为沿岸都不许把他埋葬在岸上，最后水手们把他扔进了河里。提玛尔用随身带着的文件证明了这一切。'我的老头子却问我：'这个提玛尔当时是个穷光蛋吗？''跟我一样。'我回答说。他又问：'那么他现在有几百万家财吗?'我说明,我有幸从他那几百万中挥霍了一千万赖斯。于是老人激动地说:'你这个傻瓜,现在你看,我说的是真话吧?他把财宝偷去了。他偷了谁的财宝?阿利·邱尔巴德希的。他在路上谋害了这位土耳其大官,夺取了他的财宝。'我一听这话惊讶得目瞪口呆,脸色变得煞白,就像你现在一样,亲爱的朋友。'你瞧,我可从没有这样想过!'我对老人说。'听我说。'他愤愤不平地道,把头垂到了膝盖上。当时的情形现在好像还在我的眼前,他斜起眼睛用咄咄逼人的目光看着我,继续说:'我要告诉你点事情。我也认识阿利·邱尔巴德希,我对他了解得再清楚不过了。他跟所有的人一样,也就是说跟每个有许多黄金的人一样,是个贼。他是第一百二十二号兼第一百二十三号贼。这些号数代表的是政府的首脑和国库局长。也是另外一个贼把财宝交托给他的,那个贼的号数是第一百三十三号,他就是土耳其苏丹。我从前听说第一百三十二号贼,也就是土耳其的宰相打算把国库局长阿利·邱尔巴德希收拾掉,好夺取他从各处窃取来的财宝。当时我也是给土耳其警察署办事,仅仅是第十号贼,是一个破了产的落魄商人。那时候我想起一个好主意。要是我能一下子升到第五十号该多好啊!我去找这位大官,向他揭开秘密,说他也被列在了有钱人名单上,宰相为了把这些人的钱据为己有,正准备以叛逆罪名逮捕他们。"如果我能保全住你和你的全部财宝,你怎样酬谢我呢?"我问他。阿利·邱尔巴德希回答说,只要一到达安全地方,他就把全部财宝分给我四分之一。我说:"好,我很想知道你所谓的全部价值是多少,因为我不能蒙起眼睛讲价钱。我是一家之主,我有一个儿子,我要使他的前途有保障。"'哈哈哈!老人说这些时是那么正经,我现在还忍不住想要发笑。'你有一个儿子?'大官接着问我父亲,'那好,如果能幸运地脱险,我就把我的独生女许配给你的儿子,这样全部财产就仍然保留在一个家里。今天就打发你儿子到我这儿来一趟,让我认识认识他!'见鬼,要是我那个时候知道那个双眉连到一起的白脸蛋儿漂亮姑娘原来是许配给我的该多好!朋友,你听明白这话了吗?为了这点我得马上再喝一杯解解愁。请允许我干这杯酒来向夫人,那位最有魅力的贵妇人表示敬意!"

不速之客站起身来,豪放地把杯子里的酒一饮而尽。

接着他又懒洋洋地坐回扶手椅上,像一个酒足饭饱的人似的,嘴里呼呼地喘着粗气。

紧接着他又说:"我父亲同意了大官的这个建议。老人告诉我说:'我们商定,把阿利·邱尔巴德希那些最贵重的珠宝装在一个皮袋里,由我带着这个皮袋搭一艘英国船前往马耳他岛,因为我没有嫌疑,可以带着行李坐这艘船顺利地到达那里。我们约定我在马耳他等候阿利·邱尔巴德希。他打算不带任何行李,和他的女儿一起装作出外游逛的样子从伊斯坦布尔动身,然后再走小道从比雷埃夫斯[①]的港口搭海德里奥特人[②]的船逃往马耳他岛。这个大官给予我极大的信任,让我独自进到他的宝库里,免得他亲自去,引起别人注意,并且随便由我挑选我认为最贵重的东西,要我把挑出的宝物全部装在一个口袋里。经过我手的那些宝物,我至今还能一一数得上来:贵重的凸雕宝石、真正的珍珠串、戒指以及别针。

---

① 比雷埃夫斯,希腊最主要的港埠,与雅典毗连。
② 海德里奥特人,希腊海德拉岛上的居民。

其中还有一个小玛瑙盒,装满了大颗钻石。'——'你不能藏起来一颗吗?'我问老人。——'你这个蠢牛!'他申斥我说,'眼看我可以全部弄到手!我干吗要当个第十八号贼偷一颗钻石呢?'——'不错!爸爸,你真是个精明强干的汉子!'——'我让鬼迷了心窍,我真是傻瓜!我本该照你所说的那样办就对了。至少我该把那件宝物塞进口袋里,所有的东西就是那件我最中意,里面有大官夫人的玉照,还镶着两排钻石……'"

……听到这里,提玛尔的脸色变得跟死人一样。原来连最不为人知晓的秘密到底也被一个人知道了,而且不能指望这个人有恻隐之心……

"我父亲继续说:'我把皮袋装满以后,拿到大官那里,并没有引起他什么怀疑。他在这些宝物之外又添了几卷法国金币。然后他用一把精巧的锁把全部东西锁在口袋里,把口袋封好。他打发我去雇一乘轿子,以便我能够带着宝物离开而不被人发觉。我去了不到一刻钟的工夫就回来了。这时他把用精巧的英国钢锁锁着和封好的口袋交给我,我把它掖在大衣里面,从花园的后门溜进了轿子。半路上我还摸了摸口袋里的东西,清清楚楚地感觉到那些别针、珍珠串、小玛瑙盒和法国金币。一个钟头以后我上了一条英国船,不久我们就起锚离开了黄金角。'——说到这里,我心头感到不平,就打断老人的话,责问他:'那么你怎么没有把我带到马耳他去呢?到底是谁跟大官的漂亮女儿结婚呢?'——'去你的吧,你这个傻瓜!'老人大声说,'我不缺少你,就像我不缺少那位大官和他的漂亮女儿一样!我根本没打算在马耳他岛等你们。我准备用大官给我的旅费随身带着那个皮袋立刻搭船到美洲去。真他妈的倒霉!你想象一下,我已经到了一个比较安全的地方,那里不会有人逮捕我,连鬼也不会抓我。这时候,我掏出小刀,顺着边儿割开了皮袋。你猜从里面滚出来的是什么?铜钮扣、生了锈的马掌,装满钻石的小玛瑙盒变成了一个瓷墨水壶,几卷法国金币变成了班长每周发给普通兵的铜钱。原来这个贼中贼连我也偷了。这一手连我那一百三十三种盗窃方法中都没有!这一手还根本没有编上号数!'老人气得几乎要哭起来,'我上了土耳其人这样一个大当!当我去雇轿子的时候,这个贼把各种不值钱的东西装满一只完全一样的口袋,用来愚弄我。这期间他正带着真正的宝物向另外一个方向逃去,白白得到了我所泄露的秘密。可是你看,不仅陆地上有公道,连水上也有公道,这个大贼到底碰上了一个比他更大的贼,半路谋害了他,抢夺了他的财宝。'——而这位不平凡的人物,这位偷走了那个被大贼追赶、偷窃了小贼的贼中贼的财宝的人,正是你金人,正是你提玛尔·米哈利·雷韦廷先生,我亲爱的朋友!"逃犯说着站起来,嘲弄地鞠了一躬。

提玛尔没有反驳。

"好了,咱们现在换个态度谈谈吧,但是要一直保持三步距离,"托多尔·克里茨提安说,"始终别忘了,这支猎枪的枪口正对着你。"

提玛尔淡漠地望着枪口。猎枪中的子弹是他亲手装上的。

克里茨提安继续说:"我听了这番话再也不愿忍受苦役刑罚。大贼有权让人把小贼锁在苦役船的桡凳上,想到这点我是绝对不能甘心的。假如不是提玛尔·米哈利,而是我父亲窃取了阿利·邱尔巴德希的财宝,而我又是唯一的继承人,那么我现在会是一位有钱的绅士。没有一个畜生会追问我的先人是怎样得到这样一大笔财富的,就像没有谁会追问现在的子爵和侯爵的祖先,追问那些强盗骑士们是怎样发迹的一样。我没能继承这笔财产,反而要死在发臭的海上,这一切都因为什么呢?因为这位提玛尔·米哈利不仅从我面前抢走了所有那些本来注定属于我的财宝,而且还要夺去另外那个姑娘,那个身材娇小、头发金黄,人家为我在荒岛上抚育起来的野姑娘;她同样应该嫁给我的。提玛尔由于谋杀了他的岳父,他跟自己的妻子在一起不可能有幸福;他需要一个情妇,所以非要连我的诺埃米也抢去不可。他为了顾全自己的好名誉——因为整个社会都尊重他是道德的楷模——他不在歌舞班或者马戏台上的美女中挑选情妇(有我这种好嗜好的人都喜欢这样做),而要找这样一位可怜的姑娘。她对人情世故毫无所知,永远不会跟外人往来,决不会张扬出去,说她跟提玛尔先生共枕合欢。呸,提玛尔先生!为了这个就该把我锁在苦役船上十五年吗?"

接连不断的打击落在受辱的提玛尔的头上。

托多尔的控诉有些地方并不符合事实,他没有谋杀蒂美娅的父亲,也不曾窃取死者的财宝,他没有诱骗诺埃米,也没有让人把托多尔锁在……但是,总的说来,这控诉是无可辩驳的!

他只走错了一步,现在一切罪过就都落在了他的身上,无法推脱。

逃犯继续说:"我们停泊在里奥格朗德①的海湾时,船上

---

① 里奥格朗德,巴西南部海港。

突然发生了黄热病。我父亲也病倒了,他就在我身旁的桡凳上度过了他最后的时刻。尽管在病中,船上的人也并没有把他挪开;挪开不合规定。苦役船上的奴隶被锁在什么地方,就得死在什么地方。这种境遇对我说来是十分不愉快的。我的老头子整天发寒热,连声咒骂,牙齿哆哆地打寒战。他不住口地说着一些不堪入耳、亵渎神灵的话,不断地用匈牙利话骂圣母马利亚。他为什么不用西班牙话骂呢?西班牙话还好听一些,而且其他难友都听得懂。他为什么要骂圣母呢?这真使我难以忍受。本来有的是男神,可以够他骂呀。对一个上等人来说,骂女人毕竟是不光彩的。为这个我跟老人闹翻了。我倒不是眼看着他在我身旁害黄热病死去感到厌烦,尽管这种病甚至第二天就可能传给我,而这又恰恰是最不愉快的死法;我主要是不愿听他那粗野的谩骂而决定离开他。虽然那么粗的锁链把我们父子俩紧紧地锁在一起,我还是决心弄断它。我跟另外两个人这样商量好了以后,也真的这样干了。我们一直等到我父亲躺在那里作最后挣扎和说胡话的时刻;因为他威胁我说,只要我想离开他,他就向看守报告。我们在夜间锯断了锁链,正要逃跑时却被看守发觉了。我们没容他敲警钟,就把他扔到了海里。接着我们放下小船,把命交给了大海。没想到风浪很大,我们刚靠近海边船就翻啦。一个难友不会游泳,马上淹死了。另外那个虽然会泅水,可是比不上追赶他的鲨鱼。这个'海中天使'追上他以后,马上大嚼起他来,这时我只听到一声绝望的惨叫。只有我一个人游到了岸边。从这一点你可以看出,我在世上还要有点作为。你是虔诚的卡尔文教徒,我是虔诚的伊斯兰教徒,我们两个都相信宿命。当时我唯一的目的就是要回到欧洲来,我想要再和你见上一面。现在你是我唯一的父亲,另外那个父亲一定已经到了鲨鱼的肚子里。在那里面他至少更安全些,不致进地狱了,因为不会有鬼把他从鲨鱼肚子里拖出来。至于我是怎样穿上这套海军制服,搞到旅费和各种证件横渡过大洋的,这一切我打算下一次喝酒时再讲给你听,要是我们能有工夫的话。咱们还是先解决咱们的问题怎么样?你总会明白,咱们应该把账算清了。"

冒险家摸了摸蒙在左眼上的黑绸巾。大概他觉得那难看的伤疤是个不愉快的纪念,大冷天带着它在外面到处跑很不舒服。

"我知道你住在科马罗姆,为了找你,我一直奔到那里。你的那些代理人都说,你还没有从'国外'回来;可是谁也不能告诉我,你逗留在国外什么地方。我心里想:'好吧,我就等到你回来。'为了不虚度时光,我在科马罗姆结识了一些军官,因为我穿着军服,很快就跟他们结交上了。后来我常常到戏院去看戏。在戏院里,我也曾看到一位脸庞像石膏一样洁白和目光忧郁的绝美贵妇人;你大概也能猜想到她是谁吧。另外有个贵妇人经常陪伴着她,长得也很迷人。嘿,她有一双那么厉害而又漂亮的眼睛!真是一个穿裙子的海盗。啊,如果她是一个海盗头子,我多么愿意给她当属下!就是把我们俩一起在苦役船上锁上五年,我也毫无怨言。还是不说这些感伤事,谈谈咱们的事情吧!我开始寻找机会接近这位贵妇人。有一次,我设法在那个勾魂天使旁边弄到了一个座位。我向她献殷勤,她用友好的态度接受了。我请求她允许我拜访她一次,她便指点我,让我跟她的女主人商量,说一切都听凭女主人决定。我用非常敬仰的口气谈到这位令人十分尊敬的圣母,说我曾有幸在土耳其与她的家庭相识,她长得多么出奇地像她的母亲啊。

"'怎么?'漂亮小姐问,'您认识夫人的母亲吗?她可是很年轻的时候就去世了呀。'

"'夫人的父亲是我的恩人,我只是在他那儿看见过夫人母亲的画像。'我回答说,'画像上也是一张差不多同样忧郁洁白的脸庞,像的周围镶着两排钻石,价值十万。'

"'啊,您看见过那件珍贵的首饰?'漂亮小姐问,'女主人也让我看过,那是在雷韦廷先生把它送给她的时候……'"

提玛尔紧攥双拳,气得几乎要昏倒了。

"啊哈!现在咱们已经接近正题了!"冒险家带着残忍的笑容对被折磨的人继续说,"原来你把从阿利·邱尔巴德希那儿窃取来的首饰当作礼物送给了他的女儿!……可见其余的宝物也落在了你的手里,因为那些东西全是在一起的。这你决不能否认……所以现在咱们的身份是一样的,愿意彼此你我相称也好,互相称呼阁下也好。可是咱们决不要由于客气而谁也不提咱们的事应该怎样解决。"

命运使提玛尔落到了这个人的手里,他浑身麻木地坐在这个人的面前。这个人根本无须用枪口对准他,提玛尔连从椅子上站起来的气力都没有了。

"我的朋友,可是你迟迟不回来,我开始等你等得不耐烦了。我手头上的钱也剩不多了。我指望我那富有的祖姑母、海军司令部、我的农庄管事和银行老板会给我寄汇票来。我天天上邮局去打听,可是汇票由于可以理解的原因根本没有来。此外,不论我到哪儿,人们都一致赞扬你,一提到你的名字就说你是精明的商人,了不起的天才,穷百姓的救星。人们甚至还称道你过着标准的家庭生活。你成了所有做丈夫的楷模,简直值得死后由女人们为你举行火葬,然后把你的骨灰当作金丹,一厘一厘地分给其他所有的男人服用……哈哈哈!"

提玛尔掉转脸去背着灯光。

"我也许使你感到无聊了吧?好,我马上就谈咱们的正事。因为你仍然不回来,我的情绪特别坏。有一天,在军官俱乐部里有人提到你的名字,我就大胆地对一个把你说得十全十美的人表示对你有所怀疑。一个粗野的无赖马上给了我一记耳光。说实在的,这真出乎我的意料。我也活该挨这一下,谁让我多嘴呢!虽然只是从我嘴里溜出一句对你不适宜的话,我却实在有些后悔;我一定要记住这个教训,永远不会再诽谤你。如果只是挨一个嘴巴就完事,那倒也罢了;这类区区小事我一向是不放在心上的。可是那个粗野的无赖却不肯甘休,硬逼着要我跟他决斗,说我污辱了你的崇高名誉。据我了解,这个疯子正是白脸蛋儿的圣母做姑娘时代的爱慕者,现在为了他那圣母的丈夫的荣誉,竟然奋不顾身!这也是一种少有的幸运,只有你这个金人能碰到这种运气。我可托你这种运气的福了。为此却付出了代价,脑袋上挨了一刀,一直伤到了眉心。喏,你看看吧!"

不速之客掀开脑门上的黑绸巾,清清楚楚地露出一道很长的伤口,上面粘着肮脏的橡皮膏。橡皮膏周围显出恶性的红肿,证明伤口还在发炎。提玛尔瞅着伤口打了一个寒战。

托多尔·克里茨提安又把黑绸巾拉到眼睛上,同时挖苦说:

"这是你的友谊在我身上留下的第三号纪念。这倒也不错,又为我多添了一笔该你偿还的债务。出事后我在科马罗姆再也待不下去了,否则很容易招致不愉快的后果;虽然离开了我们那些可敬的饭桶法官,在这个国家我本可以待到世界末日——你和我不正是这方面两个活生生的例子吗!"

逃犯说到这里,对自己的联想力表现出得意扬扬的神气。

"好在我正打算离开科马罗姆,我等你已经等得感到无聊了。'别忙,'我对自己说,'我知道他在什么地方!他在"外国"操纵着这里的命运;我可知道那是一个什么样的"外国",它不在尽人皆知的各大洲,而是在无人岛上。我要到那里去找他!'"

提玛尔一听这句话,激动地嚷道:

"你到岛上去过了?!"

他又气又怕地发起抖来。

"别跳起来,我的朋友!"冒险家警告说,"这支猎枪可上了子弹,你一动,它就可能走火,那时候可不能怪我。你只管放心吧!到那个岛上去,倒霉的还是我而不是你。唉,总是你进舞厅我买门票,这就跟十诫一样无可争辩。你跳舞,我掏腰包,你代替我睡在床上,我却代替你被赶出门外。我为什么到无人岛上去呢?因为我希望在那里找到你。没想到这个时候你已经离开那里了。我在那里只遇到了诺埃米和一个小东西。哼,哼,米哈利老兄,谁想到你会办出这种荒唐事来呢?别动!咱们跟谁也别谈这件事!他叫多迪,是不是?一个聪明可爱的孩子。只因为我蒙着一只眼睛,他一看见我就那么害怕!真的,诺埃米也很害怕我。整个岛上只有他们两个人。我听说好心的特蕾莎妈妈已经去世了,当时我是多么伤心啊。她是个有福气的好人。当然啦,假如她还活在世上的话,他们也许不会那样接待我了。你想象一下吧,这个诺埃米连我在她的屋子里坐一坐都不许,她说她害怕我,多迪更害怕我,全家只有他们两个人。'喂,'我说,'正是因为这样我才来的;家里有了个男人,就可以保护你们啦。'顺便问一句,你给那位姑娘喝了什么,出落得那么漂亮?真的,她变成了那样一个美人儿,谁见了也要动心。我也毫不犹豫地把这话告诉了她。她立刻竭力摆出一副难看的面孔。我想跟她开个玩笑,就问她,用这样刺人的目光盯着她的未婚夫合乎礼貌吗?于是她骂我无赖,要我滚出屋子去。我回答她说,我走,可是我要把她也带上。不管怎么说吧,我终于搂住了她的腰。"

提玛尔的眼睛冒出愤怒的火光。

"千万坐着别动,老兄。这一下受损失的也不是你,而还是我。姑娘顿时给了我一记耳光,分量超过了大尉给我的那一记两倍。为了实事求是我不得不说明,她跟大尉打的不是一边,这样一来两边脸颊又对称了。"

提玛尔的脸上露出一种难以掩饰的快意。

"多谢!可是接着我也真的火了。我没有跟女人打架的习惯。谁都知道我是无条件尊重女性的,但是我急于想报复和得到补偿。'好吧,我要让你知道,你要是不让我待在这儿,那你就得跟我走,'我说,'你反正得跟着这个孩子吧!'说着我便抓住小多迪的手,要把他带走。"

"混账东西!"提玛尔嚷道。

"要始终沉住气,我的朋友!咱们两个人只能有一个发言。马上就该轮到你了,那时候你可以尽情地说。先听我把话说完吧!我刚才说只有他们两个人在家,这话不完全对,因为他们是三个。他妈的那只恶狗,那个阿尔米拉也在那儿。它在床底下趴着,老半天都装作根本没有注意我。可是孩子一喊叫,这个该死的东西没等招呼就一下子从床底下蹿出来,扑向我。不过我早就盯着这个畜生了,便从口袋里掏出手枪,一枪打到了它的身上!"

"凶手!"提玛尔喘着粗气说。

"哎呀,老兄,结果无非是那条狗的血给我内心添了苦恼罢了!可是这条恶狗挨了一枪并没有马上死去。它根本不在乎这一枪,而是更凶猛地扑到我身上,咬坏了我的左胳膊,把我拖倒在地上,压得我一点气都出不来。我竭力要掏出另外那支手枪,可是办不到。它像只老虎似的紧紧叼着我。最后我央告诺埃米,求她救救我。她倒还有恻隐之心,想把恶狗拉开;可是那畜生却更加凶狠地咬住我的胳膊不放。最后诺埃米说:'你求求孩子吧!狗只听这孩子的话。'于是我又求多迪。孩子心眼儿好,可怜我,就走到我跟前,搂住阿尔米拉的脖子。狗这才放我爬起来,让孩子亲它。"

提玛尔两眼泪汪汪的。

"这一回又是我吃了亏,"托多尔·克里茨提安说,同时撩起左边血污的衬衫袖子,"看看狗在我胳膊上咬的这伤痕——留下了深深的四个牙印。看,这个畜生一直咬到了骨头。这是你给我的第四号纪念。我的身子是一本活的纪念册,我为你所受的伤都在上面:烙印、镣痕、刀伤、狗牙印。这全是你在我身上留下的友谊的纪念。现在你说吧,为了算清账,我该把你怎么办?"

逃犯最后在问提玛尔这句话时,已经把衣服全部脱掉了。米哈利不得不看托多尔身上从头到脚给他作了记号的触目惊心的伤痕。而正是为了提玛尔,他才落下了这些伤……

克里茨提安的灵魂也赤裸裸地站在提玛尔面前。他的灵魂同样是伤痕累累,令人厌恶,而这也是同一个人造成的。

他知道得很清楚,提玛尔之所以交给他那样的重任,打发他到巴西去,无非是戏弄他。提玛尔把金钱交给他管理的时候,就估计到了他那些坏毛病。他无非是想毁灭他罢了。这个人知道提玛尔是怎样发财致富的,因而对他心怀妒忌。这个人知道提玛尔欺骗了诺埃米和蒂美娅,占有了她们俩,因而对他又恨又嫉。一个人可能有的各种危险情欲,都像恶性鼠疫肿疡一样生在托多尔的心上。现在提玛尔完全落到这个冒险家的手里,感到根本无法抵抗。他好像一个在梦中被追捕的人,感到那么软弱无力。看着这个遍体鳞伤的人,他犹如中了魔法似的。

无赖完全看穿了这种情形,因而觉得对提玛尔不再需要有什么防范了。他站起来,把猎枪靠在壁炉上,一边转过身去,一边对提玛尔说:

"好吧,现在我要换换衣服。在我换完之前,你考虑考虑怎样回答我,我现在应该把你怎么办。"

说完,他把破烂衣服一件件都扔进壁炉里。衣服在火里呼呼地燃起来,火苗蹿进了烟囱。然后,他不慌不忙地穿上提玛尔拿给他的衣服。他一眼看见提玛尔的怀表放在壁炉的炉台上,就顺手塞进背心的口袋里,接着扣好了衬衫袖口的钮扣。他十分安详地对着镜子理了理胡子。一切都弄好以后,他像一个踌躇满志、自信是个真正的绅士的人那样,把头昂起来。然后他叉开双腿,双臂抄在胸前,往壁炉前面一站。

"我说,朋友,老兄,怎么样?"

提玛尔反问道:"您想要怎么样?"

"好!你到底开口了!如果我说:'我要以牙还牙,以眼还眼。去,让你也烙上囚犯的记号,让你也被锁在苦役船的桡凳上,让你也被赶得跋山涉水,穿过一座座森林、城市,让你也在鲨鱼、印第安人、美洲虎、响尾蛇和宪兵的追逐下逃命!让你也给我妻子的爱慕者在决斗中把你的脑袋砍上一刀!让你也给我的情妇的凶狗咬坏胳膊!'也许你会感到不可思议吧?好,我不这样残酷无情,我永远不再向你提起我受的那些伤。冤仇宜解不宜结!我愿意对你宽厚些,咱们和解吧!"

"您要钱吗?"提玛尔问。

"钱我自然也要,可是钱的问题咱们以后再谈。咱们还是先谈谈你我都感兴趣的事。我有必要暂时从社会上销声匿迹。现在人家不会再为我吞没你钱财的事追捕我,可从苦役船上逃跑和淹死看守人这两件事人家是不会饶过我的。因此,在我没有想出办法去掉胳膊上的烙印和脚腕上的镣痕以前,你的钱暂时还不能为我造福。我一定能够用狼奶去掉烙印,用矿泉水洗去脚上的镣痕。我不怕你会把我的行踪报告给官方;因为你太有理智了,绝不会这样做。甚至在别人追查我的时候,你还会愿意把我藏起来,否认我在这儿。如果有人在这儿发现了我,你会撒谎说我是你的近亲。我了解你,你是个金人。不过对你了解的人也得当心!尽管你对我的情谊深厚,我还是有可能遭遇这样的事情,那就是什么人会在公路上突然给我当头一棒,或者哪个好心的强盗一枪把我打死在路边,或者满杯表示友谊的酒把我送上阿利·邱尔巴德希升天的那条路。不,亲爱的朋友,我不敢再要你给我斟杯酒了;就是你先喝上一口,我也不敢喝。我要特别当心自己。"

"那么,您想怎么办呢?"

"您?你绝对不肯跟我你我相称吗?我知道你不愿意跟

我打交道。至于说我想要什么,我们还是先谈谈阁下想要什么吧!喂,阁下首先想要我保守我所知道的那些秘密,对不对?你大概愿意为此作出保证,每年用法国公债券付给我十万法郎吧?"

提玛尔毫不考虑地回答说:

"愿意。"

冒险家笑了笑。

"阁下,我不需要你做这样大的牺牲。我说过了,光靠钱帮不了我的忙。像我这样一个浑身是标记的人,又有那些不良嗜好,随时随地都会被逮住。那时候十万法郎的报酬对我又有什么用呢?正像我刚才说的,我需要一个藏身之所休息休息,而且要休息很长时间,在那儿过过舒适的、无忧无虑的生活。这岂不是微不足道的要求吗?"

"您说出来吧!您到底想要什么呢?"

"我这就说出来,我看出阁下已经不耐烦了。也许咱们该睡觉了吧?"

冒险家说到这里又拿起猎枪,手勾着扳机坐在椅子上。

"我现在向阁下要求的不是十万法郎年金,而是无人岛。"

提玛尔好像被电击了一下似的。这句话使他完全摆脱了麻木状态。

"您打算要无人岛干什么?"

"首先当个避难的地方,哪个国家的密探也不会追踪我到那儿去。其次,不言而喻,在我和阁下认为我留在那个岛上合适的期间内,我要阁下供给我个人的一切需要,而且要挑贵重和上等的供给我。"

这种无理要求使提玛尔气愤起来。

"您别跟我开玩笑了！您还是向我要求一笔钱吧，不管多大数字都行。您带着这笔钱愿意到哪儿去就到哪儿去，随便花用。只是那个岛我不能给。这是愚蠢的要求。"

"这不是愚蠢的要求，阁下。那个岛上空气特别好，对我这在南美洲受到损害的身体来说最有益不过。我听故去的亲爱的特蕾莎妈妈说，那里到处是药草，可以治疗各种创伤。迪奥策吉教授的植物学著作上说，有些药草甚至能使煮熟的肉愈合起来。再说，我现在向往一种饮食优渥的生活方式，向往黄金时代的乡间享受。您把无人岛给我吧，殿下——千岁！"

冒险家端着猎枪，勾着扳机，嘲弄地恳求提玛尔。

"哎，您这个疯子！"提玛尔对这种揶揄感到不快，说着掉转过椅子，背对着托多尔·克里茨提安。

"您别把脊背对着我！高贵的老爷！Senoz! Eccelsenza! Mylord! Kegyalmes uram! Pan! Mynheer! Monseineur! Goshodin! Effendi!① 您愿意听一个无家可归的可怜人用哪国话恳求您呢？"

这种毫无意义的嘲弄反而对攻击者本人不利，它削弱了邪恶的魔法的作用，使提玛尔开始从麻痹状态中恢复过来。他想起自己在这里是跟一个提心吊胆的逃犯打交道，实际上这个人正在为自己的性命惶惶不安，于是便摆脱了刚才的畏惧心理，悻悻地回答说：

"得了吧！我不想跟您谈判起来没完。您说个数字吧，我可以照给。如果您需要一个岛，那您就到希腊群岛或者中

---

① 欧洲各国的语言，意为"高贵的老爷"。

国去买一个。如果您怕追捕,那您就到罗马、那不勒斯或西西里岛去。您可以冒充一个侯爵,跟卡莫腊①搞好关系,就不会有人找您的麻烦。您要多少钱都行,这个岛我可不能给。"

"瞧哟!阁下怎么又这么傲慢地跟我讲起话来了?落水的同犯一开始的那种害怕心理一过去,就又清醒过来打算游泳逃走了吗?那就等着,让我再来把你按到水底下去。大概你心里在想:'只管去吧,你这个流氓!把你知道我的情形告诉人去吧!头一件痛快事将是人家把你抓起来,长期关在监狱里。人家会收拾你的,让你永远休想再跟谁开口说话。你也可能遇到其他人世间常有的事情。譬如你在路上漫不经心地走着,有人暗中给你一枪,谁又能担负罪责呢?假如多瑙河把你的尸首抛上来,谁会追究你是自己跳河的,还是被人推下去的呢?就是在最糟糕的情况下,只要我金人仰起脸来说一声:"这完全是胡说八道!"你一个外来的无赖,谁又会相信你的鬼话呢?我有的是钱!就算是证人、起诉人是疯子,不受金钱收买,那么法官和法院也总会是聪明的。钱能通神啊。'你在这样想,这我看得出来。你要知道,你是在跟一个怎样狡猾的人打交道!最终你会明白,你从头到脚都被捆了起来,躺在我面前的地上动弹不得,就像一个被强盗塞住嘴的守财奴一样,必须忍受给他往指甲里插芒刺,一根根地拔他的胡子,把滚热的油一滴滴地往他身上浇,直到他拿出藏起来的财宝为止!我也要对你这样办,直到你受不住了,喊叫求饶才算完!"

提玛尔怀着将受严刑拷问的人的那种好奇心,听着这个

---

① 卡莫腊,早先意大利那不勒斯的盗匪秘密组织。

囚犯的话。

"关于我所知道的你的情况,到现在我还没有对任何人说过一句,这一点我敢以名誉担保。除了我在科马罗姆透露出来的那一点点以外,我没有说过你什么坏话。再说那也是没头没尾的。可是我把我所知道的关于你的一切都写在纸上了,而这纸就装在我的口袋里。它并且是用四种不同的措辞写的,填着四个不同的地址。一份我准备寄给土耳其政府;我将向土耳其政府揭发,阿利·邱尔巴德希从伊斯坦布尔随身带出来的所有东西,是一个叛贼所应被没收的财物,理当属于土耳其苏丹的宝库,或者说本来就是从国库弄出来的,并且揭发这些宝物——它们按照我父亲的说明一件件地都写明在信上了——现在何处,以及这些东西是怎样落在你手里的。在第二封信中我向维也纳政府告发你是谋害阿利·邱尔巴德希的凶手和窃取他财宝的强盗。别忘了,一个暴发户免不了有许多仇敌!我的第三封信寄给科马罗姆冯·雷韦廷夫人。我也要告诉她,你对她父亲干了些什么,你是怎样得到她母亲那帧镶钻石的画像,怎样得到其他所有你送给她的珠宝的。同时我还要告诉她,你出外的时候待在什么地方。我要在信上告诉她无人岛上的秘密行乐,你跟另外那个女人的姘居,以及你对蒂美娅进行的欺骗。我把诺埃米和多迪的情形统统告诉她。怎么样?还要我往你的指甲里再多插几根刺吗?"

提玛尔激动地喘息着。

"你既然不开口,那我就再说下去,"逃犯无情地说,"第四封信寄给诺埃米,凡是她还不知道的关于你的情形,我统统都写在了这封信上,诸如:你在社会上另有一个妻子,你是个贵绅,你玷污了她,却永远不能做她的丈夫,而她仅仅是你的性欲的牺牲品,你是个罪犯!你还不高声求饶吗?好,那咱们就用滚热的油。我才不是傻瓜哩,会把这些信装在我的口袋里,甘冒被你雇用的刺客在偏僻地方把我打死的危险,然后把信夺去交给你。只要你敢说一声咱们停止谈判,我就回答说:'阁下,我很高兴我有这种荣幸,再见!'然后丢下你就走。不过我从这里直奔对面……你看见那两个钟楼了吗?那是提哈尼半岛。修道院里面住着一些清白的修道士,我将把信寄存在他们那里,那里是更可靠、更稳妥的地方。我要托付修道院长,万一我一星期以内不回来取这几封信,就请他把信寄给信封上写明的收信人。所以你就是干掉我也白搭,信还是会寄到那几个地方。如此一来,这个国家就再也没有你的容身之处。你的妻子,即使她不计较你害死了她的父亲,也不会原谅你和诺埃米的欺骗行为,因此你不能回家。官方要开始对你进行调查,迫使你不得不把你那神秘财富的来源和盘托出。土耳其政府少不得要对你依法追究,奥地利政府也不会放过你。整个社会将认清你是一个什么样的人。你过去是个金人,此后将是个粪人。而且你也不能逃避到无人岛上去,诺埃米在那儿会不准你进门。这个性情高傲的女人会很快把她对你的爱情变为仇恨。这儿不能去,那儿也不能去!最后对你只剩下一条路,那就是像我一样地逃离熟识的社会,像我一样地隐姓埋名,像我一样地从一个城市潜逃到另一个城市,像我一样地听见走近的脚步声就胆战心惊!怎么样,要我走,还是要我留下?"

"别走!"受尽折磨的提玛尔呻吟说。

"啊哈!你又老实下来了!"逃犯道,"好好,那咱们就再坐下来谈谈吧。咱们再从头谈起!首先还是:你肯不肯交出无人岛?"

提玛尔想起一个软弱无力的借口来为自己解围:

"可是无人岛不属于我,它是诺埃米的。"

"这话不错!可我要求得正对。岛属于诺埃米,而诺埃米却是属于你的。"

"你想要怎么样?"提玛尔怒目问道。

"喂,喂,千万别把眼瞪得这么凶!你难道不知道自己被上了镣铐吗?咱们一步步来!事情要这样:你给诺埃米写封信,由我面交她。那个讨厌的黑畜生在这期间想必已经死了,我可以放心大胆地到岛上去。你要在信上同你的情妇告别,告诉她你有妻子,就是美丽的蒂美娅。诺埃米肯定还记得她。向她说明你摆脱不了原来的家庭联系,因此你不能娶她。你在信上还对她讲,你非常关心她,特意从远方把她从前的未婚夫找回来了。他是个非常勇敢、规矩而又漂亮的青年,并且现在乐意娶她做妻子,他不计较以往那些事。此外,你还将供给她一切顶好的东西,为我们祝福,而我们会幸福地生活下去。"

"什么?你连诺埃米也想要?"

"是的,这又有什么了不起的!你总不会认为我打算到你那个破岛上去当鲁滨孙吧?在那样寂寞的环境里,我需要有一个人来调剂一下我的生活。我在海外已经玩腻了黑眼睛、黑头发的女人,现在看到诺埃米那头金黄的头发和那双碧蓝的眼睛,我完全被她迷上了。她打了我嘴巴,把我赶出来,这我一定要报复。用接吻来报复挨抽嘴巴,还有比这更高尚的报复方法吗?我要当那个倔强仙女的主人!这就是我眼下的愿望。至于你,你有什么权利把持诺埃米不把她给我?难道我不是跟诺埃米订过婚的未婚夫吗?我可以根据法律娶她做妻子,我可以恢复她的名誉,而你却永远不能和她结婚,只能使她不幸。"

啊,他把滚热的油滴在了提玛尔的心上!

"要我把全部财产都给你吧!"他结结巴巴地央求说。

"这点我们搁在以后再谈!总会轮到这个问题的。现在我首先要求的是这件事;别的我什么也不要,只要诺埃米。再说我所要求的也并不是属于你的,而是唯一属于我的。"

提玛尔苦恼地搓着双手。

"我说,你是给诺埃米写这封信呢,还是要我带着这四封信到提哈尼修道院去?"

内心的痛苦迫使提玛尔喊出:

"噢,小多迪……"

亡命徒马上傲慢地笑着嘲讽说:

"我会做他的父亲,我会做他的一个非常慈爱的父亲!……"

……提玛尔·米哈利蓦地从椅子上跳起来,像饿虎扑食似的向冒险家冲去。没容托多尔开枪,提玛尔就抓住他的两臂,先把他向面前一拉,然后猛力一推,把这家伙从敞开的门口摔到过道上,翻了几个筋斗,好不容易才爬起来。他刚迈下头一层台阶就又一个跟跄,好像被刚才那猛地一推吓软了腿似的,然后喘着粗气,骂骂咧咧地滚下台阶去了。

下面一片漆黑,夜寂静无声。别墅里除了他们两个以外,只有一个喝得酩酊大醉、正在酣睡的聋子。

第五章 月亮在说什么?

——冰在说什么?

提玛尔本来能够干掉托多尔,这家伙已在他的掌握之中。他感觉自己的胳膊好像疯子一样有力,他可以掐死他。假如他觉得为这个人不值得消耗一粒子弹的话,他可以用猎枪柄打碎他的脑袋。但是提玛尔不肯杀害任何人,他甚至不肯杀死这个凶手,以挽救自己。当他的一切都处在危险中,当他的财产和名誉都毁于一旦的时候,提玛尔·米哈利表现出是个真正的"金人"。

他听任那个能够毁灭他、也正要毁灭他的人跑掉了。

还来得及杀死他。提玛尔另一支上了子弹的猎枪就在卧室里,只要那个人一走出别墅的门口,穿过大院子,他就可以从窗口向下开枪。那是个强盗,是个服苦役的逃犯,有谁会来为这件血案追究他的罪责呢?说不定他还可以为此从巴西政府方面得到打死逃犯的赏金哩。

但是,提玛尔没有杀死这个人,他心里想:"这个人说的有道理!而且命中注定的事是一定要到来的。"他提玛尔不是愿用罪行来掩盖罪行的罪人,而是一个品格高尚的人,既然自己有罪,他就准备赎罪。

他走到别墅的阳台上,将双臂抱在胸前,注视着托多尔走出别墅的门口,穿过院子向大门走去。

月亮从绍莫吉①方向升到湖岸上空,照耀着别墅的墙壁,阳台上站着一个穿深色衣服的人,这对于想用枪打死他的人来说是极好的目标。

托多尔·克里茨提安从阳台下面经过,抬起头来望提玛尔。他脑门上的伤口经刚才一摔又绽开了,弄得他满脸是血。

提玛尔站在那儿,也许是想让那个愤怒的人出于报复而打死他吧?

可是这个人在他脚下停住,仰起脸,嘴里无声地叨咕起来,那样子跟阿塔莉雅一模一样。这两个人彼此多么相似啊!只见他无声地打着手势。他的一条腿摔得一瘸一拐的。他用左手拍了拍右手上的猎枪,然后做了个表示不用武器的动作,并举起拳头威胁提玛尔。这种无声的语言大概是说:"我不用这个办法要你的命!我给你留着另外一种死法,等着瞧吧!"

提玛尔眼看着他走出院子,目送他穿过积雪覆盖的道路走上大湖的冰面。他凝视着那个人,直到仅仅还能看见一个黑点在银色的冰板上移动,慢慢移向那俯瞰着提哈尼半岛、在高耸的岩壁顶尖的两个钟楼。

他丝毫也没有感觉到,这时狂风从佐洛越过山岭渐渐迫近了。

在巴拉顿湖附近,常常在空气十分平静的时候没有任何预兆就突然袭来这种好像飓风一样的狂风。远远就听到树木簌簌响的渔夫们,往往来不及赶回佐洛的湖岸。大风会突然

---

① 绍莫吉,匈牙利西部的州,在巴拉顿湖以南。

掀起波浪,把小船卷到湖心,抛向对岸。狂风往往刮上半个小时就停止,它只不过想跳个圆圈舞罢了,然后就又一切复归平静。

现在从山后刮起的狂风吹来一团雪云,雪云中闪烁着像针似的小晶体。雪云把辽阔的景色覆盖了一半,提哈尼周围连同被岩壁切开的半岛和晦暗的教堂都笼罩在黑暗中,而东面的黏土湖岸却洒满了皎洁的月光。

狂风怒吼着掠过阿腊克斯山谷的树梢。古老避暑别墅的风向器狂嚎着,仿佛被定了罪的鬼魂正为它们在尘世的罪过而哭泣。当暴风掠过巴拉顿湖的冰面时,竖立在冰面上的冰板发出一种超自然的声音,使人听了以为是一群鬼魂在哭嚎着互相追逐,在飞奔中狂喊。不时发出一声怒吼,大概是一个鬼魂正在驱赶其他的鬼魂!

提玛尔在这阴森可怖的夜半乐声中似乎听到一声惊叫,随着咆哮的风声传入他的耳鼓。这是唯有人能发出的声音,是一种绝望的、遭到极大危险的、诅咒神灵的声音,它响彻寂静的深夜,把人从梦中惊醒,使星辰发抖。过了几分钟,他又听到了同样的叫声,不过已经比刚才短促而微弱。然后又只听到风暴粗犷的乐声。

这种乐声也渐渐停止,风暴过去了,赶走了那团雪云。

阿腊克斯山谷的树林不再萧萧作响,呼啸着掠过冰面的狂风消失在远方,声音渐渐平息。天空放晴,一切复归寂静。

提玛尔的内心也完全平静下来。

末日已经到来,再没有别的出路,他现在是进退维谷。

他在能跑的时候已经跑过了,现在他终于站到了深渊的边缘,没有任何挽救的办法。

他的一生好像一场梦似的从他身边飘过去了,而且他知道自己是醒着。

他最初的愿望是得到那位美貌富有的小姐,这是他全部不幸的根源。他建筑在这上面的命运仿佛斯芬克斯①的谜一样,答案同死亡结合在一起。

他在社会、蒂美娅和诺埃米面前都暴露了自己的真相,还怎么活下去呢?他受到国王的恩宠,同胞的尊敬,好比是立于光辉的顶峰上,多年为国内外所瞩目,现在却要突然从那个顶峰上跌下来了。

那个女人怀着那么大的痛苦,却在他的情敌面前如此尊崇他,他怎么能够再见她的面呢?她所尊重的丈夫的一切原来完全不是那么一回事,他的一生只不过是一场大骗局,从她知道这些情况的时刻起,他还怎么能够再见她的面呢?

如果诺埃米知道他是蒂美娅的丈夫,他还怎么能再到她的面前去?还怎么能再抱抱多迪?

世界之大,竟没有他可以逃避的地方。正像托多尔所说:他剩下的唯一道路,就是像那个人一样逃离熟识的社会,像他一样隐姓埋名,像他一样从一个城市偷偷地跑到另一个城市,在世界上到处流浪……

可是他还知道另外一个地方,那就是月亮,就是眼前这颗寒星。诺埃米曾经怎么说来着?那些一切都不再需要,强使自己抛弃生命的人将要到月亮上去。去到那虚无缥缈的地方!假如托多尔以后到无人岛上,把孤独的诺埃米逼入绝望

---

① 斯芬克斯,希腊神话中的人面狮身女怪,起源于埃及,它专叫过路人猜谜,猜不中就被她杀死。后因谜底被俄狄浦斯道破,跳岩而死。

境地,她一定会随在他的后面也到那颗寒星上去。

想到这里,提玛尔感到一些安慰,于是把望远镜对准下弦月,反复观察那些大圆火山口的发光地方。他从这无数的墓地中为自己挑选了一处:他要住在那里,他要在那里等候诺埃米!

他回到方才跟那个冒险家谈判的房间。

壁炉里还留有烧掉的衣服的灰烬,仍然保持着衣服的形状。提玛尔向火里扔进几块新柴,为的是毁掉这些余烬。然后他穿上大衣,离开了别墅。

他向湖上走去。

月牙照亮了辽阔的冰面,它是这个冰原上的太阳……

"我就来,我就来!"提玛尔说,"我很快就会知道你跟我说的是什么了。你在呼唤我,我要听从你的呼唤。"

他直奔冰缝的方向走去。

要从远处寻找到冰缝并不困难。勇敢的渔夫们树立的标记——插在木桩上的那些草束,远远地警告一切虔敬的人别从这里走。而提玛尔寻找的正是这种地方。

他来到一个标示危险的草束前面,站在那里,摘下帽子,抬头望着天空。

他已经有好几年没有祈祷了,他在这个时刻忽然想起了伟大的造物主,想起要把自己的灵魂交给那位使星辰移动、赐给昆虫生命,但是也创造了反抗他的生物——人类的伟大的造物主。

"永在的造物主啊!"他说,"我过去背离你,而在这个时刻又要皈依你了。我不诉苦。你引导过我,可是我走上了歧途。你呼唤过我,可是我不听从。现在我来到这里,我愿怀着盲目的皈依心情死去。让我的灵魂沉入永不融化的冰层,一定要在那里受苦。我忏悔,我使那么多爱我、那么多变成了我的亲属的人陷入不幸。永在的、公正的造物主,你保佑他们吧!我有罪过,所以我愿意死,愿意受到惩罚。只有我一个人应该对这一切不幸担负罪责。永在的、公正的造物主啊,你使我来到了这里,可对我撇下的人却要公正啊!保佑、安慰软弱的女人和无依无靠的孩子吧。而我,你却尽可以交给你的复仇天使!——我有罪,我愿意永远闭上口不再说话!"

他跪下去。

湖水拍击着冰缝的边缘。阴郁的巴拉顿湖即使在没有风的时候也常常发出吼声,当湖面覆盖上冰的时候,湖水就在冰缝中间滚滚翻腾,简直像大海一样。

好像游子将要长久离家时吻别母亲那样,又好像罪犯在被枪毙以前吻枪筒那样,提玛尔弯下腰去吻波浪。

他正这样俯身在波浪上的时候,突然从水中冒出一个人头来……

一个人的头!……仰起脸,脑门上缠着一条直蒙到右眼的黑头巾,左眼血糊糊的,可怖地凝视着……湖水涌进张开的嘴……

这怪物沉没下去了。两分钟后又涌起一个浪头,那张可怕的脸随着浮出来,眼睛死死地盯着提玛尔。

接着,那个脑袋第三次从冰缝的边缘露出来,最后便消失在冰层下面再也看不见了,只有一只痉挛地攥起的僵硬的手伸出水面晃了一下……

跪着的提玛尔精神错乱似的跳起来,凝视着这可怕的景象。他觉得那个脑袋仿佛在呼唤他。

汹涌的波涛在冰缝中间翻腾着。

远处又响起那凄惨的风琴声,随同呼啸着从森林树梢上掠过的夜风阵阵传来。那些看不见的鬼魂在袭击着冰板的风中狂嚎乱叫,其中有些吵得很可怕。鬼怪的合唱声越来越强有力了。

整个冰上又发出那种超自然的乐声,好像冰下猛然拨响了上千根竖琴琴弦,接着逐渐变为滚滚的霹雳,声音越来越高,仿佛疾雷闪电穿过水中,在哗哗响的波涛中奏出奇异的、震耳欲聋的旋律。冰下雷声隆隆,这一片坚固的冰的世界在造物主的可怕呼声中颤抖着。冰缝由于空气压力非常大而又封闭起来。

提玛尔颤抖着扑倒在动荡的冰面上。

第六章　来的是谁？

寒霜把无人岛装饰成了一座银样的森林。连续不断的大雾给所有的树枝挂上了一层霜花。接着是几个晴朗的冬日，树上的霜融化以后结成了冰，每根树枝都套上了一个透明的冰壳，整个岛变成了水晶世界。戴上冰首饰的柳树被压得枝条低垂。风一吹过这座水晶森林，树枝互撞，发出叮当响声，犹如神话中的水晶花园里的铃声。

在覆盖着厚厚一层白霜的草地上只有一条路通向小屋，诺埃米每天都要带着小多迪从这条路去往特蕾莎安息的地方。

现在只剩下他们两个一起到那里去了，第三者即阿尔米拉卧在小屋里奄奄待毙。那一枪打中了要害，这条狗是非死不可了。

晚间，诺埃米点上松明，拿起纺线杆纺线。小多迪坐在她旁边玩耍，把一根草棍放在纺车轮上，弄出磨面风车的嘎嘎声。阿尔米拉卧在屋角，像人一样呻吟着。

"妈妈，把头伸过来，"孩子忽然说，"我要偷偷告诉你一句话，别让阿尔米拉听见。"

"它根本就不懂得人话，我的多迪！"

"哦，它一定懂，它什么话都懂。你说，阿尔米拉会死吗?"

"会死的,我最亲爱的小宝贝。"

"要是阿尔米拉死了,谁来保护咱们呢?"

"上帝!"

"上帝有本领吗?"

"上帝比谁的本领都大。"

"也比爸爸本领大吗?"

"爸爸的力量也是上帝给的。"

"那个蒙着眼睛的坏蛋的力量也是上帝给的吗?上帝干吗要给他力量呢?要是那个家伙再回来,我可害怕,他想要把我带走。"

"别怕,我不会让他把你带走的。"

"可是他要打死咱们呢?"

"那咱们就上天堂。"

"阿尔米拉也上天堂吗?"

"它不。"

"那为什么呢?"

"因为阿尔米拉是畜生。"

"那么我的小云雀呢?"

"它也不能上天堂。"

"哦,别这么说,它飞得那么高,比咱们更容易上天堂。"

"可是天堂高极了,它飞不上去。"

"这么说天堂里什么动物都没有吗?……那我宁愿留在地上这儿,跟爸爸和我的小云雀在一块儿。"

"留下吧,我的心肝,留下吧!"

"要是爸爸在这儿,他会打那个坏蛋吧?"

"坏蛋不敢见他的面。"

"爸爸到底什么时候回来呢?"

"不出冬天就会回来的。"

"你怎么知道呢?"

"爸爸这样说的。"

"那么爸爸说的都是实话吗?爸爸永远不会说谎吗?"

"不,我的儿子,他说的话都是真的。"

"冬天不是已经到了吗?"

"爸爸也快回来了。"

"噢,爸爸回来以前阿尔米拉可千万别死。"

孩子从小板凳上站起来,向呻吟着的狗走去。

"亲爱的阿尔米拉,你别死,别把我们单独丢在这儿!你瞧,你不能跟我们一块儿上天堂,只有在这儿你能跟我们在一块儿。留在这儿吧!等到了夏天我给你用核桃木盖一间漂亮的小屋,就像爸爸给我们盖的那间一样。我有什么吃的都给你留一半。把你的脑袋放在我的腿上,好好地看着我!别怕,我决不会让开枪打你的那个坏蛋再进来。我一听见他来,就用绳子把门紧紧地捆好。他要是把手抻进来,我就用我的小斧子砍掉他的手。我保护你,亲爱的阿尔米拉。"

懂事的狗一面用可爱的眼睛仰视着孩子,一面用尾巴轻轻拂着地。接着它长舒了一口气,好像孩子的话它全听懂了。

诺埃米停下纺线,手托着头,沉思地凝视着松明。

那个可憎的家伙气狠狠地离开时,曾从窗口向屋里嚷道:"我还要回来的,那时候我要告诉你,你爱的那个人是什么样的人。"

他还打算回来,这就够使人担心的了。他还要告诉她,她爱的是个什么样的人,这究竟是什么意思?

米哈利会是个什么人呢?会跟他表面有什么不同吗?

那个从世界另一端又回到这儿来的鬼怪可能说他些什么呢?她曾说过:"米哈利,我但愿能跟他隔开三尺土。"唉,提玛尔为什么不照她的话办呢?

诺埃米不是软弱的女人,她在荒野中长大,她习惯于相信自己的力量。广大世界的安乐没有侵蚀她的精神。

母狼见到猎犬也知道保护自己的窝!它有爪子,也有牙齿!

自从那次可怕的会见以后,诺埃米经常把米哈利的刀子藏在上衣里面,而且磨得非常锋利。

夜间她总是用一根粗门闩把门闩上,再用绳子把门闩绑牢。

现在听天由命吧!

要是提玛尔回来,她就是一个快乐的女人,一个幸福的妻子。万一要是那个家伙先来了,她就难免要做一个女凶手,一个女罪犯。

"阿尔米拉,你怎么哼哼得这么厉害呀?"

垂死的可怜的狗十分痛苦地从孩子大腿上抬起脑袋来,伸着脖子四面嗅着。它不安地又是吸气又是哼哼,并用爪子挠着地。但它所能发出的只是一声嘶哑的喘息。这声音是表示快乐,还是表示发怒呢?

狗嗅出有人来了。

来的是谁?是好人还是坏蛋?是带来生命的人还是凶手?

在寂静的夜晚,从外面覆盖寒霜的草地上传来了脚步声。

有人正向小屋走近。

可能是谁呢?

阿尔米拉焦急不安地哼叫着,拼命要站起来,可是又倒下了。它想要吠叫,可是办不到。诺埃米霍地从板凳上站起来,右手伸到衣服里面,攥紧刀柄。

诺埃米、多迪和阿尔米拉,全都屏息敛声地注意听着。

这时脚步加快了,他们都辨别出了那熟悉的脚步声。"爸爸。"多迪笑着叫道。诺埃米赶紧拿着锋利的刀子跑到门前,割断捆在门上的绳子。阿尔米拉用两只前腿站起来,再一次发出欢迎的吠声。

转眼之间,米哈利、诺埃米和多迪就拥抱在一起了。

阿尔米拉费劲地爬到亲爱的主人跟前,抬起头来看了他一眼,舔了舔他的手,然后就倒下去死了。

"你不再离开我们了吧?"诺埃米在他耳边说。

"别再离开我们了!"小多迪央求道。

米哈利把他们紧紧地搂在怀里,眼泪滴在两个亲人的脸上,说:

"永远不再离开你们了……永远……永远!"

第七章 死 尸

这一年的严冬到三月底算是过去了。一天,天气温暖而有雨意,南风吹化了巴拉顿湖的冰,接着一阵猛烈的北风吹开湖冰,把冰块推到绍莫吉的岸边。

渔夫们在融化的冰块当中发现了一具死尸。

尸首几乎已经完全腐烂,面目全非,但是仍然可以辨认出这人是谁。

这是提玛尔·米哈利·雷韦廷的尸骸,他在那次捕到了梭鲈王、值得纪念的捕捞以后,突然失踪了,人们很久以来一直在期待他归来。

死尸身上穿的是失踪者的衣服,从那镶着羔皮边的上衣、衬衫钮扣和绣有姓名缩写字母的衬衫,都可以认出是他的。人们在背心口袋里发现了他的打簧表,珐琅表壳上印有他的全名。最足以证明是他本人的还是上衣口袋里的钱夹,钱夹里有许多百元和千元的钞票,还有蒂美娅亲手做的一件带珍珠的刺绣,钞票上的字迹还清楚可辨,刺绣内面有"信仰、爱、希望"几个字。

人们还从旁边的衣袋里掏出了四封用一根带子捆在一起的信。可是信已经在水里泡了四个月之久,字迹完全泡掉了!

与此同时,渔夫们在菲尔德的港湾里打捞到了雷韦廷先生的双筒猎枪。发现了猎枪,整个事情就完全清楚了。

老加拉姆博斯这时想起了一切。老爷曾对他独自说过,如果夜间从森林里跑来狐狸和狼,他要带着猎枪出去打几只。

现在别的人也清楚地回忆起,那天夜里湖上刮了短暂的大风雪,无疑这就是高贵的老爷遇到意外的原因。他被雪迷住了眼睛,没有发现冰缝,不幸失足掉了进去。

老加拉姆博斯夜里睡觉不多,他也说在那阵暴风当中,曾先后听见两次垂死的呼叫。

这样一位能干的、闻名四海的人物竟遭此不测!

蒂美娅一听到噩耗,立刻动身前往希欧福克,参加官方对这一事件的审理。

一看到丈夫的衣物,她昏倒了两次,人们几乎无法使她苏醒。但是她再三振作,强打起精神来。她亲眼看着入殓,把残缺的遗体装进铅棺材里,还问了一下提玛尔的结婚戒指的下落。但是人们无法为她找到这枚戒指,因为尸体的手指全烂掉了。

蒂美娅把丈夫的遗体非常珍惜地运回科马罗姆,安葬在壮丽的祖茔里。提玛尔是新教徒,安葬时他所皈依的教会给了他一切应有的荣耀。四个教区都派代表团参加了丧礼。多瑙河对岸的教区监督特别为他举行了布道讲演,科马罗姆的牧师在悬挂着黑帐幔、装饰着家徽的教堂里向死者致了告别词。由帕波①高等学校的合唱队唱挽歌。棺材外面蒙着黑天鹅绒,上面用银钉排列出死者的年龄和姓名。由市参议员和本州的陪审官把棺材抬到灵车上,棺材上放着贵族佩刀、桂

---

① 帕波,匈牙利城市,在巴空尼林山西北麓。

冠、匈牙利圣斯蒂凡勋章、意大利圣毛里提乌斯勋章和巴西领报骑士十字勋章。几位副州长挽着棺罩的银缨穗,一些有声望的绅士在灵车两旁举着带盾形家徽的火炬。走在棺材前面的是教士和神学家,各学校的学生,打着各自旗帜的行会,以及轻轻敲打着蒙了黑布的大鼓齐步行进的全副武装的匈牙利民团和德意志民团。跟在棺材后面的是缠着黑纱、本城所有的贵妇人,身穿丧服的寡妇也在其中;她脸色依然那么白,两眼已经哭肿了。再后面是本国和维也纳的显要人物、高级军官,甚至还有一位国王陛下派来向这位著名的死者致哀的特使。最后是一眼望不到头的民众行列。送殡的队伍经过全城,所有的钟都敲响起来。人群和钟声在宣告,现在大家正安葬本城一位也许是后无来者的伟人,他是民众的恩人、祖国的骄傲、妻子的忠实丈夫和许多大慈善机关的创始者。

"金人"就要入土。

男女老幼徒步为他送殡,他们穿过本城,直送到遥远的墓地。

阿塔莉雅也走在送殡的行列里。

当人们把棺材放入敞开的墓穴时,死者的近亲好友和崇敬者也随着这位万人哀悼的名士走了下去。

其中也有卡苏卡大尉先生,他站在狭窄的台阶上,跟蒂美娅和阿塔莉雅紧紧靠在一起。

人们从墓穴的台阶走上来的时候,阿塔莉雅冲到停放棺材的凹穴前面,要求大家连她也一起埋葬。

幸而发布拉·亚诺斯先生在场。他双手扶起这位漂亮的小姐,出了墓穴,并且向惊诧的群众解释说,这位小姐一向把去世的雷韦廷先生当作自己再生父亲那样热爱。

半年之后,一座壮丽的墓碑建成了,下面是花岗石的碑座,金字碑文刻的是:"王室顾问,数州的陪审官,荣膺圣斯蒂凡勋章、圣毛里提乌斯勋章和领报勋章的骑士,伟大的爱国者,真正的基督徒,模范的忠实丈夫,穷人之父,孤儿的抚育者,学校的维持者,教会的支柱提玛尔·米哈利·雷韦廷先生之墓。认识他的人无不哀悼。他永远忠贞的妻子苏珊娜悲痛永无尽期。"

碑座上立着一个女人石膏像,怀抱着骨灰罐。谁都说这个石膏像简直跟蒂美娅一模一样。

蒂美娅天天出城到墓地来,把一个鲜花花圈放在墓碑上,然后用冷水和热泪浇一浇在墓地围墙里面散发着芳香的花卉。

托多尔·克里茨提安大概做梦也想不到他死后会享受这么大的荣耀……

第八章 索菲雅太太

美丽的寡妇非常认真地服丧守节,不参加任何交际,也不在家里接待任何客人。人们在街上遇到她的时候,也总是看见她穿着黑孝服,脸上蒙着密密的面纱。

人们议论推测,她要服丧多久呢?提玛尔先生是在哪一天发生不幸与世长辞的?按说只要从这一天起服丧一年,也就是说到冬天就算满了。然后是斋戒节。但是蒂美娅到斋戒节还在服丧,连一次舞会也不参加。科马罗姆的舆论又推算出了一个日期,蒂美娅大概把一年的丧期从给提玛尔治丧的那一天算起的吧,因为她那时候才知道他去世。这个日期也过去了,已经到了春天,蒂美娅仍然没有脱去孝服,还是不接待客人。

于是人们有点儿着急了,究竟要这样过多久呢?

最让人恼火的是蒂美娅连一个男客也不见。

一天早晨,索菲雅太太挎着提篮来到每周一次的集市上,在人群中穿来穿去,跟女贩子还价买鸡。换句话说,她是装作要买东西的样子,实际上什么也不打算买,她觉得所有东西都太贵。其实她是想借买东西的机会偷偷溜到公园去。到了公园以后,她又借助一道合适的紫云英篱笆遮挡着转了一个大弯,一边不断向四面张望,看是不是有人瞧见了她。最后她从一个画着双头鹰的大门偷偷溜进了一幢孤立的小住宅。

卡苏卡先生一直住在这里,他升了少校以后也没有搬离当尉官时的寓所,因为他用不着更大的住宅。大门和房间的门窗都大敞大开着,当军官的有更多的理由不用担心闹贼。

索菲雅太太发现只有卡苏卡先生一个人在家,他正忙着审查大规模要塞工程修筑计划。

"早安,少校先生。请原谅!我这样冒昧地闯进来,我偶然经过这儿,看到门窗都敞开着,我心里说:'咳,这样正好让贼钻进来,我进去关照用人把门窗关上吧。'没料想遇见了少校先生。谢谢您接见我,好吧,为了不妨碍您休息,我只稍微坐一会儿。从我们上次谈话以来已经有不少日子啦。哦,少校先生太宽厚了!我可以靠近您坐在沙发上吗?我想先把篮子放下;篮子里没有什么,只有几个鸡蛋。我什么东西都得自己去买,要是交给使女去买,她就样样东西都赚点钱。哎呀,眼下当使女的甭提多傲气啦!没有一个愿意挎着篮子跟在自己太太后面,她们觉得这有失身份。所以我得自己挎着篮子去买东西,我不觉得这有什么难为情。反正认识我的人都知道我是怎么回事!少校先生,您不会说我这样做不对,是不是?哪儿的话,您决不会因为这个看不起我,我们到底是多年的旧相识了。少校先生,您还记得您坐在厨房的水桶上,把炒玉米花放在军帽里吃着,当时我正给那个可笑的姑娘讲怎样洗礼的那回事吗?少校先生那时候还是大尉,您突然进来的时候我们本来谈的不是洗礼,是另外一件事情。咳,要是您知道我们谈的是什么就好了!这事到现在好像已经过了上千年似的,自那以后世上发生了多么大的变化呀。喏,雷韦廷先生的死就是一件多么可怕的事情啊!可怜的蒂美娅从那以后心情一刻也没有安宁过。我怕这个女人会跟着她的丈夫一起去了。要是那样我真替她可惜,她可是个有福气、好心肠的女人。她现在任何男人也不见,每天上百次地站在丈夫的大画像前面,一瞅就是老半天。然后拿出他最后来的那封信,就是跟那条大鱼一起送来的那封信,翻来覆去地看。她还常常把信念给我听,念过以后问我:'我说,索菲雅妈妈,这封信里的语气这样愉快,你不感到奇怪吗?他甚至连跳舞的事情都写上了!'唉,这个年轻而又可怜的漂亮女人对这封信想得那么多!我真替这个可怜的女人惋惜。我满心希望她能拿定主意再物色一个规规矩矩的正派男人。告诉您说吧,我这样希望跟我自身也有点儿关系。少校先生,您知道,我的女儿阿塔莉雅常常念叨,要是蒂美娅跟她属意的那个人结婚,她就一天也不再在这个家里待下去;她要嫁给随便一个向她求婚的男人,不管是一个庄稼汉还是一个绅士,也不管是年轻还是上了年岁,漂亮还是丑陋。是个人她就马上嫁给他。再没有人能比我更盼望她结婚的了!我并不想跟我的女儿去——不,我要继续留在蒂美娅身边。就算是阿塔莉雅阔起来,蒂美娅反而穷了,我也不离开蒂美娅。请您相信,我再也不能跟我的女儿待在一起了。一个做妈妈的抱怨自己的亲生孩子,固然不合适,可是我知道您不是外人。不错,我是她妈妈,她是我生的。在人们没有把她从我手中夺走之前,在她父亲没把她娇惯成这个样子之前,在她没有被社会搞昏头之前,她本来也是个好孩子。可是现在跟她一起生活我觉得好像在地狱里一样。世上除了我,她再也无法拿别人撒气,因此她整天欺负我。她一遇到我就拧我、踢我、打我。由于她我简直不敢走出厨房门。不管我多么亲切地和她说话,她也装作听不见。吃饭的时候她数着我吃了几口。她一用眼盯我,就吓得我赶快放下叉子。她故意把衣服撕坏,让它破破烂烂的,我得整天给她缝补。而且她夜里不让我睡觉,把蜡烛摆在我面前,一看书就看到大天亮。她不把书页一块儿剪开,而是一张一张地撕开,我睡着了总是被她撕纸的声音吵醒。我哀求她,她却向我吐舌头。为了能够睡觉,有一次我用棉花塞上耳朵,于是她拿起她配来治偏头痛的捣烂的山榆荚,不往自己的脖子上敷,而敷在我的脚心上,弄得我起了一脚心的泡,把我疼醒了。她当着用人的面对我非常无礼,使用人们也看不起我。她总是偏袒那个女厨子,让她跟我作对。唉,我得忍受多少痛苦啊!最使我苦恼的是每逢重大的节日,我拿出祈祷书来准备祈祷的时候,她就坐在我对面,把两个胳膊肘支在桌子上,在我祷告当中插嘴叫嚷:'魔鬼、地狱的火、暗杀、毒药、堕落、耻辱、沉沦,永劫不复!但愿这所房子夜里闹鬼,阿门!'这是她为自己恩人做的祷告。可是她在蒂美娅面前却是奉承、谄媚和巴结。她跟蒂美娅说话是那么甜言蜜语的!先生,我已经害怕再跟阿塔莉雅睡在一间屋子里。要是她真的能够像她说的那样,嫁给一个随便向她求婚的人,那我可太高兴了。现在她正有个出嫁的好机会:发布拉·亚诺斯先生去年死了老婆,现在还没有续弦。当然,他年纪已经不算小了,可他是个精明强干而又有钱的人,现在当上了副董事长,有四万盾的财产,可以郑重其事地续娶一个妻子。他的孩子全都大了,没有一个在跟前。阿塔莉雅嫁给他实在非常合适。他在梅吉尔西大街有一所漂亮的住宅,而且一年有八个月不在家。我确信,只要蒂美娅嫁给我所想象的那个人,阿塔莉雅为了表示报复,就一定会嫁给发布拉。唉,那样一来我也就安心了!我还要留在蒂美娅身边。

要是那个不出门,这个又不去,事情当然不会有结果。那一个在那儿忧愁,这一个在这儿烦闷。我说,我可不是到这儿来通风报信的,绝对不是,我才不干这种事哪。不过,我实在不能不把这几天看到的事情说说。您知道,我每天早晨给蒂美娅收拾床铺,这件事我不肯交给别人去做,不能让哪个丫头的手碰那两个镶花边的漂亮枕头。一天早晨,我拿起下面的一个枕头,您猜这时候我发现了什么?带把儿的半截军刀。一定是蒂美娅这回把它忘在那儿了。大概她每天夜里都把这半截刀放在枕头底下枕着睡觉。我把这件事一告诉阿塔莉雅,她就狠狠地拧我的胳臂,我的胳臂到现在还青着哪。她说要是我把这件事告诉别人,她就要我的命。我当时答应我不对任何人提起这件事。不过我想,要是这把刀原来的主人知道这件事,现在他该怎样办呢……"

索菲雅太太把这一大段单调的独白一口气说完,不容少校有插嘴的机会。

卡苏卡先生听完以后,回答说:

"索菲雅妈妈,刀原来的主人知道他该怎样办。假如雷韦廷太太跟她的丈夫离了婚,没有钱也没有任何财产,那么刀的主人立刻会向她求婚。可是雷韦廷太太现在是一位富有的孀妇,继承了丈夫的几百万家产,而刀的原来主人却一无所有,所以现在他不能向有钱的贵妇人求婚。"

"哟,这么说这位先生可大大转变了!"索菲雅太太惊叹道,"他在跟阿塔莉雅订婚以后,只因为没有把十万盾摆在他的桌子上,他就不肯跟她结婚嘛。"

"哼!'就是蒂美娅反而穷了而阿塔莉雅发了大财,我也要留在蒂美娅身边。'这话难道不是阿塔莉雅的母亲说的吗?

她是阿塔莉雅的母亲呀!"

"不错,我是她的母亲,可是我仍然要这么说。少校先生,您说得对。要是刀的原来主人不知道他该怎么办,那么它现在的主人可知道。"

讲到这里,索菲雅太太起身告辞,说她不能再耽搁了,她还有很多东西要去买,同时连连道歉,说打扰少校这么久。

接着她挎起篮子,悄悄走出了画有双头鹰的大门。但是她在集市上什么也没有买,匆匆忙忙地直接回家去了。

第九章 多迪的信

自从提玛尔把无人岛当作家住下来,已经一年半过去了。他一天也没有离开过这里,而且在这期间做了一件大事:教多迪写字。

当这个启蒙学生拿着粉笔在木板上画出个歪歪扭扭的字时,他是多么高兴啊!他向孩子口授着字母:"一个H,接着一个U,最后是T,现在连起来念一下!"提玛尔还不曾把帽子画上去,孩子居然能读出"hut"(帽子),使他惊讶不已!

一年半以后,多迪已经能够用幼稚的字体给母亲写一封信,祝贺她的命名日了,这是一件多么难能可贵的事情啊!

这是一件布满象形文字的艺术品,它比克莉奥佩特拉[①]的方尖碑还伟大。

诺埃米用发抖的手拿着多迪写给她的第一封祝贺命名日的信,眼睛里噙着晶莹的泪花,对米哈利说:

"他的笔迹太像你的笔迹了。"

"你在什么地方看见过我的笔迹?"提玛尔惊讶地问。

"主要是在你给多迪写的范本上,另外在你给我们的那

[①] 克莉奥佩特拉(前69—前30),公元前五一年后埃及托勒密王朝的最后一个女王,与罗马帝国战败后自杀。

份赠予书上也看见过,有了那个文件这个岛才成了我们的。你已经忘记这件事儿了吗?"

"可不是嘛,这已经是多少年以前的事情了。"

"那么,你现在不想给谁写封信吗?"

"不想。"

"你待在岛上已经一年半了,你在外面社会上没有什么事情要办吗?"

"什么事情也没有,我也不想再去做什么。"

"那么你过去一直做的事业现在怎样了?"

"你愿意知道这些事业吗?"

"我很想知道。我被一种想法苦恼着,那就是像你这样一个有头脑的人,仅仅因为爱我们就被圈在这个岛上的小天地里了。如果说你留在这儿的唯一理由就是你非常爱我们,那么你的爱反而会使我感到痛苦!"

"好,诺埃米,我要告诉你,我在外面社会上是个什么样的人,我在那儿做了些什么,以及我为什么愿意留在这儿。这些事情也应该全都让你知道。等你安排孩子睡觉以后,就到外面阳台上来,我要在那儿向你忏悔一切。你听到这些事情以后,会浑身发抖,会感到吃惊的。但是,像上帝打发我到这儿来的时候那样,你最后总会宽恕我的。"

晚饭以后,诺埃米把多迪安排睡了,然后来到外面阳台上,手挽着米哈利的胳膊,挨着他坐在梨木板凳上。

圆圆的月亮透过叶簇把光辉洒在两个人的身上。现在月亮不再是幽灵似的星辰,不再是自杀者的寒宫,而是一个熟识的好朋友。

于是,提玛尔开始对诺埃米讲述他在世界上所遭遇的一切。他向她叙述那个神秘船客的暴亡,"圣芭尔芭拉"号的沉没,还有那些财宝的发现。

他告诉她,他在社会上变成了怎样一个有钱有势的绅士,他怎样用船只把货物从欧洲运往美洲,他有多少只船,多少幢房子,他如何受人尊重,以及他怎样娶了蒂美娅。

他向诺埃米讲到蒂美娅的痛苦,和他为她的痛苦所感到的苦恼。他提到蒂美娅的名字时,就像提到一位圣徒。他也十分坦率地向诺埃米讲述那天夜晚的情景,他如何躲在密室偷听,蒂美娅如何维护丈夫的声名,向她的心上人为丈夫辩护,以及她如何为了他和自己的内心斗争。噢,这时诺埃米不禁呜咽起来,为蒂美娅洒下同情之泪……

接着,米哈利谈到自己如何一方面被他的社会地位、财产和蒂美娅的忠贞所束缚,一方面又被爱情、幸福和内心的热情所吸引,因而陷入一种不幸的境地不能自拔,只有感受痛苦。讲到这里,诺埃米用温柔的接吻来安慰他……

最后,他谈到那个可怕的夜晚,也就是那个冒险家来到偏僻的别墅的那一夜,从开头一直讲到他如何在绝望的心情下走在冰缝的边缘。当时他选择冰缝作为自己的归宿,而且已经看到下面的波浪。他向她描述自己如何没有跳下去,而迫害他的那个人的僵死面孔怎样浮出水面向他狞笑,以及上帝如何突然把他面前的大冰墓的裂口封闭上了。啊,这时诺埃米紧紧地搂住他,深恐他会滑进那冰墓里似的。

"现在你该知道我在世界那儿留下了什么,和我在这儿得到了什么吧。你为我忍受了痛苦,我对你犯下了罪,你肯为我把一切都坦白地告诉了你而宽恕我吗?"

诺埃米用连连的亲吻和两行热泪回答他。

提玛尔讲的时间很长,短短的夏夜不知不觉地过去了,等到提玛尔忏悔完毕天色已经大亮。

他得到宽赦了!

"我这样赎了我的一切罪过,"他说,"蒂美娅得到了我的财产和她的自由。那个冒险家穿着我的衣服,装着我的钱夹,人们会把他当作我来埋葬,蒂美娅就变成了寡妇。至于你,我把我的心给了你,你也已经接受了。现在一切都一笔勾销了。"

诺埃米挽着提玛尔的胳膊走进房间,来到安睡着的孩子跟前……

孩子被吻醒了,睁开眼睛看到已经是早晨,爬起来首先跪下合起双手做早祷。

"上帝保佑好爸爸和好妈妈!……"

……这句话补偿了你的一切,米哈利!……

一个天使在你的墓前祈祷,另一个天使在你的床上祈祷,你会幸福的……

诺埃米给小多迪穿好衣服,然后沉思地久久望着米哈利。她需要一些时间才能完全理解从他那里听到的一切,而一般女人理解事情是很快的。

接着她对丈夫说:

"米哈利,你在外面的世界毕竟还有一件事情应当做而没有做。"

"什么事情?对谁?"

"你应该把另外那个女人告诉你的那桩秘密告诉蒂美娅,可是你没有告诉她。"

"哪桩秘密?"

"就是有一道暗门通到她卧室的那桩秘密。你应该把这件事情告诉她,因为在她睡着了或者是单独一个人的时候,谁只要愿意就可以从这个密室闯进屋去。"

"可是这桩秘密除了阿塔莉雅没有一个人知道!"

"唉,光她知道还不够吗?"

"你想到哪儿去了?"

"米哈利,你不了解我们女人!你不了解那个阿塔莉雅是个什么样的女人,我可了解。现在我为蒂美娅痛哭,因为她在受苦,因为她不爱你,因为你是我的人。可要是她对你也有对那个男人一样的感情,要是你为了蒂美娅而像那个男人甩掉阿塔莉雅似的丢开我,哼,那可千万别让我在她睡着了的时候看到这个把我们拆散的女人!"

"诺埃米,你别吓唬我了。"

"我们女人就是这样,难道这你还不了解吗?你赶紧把这个秘密告诉蒂美娅吧,但愿她能平安无事。"

提玛尔吻了吻诺埃米的前额。

"亲爱的,我的好人!我不能给蒂美娅写信,她会认出我的笔迹的,那样她就不能再是寡妇,我也就不能再在你的乐园里做一个死而复活的幸福人了。"

"那么让我来给她写。"

"不!不!不!你没有理由给她写信。我留给她无数的黄金和钻石,可是她没有资格得到你的一个字。你是我的,你所做的一切也都是我的。我没有从蒂美娅那儿把任何东西带给诺埃米,我也不把诺埃米的任何东西给蒂美娅。你不能跟这个女人有什么来往。"

"好吧,"诺埃米微笑着说,"我另外想起一个能够给她写信的第三者,就是多迪。"

提玛尔不由得笑起来。

"让多迪写信告诉蒂美娅,要她多加小心。"——这短短的一句话中包含着那么多诙谐、快乐、幼稚和痴憨,包含着那么多明显的骄傲和深刻的忧思。

小多迪……写给蒂美娅!

提玛尔笑得流出了眼泪,可是诺埃米却对这桩事很认真。她亲自给多迪打了一个草稿,孩子把这些严肃的词句写在横格纸上,而且写得很不赖,一个错字也没有。当然孩子还不懂得信的内容。

诺埃米让多迪用鲜艳的深紫色墨水——这是用黑锦葵花瓣熬制的——写好这封信,然后她把信用白蜡封好,因为没有纹章或任何钱币可以在蜡上盖印,就让多迪捉了一只好看的金绿色小甲虫按在蜡上,作为他的纹章。

他们把这封信托一个水果贩子寄出去了。小多迪的信居然到了蒂美娅的手里。

第十章 你这个笨东西……

蒂美娅还有第二个名字,这就是根据历书取的苏珊娜。第一个名字是她母亲——那个希腊女人给她取的,第二个名字是她受洗时得到的。她在文契上签字用的都是苏珊娜,并且就按照这个名字来庆贺命名日。

在匈牙利内地各城市,人们通常都很隆重地庆贺命名日。亲友们好像履行一种义务似的,到时候不等邀请就纷纷来到过命名日人的家里,受到亲切的款待。但是一些上等人家却要散发请帖,为庆贺这个家庭节日举行晚宴。这仿佛是一种标志,说明他们已经属于贵族。发请帖的意思是:没有接到请帖的人就请不必前来。

一年有两个苏珊娜节日,蒂美娅选定冬天的苏珊娜节日来庆贺自己的命名日,因为这个时候恰好丈夫在家。请帖通常在一个星期以前就发出去。

不论是科马罗姆的历书还是特腊特诺—卡罗伊的国家历书,上面都没有蒂美娅这个名字,而且在当时附近地区再没有别的历书。谁要是打算知道每年哪一天祭祀圣蒂美娅,就非得热心地调查研究一番不可。圣蒂美娅节日是在美好的五月,也就是在提玛尔先生通常早已离开科马罗姆的期间。

蒂美娅每年五月都要在圣蒂美娅节日这一天收到一束美

丽的白玫瑰花。这是谁送来的?这一点从来没有人提起过。花束总是装在一个盒子里,由邮局寄来。

在提玛尔"还在世"的时候,卡苏卡先生每年也收到一张邀请他参加苏珊娜节日晚宴的请帖,可是他照例只是在门房递上一张名片作为答谢,从来不亲自参加祝贺。

这一年忠贞的苏珊娜在服丧,没有庆贺命名日。

但是,在美好五月的这一天,也就是在蒂美娅每年收到白玫瑰花的这一天早晨,雷韦廷先生家身穿黑丧服的仆人给卡苏卡先生送来一封信。少校拆开信封一看,里面是一张用光纸印的请帖。使他感到惊异的是,署名不是苏珊娜·雷韦廷,而是蒂美娅·雷韦廷,邀请他参加庆贺命名日的晚宴,而且就在当天。

卡苏卡先生简直难以理解这桩事情。蒂美娅这次不在卡尔文教派的苏珊娜节日,而在希腊教的蒂美娅节日来庆贺命名日,是什么意思呢?这会使整个科马罗姆为之哗然。更奇怪的是,她竟然不按照流行的做法,而在当天早晨才邀请整个社交界到家中来参加晚宴。

卡苏卡先生觉得自己这次必然应邀前往。

他是这么安排参加晚宴的,他不做最先到的客人。请帖上规定的时间是八点半,可是他到九点半才去。

他在过道里把佩刀和大衣递给仆人的时候,问仆人是不是已经到了很多客人。仆人回答说,一位客人也没有到。

少校很是惊讶。也许其他客人对这次邀请的做法不太满意,因此互相约定好不来参加祝贺了。

他从过道走进客厅,只见所有的冠状挂灯耀眼通明,这更加重了他的不安心情。每个房间都是灯火辉煌,好像要举行盛大的宴会一样。

迎接他的女仆报告说,女主人在第一个房间里。

"谁跟她在一起?"

"只有她一个人。阿塔莉雅小姐今天和她母亲一道出门到发布拉先生家去了,发布拉先生家里今天举行盛大的鱼宴。"

这时卡苏卡先生越发不明白他将要遇到什么事情了。不仅客人都没来祝贺命名日,而且连家里的人也都出去了。

可是谜一样的事情还不止于这些。

蒂美娅在客厅里等候着他。在这个欢快的夜晚,在这个华丽的客厅里,她仍然穿着黑丧服。

她一面服丧,一面又庆贺自己的命名日!她在镀金吊灯和银制的枝形灯的灯光下穿着黑衣服!

贵妇人的面容与身上的丧服很不相称,她的脸上带着娇柔的微笑和若隐若现的红晕。她亲切地迎接这位唯一的客人。

"您让人等了这么久。"她一面说,一面把手伸给他。少校毕恭毕敬地吻了吻她的手。

"恐怕我是头一个客人吧?"

"哦,不!我所请的客人都到齐了。"

"在哪儿?"少校诧异地问。

"就在隔壁饭厅里,他们全都坐在餐桌上了,单等着您呢!"

说着她挽起惊愕的少校的胳膊,把他领到饭厅门前,推开那双扇门。

这时少校实在更莫名其妙了。

华贵的银制枝形灯架烛火辉煌,同样把饭厅里照得通明;一张长餐桌上摆着十一份餐具,每份餐具前面放着一张洛可可式①靠背椅,可是座位上没有人。

一个人也没有。

但是仔细往桌上一看,少校一下子全都明白了。他对这个谜领会得越深,两眼涌出的泪水也就越多。

餐桌布置得非常讲究,九份餐具前面各摆着一束白玫瑰花,用玻璃罩罩着,最后一束是刚刚摘下不久的鲜花,其余的都是枯萎、发黄的干玫瑰花束。

"每年在蒂美娅节向我祝贺的客人全都在这儿了,一共是九位。您愿意做我们当中的第十位客人吗?您一入座,我今天所请的客人就算到齐了。"

少校怀着说不出的喜悦吻了吻美丽女人的手,然后捂住了自己的脸。

"我这些可怜的玫瑰花……"

他连连吻着蒂美娅的手。她并不拒绝,说不定她想允许他的还不止吻手呢。可是丧帽是一个不可逾越的障碍,蒂美娅自己也意识到了这一点。

"您愿意我摘掉这顶丧帽,另外换上一顶吗?"

"我的生活就从这一天开始!"

"我们就从我那个人尽皆知的真正的命名日开始吧。"

"噢,那一天太远了!"

"您不用担心!夏天还有一个苏珊娜节日,我们就庆贺

---

① 洛可可式,十八世纪流行的一种美术和建筑式样,多为贝壳和花叶等图形。

这个节日。"

"这个节日也还远。"

"可是毕竟不是没有尽期了。您反正已经学会了忍耐！您知道,我要养成快乐的习惯得需要一些时间,一下子是不行的。我必须先学一学一个人怎样期待幸福。我必须先做一些幸福的梦。在苏珊娜节日以前我们可以天天见面:最初只是一分钟,然后是两分钟,最后是永远在一起。这样做好吧?"

遇到这样亲切的请求,少校是没有法子提出异议的。

"好,宴会就到此结束吧,"蒂美娅柔声说,"您满意吗？其他客人已经要回去歇息了,您也请回吧！您再等一等！我对您最后一次祝贺我的命名日回赠您一句话。"

说着,她从那束鲜玫瑰花上摘下一朵半绽的花蕾,轻轻地吻了一下,然后把它插在情人的扣眼里。他也先把玫瑰花——那"一句话"送到唇边,为了使它充满诗意,吻了吻这朵宝贵的花……

少校走出来之后,从街上回过头来向雷韦廷先生家的窗户看了一眼,窗户都已漆黑。他原来是最后一位客人……

蒂美娅慢慢地学习期待幸福和相信幸福存在这门高深学问。

她有一位良师——卡苏卡先生从那天起每天都到她家来。可是少校不能严格遵守约定的聚首时间,就像算算术那样从一分钟增加到两分钟。

婚礼已经决定在八月间的苏珊娜节举行。阿塔莉雅似乎也得顺从自己的命运,接受了发布拉先生的订婚戒指。一个精明强干的鳏夫讨一个年轻漂亮的姑娘为妻,这实在并不是什么新鲜事。事实早已证明,这样的男人有足够的能力养活自己的妻子;一个姑娘宁肯嫁给他们,也不愿意嫁给那些还没有通过大学毕业考试、只会夸夸其谈的年轻少爷。

发布拉跟阿塔莉雅可算得上是天配良缘!

蒂美娅决定送给阿塔莉雅一笔妆奁费,这件事提玛尔从前就提出过,但是当时被阿塔莉雅拒绝了。

索菲雅太太由于两桩婚事同时都订妥了,喜不自禁。"有情人终成眷属!"她认为这都是她的功劳。同时她尽量见风使舵,操纵着这两对未婚夫妻之间的关系。她当着蒂美娅的面把少校捧上天,在阿塔莉雅面前又把他贬得一钱不值。

发布拉·亚诺斯先生送给阿塔莉雅的订婚戒指并不是什么了不起的货色,可是索菲雅太太硬说有生以来还从没见过比这更好看的订婚戒指。

她甚至安慰阿塔莉雅说:

"我的好女儿,你真是有福气呀。你嫁给这个人,实在比嫁给那个除了一把生锈的军刀和一个生锈的两脚规以外什么也没有的人强多了。我敢打赌,少校连每天的伙食也一直是向饭馆赊账的。再说,我觉得发布拉先生比他气派得多。他捻着好看的八字胡,穿着带银链子的骠骑兵皮上衣,多么神气呀!哼,少校就是有胡子也得擦上油才像个样子!何况他根本没有胡子。像这样一个连胡子和颊须都没有、把脸刮得光光的人,我说什么也不能吻他的脸蛋。再说他也不算年轻啦!你没瞧见他留着偏分头来遮盖那秃脑顶吗?吓,发布拉先生在城里多么受人尊重!走在街上谁见了他都要打招呼,连教士们见了他也要摘下帽子。他是副董事长!而雷韦廷先生是董事长,他们的地位就跟州长和副州长一样。我说,发布拉先生虽说不是贵族,可他是六十位议员当中的一个。他只要稍微活动一下,就会当上市财政局长,那时候你就是财政局长太太,人们也就会像过去称呼我那样称呼你'夫人'啦。"

"议员"和"市财政局长"在当时的科马罗姆被看作非常了不起的职位,一个是州议会的成员,一个是管理本市所有牛马的全权长官。

阿塔莉雅强耐着性子听她这些笨拙的安慰话。自从卡苏卡先生重又出入这所房子以后,她不再发脾气了,甚至对待母亲也显得亲热起来。索菲雅太太爱喝加很多甜酒的茶,阿塔莉雅就每天晚上亲手给母亲煮茶,拦都拦不住。连对用人们阿塔莉雅也表现得和蔼可亲,也请送信的、赶车的、看门的和打杂的喝茶,把茶调得非常可口,使人喝起来以为是一种五和酒。用人们,首先是索菲雅太太,都对这位小姐赞不绝口。

索菲雅太太也看出了阿塔莉雅待她这么亲热的原因。索菲雅太太有这么一种当丫头的脾气,谁要是对她有一些好的表示,她总爱刨根问底,心存怀疑。

"女儿现在这样特别向我讨好,无非是想要我在她结婚以后跟她一起去,因为她自己什么家务也不会操持,连黄油炸糕都不会做。所以我现在又成了她亲爱的妈妈,每天晚上都要给我煮茶喝。唉,闺女心里想的是什么,没有比做妈的知道得更清楚了!"

……是的,不久她还要知道得更清楚哩。

阿塔莉雅对蒂美娅和少校表现得很恭顺,完全是一副使女的态度。从她的神色和举止上看不出一点她过去的那些欲念。少校一来,她微笑着给他开门,十分亲切地伴同他到蒂美娅房里,陪着他们一起谈话,而且她一离开就从隔壁房间传来她愉快的颤抖的歌声。

阿塔莉雅装出的那种下人举止,是她苦心学会的。有一回,蒂美娅要求阿塔莉雅跟她合弹钢琴。阿塔莉雅诚恳、谦卑地回答说,她已经把钢琴忘得一干二净了,她现在只会弹一种"打琴①",不过不是打簧琴,而是剁肉馅的案板。她这话是故意说给少校听的。自从命运发生翻天覆地的变化以后,阿塔莉雅只是在没有人听见的时候才弹钢琴。

人人都相信,她不久就要成为发布拉先生可敬而又般配的妻子了。

只有卡苏卡先生她欺骗不了,他的眼睛能一直看透她的内心深处。他知道自己什么地方辜负过阿塔莉雅;可是,他知不知道她有什么账要和蒂美娅清算呢?

欠债就得还,命运是从来不饶人的。

怎么?你这个白脸庞的漂亮女人,你忘记了在你走进这所房子以前,另外那个姑娘是这里的主人了吗?那时候她有钱、漂亮,已然订了婚,是这个男人爱慕、女人们嫉妒的对象。可是,自从多瑙河把你抛到这个岸上的那一天起,她就由于你而倒起霉来。她变成了乞丐,降低到遭受轻视的耻辱地位,被她的未婚夫所抛弃,所羞辱!

这些事情发生虽然并不是你的罪过,可是由于你而引起的。倒霉的运气是你带来的,你那白脸庞上仿佛连到一起的眉毛就是晦气。你登上哪条船,哪条船就要沉没;你迈进哪家门槛,哪家就要败落。迫害你的人要毁灭,搭救你的人也要毁灭。人们爱你,这不能怪你;人们恨你,这也不能怪你,可是你

---

① 打琴,原文有双重意思,"琴"也作"案板"解释。

却造成了大量的爱和恨……

而你现在竟然敢跟阿塔莉雅同居共处,一道住在这所房子里?

看到那个姑娘向你微笑的时候,你没有感到浑身每根神经都战栗吗?她俯身吻你的手的时候,你不觉得有一股寒流传遍全身吗?她给你系鞋带的时候,你没有发觉有一条冰冷的蛇顺着你的腿向上爬吗?她给你斟酒的时候,你没有想到应该看看杯底吗?……

没有!没有!蒂美娅从来不怀疑谁。她太纯洁了,不知道怀疑人。她对待阿塔莉雅像对待嫡亲的姐妹一样。她为这个姑娘准备了十万盾的陪嫁,而且已经告诉她。这笔巨款还是当初提玛尔决定送给她的。帮助这个姑娘得到幸福是蒂美娅的一桩心愿。她以为一个失去了的未婚夫,是可以用一笔代价作为补偿的。她为什么不能这样想呢?阿塔莉雅本来是自愿跟未婚夫脱离关系的嘛。当提玛尔要送给她这笔妆奁费时,她说:"不论今生还是来世,我都不再需要这个人了。"那一晚阿塔莉雅偷偷跑去找这个负心男人,结果被他狠心抛弃了;蒂美娅对这些情况毫无所知。蒂美娅不了解,要让一个女人把她所恨的男人让给另外一个女人,比要她让出心爱的男人还难。她也不了解,女人的恨不过是变成毒药的爱罢了,归根到底毕竟是爱!

卡苏卡先生难以忘记那天晚上的会见,因此他为蒂美娅担心,但是又不敢告诉她。

转眼已经到了夏季苏珊娜节的头一天。到这时蒂美娅已经陆续把丧服完全脱掉了。她似乎不愿意一下子把丧服脱掉,而要慢慢习惯于快乐生活似的。最初,她只是在黑衣服上加上白色花边装饰,接着把黑衣服换成灰色衣服,以后又用一条彩色丝带系在头发上,再往后换上了带白色方格的灰色衣服。最后只留下一顶带花边的黑帽子,算是还在给提玛尔·米哈利·雷韦廷服丧。

到了苏珊娜节这天,这顶帽子也成了一件圣徒遗物,已经另准备好了一顶用帕伦西亚①花边做的漂亮的新帽子,只等着戴上看看样子怎样了。

某种可悲的虚荣心促使蒂美娅要等少校来了才戴上这顶新帽子。白花边女帽对于孀妇来说犹如处女的新娘花冠一样。

这一天,少校老也不来。他迟迟不来是有原因的,他向维也纳订购的白玫瑰花束还没送到。这是今年第二次送花束祝贺命名日,他现在也可以向蒂美娅祝贺苏珊娜节日了。

节日的前一天,蒂美娅简直被祝贺信埋了起来。她远近有无数的朋友,有无数公开的和秘密的爱慕者。可是她现在一封信也不拆看,全都堆在桌子上的一个银盘里。

许多信可以看出是孩子的笔迹,蒂美娅在城里和乡间共有一百二十四个教子,这时都给她寄来了简单的祝贺信。以往蒂美娅觉得这种祝贺方式很有趣,看到这些信感到快慰;可是今天她一心一意考虑着当前的事情。

"看,这封信多么奇怪,"阿塔莉雅手里拿着收到的一封信说,"盖章的地方没有盖章,却粘着一个金龟子。"

"而且是用多么新奇的墨水写的呀!"蒂美娅补充说,"先把它放下吧,我们明天再看。"

---

① 帕伦西亚,西班牙第三大城市。

可是好像有个声音在蒂美娅耳边说,还是马上拆开好。

这是小多迪来的信!人们把它跟其余的信放在一起了。

正在这个时候少校走了进来,于是一百二十四个教子的祝贺信立刻统统被丢到了脑后。蒂美娅急忙向少校迎去。

幸福的未婚夫九年前,也许就是在这同一个房间里,曾把一束名贵的紫玫瑰花递给另外一位未婚妻。

这位未婚妻今天也还在这儿。

那面高大的穿衣镜说不定摆的还是老地方,阿塔莉雅曾穿着新娘礼服在这面镜子前面照来照去,看是否合适。

蒂美娅接过少校手里美丽的白玫瑰花束,一面把它插在华丽的塞弗勒①花瓶里,一面悄悄地对他说:

"我现在也要送给您一点东西,不过这东西不是您用的,是我用的,可是也属于您。"

她打开装着新帽子的纸盒,揭晓了这个风雅的谜。

"啊,多么可爱!"少校说着伸手拿起帽子。

"您愿意让我戴戴看吗?"

少校刚要开口,一眼瞥见阿塔莉雅就又停住了……

蒂美娅怀着天真愉快的心情站在镜子前面,摘掉了头上的丧帽。这时她又突然难过起来,把丧帽举到唇边,默默地吻了一下,喃喃地说:"我可怜的米哈利!"

说完她就丢掉了做寡妇的最后标志。

卡苏卡先生手里一直举着那顶白花边帽子。

"喂,拿过来呀,让我戴上试试。"

"我可以帮您戴上吗?"

---

① 塞弗勒,法国巴黎西南方的城市。

蒂美娅梳着当时流行的高大发髻,是需要人帮忙的。

"啊,您可不会做这个!还是让阿塔莉雅来吧。"

蒂美娅说这句话的时候并没有什么别的想法,可是阿塔莉雅听了脸色立时变得煞白,少校看见不由得打了一个冷战,同时想起阿塔莉雅从前也正是这样对蒂美娅说过:"过来,给我把面纱别在头上!"可能那时阿塔莉雅也没有意识到,这句话里含有一种使人听了血液都要凝固的……

阿塔莉雅走到蒂美娅面前,为的是把白花边帽子给她戴在高大的发髻上。她得用各种发针从左右把帽子别牢。

阿塔莉雅的手在发抖,手里的发针重重地在蒂美娅的头上扎了一下。

"哎呀,你这个笨东西!……"蒂美娅把头闪向一边,嚷叫道。

也是这句话!也是当着这个男人!……

蒂美娅没有看见阿塔莉雅听到这句话脸上闪过的那种神情,卡苏卡却清清楚楚地看在了眼里。

这是火山爆发般的无比愤怒,是剧烈的内心痛苦,是面红耳赤的羞辱。

她的五官都在抽搐,整个面孔好像一个被棍子捣了一下的蛇窝。眼睛是那样凶狠,嘴唇闭得那样紧!目光中包含的激愤深不可测!……

蒂美娅这句话只说了一半已经感到后悔了,她连忙向阿塔莉雅表示歉意,转过身来拥抱她,吻她。

"亲爱的阿塔莉雅,我失言了,可别怪我。你会原谅我的,是不?你不会生我的气吧?"

阿塔莉雅一刹那间又变得像个闯了祸的使女那样恭顺

了,她低声下气地说:"噢,亲爱的好蒂美娅,但愿你别怪我!我不留神扎了你的头一下。噢,你戴上这顶帽子多么好看啊!真像个仙女似的!"并且吻了吻蒂美娅的肩膀。

少校完全被一种恐惧慑服了,他浑身都在发抖。

第十一章　阿塔莉雅

命名日的前夕也就是婚礼的前夕。

这是一个热闹的夜晚。

新娘和新郎并肩坐在深闺中,彼此有许多话要说!

谁能知道他们要说些什么。

花儿的语言只有花儿理解,天体的语言只有星辰理解,一个梅姆农巨像的话只有另一个理解,战争女神①的话只有死去的人理解,月亮的话只有梦游者理解——情话只有情人理解。不论谁也不论在什么时候听见这种情话,听见这种神圣的私话,都不会去亵渎它,而要像保护忏悔的秘密那样保护它。这种情话在智王所罗门的诗篇中,在奥维德②的爱情悲歌中,在哈菲兹③的诗歌中,在海涅的《歌集》中和裴多菲④的《爱的珍珠》中都未能说尽。它是一些永恒的秘密。

用人们聚集在下房和厨房里,兴高采烈地忙这忙那。

---

① 战争女神,北欧神话中诸神之长和战神奥丁的助手,据说共有九个,她们往来于战场,把战死的烈士引进烈士祠。
② 奥维德(前43—18),古罗马诗人,著名作品有《爱经》《悲歌》等。
③ 哈菲兹(1301—1389),波斯杰出的抒情诗人,作品形式完善,感情充沛,但受到祎秘主义影响。
④ 裴多菲(1823—1849),匈牙利伟大的诗人,革命家。在匈牙利独立战争中阵亡。

今天这个日子要做的事情可真不少,为大喜之日准备筵席,好比进行一场战役一样。

索菲雅太太是元帅。她不让人叫名厨师或点心师到家里来,她对这门学问比所有的人加在一起还要有研究,自命是走遍天下无觅处的好厨师。过去城里谁家举行婚礼或是有哪个贵族请客,都离不开索菲雅太太的母亲;她这门手艺就是从她母亲那里继承来的。

人们一直忙到夜里十一点。等到该煎的东西煎完了,该冻的东西也都冻好了以后,索菲雅太太认为表现一下自己慷慨的时候到了。她把由勤劳的战友组成的整个司令部集合在下房里,把所有烹调得不怎么成功的美食拿出来款待他们,要知道对一位烹调大师来说,下面的情形也是不能容忍的:该发酵的仍然是个硬块;该成冻的仍然是一泡汤;烧焦了粘在煎锅上的不能完完整整地铲起来,等等。诸如此类做失败了的点心和菜,加上切到最后的香肠头儿和不那么咬得动的兔子肉和野鸡肉这些七零八碎的下脚料,都不够资格端上贵宾的筵席,统统归用人们享用。结果连粘在纸上的一点蛋糕皮也被舔得干干净净。用人们感到骄傲的是,他们能比其他所有人更早地受用一切。

索菲雅太太这一天非常大方,她不仅拿给大家很多食物,对大家说的话也不少。他们对她洗耳恭听,感激她的款待,特别是感激还有好酒喝。男仆和看门的用汤匙舀香草汁喝,赶车的用面包蘸巧克力浆吃。这本来是婚礼的前夕嘛!

可是,阿塔莉雅在哪儿呢?到处都不见她。

喁喁私语的一对情侣以为她大概和她母亲在厨房里跟女仆一块儿寻欢作乐。厨房里的人又以为她在未婚夫妇身边,在两个如饥似渴的恋人之间享受旁观者的快乐。也许根本没有人想到两处都没有她吧?要不大伙儿根本没有意识到她不在?

要是两处的人都停下谈话,哪怕仅仅是一小会儿,问一声阿塔莉雅的下落,那就好了。

阿塔莉雅独自待在她第一次和蒂美娅见面的那个客厅里。这里从前的摆设早已移去,旧物中只剩下一张带绣花坐垫的矮椅子算是唯一的纪念。当初那个白脸庞姑娘由提玛尔伴同着走进客厅的时候,阿塔莉雅就是坐在这张矮椅子上,卡苏卡先生在给她画像;他一见蒂美娅,手里的彩色粉笔就在画纸上误画了粗粗的一道。

现在阿塔莉雅就坐在这同一张椅子上⋯⋯

画像早已丢到黑暗的空房间里去了,可是阿塔莉雅仍然看到年轻的大尉带着笑脸在自己面前,恳求她稍微露一点笑意,不要这样高傲地看着他⋯⋯

房间里一片昏暗,没有人点蜡烛,只有月光从窗户射进来,而且不久月轮也被黑魆魆的圣安德雷阿斯峭壁的顶尖遮住了。

阿塔莉雅在黑暗中做着名字叫生活的噩梦:

她觉得自己荣耀、幸福和体面。献媚者把最漂亮的小姐当作女王赞颂,因而她得意扬扬地相信他们爱慕着她。

这时忽然一个女孩子闯入了这所房子。这是一个从外地来的、可笑的、骨瘦如柴的姑娘,一个空虚的影子,一个冷冰冰的人!一个只适合被大伙儿当作傻瓜来愚弄、嘲笑和推推搡搡的人!

两年以后这个迷人魔鬼,这个白脸妖精,这个冷血动物竟然变成了这所房子的主人!她迷惑人,她那张白净的面孔有着邪恶的魔力,把这个高贵家族的一个下人变成了主人的劲敌,变成了一个百万富翁,并且使新娘的未婚夫变成了一个负心汉!

当初那是怎样一个新婚喜日啊!新娘昏倒在地板上,醒来时发现自己形只影单,身旁再没有一个人。

荣耀、爱情都完了,可是她仍然暗暗希望能有人爱自己,被人在心中相思着,没想到这个愿望也变成了泡影。她在那个难忘的夜晚跑到她从前的未婚夫的住所,然后又从那里跑回来,一来一往两次经过昏暗的、使她窒息的大街,一路上的情形真是不堪回首啊!

第二天她又在拍卖的鼓声中焦急地等候着意中人,数着时钟的打点声,可是他竟然没有来!

接着是多年痛苦的伪装,做出自甘卑下的样子……

世上只有一个人了解她,知道她心里渴望的快乐只不过是看到她的情敌遭受痛苦,逐渐憔悴。唯一了解她心头痛苦的那个人,也就是唯一妨碍她幸福和拾到招致一切不幸的智者之石的那个人,竟一失足掉到冰底下去了。于是幸福现在重又降临这所房子,这里除了她以外再没人感到痛苦和不如意了!

噢,这杯苦酒是在许多不眠之夜一滴一滴积满的!只要再有一滴就会溢出来!

这最后一滴,就是当她用颤抖的手给新娘戴帽子时所遭到的那句侮辱的呵责:"哎呀,你这个笨东西!"

偏偏是当着那个男人的面遭到像对使女一样的申斥、侮辱!

阿塔莉雅只觉得浑身火热,手脚颤抖!

现在人们正在这所房子里干什么呢?

他们正在准备明天的婚礼。未婚夫妻正在闺房里情话绵绵,用人们的喧闹声经过许多道门从厨房传到这里。

可是阿塔莉雅听不见那些愉快的喧哗,她只听见未婚夫妇的密语……

她在这一夜也有一桩工作……

房间里没有点灯,只有月光照进来……

阿塔莉雅借着明亮的月光打开一个小罐,细看从里面取出的毒药的名字。

好东西!这是东方药剂师百试不爽的秘药。

阿塔莉雅在毒药中挑选着,暗自发笑。

哈哈!明天当人们刚刚举杯要庄重地致贺词时,忽然发现自己身旁的人脸色发青,于是,愉快地大吃大喝的客人突然张口结舌,纷纷从桌边跳起来,呼叫救命,开始一场让魔鬼也要捧腹大笑的地狱舞蹈,那是多么有意思啊!那时漂亮新娘的脸庞将变成真正的大理石,高傲的新郎将拼命对着死人做苦脸!

"铮!"

钢琴的一根琴弦断了。

阿塔莉雅吓了一大跳,什么想法全没有了。她的双手痉挛地颤抖起来。

那不过是一根琴弦罢了,你这个胆小鬼!你还不够坚强?

她只挑出一种安眠药,把其余的毒药又装回小罐里。毒药并不是她心中想用的东西。应该取得更大的胜利。对"你这个笨东西"这句话不应该用毒杀来报复,因为老虎不撕碎尸体,而是要喝热血。

需要毒药的是她自己。然而药剂师没有制造一种使她送命的毒药,圣乔治像上毒龙的眼睛却办到了这一点。

她悄悄地溜出来,走进密室,从那里窥视蒂美娅的卧房。

那甜蜜的私语,那充满爱慕的目光就是毒药,她得把这种毒药吸到心里才能有力量行动。

少校正要告辞,蒂美娅握着他的手。

蒂美娅脸上带着红晕!

难道还需要更致命的毒药吗?

他们不是在谈情说爱,可是谁也不该听他们的话。

未婚夫提出一些只有他可以问的问题。

"您一个人睡在这儿吗?"他怀着好奇心撩起床上的锦帐,用非常愉快的口吻问道。

"自从孀居后就是我一个人。"

……"以前何尝不是!"阿塔莉雅在毒龙的后面咕哝说……

未婚夫继续观察着未婚妻的房间。

"床后面这个门通向哪儿?"

"通到一间前室,我的女客人平素就把外衣脱在那儿。您初次来拜访我的时候,就是从这个门进来的!"

"还有这扇小门呢?"

"这门您不必问吧,那是一个有盥洗设备的小房间。"

"从这儿出去通什么地方?"

"什么地方也不通。水从厨房通过一个铜管子流进来,然后从另一个管子流到楼下去。"

"那第三扇门呢?"

"那扇门您本来就很熟悉啊。它从我的房间通到更衣室,又从那里通向客厅和大门。"

"您的用人晚上都在什么地方?"

"女用人睡在靠近厨房的房间里,男用人住在楼下。我的床上有两根拉铃绳,一根是叫女用人的,一根是叫男用人的。"

"隔壁房间一向没有人吗?"

"有,阿塔莉雅和索菲雅妈妈睡在那儿。"

"索菲雅太太也睡在那儿?"

"是的。咳,您真是什么都想知道!明天一切都得另外安排了。"

……"明天?"圣像后面那个人低声说……

"您睡觉的时候,通常锁门吗?"

"从来不锁!我锁门防谁呢?我的用人全都爱戴我,都对我很忠实。只要大门锁好了,我们在屋里很安全。"

"这个房间里没有什么暗门吗?"

"哈哈!您真是把我的房间看成威尼斯的神秘宫殿了!"

……"这难道是你的房子吗?……这是你盖的吗?"……

"您今天晚上睡觉的时候,最好把每个门都锁上,看在我的分上,您还是这么办吧。"

……怎么回事?圣乔治脚下的那条毒龙在那里笑吗?……"哈哈!……毒龙可预先知道这儿的人今天夜里要做什么梦!"……

蒂美娅微笑地抚摸着未婚夫那一本正经的面孔。

"好吧,看在您的分上,我今天晚上把所有的门都锁上。"

……"尽管锁上吧!"毒龙低声说……

接着是亲热的拥抱和耳边的细语。

"亲爱的,你一向祈祷吗?"

"我从来不祈祷。"

"咳!为什么从来不祈祷呢?"

"我信仰的神永远醒着……"

"请原谅,亲爱的蒂美娅,女人可不适合谈哲学。我们男人需要怀疑,女人则需要虔诚。您今天夜里祈祷吧!"

"您知道吗?我是个伊斯兰教徒,没有学过祈祷。"

"现在您可是个基督徒,再说,基督教的祈祷非常优美。您今天晚上拿起祈祷书来吧!"

"好,为了您我愿意学着做祈祷。"

蒂美娅的祈祷书是提玛尔过去送给她的新年礼物。少校拿起这本祈祷书,找出了"婚礼前的妇女"的祷词。

"好,我今天夜里就把它背熟。"

"对,对,您这样做吧!这样做吧!"

蒂美娅朗诵起祈祷文来。

……"愿魔鬼、地狱的火、地震、毒药、暗杀、烈火、耻辱、鬼怪降临这所房子……阿门!"……在蒂美娅祈祷时,从口插长矛的毒龙嘴里发出这样的诅咒……

阿塔莉雅怒火中烧。这个人竟发现了这样深深隐藏着的秘密,劝蒂美娅不睡,守着祈祷书直到天明。

……"诅咒他!诅咒他!还有这祈祷书!"……

少校走到前厅的时候,阿塔莉雅已经在那儿了。从卧室传来蒂美娅的吩咐:"端盏灯送少校先生下楼!"

用人们都很尽职,因此蒂美娅以为是一个用人在那里伺候着,没想到他们这时正在厨房里大吃大喝明天宴客的酒菜。

阿塔莉雅端起前厅小桌上的灯,在昏暗的过道里给少校引路。

称心如意的未婚夫现在当然无心去看别的女人的面孔,他心里只有蒂美娅,而且以为在前面给他照亮和开门的一定是一个贴身使女。他一向大方,又没有认出是阿塔莉雅,便把一枚银币塞在她的手中。

当他听到低声道谢,认出是谁来的时候,才不禁吃了一惊。

"多谢,老爷……"

"哎呀!天晓得,我的小姐!请您多多原谅!过道里黑,我没有认出是您。"

"没关系,少校先生。"

"请您原谅我的误会,把我失礼给您的钱还给我吧。"

但阿塔莉雅带着嘲弄的神情连连鞠躬后退,把攥着银币的那只手藏在了背后。

"我明天再还给您吧,少校先生。我希望把它在身边保存到明天。——它是我理应得到的啊。"

卡苏卡先生深怪自己太粗心,这枚银币更加重了压在他心坎上的那种莫名其妙的疑惧。

他走到街上以后,无法安下心来回寓所,就到警备司令部去了。到了那里他对值勤的中尉说:

"我说老弟,我请你明天参加我的婚礼;可是你得让我跟你共享今夜的乐趣,允许我跟你一块儿去巡逻。"……

下房里的人可以说快活到了极点。

直到少校在大门口按铃叫门房的时候,他们才想起现在只剩下女主人一个人了,贴身使女赶忙跑到女主人那儿,问她是不是需要什么。

蒂美娅以为就是这个使女端灯给少校在过道里引路的,便吩咐她去睡觉,说不用她侍候脱衣服了。

使女又跑回去参加仆人们的欢宴。

"教士们都是老爷!"男仆兴高采烈地大声说。

"有时是驴子,有时是僧侣,修道院长就是这样变来变去的。"门房一面搭腔说,一面把大门钥匙塞进口袋里。

"一切总算都不错,要是能再有点儿五味酒喝就好了!"赶车的说。

这时屋门开了,仿佛猜中了大家心意似的,阿塔莉雅小姐端着一个托盘走进来,斟满五味酒的杯子在托盘上叮当乱响,好像八音钟奏出的奇妙音乐。

这是天天受人欢迎的礼物,在这个欢乐的夜晚更是如此。

"我们尊贵的小姐万岁!"仆人们高呼道。

阿塔莉雅微笑着把五味酒放到桌上。托盘上还有一个瓷碟,里面摆着方糖。方糖都十分讲究地用橙子皮擦过了,所以颜色发黄,而且有一股香味。

索菲雅太太最喜欢喝放上许多甜酒和带橙子味的方糖的茶。

"你不跟我们一块儿坐一会儿吗?"她问女儿。

"谢谢,我已经跟主人一起喝过茶了,我觉得有点儿头疼,想去睡觉了。"

随后她向母亲道了晚安,并且嘱咐用人们要及时安歇,因为明天还要早起。

大家争先恐后地奔向五味酒和糖,都觉得用来结束夜宴的这种饮料非常可口。

只有索菲雅太太没有跟众人一同畅饮这五味酒。她刚尝了一羹匙就皱起鼻子。

"这五味酒的味道真怪,就像生气的妈妈给不肯安静的孩子用罂粟壳熬的药汤一样。"

她对这种味道感到奇怪。

她讨厌这种味道,嘴唇连酒杯也没再沾。厨下的小帮工还从来没有喝过这种东西,觉得味道挺可口,因此她就把自己的一杯也给了他。

接着她说自己今天过于辛苦,已经累了,并叮嘱仆人们都要早些安歇,睡觉前把各房间里看一下,别让猫钻进来把名贵的煎烤食物偷吃掉,然后她就匆忙地追赶阿塔莉雅去了。

她回到她们俩的卧室时,阿塔莉雅已经躺在床上。床上的帐子没有放下来,她看到阿塔莉雅面朝墙睡着,被子一直盖到齐脖颈。

索菲雅也赶快睡下了。这时她嘴里仍然觉得有那一羹匙五味酒的味道,担心这一点点酒会把她今天的整个晚饭都搞得呕吐出来。

她躺好并吹熄蜡烛以后,还支着胳膊肘望了阿塔莉雅有好半天。她在漆黑的房间里凝视着女儿,最后才慢慢合上眼皮睡着了。

索菲雅梦见自己又回到了仆人房间。他们全都睡着了,赶车的仰面朝天地躺在长板凳上,打杂的伏在桌上,看门的头枕着一把翻倒的椅子的椅背睡在地板上。女厨子睡在打杂的床上,贴身使女睡在炉灶上,头从炉台边缘垂下来。帮厨的小伙子则睡在桌子底下。人人面前放着一只空酒杯,只有她索菲雅没有喝干她那杯酒。

她还梦见阿塔莉雅穿着睡衣、光着脚悄悄走到她背后,在她耳边说:"亲爱的妈妈,你为什么不喝干你的酒?你还想多要一点糖吗?这儿有糖,拿吧!"说着她给索菲雅的杯子里放满了糖。但是索菲雅总觉得有那股讨厌味道。

"我不喝!我不喝!"索菲雅太太在梦中说。可是女儿硬把热乎乎的酒杯送到她嘴边,她觉得那股味道又可怕又叫人恶心。她死也不肯喝,终于勉强把酒杯推开了,谁知她这一推却把摆在床头桌上的一杯水碰翻了,整个洒在她的身上。

她立刻醒了,但依然觉得阿塔莉雅在她面前瞪着凶狠而又漂亮的眼睛。

"阿塔莉雅!你醒着吗?"她忐忑不安地问。

没有得到回答。她仔细听了听,听不见那个睡觉人的声息了。

她哆里哆嗦地站起来,摸到阿塔莉雅床前。床上空了。她在黑暗中不敢相信自己的眼睛,又伸出两手在床上摸了一遍,还是没有人。

"阿塔莉雅!阿塔莉雅!你在哪儿?"她惶惶不安地低声叫道。

她没有得到任何回答,于是一种无名的恐惧传遍她的全身,她只觉得浑身麻木,什么也看不见了。

她既不能挪动脚步,也喊叫不出来,只是仔细地听着,以为自己的耳朵聋了:房子里和大街上听不到任何声音。

阿塔莉雅在哪儿?

阿塔莉雅正在那个密室里。

她已经在那里待了很久。

蒂美娅背诵那篇祈祷文背了这么久!

她终于合上书,长长地舒了一口气。然后她端起蜡头,查看屋子里的几个门,看是不是都锁好了。她把放下的窗帘后面也看了看。未婚夫的话引起了她的恐惧。

烛光摇曳,她环视着四面的墙壁,好像要查看一下是不是有人能从什么地方钻进来。

她没有发现什么。虽然目光也曾正巧落在了那个偷看她的人的眼睛上!

接着她走到梳妆台前面,松开发辫,歪过头去,用发网把头发压好,免得散乱。

这个女人也喜好虚荣,她为了保持皮肤白嫩,用香膏摩擦手和胳膊,然后戴上直到胳膊肘的长鹿皮手套。

她脱掉衣服,换上睡衣。她在躺下之前,走到床后面,打开一个小柜橱,从抽屉里拿出半截军刀。她满怀热情地注视着这半截军刀,过了一会儿又把它抱在胸前,吻了吻,最后把它放在枕头底下。这样做已经成了她的习惯。

这一切阿塔莉雅都看在了眼里。

接着蒂美娅吹熄了蜡烛,阿塔莉雅什么也看不见了。她仅仅还能听到钟的打点声,这时是一点三刻。她一面耐心等候着,一面考虑,只等蒂美娅一睡着,时机就算到了。但是现在对她说来一刻钟竟是长得没有尽头!

终于打了夜半两点……

圣乔治像连同那条毒龙移动了,阿塔莉雅从隐藏的地方溜了出来。她赤着脚,毫无声响地走在地板上。

护窗板都已关上,窗帘也放下了,房间里一片漆黑。她慢慢地向前摸索。

蒂美娅均匀的呼吸声把她引到了床前……她的手摸到蒂美娅枕着的枕头。

她将手伸到枕头底下,把一件冰冷的东西攥到了手里,这就是那半截军刀……

啊,一股无名怒火从冰冷的钢刀直直传遍她所有的血管。她攥住刀柄,小心翼翼地用嘴唇试了一下刀刃,感觉到很锋利。

但是在黑暗中她看不清睡觉的人。

而且这时蒂美娅睡得那么安稳,连呼吸声都听不见了。

然而这一刀非得对准不可……

阿塔莉雅低下头去,仔细听了听。

睡觉的人忽然略微动了一下,并且在梦中叹息说:"噢,亲爱的上帝!"……

就在这一刹那间,刀嗖的一声向发出声音的地方砍了下去。

这一刀并没有杀死蒂美娅,她是把右臂放在头上睡的,所以砍在她的手上了。锋利的钢刀砍破了鹿皮手套,直伤到肉里。

睡觉的人被这一刀惊醒,猛地爬起来跪坐在床上。

这时第二刀又砍在她的头上,但是刀在她那浓密的头发上一滑,只从前额到太阳穴划破了一道。

于是蒂美娅用左手抓住了刀身。

"凶手!"她从床上跳下来叫嚷道,就在刀又割破她左手的同时,她用受伤的右手抓住了敌人的头发。

她感觉出抓住的是一个女人的发卷,这才知道敌人是谁!

在这千钧一发的时刻,人往往会在一刹那间闪电般地想起一连串的事情。

这是阿塔莉雅,隔壁房间是她的母亲。阿塔莉雅由于满怀报复的欲火和嫉妒,要杀死她。在这种情况下她呼救是白费,现在非与对方搏斗不可!

蒂美娅不再喊叫,她使出全身力气要用受伤的手把敌人的脑袋按到地上,并且把已经抓住的凶器完全夺过来。

蒂美娅很坚强,再说凶手在搏斗的时候往往只能使出一半的力气。

两个人在黑暗中一语不发地扭打着,地上铺着地毯,所以连杂沓的脚步声也听不见。

突然从隔壁房间传来一声惊慌的喊叫。

"杀人啦!"一个尖嗓门拼命地喊。

是索菲雅太太的声音。

这一声喊叫把阿塔莉雅吓了一跳,她的手脚立刻麻木了。

她觉出自己的脸上淌着她的牺牲者的热血。

只听隔壁房间的窗户哗啦一声,索菲雅太太用嘶哑的嗓门从打破的窗户向寂静的大街上嚷叫:

"杀人啦!杀人啦!"

听到这几声报警的呼喊,阿塔莉雅吓得撒开了手中的刀。她用两手企图使蒂美娅放开她的头发。现在她成了被攻击者,她害怕起来。她好不容易才从蒂美娅手中挣脱出来,把蒂美娅推到一旁,逃进密室,轻轻地又把身后的圣像拉上了。

蒂美娅拿着那半截军刀挣扎着向前追了几步,接着把刀一丢,昏倒在地毯上了。

巡逻队听到索菲雅太太惊慌失措的呼叫声立即赶了来,大街上脚步声越来越近。

首先跑到房子跟前的是少校。索菲雅太太从楼上认出是他,就大声喊道:

"您快来吧!有人谋杀蒂美娅啦!"

少校又是按铃,又是敲门,始终没有人来开门。兵士们想撞破门,门又太结实,撞不开。

"太太!"少校朝上面喊道,"您把用人叫起来,让他们来开门!"

索菲雅太太心里害怕得不得了。她壮起胆子穿过黑暗的房间,经过没有窗户的过道,一会儿碰在家具上,一会儿撞在门上,最后才跑到了下房。

她在这儿重又见到了她刚才的梦境。用人们一个个都在沉睡:赶车的直挺挺地躺在板凳上,打杂的随便地睡在桌子上,看门的四仰八叉地倒在地板上,使女垂着脑袋睡在炉台上。快燃尽的蜡烛仍在烛台上闪烁,把一圈惨淡的光亮投射在这一小群奇形怪状的被麻醉的人身上。

"里面杀人啦!"索菲雅太太用吓得发抖的声音嚷道。

回答她的只是令人恐惧的鼾声。

她把沉睡的人挨个摇撼了一遍,对着耳朵喊叫他们的名字。可是这些人刚被扶起来,一撒手便又倒在原来的地方,怎么也弄不醒。

大门口传来猛烈的敲击声。

看门的也摇撼不醒,大门钥匙在他的口袋里。

索菲雅太太鼓起全副勇气,找出钥匙,穿过黑暗的穿堂、没有灯的楼梯和伸手不见五指的过道,跑去开大门。她一直提心吊胆,怕在黑暗中跟凶手撞到一起。——她还有一个更可怕的想法:她也许认识这个凶手!

她好不容易摸到大门和锁,把门打开了。

街上很明亮,巡逻队和城里的更夫提着灯笼站在门口。市警备司令以及住在邻近的军医都来了。军医连衣服都没有穿好,匆匆披上衣服就赶了来,不过手里却拿着木棒和闪亮的军刀。

卡苏卡先生登上楼梯,直奔由前室通向蒂美娅卧室的那道门。门从里面锁着,他用肩膀一下撞开了。

蒂美娅浑身是血倒在他面前的地上,失去了知觉。

少校把她抱起来放到床上。

军医检查了一下伤口,说明没有生命危险,只不过是昏过去了。

为情人的安危担忧的心情缓和下来以后,少校才产生了报仇的欲念。

凶手哪儿去了?

"奇怪,这儿所有的门都是从里边锁着的,"市警备司令说,"凶手是怎么进来,又是怎么出去的呢?"

凶手没有留下任何明显的迹象。凶器是半截军刀,这个平素套着丝绒套、蒂美娅当作宝贝一样爱护的纪念物,沾满鲜血丢在地上。

这时,本市的官方医生也赶来了。

"我们去看看用人吧!"

用人们全都睡得昏昏沉沉,怎么也叫不醒。

两个医生把这些人检查了一遍。一个人也不动弹,他们全都被一种安眠药麻醉了。

这家里还有谁——凶犯是谁呢?

"阿塔莉雅在哪儿?"少校问索菲雅太太。

这个做母亲的呆呆地望着少校,无法回答。这对她本人确实也是个谜!

市警备司令打开通向阿塔莉雅卧室的房门,大家走了进去。索菲雅太太失魂落魄地跟在后面,她知道阿塔莉雅床上没有人!

没想到阿塔莉雅却睡在床上……而且睡着了。

她穿着漂亮的带皱边的白细麻布睡衣,钮扣直扣到脖颈,头上戴着绣花睡帽,洁白细嫩的两手放在头的上面,袖子的皱边一直盖到手腕。

她的脸和她的手一样洁净——她睡着了。

索菲雅太太一看到阿塔莉雅,就浑身麻木地靠在墙上了。

"她也睡得很沉,"官方医生说,"同样也吃了安眠药。"

军医走过去,摸了摸阿塔莉雅的脉搏。

脉搏正常。

"她睡得很熟!"

当军医摸阿塔莉雅的脉搏时,她的脸上没有任何表情。她并没有哆嗦,从而泄露自己知道周围发生了什么事情。

她善于用她那惊人的自持功夫欺骗所有的人,但是只有一个人她骗不过,这就是她谋杀其未婚妻的那个男人。

"她真的睡着了吗?"少校问道。

"您摸摸她的手,"医生回答说,"手冰凉而且脉搏正常。"

这时阿塔莉雅感觉到少校在摸她的手。

"医生先生,请您看看,"少校说,"我们只要仔细观察一下就会发现这双漂亮的手的指甲里有血迹……"

这几句话一说出来,阿塔莉雅的手指立刻痉挛地勾起来,少校觉得仿佛一只鹰的利爪在抓他的手。

这时姑娘突然放声大笑,同时撩开了身上的毯子。她身上衣服穿得整整齐齐。她下了床,带着恶魔般的倔强神情,傲慢地望着这几个惊愕的男人,然后又是得意又是愤恨地盯着少校的眼睛,最后带着充满责备的怒意望着她的母亲。这个老实女人受不了这种目光,立刻昏倒了。

第十二章 最后一刀

凶手是阿塔莉雅·布拉佐维奇的这件谋杀案,在科马罗姆州的档案里是最大的刑事案件之一。

这个女人很善于为自己辩护。她否认一切,并能作出反证,而且一当法院认为可以给她定罪了,她就在自己周围制造一种迷雾,使法官再也无法弄清事实。

她为什么要杀害蒂美娅呢?她自己也订了婚,前途很清楚,发布拉先生会十分隆重地迎娶她。而蒂美娅是她的恩人,还为她准备了丰厚的陪嫁。

在蒂美娅的房间以外找不到任何有关谋杀的线索。没有发现沾血的布片和手巾,火炉里也没有烧掉了的衣服的灰烬。

是谁用安眠药麻醉用人们呢?就连这一点也调查不清楚。用人们在那天晚上吃喝了各种各样的东西,那些上色的甜点心和许多外国调味品中,很可能就有起安眠作用的物质。在用人房间里已经找不出一滴可疑的五味酒,盛过五味酒的玻璃杯也已冲洗过了。在夜间巡逻兵闯进来以前,一切都收拾好了。阿塔莉雅硬说,她那天晚上也发觉五味酒里似乎有一种可疑的味道,而且自己也被这种饮料弄得昏睡不醒,以致索菲雅太太的尖叫和后来的喧哗声都没能把她吵醒。少校摸过她的手以后,她才醒过来。

唯一曾在半小时前看见她不在床上的是她的母亲,而母亲是不会提出不利于女儿的证言的。

阿塔莉雅最有力的辩护是,大家都曾看到蒂美娅房间所有的门都是从里边锁着的,而蒂美娅本人当时又昏迷不醒。凶手怎么能够进入房间,而且又从那里逃走呢?

如果真的发生了谋杀事件,为什么偏偏要从她阿塔莉雅身上,而不从其他住在一起的人身上寻找谋杀的线索呢?

少校那天在蒂美娅身边待到很晚才走,难道不会有人乘他走的时候溜进房间吗?

连凶手是男的还是女的大家都无法肯定!

蒂美娅可以肯定这一点,可是她不愿吐露给任何人。她始终坚持自己的口供,说她对自己遭遇的事情什么也不记得了,她当时非常害怕,因此一切都好像一场梦似的忘掉了。

她不想告发阿塔莉雅。

法院也还没有让她们对质,因为蒂美娅一直躺在床上养伤,一时不能复原。

内心所受的震动比外伤带给她的痛苦还大。一想到阿塔莉雅的命运,蒂美娅就不寒而栗。

自从发生这桩可怕的事件以后,人们再不让蒂美娅单独待在房里,一个医生和一个女看护轮流守着她。少校白天不离她左右,副州长也不断来探望她,以便通过谈话了解一些案情。可是她一发觉谈话转到阿塔莉雅身上,就不再开口,从她嘴里套不出一句话来。

一天,医生说,应该给蒂美娅找一本开心的书看看。

这时蒂美娅已经可以离开床坐在扶手椅上接待客人了。

卡苏卡先生提议把在那个值得纪念的日子收到的祝贺命

名日的信件拿来念念。

蒂美娅能够这样奇迹般地死里逃生，证明她毕竟接受了那些孩子的祝福；现在把那些教子的天真无邪的贺信拿来读给她听听，真是再好不过了。

蒂美娅两手还缠着绷带，得由卡苏卡先生代为拆信，他当着副州长把这些信读给蒂美娅听。

病人听着脸上显出了笑容，这些信给她带来了愉快。

"这个封印多么奇怪呀！"少校拿起一封用金龟子当作封印的信，突然说。

"不错，我也想起这封信来了。"蒂美娅回答说。

少校拆开这封信，信一开头写道："夫人！您房间的墙上挂着一幅圣乔治画像……"他刚读到这里，就不再念下去了，只是自己在看。他看着看着，眼睛鼓得老高，嘴唇变得铁青，脑门上也渗出了汗。他猛然扔掉信，像个疯子似的奔向那幅圣乔治像，对它连捶带打，然后两手抓住它，把它连同笨重的框子从墙上拉下来。于是，一间黑洞洞的密室出现在他面前。

少校冲进密室，不一会儿就又出来，手里举着行凶的证据——阿塔莉雅的沾满血迹的衣服。

蒂美娅恐惧地用两手捂住了脸。

副州长拾起扔掉的信，把证据拿到了手里。

在密室里还发现了其他东西：装满各种毒药的小罐和阿塔莉雅的日记本；日记本中写有可怕的自供，它像海底珊瑚丛中间发光的软体动物似的，照亮了她的内心深处。在她的内心深处栖居着什么样的妖魔鬼怪啊！……

蒂美娅忘记了自己的伤痛，捧起双手恳求医生、副州长和她的未婚夫，请求他们把整个事情当作秘密保守起来，不要告诉任何人……

这是不可能的。

证据已经抓到法官手里,这对阿塔莉雅意味着除了在上帝面前再没有任何得到赦免的可能。

就是蒂美娅也得服从法律:一等她能够出庭,就得立即亲自到法院去和阿塔莉雅对质。

噢,这对她来说真是一种残酷的强制!

她现在只得跟过去一样供述:在行凶过程中发生的事情她一点儿也不记得。

现在蒂美娅和少校非尽快举行婚礼不可了。发生这次意外事件以后,她只能以卡苏卡夫人的身份到法院去出庭。等到她快痊愈了,就在家里完全秘密地举行了婚礼,没有歌唱,没有任何排场,没有满门宾客,也没有盛大喜筵。在场的只有教士和两位证婚人,一位是副州长,一位是医生。其他人还不允许拜访蒂美娅。

她刚一能够坐马车出门就被州政府传去和阿塔莉雅对质,这时她已经可以由丈夫陪伴着了。人间的法律不容她逃避再一次跟女凶手面对面站在一起的这个痛苦场面。

啊,阿塔莉雅对这个时刻却毫无畏惧!她在焦急地等候着再一次见到她的牺牲者。就是不能用刀子,她也还要用目光再刺一下对方的心。

阿塔莉雅穿着一身丧服来到法庭上,面色苍白,眼里却冒着反抗的火焰。她带着嘲讽的神情向几个法官的脸上扫了一眼。

但是,当审判长命令"传蒂美娅·卡苏卡太太!"的时候,阿塔莉雅不由得震动了一下。蒂美娅·卡苏卡太太!这么说他们已经结婚了?

蒂美娅走进来的时候,阿塔莉雅的脸上露出抑制不住的得意神情:她看到她的仇人的脸庞一如既往,还像大理石那样洁白,但是从脑门上到太阳穴处有一道红印。这是刀伤的痕迹,是她留下的纪念!

审判长要求蒂美娅举起手来,发誓对法官的询问据实回答,并要求她对自己过去的供词作出保证。当蒂美娅脱掉手套,举起被重重砍伤而落下伤疤的手发誓的时候,阿塔莉雅快意地挺起了胸脯。这伤痕是她阿塔莉雅赠给她的新婚礼物!

蒂美娅举着受过伤的颤抖的手对天宣誓说,她一切都忘掉了,连跟她扭打的那人是男人还是女人也记不得了。

"可怜的女人!"阿塔莉雅觉得不可理解,咬牙切齿地说。她们曾经扭打作一团啊!"你连我想干的事情都不敢告诉我吗?"

"现在没有问你!"审判长说,"我们只希望您,"他转向蒂美娅继续说,"回答以下几个问题:这封由一个孩子写的、用小虫当封印的信是由邮局寄给您的吗?出事那天有什么情况?这封信不是以前就拆开了吗?在出事以前没有人知道信的内容吗?"

蒂美娅只是按照实际情况或是点头或是摇头。

接着审判长又转向阿塔莉雅。

"阿塔莉雅·布拉佐维奇小姐,你现在不妨听听这封信里写的是什么:

> 夫人!您房间的墙上挂着一幅圣乔治像,在这幅画像背后有一道夹壁墙,可以从盛玻璃杯的壁橱后面走进去。您让人堵死这个小房间吧,望您千万珍重您的宝贵

生命,愿上帝保佑并赐福于您。

多迪

审判长这时掀开桌上一条毯子,下面摆着阿塔莉雅的罪证:血迹斑斑的睡衣、毒药罐和日记本。

阿塔莉雅一见这些东西,立刻像一只受了致命伤的兀鹰大叫一声,两手捂住了脸。

过了一会儿她把手放下来,脸色由苍白变成了通红。

她用两手扯开脖子上系着的一个用宽黑带子结成的蝴蝶结,把带子扔到地上,仿佛现在就想把美丽洁白的脖子露出给刽子手似的,或者是为了能够更畅快地吐出从她心里往外冒出的话。

"不错!事情是这样!"她高声说,"想要杀死你的正是我!我只恨我没能更准地砍中你!你是我一辈子的煞星,你这个白脸妖精,都是你使我落得家破人亡。我想要你的命!这是命运叫我这样做的。我要是不这样干,死不瞑目。你看,那儿有的是毒药,我甚至能够把所有来祝贺你新婚的客人都毒死。但是我想要的是你的血!你虽然没死,我总算解了心头恨,我现在可以死而无怨了!不过在砍头刀落在我头上之前,我还要在你心上扎一刀,这一刀你永远不能治愈,就是在最幸福的拥抱中也要使你感到痛苦!现在我发誓!天上的神、圣人、天使和地狱里的魔鬼,你们都听着!我现在说的是真情实话,但愿你们怜悯我,听我说!"

这个狂怒的女人跪下来,同时在头顶上挥动着两手,呼唤天上地下的鬼神作证:

"我发誓!我发誓证实那个秘密,也就是暗门的秘密,除了我以外只有一个人知道,那就是提玛尔·米哈利·雷韦廷!

他在我告诉他这个秘密以后,第二天就失踪了。既然现在有人把这个秘密告诉了你,就说明可能提玛尔·米哈利·雷韦廷并没有死!这就是说,提玛尔·米哈利·雷韦廷还活在世上,你可以等着你的前夫回来。愿上帝慈悲,相信我,提玛尔确实还活在世上!你们埋葬的一定是一个贼,他偷去了提玛尔的衣服!好吧,你现在带着心上这个刀伤活下去吧!"

第十三章　狱中的女人

法院以阿塔莉雅·布拉佐维奇用安眠药麻醉七个人并蓄意杀人的罪名,判处她死刑,后来经国王恩赦改判为无期徒刑。

阿塔莉雅现在还活着。

从发生这个故事到现在已经四十年过去了,她现在大概是六十七岁。

她的精神至今仍然没有屈服。这个女人冷酷、寡言,没有丝毫悔罪的表示。

在星期日囚犯们到教堂去的时候,人们却要把她关押在单间牢房里,因为她可能打扰其他的囚犯做礼拜。

起初人们强迫她到教堂去做礼拜,可是她在虔诚的教士讲道当中忽然插嘴嚷道:"你扯谎!"同时冲着圣坛啐痰。

这些年来颁布过许多次大赦。

由于国王的恩典,每逢国庆日都有上百的囚犯从监狱里释放出来,但是看守们从不建议恩赦这个女人。

有人劝她悔罪自新,以便得到宽赦;她回答说:"如果把我放了,使我又有了自由,我无论如何还要杀死那个女人!"

她现在仍然反复这么说,虽然那个女人因为心上所受的最后一刀,饱受多年的痛苦以后早已离开了人世……

蒂美娅自从听说提玛尔可能还活着以后,永远无法真正感到幸福。阿塔莉雅揭露的事情仿佛一个冷酷的鬼怪夹在她快乐的生活中。她总感到丈夫的吻好像有毒似的。后来她在自觉不久于人世的时候,便让人把自己送到雷韦廷庄园去,免得死后与提玛尔并葬;因为谁知道顶替雷韦廷先生在墓穴里面化为尘土的是个什么人呢。她在庄园靠近多瑙河岸的地方给自己选择了一块墓地。那里安谧恬静,栽有柳树,正是她当年丧父的地方,也就是阿利·邱尔巴德希安息于多瑙河底的地方,离无人岛很近,仿佛有一种神秘的预感把她引到这儿来似的……站在岛上那块大漂石上就可以看到她的墓碑。

提玛尔留给她的财宝并没带来幸福。蒂美娅再醮后,只生过一个儿子。这是一个败家子,庞大的财产和当初来时一样,在他手中像变戏法似的很快化为乌有。到蒂美娅的孙子一代,就已经依靠提玛尔捐赠给落魄亲属的那笔救济金过活了;这笔钱是提玛尔留下的唯一钱财。

今天,在科马罗姆那幢房子的原址上耸立着另外一座建筑物,雷韦廷的墓地上也正在修筑要塞。昔日的荣华富贵全都烟消云散了。

那么无人岛上的情形怎样呢?

第十四章　乌有先生

　　自从提玛尔从科马罗姆失踪到现在已经四十年了。当初人们让我们一道去给那位阔老爷送殡的时候,我还是个一年级的小学生;后来又传说他可能没有死,只是离乡在外罢了。人们确信提玛尔还在世上,将来总有一天会再露面。这个谣言也许是由阿塔莉雅那句吓唬人的话引起的,可是公众舆论始终坚持这么说。

　　在出殡的那个星期日的早晨,我曾从风琴旁边的合唱队中惊讶地凝视着那位绝色夫人。对我来说,她那模样至今仍然历历在目。她坐在靠近讲坛的一排长凳前端,光彩照人,态度温柔。

　　美貌夫人的女伴企图在夜间杀死她的惊人消息一经传出,就像一场可怕的瘟疫传遍了全城,那情景我记忆犹新。这在当时是一桩多么大的事件啊!

　　我也曾目睹怎样用敞篷马车把判处死刑的女凶手送往刑场,人们纷纷说她将要被斩首。当时她穿着一件镶黑边的灰色衣服,背对着马车夫坐在车里,神父手里捧着耶稣受难十字架,坐在她的对面。市场上的一帮女贩子跟在后面骂她、啐她,她却冷静地望着前方,毫不在意。

　　人群尾随在车后。好奇的孩子成群结队地跑来,不肯放过观看这场流血的惨剧的机会——这样一颗美丽的人头将要滚落到地上。我忐忑不安地站在窗口目送着这个女人,生怕她会瞅我一眼。

可是过了一个钟头,群众咕咕哝哝地议论着回来了,对这个漂亮的罪犯得到宽赦感到不满意。原来只是把她押到断头台上,在那里向她宣布国王的恩赦。

据说宣读了国王的赦书,神父把耶稣受难十字架举到女罪犯嘴边的时候,这个狂暴的女人没有吻十字架,而是咬了它一口,在我们的救世主耶稣的脸上留下了两排牙印。

以后有许多年,每逢星期日我都在教堂里遇见那位面色苍白的美貌夫人。她脑门上带着一道红痕,面容一年比一年憔悴,神情一年比一年忧郁。

关于这位夫人流传着各式各样的说法。孩子们在家中从母亲那儿听来,就在学校里互相谈论。

但是,后来年月一久,人们也就逐渐把这个案件忘掉了。

我有一位研究自然科学的老朋友,是著名的植物学家和昆虫学者,他不仅在我们国内,就是在整个学术界也很有名望。几年前他曾向我谈起那些位于匈牙利和土耳其交界处,不属于任何国家,也没有成为私有财产的不寻常的地方。这里对于热心寻找最稀有的植物和动物的博物学家说来,无异于加利福尼亚州。我这位老朋友通常每年都要到那里去,在那里待上几个星期,废寝忘食地从事研究工作。

有一年秋天,他劝说我陪同他一起去。我本身对于他的专业是个门外汉,不过我有空闲时间,于是就跟这位老学者一起到多瑙河下游去了。

他把我领到了无人岛。

我这位博学的朋友知道这个地方已经有二十五年了。当初这个岛绝大部分还是野草丛生,处于原始状态。

可是现在,这里成了一个真正的模范农场;只有环绕着岛、把岛遮掩起来的芦苇丛没有变样。

岛的周围有用木桩加固的堤坝,不怕洪水泛滥。这里也不再受干旱的威胁,灌溉沟渠纵横交错全岛,利用一部马拉水车供水。

要是一个种园子的人登上这块土地,简直就再也舍不得离开这里。果树、观赏植物、各种庄稼,呈现一片幸福乐园的景象。这一块极小的土地既有生产,又给人带来快乐。这里种植的麝香烟草香味极浓,经过专门加工是头等商品。岛上的养蜂园里有各式各样的蜂箱以及与手杖一般高的蜂房,从远处看去好像是为小人国的居民建立的一座小城市。

稀有品种的名贵家禽全部散养在一座隐蔽的林苑里,每只鸡都会使喜爱鸡的人艳羡不止,其中有头上覆盖着羽饰的美丽的法国邬滕鸡,雪白的交趾支那鸡,特别好看的、双冠的克莱夫克尔鸡,猫头鹰羽色的阿尔贝特王子鸡,成群的银色雌吐绶鸡,金色和白色的孔雀。人工池塘里游着彩色的鸭、鹅和天鹅,都是精选出来的罕见品种。肥沃的牧场上放牧着无角牛、安哥拉山羊和长毛的黑色美洲驼。

从整个岛上的情形来看,这里一定住着一位见过大世面的绅士。

可是这位绅士没有一文钱。

岛上从来见不到钱。

需要这个岛上的物产的人,也就知道岛上的居民需要什么;人们通常用粮食、布匹、工具、各色棉线来与他们交换东西。

我那位学者朋友总是把新培育出的植物种子和新育出的家禽卵带到这儿来,换取稀奇的昆虫和植物标本,然后转卖给外国的博物院和自然科学陈列馆。他从这些东西上获利不少,因为科学之存在不单纯是为了爱好,而且也为了维持我们的生活。

最使我惊喜的是,我听到这个岛上的居民说匈牙利话,这种情况在边境地区是很少见的。

整个新村是由一个大家族组成,居民一律只用受洗名。岛上第一代主人的六个儿子娶的是附近地方的姑娘,孙子和曾孙现在共有四十人。

他们所有的人都依靠这个岛生活,这里没有人知道什么是贫困。他们需要的东西会有人大批地送来。

每个人都精通自己的工作。就是再增加十倍人,这个岛也足以供大家吃喝。

曾祖父和曾祖母到现在还教导着他们的后代;他教导孙儿,她教导孙女。

男的学习园艺、雕刻、畜牧、制造器皿和栽培烟草,将来有的成为木匠,有的成为磨面工人。女的学习织染土耳其地毯、刺绣和织花边,学习加工蜂蜜、制造奶酪和玫瑰香水。人人都擅长自己的工作,自动地去工作;对自己所做的事情感到愉快。

这个家族的子孙不断繁衍,他们的住房已经构成一整条街道。每所小房子都是大家合力盖起来的,由老一辈负责分配给新成家的人。

外人来到岛上一般就由现在的家长接待,这里的人通常称呼他为父亲,外人只知道他叫多达特。他身体健壮,相貌不凡,约莫四十岁的样子。他负责决定以物易物的交易,并向来到岛上的客人介绍新村的情况。

我们来到岛上,多达特像见到多年的好朋友那样亲热地接待我们,我那位学者朋友原是年年到这里来做客的。

我们谈话的题目是果树栽培学、葡萄栽培和酿酒技艺、园艺、植物学和昆虫学,可以看出多达特对所有这些专业都有渊博的学识。他对于园艺和家畜饲养持有极进步的观点,我对此掩盖不住自己的惊讶,不由得问起他这些是从哪儿学到的。

"跟我们的老人学的。"多达特带着极崇敬的神情点头回答说。

"老人是哪一位?"

"晚上我们聚首的时候,您会看到他的。"

当时正是摘苹果的季节,这个大家庭所有的孩子、妇女和姑娘都在忙着收获苹果。果子有金黄的、深黄的和紫红的,煞是好看。在翠绿的草地上,美丽的苹果堆得就像在城堡中用圆球垒成的尖塔一样。欢声笑语响遍全岛。

秋阳西下的时候,从岛的岩石上传来钟声,宣告收工了。于是大家赶忙把已经摘下的苹果装进筐里,两个人一筐抬回家去。

我们也同多达特一起朝着传来钟声的方向走去。

小钟挂在一幢小木头房子的小钟楼里。木头房子连同钟楼四面都爬满了常春藤,门口的木头桩子上有一些富有想象力的雕刻,从这些装饰物上可以看出修建这幢房子的人的热烈憧憬、兴趣和想法。

这幢小房子的前面是一片圆的空场,空场上摆着桌子和板凳。收工以后大家就都匆匆奔向这里。

"我们的老人就住在这儿。"多达特用耳语般的声音说。

话音未落,一对老人从房子里走了出来,这是一对仪表堂堂的夫妇。

老太太约莫六十,老头八十来岁。

曾祖父的脸上显出性格坚强的神情,使我想起了早在四十年前见过的一个人。我吃了一惊。他已经秃顶,可是稀疏的头发和嘴上的胡子还没有变白,容貌上依然保持着刚毅与沉着。

由于生活有规律和心情舒畅,他的模样依然显得年轻而富有朝气。

曾祖母的眼睛确实迷人。她金黄的头发中已经夹杂着一些银丝,但是眼睛依然有少妇的风韵,而且当老头吻她的时候,她还像个新娘子似的脸上泛起红晕。

老夫妇看到一大家子人全都来到眼前了,就一个个地叫着名字亲吻。这时他们两张脸上闪着无限幸福的光辉。这就是他们的祝福,这就是他们的祈祷,这就是他们的谢恩。

最末一个被拥抱的是长子多达特。然后才轮到接待我们。

两位老人和我们握了手,请我们一块儿吃晚饭。曾祖母现在还担负着监厨的职责,并且亲自主持大家庭的家务。曾祖父并不干涉每个人的自由;谁都可以跟自己尊重的人凑在一起吃饭。他自己则坐在我们和多达特之间,一个一头亚麻色卷发、名叫诺埃米的美丽小姑娘要求坐在他的膝上;得到允许以后,她就坐在他的膝上,带着惊异的神情听我们一本正经地谈话。

当我的学者朋友把我的名字告诉这位曾祖父的时候,他注视了我很久,脸上还明显地红了一红。

我的朋友问他是否曾听说过我的名字,老人默不作声。

多达特赶忙说,老人四十年来没有看过任何关于外界情形的书报,他只看一些农业和园艺方面的书籍。

我这时和许多人一样,愿意尽快把自己知道的事情告诉给别人,抓住机会尽我所知在适当的情况向老人讲了世界上发生的事情。

我告诉他一些有关祖国的情况,匈牙利通过"和"这个连词与奥地利联合起来了。①

但是他叼着烟斗喷出几大口烟雾,似乎表示:"这不包括我的岛。"

我向他谈到压在我国同胞身上的沉重负担。

得到的回答仍然是一阵烟雾,意思大概是说:"在我这个岛上什么税也不用纳。"

我告诉他若干年来祖国和广大世界发生了哪些大规模战争。

他又用烟雾向我表示:"我们不跟任何人打仗。"

那时候我国的货币正贬值得很厉害,大商号纷纷破产。我也尽量向他说明这件事。

烟雾回答:"瞧,我们这儿根本没有货币!"

然后我向他说明,目前我国各个党派之间进行着激烈的斗争。宗教、民族主义、权势欲搞得人非常恼火。

老人磕了磕烟斗里的灰,意思是说:"我们这里既没有主

---

① 指一八六八年成立所谓的奥匈帝国。

教,也没有竞选人和大臣。"

最后我告诉他,如果有一天我们所希望的一切全部实现了,我们的祖国将会多么富强……

……小诺埃米在曾祖父的怀里睡着了,得把她抱进屋去,放在床上。这件事比我所说的那些国家大事还重要。睡着的孩子从曾祖父的怀里转到曾祖母的手上,老太太离开我们以后,老人问我:"您是哪儿人?"

我把我出生的地方告诉了他。

"您的职业是什么?"

我告诉他我是个小说作家。

"小说作家是干吗的?"

"小说作家是这样一种人,他能根据一件事情的结果推想出整个事情的经过。"

"好吧,那么就请您猜猜我的事情吧。"他抓住我的手说,"从前有一个人,他离开了大家钦佩他的世界,为自己创造了另一个人人爱戴他的世界。"

"我可以请教一下您的大名吗?"

老人听了这句话挺直身子,好像高了一头似的。他抬起颤抖的手,放在我的头上。在这一刹那间,我感觉这只手似乎在很久很久以前,当我还是个长着一脑袋金黄色头发的童子时,曾经在我头上放过一次;我并且觉得,好像曾经在什么地方见过这张脸。

但是他回答我说:"我的名字是乌有先生①!"

说到这里,他就转身走进屋去,再没说一句话,而且在我

---

① 原文为"Niemand",意即"无人"。

此后逗留岛上期间,也再没露面。

这就是目前无人岛上的状况。

由两国政府发给的、准许这块地方不属于任何国家的许可证还有五十年有效期。

谁能预料,这五十年中会发生什么事情呢!

"外国文学名著丛书"书目

第 一 辑

书 名	作 者	译 者
伊索寓言	〔古希腊〕伊索	周作人
源氏物语	〔日〕紫式部	丰子恺
堂吉诃德	〔西班牙〕塞万提斯	杨 绛
泰戈尔诗选	〔印度〕泰戈尔	冰 心 石 真
坎特伯雷故事	〔英〕杰弗雷·乔叟	方 重
失乐园	〔英〕约翰·弥尔顿	朱维之
格列佛游记	〔英〕斯威夫特	张 健
傲慢与偏见	〔英〕简·奥斯丁	王科一
雪莱抒情诗选	〔英〕雪莱	查良铮
瓦尔登湖	〔美〕亨利·戴维·梭罗	徐 迟
欧·亨利短篇小说选	〔美〕欧·亨利	王永年
特利斯当与伊瑟	〔法〕贝迪耶	罗新璋
巨人传	〔法〕拉伯雷	鲍文蔚
忏悔录	〔法〕卢梭	范希衡 等
欧也妮·葛朗台 高老头	〔法〕巴尔扎克	傅 雷
雨果诗选	〔法〕雨果	程曾厚
巴黎圣母院	〔法〕雨果	陈敬容
包法利夫人	〔法〕福楼拜	李健吾
叶甫盖尼·奥涅金	〔俄〕普希金	智 量
死魂灵	〔俄〕果戈理	满 涛 许庆道

书　名	作　者	译　者
当代英雄	〔俄〕莱蒙托夫	草　婴
猎人笔记	〔俄〕屠格涅夫	丰子恺
白痴	〔俄〕陀思妥耶夫斯基	南　江
列夫·托尔斯泰中短篇小说选	〔俄〕列夫·托尔斯泰	草　婴
怎么办？	〔俄〕车尔尼雪夫斯基	蒋　路
高尔基短篇小说选	〔苏联〕高尔基	巴　金　等
浮士德	〔德〕歌德	绿　原
易卜生戏剧四种	〔挪〕易卜生	潘家洵
鲵鱼之乱	〔捷〕卡·恰佩克	贝　京
金人	〔匈〕约卡伊·莫尔	柯　青

第 二 辑

荷马史诗·伊利亚特	〔古希腊〕荷马	罗念生　王焕生
荷马史诗·奥德赛	〔古希腊〕荷马	王焕生
十日谈	〔意大利〕薄伽丘	王永年
莎士比亚悲剧五种	〔英〕威廉·莎士比亚	朱生豪
多情客游记	〔英〕劳伦斯·斯特恩	石永礼
唐璜	〔英〕拜伦	查良铮
大卫·科波菲尔	〔英〕查尔斯·狄更斯	庄绎传
简·爱	〔英〕夏洛蒂·勃朗特	吴钧燮
呼啸山庄	〔英〕爱米丽·勃朗特	张　玲　张　扬
德伯家的苔丝	〔英〕托马斯·哈代	张谷若
海浪　达洛维太太	〔英〕弗吉尼亚·吴尔夫	吴钧燮　谷启楠
哈克贝利·费恩历险记	〔美〕马克·吐温	张友松
一位女士的画像	〔美〕亨利·詹姆斯	项星耀
喧哗与骚动	〔美〕威廉·福克纳	李文俊
永别了武器	〔美〕欧内斯特·海明威	于晓红

书 名	作 者	译者
波斯人信札	〔法〕孟德斯鸠	罗大冈
伏尔泰小说选	〔法〕伏尔泰	傅 雷
红与黑	〔法〕司汤达	张冠尧
幻灭	〔法〕巴尔扎克	傅 雷
莫泊桑中短篇小说选	〔法〕莫泊桑	张英伦
文字生涯	〔法〕让－保尔·萨特	沈志明
局外人 鼠疫	〔法〕加缪	徐和瑾
契诃夫小说选	〔俄〕契诃夫	汝 龙
布宁中短篇小说选	〔俄〕布宁	陈 馥
一个人的遭遇	〔苏联〕肖洛霍夫	草 婴
少年维特的烦恼	〔德〕歌德	杨武能
德国，一个冬天的童话	〔德〕海涅	冯 至
绿衣亨利	〔瑞士〕戈特弗里德·凯勒	田德望
斯特林堡小说戏剧选	〔瑞典〕斯特林堡	李之义
城堡	〔奥地利〕卡夫卡	高年生

第 三 辑

埃斯库罗斯悲剧二种	〔古希腊〕埃斯库罗斯	罗念生
索福克勒斯悲剧二种	〔古希腊〕索福克勒斯	罗念生
欧里庇得斯悲剧二种	〔古希腊〕欧里庇得斯	罗念生
神曲	〔意大利〕但丁	田德望
西班牙流浪汉小说选	〔西班牙〕克维多 等	杨绛 等
阿拉伯古代诗选	〔阿拉伯〕乌姆鲁勒·盖斯 等	仲跻昆
列王纪选	〔波斯〕菲尔多西	张鸿年
蕾莉与马杰农	〔波斯〕内扎米	卢 永
莎士比亚喜剧五种	〔英〕威廉·莎士比亚	方 平
鲁滨孙飘流记	〔英〕笛福	徐霞村

书　名	作　者	译　者
彭斯诗选	〔英〕彭斯	王佐良
艾凡赫	〔英〕沃尔特·司各特	项星耀
名利场	〔英〕萨克雷	杨　必
人性的枷锁	〔英〕威廉·萨默塞特·毛姆	叶　尊
儿子与情人	〔英〕D. H. 劳伦斯	陈良廷　刘文澜
杰克·伦敦小说选	〔美〕杰克·伦敦	万　紫　等
了不起的盖茨比	〔美〕菲茨杰拉德	姚乃强
木工小史	〔法〕乔治·桑	齐　香
恶之花　巴黎的忧郁	〔法〕波德莱尔	钱春绮
萌芽	〔法〕左拉	黎　柯
前夜　父与子	〔俄〕屠格涅夫	丽　尼　巴　金
卡拉马佐夫兄弟	〔俄〕陀思妥耶夫斯基	耿济之
安娜·卡列宁娜	〔俄〕列夫·托尔斯泰	周　扬　谢素台
茨维塔耶娃诗选	〔俄〕茨维塔耶娃	刘文飞
德国诗选	〔德〕歌德　等	钱春绮
安徒生童话选	〔丹麦〕安徒生	叶君健
外祖母	〔捷〕鲍·聂姆佐娃	吴　琦
好兵帅克历险记	〔捷〕雅·哈谢克	星　灿
我是猫	〔日〕夏目漱石	阎小妹
罗生门	〔日〕芥川龙之介	文洁若

第 四 辑

一千零一夜		纳　训
培根随笔集	〔英〕培根	曹明伦
拜伦诗选	〔英〕拜伦	查良铮
黑暗的心　吉姆爷	〔英〕约瑟夫·康拉德	黄雨石　熊　蕾
福尔赛世家	〔英〕高尔斯华绥	周煦良

书 名	作 者	译 者
月亮与六便士	〔英〕威廉·萨默塞特·毛姆	谷启楠
萧伯纳戏剧三种	〔爱尔兰〕萧伯纳	潘家洵 等
红字 七个尖角顶的宅第	〔美〕纳撒尼尔·霍桑	胡允桓
汤姆叔叔的小屋	〔美〕斯陀夫人	王家湘
白鲸	〔美〕赫尔曼·梅尔维尔	成 时
马克·吐温中短篇小说选	〔美〕马克·吐温	叶冬心
老人与海	〔美〕欧内斯特·海明威	陈良廷 等
愤怒的葡萄	〔美〕斯坦贝克	胡仲持
蒙田随笔集	〔法〕蒙田	梁宗岱 黄建华
悲惨世界	〔法〕雨果	李 丹 方 于
九三年	〔法〕雨果	郑永慧
梅里美中短篇小说选	〔法〕梅里美	张冠尧
情感教育	〔法〕福楼拜	王文融
茶花女	〔法〕小仲马	王振孙
都德小说选	〔法〕都德	刘 方 陆秉慧
一生	〔法〕莫泊桑	盛澄华
普希金诗选	〔俄〕普希金	高 莽 等
莱蒙托夫诗选	〔俄〕莱蒙托夫	余 振 顾蕴璞
罗亭 贵族之家	〔俄〕屠格涅夫	陆 蠡 丽 尼
日瓦戈医生	〔苏联〕帕斯捷尔纳克	张秉衡
大师和玛格丽特	〔苏联〕布尔加科夫	钱 诚
茨威格中短篇小说选	〔奥地利〕斯·茨威格	张玉书 等
玩偶	〔波兰〕普鲁斯	张振辉
万叶集精选	〔日〕大伴家持	钱稻孙
人间失格	〔日〕太宰治	魏大海